RICHARD NORTH PATTERSON

Tage der Unschuld

Buch

Staranwalt Tony Lord hat alles, was ein Mann von Mitte Vierzig sich wünschen kann: beruflichen Erfolg und eine liebevolle Familie. Doch dann konfrontiert ihn ein Telefonanruf mit seiner Vergangenheit, die er für längst abgeschlossen hielt. Plötzlich ist Tony wieder in die Zeit zurückversetzt, als er, gerade siebzehn Jahre alt, in Lake City am Eriesee eines Nachts im Park neben seiner toten Freundin gefunden wurde. Die Beweise reichten damals nicht für eine Anklage aus, aber die Stadt hielt Tony dennoch für den Mörder. Nur Sam, sein Freund und ewiger Konkurrent, und dessen Freundin Sue glaubten an seine Unschuld. Und dann wurde ein Farbiger als Täter entlarvt; die heile Welt des weißen Mittelstandes war wiederhergestellt. – Jetzt, 27 Jahre später, ist erneut die Leiche eines jungen Mädchens gefunden worden, und diesmal fällt der Verdacht auf Tonys alten Freund Sam. Dessen Frau Sue bittet Tony verzweifelt um Hilfe. Und in Lake City ist alles noch wie damals: die Enge, die Vorurteile, der Rassismus. Der Prozeß enthüllt das wahre Gesicht der Stadt. Tony spielt teuflisch gut mit den gnadenlosen Vorurteilen ihrer Bewohner – und bewahrt Sam vor einer Verurteilung. Doch am Abend vor seiner Rückkehr nach San Francisco beschleicht Tony ein entsetzlicher Verdacht …

Autor

Richard North Patterson, der heute als Anwalt in San Francisco arbeitet, studierte Literatur an der Universität von Alabama. Alle seine Romane wurden zu internationalen Bestsellern. Sein Roman »Siegel des Schweigens« wurde mit dem Edgar-Allan-Poe-Preis ausgezeichnet; der große internationale Durchbruch gelang ihm mit dem Roman »Das Maß der Schuld«.

Bei Goldmann bereits erschienen:

Das Maß der Schuld (43387), Das Siegel des Schweigens (42437), Geschlossene Türen (41627), In letzter Instanz (43956), Nacht ohne Wiederkehr (43240), Verurteilt (42359)

Richard North Patterson

Tage der Unschuld

Roman

Ins Deutsche übertragen
von Kristian Lutze

GOLDMANN

Die amerikanische Originalausgabe
erschien 1997 unter dem Titel »Silent Witness«
bei Alfred A. Knopf, New York

Umwelthinweis:
Alle bedruckten Materialien dieses Taschenbuches
sind chlorfrei und umweltschonend.

Der Goldmann Verlag
ist ein Unternehmen der Verlagsgruppe Bertelsmann.

Deutsche Taschenbuchausgabe 7/2000

Umschlaggestaltung: Design Team München
Umschlagfoto: Zefa/Masterfile
Satz: Uhl + Massopust, Aalen
Druck: Elsnerdruck, Berlin
Verlagsnummer: 44693
V. B. · Herstellung: Sebastian Strohmaier
Printed in Germany
ISBN 3-442-44693-7

1 3 5 7 9 10 8 6 4 2

FÜR LINDA GREY
UND
CLARE FERRARO

Prolog

TONY LORD

Die Gegenwart

Gina Belfante ermordete ihren Mann an einem Dienstagmorgen um Viertel nach eins. Bis zum Nachmittag desselben Dienstags hatte sie die Polizei belogen; am Mittwoch kamen Polizei und Gerichtsmedizin zu dem Schluß, daß es kein Einbrecher war, der den schlafenden Donald Belfante in seinem Bett erschossen hatte. Es dauerte bis zum darauffolgenden Montag, bis die Polizei den Ehevertrag fand, der Gina mit einem Butterbrot abgespeist hätte, sollten die Belfantes sich jemals scheiden lassen. Am nächsten Tag wurde Gina unter Mordverdacht verhaftet. Der Anwalt, den sie wegen einer Scheidung konsultiert hatte, stellte eine Kaution und schickte Gina zu Anthony Lord.

Obwohl San Francisco nicht besonders groß und die Gesellschaft der Reichen und Schönen, in der die Belfantes sich bewegten, noch kleiner war, kannte Tony Lord Gina nicht. Aber selbstverständlich kannte Gina Tony Lord; sie hatte ihn, wie sie ihm strahlend erzählte, bei der Oscar-Verleihung gesehen, als seine wunderbare Frau Stacey Tarrant als beste Nebendarstellerin ausgezeichnet worden war. Tony saß hinter seinem Schreibtisch und ließ Ginas nervöses Geplapper über sich ergehen, ohne sich anmerken zu lassen, wie aufmerksam er sie dabei beobachtete. Schließlich stellte er ein paar Fragen, doch es sollte noch einige Stunden dauern, bis Gina Belfante tränenreich einräumte, ihrem Mann eine Kugel in den Kopf gejagt zu haben, und Tony herausgefunden hatte, daß Donald Belfante seine Frau geschlagen hatte, was sie anhand ärztlicher Atteste auch beweisen konnte. Darauf, so beschloß Tony Lord, wollte er seine Verteidigung aufbauen.

Das war nicht einfach. Wenn man davon ausging, daß Donald Belfante starb, ohne vorher aufzuwachen, konnte man schlecht damit argumentieren, daß Gina sich unmittelbar bedroht gefühlt hatte. Der Ehevertrag machte alles noch schlimmer – in finanzieller Hinsicht belohnte er Mord, während er Scheidung bestrafte. Es gab so gut wie keine Zeugen: Wie viele mißhandelnde Ehemänner hatte Donald Belfante auf den Körper seiner Frau eingeschlagen, oft gleichermaßen sadistisch und intim, während er ihr Gesicht unversehrt gelassen hatte; wie viele mißhandelte Ehefrauen hatte auch Gina Belfante alle, außer ihren Arzt, belogen. Und eine Dame der Gesellschaft, die im Begriff stand, fünfundzwanzig Millionen Dollar zu erben, würden die meisten Geschworenen nicht für so hilflos halten, daß nackte Angst und Verzweiflung sie dazu treiben konnten, ihren schlafenden Gatten zu erschießen. Tony wußte, daß er keine andere Wahl hatte, als im Endeffekt Ginas verstorbenen Mann vor Gericht zu stellen.

Donald Belfante war ein großer Mann gewesen. Wie zahlreiche Unternehmer, die sich die uneingeschränkte Kontrolle über ihre Unternehmungen erhalten konnten – in seinem Fall eine Firma, die CD-Rom-Laufwerke herstellte –, war er ein charmanter, egoistischer Rüpel, der auf Kränkungen sehr empfindlich reagierte. Wenn man Gina glaubte, schlug er sie oft, auch ohne besonderen Grund. Nur vier Stunden vor seinem Tod hatte er sie verprügelt, und hätte sie ihn nicht erschossen, als er Anstalten machte, aufzuwachen, hätte er sie sogleich wieder geschlagen. Es brauchte nicht viel, um Donald Belfante wütend zu machen, und er genoß seine Wut. Gina lebte in ständiger Angst vor der nächsten Tracht Prügel und vor dem Tag, an dem er zu weit gehen und sie totschlagen würde. Unter Tränen beteuerte sie, daß der Ehevertrag kein Anreiz für den Mord gewesen war. Er war das Symbol von Donalds unfaßbarer Wut bei dem Gedanken, daß Gina ihn verlassen könnte. Für den

Fall, daß sie es je versuchen sollte, hatte Donald Belfante seiner Frau angedroht, sie überall aufzuspüren und umzubringen, was sie ihm aus tiefstem Herzen und mit gutem Grund auch geglaubt hatte.

Das erzählte sie den Geschworenen. Das bestätigte auch der von der Verteidigung bestellte Psychologe. Und Tony Lord versuchte, mit seinem ganzen Einfühlungsvermögen den Geschworenen zu vermitteln, was Gina gefühlt haben mußte.

Mit seinen fünfundvierzig Jahren hatte Tony sich eine vertrauenerweckende Ausstrahlung bewahrt. Blondes, auf eine mäßige Länge gestutztes Haar, ein jungenhaftes Gesicht, das stark, aber nicht bedrohlich wirkte, aufrichtige blaue Augen und eine Persönlichkeit, mit der Geschworene übereinstimmen konnten. Er war niemals arrogant, achtete darauf, seine Begabung für Ironie nicht überzustrapazieren, und ließ sich nie von der Freude über seine eigenen Fähigkeiten hinreißen, was ihm möglicherweise die Sympathie einiger Geschworener gekostet hätte.

Die Geschworenen vertrauten Tony Lord und hatten Gina Belfante vor wenigen Augenblicken zu Tonys großer Erleichterung freigesprochen.

Im Gerichtssaal brach Unruhe aus. Zuschauer sprachen miteinander, Reporter rannten los, um ihre Videokameras oder Computer zu suchen, Geschworene umarmten sich aus purer Dankbarkeit dafür, daß alles vorbei war, und Donald Belfantes betagter Mutter entfuhr ein gequältes Seufzen. Gina Belfante sank in Tonys Arme.

Ihr Körper wirkte ebenso zerbrechlich wie ihre Gemütsverfassung. Als ein Reporter Tonys Namen rief, drehte er sich nicht einmal um.

»Danke«, murmelte Gina immer wieder. »Ach Tony, ich danke Ihnen.«

Tony wußte, daß sie die neu geschenkte Freiheit in sich aufnahm. Sie blickte mit rotgeränderten Augen zu ihm auf und sagte: »Ich glaube, ich liebe Sie.«

»Einen verheirateten Anwalt?« lächelte Tony. »Ich weiß nicht, was schlimmer ist. Sie hatten mir doch versprochen, in Zukunft bessere Entscheidungen zu treffen.«

»Das werde ich.« Ginas Lachen klang unsicher, als ob das Geräusch sie erschrecken würde. »Aber was mache ich denn jetzt?«

Tony hörte auf zu lächeln. »Versuchen Sie erst einmal, zur Ruhe zu kommen, Gina. Später möchten Sie sich vielleicht helfen lassen.«

»Das werde ich.« Auf einmal breitete sich ein treuherziges Lächeln über ihr Gesicht, das ihre Augenwinkel kräuselte und sie strahlen ließ. »Ich bin reich, und ich kann alles machen, was ich, verdammt noch mal, will.«

Tony schüttelte den Kopf. »Sie können beinahe alles machen, was Sie wollen.«

Gina sah sich in dem schmucklosen Gerichtssaal unter dem öden Neonlicht um und wurde wieder ernst. »Im Moment will ich nichts weiter, als diesen Ort für immer verlassen.«

Tony machte den Leibwächtern über ihre Schultern hinweg ein Zeichen.

Nur Augenblicke später standen sie auf den Stufen vor dem Gerichtsgebäude. Es wehte eine kühle Frühlingsbrise, doch die Sonne strahlte, und die Kameralinsen reflektierten das Licht wie Glimmerspäne. Tony würde für seine Mandantin sprechen; er hob seine Hand, und die Reporter streckten ihm ihre Mikrophone entgegen. Tony mußte sich eingestehen, daß es für einen Strafverteidiger mit Ausnahme eines unschuldigen Mandanten kaum etwas Besseres gibt, als einen aussichtslosen Fall zu gewinnen.

Die Befragung ging schnell, die meisten Fragen hatte Tony auf die eine oder andere Weise schon vor langer Zeit nach anderen Verhandlungen beantwortet. Als CNN fragte, ob Gina Belfante seiner Meinung nach gewonnen hätte, weil sie sich ihn leisten konnte, schoß er zurück: »Soll das heißen, Mrs. Belfante ist zu reich, um geschlagen zu werden? Oder sollte man, weil anderen Angeklagten die Unschuldsvermutung möglicherweise verweigert wird, sie ihr ebenfalls nicht zubilligen? Dann wäre dieses Land allerdings ein Paradies für Staatsanwälte –«

»Apropos Staatsanwalt«, unterbrach Channel Five, »wir haben gerade mit Mr. Salinas gesprochen. Er sagte, er halte das Urteil für ›emotional‹ und es gäbe ›keinen stichhaltigen Beweis dafür, daß Mrs. Belfantes Ängste begründet waren, geschweige denn, daß sie in Lebensgefahr schwebte‹.«

Tony zog Gina fester an sich, musterte die junge Frau, die die Frage gestellt hatte, und sagte milde: »Das ist keine besonders freundliche Reaktion, nicht wahr? Und mehr als nur ein wenig unfair der Jury gegenüber. Andererseits war Mr. Salinas anders als die Geschworenen in den letzten drei Wochen nicht einmal in der Nähe dieses Gerichtssaals. Genausowenig, wie er dabei war, wenn Mrs. Belfante von ihrem Ehemann verprügelt wurde.«

Genug!, ermahnte Tony sich selbst, er hatte schließlich weiterhin beruflich mit Salinas zu tun. Weitere Fragen winkte er ab. »Mrs. Belfante braucht jetzt erst einmal Ruhe, und ich hoffe, die werden Sie ihr lassen.«

Er küßte Gina Belfante flüchtig auf die Wange. »Ich wünsche Ihnen ein schönes Leben«, sagte er leise. Sie lächelte ihn an, bevor zwei Leibwächter ihr den Weg zu einer wartenden Limousine und dem wie auch immer gearteten Rest ihres Lebens bahnten, während Tony Lord, den das Ende ihrer komplexen Beziehung zugleich mit Bedauern und Erleichterung erfüllte, sich wieder seinem eigenen Leben zuwandte.

Am Fuß der Treppe sah er seinen schwarzen Lincoln, aber keine Spur von seinem Fahrer. Er schlängelte sich durch die verbliebenen Reporter und öffnete die hintere Wagentür.

Hinter den getönten Scheiben verborgen saß Stacey am Steuer. Das paßte so gar nicht zu ihr, so daß Tony, genau wie sie es beabsichtigt hatte, laut auflachen mußte. Er schloß die hintere Tür und nahm neben ihr auf dem Beifahrersitz Platz. Blaugrüne Augen erwiderten seinen Blick. Stacey küßte ihn und ließ sich Zeit dabei. Sie freute sich noch immer über ihre gelungene Überraschung, als sie sich schließlich zurücklehnte.

»Kommen Sie öfter hierher?« fragte sie.

Im Moment war Tony vollauf damit zufrieden, sie nur anzuschauen. Sie war schlank und honigblond, doch die klaren Züge und Linien ihres Gesichts bargen die verschiedensten Widersprüche – ein strahlendes Lächeln, das eine gewisse Verlorenheit in ihren Augen nicht vertrieb, eine mädchenhaft frische Haut, die in den Mundwinkeln von feinen Linien gezeichnet war, die Tony daran erinnerten, daß seine Frau inzwischen einundvierzig war. Sie trug nur wenig Make-up. Für eine Sängerin und Schauspielerin, deren Gesicht so bekannt war wie ihres, war es nicht bloß ein Luxus, sondern ein Akt der Selbstfindung, sich keine Gedanken darüber zu machen, wie sie im Alltag auf andere wirkte. Aber daß sie überhaupt hier vor dem Justizpalast erschienen war, war die eigentliche Überraschung. Sie machte normalerweise einen großen Bogen um Tonys Verhandlungen, sie mochte Gerichtssäle nicht und verband speziell mit diesem Gebäude traurige Erinnerungen.

Vor zwölf Jahren hatte Stacey ein Konzert gegeben, um Geld für den Präsidentschaftswahlkampf ihres Lebensgefährten, Senator James Kilcannon, aufzutreiben. Stacey stand direkt neben ihm, als Kilcannon von dem Vietnamveteranen Harry Carson erschossen wurde, der akut unter einem posttraumatischen Streßsyndrom litt. Jedenfalls hatte Anthony Lord, Harry Carsons Anwalt, das damals behauptet.

Anfangs hatte Stacey beide Männer gleichermaßen verabscheut, und bis heute konnte sie sich nicht genau erklären, wie es dazu kam, daß sie Tony von seinem Mandanten trennen und sich in ihn verlieben konnte. Doch das war geschehen.

»Herzlichen Glückwunsch«, sagte sie.

In ihrem Blick mischten sich Liebe und leise Zweifel. »Du fragst dich noch immer«, sagte Tony, »womit ich diesmal wieder durchgekommen bin, stimmt's?«

Staceys Lächeln erreichte ihre Augen nicht. Sie hatte inzwischen gelernt, die Gründe für Tonys manchmal rücksichtslosen Einsatz zum Schutz seiner Mandanten zu akzeptieren und sogar zu verstehen, doch teilen konnte sie seine Haltung nicht.

»Du nicht«, meinte sie schließlich. »Aber Gina Belfante hat ihn immerhin getötet. Ich verstehe die Ängste geschlagener Frauen, aber hat diese Frau ›berechtigterweise‹ geglaubt, daß sie ihren Mann nicht verlassen konnte?«

Tony zuckte die Achseln. »Wenn man eine Verteidigung auf dem Geisteszustand eines Mandanten aufbaut, kann man als Verteidiger nichts weiter tun, als die Geschworenen entscheiden zu lassen. In diesem Fall haben die Geschworenen erkannt, wie Gina Belfante wirklich ist. Aber vielleicht gehen sie auch nur davon aus, daß für Ginas nächsten Mann keine Gefahr besteht und der Tod des letzten kein großer Verlust gewesen ist.« Tony bemerkte sofort, daß Stacey das nicht hatte hören wollen. »Vielleicht tröstet es dich ja, Stacey, daß noch kein Mandant, den ich in einem Mordfall verteidigt habe, anschließend losgegangen ist, um es wieder zu tun. Das ist doch immerhin etwas.«

Stacey dachte schweigend darüber nach. »Nun«, sagte sie schließlich, »ich bin einfach froh, daß es vorbei ist. Ich habe dich vermißt.«

Tony zog sie an sich und vergrub sein Gesicht an ihrem Hals. Ihr Haar und ihre Haut dufteten frisch. »Laß uns nach Hause fahren«, murmelte sie.

Ihr Haus in Pacific Heights lag an einer Privatstraße mit Blick auf die Bucht. Es bot sowohl Sicherheit als auch Privatsphäre. Zum Glück konnte Stacey es sich leisten, wie Tony trocken bemerkt hatte. Stacey hatte unter den Gaffern und Paparazzi gelitten, und auch einige von Tonys Mandanten waren ausgesprochen unpopulär. Außerdem hatte das Leben ihnen gewisse Lektionen nicht erspart, beide hatten gute Gründe, sich um ihre Sicherheit zu sorgen, und um Christopher, Tonys Sohn.

Am stärksten verband sie etwas, was den meisten Menschen

fehlte und was sie aneinander besonders gut verstehen konnten: ihr tiefes Wissen um die Zerbrechlichkeit des Glücks. Stacey hatte Tony nie gebeten, Mandate außerhalb der Stadt abzulehnen, er tat es einfach. Genau wie Stacey von sich aus wählerischer geworden war, was ihre Rollen betraf. Der Oscar lag nun schon fünf Jahre zurück, und sie hatte immer weniger Lust, sich so vollständig aus ihrem Leben reißen zu lassen, wie es Dreharbeiten an anderen Orten erforderten. Doch nun hatte sie ein ungewöhnlich gutes Drehbuch gelesen, ein Skript, das zu einer Frau ihres Alters paßte, ohne Nacktszenen, Verfolgungsjagden, Dinosaurier oder Kinderstars, wie sie Tony sarkastisch erklärt hatte. Einige ihrer flüchtigen Abendessen während des Belfante-Prozesses hatten sie mit der Abwägung dieses Angebotes zugebracht. Tony und Christopher hatten Staceys Leben einen Mittelpunkt gegeben, den sie nur widerstrebend verließ.

Christopher war im Wohnzimmer, als sie nach Hause kamen. Er lümmelte auf der Couch und erinnerte an einen Kleiderhaufen; schlabbrige Jeans, schlabbriges Sweatshirt und Baseballkappe. Unter der Kappe begrüßte sie ein breites Lächeln auf einem Gesicht, das erstaunliche Ähnlichkeiten mit dem siebzehnjährigen Tony Lord aufwies.

»Hi, Leute«, sagte er, ohne sich zu rühren. »Wie sieht's aus?«

Tony wußte, daß Christopher gerade vom Baseball gekommen war, die demonstrative Schlaffheit inmitten des Überflusses war seine momentane Attitüde. Christopher betrachtete seine glücklichen Lebensumstände als ausgeklügelten Scherz, der bei Sonnenuntergang zu Ende sein konnte. Diese Haltung war typisch für seine argwöhnische Vorsicht. Obwohl er nie darüber sprach, schien Christopher sich doch an die Konflikte seiner ersten sechs Lebensjahre zu erinnern. An die Streitereien seiner Eltern über Geld, die Ambitionen seines Vaters und die Unzufriedenheit seiner Mutter, und an die drei Jahre nach der Scheidung, als seine Mutter weniger aus Liebe als aus Rachsucht gegen Tony, der der eigentliche Rückhalt in Christophers

Leben war, um das Sorgerecht kämpfte. Tony vergötterte seinen Sohn. Er hatte es nie verstanden, daß Marcia das Vergnügen, für Christophers Erziehung verantwortlich zu sein, hatte aufgeben können. Sie war nach Los Angeles gezogen, um ein in Tonys Augen oberflächliches neues Leben mit ihrem oberflächlichen zweiten Mann zu beginnen. Aber sie hatte es getan, und dafür würde Tony ihr ewig dankbar sein.

Er stand neben Stacey und blickte mit in die Hüften gestemmten Händen auf seinen scheinlethargischen Sohn hinunter. »Einfach bestens«, informierte er Christopher.

»Super«, entgegnete sein Sohn fröhlich. »Kann ich dann heute abend das Auto haben? Ich will mit Aaron für die Prüfungen büffeln.«

Stacey musterte ihren Stiefsohn mit schiefgelegtem Kopf. »Ist das alles? Wolltest du nicht gerade fragen, warum dein Vater schon so früh zu Hause ist?«

Christopher starrte sie an, und Tony konnte die Erkenntnis im Gesicht seines Sohnes geradezu dämmern sehen. »Ach ja! Der Prozeß! Tut mir leid.« Er wandte sich an Tony. »Hast du gewonnen?«

»Richtig.«

»Cool.« Nun richtete Christopher sich sogar auf. »Hat sie's getan?«

»Natürlich hat sie's getan«, erwiderte Stacey trocken. »Aber dein Vater hat mir erklärt, daß es darauf nicht ankommt.«

Christopher blickte amüsiert von einem zum anderen, bevor er aufstand und seinen Vater unbeholfen umarmte. »Tja dann, herzlichen Glückwunsch, *Padre*.«

Tony nutzte die Gelegenheit, seinen Sohn einen Augenblick an sich zu ziehen. Dann beugte er sich zurück und sagte lächelnd: »Vielen Dank für die spontane Anteilnahme an meinem Leben.«

Christopher grinste. »Kein Problem«, sagte er und zerzauste seinem Vater das Haar. »Jedenfalls kommst du ganz gut ohne mich klar.«

Und damit machte Christopher Lord sich auf die Suche nach den Autoschlüsseln seines Vaters.

Tony mixte Martinis, setzte sich neben Stacey und schenkte ihnen beiden ein Glas ein. Gemeinsam betrachteten sie die Segelboote, die die Bucht sprenkelten.

»Was werden wir nur machen, wenn Christopher aufs College geht?« sinnierte er.

Stacey schaute auf ihre Uhr. »Dasselbe, was wir in, ich würde sagen, ungefähr fünfzehn Minuten tun werden.« Sie lächelte zu ihm hinüber und fügte hinzu: »Ich habe Marcella den Abend freigegeben.«

Tony stellte augenblicklich seinen Drink ab. »Du zuerst«, sagte er. »Ich gucke gern zu.«

Er folgte Stacey die Treppe hinauf ins Schlafzimmer. Nach fünf oder sechs Stufen fing sie an sich auszuziehen – Pullover, BH, dann die Jeans. Tony beobachtete die Bewegungen ihres schlanken Körpers auf der Treppe, wie sie die oberste Stufe erreichte, wie sie stehenblieb, ohne sich umzudrehen. Mit einem einzigen Hüftschwung irgendwo zwischen sinnlich und neckisch ließ Stacey ihr Höschen zu Boden fallen.

»*Cool*«, sagte Tony, und dann machte niemand mehr Witze.

»Ich liebe dich«, murmelte er. Staceys Augen strahlten ihn an. Sie lagen im Schlafzimmer, beide zufrieden und ermattet, Tony hatte Stacey noch nicht verlassen, er spürte seine Hitze in ihr und ihren Busen an seiner Brust, die Feuchtigkeit der Liebe kühlte ihre Haut.

»Was glaubst du«, fragte Stacey, »wie oft haben wir miteinander geschlafen?«

Tony lächelte. »In letzter Zeit nicht oft genug.«

Sie küßte ihn, bevor sie sagte: »Während eines Prozesses ist es, als ob du ganz woanders wärst. Wie bei meiner Schauspielerei, nehme ich an.«

»Nur daß Schauspieler wissen, was alle anderen sagen werden. Und wie die Geschichte ausgeht.« Tony drehte sich zur

Seite und küßte Stacey, bevor er weiter nach unten rutschte und seinen Kopf auf ihren Bauch legte. Er sah, wie ihr Blick zum Fenster wanderte und abwesend an dem pastellfarbenen Abendhimmel hängenblieb.

»Ich habe noch mal über das Drehbuch nachgedacht«, sagte sie.

»Und?«

»Ich weiß nicht.«

Tony hob den Kopf. »Ich kann das nicht für dich entscheiden. Ich möchte nicht mal eine Stimme abgeben.«

Sie richtete sich halb auf und sah ihn an. »Nicht einmal für dich selbst?«

Ohne den Blick von ihr abzuwenden, schüttelte er den Kopf. »Du magst diese Story. Das tust du normalerweise nicht.«

»Ich weiß. Und sie wollen eine Antwort.« Sie runzelte die Stirn. »Es ist einfach kein besonders guter Zeitpunkt. Es kommt mir so vor, als wärst du gerade erst zurückgekommen.«

Lächelnd sagte er: »Ich nehme mir ein paar Tage frei. Danach bist du dann soweit.«

»Wenn du das tust, bin ich vielleicht nie soweit.« Sie blickte zu der verschlossenen Schlafzimmertür. »Vielleicht können wir einfach den Kühlschrank plündern und alles mit rauf nehmen, worauf du Lust hast. Mir ist alles recht.«

»Geräucherte Austern?«

Stacey verzog das Gesicht, und in diesem Moment klingelte das Telefon.

Es war ihr Privatanschluß, der für enge Freunde und Notfälle reserviert war.

Tony spürte, wie er sich anspannte.

»Laß es klingeln«, meinte Stacey abwesend.

»Das kann ich nicht. Nicht, wenn mein siebzehnjähriger Sohn mit dem Auto unterwegs ist.«

Tony nahm beim dritten Klingeln ab.

»Mr. Lord«, sagte eine Männerstimme. »Hier ist Ihr Auftragsdienst ...«

»Herr im Himmel«, murmelte Tony ärgerlich.

»Es sind zwei Ferngespräche von einer gewissen Sue Robb eingegangen«, fuhr der Mann fort. »Sie sagte, es sei ein Notfall.« Tony setzte sich auf und wandte Stacey den Rücken zu. »Ich habe sie in der Leitung, Mr. Lord. Soll ich ihr sagen, daß Sie zurückrufen werden?«

Tony zögerte einen Augenblick. »Nein«, sagte er schließlich zu dem Telefonisten. »Stellen Sie sie durch.«

Tony stand am Fenster, Stacey beobachtete ihn vom Bett aus.

»Wenn du dorthin zurückkehrst«, sagte sie, »wird die ganze Sache wieder hochkommen.«

Er spürte, daß sie recht hatte, und schwieg einen Moment. »Ich weiß.«

»Wenn ich überhaupt etwas verstanden habe, Tony, dann nur, daß du dein ganzes erwachsenes Leben lang versucht hast, diese alte Zeit hinter dir zu lassen. Aber deine Alpträume verfolgen dich bis heute. Und wenn ich dich manchmal ansehe, ist es, als ob du dort wärst und nicht hier.«

Tony antwortete nicht. »Sam und Sue waren meine besten Freunde«, sagte er schließlich. »Und irgendwie fühle ich mich immer noch schuldig, weil ich damals einfach alles stehen- und liegengelassen habe.«

»Wenn ich mich recht erinnere, war mehr als nur Freundschaft im Spiel.« Staceys Stimme wurde weicher. »Wegzugehen war eine Frage des Überlebens, Tony. Oft frage ich mich, wie du das alles überhaupt überstanden hast.«

Tony drehte sich um und kam zum Bett zurück. »Was jetzt dort geschieht, kann sie beide zugrunde richten. Ich brauchte damals einen Anwalt, und sie brauchen jetzt einen.«

Stacey schüttelte bestürzt den Kopf. »Das ist unheimlich. Es ist fast genauso wie damals.«

»Und damals war ich es, dem Unrecht getan wurde. Jetzt könnte ihnen das gleiche passieren. Ich weiß zu gut, wie diese Stadt sein kann.« Sein eigenes Entsetzen ließ ihn stocken. »Ich muß gehen, Liebling. Wenigstens für ein paar Tage. Auch wenn sich alles in mir dagegen sträubt.«

Stacey senkte den Blick und nickte langsam.

So hatte er das nicht gewollt. »Ich werde nie erklären können …«

Sie richtete sich auf und legte ihre Arme um seinen Hals. »Das wirst du auch nie müssen, Tony. Das Drehbuch kann ruhig noch ein paar Tage warten.« Stacey schwieg einen Moment. »Und inzwischen sehe ich nach Christopher. Das wirkliche Leben stellt seine Forderungen, ich weiß. Das Leben, das du vor mir gelebt hast, hat das schon immer getan.«

Während des Fluges, der Tony Lord zum erstenmal seit siebenundzwanzig Jahren in seine Heimatstadt Lake City, Ohio, bringen sollte, stiegen in ihm deutlich wie Filmausschnitte Erinnerungen auf an jeden einzelnen Moment jener Nacht, in der Alison Taylor gestorben war.

Die Bilder hatten sich ihm unauslöschlich eingebrannt, nicht nur die von Alison oder Sam und Sue, um deren Krise es jetzt gehen würde, sondern auch die aus den Monaten nach Alisons Tod. Tony war sich sicher, daß er diese geschärfte Wahrnehmung dem zu verdanken hatte, was er damals im Garten der Taylors gesehen hatte, und daß alles, was er in jenem Augenblick empfunden hatte, die Verwerfungslinie markierte, die sein Leben in zwei Teile zerbrochen hatte. Es fiel ihm ungleich schwerer, den Jungen wiederzufinden, der er in den Stunden davor gewesen war, noch unberührt von dem Wissen, daß man Unglück wie Leidenschaft willkürlich heraufbeschwören kann.

Damals waren sie so alt wie Christopher heute, siebzehn.

Erster Teil

ALISON TAYLOR

November 1967 bis
August 1968

EINS

Tony Lord stand in einer Schüssel voller Licht. Die Abendluft war frisch und kalt: Es roch vage nach verbranntem Laub und Heu, Popcornduft wehte von den Zuschauerrängen. Unter dem Flutlicht erstrahlte das Spielfeld in einem fluoreszierenden Gelbgrün, dahinter war Dunkelheit. Der Jubel und das Fußgetrappel auf den Holztribünen wurde getragen von der Energie einer ganzen Stadt von dreizehntausend Einwohnern, einer selbständigen Gemeinde dreißig Meilen von der Stahlstadt Steelton entfernt, wo die Väter arbeiteten, die Familien jedoch nur selten hinkamen.

Die halbe Stadt war versammelt – Eltern, Großeltern und andere Erwachsene und die meisten Schüler der High-School sowie ihre jüngeren Brüder und Schwestern, die nur nach einem Vorwand suchten herumzustreunen, zu schwatzen und einander zu treffen. Doch den übrigen, verpackt in Mäntel, Wollmützen und Lederhandschuhe, ging es bei der Erie Conference Championship um die Ehre der Schule, die Geschichte der Stadt und das Recht, bei Rotarier-Treffen, Geschäftsessen und auf zwanglosen Herrenabenden des Elk-Clubs zu prahlen. In ihrem heiseren Gebrüll schwang schrille Furcht mit, denn Lake City lag sieben zu zehn im Rückstand, Riverwood war an der Fünfzig-Yard-Linie im Ballbesitz, und es waren nur noch eine Minute und vierzig Sekunden zu spielen. Die letzte Chance der Lakers bestand darin, den Spielzug des Gegners abzufangen.

Sieben Riverwood-Spieler in roten Trikots und weißen Hosen liefen auf die Markierung zu. Ihnen standen vier stämmige Spieler in Lake-City-Blau gegenüber, die Verteidigungslinie. Dahinter standen weitere Spieler zur Absicherung, unter ihnen auch Tony Lord und sein bester Freund Sam Robb.

Jack Parham, der Quarterback von Riverwood, bellte seine Anweisungen. Aus dem Augenwinkel sah Tony, wie Sam sich katzenartig nach vorn stahl.

Der Center nahm den Ball auf. Parham täuschte einen Paß vor und nahm den Ball dann unter seinen rechten Arm, um die fünf Yards, die zu weiteren vier Versuchen führen und kostbare Sekunden kosten würden, selbst zu laufen.

Noch bevor Tony eine entsprechende Anweisung rufen konnte, war Sam unterwegs in Richtung Parham.

Parham bewegte sich an der Fünfzig-Yard-Linie nach rechts, doch Sam war schneller. Als Parham zum raumgewinnenden Sprint ansetzen wollte, sah er Sam, der nur noch zehn Meter von ihm entfernt war.

Tony beobachtete, wie Parham zögerte und überlegte, ob er ins Aus laufen sollte. Doch dann würde die Uhr angehalten. Für einen unentschlossenen Moment wurde Parham langsamer und blieb dann ganz stehen.

Tony kannte Sam viel zu gut, um nicht zu wissen, daß das ein Fehler war. Drei Schritte vor Parham setzte Sam zum Sprung an. Sein ganzer Körper war eine gespannte Linie, die in dem Helm endete, der in Parhams Gesichtsschutz krachte.

Man hörte ein Knacken, Parhams Kopf schnellte zurück, und der Ball glitt aus seinen Händen. Die Menge johlte, als das Ei fünf Meter vor Tony zu Boden trudelte.

Tony tauchte nach unten, schnappte den Ball mit beiden Armen und vergrub ihn an seiner Brust, während drei rotgekleidete Körper auf ihn zuschossen, um ihm das Spielgerät wieder zu entreißen.

Ein Pfiff ertönte.

Langsam und unter beinahe hysterischem Jubel erhob sich

Tony. Er spürte die blutigen Kratzer an seinen Armen, als er dem Schiedsrichter mit einer Gelassenheit, die er nicht empfand, die vorzutäuschen er sich jedoch verpflichtet fühlte, den Ball überreichte. Sam stand den Rängen der Lake-City-Fans zugewandt, die Arme in die Luft gereckt, den Helm in einer Hand, so daß sein glattes blondes Haar im Flutlicht glänzte. Er schien gar nicht bemerkt zu haben, daß Jack Parham noch immer bewegungslos am Boden lag.

Die Menge schien wie ein Mann hinter Sam zu stehen, ihr Geschrei stieg in den Abendhimmel. Erst als Parham weiter reglos verharrte und der Trainer von Riverwood hinzueilte, erstarb der Jubel.

Tony blickte weder zu den Rängen noch zu dem verletzten Parham, sondern zur Uhr. Noch eine Minute neunzehn. Er fragte sich, wie er die Aggression seines Gegenspielers zügeln sollte, welche Spielzüge seiner Mannschaft doch noch zum Sieg verhelfen würden und wie er Sam unter Kontrolle halten konnte.

Wenn ihre Mannschaft im Angriff war, war Tony der Quarterback. Doch die nächste Minute, die letzte ihrer Karriere, gehörte Sam und ihm gemeinsam.

Sie hatten seit der neunten Klasse auf diesen Augenblick gewartet. Tony war damals zwei Wochen nach Beginn des Schuljahres von der kirchlichen Holy Name High School, auf die seine Eltern ihn so lange wie möglich geschickt hatten, auf die staatliche High-School gekommen, und die Trainer hatten ihn mit dem Posten betraut, von dem Sam Robb geglaubt hatte, es wäre seiner.

Sam war für seine vierzehn Jahre ziemlich groß, kräftig und außergewöhnlich schnell. Die meisten Altersgenossen beugten sich seiner selbstsicheren Art, einige fürchteten ihn sogar wegen seines aufbrausenden Temperaments. Es war offensichtlich, daß er keine Konkurrenz zu erwarten hatte, am wenigsten von einem katholischen Eindringling.

Etliche Tage trainierten sie nebeneinander und wechselten

kaum ein Wort. Tony erkannte, daß Sam der bessere Sportler war, aber Tony hatte schnelle Reflexe und etwas, das er nicht definieren konnte, was dem Trainer jedoch zu gefallen schien. Die Spannung in der Mannschaft war fast mit Händen zu greifen. Jeder wußte, daß Coach Ellis in einer Kleinstadt, in der sich alles um die Schulmeisterschaften drehte, nicht nur den Quarterback der neunten Klasse auswählte, sondern auch den Jungen, der zum Quarterback von Lake City High gekürt werden würde.

Beim letzten Training stand George Jackson, der Trainer der Schulmannschaft, an der Seitenlinie.

Sam trieb die Mannschaft an und bevorzugte Spielzüge, die seinen kräftigen Arm und seine läuferischen Fähigkeiten zur Geltung brachten. Nach dem Training nahm Coach Ellis Sam beiseite. Tony war der Quarterback.

In der Umkleidekabine nahm Tony die Gratulation verschiedener Mannschaftskameraden entgegen, doch Sam war verschwunden. Dann wanderte Tony alleine auf die Tribüne und wunderte sich über sein Glück. Als er die schweren Schritte auf den Holzplanken hörte, blickte er auf und sah Sam Robb, der mit seiner typisch arroganten Art auf ihn zukam und sich schweigend neben ihn setzte. Tony wappnete sich für Sams Drohung, ihm nicht in die Quere zu kommen.

»Diese Trainer haben keine Ahnung«, sagte Sam schließlich. »Du belastest beim Werfen noch immer den hinteren Fuß.«

Tony wandte sich ihm zu. »Wie?«

Sam kniff die Augen zusammen. »Wir haben einen großen Garten. Ich zeige es dir.«

Nach kurzem Zögern nickte Tony. »Okay.«

Schweigend gingen sie die paar Blocks bis zu Sams Zuhause. Aus erster Hand wußte Tony wenig über Sams Leben. Aber in Lake City war es unmöglich, gar nichts zu wissen. Obwohl die Robbs Mitglieder im Country Club waren, in den Tonys Eltern nie geladen wurden, ging es mit der Eisenwarenhandlung von Sams Vater nach allgemeiner Ansicht bergab, so daß Tony nicht überrascht war, als er sah, daß das weiße Holzhaus auf einem großen, von Eichen gesäumten Grundstück zwar geräumig, aber auch ein wenig heruntergekommen wirkte. Genausowenig überraschte es ihn, daß auf dem Kaminsims im Wohnzimmer diverse Trophäen ausgestellt waren, die Sams Bruder Joe errungen hatte, 1963 Sportler des Jahres der Lake City High School, ein Jahr, bevor er nach Vietnam gegangen und dort gefallen war. Tony wußte auch, daß Sams großgewachsener, aber leicht aufgeschwemmter Vater, ein in die Jahre gekommener Sportler, ehemaliger Präsident des Lake City Athletic Booster Clubs war. Was Tony überraschte, war Sams Mutter.

Mit ihren blonden Haaren, ihrem glatten Gesicht, der Stupsnase und den blauen Augen ähnelte sie Sam, obwohl man die Spuren des Alters an ihrem hängenden Kinn und ihren Oberarmen erkennen konnte. Sie lag in einem bunten, schlechtsitzenden Kleid auf dem Sofa, und ihr Blick wirkte leicht verschwommen. Ohne Tony zu beachten, sagte sie zu Sam: »Du hast mir versprochen, heute den Rasen zu mähen.«

Sie redete komisch, leicht fallend, fordernd und ein wenig schmollend. Sams Körper versteifte sich. »Wir gehen nach draußen trainieren.«

Dottie Robb zog die Brauen hoch. »Oh«, erwiderte sie fast spöttisch.

Tony trat unbehaglich von einem Fuß auf den anderen, als er den halbleeren Krug auf einem Beistelltisch neben der Couch sah. Er enthielt eine Flüssigkeit, die aussah wie Whiskey. Tony trat vor. »Ich bin Tony Lord.«

Sie musterte ihn langsam von oben bis unten. Dann erhob sie sich recht elegant von dem Sofa und streckte Tony anmutig ihre Hand entgegen. Ihre Haut war kühl und trocken, der Blick aus ihren blauen Augen direkt und ein wenig spöttisch. »Ich bin Dottie, Sams Mutter.«

Dottie Robb musterte Tony noch einen Moment länger, bevor sie auf Sam zutrat und ihm einen Kuß auf die Wange drückte, den er weder abwehrte noch erwiderte. Als sie ihn umarmte, blieben seine Augen ausdruckslos.

Schweigend führte Sam Tony in den Garten. Der Rasen stand hoch, die Blumenbeete waren ungepflegt. Vom Ast einer Roßkastanie baumelte an einem Seil ein alter Lkw-Reifen.

Ohne Vorrede sagte Sam: »Achte auf meine Füße«, und trat dann etwa zwanzig Meter von dem Reifen zurück. Er tanzte auf den Ballen seiner Füße, und Tony erkannte, daß er das Gewicht beim Wurf auf den vorderen Fuß verlagerte. Der Ball segelte durch den Reifen.

»Dein Arm ist gar nicht so übel«, meinte Sam. »Aber Joe, mein Bruder, hat immer gesagt, wenn man das Gewicht nicht richtig verlagert, wirft man zu kurz. Kein Mumm dahinter, keine Weite.«

Tony wußte, daß dies nicht die Worte eines Vierzehnjährigen, sondern die des inzwischen toten älteren Bruders waren. Ihm fiel auf, wieviel Sams Familie auf dessen Erfolg gesetzt haben mußte. Zum erstenmal spürte er Sams Großzügigkeit. Den Posten des Quarterbacks zu verlieren, würde in seiner Familie sehr viel mehr bedeuten als in Tonys.

»Jetzt du«, forderte Sam ihn auf.

Tony fing an zu werfen, während Sam mit den Händen in den Hüften neben ihm stand und knappe Kommentare abgab. Tony versenkte sieben von zehn Würfen.

Am Ende nickte Sam wortlos und warf Tony den Ball zu. »Außen!« rief er, machte ein paar Schritte zur Seite und sprintete dann auf ein Rosenbeet auf der linken Seite des Gartens zu.

Tony warf. Der Ball trudelte träge über Sams Kopf hinweg. Sam wurde schneller und versuchte, ihn zu fangen, bevor er plötzlich zu einem Hechtsprung über das Rosenbeet ansetzte, während der Ball einige Meter vor ihm zu Boden fiel.

In ihrem Rücken ging quietschend die Verandatür auf. Mit unvermittelt schriller Stimme rief Dottie Robb: »Paßt auf die Rosen auf – das sind meine Babys.«

Sie fuhren herum. Dottie Robb stützte sich mit beiden Händen im Türrahmen ab und sah sie an. Sam stand schweigend neben dem Rosenbeet und lief rot an. Nur Tony konnte ihn leise »Leck mich doch« murmeln hören.

Befriedigt schloß Dottie Robb die Tür. Tony fragte sich, wie lange sie schon zugesehen hatte. Oder getrunken.

»Noch mal«, forderte Sam ihn auf. »Mit ein bißchen weniger Effet. Und achte auf ihre blöden Rosen.«

Mit einer Mischung aus Solidarität und Stolz antwortete Tony: »Unter Druck bin ich immer am besten.« Die nächsten vier Pässe kamen fast perfekt.

»In Ordnung«, sagte Sam abrupt. »Wir müssen einen Spielzug einüben. Eines Tages wird ein wichtiges Spiel auf der Kippe stehen, und es wird auf uns beide ankommen.« Sam hielt inne, den Blick weiter auf Tony gerichtet, und lächelte zum erstenmal. »Ich werde der größte Paßfänger in der Geschichte der Lake City High School werden. Und du wirst einen brauchen.«

Tony spürte in Sams Eingeständnis und in seinem Bemühen, es mit Prahlerei zu überspielen, eine eigenartige Bitterkeit. »Du läufst an der Seitenlinie entlang«, sagte er schließlich, »wie wir es bisher geübt haben. Dann hängst du den Verteidiger, der dich deckt, mit einer Hüfttäuschung ab und startest steil in die Mitte.«

Sam warf den Ball zurück zu Tony, der noch einen Moment ruhig stehenblieb, um sich ganz auf seinen Spielzug zu konzentrieren. Er spürte, daß Sam geduldig wartete, als ob er das verstehen könnte. »Lauf«, sagte Tony schließlich.

Sam rannte auf die Rosen zu. Tony tänzelte leichtfüßig zurück. Plötzlich strebte Sam in die Mitte des Gartens. Tony blieb stehen und lupfte den Ball über Sam hinweg und ein wenig rechts von ihm. Sam folgte im Laufen seinem Flug und bekam den Ball gerade noch mit den Fingerspitzen zu fassen. Er kam schlitternd zum Stehen, drehte sich um und reckte den Ball in die Höhe. Einen Moment lang schien er gar nicht da zu sein, sondern lauschte mit halbgeschlossenen Augen einer imaginären Menschenmenge, die seinen Namen skandierte.

Dann schlug Sam die Augen plötzlich auf. »Touchdown!« rief er Tony zu. »Das ist unser Spiel.«

Ihr Augenblick war gekommen.

Die Tatsache, daß Alison und Tonys Eltern unter den Zuschauern waren, bedeutete ihm in diesem Moment nichts; Jack Parhams Verletzung bedeutete nur den Vorteil einer Unterbrechung. Als er an den Cheerleadern vorbei zur Seitenlinie lief, nahm er Sue Cashs aufmunterndes Winken, ihr lockiges braunes Haar, das breite Lächeln und den vagen Duft ihres Parfüms kaum wahr.

An der Seitenlinie lief Coach Jackson auf und ab, starrte immer wieder auf die Uhr und verging offensichtlich vor Schmach nach einer Zigarette. Mit fünfundvierzig hatte er bereits einen Herzinfarkt hinter sich, und nur das Rauchen verhinderte, daß sein dicklicher Körper weitere Pfunde ansetzte. Seine schmalen Schlangenaugen starrten Tony aus einem hochroten Gesicht an.

»Was willst du jetzt machen?« wollte er von Tony wissen.

Tony erklärte es ihm.

Jackson riß die Augen auf, wie er es immer tat, wenn er jemanden einschüchtern wollte. »Sam wird den ganzen Abend hauteng gedeckt.«

Tony zuckte die Schultern. »Dann werden sie es nicht erwarten.«

So etwas wie Belustigung huschte über Jacksons Gesicht, eine tiefe Sympathie für den Jungen, der vor ihm stand, und der Stolz über dessen Menschenkenntnis. Tony begriff, daß dies die Augenblicke waren, für die Coach Jackson lebte.

»Gewinn einfach das gottverdammte Spiel«, knurrte der Trainer.

Als Tony die Offensivreihe aufs Feld führte, halfen ein Spieler und ein Trainer von Riverwood Jack Parham zur Seitenlinie. Sam trottete neben Tony und meinte: »Das war super – Ballverlust und Spielunterbrechung.«

In seiner Stimme schwang ursprüngliche Freude mit, Adrenalin pulsierte in seinem Körper. Als die Offensivreihe einen Kreis bildete, betrachtete Tony jeden einzelnen von ihnen: Sam, den kräftigen Johnny D'Abruzzi, Tonys Freund von der Holy Name High School, und Ernie Nixon, den einzigen Schwarzen der Schule. Ihre Gesichter waren angespannt und nervös. Tony bemühte sich um einen sachlichen Ton.

»Wir werden unsere vier Versuche ganz ruhig angehen. Keine Ballverluste, keine Strafstöße. Keiner wird den Kopf verlieren oder versuchen, den Helden zu spielen. Wir tun einfach das, was wir tun müssen, und das Spiel gehört uns. Und um die Zeit kümmere ich mich.«

Das Team schien ruhiger zu werden. Tony sagte den Spielzug an, sie lösten ihren Kreis und nahmen selbstbewußt ihre Positionen ein. Beim ersten Versuch paßte er den Ball zu Ernie Nixon, der fünf Yards Raumgewinn machte, bevor er zu Boden gerissen wurde. Der zweite Versuch, ein rasch gestoppter Sprint von Johnny D'Abruzzi, brachte fast gar nichts ein. »Zeit stopp!« rief Tony dem Schiedsrichter zu und blickte erst dann zur Stadionuhr. Noch vierundvierzig Sekunden. Er hatte ihre letzte Auszeit genommen.

Das Team scharte sich um Tony, Johnny D'Abruzzi kreischte: »Gib mir den Ball noch mal ...« Sam trat zwischen sie und packte mit von Panik und Frustration verzerrtem Gesicht Tonys Trikot. »Ich bin frei. Aber du mußt schon irgendwann anfangen, Pässe zu spielen. Die Zeit läuft uns weg.«

Tony bemühte sich, seine eigene Wut zu unterdrücken. »Wir haben reichlich Zeit«, erwiderte er, und sein Tonfall sagte noch etwas anderes: Dies ist noch nicht unser Augenblick.

Sie starrten sich an, bis Sam die Hände sinken ließ. Tony wandte sich wieder den anderen zu, als wäre nichts geschehen. Sein Herz pochte.

»Okay.« Er blickte in Johnny D'Abruzzis grimmige Augen und traf seine Entscheidung. »Wir schicken noch einmal Johnny, diesmal über die linke Seite.«

Mit vorgetäuschter Gelassenheit trat Tony hinter den Center, bellte sein Kommando, erhielt den Ball und reichte ihn an Johnny D'Abruzzi weiter. Ernie Nixon bahnte Johnny den Weg, indem er Riverwoods rechten Verteidiger zu Boden riß, doch als Johnny vorbeilaufen wollte, stolperte er über die Beine des fallenden Spielers.

»Scheiße«, murmelte Tony. Die Uhr zeigte einunddreißig, dreißig, neunundzwanzig Sekunden an. Noch zwanzig Yards ...

Die Spieler in den blauen Trikots nahmen erneut Aufstellung. Noch zweiundzwanzig Sekunden ...

Der Center gab Tony den Ball. Er lief, gefolgt von Ernie Nixon, an der Linie entlang. Tony konnte entweder selbst zum Sprint ansetzen oder den Ball zu Ernie passen. Unter dem Geschrei der Menge baute sich ein Abwehrblock auf. Tony erkannte seine Chance: Er konnte zehn Yards an der Außenlinie entlang und dann ins Aus laufen, um die Uhr erneut anzuhalten. Die Schreie wurden schriller. Aus dem Nichts tauchte am Rand von Tonys Blickfeld ein rotes Trikot auf – Rex Stallworth, Riverwoods schnellster Außenverteidiger. Tony hörte Stallworths Helm gegen seine Wange krachen, bevor der Aufprall seinen Körper erschütterte und ihn in die Dunkelheit fallen ließ. Als nächstes roch er Erde und Gras. Benommen rappelte er sich auf die Knie.

»Tony!« rief Sam.

Instinktiv blickte Tony zur Uhr. Sechzehn Sekunden, fünfzehn, vierzehn. Taumelnd erhob er sich und lief in die Mitte des Feldes. »Zehn«, begannen die Riverwood-Fans zu skandieren. »Neun ...«

Tony forderte lautstark den von einem Mannschaftskameraden aufgenommenen Ball zurück und warf ihn sofort auf den Boden. Ein nicht abgeschlossener Paß, der die Uhr erneut anhielt.

Noch fünf Sekunden.

Tony machte ein paar Schritte zurück und atmete tief durch. Ihm war übel und schwindlig. Sein Kopf dröhnte.

Sam war der erste, der neben ihm stand. »Alles okay?«

»Ja.«

»Du mußt zu mir passen, Tony. Bitte!«

Die Mannschaft scharte sich erneut um ihn. Tony schüttelte seinen Kopf, um die Benommenheit loszuwerden, und sagte dann zu niemand Bestimmten: »Das habe ich wohl vermasselt, was? Der Typ hat mir aus Rache für Parham ganz schön eins auf die Glocke gegeben.«

Tony spürte ihre stille Erleichterung. Nur Sam wirkte zu angespannt.

»Also«, sagte Tony. »Wir haben noch fünf Sekunden, zwanzig Yards und keine Auszeiten mehr. Zeit, das Spiel zu Ende zu bringen.« Er zögerte kurz und sah jeden außer Sam an, als er den Spielzug ansagte. Erst als sich der Kreis auflöste, flüsterte Tony Sam zu: »Jetzt kommt unser Spiel, Kumpel.«

Sam nickte bereitwillig. Zum letztenmal gingen sie mit ihrer Mannschaft zur Linie. Tony blieb zurück, um alles in sich aufzunehmen – die Menschenmenge, Licht und Dunkelheit. Die Zeit schien fast stillzustehen. Seine eigene Stimme klang ihm fremd, als er seine Anweisungen gab. Doch es gab keinen Ort, an dem er in diesem Moment lieber gewesen wäre. Der Center drückte ihm den Ball in die Hand. Und dann war Tony allein und lief mit dem Ball nach rechts.

Vor sich sah er das Gewühl der Körper – zwei Verteidiger, die ihm den Weg versperren wollten, falls er versuchte, die Endzone selbst zu erreichen. Davor sein eigener Block, der ihm den Raum zum Paß oder Sprint freimachen sollte.

Ohne wirklich hinzusehen, bemerkte Tony Sam, der auf die linke Außenlinie zustrebte, so weit vom Spielgeschehen entfernt, daß es unbedeutend oder wie eine Finte wirkte.

Plötzlich löste sich Sam von der Außenlinie und startete steil in die Mitte, drei Schritte vor dem Verteidiger, der ihn decken sollte.

Perfekt, dachte Tony und blieb stehen, um den Paß zu spielen. Die Menge kreischte warnend auf. Aus Tonys totem Winkel kam Stallworth mit gesenktem Kopf auf ihn zugeschossen. Tony riß den Ball zurück und machte ein paar Schritte nach vorn. Als Stallworth an ihm vorbeifegte, erwischte er mit dem ausgestreckten linken Arm Tonys Knöchel.

Tony stolperte, verlor kurz das Gleichgewicht und mußte sich mit der linken Hand im Gras abstützen. Von vorne nahten zwei weitere Verteidiger. Tony wußte nicht, wohin. Und er konnte Sam nicht sehen.

Er richtete sich auf, beugte den Arm und warf, das Gewicht auf dem vorderen Fuß, in die Richtung, in der er Sam vermutete. Er hatte den Ball gerade gespielt, als der erste Verteidiger in seine ungeschützten Rippen krachte.

Der Ball flog im hohen Bogen über die Spieler hinweg, die ihm nur hilflos nachblicken konnten, ein Himmelskörper, der durch Licht und Schatten in Richtung Endzone segelte, begleitet von Schreien der Hoffnung und der Ungewißheit.

Ich habe ihn zu steil gespielt, dachte Tony, und dann sah er Sam Robb.

Scheinbar aussichtslos rannte Sam dem sinkenden Ball nach. Drei Schritte vom Ball, zwei Schritte von der Außenlinie der Endzone entfernt, setzte Sam seinen Hechtsprung an. Parallel zum Boden, die Arme gestreckt, erwischte er den Ball mit den Fingerspitzen und landete jenseits der Endzone, während er sich krampfhaft bemühte, zumindest die Füße innerhalb der Markierung zu Boden zu bringen. Tony konnte nicht erkennen, ob ihm das gelungen war; er sah nur, daß Sam sich erhob und sich, den Ball mit beiden Händen umklammert, dem Schiedsrichter zuwandte.

Auch Tony stand auf, vergaß alle Schmerzen und blickte mit einem stummen Gebet auf den Lippen zum Schiedsrichter. Der hob langsam den Arm.

Tony spürte einen dicken Kloß im Hals. Touchdown. Er lief auf Sam zu.

Sam stand mit dem Ball in einer Hand und erhobenen Armen in der Endzone. Die Ergebnistafel über ihm verzeichnete sechs weitere Punkte für Lake City. Sam hatte den Helm abgenommen, und im Schein des Flutlichts konnte Tony die Tränen auf seinem Gesicht erkennen.

Sam stand wie versteinert da. Und dann sah er Tony. Er drehte sich um, warf den Ball beiseite und rannte auf ihn zu. Sie umarmten sich, und Sam drückte Tony wortlos an sich. In diesem Moment gab es keinen Menschen, den Tony Lord so sehr liebte wie Sam Robb.

»Touchdown«, sagte er mit belegter Stimme. »Das ist unser Spiel.«

ZWEI

Ihre Mannschaftskameraden drängten sich jubelnd um sie und umarmten einander. Doch deren Lob erreichte sie nicht: Dieser Moment gehörte nur ihnen beiden und brauchte keine Worte. Wie auf ein unabgesprochenes Zeichen zogen sie sich zurück und machten sich auf den Weg durch das Stadiontor zu dem schmutzigbraunen Backsteingebäude, das Tony schon immer mehr an eine Fabrik als an eine High-School erinnert hatte. Die jubelnden Fans, die es nicht auf den Plätzen gehalten hatte, bildeten eine Gasse für sie.

In dem schmalen Korridor vor den Umkleidekabinen blieb Tony stehen, schüttelte die Hände seiner Mannschaftskameraden, die ihre Schritte verlangsamten, wenn sie an ihm vorbeikamen, und wartete auf Trainer Jackson. Wie es seine Gewohnheit war, hielt der Trainer sich abseits und schlenderte hinter der Mannschaft her, als ob nichts Besonderes geschehen wäre. Er sparte sich seine Gefühle für seine Spieler auf.

Als er den wartenden Tony sah, musterte der Trainer ihn mit gespielter Verärgerung und knurrte: »Was willst du, Lord?«

»Geben Sie ihm den Spielball!«

Jackson legte Tony die Hand auf die Schulter, doch er

lächelte nicht. »Ich mache, verdammt noch mal, was ich will«, sagte er und marschierte in die Umkleidekabine.

Tony fragte sich, warum der Trainer Sam die ersehnte Anerkennung verweigerte, selbst in einer so unbedeutenden Sache. Sam gab alles für Jackson und fürchtete den Trainer trotz seines provozierenden Gehabes genauso wie die meisten anderen. Tony mußte erneut an das Gerücht denken, von dem er inständig hoffte, daß Sam es nie zu hören bekäme. Irgend jemand hatte verbreitet, daß Jackson Sams Mutter vögelte.

Die Mannschaft saß mit gesenkten Köpfen auf den Holzbänken vor den verbeulten, grauen Spinden, als der Trainer, der nach Tonys Überzeugung seit Jahren keine Kirche mehr von innen gesehen hatte, ein kurzes Gebet sprach.

»Wir danken Dir, Herr«, endete er. Dann hob er unvermittelt den Kopf und stieg auf eine Bank, sein Zwiegespräch mit dem Allmächtigen war offenbar abgeschlossen.

»Also«, bemerkte Jackson barsch, »ich werde euch diesen ganzen Mist nicht erzählen, von wegen, ›ihr seid das beste Team, das ich je trainiert habe, und daß ich noch auf dem Totenbett an euch denken werde‹. Denn ich hoffe, ich lebe lange genug, um euch alle wieder zu vergessen. Wichtig ist einzig und allein, was ihr selbst mitnehmt, wenn ihr von hier verschwindet. Da draußen führt keiner Statistiken, und diese Meisterschaft ist vielleicht das letzte, was ihr je gewinnen werdet. Aber das Wichtigste heute abend war nicht das Gewinnen, sondern die Tatsache, daß ihr etwas geleistet habt. Ihr habt euer Bestes gegeben. Ihr habt zusammengearbeitet. Ihr habt euch respektiert. Wenn ihr das mitnehmt, wird sich alles weitere schon finden.«

Ihre verschwitzten Gesichter blickten alle zu Jackson auf. Tony war unwillkürlich bewegt. Jackson hatte ihm gezeigt, daß er kühlen Kopf bewahren und den Dingen eine positive Wendung geben konnte.

Jackson nahm den Ball und hielt ihn hoch. Tony schielte zu Sam hinüber. Sein Freund saß da und starrte den Trainer mit so verzweifelter Hoffnung und nackter Bedürftigkeit an, daß Tony wegsehen mußte.

»Aber«, fuhr Jackson fort, »da ist immer noch dieser Ball. Und es gibt einige Burschen hier, denen ich ihn geben könnte. Aber ein paar von euch würden ihn vielleicht auch fallen lassen.«

Vereinzeltes Gelächter erhob sich, doch Tony sah, daß Sam todernst geblieben war. Seine Augen klebten an Jackson.

Der Trainer wandte sich zu Tony um. »Also überreiche ich ihn Tony Lord. Ich muß euch nicht groß erklären, warum, ihr habt schließlich die ganze Saison mit ihm gespielt.«

Als Tony vortrat, brachen seine Kameraden in Beifall und Jubel aus. Johnny D'Abruzzi erhob sich zuerst, dann folgte Ernie Nixon, und schließlich standen alle. Tony sah Sam nicht an.

Was sollte er sagen? Rasch verwarf er die Idee, irgend etwas in der Richtung abzulassen, den Spielball mit Sam teilen zu wollen – das hätte die anderen zurückgesetzt und Sam gegenüber herablassend gewirkt.

Tony stellte sich neben Jackson auf die Bank und überblickte seine Kameraden, während er sich sammelte. Dann begann er feierlich: »Ich habe diesen Ball jedem einzelnen von euch zu verdanken. Darum will ich ihn mit euch teilen.« Er machte eine Pause und grinste. »Besuchszeit ist täglich von neun bis fünf.«

Die Mannschaft lachte überrascht auf. Ermutigt fuhr Tony fort: »Andererseits, hätte Sam Robb ihn nicht gefangen, würde Jack Parham jetzt mit diesem Ball in irgendeinem Krankenhaus liegen und sich fragen, ob das ein Globus oder ein Football ist. Also darf Sam den Ball, Jack Parham zu Ehren, an den Wochenenden mit ins Bett nehmen.«

Unter lautem Gelächter drehten sich die Gesichter zu Sam. »In Ordnung, Sam!« rief irgend jemand. Sam grinste glücklich und überrascht. Tony wartete, bis der Trubel sich gelegt hatte, und warf Sam den Ball zu.

»Nicht schlecht gefangen«, sagte er. »Mal wieder.«

Die Mannschaft wandte sich wieder Tony zu.

»Ihr seid die Besten«, fuhr er leiser fort. »Vielleicht wird euch der Trainer vergessen, er muß schließlich an so vieles denken. Aber ich werde euch bestimmt nie vergessen.«

Er sprang von der Bank, bevor sie applaudieren konnten, und umarmte die Spieler, die ihm am nächsten standen. Als er bei Sam ankam, fragte er nur: »Wo verstecken sich unsere Mädels?«

Halb lächelnd ließ Sam den Ball auf einer Fingerspitze kreiseln und beobachtete ihn konzentriert. »Auf dem Parkplatz«, antwortete er und warf den Ball zu Tony zurück.

Eine halbe Stunde später verließen sie gemeinsam das Gebäude, frisch geduscht, in Oxfordshirts und Khakihosen.

Draußen liefen noch immer einige Fans und ein paar Lokalreporter wartend in der kalten Abendluft herum. Vereinzelter Applaus erhob sich. Tony war gleichzeitig glücklich und verwirrt. Er war beinahe berühmt, aber eben nur für eine Saison. Die Helden von vor zwei Jahren erkannte heute kaum noch jemand, wenn sie die Mannschaft besuchten.

Aber diese Saison gehörte ihnen, ihm und Sam. Als zwei Reporter mit gezückten Stiften auf sie zukamen, breitete sich ein gewisser Stolz auf Sams Gesicht aus, der Tony beinahe unschuldig vorkam.

»Rückt mal ein bißchen zusammen«, rief der jüngere der beiden Reporter und machte ein Foto von ihnen. »Wißt ihr was«, sagte er, »ihr Burschen seht fast aus wie Brüder.«

Das taten sie natürlich nicht. Sams Haar war weißblond, Tonys dunkelblond; Sams glattes Gesicht ließ ihn jünger wirken, Tonys Züge waren eher hager, seine schmale Nase sogar ein wenig kantig; Sam war stärker und mit seinen einszweiundachtzig ein Stück größer als Tony. Doch Tony wußte, daß die Leute in dieser Saison in ihnen sehen würden, was sie wollten.

»Und wer von euch beiden wird nun Sportler des Jahres?« fragte der ältere Reporter scherzhaft.

Tony spürte, wie er ungeduldig wurde. »Wer weiß?« sagte er

achtlos. »An dieser Schule gibt es haufenweise Typen, die spielen können, und die Basketballsaison hat noch gar nicht angefangen.«

Sam trat vor. »Es ist wie bei dem Spiel heute abend. Wir haben das zusammen ausgeheckt, damals in der neunten Klasse.« Er hielt inne und lächelte Tony an. »Als mir klarwurde, daß dieser Kerl es tatsächlich schaffen könnte, den Ball zu mir rüberzukriegen. Sehen Sie, wir haben immer zusammengearbeitet, also ist es uns egal, wer die Lorbeeren erntet.«

Sam log, und das wußte Tony. Sam waren Lorbeeren wichtiger als alles andere. Genauso wie Tony. Sie konnten nur lügen; die Wahrheit auszusprechen, schien zu gefährlich.

»Danke«, sagte Tony. »Aber jetzt werden wir erwartet.«

»Mädchen?« fragte der jüngere Reporter neugierig. »Mit wem geht ihr beide denn aus?«

Das gibt's nur in Lake City, dachte Tony und sah zu Sam hinüber. »Sue Cash«, sagte Sam und zuckte die Achseln. »Wie immer.«

»Und was ist mit dir, Tony?«

Tony zögerte. »Alison Taylor«, antwortete er.

Der Mann nickte beinahe feierlich. Alison Taylor, schien sein Blick zu sagen, das paßte.

»Laß uns gehen«, murmelte Tony.

DREI

Sue und Alison warteten unter einem Baum am hinteren Ende des Parkplatzes und unterhielten sich leise. Sue hatte ihre Cheerleader-Uniform und Sams Jacke mit den Schulinitialen an, während Alison zu einem Villager-Sweatshirt einen Faltenrock und eine marineblaue Jacke trug. Als Sue Sam und Tony sah, lief sie ihnen entgegen. Alison blieb ein wenig zurück. Sue wandte sich zu Tony und drückte ihn einmal fest, wie um Alisons Zurückhaltung auszugleichen.

»Ihr wart alle beide super, Tony. Am Ende wäre ich fast gestorben.«

Tony lächelte. Es war schwer, sich vorzustellen, Sue Cash könnte an irgend etwas sterben. Nicht mit diesen lebendigen, großen, braunen Augen, diesem kompakten, energiegeladenen Körper und dem ausdrucksvollen Gesicht – Stupsnase, energisches Kinn und Grübchen, wenn sie lächelte, umrahmt von kaum zu bändigenden, braunen Locken. Doch anders als die meisten Mädchen, die Tony kannte, konnte man sich Sue schon fast als glückliche Hausfrau und Mutter vorstellen. Unter ihrer extrovertierten Art lag etwas Frauliches, Beständiges, was einem das Gefühl vermittelte, daß Sue sich immer um alles kümmern würde, was Zuwendung brauchte – und im Moment war das Tony.

»Also für dich laß ich glatt jeden Spielball liegen, Sue«, erklärte Tony ihr. Sie grinsten sich an, bevor Sue sich Sam zuwandte und ihr Gesicht an seiner Brust barg, als er sie an sich zog. Sam und Sue waren ein Paar.

Ungewöhnlich schüchtern kam die ansonsten so selbstbewußte Alison auf Tony zu. Sie küßte ihn flüchtig und lächelte zum erstenmal. »Mein Held«, sagte sie. »Kommt jetzt die Stelle, wo du mich in deine Höhle schleifst?«

Auch ihr Scherz klang untypisch unsicher. Sie war heute abend seltsam angespannt. Tony spürte, daß Sam und Sue sie beobachteten.

»Vielleicht auf eine Cola«, antwortete er.

Mit einem unschlüssigen Lächeln schüttelte sie ganz leicht den Kopf, eine so winzige Bewegung, daß die anderen sie nicht bemerkten. Tonys Brust war auf einmal wie zugeschnürt.

Sie war anders als alle Mädchen, die er kannte, geistreich, ein wenig zurückhaltend und selbstbeherrscht, als hätte sie akzeptiert, wer sie war und wo sie herkam. Daran, daß sie heute so anders war, erkannte Tony, was er wissen wollte.

Leise sagte er: »Dann sollten wir uns auf den Weg machen.« Er nahm ihre Hand und wandte sich zu Sam und Sue um.

»Kommt doch mit uns«, forderte Sam sie auf. »Ich habe Whiskey im Auto, der wird euch aufwärmen.«

Tony spürte Alisons Hände auf seinem Arm. »Nein danke, ich glaube, wir brauchen jetzt ein bißchen Zeit für uns.«

Sam streifte Alison mit einem flüchtigen Blick und bedachte Tony mit einem schiefen, irgendwie sauren Lächeln. Ihr braucht wohl keinen Whiskey, schien seine Miene zu sagen. Wieder spürte Tony Alisons Unbehagen.

»Laß dich nur nicht von den Bullen erwischen«, bemerkte Tony zu Sam.

Sam lachte. »Heute nacht in dieser Stadt? Wer sollte einen von uns in den Knast stecken? Wie Alison gesagt hat, wir sind Helden, Mann. Wir können machen, was wir wollen.«

Für eine Nacht, dachte Tony. Sams Hochstimmung hatte etwas Beunruhigendes, er würde zu tief fallen.

»Bis Montag«, sagte Alison zu Sue. Von Sam verabschiedete sie sich nicht. Sie gingen zu Tonys Wagen, einem 61er Ford Fairlane, den Tony von den Einkünften aus zwei Ferienjobs erstanden und seither regelmäßig hingebungsvoll poliert hatte. Aber das wichtigste war, daß das Radio funktionierte.

Im Auto wandte Alison sich Tony zu.

Sie sieht anders aus – nach Geld, dachte Tony manchmal, oder wie ein zarter Splitter aus Stahl. Ihr rabenschwarzes Haar fiel glatt zu beiden Seiten ihres Gesichts herab und betonte ihre schmalen Wangen, ihr langes Kinn, ihren porzellanartigen Teint. Wo Sue spontan und lebenssprühend war, wirkte Alison zurückhaltend wie das sprichwörtliche stille Wasser. In ihrem Lächeln schien manchmal ein verborgenes Feuer aufzuscheinen, in ihren schwarzen Augen lag eine ruhige Direktheit, und sie wandte nur selten den Blick ab. Sie wirkte wie das, was sie war: die Klassensprecherin, ein Mädchen, das von den anderen mehr bewundert wurde, als ihnen bewußt war. Das Geschenk, das sie für Tony hatte, war sie selbst.

Er wollte sie nicht drängen. »Ich glaube, wir müssen noch über ein paar Sachen reden.«

Sie sah ihn nachdenklich an, doch ihre Stimme klang ruhig und entschlossen.

»Nein«, antwortete sie. »Ich weiß jetzt, was ich will.«

Tony schwieg und küßte sie. Nun würden sie das, was sie in jener Sommernacht auseinandergerissen hatte, doch noch überwinden können.

Selbst für Lake City war es ein außergewöhnlich warmer Sommerabend gewesen. Alle vier trugen Shorts und T-Shirts, als sie durch den Garten der Taylors über die Stufen des Kliffs zum Bootssteg der Familie und von dort zum öffentlichen Strand hinter dem Park gegangen waren. Wie das alte Haus, in dem nun die Bibliothek untergebracht war, hatte er früher Alisons Familie gehört, und auch Jahre, nachdem er in den Besitz der Stadt übergegangen war, trug er noch immer ihren Namen.

Der Strand war sandig und weich genug, um darauf zu sitzen oder zu schmusen. Der Eriesee dagegen war schmutzig, und über dem Wasser hing ein vage fauliger Geruch. Doch sie waren siebzehn, und es war der einzige Strand, den sie hatten.

Sie schürten mit Treibholz und Kerosin ein Feuer und grillten Würstchen. Sam hatte Bier mitgebracht und öffnete gutmütig für jeden eine der kühlen braunen Flaschen, die er mit einem gefälschten Ausweis erstanden hatte. Einmal mehr fiel Tony auf, daß sie ein recht seltsames Kleeblatt abgaben. Während Alison Sue ganz einfach mochte, schien sie Sam mit einer gewissen Vorsicht zu begegnen, als beobachtete sie ein Naturereignis, dessen Fortgang sie nicht genau vorhersagen konnte. Aber sie war immerhin zu dem Eingeständnis bereit, daß man mit Sam meistens eine Menge Spaß hatte und daß er eine gewisse Anziehungskraft besaß. Tony wußte, daß auch Alison sich dem nicht ganz entziehen konnte, auch wenn Sam sie manchmal die »Eisprinzessin« nannte.

Sie lehnten sich zurück und tranken in aller Ruhe ihr Bier. Das Licht des Vollmonds glitzerte auf dem Wasser, das träge ans Ufer schwappte. Tony spürte, daß Sam erst Alison und dann ihn musterte, und er ahnte den Grund. Obwohl sie in dieser Runde noch nie darüber gesprochen hatten, war allen klar, daß Sam und Sue es schon seit Monaten taten. Tony allein gegenüber war Sam damit recht offen gewesen und hatte das gleiche von ihm erwartet. Doch Tony hatte nichts zu bieten. Erst in der vergangenen Woche hatte er das wieder einmal eingestehen müssen.

Sams Augen hatten sich geweitet. »Nach sechs Monaten?« sagte er mit übertriebenem Erstaunen. »Komm schon,Tony, sei nicht so ein verdammter Gentleman. Nicht mir gegenüber.«

»Ich bin kein Gentleman. Aber ich vermute, daß Alison der Ansicht ist, in der Frage, wer der erste sein soll, habe sie ein Wörtchen mitzureden.«

Sams Augen glitzerten amüsiert. »Sie hat noch nie?«

Tony schüttelte den Kopf. »Und wenn sich das jemals ändern sollte, erwarte nicht, es von mir zu hören.«

Jetzt sah Sam Alison an und sagte: »Wollt ihr beiden nicht schwimmen gehen?«

Alison bedachte ihn mit diesem direkten Blick, den sie für sich gepachtet zu haben schien.

»In was?«

Sam lachte. »Es ist dunkel«, gab er achtlos zurück.

Alisons schmales Lächeln erreichte ihre Augen nicht. »Nicht dunkel genug.»

Sam sah sie einen Augenblick lang an, zuckte die Achseln und wandte sich an Sue.

»Wir gehen aber rein, oder?«

Sue antwortete nicht. In der Ethik von Lake City galt ein Mädchen nicht als Flittchen, wenn sie mit ihrem Freund schlief, sogar mehr als ein Freund war gestattet, solange zwischen zwei Beziehungen genug Zeit verstrich, um beide als Liebe zu qualifizieren. Sue schien sich dagegen Gedanken über Alison zu machen, der sie sich nun zuwandte, als wolle sie ihre Freundin nicht im Stich lassen. Sam wartete ungewöhnlich geduldig, Tony fiel auf, daß er Sue respektvoller behandelte als irgendeinen anderen Menschen außer Tony selbst.

»Wir sind bald zurück«, sagte Sue zu Alison. Sam warf Tony einen Blick von der Seite zu und nahm Sues Hand.

Schweigend sahen Tony und Alison den beiden nach, bis ihre Schatten in der Dunkelheit verschwunden waren.

Tony küßte Alison zärtlich. »Willst du reingehen?« fragte er. »Die beiden sind sicher eine Stunde beschäftigt.«

Ihr Gesicht war ganz nah an seinem, als Alison ihn mit einer Mischung aus Unschlüssigkeit und Verlangen betrachtete. Sie hatten sich zwar schon gestreichelt, manchmal sogar bis an die Schmerzgrenze, doch Alison hatte sich noch nie in Tonys Gegenwart ausgezogen. Sie stand auf und zog sich ins Halbdunkel zurück, ohne den Blick von Tony zu wenden.

Tony wartete wie erstarrt. In der Dunkelheit war Alison nur eine Silhouette mit erhobenen Armen. Tony spürte ihre Nacktheit mehr, als daß er sie sah.

Ihr geschmeidiger Körper glitzerte im Mondlicht, als sie ins Wasser glitt. Sein Herz klopfte bis zum Hals.

Er zog sich aus und folgte ihr.

Alison stand mit dem Rücken zu ihm bis zur Hüfte im Wasser, dann kniete sie sich plötzlich hin und drehte sich zu ihm um. Nur ihr Gesicht ragte aus dem pechschwarzen Wasser. Tony wußte, daß das nicht als Einladung gemeint war, es war ihre Art, sich zu bedecken.

Ein paar Meter von ihr entfernt blieb er im hüfthohen Wasser stehen. Er konnte die Umrisse ihres Körpers erahnen, zum Greifen nahe, und spürte seine eigene Erregung.

Er ging auf sie zu. Sie erstarrte, wich einen Schritt zurück und blieb wieder stehen. Ihr Blick war unnatürlich starr.

Tony streckte die Arme nach ihr aus, faßte sie um die Taille und zog sie an sich, überwältigt von monatelang zurückgedrängtem Verlangen.

Ihre Münder fanden sich, und dann ihre Körper. Tony spürte ihre kleinen Brüste an seiner Brust, ihre Hüften drängten sich in plötzlicher Leidenschaft an ihn. Doch dann zog sie den Kopf weg und wand sich aus seinen Armen.

»Ich kann nicht«, sagte sie mit gepreßter Stimme. »Es geht jetzt nicht.«

In seiner verzweifelten Sehnsucht konnte Tony sie nicht einfach loslassen. »Es geht ...«

Sie schloß die Augen, als würde sie ihn nicht mehr begehren, wenn sie ihn nicht mehr sah. Tony fühlte sich plötzlich wie ausgehöhlt. Er war zu nah dran gewesen, diesmal hatte ihre Zurückweisung ein Loch in ihn gerissen, als wäre das, was sie beide hatten, mit einemmal gar nichts mehr wert. Mit erstickter Stimme sagte er: »Deine Eltern haben dich wieder bearbeitet.«

Alison öffnete die Augen, plötzlich scheinbar unfähig, den Blick abzuwenden. »Zum Teil ist es wegen meiner Eltern ...«

»Immer noch, weil ich katholisch bin?« Tony spürte, wie Wut und Frustration mit ihm durchgingen. »Man kann gar nicht vorsichtig genug sein. Wenn du ›sie‹ erst in den Club läßt, kriegt deine Tochter, ehe du dich versiehst, rothaarige Kinder mit Rosenkränzen um den Hals und einer Direktleitung zum Papst.«

Unvermittelt spürte Tony, wie sich eine Wand zwischen sie schob. Auf der anderen Seite war die für ihn unerreichbare Welt der Einkaufsbummel in New York, Ferien in Paris und Wochenenden mit den Söhnen und Töchtern der befreundeten Ostküstenschickeria. Während Tony schon an der Veranda der Taylors scheiterte, nur weil der polnische Nachname seines Großvaters noch zwei Silben länger gewesen war.

Alison hatte ihn nicht aus den Augen gelassen. »Ich will sie ja gar nicht verteidigen.«

»Verteidigen? Hast du vielleicht mal daran gedacht, ihnen zu erklären, daß ich nicht die lokale Ausgabe eines Autoknackers bin?«

»Das wissen sie, und es geht auch nicht nur darum, daß du katholisch bist. Meine Eltern haben nur Angst, ob wir wohl zusammenbleiben. Sie finden, daß wir dafür zu jung sind, daß es einfach noch zu früh ist.« Alison hielt inne, bis sie ihre Stimme wieder unter Kontrolle hatte. »Sie möchten, daß wir uns nur an einem Abend pro Wochenende sehen und uns den anderen freihalten.«

Tony war nicht bloß eifersüchtig, obwohl das Ansinnen ihm einen Stich versetzte, er war zutiefst verletzt. »Um mit anderen auszugehen, meinst du? Nur um deine Eltern glücklich zu machen? Ich kann nicht glauben, daß du das willst.«

Zum erstenmal schlug Alison die Augen nieder. »Ich habe gesagt, es liegt zum Teil an meinen Eltern, nicht nur.« Sie atmete tief ein und glitt weiter ins Wasser. »Ich habe Angst. Ich habe Angst davor, wie es für mich sein wird und wie ich mich hinterher fühlen werde. Daß es vielleicht alles verändern wird.« Mit Tränen in den Augen blickte sie wieder zu ihm auf. »Manchmal will ich dich so sehr, daß ich es kaum aushalten kann. Aber das wäre, als ob ich mich dir ausliefern würde, als ob ich dir einen Teil von mir geben würde. Kannst du nicht verstehen, wie verwirrend das alles ist?«

Tony schüttelte den Kopf. »Meine Gefühle sind vollkommen eindeutig.«

Nun sah Alison ihn eindringlich an. Leise antwortete sie: »Das ist der letzte Punkt, Tony. Bei Mary Jane waren deine Gefühle auch eindeutig. Und wie fühlst du dich jetzt?«

Jetzt war es an Tony, den Blick abzuwenden. »Was, wenn es heute abend passieren würde?« fragte sie. »Wirst du dich hinterher so gut fühlen, wie du immer behauptest? Oder wirst du dich am Ende vielleicht total mies fühlen und mich beichten müssen, als ob ich eine Sünde wäre? Hast du dich je gefragt, wie ich mich dabei fühlen würde?«

Mit so viel emotionalem Nachdruck hatte sie ihm das noch nie erklärt. Tony hatte plötzlich keine Lust mehr zu streiten.

Als Alison das sah, küßte sie ihn sanft. Für einen Augenblick berührten sich ihre Körper, und für diesen flüchtigen Moment spürte Tony das erneut aufflackernde, elektrisierende Verlangen um so schmerzlicher, weil sie es vielleicht niemals befriedigen würden.

Langsam zog Alison sich zurück. »Die anderen kommen bestimmt gleich zurück. Wir sollten rausgehen.«

Tony atmete aus. »Vermutlich hast du recht.«

Sie gingen gemeinsam zurück ans Ufer, Alison war ihm ein paar Schritte voraus. Als sie aus dem Wasser stieg, sah sie so schön aus, daß es weh tat.

Kreuzunglücklich bot Tony an, sie nach Hause zu bringen. Sie wandte sich zu ihm um, eine unerreichbare, silberne Silhouette. »Ich bleibe noch ein bißchen, Tony. Ich will nicht, daß du Sam gegenüber irgendwelche Erklärungen abgeben mußt.«

Sie zogen sich an und saßen zusammen im Dunkeln, schweigsam und betreten darauf wartend, daß Sam und Sue fertig wurden. Es dauerte Monate, bis sie dieses Fiasko überwunden hatten. In jener Nacht hatte Tony jedenfalls nicht mehr daran geglaubt, daß sie jemals ein Liebespaar werden könnten.

VIER

Tony ließ den Wagen an. »Dieser Abend war grauenhaft«, sagte er zu Alison.

Sie strich über seine Wange. »Das fand ich auch.«

Im Licht der Scheinwerfer konnte Tony sehen, daß Sam in seinem Auto eine Flasche zum Mund führte, bevor er losfuhr.

Alison beobachtete durch ihr Fenster, wie die Rücklichter von Sams Wagen in der Dunkelheit verschwanden. Nach einer Weile sagte sie nachdenklich: »Ich glaube nicht, daß ich heute abend in Sues Haut stecken möchte.«

Tony blickte zu ihr hinüber. »Der ist schon okay. Meistens weiß Sam ganz genau, wo die Grenze ist.«

»Aber nicht immer.« Alison drehte sich zur Seite und sah

Tony an. »Manchmal frage ich mich, wie ausgerechnet ihr beide so enge Freunde werden konntet.«

Tony fuhr Richtung Taylor-Park. »Wir waren eben beide da, die beiden Besten in praktisch jeder Mannschaft, in der wir gespielt haben. Wir konnten nur Freunde oder Gegner werden. Wahrscheinlich wußten wir beide, daß Freundschaft besser ist.«

Sie sah ihn neugierig an. »Wenn ich euch manchmal beobachte, kommt es mir vor, als wäre Sam dein böser Zwilling. Der, der damit durchkommt, all das anzustellen, was der gute Bruder gern tun würde, sich aber nicht traut.«

»Wie zum Beispiel?«

»Wie zum Beispiel neulich in der Kirche. Ich fand es beängstigend.«

Tony lachte kurz auf. »Das war es auch. Aber da hätte ich bestimmt nicht mit Sam tauschen wollen. Ich war bloß froh, daß er den Kater hatte und ich lebend da rausgekommen bin.«

Wenn Tony es auch nur geahnt hätte, wäre er überhaupt nicht dort gewesen.

Es hatte in Sams Zimmer angefangen, gegen ein Uhr morgens. Tony hatte bei Sam übernachtet. Sie saßen bei gedämpftem Licht und Radiomusik auf dem Fußboden und tranken abwechselnd aus einer Whiskeyflasche. Sam hatte sich vorher schon mit ein paar Flaschen Bier warmgetrunken und fühlte sich jetzt ziemlich stark. Doch Tony spürte, daß diese Stärke auf tönernen Füßen stand. Der Eisenwarenladen der Robbs hatte kürzlich Pleite gemacht, und manchmal schien Sam den Abstieg seiner Familie der ganzen Stadt übelzunehmen. Und dann waren da noch die Gerüchte über den Trainer und Sams Mutter, die Tony nicht zur Sprache bringen konnte. »Guter Whiskey«, sagte Sam und nahm noch einen Schluck.

Aus dem Radio ertönte Lou Christies Falsett mit *Rhapsody in the Rain*, ein Stück, in dem es, soweit Tony das mitbekam, um Sex im Auto zum Rhythmus der Scheibenwischer ging. Sam verfolgte den Text mit einem sardonischen Grinsen.

»Und«, fragte er, »irgendwelche Fortschritte bei der Eisprinzessin gemacht?«

Tony blitzte ihn an, über den Spitznamen ärgerte er sich, die Frage selbst deprimierte ihn: »Alles beim alten«, antwortete er kühl.

Sam verdrehte die Augen. »Du kriegst noch Haare auf den Handflächen. Vielleicht wirst du sogar blind. Ich sehe dich schon vor der Schule stehen und Bleistifte verkaufen, bloß weil Alison dich nicht ranläßt. Du brauchst meine Hilfe.«

»Mein Gott, Sam, ist das alles, woran du denken kannst – Sex? Zwischen mir und Alison geht es nämlich auch noch um einen ganzen Haufen anderer Dinge. Oder redest du nie mit Sue, wenn ihr alleine seit?«

»Wo wir gerade von unserem Herrn sprechen, ich muß noch eine Predigt schreiben. Ich glaube, du mußt mir helfen.«

»Eine Predigt? Für wen? Für die Anonymen Wichser?«

»Habe ich dir das nicht erzählt?« Sam gönnte sich noch einen Schluck. »Erinnerst du dich an diese methodistische Jugendgruppe, in die meine Alte mich gesteckt hat, weil ich nicht mehr mit ihr in die Kirche wollte? Sie haben mich zum Vorsitzenden gewählt.«

Tony sah ihn erstaunt an. »Ich glaube, Gott muß zu ihnen gesprochen haben«, sagte er schließlich. »Anders kann ich mir das nicht erklären.«

»Aber das ist noch nicht alles. Das Beste ist, daß unser Pfarrer diese aufgeblasene Idee von einem ökumenischen Jugendgottesdienst hatte, natürlich ohne euch Makrelenfresser. Er hat mich dazu auserkoren, die Predigt zu halten. Für meine neue Herde und ihre Eltern, Sues Familie inbegriffen.«

Tony ließ den Kopf in seine Hände sinken. »Hat der Typ dich überhaupt schon mal gesehen?«

»Du kennst mich doch. Für eine Weile kann ich jedem was vormachen. Aber willst du das Allerbeste hören?«

»Ich hatte irgendwie gehofft, das hätte ich bereits.«

Sam grinste. »Der Gottesdienst ist morgen.«

Tony starrte ihn an. »Verdammt«, sagte er.

»Das reicht nicht. Ein bißchen länger muß es schon sein.«

Tony merkte auf einmal, daß er angetrunken war. »Was willst du denn sagen?«

»Keine Ahnung.« Sam war mehr als nur ein bißchen betrunken, er strahlte diese eigenartige Unzugänglichkeit aus, die für Tony ein sicheres Zeichen dafür war, daß der letzte Rest Vernunft Sam in Kürze verlassen würde.

Tony fand das alles gar nicht mehr komisch. »Vielleicht solltest du besser aufhören zu trinken.«

Sams Augen blitzten trotzig auf. »Geht nicht – ich muß mein Level haben, sonst stürze ich vollends ab.«

Tony musterte ihn und blickte auf seine Uhr. »Wann soll das Ganze denn stattfinden?«

»Um sechs. Draußen, so 'ne Art Gottesdienst zum Sonnenaufgang.«

Tony blies die Backen auf. »Ich an deiner Stelle würde jetzt sofort anfangen zu beten. Um Regen.«

Sam zuckte die Schultern. »Dann verlegen sie die ganze Geschichte einfach nach drinnen. Nur du und ich, Tony. Mal sehen, was wir auf die Beine stellen.«

Sie wanderten in die Küche. Sam machte Kaffee, Tony schnappte sich einen Block und fing an zu schreiben. »An deiner Stelle«, murmelte er, »würde ich möglichst oft ›der Geist des Herrn‹ sagen. Bei diesen geldsammelnden Fernsehpredigern scheint das zu funktionieren.«

Während Tony Notizen machte, trank Sam Kaffee mit Whiskey, mit dem Erfolg, daß er anfing zu lallen und immer aufgekratzter wurde. Sam lachte viel; Tony entwarf eine Predigt.

»Du kommst doch mit, oder?« fragte Sam. »Ohne dich macht es keinen Spaß.«

»Ich hatte schon genug Spaß. Außerdem sollte ich keine protestantischen Kirchen betreten.«

»Ist doch draußen, schon vergessen? Glaubt ihr denn nicht an den guten Samariter?«

Sam wirkte ziemlich unsicher auf den Beinen. »Ich fahre besser erst noch nach Hause«, bemerkte Tony schließlich. »Um meinen Anzug und meine Laufschuhe anzuziehen.«

Als sie eine Stunde später in Tonys Auto stiegen, sah Sam blaß aus. Seine Hände zitterten, als er die Notizen in die Innentasche seines Anzugs steckte. Tony vermutete, daß er in der Zwischenzeit noch mehr Whiskey getrunken hatte.

Sam lehnte sich im Beifahrersitz zurück. »Ich mache denen den Richard Burton«, verkündete er. »Der war klasse als Priester in *Die alles begehren.*« Und damit war Sam auch schon eingeschlafen.

Mit dem ersten Tageslicht erreichten sie die Kirche. Neben dem Gebäude sah Tony die aufgestellten Klappstühle, auf denen schon die ersten Gottesdienstbesucher Platz genommen hatten, aufgereiht mit Blick auf eine hölzerne Plattform mit einem Pult und einem Kreuz. Sam war noch immer bewußtlos.

Tony rüttelte seine Schulter. Sam blinzelte und starrte Tony in benebelter Verwirrung an wie ein aus dem Schlaf gerissenes Kind. Ein wenig Sadismus konnte Tony sich nicht verkneifen. »Dein Auftritt, Lazarus. Erhebe dich und tue das Werk des Herrn.«

Sam brach in lautes Lachen aus, was Tony so erschreckte, daß er ausstieg, um Sam die Tür zu öffnen.

Gemeinsam gingen sie über den taufeuchten Rasen. Im hellen Morgenlicht wirkte Sam kalkweiß. Tony, der das nicht zum erstenmal sah, wußte, daß Sam sich wahrscheinlich jeden Moment übergeben mußte.

Der Pfarrer, ein schmächtiger, bebrillter Mann mit sandfarbenem Haar, hatte Sam gesehen und kam ihnen nun mit einem pastoralen Lächeln auf den geschlossenen Lippen entgegen. »Tief durchatmen«, murmelte Tony. Sam gehorchte und schluckte. »Guten Morgen, Samuel«, sagte der Pastor. »Bist du bereit, uns zu führen?«

Sam senkte bescheiden den Kopf, der Pastor, der das Grinsen auf Sams Gesicht übersehen hatte, mißverstand diese Pose als Scheu. »Der Herr wird dir beistehen«, erklärte er Sam, bevor er sich Tony vorstellte. »Und wo ist Ihre geistliche Heimat?«

»In der Gemeinde St. Raphael.«

Der Pastor stutzte einen Moment und klopfte ihm dann auf die Schulter. »Gut, gut. Ich hoffe, unser Gottesdienst wird Ihnen gefallen.«

Dann wandte sich der Pastor zum Gehen, und Sam folgte ihm mit weiterhin gesenktem Kopf.

Tony sah sich um und entdeckte Sue neben ihren Eltern, ein lebhaftes, liebenswürdiges Paar, beide unterrichteten an der Junior High School. Tony begrüßte sie und setzte sich neben Sue. Beinahe unhörbar fragte sie: »Ist er in Ordnung?«

»Das glaubt er zumindest.«

Sue blickte wieder zum Podium, sie saß mit angespanntem Rücken und halbgeöffneten Lippen auf ihrer Stuhlkante. Der Gottesdienst begann. Das Eingangsgebet und die Worte, mit denen der Pastor Sam vorstellte, rauschten nur so an Tony vorbei. Er wußte nur, daß der Sam Robb, der nach der Ankündigung des Pastors angeblich vor ihnen stehen sollte, nirgendwo im Universum existierte.

Als Sam auf das Podium trat, konnte Tony den Schweiß auf seiner Stirn erkennen und spüren, wie Sues Finger sich um seine verkrampften. Sam schluckte. »Letzte Nacht«, begann er mit unsicherer Stimme, »war ich hierzu wahrlich nicht bereit.«

Er unterbrach sich unsicher, Sue schloß die Augen. »Ich wartete darauf, daß der Geist des Herrn mich erfüllte, doch statt dessen fühlte ich mich krank.«

»Was macht er denn bloß?« flüsterte Sue.

»Dann hörte ich dieses wunderschöne Lied über die Schönheit Gottes, von Gottes Regen, der auf Gottes Kreaturen niederfällt, und ich sagte zu meinem Freund Tony Lord: ›Tony, man kann es einfach nicht alleine schaffen. Tony‹, sagte ich, ›du kannst die Freuden des Lebens nicht ohne einen Partner finden. Jemanden, den du tief in dir spüren kannst …‹«

Verdammt!

»Und das kann nur« – an dieser Stelle bedachte Sam Tony mit einem Lächeln moralischer Überlegenheit – »Gott sein.«

Eigenartig fasziniert erwiderte Tony Sams Blick.

»Gott«, psalmodierte Sam weiter, »ist der Weg zur Erfüllung, zur Überwindung der Kälte um uns herum, zur umfassendsten Befriedigung unserer tiefsten Sehnsüchte. Gott ist der Höhepunkt unseres Lebens.«

Tony erkannte die gebändigte Intensität – das war die lebensechte Kopie Richard Burtons, der seine ultimative Predigt in *Die alles begehren* hielt. Aber es war nicht die Predigt, die Tony geschrieben hatte.

»Gott allein kann uns dort berühren, wo wir es am dringendsten brauchen.«

Angespannt wartete Tony darauf, daß auch die anderen den Witz verstanden. Doch als er sich umsah, war die Gemeinde aufmerksam und ernst. Sam wurde lebhafter.

»Gott allein kann unsere Leiden lindern. Gott allein kann die Leere ausfüllen.«

Gott allein, dachte Tony, kann unsere Finger und Zehen taub machen.

»Gott allein«, sagte Sam leiser, »kann uns geben, was wir wirklich brauchen.«

Tony sah, daß Sam noch blasser geworden war. Er hielt sich am Rednerpult fest und sprach mit seiner normalen Stimme weiter. »Ich sollte nun zum Ende kommen, ich will nicht zu lange reden. Aber ich kann Ihnen nur sagen, welch ein Trost dieses Gefühl für mich war – und ich hoffe auch für Tony. Vielleicht sogar für Sie alle.« Er schwieg einen Moment, als suche er nach einer Eingebung für sein Schlußwort. »Denn ich weiß, was ich zu tun habe. Was wir alle zu tun haben. Um es mit den Worten des alten Chorals *Die güldne Sonne* zu sagen: ›Mein Haupt und Glieder, die lagen darnieder. Aber nun seh ich, bin munter und fröhlich.‹«

Mit diesen Worten ließ er sich abrupt auf seinen Stuhl fallen, was so aussah, als wäre er tief ergriffen. Tony vermutete, daß Sam kurz davor stand, sich zu übergeben.

Hinter ihm stellte sich der Chor auf und begann zu singen.

Sue biß sich auf die Lippe, und Tony sah die Tränen in ihren Augen. »Du mußt ihn hier wegbringen, Tony. Noch bevor was passiert.«

»Ich weiß.«

Der Chor war fertig, der Pastor sprach gnädig ein Gebet und lud anschließend alle ein, sich zu Kaffee und Orangensaft im Gemeindesaal zu versammeln. Als sie aufstanden, sagte Sues Vater zu Tony: »Das war gar nicht schlecht. Ich muß sagen, daß Sam mich tatsächlich überrascht hat.«

»Mich auch.«

Tony verabschiedete sich rasch von Sue und ging zu Sam hinüber.

Sam hörte mit geneigtem Kopf einem Ehepaar zu, das nach Tonys Ansicht hauptsächlich dadurch auffiel, daß es seiner Tochter den Umgang mit Katholiken verbot. »Sam«, sagte der Ehemann ernst, »ich will Sie natürlich nicht drängen. Doch Sie könnten hier eine Berufung haben …«

»Verzeihung«, unterbrach Tony an Sam gerichtet. »Du hast versprochen, mit mir zur Messe zu gehen, schon vergessen? Ich möchte nicht zu spät kommen.«

Die habichtgesichtige Gattin spießte Tony ob dieser Störung mit den Augen auf. Tony ignorierte sie und zerrte Sam am Arm in solcher Eile über die Wiese, daß niemand sie aufzuhalten versuchte.

Sie schafften es ins Auto. So schnell wie möglich kurbelte Tony Sams Fenster herunter und fuhr los. Sam beugte sich schweratmend vor.

»Nie wieder«, schwor Tony. »Nie wieder.«

Sam antwortete nicht. Tony raste die Erie Road hinunter, vorbei an Alisons weitläufigem Elternhaus, und bretterte mit quietschenden Reifen auf den leeren Parkplatz im Taylor-Park.

Der Park wirkte verlassen, die einzigen Geräusche kamen von den Vögeln, die in den Bäumen über ihnen zwitscherten.

Hastig riß Sam die Tür auf und beugte sich hinaus. Noch bevor Tony auf der Fahrerseite aussteigen konnte, hörte er Sam würgen.

Die Hände auf den Asphalt gestützt, hing Sam so weit aus dem Auto, daß sein weißblondes Haar beinahe das Erbrochene berührte. Er würgte noch immer, obwohl inzwischen nichts mehr herauskam. Als er schließlich aufhören konnte, zitterte er am ganzen Körper.

»Sam?«

Langsam drehte sich Sam zur Seite, bis sein Kopf auf dem besudelten Asphalt lag, und fing an zu lachen, bis ihm die Tränen über die Wangen liefen.

»Ich habe sie verarscht«, sagte er, als er wieder sprechen konnte. Er grinste zu Tony hinauf, blaß und verdreckt, doch mit blitzenden Augen. »Ich habe sie alle verarscht.«

FÜNF

Tony und Alison bogen auf den schattigen Parkplatz des Taylor-Parks ein. Bevor er den Motor abstellen konnte, sagte Alison rasch: »Ich glaube, wir sollten uns irgendwo hinstellen, wo uns keiner sehen kann.«

Tony spürte eine plötzliche Enge in seiner Brust. Ohne zu antworten, fuhr er über die Wiese, bis seine Scheinwerfer eine Gruppe Eichen erfaßten, die sich neben dem Kliff über dem See zusammendrängten. Er ließ das Auto langsam weiterrollen, bis es unter den niedrigen Zweigen verborgen war. Als er die Scheinwerfer ausschaltete, war es stockdunkel.

Alison nahm seine Hand. »Willst du wissen, was ich meinen Eltern gesagt habe?«

Obwohl er sie kaum sehen konnte, wußte Tony, daß er nicht antworten mußte. Alison wirkte verloren und aufgewühlt, was ihre Stimme beinahe zu ersticken schien. »Ich habe ihnen gesagt, daß ich dich liebe. Und daß sie sich daran gewöhnen müssen. Denn selbst, wenn sich das jemals ändern sollte, hätte das nur etwas mit dir und mir zu tun und nicht mit ihnen.«

Die Gewißheit in ihrem Tonfall überraschte ihn. »Was haben sie gesagt?«

»Alles, was man erwarten mußte. Hauptsächlich, daß ich zu jung wäre, um Entscheidungen zu treffen, aus lauter Gründen, die zu verstehen ich auch noch zu jung bin. Meine Mutter hat sogar geweint.«

»Warum denn? Wir wollen uns doch nicht verloben.«

Alison schwieg. »Ich glaube, sie hat einfach Angst«, sagte sie schließlich. »Nicht bloß wegen dir, sondern auch davor, daß ich jetzt mein eigenes Leben leben will, daß ich meine Entscheidungen ohne sie treffen könnte. Vielleicht sogar ohne ihr Wissen.« Ihre Finger schlossen sich um seine. »Jedenfalls ist das mein Eindruck.«

In ihrer Stimme schwang etwas Neues mit, sehnsüchtig, ängstlich und entschieden. Tony kam es so vor, als ob die Entscheidung, die sie getroffen hatte, nicht ihre Eltern betraf, ja nicht einmal ihn, sondern nur Alison selbst. Alison, die beschlossen hatte, einen Moment ihres Lebens mit ihm zu teilen. Er nahm sie fest in die Arme.

Sie lehnte sich zurück, streichelte sein Gesicht und küßte ihn.

Er wußte nicht recht, was er tun sollte. Sie leidenschaftlich zu küssen, als wollte er ihre Sinne überwältigen, schien ihm unangebracht. Was gerade geschehen war, war für Tonys Gefühl viel zu rational; sie hatte die Führung übernommen, er spielte die Rolle des Verführers nur in Alisons Inszenierung, in einem Ritual, zu dem sie sich ihn als Partner ausgesucht hatte. Er fühlte sich gleichzeitig geschmeichelt und erniedrigt.

Als ob sie seine Gedanken gelesen hätte, wandte sie den Blick ab. »Ich mußte erst selbst bereit sein, Tony. Es war nicht wichtig, was du getan hast oder wie sehr ich dich vielleicht wollte. Kannst du das verstehen?«

Tony nickte schweigend. Alison lehnte ihre Stirn an seine, er spürte ihren sanften Atem in seinem Gesicht. Plötzlich wußte er, daß sie auf ihn wartete. Sie wußte, was sie tun wollte, aber nicht wie. In diesem Punkt vertraute sie auf ihn.

»Ich habe was im Handschuhfach.«

Sie schüttelte den Kopf. »Das ist schon okay, Tony. Ich hatte gerade meine Tage.«

Auf einmal war es kalt im Wagen. Als er die Standheizung einschaltete, fiel sein Blick auf die Uhr. Es war zweiundzwanzig Uhr dreißig. Alison mußte um Mitternacht zu Hause sein. Tony zog seine Jacke aus und breitete sie über den Rücksitz. »Ich hoffe, die kratzt nicht«, witzelte Alison, während sie sich aus ihrem Mantel schälte.

Tony stieg aus und ging um den Wagen herum, um Alison die Tür zu öffnen.

Sie glitt elegant von ihrem Sitz. Etwas an ihrer Anmut selbst in der größten Verwirrung rührte Tony so sehr, daß er sie einfach an sich ziehen und zum erstenmal in dieser Nacht leidenschaftlich küssen mußte. Er spürte ihr Beben, als sie den Kuß erwiderte.

»Du …«, murmelte Tony.

Hastig öffnete er den hinteren Wagenschlag und kletterte nach ihr hinein. Alison kniete auf der Rückbank und sagte: »Es ist kalt da draußen …«

Auf einmal bemerkte Tony, daß seine Hände kalt und beinahe taub waren und daß ihr Atem und ihre Wärme langsam an den Fensterscheiben kondensierte. Er drehte sich um und schrieb mit dem Finger »Ich liebe dich« auf die Heckscheibe.

Lächelnd schrieb Alison »Ich dich auch« darunter und fügte noch ein Ausrufezeichen hinzu. Als sie schließlich sprach, war ihre Stimme ruhig.

»Es wird nicht schwer für mich sein, Tony. Nicht mit dir.«

Tony wußte nicht, ob sie damit ihm oder sich selbst Mut machen wollte.

»Willst du mich nicht ausziehen?« flüsterte Alison.

Tony zögerte und sagte dann mit der gleichen Ruhe: »Ich liebe dich.« Er sagte es nicht für sie, sondern auch, um sich seiner selbst zu vergewissern. Dann zog er ihr das Sweatshirt über den Kopf. Plötzlich war das Auto ein einziger Kokon aus Wärme. Alison seufzte, als er ihre Brüste streichelte. Er spürte ihren warmen Körper an seinem. Die sanften Schauer ihrer Lust erregten ihn und weckten gleichzeitig das Bedürfnis in ihm, sie zu beschützen. Er küßte ihren Hals, ihre harten Brustwarzen und ließ seine Hand weiter nach unten wandern. Als sie schließlich ihr Ziel gefunden hatte, war Alison so bereit für ihn, wie sie nur sein konnte. Er hielt inne, stützte sich auf seine Ellbogen und blickte in ihre Augen. Zweifel und Verlangen standen in seinem Blick, und die Angst, ihr weh zu tun. Ihre Augen lächelten zurück. »Ich will dich«, flüsterte sie.

»Habe ich dir weh getan?« fragte er.

»Nur ein bißchen. Ich bin schließlich nicht zerbrechlich.«

Das erklärte sie mit einer gewissen Autorität; sie hatte ihm auch einiges beizubringen, schienen ihre Worte zu sagen, während gleichzeitig Erleichterung darin mitschwang. Sie hatte etwas hinter sich gebracht, und jetzt ängstigte es sie nicht mehr.

»Es tut mir leid«, sagte Tony.

»Was tut dir leid?«

»Daß du nicht ...« Er zögerte. »Bist du?«

»Ich glaube nicht.« Sie hielt einen Moment inne, bevor sie erneut lächelte. »Ich glaube, das braucht ein wenig Übung.«

Hin- und hergerissen zwischen Erleichterung und Verlegenheit, dachte Tony über ihren Einwand nach. Sie hob ihren Kopf, um ihn zu küssen, und sagte leise: »Ich bin froh, daß du es warst.«

Er streichelte ihr Haar und spürte eine Welle der Dankbarkeit. »Ich will, daß wir zusammenbleiben. Für immer.«

»Das will ich auch. Für immer.«

Er lächelte. Sie fing an, sich unter ihm zu winden. »Kannst

du ein bißchen rücken?« fragte sie. »Nicht von mir weg, das meine ich nicht. Ich muß nur auch atmen.«

Er verlagerte sein Gewicht auf seinen Ellbogen, und sie blickte zärtlich zu ihm auf. »Habe ich mich gut für dich angefühlt?« fragte sie.

»Wundervoll.«

Das kleine Lächeln kehrte zurück. »Am Ende konnte ich spüren, wie es dir gekommen ist.«

Tony nahm sie noch fester in seine Arme und murmelte: »Ich will, daß diese Nacht niemals aufhört.«

Sie schwiegen beide. In der Dunkelheit um sie herum fühlten sie sich ganz eins mit sich und ihrer eigenen Welt. Beinahe träumerisch sagte Alison: »Vielleicht kann ich noch mal rauskommen.«

Das überraschte ihn. »Ohne daß deine Eltern es wissen?«

»Genau.« Sie strich ihm das Haar aus dem Gesicht. »Ich möchte noch mal mit dir zusammensein. Ich hasse diese blöde Sperrstunde.«

»Ich will aber nicht, daß du Ärger kriegst.«

Alison schüttelte den Kopf. »Wenn ich erst mal zu Hause bin, gehen sie sofort schlafen. Dann kann ich durch die Hintertür und den Garten wieder zurückkommen.«

»Findest du denn den Weg?«

Sie nickte rasch. »Ich habe als Kind hier dauernd Verstecken gespielt. Ich würde dich mit verbundenen Augen finden. Wenn du willst.«

Tony zögerte einen Moment und schämte sich dann seiner Feigheit. »Ich will«, sagte er.

Plötzlich hatte Alison es eilig, sich anzuziehen. Als sie sich ihre Strümpfe überstreifen wollte, hielt sie inne. »Die brauche ich nicht«, sagte sie impulsiv und fast ein wenig trotzig und stopfte sie in ihre Tasche. »Das merkt sie sowieso nicht.« Das Grinsen auf ihrem Gesicht wirkte sorglos und triumphierend.

Sie kletterten wieder nach vorne und versuchten hastig, die Fenster abzuwischen. Doch nun waren die Scheiben zu verschmiert, um hindurchsehen zu können. Es war drei Minuten vor Mitternacht.

»Ach laß nur«, meinte Alison. »Ich kann auch zu Fuß nach Hause gehen.«

»Ich komme mit.«

Gemeinsam ertasteten sie sich ihren Weg durch das Unterholz. »Ganz schön dunkel«, flüsterte Tony.

Sie nahm seine Hand. »Tatsächlich.«

Sie erreichten die Wiese und begannen zu laufen.

Die Wolken am Himmel hatten sich verdichtet und ließen kaum Mondlicht durch. Tony konnte die Eichen, die den Park vom Grundstück der Taylors trennten, nur als noch schwärzere Dunkelheit ausmachen.

Erst als sie die Bäume erreicht hatten, sah Tony das Haus dahinter aufragen wie einen riesigen Schatten, nur beleuchtet vom blassen Licht einer Lampe, die jemand auf der Veranda hatte brennen lassen.

»Hier sollten wir uns trennen«, flüsterte Alison.

Tony zog sie an sich. »Ich warte hier auf dich.«

Sie schüttelte den Kopf. »Im Freien ist es zu kalt. Du kannst das Auto für uns warm halten.«

Sie sahen sich an.

Alison küßte ihn ohne Eile noch einmal. Tony wollte sie nicht gehen lassen, schließlich riß sie sich los. »Wir haben gerade meine allerletzte Minute verbraucht«, sagte sie und lächelte erneut. »Wir sehen uns in ungefähr fünfzehn wieder.«

Bevor er noch etwas sagen konnte, gab sie ihm einen letzten flüchtigen Kuß und lief zum Haus.

Plötzlich allein, beobachtete Tony, wie sie in der Dunkelheit verschwand und im Licht der kleinen Lampe auf der Veranda wie ein Gespenst wieder auftauchte. Sie drehte sich noch einmal um und winkte. Dann ging das Licht aus.

SECHS

Tony hatte den Wagen an der Stelle stehengelassen, wo sie sich geliebt hatten, und wartete auf Alisons Rückkehr. Die Uhr zeigte sechsundzwanzig Minuten nach Mitternacht.

Im Auto wurde es kalt. Tony schaltete die Standheizung ein, dann das Radio. Die Zeit schleppte sich dahin. Als Bobbie Gentry seine *Ode to Billy Joe* sang, begann Tony zu zählen in der Hoffnung, daß Alison auftauchen würde, bevor er bis hundert gekommen war.

Mittlerweile war es zwanzig vor eins.

Unruhig versuchte Tony, sich daran zu erinnern, wie sie sich angefühlt und ihn angesehen hatte. Als im Radio *Lucy in the Sky with Diamonds* kam, schaltete er gereizt aus.

Ihre Eltern mußten sie aufgehalten haben.

Er konnte sich vorstellen, wie sie auf ihre älteste Tochter, ihren Liebling, gewartet hatten, um eine weitere abschließende Diskussion über Tony Lord zu verlangen. Er sah Alisons nackte Beine im Licht einer Wohnzimmerlampe, ihren schuldbewußten, trotzigen Blick, als ihre Eltern sie baten, sich hinzusetzen. Tony dachte an seine eigenen Eltern, vor allem an seine Mutter. Ohne höhere Bildung oder große Erwartungen blickte Helen Lord mißtrauisch auf eine Welt, die nur darauf zu warten schien, ihr ihr einziges Kind wegzunehmen – das einzige große Los, das sie je gezogen hatte –, wie um sich darüber lustig zu machen, daß sie sich über ihren Status hinaus Hoffnungen gemacht hatte. Tony kämpfte noch immer gegen ihren lästigen Glauben an seine Einzigartigkeit. Darum verstand er die besitzergreifende Liebe der Taylors zu Alison, auch wenn er sie nicht akzeptieren konnte. Wenn ihre Eltern sie erst einmal ins Verhör genommen hatten, konnte Alison vielleicht gar nicht mehr zu ihm zurückkommen.

Es war ein Uhr. Doch Tony konnte noch immer nicht aufgeben.

Das Haus war nicht weit entfernt, höchstens hundert Meter. Wenn die Bäume ihm nicht die Sicht versperrt hätten, hätte er vielleicht ein Licht in Alisons Fenster sehen können. Aus einem unerklärbaren Instinkt heraus wußte Tony, daß sie kommen würde. Und er wollte nicht, daß sie alleine dort draußen herumlief.

Er schloß das Auto ab und trat unter den Bäumen hervor. Die Nacht war noch dunkler geworden.

Langsam durchquerte er den Park zum Haus der Taylors in der Hoffnung, Alisons Schritte zu hören.

Nichts.

Tony blieb stehen. Sie konnte ganz in der Nähe sein, in einer Nacht wie dieser war es möglich, daß sie aneinander vorbeiliefen, ohne sich zu sehen. Die totale Stille ließ die Dunkelheit undurchdringlich erscheinen.

Nur von seinen eigenen Sinnen geleitet, tastete er sich weiter auf den Eichenhain zu. Endlich hörte er den kalten Wind durch die Äste pfeifen, und nach ein paar weiteren Schritten konnte er die Eichen erkennen.

Die blätterlosen Bäume hoben sich wie Skelette vom Himmel ab. Dahinter konnte er die Dachkante des Taylorschen Hauses ausmachen, es brannte kein einziges Licht mehr. Dann hörte er das trockene Knacken eines Zweiges.

»Alison?«

Keine Antwort. Jetzt ging Tony auf das Geräusch zu. Seine gedämpfte Stimme trug weit in die Nacht.

»Alison …«

Ein zweiter Ast knackte, näher.

Tony lief ein Schauer über den Rücken. Er spürte, daß, wer auch immer das Geräusch gemacht hatte, stehengeblieben war, als Tony näher kam.

Ein weiterer Ast knackte, noch näher.

Tonys Haut kribbelte. »Wer ist da?« rief er laut, und dann hörte er jemanden auf sich zulaufen. Unfähig, irgend etwas zu erkennen, spürte Tony, wie er sich verkrampfte. Die dumpfen

Schritte kamen auf ihn zu. Dann drehten sie plötzlich ab, und Tony hörte mit klopfendem Herzen, wie sie sich in der endlosen Dunkelheit verloren.

Er drehte sich um und rannte durch den Hain.

Ein Zweig peitschte ihm ins Gesicht. Der Schmerz ließ ihn nur kurz innehalten, bevor er das Grundstück der Taylors erreichte.

Er blieb abrupt stehen und blickte suchend um sich. Die Umrisse des Hauses waren vor dem Himmel zu erkennen; rechts von ihm hörte er das leise Geplätscher des unsichtbaren Sees. Erst als das Verandalicht anging und einen gelben Schein auf die Wiese warf, sah er den Schatten, der vor ihm auf der Erde lag.

Er lief darauf zu, ohne sich Gedanken über das Licht zu machen. Angst schnürte ihm langsam die Kehle zu. Zusammengerollt auf der Seite liegend, sah der Schatten aus wie ein schlafendes Kind.

Tony beugte sich vor und griff nach ihr, spürte ihr Haar, das ihr Gesicht bedeckte, ihre Haut war noch warm.

Sein Mund war plötzlich ausgetrocknet, seine Stimme rauh. »Alison!«

Ihr Rock war hochgerutscht. Tony berührte ihr nacktes Bein, wie um sie aufzuwecken.

Es war feucht. Aus seiner Kehle drang ein Schrei.

Die Verandatür ging auf, und der Strahl einer Taschenlampe wanderte über die Wiese.

Alisons Gesicht war gerötet, ihr Mund verzerrt. Ihre Augen, in denen eben noch so viel Liebe für ihn gestanden hatte, waren aufgerissen und leer, gesprenkelt mit roten Sternchen.

In seiner Verwirrung bekreuzigte er sich. Tränen strömten über sein Gesicht.

Heilige Maria, Mutter Gottes, bitte für uns Sünder jetzt und in der Stunde unseres Todes ...

»O mein Gott!«

Tony riß seine Hand zurück. Er brauchte einen Moment, um

zu begreifen, daß er diesen gequälten Schrei nicht selbst ausgestoßen hatte. »O mein Gott!« schrie ihr Vater erneut.

Tony wurde übel, als er das kalte Metall an seinem Kopf spürte, zitternd, als hätte es ein Eigenleben. »Du Schwein – was hast du mit ihr gemacht?«

Tony drehte sich um und blickte in eine Revolvermündung.

John Taylors weißes Haar schimmerte im Licht der Lampe wie ein silberner Strahlenkranz um seinen Kopf, sein Gesicht war vor Wut und Verständnislosigkeit verzerrt. In der Verandatür stand die erstarrte Silhouette seiner Frau. »Katherine«, rief John Taylor mit belegter Stimme. »Bitte ruf Hilfe ...«

Tony fing an zu zittern, unfähig, die Situation zu begreifen. Mit der Waffe in der Hand ging John Taylor neben seiner Tochter in die Knie, um ihren Puls zu fühlen. Als er seine Augen schloß, brach es aus Tony heraus. »Ich war es nicht ...«

John Taylor riß seine Augen wieder auf. Wie ein Automat erhob er sich und richtete die Waffe auf Tony. In seiner Fassungslosigkeit war Tony unfähig, sich zu rühren.

»Jack!«

Katherine Taylor rannte durch den Garten und warf sich weinend über ihre Tochter, wie um sie zu beschützen. Über die beiden Frauen hinweg, die eine viel zu ruhig, die andere haltlos schluchzend, starrte John Taylor Tony an, bis seine Augen vollkommen ausdruckslos waren. Dann hob er die Waffe und wollte abdrücken; Tony schlug die Hände vor sein Gesicht.

»Mama, was ist los?«

John Taylor blinzelte. Alisons elfjährige Schwester stand im Nachthemd auf der Veranda.

Alisons Mutter erhob sich langsam, ihr graumeliertes dunkles Haar stand wirr um ihren Kopf, ihr Gesicht war wie versteinert. Mit tonloser Stimme wandte sie sich an ihren Mann. »Tu ihm nichts, Jack. Warte auf die Polizei.«

Anstatt zu antworten, drehte John Taylor sich um, als erinnere er sich an seine Pflichten, und befahl seiner jüngsten Tochter mit väterlicher Autorität, im Haus zu bleiben. Zitternd wurde Tony bewußt, daß Alisons Schwester ihm soeben das Leben gerettet hatte.

Eine Sirene heulte. Tony sah das flackernde Blaulicht eines Streifenwagens, der, gefolgt von einem zweiten, in der Einfahrt der Taylors hielt. Ein junger Polizist rannte durch den Garten auf sie zu, in einigem Abstand folgte der untersetzte Polizeichef und rief schon von weitem: »Was ist passiert, John?«

Langsam drehte John Taylor sich um und sagte mit gebrochener Stimme: »Dieser Junge hat Alison umgebracht.«

»Nein«, schrie Tony auf. »Ich habe sie nur gefunden ...«

Schwer atmend, blickte der Polizeichef von John Taylor zu dem Körper zu seinen Füßen. Er beugte sich über Alison, bedeckte ihre Nase und ihren Mund mit seiner Hand und murmelte: »Der Krankenwagen ist unterwegs.«

Auf einmal war es vollkommen still um Tony. Er schluckte. Der Chief starrte ihn an, in seinen blauen Augen standen Erstaunen und unaussprechliche Trauer. »Ich habe das Spiel heute abend gesehen ...«

Auf der Veranda fing Alisons Schwester an zu weinen. Der Chief blickte auf die Waffe in John Taylors Hand. »Wir haben ihn. Der ist jetzt nicht mehr Ihre Sorge.»

Alisons Mutter lehnte steif an ihrem Mann. Mit einer Kopfbewegung beorderte der Chief den jungen Beamten an ihre Seite und sagte an Alisons Vater gewandt: »Es ist besser, wenn Sie ein wenig beiseite treten.«

Der junge Beamte kondolierte leise und führte die fassungslose Katherine Taylor zum Haus.

Zwei weitere Polizisten standen hinter Tony. »Bringt ihn hier weg«, befahl der Polizeichef mit zusammengebissenen Zähnen. Tony konnte seinen Blick nicht von Alison losreißen, als könnte sie wie in einem Traum doch noch aufstehen und mit ihm gehen.

SIEBEN

Tony starrte aus dem Fenster des Streifenwagens auf die stillen Straßen der kleinen Stadt, die weißen Holzhäuser aus den zwanziger Jahren, die roten Backsteinbungalows mit ihren briefmarkengroßen Vorgärten aus den Fünfzigern, den spitzen Rathausturm mit seinem eisernen Uhrengesicht und daneben die aus dem Rahmen fallende Strenge des Polizeipräsidiums, ein abweisender, seinerzeit heftig umstrittener Backsteinklotz, der erst im vergangenen Jahr fertiggestellt worden war. Lake City kam Tony zugleich fremd und vertraut vor, ein halbvergessener Ort. Er sehnte sich nach Alison.

Sie betraten das Präsidium, und die beiden Polizisten führten ihn in den Keller. Tony nahm das hin, ohne Fragen zu stellen – es gehörte zur Logik dieses Alptraums –, genauso wie er der höflichen Aufforderung eines weiteren Polizisten nachkam, sich auszuziehen. Der Mann nahm ihm Blut ab, fuhr mit einer Nadel unter seine Fingernägel, schnitt ihm etwas Schamhaar ab, machte einen Abstrich von seiner Eichel und fotografierte den Striemen auf seinem Gesicht, den, wie Tony vermutete, der Zweig dort hinterlassen hatte. Während der ganzen Prozedur stellte Tony keine einzige Frage. Er konnte nur an Alison denken.

Sie gaben ihm seine Kleidung zurück und brachten ihn in eine Zelle mit kahlen, gelben Wänden. Der Raum war kaum größer als ein Wandschrank, möbliert mit einem schmucklosen Tisch und Stühlen unter einer hellen Neonlampe. Tony ließ sich erschöpft auf einen der Stühle fallen.

Sie war für ihn gestorben! Er konnte an nichts anderes denken. Er fühlte sich, als hätte er einen Schlag auf den Kopf bekommen, seine Erinnerung war wie ausgelöscht, Schmerz das einzige, was ihm geblieben war. Sein Schädel pochte.

Tony wußte nicht, wie lange er schon allein war, und es war ihm auch egal. Seine Eltern und Freunde bedeuteten ihm nichts mehr. Nur Alison.

Zwei Detectives betraten das Zimmer. Wie durch einen Nebelschleier erkannte Tony den jüngeren der beiden, geschmeidig wie ein Windhund, das braune Haar mit Gel zurückgekämmt. Es war Sergeant Dana, der Verbindungsmann zwischen Polizei und Lake City High School, dessen Aufgabe es war, Drogen und Taschendiebe aufzuspüren. Der andere Mann war rothaarig und schweinsäugig, mit dem ungesunden Teint eines Trinkers. Seine fleckigen Hände zuckten rastlos über den Tisch. Er zündete sich eine Zigarette an.

»Ich bin Lieutenant McCain, Frank McCain. Du kennst Doug Dana von der High-School, richtig? Er war auch mal Quarterback, aber nicht so gut wie du.«

Tony rieb sich die Augen, unfähig zu begreifen, was geschah. McCain zog heftig an seiner Zigarette, als wolle er sich zur Langsamkeit zwingen. »Es ist einfach schrecklich, Tony. Grauenhaft. Ich wette, du bist genauso traurig darüber, hier zu sein, wie wir es sind, dich unter diesen Umständen kennenzulernen. Es tut mir wirklich leid, daß wir dir diese Untersuchung nicht ersparen konnten. Aber das gehört zur Routine. Wir müssen das tun.« Als er erneut an seiner Zigarette zog, schien seine Hand zu zittern. »Wir haben eine große Verantwortung, Tony. Ein wundervolles Mädchen ist tot, ein Mädchen, von dem ich weiß, daß es dir viel bedeutet hat. Wie du müssen auch seine Eltern für immer damit leben. Wir müssen ihnen helfen zu verstehen, was geschehen ist. Welchen Frieden ihnen das auch immer bringen mag.«

Tony starrte vor sich auf den Tisch. »Es ist meine Schuld«, murmelte er. »Sagen Sie ihnen, es ist meine Schuld.«

McCain wurde plötzlich ganz ruhig. »Wie war das, Tony?« Die Zigarette qualmte in seiner Hand.

»Ich wollte, daß sie wieder rauskommt. Um mit mir zusammenzusein.« Tony hatte einen Kloß im Hals. »Wenn ich das nicht gewollt hätte, hätte er sie nicht ermordet.«

Danas Augen waren jetzt hellwach. »Wer sollte das gewesen sein?«

»Das weiß ich nicht. Ich habe im Park jemanden gehört…« Tony verstummte. Schritte im dunklen Park, das klang unter diesem gnadenlosen Licht dumm, nach Einbildung.

Die beiden Polizisten beobachteten ihn. »Erzähl uns einfach von deinem Abend«, forderte Dana ihn auf. »Alles, was nach dem Footballspiel passiert ist.«

Tonys Mund war wie ausgetrocknet. Elend versuchte er, sich an die Chronologie zu halten: das Treffen mit Sam und Sue, wie er mit Alison allein weggefahren war, der Beschluß, sich später wiederzutreffen, Schritte im Dunkel, der Lichtschein, der ihn zu ihrer Leiche geführt hatte. Während er sprach, wünschte Tony inständig, er könnte das Rad zurückdrehen – er wäre mit Sam und Sue zusammengeblieben oder hätte Alison gesagt, sie solle zu Hause bleiben, in Sicherheit bei der Familie, die sie liebte. Doch von ihrem Verlangen, mit ihm zu schlafen, sagte er nichts, denn das war seine einzige Möglichkeit, sie jetzt noch zu beschützen.

Dana runzelte die Stirn. »Wie bist du an den Striemen in deinem Gesicht gekommen?«

Tony versuchte sich zu erinnern. »Das war ein Ast… als ich durch die Bäume gerannt bin.«

»Warum hast du das Auto verlassen?«

»Sie hatte sich verspätet. Ich wollte sie suchen und hörte ihn im Park.«

»Woher hätte er denn wissen sollen, daß sie da draußen war, der Typ, der sie umgebracht hat?«

Tony schüttelte verwirrt den Kopf. Ruhig fragte Dana: »Hast du mit ihr geschlafen?«

Tony schloß die Augen. »Nein.«

»Wir glauben aber, daß jemand mit ihr geschlafen hat, Tony.« Mit aufgesetzter Melancholie schüttelte McCain den Kopf. »Alison mag tot sein, doch ihr Körper wird eine Geschichte erzählen. Und deiner auch, wenn die Proben erst aus dem Labor zurück sind.«

Auf einmal fühlte Tony sich von seinen Schuldgefühlen

überwältigt. »Könnte Pater Quinn herkommen, mein Priester?«

McCain sah ihm in die Augen. »Ich bin auch Katholik, Tony, genauso wie du. Wir beide wissen, daß die Beichte gut für die Seele ist. Doch was du Pater Quinn erzählst, hilft keinem außer dir. Hier bei uns hast du die Chance, anderen zu helfen. Das würde dir der gute Pater bestimmt auch sagen. Du kannst dazu beitragen, daß die Menschen das Vertrauen in ihre Heimatstadt nicht verlieren.« Er sprach nun langsamer, um die Bedeutung seiner Worte zu unterstreichen. »Also, fangen wir damit an, daß du mir sagst, ob du mir ihr geschlafen hast.«

Tony mußte plötzlich dringend pinkeln. »Nein«, wiederholte er.

»Habt ihr euch gestern abend gestritten?« drängte Dana. »Ich meine, ihr hattet doch Probleme, oder? Ihr hattet euch doch für eine Weile getrennt.«

Tonys Schläfen pochten. »Wer hat Ihnen das gesagt?«

»Also, worüber habt ihr gestern abend gestritten?« hakte Dana nach.

Tonys Blase schmerzte. »Über gar nichts.«

McCain legte seine Zigarette in den Aschenbecher. »Arbeite mit uns zusammen, Tony. Sag uns, was mit dir und Alison passiert ist.«

Tony antwortete nicht. Dana wirkte wieder beherrschter. »Ich glaube, ich weiß, was passiert ist.«

Tony hatte das Gefühl, als hätte sich irgend etwas in dem Zimmer verändert. »Was?«

Dana lehnte sich zurück und betrachtete Tony ausdruckslos. »Manchmal wollen Frauen einen ärgern. Oder sie lassen dich glauben, daß sie etwas Bestimmtes wollen und wollen es dann doch nicht.« Er beugte sich vertraulich vor. »Ist das der Grund, warum du wolltest, daß sie wieder rauskommt? Sollte sie irgendwas Besonderes für dich tun?«

»Ich wollte nur mit ihr zusammensein.«

»Vielleicht hattet ihr darüber eine Meinungsverschiedenheit?« Danas Tonfall war jetzt sehr kühl. »Vielleicht ist es das, was ihr Körper uns berichten wird. Daß du sie gezwungen hast, das für dich zu tun.«

Tony schüttelte den Kopf. »Nein!«

»Du willst also, daß wir ihren Eltern erzählen, sie hätte mit einem anderen rumgemacht.«

»Nein. Wir sind zusammen *gegangen.*«

»Dann wollen wir ihr gegenüber auch gerecht sein. Du sagst, Alison hatte keinen anderen. Du sagst, Alison war kein Flittchen. Du willst fair sein, nicht wahr? Du willst ihr Andenken schützen. Aber das kannst du nur, wenn du uns ehrlich sagst, was du mit ihr gemacht hast.«

Plötzlich ging Tony ein Licht auf. Das Entsetzen machte ihn sprachlos.

McCain legte seine Hand auf die von Tony. »Hast du sie geliebt, Tony?«

Diese Frage überraschte ihn so sehr, daß ihm Tränen in die Augen schossen. »Ja, ich habe sie geliebt.«

McCain nickte langsam. »Für mich sieht das aus wie ein kaltblütiger Mord. Aber ich kann mir nicht vorstellen, daß du kaltblütig ein Mädchen ermorden würdest, in das du verliebt bist.«

»Nein, das könnte ich nicht.«

McCain tätschelte Tonys Hand. Vielleicht, dachte Tony, glaubte dieser Mann ihm doch noch. »Was glaubst du«, fuhr McCain fort, »wie fühlt derjenige, der das getan hat, sich jetzt?«

»Das weiß ich nicht.« Der Druck auf seine Blase wurde langsam unerträglich. »Ich muß mal –«

»Glaubst du, daß er sie wirklich umbringen wollte?«

Die Stimme des Detective klang beruhigend. Doch Tony verstand trotz seines Schocks intuitiv, was dahinter stand. Er antwortete leise: »Ich weiß, daß er es wollte.«

McCains Augen flackerten auf. »Woher weißt du das, Tony?«

Tony atmete tief durch. »Ich habe gesehen, was er ihr angetan hat.«

Von der anderen Seite des Tisches beugte McCain sich so weit herüber, daß ihre Köpfe sich beinahe berührten. »Und was sollte deiner Meinung nach mit ihm geschehen?« fragte er. »Er würde sicherlich Gnade finden, wenn wir ihn nur verstehen könnten.«

»Nein«, antwortete Tony bestimmt. »Derjenige, der sie umgebracht hat, soll sterben. Genauso wie sie.«

McCain drückte Tonys Hand. »Das denke ich nicht. Nicht, wenn er sie eigentlich gar nicht töten wollte. Nicht, wenn die Dinge nur irgendwie außer Kontrolle geraten sind.« Der Detective sah ihm fest in die Augen. »Es ist Zeit, ein richtiger Mann zu sein, Tony. Gestern abend warst du der Held dieser Stadt. Du kannst noch einmal ein Held sein. Es ist noch nicht zu spät.«

Tony zwang sich, alles, was von seinem Verstand noch übrig war, auf sein eigenes Überleben zu konzentrieren. »Alles, was ich zu tun habe, ist Ihnen zu erzählen, was wirklich passiert ist, richtig? Und dann darf ich zum Klo?«

»Genau.« Tony spürte, wie McCains Hand zuckte. »Du wolltest nicht, daß sie stirbt, das weiß ich. Ganz egal, wie schlimm es auch aussieht.«

Langsam zog Tony seine Hand zurück und blickte dem Detective gerade in die Augen. »Ich habe sie nicht umgebracht. Ich habe sie so gefunden. Sie können also aufhören, den verständnisvollen Freund zu spielen.« Er stand auf, seine Stimme bebte jetzt vor Einsamkeit, Angst und Wut. »Ich will, daß Sie meine Eltern anrufen, jetzt sofort. Und sagen Sie mir, wo die Toilette ist.«

McCain blickte mit hochrotem Kopf zu ihm hinauf. Keiner sagte ein Wort.

»Den Flur hinunter«, brachte Dana schließlich hervor.

Seine Eltern kamen. Die Augen seiner Mutter waren gerötet und ungeschminkt, ihr Haar zu blond, ihr Gesicht leichenblaß.

Sie lief auf Tony zu und umarmte ihn verzweifelt. »Ich habe sie nicht getötet, Mom.«

»Ist schon gut, Tony, ist schon gut.«

Tony blickte über ihre Schulter zu seinem Vater.

Stanley Lord stand aufrecht, sein Kinn wirkte angespannt, sein Gesicht entschlossen. Irgendwie erinnerte er Tony an das Hochzeitsfoto, das zu Hause auf dem Kaminsims stand, auch wenn Stanleys zurückgebürstetes Haar darauf dunkler, seine slawischen Züge schmaler und schärfer waren. »Sieh nur, wie stattlich er war«, sagte seine Mutter immer, als spräche sie von einem anderen Leben.

Zum erstenmal seit Jahren nahm sein Vater ihn bei der Hand, bevor er von McCain zu Dana blickte und erklärte: »Wir nehmen unseren Sohn jetzt mit nach Hause.« Tony war dankbar wie ein verlorenes Kind, das endlich gefunden worden war.

Sie kamen an einem Büro vorbei, in dem der Polizeichef leise mit John und Katherine Taylor sprach. John Taylor starrte Stanley Lord verbittert an. Stanley hielt diesem Blick stand, in seinen Augen stand Mitgefühl, aber keine Entschuldigung. Er würde sich um die Seinen kümmern, ganz gleich, wer John Taylor war. Dann zupfte Helen Lord ihren Mann am Ärmel, und sie verließen das Polizeipräsidium.

ACHT

Als er Saul Ravin zum erstenmal gegenübersaß, dachte Tony, daß er diesen Rechtsanwalt in seinem bisherigen Leben niemals kennengelernt hätte.

Nach den ersten beiden in schlafloser Trauer verbrachten Tagen und Nächten sickerte die Realität von Alisons Tod langsam, aber unerbittlich in Tonys Bewußtsein ein. Die Samstagszeitung war ihm noch unwirklich vorgekommen. Alisons Klassenfoto in Schwarzweiß sah aus wie hundert andere Bilder von

Teenagern, deren Leben durch irgendeine Tragödie ausgelöscht worden war. Die Schlagzeile lautete: »Mädchen aus Lake City ermordet«, darunter stand: »Freund zum Tod von beliebter Schülerin verhört.« Tonlos hatte Tony seine Mutter gefragt: »Wer hat die gebracht?«

»Mrs. Reeves von gegenüber. Zusammen mit einem Thunfischauflauf.«

Darüber mußte Tony aus irgendeinem Grund lachen. Doch es schwang soviel Bitterkeit darin mit, daß das Gesicht seiner Mutter erstarrte. »Wenn ich das nächste Mal jemanden umbringe«, hatte er sarkastisch bemerkt, »sag ihr, sie soll Lasagne machen.«

Seine Mutter hatte sich erschrocken die Hand vor den Mund geschlagen. Sein Vater, der am Fenster gestanden hatte, um die Reporter vor dem Haus zu beobachten, hatte sich umgedreht und leise gesagt: »Junge, wir müssen gut zueinander sein. Ganz besonders jetzt.«

Die Haut seines Vaters wirkte fahl, die Ringe unter seinen Augen wie Blutergüsse. Zerknirscht hatte Tony sich seiner Mutter gegenüber auf das Sofa gesetzt. »Wir haben doch nur uns«, hatte sie ihm erklärt. »Dein Onkel Joe und Tante Mary Rose wollten herkommen. Aber das konnten wir nicht zulassen, nicht mit all diesen Leuten da draußen.«

Tony sah sich in seinem Zuhause um. Das kleine Wohnzimmer mit dem Hochzeitsfoto seiner Eltern, seinem Schulporträt, der Porzellanbüste des heiligen Stanislaus, den polkatanzenden Nippesfiguren. In Tonys Augen repräsentierte dieses Zimmer das kleinkarierte Leben seiner Eltern, die Ängste seiner Mutter, die kleinen Zerstreuungen seines Vaters – Kegeln und Kirchenvorstand – und seine geduldige, hoffnungslose Pflichterfüllung als Verwaltungsangestellter in einem winzigen Büro. Wie oft hatte Tony sich vorgestellt, all das hinter sich zu lassen – sein Zuhause, jetzt sein Gefängnis. Tony wünschte, er wäre tot. Wie Alison.

Es war Montag nachmittag. Vor drei Tagen hätte er noch erwartet, heute in der Schule zu sein und sich zu dem Sieg über Riverwood gratulieren zu lassen. Doch die Schule war wegen Alisons Beerdigung geschlossen, und Tony saß mit seinen Eltern im Büro dieses Strafverteidigers, der, wie man ihnen versichert hatte, der Beste in Steelton war.

Ravin stellte gleich zu Beginn die Fakten klar. Die Sache war ernst: Ravin würde einen Vorschuß von zehntausend Dollar benötigen, und sollte Tony des Mordes angeklagt werden, müßten seine Eltern ihr Haus verpfänden oder verkaufen. Doch an diesem Tag wäre es ihm ein Vergnügen, kostenlos mit Tony zu sprechen.

Bedauerlicherweise, schloß der Anwalt, müßte er das ohne Tonys Eltern tun, da sie nicht seine Mandanten waren und deshalb auch weder ihn noch Tony über das, was zwischen ihnen besprochen werden würde, befragen sollten. Des weiteren sollten Tonys Eltern als potentielle Zeugen die Geschehnisse jener Nacht möglichst gar nicht mit Tony erörtern. Nicht, daß Tony schuldig wäre, beeilte Ravin sich hinzuzufügen, doch ein schlauer Staatsanwalt könnte die kleinen Abweichungen in ihren Erinnerungen geschickt verdrehen. Die Lords verfolgten diese Ausführungen so andächtig verwirrt, als hätte man ihnen einen fremdartigen neuen Katechismus erklärt. Dann geleitete Ravin Tonys Eltern ins Vorzimmer und schloß die Tür hinter ihnen. Tony und Saul Ravin waren allein.

Ravin lehnte sich in seinem Stuhl zurück und faltete die Hände über dem Bauch. Er war ein beleibter Mann Anfang Vierzig, mit graumelierten Locken, einer beeindruckenden Nase, mächtigem Doppelkinn und Augen, die je nach Bedarf entweder lebhaft oder vernichtend schauen konnten und trotzdem immer ein wenig traurig wirkten. Tony vermutete, daß sein Anwalt Jude war, »Saul Ravin« klang irgendwie exotisch. Doch er war sich nicht sicher, denn er hatte bisher noch nie einen Juden getroffen. Mit seiner onkelhaften Ausstrahlung schaffte Ravin es, Tony das Gefühl zu geben, von dessen Verwirrung zu wissen und sich alle Zeit der Welt zu lassen. Tony spürte, daß Ravin seine Eltern auch deshalb hinausgeschickt hatte, weil er annahm, daß es Tony so leichter fallen würde, offen mit ihm zu reden.

»Tja, Tony«, sagte er nach einer Weile. »Da sitzt du nun mit einem dir völlig fremden Menschen, der zufällig auch der einzige auf der Welt ist, dem du restlos vertrauen kannst. Nichts, was du mir hier erzählst, wird diese vier Wände je verlassen. Ich möchte also, daß du mir alles sagst. Denn sieh mal, ich wüßte nicht, wie ich die Sache angehen sollte, wenn du irgend etwas vor mir zurückhalten würdest. Denk einfach daran, daß es leicht ist, Gottes ehrliche Wahrheit zu sagen – das ist die einzige Geschichte, über die du nie nachzudenken brauchst. Alles klar?«

Während der nächsten Stunde beantwortete Tony Fragen über seine Familie und Freunde, die Schule, den Sport und seine sonstigen Interessen; über die Kirchengemeinde und die Gründe für den Umzug der Familie von Steelton nach Lake City; auf welches College er gehen wollte und ob er schon vorher einmal Schwierigkeiten mit der Polizei oder sonst irgend jemandem in der Stadt gehabt hatte. Tony spürte, daß Ravin ihm helfen wollte, sich zu entspannen, indem er ihn ein Bild von sich selbst entwerfen ließ.

»Du bist eine Novität für mich«, bemerkte Ravin nach einer Weile. »Ein Mandant, dessen Vorstrafenregister nichts weiter aufweist als die Tatsache, daß er erst siebzehn ist.« Sein Gesichtsausdruck wurde ernst. »Wir müssen über Alison sprechen, Tony. Nicht nur über das, was geschehen ist, sondern auch darüber, wer sie war.«

Leise und stockend begann Tony seinen Bericht, bis Ravins Fragen ihn schließlich behutsam durch die Ereignisse der Mordnacht führten. Sie endeten mit der Befragung durch die Polizei. Mit höflicher Beharrlichkeit durchforstete Ravin Tonys Erinnerungen nach dem genauen Wortlaut der gestellten Fragen. Als Tony zu Ende gekommen war, sagte Ravin: »Da ist etwas, was sie dir nicht sagen.«

»Was?«

»Das weiß ich nicht.« Ravin legte die Fingerspitzen aneinander, als wolle er noch etwas hinzufügen, und sagte dann fast beiläufig: »Die Polizei hält immer etwas zurück. Manchmal, um eine Falle zu stellen, manchmal, um irgendwelche Spinner davon abzuhalten, Morde zu gestehen, die sie nicht begangen haben. Manchmal auch nur, um die Gefühle der Angehörigen des Opfers zu schonen.« Er senkte die Stimme. »Aber du hast auch etwas verschwiegen. Der Polizei und mir.«

Tony errötete. »Was denn?«

»Daß du mit ihr geschlafen hast.«

Schweigend starrte Tony ihn an, hin- und hergerissen zwischen Scham und Trotz. Scheinbar gelangweilt begann Ravin seine goldenen Manschettenknöpfe zu studieren. »Und wie die Polizisten, Tony, frage ich mich, warum? Ihre Antwort ist, daß du sie vielleicht vergewaltigt hast. Daß du dabei vielleicht ein bißchen zu fest zugepackt hast, um sie am Schreien zu hindern. Und das kannst du ihnen noch nicht einmal verübeln.« Plötzlich hob Ravin den Kopf und starrte Tony mit bohrendem Blick in die Augen. »Also was ist es, Tony? Vergewaltigung? Mord? Vergewaltigung und Mord? Oder doch nur der gute alte einvernehmliche Sex. Und diesmal läßt du nichts mehr weg.«

Tony stand auf und ging zum Fenster. Doch alles, was er sah, war Alison, wie sie nackt unter ihm gelegen und zu ihm aufgeblickt hatte. Mühsam hielt er seine Tränen zurück. Ohne sich umzudrehen, sagte er gepreßt: »Wir haben im Auto miteinander geschlafen. Es war unser erstes Mal.«

»Und ihr habt es beide gewollt.«

»Ja.« Er schwieg einen Moment und fügte dann matt hinzu: »Darum ist sie ja auch zurückgekommen.«

»Und warum hast du das nicht auch der Polizei gesagt?«

Tony atmete aus. »Weil das eine Sache zwischen uns beiden war.«

Er hörte, wie Ravin aufsprang. »Sie ist tot, Tony. So wie du sie mir beschrieben hast, glaube ich nicht, daß sie deine Ritterlichkeit gebraucht hätte.« Er legte seine große Hand auf Tonys Schulter. »Wenn ich mich recht erinnere, gilt der Sex mit Alison in deiner Religion als Todsünde. Aber ich glaube nicht, daß du Alison Taylor getötet hast, indem du mit ihr geschlafen hast. Und so sieht es auch das Gesetz. Also sag mir noch einmal – hast du Alison Taylor getötet? Wie immer deine Antwort lautet, ich werde damit arbeiten. Aber es muß die Wahrheit sein.«

Tony drehte sich um und blickte ihm in die Augen. »Ich habe Alison nicht ermordet, Mr. Ravin. Ich habe sie geliebt.«

Ravin sah Tony einen Moment regungslos an. Dann lächelte er ein wenig. »Saul«, korrigierte er ihn. »Mr. Ravin klingt nach meinem Vater, dem Rabbi, für den ich so etwas wie eine Enttäuschung bin. Bitte setz dich wieder.«

Als Tony gehorchte, spürte er eine neue Vertrautheit. Ravin lehnte sich zurück. »Jetzt will ich dir auch ein paar Wahrheiten sagen, Tony. Erstens: Juristisch bereitet deine Geschichte kein größeres Problem. Die Polizei und die Taylors mögen sie für unglaubhaft halten, aber das allein reicht nicht. Was sie haben, weiß ich noch nicht, vielleicht irgendeinen Befund an Alisons Körper oder etwas, was sie an dir gefunden haben, möglicherweise aber auch nur irgend jemanden, der behauptet, irgend etwas zu wissen.

An den medizinischen Befunden können wir nichts ändern, wir können der Polizei nur sagen, daß du tatsächlich mit ihr geschlafen hast und daß das mit ihrem Einverständnis geschehen ist.« Ravin machte eine Pause. »Denn wenn es einvernehmlich war, wird der Gerichtsmediziner dem zustimmen. Vergewaltigung hinterläßt deutliche Spuren im Gewebe des Opfers, Verletzungen, die eine normale Deflorierung nicht verursachen würde.« Ravin hielt erneut inne. »Es sei denn«, fügte er schließlich leise hinzu, »jemand anderes hat sich danach an ihr vergriffen. In diesem Fall kann der Gerichtsmediziner möglicherweise keine eindeutige Aussage machen. Selbst wenn nur eine Sorte Sperma gefunden worden ist, kann er nicht mit Sicherheit sagen, von wem es ist. Er kann nur die Blutgruppe bestimmen.«

Während Tony den Ausführungen seines Anwalts zuhörte, stürmten die unterschiedlichsten Gefühle auf ihn ein: der Gedanke an die Qualen, die Alison erlitten haben mußte; sein Haß auf den Mörder; sein Unbehagen, über Alison zu sprechen, als wäre sie irgendein Beweisstück; die Last seiner eigenen Schuldgefühle.

»Was uns zu einem ganz anderen Thema bringt, über das wir nachdenken müssen«, fuhr Ravin fort. »Wenn einer Frau so etwas geschieht, Tony, muß man in Betracht ziehen, daß mehr dahintersteckt, als man annimmt. Wer könnte da draußen rumlaufen, der so für Alison empfunden hat?«

»Niemand. Sie war nicht irgendein Flittchen, das sich den Typen an den Hals geworfen hat.« Tony war immer lauter geworden. »Ich habe sie gefunden, nicht Sie. Ich bin derjenige, den die Bullen für schuldig halten. Wenn ich jemanden wüßte, dem ich so was zutrauen würde, hätte ich es ihnen gesagt. Es sei denn, ich hätte ihn vorher umgebracht.«

Ravin musterte ihn kühl. »Ich würde an deiner Stelle aufhören, von Mord zu sprechen. Und bis vor kurzem hat Alison sich mit anderen Jungen getroffen. Wenn du Gefühle für sie hegen konntest, dann konnten andere das auch. Sie kann sie sogar auf die eine oder andere Weise erwidert haben. Es reicht schon, wenn sich jemand nur eingebildet hat, sie hätte sich etwas aus ihm gemacht und ihn dann fallengelassen.« Ravin verfiel wieder in einen knappen, geschäftsmäßigen Ton. »Dabei fallen mir noch ein paar Wahrheiten ein. Wenn du vor ein Gericht gestellt wirst, ist deine Familie ruiniert. Wenn du verurteilt wirst, ist deine Reputation für den Rest deines Lebens im Eimer. Wir müssen die Polizei dazu bringen zu glauben, daß jemand anders es getan hat. Und dazu brauche ich deine Hilfe.«

Tony starrte ihn ausdruckslos an und leierte tonlos die Namen aller Jungen herunter, von denen er wußte, daß sie sich mit Alison getroffen hatten. Ravin notierte sie sich und bedankte sich höflich, bevor er von seinen Notizen aufblickte.

»Ich werde diese Liste an die Polizei weitergeben, wenn ich dort vorspreche, um sie über Alison und dich aufzuklären.«

Tony richtete sich auf. »Ich will mitkommen.«

Ravin legte seinen Stift beiseite. »Ich wollte gerade sagen, daß du unter keinen Umständen noch einmal mit der Polizei reden solltest. Dafür hast du mich engagiert. Ich erkläre dir, was vorgeht, und hindere dich daran, Fehler zu machen.«

»Ich dachte, die Wahrheit wäre die einzige Geschichte, über die man nicht nachzudenken braucht?«

Ravin betrachtete ihn. »Unter diesen Umständen würde ich keinen meiner Mandanten je mit der Polizei sprechen lassen. Ich will nicht riskieren, daß irgend etwas wenig Hilfreiches gesagt wird. Wie unschuldig auch immer man ist.«

»Ich habe gelogen«, erklärte Tony und straffte seine Schultern. »Ich muß ihnen noch mal ins Gesicht sehen und sagen, daß ich es nicht getan habe. Ich muß es allen sagen.«

Ravin faltete seine Hände, er sah unendlich besorgt und traurig aus. »Es gibt noch eine Wahrheit, die ich dir nicht ersparen kann, Tony. Und sie ist die härteste von allen. Du bist die einzig lebende Person, die weiß, daß du sie nicht getötet hast. Alle anderen müssen sich entscheiden, was sie glauben wollen. Und nichts, was du möglicherweise weißt, würde Krethi und Plethi in Lake City daran hindern, dich für einen Mörder zu halten. Deine Unschuld können nur Polizei und Staatsanwaltschaft retten, und das auch nur, wenn ich sie dazu bringen kann, dich nicht anzuklagen. In der Zwischenzeit bist du, was den Beweis deiner Unschuld angeht, auf dich selbst verwiesen. Ich möchte, daß du zu allen – deinen Eltern, Trainern, Freunden, sogar Sam und Sue – nichts weiter sagst, als daß du unschuldig bist. Und daß du darauf vertraust, daß die Polizei herausfinden wird, wer es war, und daß du ihnen dabei hilfst, indem du den Mund hältst. Kein Wort mehr.«

Langsam dämmerte es Tony, wie isoliert er plötzlich war. Er hatte Alison für immer verloren, und es gab niemanden, der ihm helfen konnte, die Trauer um sie zu ertragen, das Grauen, sie gefunden zu haben, oder seine Angst, die anderen könnten glauben, er hätte sie getötet. Er starrte aus dem Fenster und sagte wie zu sich selbst: »Jetzt wird sie gerade beerdigt. Die Schule ist geschlossen, die halbe Stadt ist auf dem Friedhof. Die meisten von ihnen haben sie kaum gekannt, sie wollen bloß glauben, sie hätten. Der Pfarrer der Taylors hat mich angerufen, um sicherzugehen, daß ich nicht kommen würde. Es war der Wunsch der Taylors, und er hoffte, daß ich ihn respektieren würde. Wahrscheinlich wollte er fair sein, als er mich ermutigt hat, auf meine Art in meiner Kirche für sie zu beten. Vermutlich denkt er, wir haben ein spezielles heidnisches Ritual für römisch-katholische Mörder.«

Ravin beobachtete ihn und wirkte auf einmal ratlos. Tony drehte sich zu ihm um. »Alle unsere Freunde werden dasein. Aber das Schlimmste ist, daß ihre Eltern und ich die Menschen in Lake City sind, die Alison am meisten geliebt haben. Und ich kann ihnen das noch nicht einmal sagen.«

»Oder die gemeinsame Trauer teilen.« In Ravins Blick lag tiefes Verständnis. »Doch du mußt dich von den Taylors fernhalten. Sie leiden furchtbar, und dein Anblick würde alles noch schlimmer für sie machen. In Lake City können die Taylors dir wirklich schaden.«

Dieser Rat bestätigte Tony in seinen Befürchtungen darüber, was er verloren hatte. »Wenn ich Ihnen glauben soll«, stellte er fest, »gibt es niemanden mehr, mit dem ich reden kann.«

»Was ist mit deinem Priester?«

Tony zögerte. »Das weiß ich noch nicht«, sagte er leise. »Mit Alison war er nicht einverstanden.«

Ravin sah ihn lange ausdruckslos an, als wolle er Zeit zum Nachdenken gewinnen. »Ich mache dir einen Vorschlag«, sagte er schließlich. »Verhalte dich vorerst ruhig, dann kannst du mit mir zur Polizei kommen. Auf diese Weise kannst du das, was du sagen mußt, denen sagen, die für uns am wichtigsten sind.« Er stand auf und streckte Tony über den Schreibtisch hinweg seine Hand hin. »Abgemacht?«

Tony schlug nur zögernd ein. »Abgemacht.«

»Eins noch«, hörte Tony Ravin sagen, als er bereits auf dem Weg zur Tür war. Er drehte sich noch einmal um. »Was?«

»Du kannst mich jederzeit anrufen, wenn du jemanden zum Reden brauchst.«

Vor Erleichterung und Dankbarkeit brachte Tony nur noch ein »Danke, Mr. Ravin«, heraus.

Zum erstenmal an diesem Nachmittag erreichte das Lächeln Ravins Augen. »Saul«, verbesserte er ihn.

NEUN

Auf dem Heimweg kamen die Lords an der Episkopalkirche St. Barnabas vorbei. Der Bürgersteig vor dem Gebäude war zugeparkt. Auf der Rückseite der Kirche sah Tony den schwarzen Leichenwagen.

Später saß er grübelnd allein im Keller, als er Schritte auf der Treppe hörte.

Einen Moment lang blieben Sam und Sue an der Tür stehen. Dann beeilte sich Sue, Tony zu umarmen. »Tony, es tut mir so leid!«

Mit geschlossenen Augen erwiderte Tony ihre Umarmung. Er hielt sie lange fest und spürte seine Erleichterung und ihre tröstliche Wärme. »Ich bin so verdammt froh, daß ihr gekommen seid!«

Sie drückte ihre Wange an seine Stirn und trat dann einen Schritt zurück. Tony stand auf und umarmte Sam. Worte waren überflüssig.

Tony brauchte nicht zu fragen, wo sie gewesen waren. In seinem schwarzen Anzug wirkte Sam linkisch und verlegen, und Sue trug das dunkelblaue Kleid sonst nur zum Gottesdienst. Ihrer gewohnt lebhaften Art beraubt, wirkte sie kleiner. Leise fragte er: »Wie war's?«

Sue dachte einen Moment über eine Antwort nach und sagte

schließlich: »Hart. Alisons Vater hat versucht, etwas zu sagen, aber er konnte nicht. Und ihre Mutter sah aus, als wäre sie gar nicht da.« Sue starrte vor sich auf das graue Linoleum. »Ich bin froh, daß du nicht gekommen bist.«

»Ich wollte, Sue. Aber ihr Priester hat mich gebeten, es nicht zu tun.«

Sue blickte zu ihm auf. »Ich weiß.«

In diesen beiden einfachen Worten schwang so viel Unausgesprochenes mit, daß sich Tony für das Weitere wappnete, ehe er fragte: »Die Leute glauben, daß ich sie umgebracht habe, stimmt's?«

Sue hielt seinem Blick stand. »Es ist nicht besonders viel geredet worden«, antwortete sie, entschied dann aber, daß man einen Freund nicht so abspeisen konnte. »Diejenigen, die dich kennen, glauben das nicht. Ein paar Leute wissen wahrscheinlich noch nicht, was sie denken sollen. Ich meine, das alles war erst letzten Freitag –«

»Es ist unfaßbar«, unterbrach Sam sie, und Tony sah, daß seine Augen auf einmal feucht waren. »Ich muß ständig über diese Nacht nachdenken. Daß wir sicher im Ahornwäldchen waren, während dir das passiert ist. Daß das alles nie passiert wäre, wenn ich euch überredet hätte mitzukommen.«

Sue warf ihm einen mahnenden Blick zu. Doch es machte nichts: Tony hatte sich schließlich stundenlang ausgemalt, sicher mit Alison und den beiden in einem geparkten Auto zu sitzen. Gerade waren sie noch zu viert gewesen, dachte er. Ohne Alison kam ihm der Organismus, der aus zwei Paaren bestanden hatte, unheilbar verkrüppelt vor.

»Es ist wie ein Traum«, sagte Tony endlich. »Als ob ich morgen vielleicht mit ihr darüber reden könnte.«

Sam verschränkte die Arme vor der Brust. Nach einer Weile sagte er: »In den Zeitungen steht, du hättest der Polizei gesagt, daß du sie so gefunden hast?«

Tony rieb sich die Augen. »Ja.«

»War sie ... tot?«

»Ja.«

Sam beobachtete ihn unschlüssig. »Die Polizei war bei mir, Tony.«

Tony fühlte sich plötzlich bleischwer. »Was wollte sie?«

»Es ging hauptsächlich darum, was in der Nacht passiert ist. Wessen Idee es war, sich zu trennen.« Sam fixierte Tony mit seinen klaren blauen Augen. »Dieser Wichser Dana hat mich gefragt, ob ihr beide euch je gestritten habt. Niemals, hab ich ihm gesagt.«

Tony atmete aus. »Sie wissen es besser, Sam.«

Sue nickte langsam. »Bei mir sind sie auch gewesen. Sie wollten wissen, ob Alison mit mir über eure Probleme geredet hat.«

Tony wurde rot. »Hat sie?«

»Ja.«

Die Scham ließ Tony verstummen. Sue mußte wissen, wieviel sich um die Frage gedreht hatte, ob Alison mit ihm schlafen würde. Er brachte es nicht fertig zu fragen, was Alison über ihn gesagt oder was Sue der Polizei erzählt hatte. Doch Sue sagte ruhig: »Das ist schon okay, Tony. Es ist verwirrend für Frauen, das ist alles. Sie hat gesagt, daß du deswegen nie gemein zu ihr warst.«

Tony fiel nichts ein, was er darauf hätte erwidern können. »Gibt es denn gar nichts, was dich irgendwie weiterbringt?« fragte Sam. »Hast du vielleicht jemanden gesehen?«

Tony rieb sich die Nase. »Ich habe im Park jemanden gehört. Er ist wahrscheinlich von Alisons Leiche weggerannt. Es war zu dunkel, um ihn zu erkennen.«

»Das ist alles?«

»So ziemlich.« Tony holte tief Luft. »Danach habe ich sie gefunden.«

Sam beugte sich vor. »Hör mal, Tony, vielleicht können wir dir helfen. In der Schule warten harte Zeiten auf dich, und wenn Sue und ich wüßten, was du der Polizei erzählt hast, könnten wir den anderen deine Seite erklären. Das kann doch alles gar nicht so schlimm sein, wie die Zeitungen geschrieben haben.«

Es hatte sehr viel mehr Gerede gegeben, als Sue hatte zugeben wollen. Doch darauf hätte Tony gefaßt sein müssen. Es hatte noch nie ein unverheiratetes Mädchen gegeben, dessen Schwangerschaft nicht bis ins kleinste durchgehechelt und dessen vorausgegangene »Affären« nicht akribisch nachgezählt wurden, wobei die Summe immer größer wurde, je mehr ehemalige »Freunde« sich an der Rechnerei beteiligten. Wieviel mehr Gesprächsstoff mußte da erst ein Mord liefern? Bisher hatte die Öffentlichkeit ihm immer zugejubelt, und Tony war im Bewußtsein seiner eigenen Unschuld selbstverständlich davon ausgegangen, daß ihm diese Sympathien einfach zustanden, was ihn nun um so verletzlicher machte. Erst jetzt fiel ihm Saul Ravins Warnung wieder ein.

»Ich glaube nicht, daß ihr mir helfen könnt.« Tony zögerte weiterzusprechen. »Jedenfalls denkt mein Anwalt, daß ihr das nicht könnt.«

Sams Augen wurden schmal. »Warum nicht?«

»Er sagt, ich soll mit niemandem darüber reden. Obwohl ich unschuldig bin, denkt er, daß die Polizei euch weiter bearbeiten wird, um irgendwas zu finden, woraus sie mir einen Strick drehen kann.«

»Na und?« brauste Sam trotzig auf. »Wer ist denn dieser Typ?«

»Saul Ravin.« Plötzlich hatte Tony das Gefühl, seinen Anwalt verteidigen zu müssen. »Er ist der beste in Steelton.«

»Irgendein Anwalt aus der Stadt, der noch nicht mal hier lebt? Tony, wir sind deine Freunde! Uns werden die Leute zuhören.« In seiner Bestürzung war Sam immer lauter geworden. »Was werden sie denken, wenn du uns ausschließt?«

Unter Sams Anteilnahme spürte Tony auch einen gewissen Besitzerstolz – Tony war *sein* Freund, *seine* Beziehung zu Tony war einzigartig –, und es belastete Tony, daß Sam es so persönlich nahm. Leise sagte er: »Ich brauche dich nicht als Anwalt, Sam. Ich brauche dich als Freund.« Er wandte sich erklärend an Sue. »Saul meint, am besten sollte ich der Polizei sagen, was ich weiß, und es ansonsten nicht in der Gegend herumposaunen. Je besser die Polizei ihre Arbeit erledigen kann, sagt er, desto besser für mich.« Er hielt inne, als er bemerkte, wie enttäuscht und skeptisch Sam ihn ansah. »Vor allem will ich, daß sie das Schwein finden, das Alison umgebracht hat.«

Mit einem Seitenblick auf Sam legte Sue ihre Hand auf sein Knie. Sam blickte zuerst auf die Hand und dann in Tonys Augen. Er nickte langsam. »Wir machen, was du willst, Alter. Oder was dieser Anwalt will.«

Einen eigenartigen Moment lang herrschte Schweigen. Dann stand Sue auf und nahm Tonys Hand. »Wir alle vermissen Alison, Tony. Aber wir haben immer noch dich.« Unsicher lächelnd drehte sie sich zu Sam um. Der stand auf, legte den beiden seine Arme um die Schultern und zog sie an sich.

»Klar«, sagte er. »Genau wie früher.«

ZEHN

»Ich habe mit ihr geschlafen«, sagte Tony.

Er saß wieder mit McCain und Dana in dem engen Verhörzimmer, doch diesmal war Saul Ravin bei ihm. Die Tür war nur angelehnt, und Saul hatte McCain gebeten, nicht zu rauchen. Gereizt nestelte der Detective an einem braunen Umschlag.

»Warum hast du uns das nicht gesagt?« fragte Dana.

Tony, der von Ravin sorgfältig vorbereitet worden war, dachte einen Moment über seine Antwort nach. Wie sein Anwalt ihm geraten hatte, blickte er dem Detective dabei offen ins Gesicht. »Weil ich überhaupt nicht begriffen habe, was passiert ist. Alles, was ich denken konnte, war, daß es Alisons erstes Mal war und daß das außer uns beiden niemanden etwas anging.« Er stockte, bevor er leise hinzufügte: »Was mit Alison geschehen ist, war noch gar nicht real für mich.«

»Auf mich hast du aber ganz vernünftig gewirkt«, warf McCain grollend ein.

»An Ihrer Stelle«, unterbrach Saul ihn kühl, »würde ich Tonys erste Aussage komplett vergessen. Ganz so, wie Sie vergessen haben, seine Eltern oder seinen Priester zu benachrichtigen oder ihm seine Rechte vorzulesen oder ihm auch nur zu sagen, wo die Toilette ist.«

»Er war nicht verhaftet«, schnappte McCain.

»Er ist siebzehn, Lieutenant.« Saul bedachte den Polizisten mit einem freundlichen Lächeln. »Darüber wollen wir doch nicht streiten. Wenn Sie eine Mordanklage auf der Aussage eines eingeschüchterten Teenagers unter Schock aufbauen möchten, um dann vor Gott und den Tageszeitungen wie ein Idiot dazustehen, wenn irgendein Amtsrichter sie abweist, ist das Ihre Sache. Ich will Ihrem Ruhm nicht im Wege stehen.«

McCains schuppig-rotes Gesicht verfärbte sich noch einen Ton dunkler, und er fing an, mit dem Verschluß des Umschlags zu spielen. Doch Dana hatte Tony die ganze Zeit nicht aus den Augen gelassen. »Wenn du sagst, du hast mit ihr geschlafen, was beinhaltet das?«

»Wie meinen Sie das?«

»Ich meine, wie habt ihr es gemacht?«

Tony sah zu Saul hinüber. Sein Anwalt studierte mit leicht gelangweiltem Gesichtsausdruck die Wand. »Auf dem Rücksitz von meinem Auto«, antwortete Tony.

»Ich meine, *wie*. Hat sie zum Beispiel oben gelegen?«

Tony wurde rot. »Nein.«

»Das ist ja schon mal was. Bist du gekommen?«

»Ja.«

»Wo?«

»In ihr.«

»In ihr?« Danas Stimme klang beinahe höhnisch. »Gibt's dafür auch einen Fachausdruck?«

Tony mußte an Alison denken, daran, wie sie ausgesehen und sich angefühlt hatte. Mit flacher Stimme flüsterte er: »Vagina.«

»Und sie wollte es?«

»Ja«, antwortete Tony gepreßt. »Warum fragen Sie mich nicht einfach, ob ich sie vergewaltigt habe? Wir haben es nicht zu Ihrer Unterhaltung gemacht.«

Unter dem Tisch spürte Tony Sauls Hand auf seinem Unterarm. Dana beugte sich vor und sagte leise: »An diesem Fall gibt es absolut nichts Unterhaltsames, Tony. Jedenfalls nicht für mich. Also, hast du noch was anderes mit ihr gemacht?«

»Nein.«

McCain griff langsam in den Umschlag. Er zog drei Farbfotos heraus und legte sie, eins nach dem anderen, nebeneinander auf den Tisch.

»Auch das nicht?« fragte er beiläufig.

Auf den Fotos lag Alison auf einem Tisch. Der Tod hatte ihr Gesicht in einer Grimasse erstarren lassen, die Tony am liebsten vergessen wollte und nun niemals vergessen würde; ihr Mund stand in einem stummen Verzweiflungsschrei offen, ihre Zunge quoll hervor. Ihr Gesicht war gerötet, geplatzte Äderchen in ihren Wangen und Augäpfeln. Das ungleichmäßige Halsband aus Blutergüssen hatte Tony im schwachen Licht der Taschenlampe nicht gesehen. Es war der Abdruck einer Hand auf ihrer Kehle.

Tony schloß die Augen.

Als er sie wieder öffnete, betrachtete Saul Ravin die Bilder mit teilnahmslosem Blick aus halbgeschlossenen Lidern. »Ich bin froh, daß Ihre Arbeit wenigstens etwas Unterhaltung zu bieten hat«, murmelte er in McCains Richtung. »Das muß ein unvergeßlicher Augenblick gewesen sein. Tony wird ihn, da bin ich sicher, jedenfalls nie vergessen. Aber jetzt hatten Sie Ihren Spaß und können wieder einpacken. Ich würde eine Kopie des Autopsieberichts vorziehen.«

Dana starrte ihn wütend an. »Wenn wir Anklage erheben, können Sie ihn einsehen. Vorher nicht.«

Saul wandte sich mit einem Ausdruck tiefen Mitgefühls an Tony. »Hast du diesen Herren noch irgend etwas zu sagen?«

Tony kämpfte um seine Selbstbeherrschung. Dann sah er die

beiden Detectives über die Bilder hinweg an, die seine Erinnerung an Alison Taylor für immer prägen würden, und sagte: »Finden Sie das Schwein, das das getan hat!«

»Und ich hätte da auch ein paar Ideen für Sie«, schaltete Saul sich ein. Er schob die Bilder zusammen und stopfte sie zurück in den Umschlag. »Der Lektüre der Polizeimeldungen im *Lake City Weekly* entnehme ich beispielsweise, daß sich im Taylor-Park Obdachlose herumtreiben. Ich vermute, Sie archivieren Berichte über Personen, die Sie aufgegriffen haben. Die würde ich an Ihrer Stelle mal ausgraben. Außerdem würde ich ein Telex an alle Polizeistationen der Umgebung rausschicken und nach Berichten über Vergewaltigungen und Mißhandlungen fragen. Strangulierungen nicht zu vergessen.« Damit war er auf den Beinen und heftete den Umschlag mit seiner Handfläche an McCains Brust. »Tony hat recht«, erklärte er dem rotgesichtigen Detective noch. »Sie sollten den Kerl finden. Es sei denn, sie wollen sich noch mehr Fotos ansehen.«

Saul und Tony saßen auf einer Parkbank vor dem Rathaus.

Der Tag war klar und bleich wie die Sonne an einem kalten Morgen, Frost lag in der Luft, und das Gras, das längst aufgehört hatte zu wachsen, lag flach am Boden. Der schwere Seufzer, mit dem Saul sich Tony zuwendete, verwandelte sich zwischen ihnen in Dunst.

»Sie wollten sehen, wie du reagierst«, erklärte er. »Wahrscheinlich haben sie gehofft, du würdest mit irgendwas rausplatzen.«

Tony war noch immer benommen. »Ich wollte dem Wichser eine knallen. Aber ich konnte mich nicht rühren.«

»Du warst gut so, wie du warst. Du besitzt sogar eine erstaunliche Selbstbeherrschung. Vielleicht glauben sie dir nicht. Aber jetzt wissen sie, daß sie mit dir als Zeuge Probleme bekommen. Und mit deiner ersten Aussage auch.« Saul schlug den Kragen seines schwarzen Wollmantels hoch. »Jedenfalls sind wir mit ihnen durch. Ab jetzt verhandle ich mit dem Büro des Bezirksstaatsanwalts, weil dort entschieden wird, ob du angeklagt wirst oder nicht. Meine Gesprächspartner sind Johnny Morelli, der Leiter der Abteilung für Kapitalverbrechen, und in einem Fall wie diesem der Bezirksstaatsanwalt selbst.«

Tony rieb sich die Augen. »Was wollten die mit all diesen Fragen? Was wir gemacht haben, wie wir's gemacht haben und all das?«

Saul starrte blicklos in die Ferne, als müsse er erst entscheiden, wieviel er sagen konnte.

»Es ist ein Sexualverbrechen«, antwortete er endlich. »Soviel ist sicher.«

»Wieso ist das sicher?«

Saul runzelte die Stirn, ehe er leise erklärte: »Die verwechseln eine Entjungferung nicht mit einer Vergewaltigung, Tony. Dieser Kerl hat irgendwas mit ihr gemacht. Ich weiß nicht, was – vielleicht hat er sie gezwungen, ihm zuerst einen zu blasen, vielleicht ist er besonders brutal vorgegangen. Das ist es ja gerade, was sie weder uns noch der Presse erzählen. Das ist auch der Grund, warum ich nach dem Autopsiebericht gefragt habe und sie ihn mir nicht geben wollen.«

Tony verschränkte die Arme vor der Brust. Ihm war übel, seine Gedanken drehten sich nur noch um seinen Haß auf den Mann, der Alison das angetan hatte – das, was er mittlerweile nur zu gut wußte, und das, was er sich nur ausmalen konnte. Tonlos fragte er: »Warum sagen sie nicht einfach, was mit ihr passiert ist?«

»Weil das, was die Untersuchung ihrer Leiche ergeben hat, außer ihnen nur der Mörder wissen kann, und sie wollen, daß das so bleibt. Morelli hofft, daß er einen Fall zusammenkriegt, und paßt höllisch auf, daß er ihn sich nicht selbst irgendwie vermasselt.« Saul fuhr sich mit den Fingern durch die Haare. »Ich werde versuchen, ihm ein wenig die Augen zu öffnen. Besonders über die Sorte Mensch, der, bevor er Alison erwürgt hat, mit ihr gemacht hat, was immer die Polizei oder vielleicht auch die Taylors für sich behalten wollen. Er könnte ein Wiederholungstäter sein, Tony. Ich sollte es wissen – ich habe drei von ihnen verteidigt. Einer ist wieder draußen und läuft frei herum, Gott steh uns bei.

Ich werde Morelli bitten, möglichst viele Akten über Sexualstraftäter zu öffnen und zu prüfen, ob einer von ihnen in diesem Herbst irgendwo hier in der Nähe gesehen worden ist.« Saul schwieg einen Moment, seine Augen wurden schmal. »Heute morgen wollte Morelli mir gar nichts erzählen. Also müssen wir sie einfach aussitzen.«

»Wie lange wird das dauern?«

»So lange, wie er will. Mord verjährt nicht.«

Saul drehte sich erneut zu Tony um. »Vermutlich weißt du schon, daß sich in nächster Zeit einiges verändern wird. Viele Leute leben in Kleinstädten wie dieser, weil sie sich sicher fühlen wollen. Weil sie ihre Kinder von Menschen fernhalten möchten, vor denen sie sich aus irgendeinem Grund fürchten – Schwarze, Juden, was auch immer. Der Tod eines Mädchens wie Alison Taylor sagt ihnen, daß sie keineswegs sicher sind. Das macht sie ängstlich und wütend. Und du wirst das auf die eine oder andere Weise zu spüren bekommen. Hast du dich darauf eingestellt?«

»Ich weiß nicht.« In seiner Verzweiflung mußte Tony plötzlich an seine Mutter denken: Ängstlich, wie sie war, war Tony der einzige Mensch gewesen, an den sie geglaubt hatte. Tony würde wie Bill Bradley sein, hatte sie ihm erklärt, ein Rhodes-Stipendiat und Basketballspieler aus Princeton, über den sie im *Look*-Magazin gelesen hatte und den man sogar schon als kommenden Präsidenten handelte. Tony wurde mit einemmal bewußt, daß er sich bisher tatsächlich für etwas Besonderes gehalten hatte. Daß die Welt ihm zu Füßen liegen würde, wenn er nur hart genug arbeitete und das Richtige tat. »Wissen Sie, was meine Mutter mir als Kind jeden Abend gesagt hat?« fragte er Ravin. »›Jeden Tag kannst du dein Leben mit Gottes Hilfe ein bißchen besser machen.‹«

Ravin sah ihn mit verständnisvoller Ironie an. Nicht unfreundlich erwiderte er: »Deine Mutter hat sich wahrscheinlich nicht mit diesem kurzen Abschnitt der Geschichte beschäftigt, aber zu Beginn dieses Jahrhunderts haben sich deine katholischen Vorfahren in Polen ihr Leben ein wenig damit versüßt, meine jüdischen Vorfahren zu massakrieren. Viele, die an Pogromen teilgenommen haben, hatten natürlich Angst – sie glaubten, die Juden wären Teufel. Das hat meinen Großvater Ravinsky erst auf die Idee gebracht zu emigrieren. In Polen ein Außenseiter zu sein, konnte den Tod bedeuten. Jetzt bist du auf einmal nicht nur ein Katholik, Tony, sondern ein richtiger Außenseiter. Jemand, vor dem die Leute Angst haben. Und nur du weißt, daß nicht du dich verändert hast, sondern ihre Wahrnehmung von dir. Versuche, etwas daraus zu lernen.« Saul lächelte beinahe unmerklich. »Aber mit dem Wissen, daß Sol Ravinskys Enkel nicht zulassen wird, daß sie dich zum Mittelpunkt ihres Privatpogroms machen.«

Tony versuchte, sich die nächsten Wochen und Monate in der Schule vorzustellen – vielleicht unter Mordanklage, vielleicht einfach nur wartend. Bitter sagte er: »Sie haben gut reden, ich soll aus der Erfahrung lernen. Was lernt man aus solchen Fotos, Saul? Was lernt man von Leuten, die mir zutrauen, daß ich das getan habe?«

Saul seufzte. »Vielleicht, daß die Welt ungerecht ist, und zwar nicht nur zu dir. Vielleicht, daß man nur auf sich selbst und nicht auf ein beifallklatschendes Publikum vertrauen soll.« Er legte eine Hand auf Tonys Schulter. »Was willst du, Tony?«

»Daß es aufhört. Daß Alison an meinem Spind auf mich wartet, wenn ich morgen in die Schule komme.«

»Ich meine, was hattest du vor, bevor das passiert ist? Als Alison noch lebte?«

Tony hatte das Gefühl, daß das schon Jahre her war. »Nach Harvard zu gehen«, sagte er schließlich. »Ein Stipendium zu bekommen, was ich jetzt, weiß Gott, dringend brauche. Um in eine größere Stadt als diese zu ziehen.«

Saul sah ihn neugierig an. »Was noch?«

Tonys Kopf war auf einmal vollkommen leer. Als ihm die Antwort aufging, schämte er sich, sie auszusprechen. »Was ist es?« bohrte Ravin nach.

Tony sah ihn an. »Ich wollte Sam Robb schlagen und Sportler des Jahres werden.«

Saul packte Tony bei den Schultern und sah ihm fest in die Augen. »Dann sieh zu, daß du das auch tust. Unbedingt!« Er senkte seine Stimme wieder. »Laß nicht zu, daß dieser Mörder – diese Polizisten, diese Leute – dir auch das noch nehmen.«

ELF

»Mörder ...«

Es waren noch sechs Sekunden zu spielen, und das Match zwischen Lake City und Riverwood stand 42:42. Beide Basketballmannschaften zählten nur zum Mittelmaß der Liga, so daß es jetzt, Ende Januar, bloß noch um Stolz und Ehre ging. Doch die Sporthalle von Lake City war bis auf den letzten Platz besetzt: von heimischen Fans, weil es gegen Riverwood ging, und von Riverwood-Anhängern, weil sie nach Revanche lechzten. Und nun hatten sie etwas, worüber sie krakeelen konnten.

»Mörder ...«

Tony Lord stand zu zwei Freiwürfen an der Freiwurflinie bereit. Spieler in Blau und Rot umringten den Freiwurfraum, um den Ball zu erkämpfen, falls Tony mit seinem zweiten Wurf den Korb verfehlte.

Tony beugte sich vor und atmete tief ein. Der Gesang der Riverwood-Fans wurde rhythmisch.

»Mörder, Mörder, Mörder ...«

Tony wischte sich den Schweiß von den Augen und nahm

vom Schiedsrichter den Ball entgegen. Er fixierte den Korb und versuchte, die Menge zu ignorieren.

»Mörder, Mörder, Mörder ...«

Inzwischen sollte ich mich daran gewöhnt haben, sagte Tony sich.

»Mörder, Mörder, Mörder ...«

Fast die ganze Schule dachte so.

Seine Rückkehr war gespenstisch gewesen. Irgend jemand hatte Blumen auf Alisons Spind gemalt; an seinem Spind klebte Alisons Bild aus dem Schuljahrbuch mit der Aufschrift: »Wie konntest du?« Einige Mitschüler bekundeten ihm ängstlich ihr Mitgefühl; die Basketballmannschaft versuchte mit Ausnahme von Sam so zu tun, als wäre nichts gewesen, als hätten die Trainer den Jungen eingeschärft, wie sie sich zu verhalten hatten. Die anderen mieden ihn immer deutlicher, je mehr Zeit verstrich, ohne daß ein anderer Verdächtiger auftauchte. Und Tony konnte nicht über den Mord sprechen. Er begriff, daß er auch deswegen ein Anführer gewesen war, weil er sich nie darum gekümmert hatte, wer ihm folgte. Ihm fehlte das Talent, sich um das Mitgefühl der Menschen zu bemühen oder zu erklären, wie sehr ihn Alisons Tod jenseits aller Worte erschüttert und in tiefe Isolation getrieben hatte. Nur wenige erkannten den Schmerz, den er empfand und der ihn nie mehr losließ.

»Eine Menge Leute halten dich für schuldig«, informierte Mary Jane Kulas ihn. »Warum bist du so arrogant?«

Sie hatte ihn in der Schulkantine gestellt. Mary Jane sprach ihn an wie eine Freundin, die ihm harte Wahrheiten nicht ersparen konnte, doch ihre Art erinnerte Tony an eine Schauspielerin, die für die Galerie spielte. Ihre habichtartige Miene musterte ihn tadelnd, und ihre zottige Frisur wippte beim Sprechen auf und ab. »Egal, was zwischen uns mal war«, fuhr sie fort, »ich sage dir nur, was die Menschen, denen immer noch etwas an dir liegt, sich nicht zu sagen trauen. Vielleicht würden sie dir vergeben, wenn du ein wenig Reue zeigen würdest über das, was du getan hast.«

In seiner Bestürzung erkannte Tony, daß dies ihre Rache war. »Was habe ich denn getan?« brachte er hervor. »Ich habe nur versucht, meine Noten zu halten, um das Stipendium zu bekommen.«

»Das ist es ja gerade«, belehrte sie ihn. »Du denkst nur an dich, als ob es dir egal wäre, was die Leute über dich denken. Das macht sie, offen gesagt, stutzig.«

Tony sah, daß überall um sie herum Schüler von ihrem Essen aufblickten. Gedemütigt und verzweifelt wollte er seine Unschuld lauthals beteuern, als er auf der anderen Seite des Raums Sue Cash mit ihren Freundinnen sitzen sah. In ihrem Blick lag eine stumme Ermutigung.

Er wandte sich wieder Mary Jane zu. »Könntest du diesen Leuten etwas von mir ausrichten?«

Mary Jane nickte. »Na gut.«

Er hob seine Stimme, so daß man ihn auch an den umliegenden Tischen noch hören konnte. »Sag ihnen, Alison war das Beste, was mir je passiert ist, und was mit ihr geschehen ist, war das Schlimmste. Bitte sie in meinem Namen, so verständnisvoll zu sein, wie du es gerade warst.«

Es dauerte eine Weile, bis ihre gekränkte Empörung in Mary Janes kornblumenblauen Augen aufflackerte und Tony die tiefe Verletzung erkannte, die er ihr zugefügt hatte.

»Tony?« fragte jemand.

Als er sich umdrehte, berührte Sue seinen Arm. »Willst du mit uns essen?« Ihr Lächeln wie ihre Frage ignorierten Mary Jane.

Tony sah Mary Jane an. »Es tut mir leid«, sagte er leise und wandte sich ab.

»Mörder, Mörder, Mörder ...«

Es gab kein Entkommen. Immer wieder tauchte Dana in der Schule auf, um irgend jemanden über Alison zu befragen, oder er erschien zum Basketballtraining, um Tony von der Tribüne aus schweigend zu beobachten. Als Sam eine Bemerkung darüber machte, sagte Tony nicht viel; er spürte Sams Wunsch, daß Tony sich ihm offenbarte. Aber Tony wollte nicht über seine Gefühle sprechen, nicht nur wegen Sauls Rat, sondern auch, weil er sich dann nur noch schlechter, regelrecht hoffnungslos fühlte. Das überschattete auch die gemeinsamen Unternehmungen mit Sam und Sue. Als sie sich zusammen *Die Reifeprüfung* ansahen – ein Film, der, soweit Tony ihn begriff, von einem Mädchen handelte, das seinen bescheuerten Freund sitzenließ, um mit einem nicht ganz so bescheuerten Typen durchzubrennen, der vorher seine Mutter gebumst hatte –, war Alisons Abwesenheit so greifbar wie der leere Platz neben Tony. Es war ein Vakuum, über das sie nie sprachen, das sie jedoch schmerzlich empfanden. Tony hatte keine Lust, sich mit anderen Mädchen zu verabreden, und selbst wenn, hätten viele Mütter ihre Töchter nicht mit ihm ausgehen lassen. Und jedes Mädchen, das es doch getan hätte, wäre wie Tony der Gefühllosigkeit bezichtigt worden. Das hätte er nicht ertragen. Die Taylors hatten ganze Arbeit geleistet.

Die *Lake City Weekly*, deren Haupteigner sie waren, wollte wissen, warum Tony noch nicht des Mordes an Alison angeklagt worden war. Die Taylors gründeten die »Alison-Stiftung« zur Förderung der öffentlichen Sicherheit für junge Frauen. Ihre Treffen wurden zum nur vordergründig kaschierten Vorwand, Druck auf Polizei und Staatsanwaltschaft auszuüben, Tony Lord unter Anklage zu stellen. Mrs. Taylor war früher einmal in der Schulpflegschaft aktiv gewesen, und einen Tag, nachdem Tony sie das Büro des Direktors hatte betreten sehen, wurde er selbst zu ihm gerufen.

»Ich weiß, wie schwer das alles für dich gewesen sein muß«, begann Mr. Marks und rückte seine Brille zurecht. »Vor allem, weil du auch noch Basketball spielst. Solange du das tust, stehst du praktisch ständig auf dem Präsentierteller.«

»Es hilft mir, meinen Verstand zu bewahren.« Tony zögerte und fragte sich, ob er sich weiter erklären sollte. »Für ein paar Stunden gelingt es mir beinahe zu vergessen ...«

»Ich verstehe.« Mr. Marks rutschte auf seinem Stuhl hin und her. »Aber ungeachtet der Probleme, die du möglicherweise mit Mitschülern hast, wirst du sicherlich begreifen, daß einige Eltern sich um die Sicherheit ihrer Töchter sorgen. Sicherlich grundlos, aber du weißt ja, wie sich so etwas hochschaukelt.«

Tony ahnte plötzlich, worauf das Gespräch hinauslaufen sollte. »Ich bin unschuldig, Mr. Marks. Vielleicht sollten Sie das mal mit denen erörtern.«

Mr. Marks schürzte die Lippen. »Du bist ein erstklassiger Schüler und vorbildlicher Staatsbürger gewesen. Aber ich frage mich allen Ernstes, ob es für dich nicht das Beste wäre, diese letzten Monate an einer anderen Schule zu verbringen. Ich kann das Wesen der Menschen nicht ändern, Tony, und ich mache mir Sorgen um dich.«

Tony starrte den Direktor in stummer Wut über dessen Verrat an. »Machen Sie sich keine Sorgen darüber, daß der Stipendiumsausschuß in Harvard denken könnte, ich hätte etwas verbrochen?« Er langte über den Tisch, schrieb Saul Ravins Telefonnummer auf einen Block und sah den Direktor an. »Das ist die Nummer meines Anwalts, Mr. Marks. Geben Sie sie jedem, der ein Problem mit meiner Anwesenheit hat.«

Der Direktor hatte nichts weiter zu sagen gehabt.

Am nächsten Nachmittag gab ihm sein Englischlehrer Jack Burton das Empfehlungsformular für sein Stipendium unausgefüllt zurück.

Tony blickte auf das leere Papier und sah Mr. Burton an. Es schien dem bärtigen jungen Lehrer leid zu tun, doch er blieb unerbittlich. »Ich habe mit meinem Gewissen gerungen, Tony. Ich befürworte die Unschuldsvermutung, aber was kann ich, solange die Tragödie von Alisons Tod über dir schwebt, guten Gewissens über deinen Charakter sagen?«

Einen Moment lang war Tony sprachlos. Bis zu Alisons Tod hatte Jack Burton ihn ermutigt, und seine Noten waren seitdem nicht schlechter geworden. »Ich bin kein Mörder, Mr. Burton. Ich brauche das fürs College.«

»Für Harvard. Es gibt andere, preiswertere Colleges«, antwortete Burton ein wenig freundlicher. »Sollte deine Unschuld erwiesen sein, schreibe ich dir gern eine Empfehlung.«

Tony wußte, daß Jack Burton als aufstrebender junger Lehrer galt. Er erinnerte sich, daß Burton auf John Taylors Wunsch hin von dessen Alma mater rekrutiert worden war. Tony spürte das Zittern in seiner Stimme. »Sie haben mir eine Empfehlung versprochen, und die Abgabefrist läuft nächste Woche aus. Das wissen Sie doch.«

Burton errötete. »Du hast mich unvorbereitet getroffen, Tony, inzwischen hatte ich Zeit, darüber nachzudenken.«

»Worüber? Alison ist vor vier Monaten gestorben.«

Als Burton nicht antwortete, spürte Tony die unausgesprochene Präsenz der Taylors. »Das ist alles, was ich zu sagen habe«, erklärte Burton steif. »Vielleicht sehen das einige meiner Kollegen anders.«

Coach Jackson, bei dem Tony auch Erdkundeunterricht hatte, füllte ihm das Formular aus. Ausdruckslos gab er es Tony zurück. »Ich habe ihnen gesagt, daß du weißt, wo Hanoi liegt«, meinte er. »Das mögen sie an den Elite-Unis.«

Doch unbeschwerte Augenblicke wie dieser wurden seltener. Mit jedem Tag, der verstrich, ohne daß er von dem Verdacht freigesprochen wurde, empfand Tony den Gang zur Schule wie einen Kampf und das Lernen als eine Last. Die Weihnachtsferien waren ihm vorgekommen wie eine Gnadenfrist.

»Mörder, Mörder, Mörder ...«

Tony ließ den Ball wie immer dreimal auftitschen. Sein Mund war ausgetrocknet, seine Handflächen feucht.

»Mörder, Mörder, Mörder ...«

Tony wußte, daß seine Eltern irgendwo auf den Rängen in stummer Agonie zusahen. Er blickte auf den Korb, atmete noch einmal tief ein und warf den Ball.

Noch bevor er den Flug des Balles zu verfolgen begann, wußte er es. Der Wurf verfehlte den Ring.

Das Seufzen der Lake-City-Fans klang, als ob Luft aus einem Reifen entwich, und ging in höhnischem Johlen, Buhrufen und rauhem Gelächter unter. »Stell dir vor, der Ball wäre Alisons Hals«, rief ein Riverwood-Fan.

Tony ging in die Knie. Noch ein Wurf. Egal, ob Tony traf oder verfehlte, Riverwood würden noch sechs Sekunden bleiben, einen Korb zu erzielen. Dann konnte Tony – als Gewinner oder Verlierer – die Halle verlassen.

»Mörder, Mörder, Mörder ...«

Er sah sich um und nahm alles außer der Menge in sich auf: die Ergebnistafel, den Siegeswimpel, das blaue Banner an der Wand, auf dem in weißen Lettern die Namen der Sportler des Jahres prangten. Dann blickte er zum Korb, zwang sich, die Umwelt komplett auszuschalten, bis er sich fühlte wie im Training und seinen Schweiß, seinen Puls und seinen Herzschlag nicht mehr spürte. Doch als er den Ball zum Wurf hob, spürte er, wie seine Finger steif wurden.

»Mörder, Mörder, Mörder ...«

Tony warf. Die Zeit schien stillzustehen. Der Ball traf den Ring, prallte ab und tropfte sanft ins Netz. 43 : 42.

Und dann war Riverwood im Ballbesitz. Tonys Gegenspieler lief an ihm vorbei den Platz hinunter, um einen letzten verzweifelten Wurf zu wagen. Doch wie aus dem Nichts fegte Sam Robb heran und spitzelte den Ball weg.

Die Schlußsirene ertönte.

Sam rannte auf Tony zu. Mit Blick auf die Ränge der Riverwood-Fans griff er Tonys Arm und reckte ihn triumphierend in die Höhe. Dann hob Sam den Ball wie nach seinem spielentscheidenden Fang beim Finale mit einer Hand hoch und warf den Riverwood-Anhängern ein glückseliges Grinsen zu, das diese nicht übersehen konnten.

»Verlierer ...«, rief er ihnen zu, und die Lake-City-Fans nahmen den Gesang auf.

»Verlierer, Verlierer, Verlierer ...«

Tony war übel, er senkte den Kopf und bekam die Gratulation seiner Mannschaftskameraden kaum mit. Schweigend ging er in die Kabine.

Als er duschte, kam Sam hereingestürzt. »Unglaublich«, sagte er überschwenglich. »Sie lieben dich, Mann.«

Tony spülte sich die Seife aus den Augen. »Nein, das tun sie nicht. Sie hassen es nur noch mehr zu verlieren. Gnade mir Gott, wenn sich dieser blöde Wurf nicht ins Netz gesenkt hätte.« Sam wirkte enttäuscht. »Du hast mir übrigens den Arsch gerettet. Als dieser Typ an mir vorbei ist, war ich wohl auf dem Mars.«

Sam legte seine Hand auf Tonys Schulter. »Du mußt dich an dem freuen, was es zu freuen gibt, Tony. Glaub mir, ich weiß, wie du dich fühlst, aber du darfst nicht zulassen, daß das, was mit Alison passiert ist, dein ganzes Leben zerstört. Es tut mir weh, dich so zu sehen.« Sams Blick wurde trüb. »Ich meine, eines Tages werden sie den Typ, der das gemacht hat, schon finden, oder? Dann werden dich die Leute auch nicht mehr verdächtigen.«

Tony fragte sich, ob auch Sam inzwischen an ihm zweifelte. »Vielleicht«, erwiderte er. »Vielleicht auch nicht. Aber am Ende wird Alison immer noch tot sein, und ich werde mich trotzdem verändert haben.« In dem Versuch, sich zu erklären, setzte er neu an. »Es macht etwas mit einem ...«

Sam nickte zustimmend oder resigniert und ließ die Hand sinken. Tony zog sich an und ging allein zu seinem Wagen.

Der Parkplatz war dunkel. Neben seinem Auto warteten zwei Gestalten; Tony dachte daran, wie Sue und Alison am Abend von Alisons Tod auf sie gewartet hatten. Dann trat einer der beiden Schatten einen Schritt vor, und Tony erkannte John Taylor.

Tony zuckte zusammen. »Du bist ein Held«, sagte Alisons Vater. Sein Gesicht wirkte eingefallen und gealtert. Sein Atem schlug sich in der kalten Luft nieder.

»Nein.« Tonys Stimme zitterte. »Ich werde nie ein Held sein.«

John Taylor packte seinen Arm. Die zweite Gestalt trat an seine Seite. Sie war genauso schlank wie Alison. Ihre Mutter.

»Ich werde dir nichts tun«, sagte John Taylor leise. »Wir müssen nur wissen, was geschehen ist. Für unseren Seelenfrieden.«

Alisons Mutter war eine einzige angespannte Linie. »Sag uns die Wahrheit«, drängte sie. »Bitte! Wir werden auch nicht zur Polizei gehen.«

Neben seiner Angst empfand Tony eine seltsame Verbundenheit mit ihnen, von der die Taylors nichts wissen konnten. Die schreckliche Trauer hatte sie alle drei verändert. Mehr als Sam und Sue und weit mehr als die anderen Schüler, deren Vergnügen und Ängste er nicht mehr teilte, hätten diese Menschen ihn verstehen können. Doch nur er schien das zu erkennen.

»Ich will es auch wissen«, sagte Tony. »Ich will auch wissen, wer sie getötet hat.«

John Taylor kniff haßerfüllt die Augen zusammen. Saul hatte Tony geraten, sich von ihnen fernzuhalten. Behutsam nahm Tony die Hand des Mannes von seinem Ärmel. »Es tut mir leid«, sagte er zu Katherine Taylor. Er drehte sich um und zwang sich, die paar Schritte bis zu seinem Wagen zu gehen. Er fragte sich, ob John Taylor einen Revolver dabei hatte; mit angespanntem Rücken erwartete er den Schuß.

Nichts geschah. Als er zitternd wegfuhr, sah Tony, wie John Taylor seiner Frau steif den Arm um die Schulter legte. Sie wirkten so erschüttert wie in den ersten Augenblicken nach Alisons Tod.

Eine Woche später stellte ein Nachbar der Taylors den Antrag, Tony von der Schule zu verweisen.

Die Sitzung war brechend voll. Flankiert von seinen Eltern und Saul Ravin, hörte Tony zu, wie John Taylor sich für seinen Verweis aussprach.

»Ich bin nicht hierhergekommen«, erklärte Taylor den Anwesenden, »um meine Trauer mit Ihnen zu teilen. Ich bin hier, weil Alison hier wäre, wenn sie noch den Atem hätte, ihre Stimme für andere Alisons zu erheben.«

Tony mußte nicht raten, welche Wirkung es haben würde, daß Alisons Vater die Stimme seiner toten Tochter gegen ihn richtete. Er sah die Reaktionen auf den ernsten Gesichtern der Zuhörer. John Taylor hielt inne, um seine Gefühle in den Griff zu bekommen. »Heute abend werden Sie möglicherweise eine Menge von Unschuldsvermutungen hören. Aber Alison ist diejenige, die unschuldig war bis zu dem Augenblick, an dem ich den Jungen, den sie zu lieben glaubte, über ihrer Leiche stehen sah. Unsere Töchter sind alle unschuldig. Und was Alison für sie erbitten würde, was ich für sie erbitte, ist, daß ihre Eltern nie in das Gesicht einer Tochter sehen müssen, aus der der letzte Atem gewürgt wurde.«

Tony sah, wie der Vorsitzende seine Lesebrille abnahm und die Augen schloß. Tonys Eltern wirkten gequält.

»In zahllosen schlaflosen Nächten, die offenbar nie mehr enden wollen, komme ich immer wieder auf eine einzige Frage zurück: Was für ein Junge würde ein junges Mädchen ermorden, das sich des schlichten Vergehens schuldig gemacht hat, ihm zu vertrauen?«

John Taylors Stimme brach, und er mußte eine Pause machen, bevor er fortfahren konnte. »Ich mußte das Sinnlose verstehen. In meiner Verzweiflung bin ich zu drei Psychologen gegangen und habe ihnen allen dieselbe Frage gestellt: Was für ein Junge würde etwas so Schreckliches tun? Ihre Antworten waren es, die mich hierhergeführt haben.«

Es entstand eine drückende Stille, in der niemand es wagte, sich zu rühren. »Denn diese Art von Junge«, sagte John Taylor, »wird so etwas wieder tun. Ich kenne die entsprechenden Fachausdrücke nicht. Aber ich kann Ihnen berichten, was die Experten sagen. Diese Art von Junge verachtet nicht eine Frau, sondern alle Frauen. Diese Art von Junge ist ein Sklave seiner eigenen verdrehten Triebe.« Zum erstenmal sah John Taylor

Tony Lord direkt an. »Diese Art von Junge hält es für sein Recht und sein Vergnügen, andere zu quälen, wie er Alison gequält hat. Und was ebenso beängstigend ist, er glaubt, sein brutaler Mord an einem jungen Mädchen wäre nur ein vorübergehender und untypischer Kontrollverlust gewesen. Ein Aussetzer, der ihn nicht daran hindern sollte zu bekommen, was er sonst noch vom Leben verlangt. Dies« – John Taylor starrte Tony noch immer an – »ist ein Ungeheuer, dessen schlimmste Taten möglicherweise noch vor ihm liegen und damit vor uns allen.«

Abrupt wandte sich Alisons Vater dem Vorsitzenden zu, und sein Tonfall wurde merkwürdig sachlich. »Wenn diese Ungeheuer aussehen würden wie Ungeheuer, wüßten wir sie zu meiden. Doch häufig sind sie vertrauenerweckend und sogar charismatisch. So schaffen sie es, ihren Opfern so nahe zu kommen wie dieser Mörder Alison. Dieser Antrag stammt nicht von mir. Ich habe ihn nicht einmal unterschrieben.« Er hielt inne und berührte die Schulter seiner blassen, stoischen Frau. »Aber der brutale Tod unserer Tochter wird sinnlos bleiben, wenn wir nicht erkennen, daß man ein Ungeheuer auch als solches kennzeichnen muß. Wir haben Tony Lord um ein Uhr nachts über der Leiche unserer Tochter gefunden. Wir haben erfahren, was für eine Art Junge so etwas tun würde.« John Taylor hob sein gramzerfurchtes Gesicht. »Wir haben es nicht früh genug erfahren, um den Mord an unserer Tochter verhindern zu können. Sie schon.«

Abrupt wandte John Taylor sich seiner jetzt weinenden Frau zu und nahm neben ihr Platz.

Die nachfolgende, nur von nervösem Hüsteln durchbrochene Stille schien tödlich. Allein das Wissen um seine Unschuld hielt Tony auf seinem Platz.

Dort blieb er weitere zwei Stunden sitzen. Coach Jackson und Saul sprachen für ihn. Schlußendlich wurde die Entscheidung vertagt; die Polizei hätte keinen konkreten Tatvorwurf gegen Tony Lord geäußert, und die Schulkonferenz möge ihn nicht vorverurteilen, argumentierte Saul. Doch Tony wußte, daß nur die Androhung einer Klage ihn gerettet hatte.

Anschließend lud Saul Tony in die einzige Bar von Lake City ein. Sie saßen in einer dunklen Ecke, hörten mit halbem Ohr der Jukebox zu und sahen mit halbem Auge zwei pensionierten Lkw-Fahrern beim Billardspielen zu. George Corby, der untersetzte Besitzer, brachte Tony eine Cola, ohne zu fragen, was dieser wollte. George ließ die Jungen von der High-School in seinem Laden Pool-Billard spielen, schenkte ihnen aus Respekt vor ihren Eltern jedoch nie Bier aus. Die Polizei wußte, daß sie sich wegen George Corby keine Sorgen zu machen brauchte, und George Corby wußte seine Überraschung darüber zu verbergen, Tony Lord an diesem Abend zu sehen.

Tony erschien der ganze Abend noch immer unwirklich. »Sie haben mich da wohl gerettet«, sagte er zu Saul.

Saul nippte langsam an seinem doppelten Whiskey wie ein Mann, der sich sein letztes Glas Wasser aufspart. »Stimmt«, meinte er schließlich. »Aber vielleicht habe ich dir damit keinen Gefallen getan.«

»Ich bin nicht von der Schule verwiesen worden.«

»Das hatte ich auch nicht erwartet. Aber ohne all den Herzschmerz und die Girlanden reduziert sich unser Argument auf die Einlassung: ›Wartet, bis der Staatsanwalt ihn anklagt.‹« Saul hielt inne und sah Tony fest in die Augen. »Das war alles, was ich tun konnte. Aber für John Taylor ist das Ganze wie eine Straßenkarte. Heute abend hat er die Schulkonferenz aufgefordert, ihm einen Grund für die Annahme zu liefern, daß du irgendeinen Preis bezahlen mußt. Das haben sie nicht getan. Jetzt kann er nur noch Druck auf den Bezirksstaatsanwalt machen. Und du bist offenbar alles, was der Bezirksstaatsanwalt an Verdächtigen zu bieten hat.«

Die neue Cola, die George Tony brachte, blieb unangerührt auf dem Tisch stehen.

»Tut mir leid«, schloß Saul leise. »Du hattest in letzter Zeit viel zu wenige gute Abende, als daß ich diesen auch noch verderben sollte. Aber ich möchte, daß du weiterhin genauso vorsichtig bleibst wie bisher. Denn ich vermute, daß die Sache noch längst nicht ausgestanden ist. In gewisser Weise wird sie das vielleicht nie sein.«

In jener Nacht hatte Tony zum erstenmal den Alptraum. In grausamer Zeitlupe durchlebte er noch einmal den Augenblick, in dem er Alison gefunden hatte. Und er konnte weder im Traum noch im wirklichen Leben etwas dagegen tun.

ZWÖLF

Seit Anbeginn seiner Geschichte fand das jährliche Mitgliedertreffen der Lancers, der geheimen Lake-City-High-School-Burschenschaft, Ende März in Dave Suggs Keller statt. Als Freimaurer des zweiunddreißigsten Grades hatte Dave Suggs Vater solche Hochachtung vor Geheimgesellschaften, daß er Daves älterem Bruder geholfen hatte, die Satzung aufzustellen. Zunächst war Tony aufgefallen, daß, wenn die Freimaurer wirklich so geheim wären, niemand den Logengrad von Jack Suggs gekannt oder auch nur gewußt hätte, daß er ein Freimaurer war. Aber dann hatte er begriffen, daß eine Geheimgesellschaft sinnlos war, wenn die Ausgeschlossenen keine Gelegenheit hatten, die Auserwählten zu beneiden. Genauso wie die Regel, daß Katholiken keinen Zutritt zum Country Club hatten, den Taylors und ihren Freunden half, den eigenen Status zu definieren. Daß die Schulleitung die Aktivitäten der Lancers mit großem Argwohn verfolgte, machte die Mitgliedschaft nur um so ehrenhafter und das Vergnügen, gegen das Geheimhaltungsgebot zu verstoßen, noch größer.

Schon in seinem zweiten Jahr an der High-School aufgenommen zu werden, war die größte Ehre überhaupt, und eben das war sowohl Sam als auch Tony widerfahren. Als oberste Werte der Lancers galten herausragende Leistungen im Sport sowie beim Konsum von Alkohol: Tony war nur ein exzellenter Sportler, während Sam bereits in beiden Disziplinen brillierte. Mit fünfzehn hatte es Tony gefallen dazuzugehören, weil es bedeutete, daß die älteren Jungen in ihm einen kommenden Sportstar sahen und sich als vorausschauende Verwalter des Lancer-Erbes auch um den zukünftigen Ruf ihrer Burschenschaft sorgten. Sam hingegen war regelrecht euphorisch, weil es für ihn ein weiteres Zeichen jener Anerkennung war, nach der er sich so verzehrte. Außerdem war es ein Beweis dafür, daß er seines älteren Bruders würdig war, der zu den Gründungsmitgliedern der Lancers gezählt hatte und nun als toter Kriegsheld besonders verehrt wurde.

Das Aufnahmeritual umfaßte den Schwur eines geheimen Eides sowie den Konsum von mit Zippo-Feuerzeugen angezündetem Whiskey aus Schnapsgläsern, bis man sich übergeben mußte. Jemand behauptete zu wissen, daß Joe Robb acht Gläser geleert hatte. Sam trank neun, bevor er mit einer Alkoholvergiftung bewußtlos zusammenbrach. Die Tatsache, daß er sich trotzdem nicht übergeben hatte, war noch immer Gegenstand allgemeiner Bewunderung.

Jetzt saßen Tony und Sam als Schüler der Abschlußklasse mit verschränkten Beinen auf dem Teppich im Keller, umringt von vierzehn weiteren Mitgliedern, insgesamt acht Abschlußkläßler und acht Schüler aus dem darauffolgenden Jahrgang. In ihrer Mitte stand die zeremonielle weiße Porzellanschüssel, die Daves Mutter sonst für Salate benutzte. Alle Jungen hielten einen Beutel mit Murmeln in der Hand, zehn weiße und zehn schwarze, die hier fast talismanische Macht verkörperten. Wenn ein neues Mitglied zur Wahl stand, warf jeder eine Murmel in die Schüssel. So wurde die Feierlichkeit des Verfahrens gewahrt. Schon eine einzige schwarze Murmel bedeutete die Ablehnung. Kein Mitglied konnte unter Druck gesetzt werden, jemanden zu akzeptieren, den er nach reiflicher Überlegung seiner Verpflichtung für unwürdig hielt. Obwohl dabei getrunken wurde, war dieses Murmel-Gericht so ernst, daß es weitgehend schweigend vonstatten ging. Und daß an einem

Freitagabend die Abwesenheit der Mitglieder bei den üblichen Freizeitaktivitäten von Neidern und Hoffenden gleichermaßen bemerkt werden würde, verlieh dem Moment zusätzliche Bedeutung. Das Licht im Keller der Suggses war gedämpft.

Die erste Stunde des Treffens verlief herzlich. Obwohl die *Lake City Weekly* ihre Forderung nach einer Anklageerhebung wiederholt hatte und viele glaubten, Tony Lord habe Alison Taylor erwürgt, wurde die Tatsache mit keinem Wort erwähnt, auch wenn das einigen Jungen Unbehagen bereitete. Aber Tony war schließlich ein Lancer, und sie hatten einander Treue geschworen. Tony fand das tröstlich, zum erstenmal ahnte er, warum sich erwachsene Männer in Clubs trafen. Und dann schlug Johnny D'Abruzzi Ernie Nixon als neues Mitglied vor.

Johnny war kein Politiker, aber Tony beobachtete die Typen im Hintergrund – Bobby Strobb, Charlie Moore, Larry Saddler und Steve Sawback – und bemerkte ihr konsterniertes Stirnrunzeln. Als er zu Sam hinüberblickte, sah er, daß Sam es ebenfalls registriert hatte.

Gegen Ende seiner Rede schien auch Johnny etwas zu spüren. Er sah sich um, und in seinen arglosen braunen Augen blitzte Groll auf. Aus gemeinsamen Football-Spielen wußte Tony, daß Johnny ein schlichtes Gemüt war. Seine emotionale Bandbreite erschöpfte sich in guter Laune und großer Wut, subtilere Differenzierungen kamen kaum vor. Seine Stimme wurde lauter.

»Also gut«, sagte er. »Ernie ist ein Schwarzer. Aber so sehe ich ihn nicht. Für mich ist er der Typ, mit dem ich in einer Mannschaft spiele. Er strengt sich an, er ist ein netter Kerl, und es würde ihm unendlich viel bedeuten. Außerdem könnte er im nächsten Jahr der Topathlet von Lake City sein. Genau wie jetzt Tony Lord oder Sam.«

»Sieht aber gar nicht aus wie Tony«, gab Charlie Moore zurück und tat so, als würde er Sam mustern. »Sieht nicht mal aus wie Sam. Na ja, bis auf die Lippen vielleicht.«

Es gab vereinzeltes Gekicher. Sam, über dessen volle Lippen ihm die Mädchen Komplimente machten, lächelte wehmütig. Tony fühlte sich in zwei Vermutungen bestätigt: Erstens würde Ernie Nixon Probleme bekommen, und zweitens hatten sogar seine Mitburschenschaftler Angst, Witze über ihn zu machen.

Johnny D'Abruzzi wurde rot. »Deshalb ist Ernie auch so ein Einzelgänger – er weiß, was die Leute denken.« Einige in der Runde wirkten aufgeschlossen, manche nickten sogar. »Das ist noch ein Grund, ihn aufzunehmen. Um zu beweisen, daß wir nicht so sind.«

In der ersten Reihe ergriff Terry Clark das Wort. »Ernie ist ein witziger Typ, wenn man ihn erst einmal kennenlernt. Ich weiß nicht, ob sein Humor ausreicht, um seine Zeit mit einem Haufen Verrückter zu verbringen. Aber wenn er so verrückt ist, habe ich nichts dagegen.«

»Du bist dann ja auch nicht mehr hier«, schoß Steve Sawback zurück. »Aber acht von uns sind noch hier. Und die sollten auch entscheiden dürfen, ob sie einen Schwarzen aufnehmen wollen.«

»Und worin besteht das Problem mit Ernie?« wollte Johnny D'Abruzzi wissen.

»Ich glaube einfach nicht daran«, verteidigte Steve Sawback sich.

Zum erstenmal ergriff Sam das Wort. »Niemand verlangt von deiner Schwester, daß sie ihn heiraten soll, Steve. Jedenfalls nicht vor der Initiationszeremonie.«

Die Bemerkung wurde mit allgemeinem Gelächter quittiert. »Paß auf, Steve«, fuhr Sam fort und warf Charlie Moore einen Blick zu, »am besten du schickst deine Schwester zu Sue. Die kann ihr alles erklären.«

Jetzt stimmte auch Charlie Moore in das Gelächter ein; Sam wollte die Stimmung offensichtlich entschärfen, ohne direkt für Ernie zu sprechen. Doch gerade diese Taktik löste in Tony die Frage aus, wie sich Ernie fühlen mußte, sobald er nur in die Schulkantine kam.

Bisher hatte ihn der Gedanke kaum beschäftigt, doch jetzt überdachte er seine Position. Sie war, wie er fand, recht schlicht: Ernie war nicht schlimmer als der Rest und vielleicht sogar besser als viele andere. Helen und Stanley Lord hielten Schwarze für ein schädliches Ärgernis, Tony erinnerte sich daran, daß seine Mutter Martin Luther Kings Marsch auf Washington vor allem als Müllproblem betrachtet hatte, verursacht von Menschen, die zu faul waren, hinter sich aufzuräumen. Aber das hatte nichts mit Ernie Nixon zu tun, dem einzigen Schwarzen auf der Lake City High School. Während Tony noch überlegte, ob es Ernie mehr nutzen würde, wenn er seine Stimme erhob oder wenn er stumm blieb, kam ihm der unwillkommene Gedanke, daß Ernie und er mehr gemeinsam hatten als je zuvor.

Um ihn herum wogte die Debatte weiter. »Dies ist ein freies Land«, sagte Dave Suggs und kippte einen Schluck Whiskey. »Das heißt, wir können unsere Zeit verbringen, mit wem wir wollen, und auch Gruppen ausschließen, die wir nicht wollen. Genau wie im Country Club.«

Wie die Katholiken, dachte Tony. Er hatte es für ein Glück gehalten, daß es die Lancers mit der Religion nicht so genau nahmen, doch jetzt war ihm der Gedanke eher unbehaglich. »Und was ist, wenn einige von uns ihre Zeit mit Ernie Nixon verbringen wollen?« fragte er leise. »Sollen diese Leute ihn ausschließen, nur weil er zu einer bestimmten Gruppe gehört?«

Dave Suggs runzelte die Stirn. »Ich mag keine Neger.«

»Aber hat Ernie dir je etwas getan?«

»Nein.« Seinem Stirnrunzeln nach zu urteilen, mochte Dave es nicht, in Glaubensfragen verhört zu werden. »Das hat nichts mit Ernie persönlich zu tun. Es geht um Neger allgemein.«

»Wie viele kennst du denn?«

Dave Suggs wirkte ernsthaft genervt. »Das geht dich nichts an.«

Tony zuckte die Schultern. »Ich habe nur in letzter Zeit kaum welche gesehen. Ich bin ein wenig überrascht, daß ich sie verpaßt habe.«

Dave Suggs sah ihn jetzt regelrecht wütend an. Sam warf ihm einen warnenden Blick zu, und Tony verstummte.

Es entstand ein längeres Schweigen. Tony ertappte sich dabei, nicht an Ernie, sondern an sich selbst zu denken. Sein Leben blieb weiter ein Niemandsland – er wartete darauf, daß die Polizei ihn anklagte, hoffte, daß Harvard ihn annahm, versuchte, von einem Tag zum nächsten zu kommen, und dachte nachts viel an Alison. Er wußte nicht, wo er im kommenden Jahr sein würde, auf dem College oder vor Gericht, und die Stadt wußte es auch nicht. Die Gesellschaft der Lancers bedeutete ihm mehr, als ihm bewußt gewesen war.

»Nigger«, sagte Steve Sawback ganz leise.

Als sich die Köpfe in seine Richtung wandten, sah Steve gleichermaßen trotzig und verwirrt aus. »So«, fauchte er. »Endlich hat es jemand gesagt, verdammt noch mal: Nigger. So möchte ich sie nennen können, wann immer ich will. Warum tun wir deswegen so etepetete.«

»Weil ich nicht will, daß du das in meiner Gegenwart sagst.« Johnny D'Abruzzi erhob sich auf die Knie. »Ich finde, du solltest schön etepetete bleiben, sonst könnte ich nämlich sauer werden, Mann.«

»In Ordnung«, schaltete sich erstmals Doug Barker in die Diskussion ein. »Wir wollen uns ganz ruhig zusammensetzen und wie Lancers darüber reden.«

Johnny D'Abruzzi und Steve Sawback verstummten, starrten sich jedoch weiter wütend an. Die anderen wandten sich Doug Barker zu, der sich die Zeit nahm, einen Whiskey zu kippen, während die Stimmung sich ein wenig beruhigte.

Doug Barker war ihr Präsident. Er war selbstbewußt und ernst, und er kannte seine Rolle. Sein Vater war Inhaber der lokalen Versicherungsagentur und ehemaliger Vorsitzender der Junioren-Handelskammer. In der Stadt galt es als ausgemachte Sache, daß Doug eine Führungsposition in der Stadt, vielleicht sogar im Staat vorherbestimmt war. Unter den Lancers war er eine Ausnahme. Er scherzte selten, hörte jedoch aufmerksam zu und sprach mit gemessenem und für einen Jungen seines Alters ungewöhnlichem Ernst. Jedes seiner Worte hatte Gewicht, sogar sein Aussehen – der blonde Bürstenschnitt, das brave Gesicht und die ehrlichen blauen Augen – war vertrauenerweckend.

»Ich habe mal ein Buch gelesen«, sagte er. »Über Branch Rickey. Ihr wißt schon, der Typ, der die Rassentrennung im Baseball überwunden hat, indem er Jackie Robinson unter Vertrag nahm. Ich glaube, daraus kann man etwas lernen.«

Wie Doug Barker es mittlerweile gewohnt war, hörten die anderen ihm zu. Tony war optimistisch: Er hatte die Lektion von Jackie Robinson immer so verstanden, daß Baseball die Schranken überwinden konnte. Vielleicht würde Doug Barker Ernie Nixon einen Rettungsring zuwerfen. »Ich glaube, unsere Ansichten liegen gar nicht so weit auseinander«, fuhr Doug fort. »Wir reden darüber, ob wir uns mit dem Menschen Ernie Nixon abgeben wollen, und einige Mitglieder haben grundsätzlich Bedenken gegen ein schwarzes Mitglied. Branch Rikkey hat folgendes gemacht. Bevor er Jackie Robinson unter Vertrag nahm, ließ er ihn für ein halbes Jahr von einem Detektiv beschatten. Nachdem der Detektiv seinen Bericht erstattet und Jackie für sauber erklärt hatte, gab Branch Rickey ihm einen Vertrag. Wie für die Dodgers ist dies auch für uns das erste Mal. Wir können also alle ein Auge auf Ernie Nixon haben, um zu sehen, wie er sich benimmt, wenn er weiß, daß wir ihn beobachten. Und wenn er unseren Vorstellungen entspricht, können wir ihn nach dem ersten Halbjahr des nächsten Schuljahres in einer gesonderten Wahl aufnehmen. Vielleicht am ersten Februar.«

Zunächst herrschte Schweigen. Die Anwesenden tranken und ließen den Vorschlag auf sich wirken. Nach einer Weile nickte Dave Suggs weise: »Das ist gut, Doug. Das gibt uns Zeit zum Nachdenken.«

»Ich weiß nicht, wie ich mich fühlen würde, wenn man mich ständig beobachten würde«, sagte Tony zu Doug Barker.

Doug wirkte leicht unzufrieden. »Vielleicht hätten wir das tun sollen«, fauchte Dave Suggs Tony an.

Tony brauchte eine Weile, bis er die Anspielung begriff. In das angespannte Schweigen hinein sagte er leise: »Vielleicht hast du es ja auch tatsächlich getan, Dave.«

»Mein Gott ...«, murmelte jemand.

Tony und Dave Suggs starrten sich an, bis Dave den Blick abwandte. Ohne die Augen von Dave zu nehmen, sagte Tony: »So können die Leute, die keine Schwarzen mögen, behaupten, sie wären bloß vorsichtig. Aber wenn Ernie erneut zur Wahl für eine Mitgliedschaft steht, die dann noch drei läppische Monate dauern würde, wird er noch immer ein Schwarzer sein, und dieser Tatsache sollten wir jetzt ins Auge sehen.«

»Das finde ich auch«, fügte Johnny D'Abruzzi rasch hinzu. »Was nützen Ernie die drei Monate? Warum sollten wir ihn anders behandeln als alle anderen?«

»Weil er anders ist«, knurrte Steve Sawback zurück.

»Genau das ist der Punkt«, erklärte Doug Barker Tony unendlich geduldig. »An diesem Punkt ist unsere Burschenschaft tief gespalten. Mit meinem Vorschlag können wir Ernie Nixon prüfen und unseren Zusammenhalt wahren.«

Er sagte das mit so ruhiger Selbstgewißheit, daß die Runde verstummte. Sam murmelte: »Zu dumm, daß Jackie Robinson nicht hier ist. Er könnte uns sagen, was wir tun sollen.«

Tony lächelte und beobachtete Doug, der versuchte, die Bemerkung zu ignorieren. Dann erklärte Dave Suggs: »Ich beantrage, Bruder Barkers Antrag anzunehmen«, und Doug Barker sah wieder zufrieden aus.

»Ich schließe mich dem an«, warf Charlie Moore ein.

Tony wußte, daß der Antrag angenommen werden würde. Die schnellste Art, das Ganze hinter sich zu bringen, war, ihm zuzustimmen. Aber zur Beruhigung seines Gewissens würde er mit Nein stimmen und sich dann der Mehrheit fügen.

»Wer ist dafür?« fragte Doug Barker, und elf Hände gingen nach oben.

»Wer ist dagegen?« Fünf Mitglieder hoben die Hand, darunter Sam, Tony und Johnny D'Abruzzi. Ernie Nixons Freund Johnny starrte zu Boden; Tony nahm an, daß er gerade eine Lektion in Burschenschaften lernte.

»Angenommen«, sagte Doug Barker.

Es entstand eine gewisse Unruhe; Enttäuschung, jedoch vor allem Erleichterung lag in der Luft. Tony beobachtete noch immer Johnny D'Abruzzi, der offenbar niemandem direkt in die Augen blicken konnte. Er sah aus wie ein zweites Opfer, und auf einmal hatte Tony das Gefühl, an einer schmutzigen Verschwörung beteiligt zu sein.

»Das Entscheidende ist, in schwierigen Zeiten die Einheit der Brüderschaft zu wahren«, erklärte Doug Barker ihnen. »Egal, was wir als einzelne empfinden, können wir als Brüder meines Erachtens stolz sein auf das, was wir getan haben.«

Einige Mitglieder nickten, darunter der noch immer zu Boden starrende Johnny D'Abruzzi, auch wenn es bei ihm eher pflichtschuldig wirkte.

Vielleicht war es das. Vielleicht war es auch Ernie Nixon oder das, was Tony selbst widerfahren war. Plötzlich wußte Tony zu seiner eigenen Überraschung, daß er nicht mehr hierhergehörte.

Er zog das Tuch von der Salatschüssel, stand auf und leerte seinen Beutel mit Murmeln in die Schüssel. Klimpernd fielen sie hinein und sprangen zum Teil auch wieder heraus. »Ich sollte besser anfangen, Ernie zu beobachten«, sagte er. »Ihr hört dann nächstes Jahr von mir.«

Er ignorierte ihre Verblüffung, schritt zur Tür, drehte sich auf dem Weg zur Kellertreppe noch einmal um und sagte zu Dave Suggs: »Ich werde ganz langsam gehen, Dave. Falls du mir folgen willst.«

Als er die Kellertreppe erreicht hatte, wunderte sich Tony noch immer über seine eigene Wut. Doch er wußte, daß noch etwas zu sagen übrigblieb. Als er sich erneut umwandte, sah er Doug Barker an. »Du bist übrigens das größte Arschloch in diesem Raum«, erklärte er ihm. »Ich dachte, das sollte ich dir von Lancer zu Lancer einmal sagen. Weil niemand hier auch nur annähernd an dich heranreicht.«

Mit diesen Worten drehte Tony sich um, weil er wußte, daß er nie genug sagen konnte, und verließ den Raum.

DREIZEHN

»Tony!«

Sam war ihm nachgelaufen. Tony blieb neben seinem Wagen stehen. In Sams Gesicht spiegelten sich Sorge und Erstaunen.

»Komm schon, Mann. Ernie Nixon ist es nicht wert. Du kehrst deinen Freunden den Rücken.«

Tony spürte, wie alle Kraft ihn verließ. Seine Einsamkeit war mehr als nur eine Frage von Zorn oder Trauer um Alison. An einem bestimmten Punkt, den er selbst nicht benennen konnte, hatte Tony aufgehört zu sein wie die anderen, und jetzt wollte er es nicht einmal mehr versuchen. Mit verschränkten Armen lehnte er sich an einen Laternenpfahl. »Was soll ich denn machen?« fragte er. »Wieder reingehen und mich entschuldigen? Würdest du das tun?«

Sam starrte zu Boden. »Nein«, erwiderte er schließlich. »Das würde ich nicht tun.«

»Ich auch nicht.« Tony kramte in seinen Taschen nach dem Wagenschlüssel. »Komm, geh wieder rein. Es geht nicht um dich.«

»Aber um dich!« Sam stemmte eine Hand in die Hüfte. »Du bist mein bester Freund, und ich habe aufgehört, auch nur zu versuchen zu begreifen, was du eigentlich machst.«

Tony setzte sich auf die Kühlerhaube seines Wagens, ohne Sam anzusehen. »Ich mache gar nichts«, sagte er schließlich. »Eines Nachts habe ich meine Freundin erwürgt in ihrem Garten gefunden. Am nächsten Tag denken die meisten Leute, daß ich sie ermordet habe, und jetzt kracht mein ganzes Leben zusammen. Du mußt gar nicht erst versuchen zu verstehen, was das mit mir macht, weil ich es selbst nicht verstehe. Ich weiß nur, daß ich mich einsam fühle, sogar wenn ich mit dir und Sue zusammen bin.«

»Das ist deine eigene Schuld, Tony.«

Tony drehte sich zu ihm um. »Geh wieder rein, ja?« sagte er leise.

Eine Zeitlang sagte Sam nichts. »Nein«, erwiderte er dann mit seiner ganzen Sturheit. »Ich komme mit dir. Du bist noch immer mein bester Freund, und ich habe noch ein bißchen Whiskey im Wagen.«

Im Nebel seiner Gefühle empfand Tony so etwas wie Dankbarkeit. »Okay«, meinte er. »Wenn ich schon allein bin, ist es besser, wenn du auch da bist.«

Sie saßen am Rand des Lake-City-Piers und reichten die Flasche hin und her. Tony ertappte sich bei dem Gedanken, wie es wohl wäre, wenn ihr Leben von dem Gewinner-Touchdown bis jetzt weitergegangen wäre wie vorher. Dann sagte Sam: »Es ist lange her, was?« und Tony wußte, daß er dasselbe dachte.

Die Nacht war voller Sterne. Tony lehnte sich zurück, stützte sich auf die Ellbogen, blickte in den Himmel und spürte die Brise vom See auf seiner Haut. Je mehr er trank und die Sterne betrachtete, desto mehr erschien ihm die Welt, wie sie gewesen war. Er wäre glücklich gewesen, einfach hierzubleiben und für immer in diesem Moment zu verharren, ohne daß der Morgen je kommen würde.

»Wenn wir hier rauskommen«, fragte Tony, »was willst du dann machen?«

Sam dachte darüber nach. »Irgendwo in der Gegend aufs College gehen. Mit Sue zusammenbleiben.« Er hielt kurz inne. »Weißt du was? Was mit Alison passiert ist, hat auch mich verändert. Ich will einfach, daß alles normal ist. Ich möchte an einem Ort sein, wo die Menschen wissen, wer ich bin. Wo sie schon wissen, was sie über mich denken.«

Nie zuvor hatte Sam Tony seine Unsicherheit so offen eingestehen können. Sams Bedürfnis nach Konvention geriet immer wieder in Konflikt mit seiner wilderen Seite. Doch was er sagte, klang nach mehr als nach whiskeyseligem Philosophieren in einer warmen Frühlingsnacht. Lange lagen sie, mit der Whiskeyflasche zwischen sich, ausgestreckt auf dem Pier, ohne etwas zu sagen. Dann fragte Sam leise: »Wirst du je über sie hinwegkommen?«

Die Frage klang zögernd, als hätte er Angst vor der Antwort. Mit flacher Stimme erwiderte Tony: »Nicht, wenn ich ins Gefängnis muß.«

»Ich meine in dir drinnen, Tony.«

Für Tony waren die Sterne mit einemmal verschwunden. Er sah Alison, wie sie unter ihm lag, und dann Alison, wie er sie gefunden hatte, die Alison der Polizeifotos. »Nein«, antwortete er. »Ich komme nicht über sie hinweg.«

Sam stützte sich auf seine Ellbogen. »Ich könnte es, Tony. Ich meine, ich müßte wahrscheinlich so tun, als wäre es jemand anderem passiert.« Er drehte sich zu Tony um, als wollte er den Arm zu ihm ausstrecken. »Du bist kein anderer als vorher – du bist noch immer derselbe, du kannst noch immer dasselbe Leben leben. Was anders geworden ist, sind nur deine Gefühle. Du mußt zu deinem eigenen Besten einen Weg finden, das zu ändern. Sonst bist du am Ende nur der Typ, von dem manche glauben, er hätte Alison Taylor getötet.«

Tony stellte die Flasche ab. »Du warst nicht dort, Sam. Rede nicht über etwas, was du selbst am hellsichtigsten Tag deines Lebens nicht verstehen könntest.«

Sam lehnte sich zurück. »Du glaubst, ich vermisse sie gar nicht, was? Klar, ich hab sie manchmal aufgezogen, weil sie sich für etwas Besonderes hielt. Aber das war sie auch. Ich wußte es, und alle anderen wußten es auch. Ich denke noch immer an sie.«

»Wenn du an sie denkst«, fauchte Tony, »bist du ein blutiger Laie. Sie war meine Freundin, nicht deine.«

»Sie *war* deine Freundin.« Sams Stimme hatte einen neuen Tonfall irgendwo zwischen Wehmut und Verbitterung angenommen. »Und weil das so ist, ist es zwischen uns beiden nicht mehr so wie früher, und das will ich nicht.«

Tony war noch immer angespannt. »Ich auch nicht.«

»Und warum hat es unsere Beziehung verändert? Wenn es mir passiert wäre, würde ich dafür sorgen, daß es unsere Freundschaft nicht zerstört. Weil du mir wichtig bist. Egal, was passiert, und egal, was du tust, du bist wichtig.«

Tony spürte den Whiskey; zu viele Untertöne schwangen in dem Gespräch mit. Er richtete sich auf und verschränkte die Beine. »Sam«, sagte er, »du bist mein bester Freund. Aber ich habe keine Ahnung, wovon du eigentlich redest.«

Sam blickte auf das Wasser vor ihnen. »Nicht?«

»Ich glaube nicht.«

Tony sah, wie Sam nach Worten suchte. »Es ist wie mit den anderen Typen, den Lancers. Sie kennen dich, du kennst sie. Aber nicht wirklich. Ich meine, einer von ihnen könnte sterben oder du könntest sterben, und jeder wäre traurig und würde irgendwann darüber hinwegkommen.« Er hielt inne und sah Tony an, weil er hoffte, in dessen Gesicht Verständnis zu lesen.

»Redest du über Alison?« fragte Tony kühl.

Sam richtete sich auf. »Kannst du Alison nicht mal für einen Moment vergessen? Ich rede über Freundschaft und was sie bedeutet.«

Sam unterbrach sich, stand abrupt auf und ging zum Ende des Docks, wo er beobachtete, wie sich das schwarze Wasser des Sees um die eisernen Träger des Piers kräuselte. Tony saß noch immer auf dem Dock und versuchte, seine Gefühle zu ordnen – Verwirrung, Wut, das brennende Bedürfnis, diesen Freund nicht zu verlieren, der ein so großer Teil von ihm war. Der nächste Schluck Whiskey brannte in seiner Kehle. Während er Sam beobachtete, eine einzelne Gestalt auf dem in das schwarze Wasser hinausragenden Steg, hatte er das Gefühl, allein am Ende der Welt zu sitzen.

Sam drehte sich zu ihm um. »Das ist falsch, Tony. Weil es egal ist.«

»Was ist egal?«

Sam kam langsam zurück, legte sich wieder neben Tony, verschränkte die Hände hinter dem Kopf und blickte zu den Sternen auf, eine Pose, die ihn offen und verwundbar erscheinen ließ. »Alles ist egal«, wiederholte Sam leise. »Es wäre mir auch egal, wenn du sie umgebracht hättest.«

Tony war es plötzlich kalt. »›Es wäre dir egal‹ oder ›es ist dir egal‹?«

Eine Zeitlang antwortete Sam nicht. »Wäre. Ist. Das ist mir gleich.«

»Fragst du mich, ob ich sie getötet habe, Sam?«

Sam sah ihn direkt an. »Hast du?«

Tony starrte ihn an. Es bedurfte all seiner Kraft zu fragen: »Was glaubst du denn?«

Sams Blick war ruhig und furchtlos. »Ich habe aufgehört, darüber nachzudenken.«

Plötzlich spürte Tony, wie Monate von Schmerz und Wut in ihm aufbrachen. Er packte den Kragen von Sams Hemd, riß ihn hoch und hob drohend seine rechte Faust. Er spürte Sams Atem in seinem Gesicht. »Was glaubst du, verdammt noch mal? Sam?«

Sam machte keinerlei Anstrengungen, sich zu verteidigen. Er sah Tony mit einer eigenartigen Ruhe direkt in die Augen. »Daß sie bis jetzt noch keinen anderen gefunden haben. Und daß es mir egal ist.«

Blut pochte in Tonys Kopf. Heiser sagte er: »Mir ist es aber nicht egal«, und ließ Sams Hemd los.

Sams Hinterkopf schlug auf die Holzplanken des Piers. Sam blieb liegen und blinzelte mit schmerzverzerrtem Gesicht, ohne den Blick von Tony zu wenden.

»Du hättest bei den anderen bleiben sollen«, sagte Tony jetzt beinahe flüsternd, »bei den Leuten, mit denen du dein beschissenes Leben verbringen wirst.«

Er stand auf und ging rasch bis zum Ende des langen, schmalen Piers. Das Echo seiner Schritte folgte ihm.

Am nächsten Nachmittag war es für die Jahreszeit außergewöhnlich warm. Tony räkelte sich in Turnhose und mit nacktem Oberkörper auf einem Liegestuhl. Er hatte keine Lust, irgendwohin zu gehen oder jemanden zu treffen. Er hatte nur eine telefonische Nachricht bei Sauls Auftragsdienst hinterlassen, um zu erfragen, wie die Dinge standen. Er ging nicht zum Briefkasten, weil er den Gedanken, die Hoffnung auf Harvard fahrenlassen zu müssen, nicht ertragen konnte. In den letzten fünf Monaten hatte er in der Angst gelebt, daß nichts – weder seine Noten noch seine sportlichen Leistungen noch die Empfehlungsschreiben oder auch der gute Eindruck, den er in einem ersten Bewerbungsgespräch im vergangenen Sommer hinterlassen hatte – ihm etwas nützen würde, wenn der Zulassungsausschuß in Harvard von dem Mord in einer Kleinstadt in Ohio erfuhr. Wenn er zu Hause hätte bleiben können, bis eine Veränderung eintrat – der Besuch eines Colleges oder ein Mordprozeß –, hätte er es getan. Als er an jenem Morgen aufgewacht war, hatte er begriffen, was es heißt, wirklich einsam zu sein.

»Tony?«

Er fuhr zusammen, weil er Sue nicht hatte kommen hören. Tony nahm seine Füße weg, und Sue setzte sich auf die Kante des Liegestuhls. Zunächst sagte sie gar nichts, als ob sie nur gekommen wäre, um bei ihm zu sitzen.

»Ich nehme an, du hast es schon gehört«, sagte Tony.

Sue sah ihn an, in ihren Augen standen viele Fragen. »Nur daß ihr getrunken und gestritten habt. Manchmal fällt es Sam schwer, sich zu erklären. Aber ich weiß, daß ihm das, was passiert ist, peinlich ist, was immer es war.«

Tony spürte seine Wut erneut aufwallen. »Ich wüßte nicht, warum. Er hat mich bloß das gefragt, was alle anderen auch wissen wollen.«

Sues hübsches Gesicht war ungewöhnlich ernst. »Wenn Sam dich das gefragt hat, war es dumm. Er kennt dich besser.«

Tony lehnte sich in den Liegestuhl zurück. Obwohl der Mensch, den er sah, Sue Cash war, das Mädchen, das er schon immer gemocht hatte, trieb ein perverser Drang, alle Bindungen zu kappen, ihn weiter. »Und deswegen bist du gekommen, um die Sache für ihn ins reine zu bringen.«

Zum erstenmal huschte so etwas wie Widerwillen über ihr Gesicht. Er beobachtete, wie sie ihre geduldige Fassung wiederfand. »Wenn du Sam Zeit gibst, wird er sich entschuldigen. Ich glaube nicht, daß er ohne dich sein will.«

»Na prima«, sagte Tony sarkastisch. »Dann sag ihm, ich habe Alison nicht umgebracht. Wenn er mir jetzt noch erzählt, wo er in jener Nacht war, können wir ja einfach so weitermachen, als wäre das Ganze nie geschehen.«

Sue wurde rot und sah ihn an. »Sam war in jener Nacht mit mir zusammen, weißt du nicht mehr? Wir wünschten, daß ihr das auch gewesen wärt, nicht nur wegen Alison. Und Sam wünscht sich das vielleicht noch mehr als alle anderen.«

»Tut mir leid, das hatte ich vergessen. Es ist nur, daß Sam schon so viel verpaßt hat. Aber wenn ihn sein ›bester Freund‹ fragt, ob er Alison erwürgt hat, kriegt er zumindest einen Geschmack davon.« Tony machte eine Pause und fügte gleichgültiger, als er in Wirklichkeit war, hinzu: »Ich werde ihm sogar sagen, daß es egal ist, wie die Antwort lautet.«

Sue sah ihn eine Weile schweigend an. »Sam hat eine Menge Gefühle, Tony – für dich mehr als für irgend jemanden sonst. Aber manchmal weiß er nicht, wie er sie ausdrücken soll.«

Tony spürte, daß sein Wutausbruch in bezug auf Sam einem kälteren und endgültigeren Gefühl Raum gemacht hatte. »Das hilft mir auch nicht weiter«, meinte er schließlich. »Ich kann meine Empfindungen darüber, was Sam mich gefragt hat, oder darüber, daß er es überhaupt getan hat, nicht ändern.«

»Mit wem willst du dann reden?«

Tony zuckte die Achseln. »Wen kümmert's?«

»Mich.« Sie sagte das schlicht, als wäre es ein offensichtlicher Allgemeinplatz.

»Du bist Sams Freundin«, erwiderte Tony.

Sue sah ihn erst verwirrt, dann ärgerlich an. »Das war auch dumm. Wie wär's mit: ›Du bist eine gute Freundin, Sue.‹ Oder: ›Ich weiß, daß du Alison auch vermißt.‹ Oder einfach nur: ›Ich gebe dir nicht die Schuld für irgendwelche Dummheiten, die dein Freund redet ...‹« Sie unterbrach sich. »Ich weiß, daß du Alison nicht getötet hast. Das hättest du nie tun können.«

Tony sah sie an. So direkt hatte sie ihm das noch nie gesagt, aber aus der Art, wie sie es sagte, klang eine tiefe Überzeugung, in der es weder um Tatsachenbeweise ging noch darum, ihm Mut zu machen. Sue Cash wußte einfach, daß er unschuldig war.

Jetzt lächelte sie zum erstenmal ein wenig. »Du mußt dich nicht auch noch mit mir streiten, ja? Ich bin's bloß.«

Tony betrachtete ihr vertrautes und mit einemmal so gern gesehenes Gesicht. »Wie lange kenne ich dich schon?« fragte er nach einer Weile.

Sue wandte den Blick himmelwärts. »Auf jeden Fall drei Jahre. Irgendwann seit der neunten Klasse.«

»Ich kann mich sogar daran erinnern, dich an meinem ersten Tag in der High-School gesehen zu haben. Du hattest ein rosagestreiftes Kleid an.«

Sue nickte. »Das war mein Lieblingskleid.« Sie lächelte ihn an, so daß man ihre Grübchen sehen konnte. »Ich habe immer darauf gewartet, daß jemand sagt, wie hübsch ich aussehe.«

Tony stellte sich die vierzehnjährige Sue vor, die ihrer Mutter voll Sorge und Erwartung beim Bügeln ihres rosagestreiften Kleides zusah. »Du warst hübsch«, sagte er.

Sue sah noch immer halb lächelnd zu Boden, obwohl ihr Blick wieder ernst wurde, und drückte dann Tonys Hand. Es war eine spontane Geste der Zuneigung, wie sie typisch für Sue war. Sam hat mehr Glück, als er verdient, dachte Tony.

»Du bist ein guter Mensch, Sue.«

»Warum sagen mir die Leute das immer wieder?« erwiderte sie ironisch klagend. »Was, wenn ich in Wahrheit lieber richtig böse sein wollte?«

»An deiner Stelle würde ich zusehen, die Stadt möglichst bald zu verlassen.«

Das schien sie nachdenklich zu stimmen, auch wenn das Lächeln ihre Mundwinkel weiter umspielte. Sie saßen schweigend da.

»Tony!«

Diesmal war es seine Mutter, die mit einem Briefumschlag in den Garten geeilt kam. »Post für dich!« rief sie. »Von Harvard.«

Tony sah die angespannte Erwartung in ihrem Gesicht. Bei allem, was ihn manchmal an ihr ärgerte, wußte er, daß ihre Spannung sich nicht groß von dem Knoten, den er selbst plötzlich im Magen spürte, unterscheiden konnte. Als Helen Lord ihm den Umschlag überreichte und ungeduldig darauf wartete, daß er ihn öffnete, blickte Sue von Tony zu seiner Mutter und sagte: »Ich sollte jetzt besser gehen.«

Tony schüttelte stumm den Kopf, während er bereits den Umschlag aufriß. Er nahm die Anwesenheit von Sue und seiner Mutter kaum wahr, als er die erste Zeile las:

»Wir freuen uns, Ihnen mitzuteilen ...«

Tony las weiter, bis er das Wort »Stipendium« erreicht hatte.

»Mein Gott ...«

»Was denn?« fragte seine Mutter.

»Ich hab's geschafft.« Er sah ungläubig zu ihr hoch. »Sie haben mir ein Stipendium gegeben, Mom. Ich kann nach Harvard!«

Nicht Helen Lords Überschwang, sondern der Gedanke an den Bezirksstaatsanwalt dämpfte seine Euphorie. Doch er ließ seiner Mutter die Freude, während er in ihrer innigen Umarmung all ihre Hoffnungen und Ängste spürte.

»Na, Mom«, sagte er schließlich mit belegter Stimme. »Bitte, ich kriege keine Luft mehr.«

Seine Mutter wich zurück und stieß ein zittriges Lachen aus. Sie sah noch immer aus, als könne sie es nicht glauben. »Es ist so wunderbar. Sue, ist es nicht wundervoll?«

»Ja, das ist es«, antwortete Sue lächelnd.

Helen nahm den Brief aus Tonys Hand. »Ich werde es deinem Vater erzählen …«, setzte sie an und eilte, den Namen ihres Mannes rufend, ins Haus. Tony war viel zu gerührt, um zu lächeln.

»Tja«, meinte Sue leise. »Du hast es geschafft.«

»Ja. Ich hab's geschafft. Zumindest fürs erste.«

Sue schüttelte lächelnd den Kopf, als würde sie sich weigern zu glauben, daß ihn jetzt noch irgend etwas aufhalten könnte. Halb im Spaß sah sie sich nach Helen Lord um, bevor sie Tony einen weichen, warmen Kuß auf den Mund gab. Als sie sich zurücklehnte, stand die mit ihm geteilte Freude in ihren Augen.

»So«, sagte sie. »Jetzt habe ich einen Harvard-Mann geküßt.«

Am Abend rief Tony Saul Ravin zurück.

»Ich bin in Harvard angenommen worden«, erzählte Tony ihm.

»Hey, das ist ja toll, Tony!« Einen Moment lang klang Saul ehrlich erfreut, bevor die gute Laune aus seiner Stimme wich. »Ich nehme an, du hast angerufen, um zu hören, wie die Dinge stehen.«

»Ja. Können Sie mir irgendwas sagen?«

»Nicht viel. ›Meines Wissens keine Veränderung‹, ist das beste, was ich zu bieten habe.«

Sauls Tonfall klang, als würde er etwas zurückhalten. Seit Alisons Tod war Tony für solche Nuancen empfindlich geworden, vor allem, wenn das Unausgesprochene eine schlechte Nachricht war. »Was ist los?« fragte er.

Es entstand ein langes Schweigen. »Sie halten den Bericht des Gerichtsmediziners weiter unter Verschluß. Und was noch ungewöhnlicher ist, sie wollen mir nicht einmal mündlich was darüber mitteilen. Dabei ist die Sache jetzt fast fünf Monate her.«

Tony spürte seine wachsende Besorgnis. »Was hat das zu bedeuten?«

»Ich weiß es nicht genau.« Es entstand ein erneutes Schweigen. »Vielleicht ist der Inhalt des Berichts selbst ungewöhnlich. Aber ich fürchte, sie denken noch immer darüber nach, wie sie dir eine Falle stellen können, und nicht daran, dich von dem Tatvorwurf reinzuwaschen.«

»Ist das der einzige Grund, warum Sie das glauben?«

Wieder schwieg Saul. »Also gut, Tony«, meinte er schließlich. »Ich will dich nicht beunruhigen, aber ich nehme an, du hast dir das Recht verdient, wie ein Erwachsener behandelt zu werden. Am Donnerstag findet ein Treffen statt, zwischen Morelli, dem Bezirksstaatsanwalt und den Taylors. Der Druck läßt nicht nach, du hast ja die Lokalzeitung gelesen. Morelli will mir nichts erzählen, aber offenbar glauben sie, daß sie neues Belastungsmaterial gegen dich haben.«

Die Hochstimmung über den Brief aus Harvard war verflogen, Tony war am Boden zerstört. »Können wir denn gar nichts machen? Können wir nicht wenigstens herausfinden, was sie gegen mich in der Hand haben?«

»Wohl nicht, bei diesem Treffen sind wir nicht eingeladen. Aber ich werde noch einen letzten Versuch bei Morelli starten.« Sauls Stimme wurde sanfter. »Ich fürchte, du kannst nichts anderes tun, als was du schon verdammt viel zu lange tun mußt, Tony: warten.«

VIERZEHN

Nach der Zulassung in Harvard hätte Tony – wäre Alison nicht ermordet worden – einfach auf die Wahl zum Sportler des Jahres hoffen können. Doch zwischen dem Gespräch mit Saul und dem Donnerstag abend, an dem er sich wieder melden wollte, wurde das Gespenst einer drohenden Anklage zu Tonys einziger Obsession.

Er konnte den Gedanken nicht verdrängen. Mitten in der Physikstunde träumte er davon, die Taylors anzurufen und sie anzuflehen, an seine Unschuld zu glauben. Wenn er jene Nacht noch einmal Revue passieren ließ, wie er es seit Alisons Tod praktisch täglich getan hatte, versuchte Tony wieder und wieder zu ergründen, wer es getan haben konnte. Es erschien ihm unvorstellbar, daß es jemand aus der Stadt gewesen sein könnte. Die Tatsache, daß er mit Alison durch den Park gekommen war, war ein Zufall, Folge der beschlagenen Fenster in seinem Wagen. Wenn jemand hätte beobachten wollen, wann sie nach Hause kommt, hätte er in der Auffahrt vor und nicht beim Garten hinter dem Haus gewartet. Tony hatte Alison im Licht der Veranda gesehen; niemand sonst hätte wissen können, daß sie das Haus noch einmal verlassen würde. Damit blieb nur ein Mord von gespenstischer Wahllosigkeit – ein Passant, der sich zufällig bei den Bäumen aufgehalten hatte. Doch die Nacht war kühl gewesen, und die Szene, die Tony sich ausmalte, erforderte drei Menschen im Dunkel: zwei ahnungslose Liebende und einen Fremden, der so böswillig gewesen war, daß er ihr Gespräch belauscht und beschlossen hatte, Alison abzufangen. Das alles erschien wenig plausibel. Außerdem war Tony sich ziemlich sicher, daß ihnen niemand in den Park gefolgt sein konnte. Und damit sah sich Tony wieder mit dem Schluß konfrontiert, zu dem er schon lange vorher gekommen und der im Licht des donnerstäglichen Treffens um so schrecklicher war: Wäre er an der Stelle der Polizei oder der Taylors, würde er selbst auch glauben, daß Tony Lord seine Freundin erwürgt hatte.

Am Donnerstag nachmittag war Tony als Werfer gegen ein Baseballteam aus Stratford aufgestellt. Das Match hatte sich fast unbemerkt herangeschlichen; als Tony nach einer schlaflosen Nacht das Spielfeld betrat, sah ihm Dana, der Polizist, von der Tribüne aus zu.

Schon beim Aufwärmen fragte Tony sich, ob Dana hier war, um ihn zu verhaften. Tony verfiel in eine Art Dämmerzustand; er warf Johnny D'Abruzzi den Ball zu, fing ihn und warf erneut. Er hatte das Gefühl, als ob Johnny und er in einem Tunnel stünden. Wie immer hatte Sam das Spiel eröffnet, doch Tony hatte ihn kaum wahrgenommen. Er klammerte sich an den Gedanken, daß Dana ihn nicht verhaften würde, solange er tat, als ob der Detective gar nicht da wäre.

Das Spiel stand null zu null. Tony war kein überwältigender Werfer, sein Erfolg hing davon ab, den Ball dorthin zu plazieren, wo Johnny den Fanghandschuh hinhielt. Dieser immer gleiche Vorgang war das einzige, was Tony davor bewahrte, den Verstand zu verlieren. Seine Konzentration war so vollkommen und verzweifelt, daß er selten so gut geworfen hatte. Er beachtete weder das Geplapper seiner Mannschaftskameraden noch ihre Anfeuerungsrufe. Sie gehörten wie Dana zu einer umfassenderen Realität, die er ignorieren mußte.

Als Sam in der Mitte des sechsten Durchgangs einen Homerun schlug und das Schlagmal mit der Nonchalance tiefer Selbstzufriedenheit verließ, dachte Tony nur, daß das Spiel – sein letzter Schutz – nach einem weiteren Durchgang enden und Doug Dana anschließend noch immer auf ihn warten würde.

»Alles in Ordnung?«

Johnny D'Abruzzi stand neben ihm. Erst jetzt bemerkte Tony, daß alle anderen von der Bank aufgesprungen waren, um Sam zu beglückwünschen. Der Fänger warf ihm einen ratlosen Blick zu und sah dann zu Ernie Nixon, dem rechten Außenfeldspieler, der am Rand der Traube aus jubelnden Spielern verharrte.

»Das mit den Lancers tut mir leid, Tony. Ich habe wohl eine Menge Ärger angefangen.«

»Nicht für mich.«

Sein Tonfall war so gleichgültig, daß Johnny fast besorgt aussah. »Noch ein Durchgang«, sagte er verlegen und ging zu den anderen.

Im siebten Durchgang betrat Tony erneut das Wurfmal und nahm seine Umgebung in sich auf – die gefüllten Zuschauerränge, die fabrikartige High-School, den grünen Maschendrahtzaun, der das Außenfeld begrenzte –, wie ein Schauspieler sich der Kulissen eines Theaterstücks bewußt wurde. Dann sah er, daß sich am Rande seines Blickfelds eine Gestalt bewegte. Er mußte nicht aufblicken, um zu wissen, daß es Doug Dana war.

Als der erste Schläger die Batter's Box betrat, tauchte Dana auf der anderen Seite des Zauns hinter Johnny D'Abruzzi auf. Neben ihm stand plötzlich auch Alisons Vater. Gemeinsam beobachteten sie Tony. Tony war sich sicher, daß sie die Entscheidung des Bezirksstaatsanwalts schon kannten, während er selbst seinen Anwalt nicht hatte erreichen können und ahnungslos war.

Der Schiedsrichter nahm hinter Johnny D'Abruzzi Aufstellung. Wie ein Roboter konzentrierte Tony sich auf seinen ersten Wurf.

»Ball eins!« rief der Schiedsrichter. Dana wandte sich zur Seite und sagte etwas zu John Taylor.

Nach vier Fehlwürfen durfte der Schlagmann zur ersten Base gehen, wenig später auch der zweite.

»Komm schon, Tony. Bring es einfach hinter dich.«

Sams Stimme. Sie konnten ihn alle mal.

Tonys dritter Wurf, ein flacher Ball mit Effet, überraschte den Schläger so komplett, daß er erst zum Schlag ausholte, als der Ball schon an ihm vorbei war.

»Aus.«

Tony starrte weiter auf Johnny D'Abruzzis Fanghandschuh, seine Rettung.

»Mörder ...«

Die Menge der Stratford-Fans war klein, die vereinzelten Rufe klangen abgerissen, und keine Sporthalle warf ihr Echo zurück. Doch Tony zuckte zusammen. Unwillkürlich blickte er durch den Zaun zu John Taylor.

Alisons Vater nickte stumm. Nicht in Tonys Richtung, sondern zustimmend, als das Wort wiederholt wurde.

»Mörder ...«

Ihr Vater mußte hergekommen sein, um zuzusehen, wie Dana ihn verhaftete.

Clayton Pell, der stärkste Schläger des Stratford-Teams, betrat das Schlagmal.

»Tony!« rief Sam.

Überrascht drehte Tony sich um und sah, daß die Läufer in seinem Rücken versuchten, sich zur zweiten und dritten Base vorzumogeln. Tony wollte zur zweiten Base werfen, doch jahrelange Routine hielt ihn zurück; er konnte nur einen unkontrollierten Wurf wagen – und die Läufer waren fast am Ziel.

Von den Rängen der Stratford-Fans ertönten Hohnrufe und Gelächter. Tony hörte, wie Sam rief: »Auszeit!«

Sam kam auf ihn zugerannt, in seinen Augen stand ungläubiges Staunen. »Verflixt noch mal, was machst du denn, Mann? Wir haben einen Run Vorsprung.«

Tony legte seine Hand auf Sams Schulter und versuchte, seine Stimme unter Kontrolle zu halten. »Sag mir einfach, daß es dir egal ist. Das würde mir sehr weiterhelfen.«

Das Blut stieg in Sams Gesicht. Mit gepreßter Stimme erwiderte er: »Es ist aber nicht egal. Ich würde gern noch ein wenig Respekt für dich übrigbehalten.«

Er kehrte Tony abrupt den Rücken und ging zur ersten Base.

»Weiter!« rief der Schiedsrichter. Tony starrte Sam nach; als er sich zwang, wieder zum Wurfmal zu blicken, bemerkte er, daß Dana und Alisons Vater ihn musterten, als würden sie zusehen, wie sich sein Gewissen letztendlich doch offenbarte.

»Mörder ...«

Am Schlagmal wedelte Clayton Pell linkshändig mit dem Schläger, ein Abbild kontrollierter Ungeduld. Tonys Schläfen pochten vor Wut.

Johnny forderte einen Effetball und hielt seinen Wurfhandschuh flach über den Boden. Tony schüttelte trotzig den Kopf.

Durch den Gesichtsschutz des Fängers warf Johnny ihm einen verwunderten Blick zu und zeigte dann einen schnellen Ball auf Pells schwache Seite an. Tony holte aus und warf den Ball mit aller Kraft in die Mitte des Schlagmals.

Clayton Pells Ausholbewegung war von seltsamer Schönheit. Mit ausgestrecktem Arm traf er den Ball mit der breiten Stelle des Schlägers. Tony mußte seinem Flug gar nicht folgen. Erst im letzten Augenblick drehte er sich um und sah Ernie Nixon, der im rechten Außenfeld Richtung Zaun sprintete. Doch der Ball fiel knapp zehn Meter vor Ernie zu Boden, begleitet von einem gewaltigen Aufschrei der Stratford-Fans.

Den Rest des Spiels nahm Tony nur bruchstückhaft wahr. Das Schweigen auf der Bank während des letzten halben Durchgangs, ihre verzweifelte Aufholjagd, sein eigenes Aus in vier Würfen.

Und dann war es vorbei. Tony saß zusammengesunken auf der Spielerbank und wartete auf Dana. Ein paar Mannschaftskameraden kamen vorbei; Tony nahm Sam, der sich wie seine anderen Mitspieler nach ihm umdrehte, nur vage wahr, als der das Spielfeld verließ.

Als Tony sich schließlich umwandte, waren Dana und John Taylor verschwunden.

Eine halbe Stunde später, als Ernie Nixon in Straßenkleidung aus der Umkleidekabine kam, saß Tony immer noch da.

Ernie setzte sich neben ihn. »Pech«, meinte er.

Tony sah ihn an. Er konnte sich nicht erinnern, je alleine mit Ernie geredet oder ihn auch nur eingehender betrachtet zu haben. Jetzt fiel ihm auf, daß Ernie mit seinen leuchtendgrünen Augen irgendwie nachdenklich, fast philosophisch wirkte. »Ich habe etwas versucht, was ich nicht kann«, antwortete er schließlich. »Ich habe versucht, den Ball mit Gewalt an ihrem besten Schläger vorbeizudreschen. Das konnte nicht gutgehen.«

Ernie sagte nichts. Gemeinsam blickten sie auf das Baseballfeld. Ohne die Spieler war es still wie eine Fotografie. Nach einer Weile meinte Ernie: »Ich habe von der Burschenschaft gehört. Das hättest du nicht tun müssen.«

Tony war überrascht und verlegen. »Es ging mehr um mich als um dich. Ich konnte die Dummheit des Ganzen einfach nicht mehr ertragen.«

»So sind sie halt. So sind sie halt einfach.«

In dem Satz schwang bitterer Fatalismus mit. Aus Gründen, die Tony selbst nicht begriff, löste er in Tony den Drang zu reden aus. »Weißt du, was heute wirklich passiert ist?» fragte er. »Ich dachte, Dana wäre gekommen, um mich zu verhaften.«

Ernie wandte sich ihm zu und sah ihn direkt an.

»Ich war es nicht, Ernie. Irgend jemand anderes war in jener Nacht auch da.«

Ernie neigte den Kopf und kniff seine grünen Augen zusammen. »Hast du jemanden gesehen?«

»Nein. Aber ich habe ihn gehört.«

Ernie stützte das Kinn auf seine gefalteten Hände und blickte aufs Spielfeld. »Im Dunkeln laufen da jede Menge Leute rum. Und es gibt auch jede Menge Verstecke. Ich kenne wahrscheinlich die meisten.«

Die beiläufige Bemerkung überraschte und irritierte Tony. Er hatte den Park nie erkundet; seit Alisons Ermordung war er nicht einmal in seine Nähe gekommen.

»Kannst du mir die zeigen?« fragte er.

Die beiden standen im Park und blickten durch den kleinen Hain von Bäumen auf das Dach des Taylor-Hauses. Es war später Nachmittag, und einen Moment lang stellte Tony sich vor, wie Alisons Mutter das Abendessen für drei Personen und einen leeren Stuhl auftrug. Dumpfe Übelkeit übermannte ihn.

In unausgesprochenem Einverständnis wandten sie sich ab und verließen den Hain.

Zum erstenmal, solange Tony sich erinnern konnte, wirkte der Park exotisch und gespenstisch. Die dicht zusammengedrängten Eichen, die mannshohe Hecke aus Kletterpflanzen und Disteln, die sich vor dem Hain an der Grenze zum Grundstück der Taylors in einem großen Bogen bis zur Vorderseite des Parks erstreckte. Als sie näher kamen, erkannte Tony, daß die Hecke aus verworrenem, grünem Dickicht bestand, das im Frühjahr neu nachgewachsen war.

Ernie streckte schweigend die Hand aus und zog ein Bündel Ranken zur Seite. Dahinter befand sich ein von Kletterpflanzen und Ästen versteckter Hohlraum – ein Stück Wiese, auf das die Sonne nicht fiel, dunkel wie eine Höhle. Auf der Lichtung lagen eine leere Zigarettenschachtel, feuchte Kippen und die abgerissene Verpackungsfolie eines Kondoms. Ernie lachte leise.

Die heimlichen Spuren menschlicher Anwesenheit beunruhigten Tony. »Woher wußtest du von diesem Versteck?«

»Mein Bruder hat es mir gezeigt, als ich vierzehn war. Im Sommer haben wir uns nachts oft heimlich aus dem Haus geschlichen und getan, als wären wir ein Kommando, das zu unterschiedlichen Orten ausgesandt worden war. Manchmal haben wir auf dem alten Friedhof geschlafen, manchmal auch hier.« Er hielt inne, während er in seiner Erinnerung kramte. »Wir hatten ziemlich bald herausgefunden, daß wir nicht die einzigen waren, die sich spät nachts hier herumtrieben. Es gab Penner, Leute, die zum Vögeln herkamen – in letzter Zeit sogar Typen, die Marihuana verkauft haben. In jüngster Zeit kommen offenbar sehr viel mehr Leute durch unsere kleine Stadt als früher, viele von ihnen im College-Alter. Das wissen die Bullen auch, so gegen zwei, drei Uhr morgens kommen sie mit Streifenwagen hier durch und schnüffeln manchmal auch mit Taschenlampen im Unterholz rum. Sich vor den Bullen zu verstecken, war immer am lustigsten. Und sich vorzustellen, wer sonst noch im Park unterwegs war.«

Tony ertappte sich dabei, wie er die Zigarettenschachtel anstarrte. Obwohl Saul Obdachlose erwähnt hatte, irritierte ihn der Beweis eines ihm unbekannten nächtlichen Lebens in dem

Park, der einst auch ihn und Alison geborgen hatte. »Es gibt jede Menge Plätze wie diesen«, sagte Ernie. »Aber die meisten Leute kennen sie nicht.«

Tony sah ihn an.

»Kommst du manchmal allein hierher?«

»Hin und wieder. Bis sie gestorben ist.« Ernie ließ die Zweige los, und das Versteck war wieder verborgen. »Als mein Bruder weggegangen ist, war es einsamer. Aber in manchen Nächten habe ich mich gefühlt wie der heimliche König von Lake City. Ein paar Stunden lang konnte mich niemand sehen, und ich konnte tun, was ich wollte.« Er lächelte ironisch. »Von Mitternacht bis fünf Uhr morgens war es der einzige Country Club der Stadt, zu dem auch Schwarze Zutritt hatten. Aber er war nicht so exklusiv. In diesem Park gibt es eine Menge Leute, die sie getötet haben könnten. Das wissen die Bullen auch. Und sie muß es ebenfalls gewußt haben.«

»Alison?«

»Sicher. Als ich noch ein Kind war und mit meiner Familie zum Picknicken hergekommen bin, habe ich sie oft hier spielen sehen. Du weißt schon, mit ihren Freunden«, fügte er leiser hinzu.

Tony war sich sicher, daß in dem letzten Satz eine geheime, vielleicht sogar unbewußte Bedeutung mitschwang – die soziale und rassische Ordnung der Dinge hatte es nicht vorgesehen, daß Alison Taylor und ein schwarzer Junge Freunde werden konnten.

»Ich vermisse sie sehr«, sagte Tony schlicht.

Nach einer Weile nickte Ernie, obwohl die Geste seltsam zögerlich wirkte. »Sie machte einen netten Eindruck. Aber einer wie ich weiß halt nie ganz genau, was das wirklich bedeutet. Ich meine, soll man vielleicht denken, daß sie mit einem ausgehen wollen könne?«

Tony kannte die Antwort. Er hatte in Ernie Nixon fast nie etwas anderes gesehen als einen Mannschaftskameraden oder eine soziale Kuriosität. Jetzt spürte er, was hinter Ernies

Zurückhaltung lag: Manche Leute waren nett, andere nicht, aber alle sahen einen als den, der man in ihren Augen war und immer bleiben würde.

Schweigend gingen sie über die Wiese zu Tonys Wagen. Der Park war menschenleer und stiller, als Tony ihn in Erinnerung hatte. Erst als sie den Wagen erreichten, sagte er: »Das mit den Lancers tut mir leid. Aber es ist wirklich dumm von denen.«

Zunächst antwortete Ernie nicht. Dann sagte er: »Mag sein, aber was dumm ist und was nicht, entscheiden andere.«

Tony sah ihn an, und seine Neugier gewann schließlich doch die Oberhand über seine Verlegenheit. »Warum sind deine Eltern bloß hierhergekommen?« fragte er.

In Ernies Blick lag Ironie und eine gewisse Nachsichtigkeit. »Wahrscheinlich aus denselben Gründen wie deine Eltern«, erwiderte er. »Lake City ist ein großartiger Ort, um seine Kinder dort aufwachsen zu sehen.«

»Was ist passiert?« fragte Tony. Er hielt den Hörer fest gepackt und wünschte, er könnte Saul Ravins Gesicht sehen.

»Ich will es mal so ausdrücken, Tony. Nach allem, was Morelli mir erzählt hat, ist John Taylor wütend wieder gegangen. Genau wie die Polizei.«

»Sie erheben keine Anklage?«

»Noch nicht. Morelli ist noch immer dagegen. Er ist ein kluger Mann mit Prinzipien, erzogen von deinen Freunden, den Jesuiten, und durchaus in der Lage, die Gerechtigkeit über die Politik zu stellen.«

»Und was ist mit den ›neuen‹ Beweisen?«

»Das weiß ich nicht genau. Nur daß sie an der Leiche etwas gefunden haben müssen, was mit deiner Blutgruppe übereinstimmt – ob es Blutspuren sind, die sich nicht mit Alisons Blutgruppe decken, oder ein Haar oder etwas ganz anderes, wollen sie mir nicht sagen. Aber ich habe Morelli darauf hingewiesen, daß sechzig Prozent der Bevölkerung dieselbe Blutgruppe haben wie du, so daß sie lediglich feststellen können, daß deine Täterschaft nicht ausgeschlossen ist.«

»Haben Sie noch über etwas anderes geredet?«

»Ich habe ihm erklärt, daß du meiner Ansicht nach unschuldig bist. Das hat ihn offenbar sprachlos gemacht.«

»Warum?«

»Ich weiß nicht.« Tony hörte zum erstenmal so etwas wie Belustigung in Sauls Stimme. »Ich nehme an, weil ich das noch nie zuvor zu ihm gesagt habe.«

Einen Moment lang wußte Tony selbst nicht, was er erwidern sollte. »Danke, Saul ...«

»Bedanke dich nicht bei mir. Morelli weiß, was eine Anklage dir antun würde. Und er hat noch den Rest deines Lebens Zeit, einen Fall gegen dich zusammenzubekommen.«

Tony spürte, wie er in sich zusammensackte, hin und her gerissen zwischen Erleichterung und dem scheinbar endlosen Schatten über seiner Zukunft. »Dana und Alisons Vater waren bei dem Baseballspiel und haben mich beobachtet«, erzählte er. »Ich habe das ganze Spiel über gedacht, Dana würde mich verhaften, wenn es vorbei ist.«

Saul schwieg einen Moment. »Dann haben sie es bestimmt genau deswegen getan – um dich in deinen Schuldgefühlen schmoren zu lassen. Sie sind, wie schon gesagt, ziemlich frustriert. Aber das hätte ich dir sagen sollen, Tony«, fügte er entschuldigend hinzu. »Wenn es dazu käme, würde Morelli mich zuerst anrufen, und ich würde dich persönlich zur Wache begleiten. Die ganze Sache ist auch, ohne daß du Gespenster siehst, schon schlimm genug.«

»Ach, Saul!«

»Das wär's also fürs erste. Du wirst weder morgen noch übermorgen verhaftet werden.« Saul klang jetzt müde. »Wir können also alle weiter fernsehen.«

Tony stieß ein kurzes Lachen aus. »Ich nicht. Ich habe eine Menge Schlaf nachzuholen!«

FÜNFZEHN

Tony fummelte an den Manschettenknöpfen seines geliehenen Smokings herum und wappnete sich für einen Schulabschlußball, den nicht zu besuchen er sich noch vor einer Woche geschworen hatte.

»Überleg es dir wenigstens.« Sues braune Augen blickten ernst. »Es ist, als würdest du weglaufen.«

»So weit ich kann. Vor all den zusätzlichen Anstandsdamen, die sie brauchen werden, um sicherzustellen, daß es alle Mädchen lebendig nach Hause schaffen.« Gereizt hob er die Stimme. »Du bist die heimkehrende Prinzessin, Sue. Ich bin ein Mörder.«

Sue senkte den Blick. »Nur, wenn du dich wie einer benimmst«, sagte sie leise. »Wenn du hingehst, werden die Leute das respektieren.« Sie sah wieder zu ihm auf. »Meinst du, du würdest dich besser fühlen, wenn du an diesem Abend allein vor dem Fernseher hockst?«

Unwillkürlich wurde Tony von ihrer aussichtslosen Hoffnung gerührt, daß wenigstens dieser Moment seines letzten Schuljahres dem Klassenfoto ähneln würde, das sie sich für ihr Vierergespann ausgemalt hatte. »Ich habe keine Verabredung, Sue«, wandte er besänftigend ein. »Wenn du dich mit Sam um eure Erinnerungsfotos kümmerst, werde ich allein in irgendeiner Ecke herumstehen.«

»Ich werde mit dir tanzen, Tony.«

Zum erstenmal mußte Tony lächeln. »Hast du vor, Sam unter Beruhigungsmittel zu setzen? Er ist jedenfalls nicht vorbeigekommen, um mich zu ermutigen.«

»Aber er wird hinter dir stehen.« Sues Stimme klang ungewohnt entschieden. »Wir sind alle lange genug befreundet. Es wird Zeit, daß ihr beide erwachsen werdet.«

Das berührte den Nerv seiner verborgenen Wut auf Sam. Tony spürte, daß weder der Abschlußball noch die Aussicht,

Tony dabei zuzusehen, wie er mit Sue tanzte, Sam bewegen würde, seinen Groll zu begraben. Tony beschloß, Sam auf die Probe zu stellen. »Vielleicht«, sagte er, »aber nur kurz ...«

So kam es, daß Tony, nachdem er die Fotografierarie seiner Eltern überstanden hatte, Sue Cash in den Armen hielt, als die Band »The Way You Look Tonight« spielte.

Für diesen einen Anlaß gehörte der Lake City Country Club ihnen. Auf Tony, der den Club noch nie zuvor betreten hatte, wirkte die Dekoration aus Luftschlangen und rotierenden Glaskugeln beinahe magisch. Als könnte die Alchimie von schwarzen Krawatten und Abendkleidern einen Haufen Teenager in Grace Kellys und Cary Grants verwandeln, oder als ließen sich heimliche Saufgelage auf dem Golfplatz verhindern, wenn man rosafarbene Limonade in Sektgläsern servierte. Doch Tony mußte zugeben, daß sich sein Kommen an diesem Abend schon allein für Sue Cashs Anblick gelohnt hatte.

Sie war dank der ersten sonnigen Tage im Mai bereits ein wenig gebräunt und hatte sich so dezent geschminkt, daß sie in ihrem rosa Abendkleid vollkommen natürlich wirkte. Ihre Mutter hatte ihr das Kleid auf den Leib geschneidert, und es umfloß ihre weiblichen Rundungen, ohne sie allzusehr zu betonen. Tony kam es so vor, als ob seine Freundin Sue Cash sich über Nacht mit solcher Leichtigkeit und Selbstverständlichkeit in eine erwachsene Frau verwandelt hätte, daß die Sue, die er nun in den Armen hielt, ihm beinahe fremd war. Doch ihr Körper fühlte sich warm und entspannt an, und obwohl sie noch nie miteinander getanzt hatten, gelang es ihnen von den ersten Takten an mühelos harmonisch. Ihr Haar an seiner Wange duftete nach Parfüm.

»Du bist wunderschön«, murmelte Tony.

Er spürte ihr Lächeln an seiner Schulter, und dann hörte die Musik auf. Als sie sich zurücklehnte und ihn angrinste, war sie wieder ganz die alte Sue mit einem Hauch neuen Mutwillens. »Besser als in dem rosa gestreiften Kleid?«

Tony betrachtete sie gespielt kritisch, während er vorgab, die

Frage ernsthaft zu bedenken. »Ich glaube wirklich, daß es dir nicht mehr passen würde, Sue.«

Sie lächelte ihn noch einmal strahlend an, bevor sie sich auf die Suche nach Sam machte.

Tony sah ihr verwundert nach. Es war klar, daß Sue aus Rücksichtnahme für Tony ihre Selbständigkeit betonte. Sam stand mit Charlie Moore lachend neben der Tanzfläche. Tony bemerkte seine gespielte Gleichgültigkeit, als Sue sich zu ihnen stellte, und den überlegenen Blick, den Sam und Charlie tauschten, so als würden sie ein Geheimnis teilen. Dann nahm Sam einen raschen, gierigen Schluck aus seinem Pappbecher, und Tony ahnte das Geheimnis – Whiskey, versteckt in Sams Spind in der Umkleidekabine. Vielleicht war es an der Zeit, Sams Gefühle auszutesten.

Als er sich zu ihnen gesellte, machte Sue ihm bereitwillig Platz in ihrem Kreis. Charlie, der Lancer, nickte knapp, was Jane Jeffords als Zeichen nahm, Tony ein oberflächliches Lächeln zu gönnen. Sam betrachtete ihn ausgiebig und mit mildem Erstaunen, als ob er Zeit brauchte, Tonys Anwesenheit zu verarbeiten.

Tony nickte in die Runde. »Hi, Sam.«

»Hi, Tony.« Sams Gesicht war gerötet. »Keine Verabredung?«

Das klang spitz. Sam wußte genau, daß Tony allein gekommen war, die Bemerkung hatte offenbar Sue treffen sollen. Und sie hatte ihr Ziel erreicht.

»Keine Verabredung«, antwortete Tony. »Ich werde heute sicher nicht alt.«

Sam zog die Brauen hoch. »Pech«, sagte er achtlos. Er nahm einen weiteren Schluck Whiskey und wandte sich wieder Charlie Moore zu.

Tony spürte, wie Sue sich neben ihm verkrampfte. Er beugte sich zu ihr hinüber und flüsterte: »Danke für den Tanz, Sue. Aber für mich wird es jetzt Zeit, mich wieder in einen Kürbis zu verwandeln.«

Sam drehte sich plötzlich um, als hätte er sie erwischt. Dann lächelte er und blickte Tony mit blitzenden Augen an. »Verpasse ich hier etwa was?«

Um Sues willen hielt Tony den Mund. Doch der Blick, mit dem Sue Sam ansah, wirkte weniger verletzt als verärgert. »Ich habe Tony gerade gefragt, ob er noch einmal mit mir tanzt«, sagte sie. »Du hast doch nichts dagegen, oder?«

Der Unterton in ihrer Stimme warnte Sam davor, irgendwelche Einwände zu haben.

Sam errötete. »Warum sollte ich?« gab er aufgekratzt zurück und wandte sich an Charlie. »Kleiner Ausflug in die Jungenkabine?« Sie waren verschwunden, ehe Sue und Tony sich auch nur rühren konnten.

Tony zog Sue so weit mit sich, daß niemand sie hören konnte. »Es wird wirklich Zeit für mich.«

»Tanz mit mir, Tony. Bitte.«

Er nahm sie in die Arme, und sie bewegten sich langsam zu »A Thousand Stars«.

»Und was habe ich in den letzten paar Minuten verpaßt?«

Sie lehnte sich an seine Schulter und sagte leise: »Daß es nicht ausreicht, daß ich ihn liebe.«

»Warum?«

»Weil du dich nicht entschuldigt hast. Deshalb glaubt er jetzt, ich hätte mich auf deine Seite geschlagen. Er kann einfach nicht klar denken, wenn er trinkt.«

Tony zog sie fester an sich. »Es geht nicht nur um ihn, Sue. Schon als du mich gebeten hast zu kommen, wußte ich, daß er so sein würde. Ich habe auch nicht an dich gedacht.«

Sie lehnte sich zurück, um ihm ins Gesicht zu blicken. »Bist du eifersüchtig auf ihn?«

»Nein. Aber ich konkurriere mit ihm. Und ich bin immer noch sauer.«

Sue schüttelte den Kopf, wie für sich selbst. »Dann ist es was anderes«, sagte sie schließlich. »Denn Sam ist eifersüchtig auf dich.«

Tony wollte das zurückweisen. »Du hast ihm nie Anlaß dazu gegeben.«

»Es hat nichts mit mir zu tun.« Ihre Stimme war traurig und sehr klar. »Es geht um dich. Er ist davon überzeugt, daß du etwas hast, was er nicht hat.«

Während er ihr zuhörte, breitete sich bleierne Schwere in Tony aus. »Warum sagst du das?«

»Als ich von unserem Tanz zurückkam, habe ich gesehen, wie er dich angesehen hat.« Sie blickte Tony traurig, aber direkt ins Gesicht. »Aber es ist mehr als das. Ich glaube, ein Teil von ihm möchte du sein.«

Tony spürte einen Klaps auf seiner Schulter. »Darf ich?« fragte Sam freundschaftlich. Sein Atem roch nach Whiskey.

Tony musterte ihn. Sam wirkte eigenartig trotzig, und Tony fragte sich, wie lange er mitgehört hatte. Sue, die Tony noch immer umarmt hielt, blickte von einem zum anderen.

Tony trat einen Schritt zurück und sagte, als ob nichts gewesen wäre: »Also dann, viel Spaß für den Rest des Abends.«

Sue brachte ein kleines Lächeln zustande und fiel in seinen gespielt belanglosen Tonfall ein. »Wir sind froh, daß du gekommen bist, Tony.« Sam sagte nichts.

Tony ließ die beiden stehen.

Überall um ihn herum wurde getanzt. Tony betrachtete die Szene: wiegende Paare, am Rand Grüppchen von Eltern, das Geräusch gedämpfter Gespräche und Musik. Es war fast wie eine Party, und zum erstenmal erlaubte er sich die Vorstellung, wie der Abend wohl geworden wäre, wenn Alison hier wäre. Wie sie ausgesehen und wie er über ihre spöttischen Beobachtungen gelacht hätte. Die Trauer, die er um sie und für sich empfand, stieg erneut in ihm auf, so schmerzlich wie an den ersten Tagen nach ihrem Tod. Er entdeckte erneut, wie unwiderbringlich sein Verlust war und wie unfaßbar er immer bleiben würde. Der Anblick von Sue, die sich mit geschlossenen Augen an Sams Schulter lehnte, erfüllte ihn mit Einsamkeit. Dies war ein Abend für Paare.

Tony verließ die Tanzfläche und stand noch ein paar Minuten mit Ernie Nixon und dessen Verabredung herum, einer verdrießlichen, unattraktiven Blondine. Eine der Anstandsdamen, eine Mutter mit rosafarbener Korsage, begann ihn mißtrauisch zu mustern.

»Tony!«

Es war Jane, Charlie Moores Freundin. Sie war allein und hatte sich offensichtlich Mut angetrunken. Ihr rundes Gesicht wirkte ein wenig schlaff, die Bewegung ihrer Lippen übertrieben, als würde sie die Worte für eine schwerhörige Großmutter artikulieren. »Warum tanzt du nicht?« wollte sie wissen.

Tony brachte ein Lächeln zustande. »Alle anderen haben einen festen Partner.«

Sie nickte ernst. »Das mit Alison ist immer noch schrecklich.«

Tony starrte sie an. Sie seufzte und sammelte sich mit der anmaßenden Sentimentalität einer Frau, die betrunken genug war, ihre Taktlosigkeit für Mitgefühl zu halten und sich ihrem Gesprächspartner aufzudrängen. Sie sah aufmerksamkeitsheischend zu ihm hoch. »Ich meine, als ich dich mit Sue tanzen gesehen habe, mußte ich einfach denken, daß Alison hier sein sollte.«

Tony beschloß, zu seinem eigenen Wohl nicht zu antworten. »Wo ist Charlie?« fragte er sachlich.

»In der Umkleidekabine, um sich noch einen kleinen Na-du-weißt-Schon zu genehmigen.« Sie lächelte breit. »Sam hat dort seinen eigenen Spind. Sie sind nämlich Mitglieder im Country Club.» Der Gedanke ließ sie unvermittelt innehalten. »Alison war auch Mitglied.«

»Ich weiß.« Tony sprach immer noch ruhig. »Vielleicht solltest du hier auf Charlie warten. Sonst könnte noch jemand denken, du wärst betrunken.«

»Hey, Mann – versuchst du, mich zu hintergehen?« Es war Charlie Moore, der genauso betrunken war wie seine Freundin und auf der dünnen Linie zwischen rauhem Humor und angetrunkener Drohgebärde schwankte. »Ist Sue Cash noch nicht genug?«

»Mehr als genug«, sagte Tony. Charlie wandte sich Jane zu, vergaß Tony, und stieß ein feuchtes, schrilles Lachen aus.

»Der Mistkerl!« sagte Charlie.

Jane riß die Augen auf. »Tony hat gar nicht –«

»Sam.« Noch immer zwischen Heiterkeit und Empörung schwankend, ließ Charlie den Blick über die Tanzfläche schweifen. »Wir hatten zwei Flaschen, und jetzt kann ich nicht mal mehr eine finden. Der Mistkerl muß sie genommen haben.«

Tony drehte sich suchend nach Sam und Sue um, konnte sie jedoch in dem Gewühl nirgends entdecken. Er hielt es nicht für nötig, sich von Jane und Charlie zu verabschieden.

Auf dem Parkplatz lehnte er sich an seine Wagentür. Es war ein warmer, sternenklarer Abend. Bis auf das leise Spiel der Band war es still. Es war fast Mitternacht: Tony nahm an, daß die Paare sich in Kürze an den Anstandsdamen vorbei auf den Golfplatz schleichen würden, um weiter zu trinken oder herumzumachen. Es gehörte zum High-School-Mythos, daß dieser Ball eine Nacht der Leidenschaft einleitete. Tony fragte sich, wie viele Mädchen nach dem Abschlußball unweit des achtzehnten Lochs ihre Unschuld verloren hatten, und sehnte sich nach Alison.

Über das Meer von Wagen hinweg drangen zwei Stimmen an Tonys Ohr. In Gedanken verloren, versuchte er, sie zu überhören. Daß es sich offenkundig um einen Jungen und ein Mädchen handelte, überraschte ihn nicht. Irgend jemand mußte schließlich den Anfang machen.

»Nein«, sagte das Mädchen.

Tony richtete sich auf. Über mehrere Autos hinweg sah er das Profil einer Frau, die viel kleiner als ihr Begleiter und offensichtlich wütend war.

»Ich will nicht«, sagte die Frau erneut, und Tony erkannte ihre Stimme als die Sues.

Zwischen den geparkten Wagen schlich Tony sich näher an die beiden heran. Sam hatte den Kofferraum seines Wagens geöffnet. Er hatte Tony den Rücken zugewandt und hielt in einer Hand eine Whiskeyflasche, in der anderen einen Picknickkorb. Sue war ein Stück zurückgewichen.

»Komm schon«, forderte Sam. »Kein Mensch wird uns vermissen. Und wenn schon, wen kümmert's?«

Sue schüttelte den Kopf. »Mich. Vor allem, wenn du so bist.«

»Wenn ich wie bin?«

Drei Parkreihen von ihnen entfernt blieb Tony stehen. »Betrunken«, hörte er Sue antworten.

Sam ließ eine Decke auf den Asphalt fallen. »Nicht wie er, meinst du.«

»Du bist betrunken, Sam. Sonst würdest du das nicht sagen.« Sie hielt inne, ihre Verzweiflung wurde beinahe flehend. »Bitte, wir wollen uns den Abend nicht wegen Tony verderben.«

Der Klang seines Namens ließ Tony erstarren. Einen Moment lang schwieg Sam. Tony hoffte, daß das Schlimmste vorüber war.

»Du hast mich vor unseren Freunden lächerlich gemacht«, sagte Sam leise. »Sie haben darüber geredet, wie du mit ihm warst.«

»Wie war ich denn?« fragte Sue verunsichert.

»Als ob du ihn wolltest.« Sam nickte bekräftigend. »Als ob es Tony Lord wäre, den du heute nacht willst«, fügte er lallend hinzu.

»Nein. Tony tut mir leid. Das ist nicht dasselbe.«

Sam machte einen taumelnden Schritt nach vorn. An seinen unkoordinierten Bewegungen erkannte Tony noch mehr als an Sams Stimme, wie betrunken er wirklich war. Tony spürte, wie er sich anspannte, als er sah, wie Sam beide Hände auf Sues Schultern legte und fragte: »Wen willst du denn nun, Sue?«

Als Sue zu Sam aufblickte, schien sie den Atem anzuhalten. »Niemanden. Im Moment nicht ...«

»Aber ich will dich.« Sams Stimme schien zwischen Wut und Panik zu schwanken. »Ich will, daß du beweist, wessen Mädchen du bist.«

»Meins. Ich gehöre mir selbst, Sam.« Sue wandte sich ab und wollte zurück zum Club gehen, doch Sam packte ihr Handgelenk. »Steig mit mir in den Wagen. Bitte, ich muß es wissen!«

»Du tust mir weh!« rief Sue, und Tony setzte sich ohne nachzudenken in Bewegung. Sue entdeckte ihn zuerst. Sie riß die Augen auf, erstarrte und formte mit den Lippen ein stummes Nein. Sam folgte ihrem Blick, ihr Handgelenk noch immer umklammernd.

Er ließ ihren Arm los und richtete sich auf, während sich sein Blick mit Gefühlen füllte, die er offenbar nicht kontrollieren konnte – Scham, Eifersucht und Wut. »Du bist sturzbetrunken«, erklärte Tony ihm. »Und du tust deiner eigenen Freundin weh.«

Sam sah ihn erstaunt an. »Ich tue ihr nicht weh ...« Seine Stimme erstarb, und er ließ seine Hand sinken.

Tony steckte die Hände in die Hosentaschen. »Dann habe ich mich wohl geirrt«, sagte er leise.

Einen Moment lang schien Sam besänftigt, bevor der Alkohol seine Wut wieder anfachte. »Außerdem geht es dich nichts an, Tony. Deine Freundin ist tot. Sue ist meine.«

Tony spürte, wie seine Selbstbeherrschung schwand. Sue stand hinter Sam und warf Tony einen flehenden Blick zu. Schwankend trat Sam einen Schritt vor. »Was hast du gegen mich, Tony? Warum versuchst du, mir Sue auszuspannen?«

»Das tue ich nicht.«

»Lüg mich nicht an.« Sam richtete sich auf. »Du bist ein Lügner.«

»Hört auf!« rief Sue. Sie faßte den Ärmel von Sams Frack. »Tony hat doch gar nichts gemacht.«

Sam schubste sie zur Seite und packte Tonys Revers. »Warum paßt er dann auf dich auf?«

Tony sah ihm direkt ins Gesicht. Noch immer leise, sagte er:

»Weil sie vielleicht jemanden braucht, der nüchtern genug ist, sie nach Hause zu fahren.«

Mit verzerrtem Gesicht hob Sam seine Faust. Tony gab ihm einen Stoß, um ihn aus dem Gleichgewicht zu bringen. »Sei kein Dummkopf«, fauchte er. Und dann holte Sam aus.

Während Sue aufkreischte, riß Tony den Kopf zurück. Sams Faust, die Tonys Kinn um Zentimeter verfehlte, setzte die Wut von sieben Monaten frei. Tony sprang zur Seite und schlug Sam mit aller Wucht in den Magen. Der Schock des Aufpralls lief durch seinen ganzen Arm. Sam stieß grunzend den Atem aus, taumelte und landete, den Kopf vorgebeugt, auf dem Hintern. Sam zuckte, und dann hallte das Geräusch seines Würgens über den Parkplatz. Mit Tränen in den Augen blickte Sue von Sam zu Tony.

Tony spürte, wie seine Wut abebbte. »Tut mir leid«, knurrte er.

Sam saß zwischen ihnen und fing in einem ersten Schub trockenen Nachwürgens an zu husten. Den Kopf noch immer vorgebeugt, starrte er in sein eigenes Erbrochenes. Sue beugte sich über ihn. »Kannst du mir helfen?« fragte sie Tony.

Er faßte Sams einen Arm, Sue den anderen. Als sie Sam hochhievten und an das Auto lehnten, war sein Blick vor Schock leer und sein Frack besudelt.

»Er kann nicht wieder reingehen«, erklärte Sue.

Tony fand, daß sie redete, als ob Sam gar nicht da wäre. »Was sollen wir machen?«

»Ihn nach Hause bringen«, seufzte Sue, halb wütend, halb resigniert. »So kann er nicht fahren.«

Tony suchte in Sams Taschen nach dem Schlüssel und öffnete die hintere Tür des Wagens. Gemeinsam schleiften sie Sam die zwei Schritte zu der offenen Tür. Er stöhnte matt und protestierend. Doch nachdem sie ihn auf den Rücksitz geschoben und seinen Kopf auf die Bank gebettet hatten, schlief er sofort ein.

Tony starrte sie an. »Und wer soll seine Eltern aufwecken?«

Sue schüttelte den Kopf. »Ich jedenfalls nicht. Und ich kann auch nicht neben ihm sitzen bleiben, bis es ihm wieder besser geht. Dafür hasse ich ihn im Moment einfach zu sehr.«

Tony blähte die Wangen. »Im Garten seiner Familie gibt es eine Hängematte. Dort kann er seinen Rausch ausschlafen. Du fährst ihn, und ich komme mit meinem Wagen nach.«

Sue nickte langsam. »In Ordnung.«

Zwanzig Minuten später trugen sie Sam in den Garten. Sue hatte seine Hände, Tony seine Füße gepackt.

Die Hängematte war zwischen zwei Apfelbäumen aufgehängt. Als sie Sam hineinlegten, rührte er sich kurz und war sofort wieder still. In dem schwachen Licht wirkte er blaß, sein Mund war halb geöffnet.

Sue hielt ihm zwei Finger an die Lippen, um sicherzugehen, daß er atmete.

»Ist er in Ordnung?« fragte Tony.

»Ja.«

Gemeinsam betrachteten sie Sams Gesicht. Er schlief friedlich wie ein Säugling. »Guck ihn dir an«, meinte Tony leise. »Wahrscheinlich stirbt er als alter Mann im Schlaf. Man könnte denken, es wäre gar nichts passiert.«

Eine Weile betrachtete Sue Sam schweigend, als versuche sie zu lesen, was sein Gesicht verbarg. Dann trat sie in den Garten und blickte allein zu den Sternen auf. Nach einer Weile stellte Tony sich neben sie.

»Nun denn«, meinte sie. »Ich habe dir den Abend jedenfalls gründlich verdorben.«

»Und ich dir.«

Eine Zeitlang sagte sie nichts. »Nein, das hast du nicht«, erwiderte sie dann.

Er verlagerte das Gewicht auf den anderen Fuß und lauschte dem Zirpen der Grillen im Garten. »Ich fahre dich jetzt wohl am besten nach Hause.«

Sie drehte sich zu dem schlafenden Sam um. »Willst du jetzt wirklich nach Hause?«

Er zuckte die Schultern. »Für mich war die Party ohnehin mehr oder weniger gelaufen. Inzwischen sind wahrscheinlich alle zum Golfplatz oder an den Strand unterwegs und warten auf den Sonnenaufgang.«

Sue blickte zu Boden. »Willst du das mit mir tun? Auf den Sonnenaufgang warten?«

Tony zögerte und warf einen Blick zur Hängematte. »Und das ist für dich okay?«

»Ja.« Sie sah zu ihm hoch und lächelte ein wenig. »Wir sollen doch lange aufbleiben, weißt du nicht mehr? Ich will schließlich nicht alles verpassen.«

SECHZEHN

Tony weigerte sich, im Dunkeln zum Strand zu fahren – er konnte sich nicht vorstellen, nachts auch nur in die Nähe des Taylor-Parks zu gehen. Der einzige andere Ort, den Sue kannte, war ein kleines, verlassenes Ahornwäldchen. In den nächsten Stunden wollte sie nur irgendwo sein, wo sie keinem Sams Reaktionen erklären oder auch nur an ihn denken mußte.

Tony wußte, daß das unmöglich war. Sie war in der Nacht, in der Alison gestorben war, mit Sam in dem Ahornwäldchen gewesen, die Decke, die sie auf dem Boden ausbreiteten, gehörte Sam, den Picknickkorb mit Saft, Obst, Brötchen und einer Flasche billigem Sekt hatte Sue für ihn gepackt, das rosa Abendkleid hatte sie angezogen, damit Sam sie darin bewunderte. Tony war sich ziemlich sicher, daß sogar er selbst sie an Sam erinnerte, so wie Sue ihn an Alison denken ließ.

Sie setzte sich nachdenklich zu ihm auf die Decke. Der Mond schien hell, die Nacht war warm, klar und windstill, man hörte nur das Zirpen der Grillen. »Wenn wir letztes Jahr versucht hätten, uns diese Nacht vorzustellen«, erklärte Tony ihr, »wäre Sam mit dir und Alison mit mir zusammen gewesen. Seit sie tot ist, hat sich alles verändert. Auch Sam.«

Sue schwieg. »Du hast dich auch verändert«, sagte sie schließlich.

Tony zuckte die Achseln. »Ich glaube, vorher bin ich nie wirklich traurig gewesen. Jetzt bin ich fast immer traurig.«

Sie wandte sich zu ihm um. »Nicht nur traurig, Tony. Es ist, als ob du uns schon verlassen hättest – Lake City, Sam und mich. Du hast zum Beispiel angefangen, über alles mögliche nachzudenken und deine Gedanken für dich zu behalten, und wir haben keine Ahnung, was in dir vorgeht.«

Wahrscheinlich hatte sie recht, obwohl Tony diese Veränderungen nicht hätte benennen können. »Du klingst wie Sam«, warf er ihr vor.

»Das wollte ich nicht.« Sue zupfte ihr Kleid zurecht, während sie versuchte, ihre Gedanken zu ordnen. »Wer immer du bist, Tony, ich kann damit umgehen. Aber für Sam ist das nicht so leicht.«

»Wie meinst du das?«

»Ich meine, daß du dich von ihm zurückziehst.« Sue hielt inne, bevor sie voller Zweifel weitersprach. »Ich weiß es auch nicht genau. Vielleicht hatte er es nicht nötig, eifersüchtig zu sein, solange ihr beide dasselbe wolltet. Wie Sportler des Jahres oder Held der Stadt zu werden. In Lake City kann er dich schlagen. Aber wenn das, was ihm wichtig ist, dir auf einmal nicht mehr so viel bedeutet, bedeutet er dir vielleicht auch nicht mehr so viel.« Sie verstummte plötzlich, als ob ihre Gedanken ihr peinlich wären.

»Und weiter?« fragte Tony.

Sie blickte ihn an. »Das klingt vielleicht komisch, aber er haßt sich dafür, daß er so fühlt. Denn Sam liebt dich wirklich, Tony. Ich glaube, darum ging es in diesem Streit eigentlich. Er wollte dir sagen, daß er dein Freund ist, egal, was passiert, und hatte nicht den Eindruck, daß du seine Gefühle erwiderst.« Sie wandte sich ab. »Kannst du damit irgendwas anfangen?«

Das war die erste Rede, die Tony je von Sue gehört hatte. Ihm war, als versuche sie sich selbst über Sam klarzuwerden. »Kann sein«, erwiderte er. »Aber was ist mit heute abend?«

Sue atmete hörbar aus. »Das ist einfach. Er fand schon immer, daß ich dich mehr mag, als ich sollte. Jetzt, wo Alison tot ist, glaubt er, daß ich dir näher stehe als er.«

»Du hast versucht, dich in meine Lage zu versetzen, Sue, und das war wirklich nett von dir. Sam hat das, weiß Gott, nicht getan.«

Sue wurde still. »So bin ich halt«, sagte sie leise. »Nett.«

In ihrer Stimme schwang etwas mit, was Tony nicht einordnen konnte. Plötzlich kam er sich egoistisch vor – fast das ganze Gespräch hatte sich nur um Sam und Tony gedreht, Sues Gefühle hatten nur am Rande eine Rolle gespielt. Ihm ging auf, daß er wie alle anderen auch in ihr immer nur das sonnige, einfühlsame Mädchen gesehen hatte. »Hältst du es deshalb mit Sam aus, wenn er soviel trinkt? Weil du zu nett bist?«

»Ich glaube nicht, daß irgend jemand so ›nett‹ ist – Sam nicht, du nicht, und ich ganz bestimmt nicht.« Sie lehnte sich zurück und blickte zu den Sternen hinauf. »Ich bleibe bei Sam, weil er mehr fühlt, als er ausdrücken kann. Und weil ich Menschen brauche, die mich brauchen. Und Sam wird mich immer brauchen.«

»Aber ist es das, was du willst?«

Sie strich ihr Haar zurück. »Ich habe noch kein genaues Bild. Manchmal will ich nichts weiter, als zu einem anderen Menschen gehören und alles dafür tun, daß unser Leben schön wird. Ich glaube, ich könnte überall glücklich oder unglücklich werden. Dann wieder frage ich mich, wie es wäre, mehr so zu sein wie du.« Sie drehte sich zu ihm um. »Verstehst du, wie ich das meine?«

»Ich glaube schon.«

»Ich meine, Sam spricht etwa schon übers Heiraten und Lake City, und es klingt, als wäre das ganz in Ordnung für mich. Und dann liege ich in meinem Bett und denke gar nicht an ihn. Statt dessen fange ich an, mir all die Orte vorzustellen, an denen ich noch nie gewesen bin und wo ich vielleicht auch nie hinkommen werde.« Sie schüttelte den Kopf. »Ich bin eigentlich noch nie irgendwo gewesen.«

»Ich auch nicht.«

»Aber du denkst daran, nicht wahr? Das hast du schon immer getan.«

»Ja.«

Sie legte den Kopf schief. »Wohin würdest du gehen?«

»Du meinst außer in den Knast?«

»Außer in den Knast.« Ihre Stimme klang jetzt weicher. »Du wirst das Leben leben, das du dir wünschst, Tony. Sie stecken niemanden für etwas ins Gefängnis, das er nicht getan hat.«

Wie zuvor war er gerührt. »Dann laß uns deinen Sekt trinken, und ich überleg es mir.« Er lächelte erneut. »Schließlich ist es die Nacht unserer Abschlußfeier.«

Sue nahm die Sektflasche aus dem Korb und gab sie Tony, der den Plastikkorken knallen ließ und zwei Plastikbecher füllte.

»Auf Italien«, sagte er.

Sue trank lächelnd einen Schluck Sekt. Dann erst fragte sie: »Warum Italien?«

»Sophia Loren wohnt da.«

Sue wirkte unschlüssig. »Wir trinken auf Sophia Loren?«

Tony schüttelte den Kopf. »Ich habe im letzten Sommer einen Artikel im *National Geographic* gesehen.« In Wahrheit hatte er ihn längst vergessen, doch als er jetzt mit Sue darüber sprach, sah er die Bilder wieder vor sich. »Da gibt es eine Insel, die heißt Capri, mit Grotten und Fischerbooten und Stränden und Wasser, so blau und klar, daß man bis zum Grund sehen kann.«

Sue versuchte sich das vorzustellen. »Das hört sich gut an«, gab sie zu. »Wohin noch?«

»Nun, da gibt es Venedig. Stell dir vor, du wärst in einer Stadt auf dem Wasser mit Kirchen und Brücken, in der es nur Kanäle gibt und nirgendwo Autos. Dafür Boote und Cafés direkt am Wasser. Dahin fahre ich auf jeden Fall irgendwann mal.«

Sues Augen leuchteten. »Ich habe Fotos davon gesehen. Aber ich glaube, ich brauche noch mehr Auswahl.«

Darüber mußte Tony lächeln. Er legte seine Smokingjacke ab und schenkte Sekt nach. »Und natürlich die Toskana. Das ist ein Weinanbaugebiet, stand in dem Artikel. Sehr sonnig, mit vielen Hügeln und alten Villen oder Burgen obendrauf.« Er grinste. »Und vielen vollbusigen Frauen, wenn man den Fotos glaubt. Der gute alte *National Geographic* läßt keine Gelegenheit aus ...«

Sue sah ihn skeptisch an. »Bist du sicher, daß es nicht noch immer um Sophia Loren geht?«

»Natürlich nicht.« Tony gab augenzwinkernd vor, beleidigt zu sein, bis ihm klarwurde, daß er in Wahrheit gerade begonnen hatte, sich eine Zukunft auszumalen, die seit Monaten nicht weiter gereicht hatte als nach Harvard oder in dunkleren Stunden bis zu dem gefürchteten Anruf von Saul Ravin. »Nein«, sagte er leise. »Es geht um Freiheit. Und darum, die Wahl zu haben.«

Sue schwieg erneut. »Dann kann ich vielleicht mitkommen. Wenn ich dir nicht im Weg wäre.«

»Ich werde es Sophia schonend beibringen.« Tony schenkte nochmals Sekt nach. »Also, wohin willst du?«

Sue betrachtete sein Gesicht und erkannte, daß seine Sorgen zurückgekehrt waren, darum wünschte sie um seinetwillen, ihn in Italien halten zu können. »Capri«, antwortete sie.

»Warum?«

»Weil ich Strände und warmes Wasser mag.« Sie zögerte. »Wenn das für dich in Ordnung ist.«

Tony blickte auf einmal ernst in ihr Gesicht. Sanft antwortete er: »Capri wäre mir vollkommen recht.«

Sie rückten im Dunkeln näher zueinander und genossen, in ihre eigenen Gedanken vertieft, ihr Schweigen, bis Tony plötzlich merkte, daß er sich nicht mehr einsam fühlte.

Die Erkenntnis kam so überraschend, daß er nicht anders konnte, als Sue anzustarren. Anfangs bemerkte sie es nicht. Sie betrachtete den Pappbecher in ihrer Hand und schien weit weg zu sein. Daß sie seinen Blick doch auf sich spürte, erkannte Tony zuerst an ihrer unnatürlichen Reglosigkeit. Doch er konnte nicht wegsehen. Es war, als ob er sie gerade erst entdeckt hätte.

Ihre Blicke kreuzten sich, und Sues Augen füllten sich mit Fragen.

Tony stellte seinen Pappbecher weg. Sie starrte den Becher einen Moment lang an und stellte dann ihren noch immer schweigend daneben. Als sie wieder in Tonys Augen blickte, zog er sie an sich.

Ihr Mund war weich und warm. Tony wollte nicht aufhören, und er spürte, wie Sue sich an ihn drängte. Als er ihre Brüste streichelte, bewegte sie sich nicht. Dann lehnte sie sich vorsichtig zurück und sah ihm erneut ins Gesicht.

»Wir sind nicht in Italien, Tony.«

»Ich weiß.«

Tony wurde klar, daß er sie nicht darum bitten konnte. Die Zeit schien nicht zu existieren.Vor ein paar Sekunden hatte er nicht einmal gewußt, daß er sie begehrte, jetzt sehnte er sich mit jeder Faser nach ihrer Nähe.

Sie schwiegen beide, der Augenblick verging.

Sue betrachtete noch immer sein Gesicht, als sie den Reißverschluß ihres Kleides öffnete. Er sah ihre nackten Schultern im Mondlicht.

»Ja«, flüsterte Tony. »Bitte.«

Anmutig stand sie auf. Während ihr Kleid leise raschelnd zu Boden fiel, wandte sie ihre Augen nicht von ihm ab. Sie wandte sie auch nicht ab, als sie ihr Strumpfband löste, es war, als ob sie mit jedem weiteren Schritt dieselbe Frage an Tony wie an sich selbst richtete.

In schweigendem Einvernehmen stand Tony auf und zog Hemd und Hose aus. Noch immer in seinen Anblick versunken, öffnete Sue ihren BH.

Ihre Brüste waren rund und voll. Genauso, stellte Tony zu seiner Überraschung fest, wie er sie sich vorgestellt hatte. Als sie schließlich nackt vor ihm stand, verschlug es ihm den Atem. Sue Cash war wunderschön.

Sie sanken sich in die Arme. Er spürte ihre Brüste warm an seiner Brust, sie verbarg ihr Gesicht an seiner Schulter.

Er hielt sie fest, hin- und hergerissen zwischen dem Bedürfnis, sie zu beschützen, und seinem Begehren. Ihre Lippen fanden sich, und dieser zweite Kuß war tief, leidenschaftlich und entschlossen. Er spürte den Schauer ihres Verlangens.

Tony streichelte und küßte ihre Brüste und ihren Bauch, während er langsam vor ihr in die Knie ging und für Sue ganz instinktiv etwas tat, was er noch nie zuvor getan hatte. Ihre leisen Seufzer schienen von weit her zu kommen. Er spürte seine eigene Bereitschaft, aber es drängte ihn nicht, was auch für ihn selbst eine neue Erfahrung war.

Da kniete Sue sich hin und küßte ihn auf den Mund. Was dann geschah, ergab sich ganz von selbst, ohne daß sie darüber hätten nachdenken müssen. Tony legte sich auf den Rücken, sie beugte sich über ihn und nahm ihn mit einer Bewegung ihrer Hüften in sich auf.

Für Tony verschmolz die Nacht mit ihrer Wärme und dem selbstvergessenen Ausdruck auf ihrem Gesicht.

Sue war bei ihm und doch nicht bei ihm. Zuerst lächelte sie auf ihn herab, dann legte sie mit halbgeschlossenen Augen den Kopf zurück. Tony fühlte seinen Höhepunkt nahen und spannte sich an, um ihn hinauszuzögern. Ganz plötzlich öffnete Sue die Augen, bäumte sich auf und stieß einen Schrei aus, lang, hell und sehr zärtlich.

In diesem Moment, bevor er selbst kam, erkannte Tony, was mit ihr geschehen war und daß es auch für sie etwas ganz Neues war.

Sue beugte sich vor und küßte ihn.

»Beweg dich nicht«, flüsterte er.

»Das will ich gar nicht.«

Als sie es schließlich doch tat, kuschelten sie sich aneinander und streichelten sich gegenseitig. Worte waren überflüssig.

Vorsichtig brach Tony schließlich das Schweigen. »Das haben wir ganz gut gemacht, oder?«

Sue sah ihm in die Augen. »Ja«, sagte sie sanft. »Das haben wir gut gemacht.«

Tony küßte sie erneut.

Sie blickte ihn voller Staunen an, bevor sie sich zu seiner Überraschung plötzlich auf den Rücken drehte und mit unterdrückter Vehemenz zu den Sternen sprach.

»Sue Cash, du bist eine solche Lügnerin ...«

Tony stützte sich auf seinen Ellbogen und legte eine Hand auf ihren Bauch. »Wieso eine Lügnerin?«

Sie drehte den Kopf, um ihn ansehen zu können. »Ist das nicht offensichtlich? Ich habe Sam erzählt, du wärst für mich bloß ein Freund. Ich habe sogar versucht, es mir selbst einzureden. Und hier bin ich, das Rote Kreuz in Aktion.« Sie lächelte ihn kläglich an. »Wenn es das ist, was gute Freunde tun, Tony, was werden wir dann als nächstes anstellen?«

Noch während er ihr Lächeln erwiderte, spürte Tony, wie die Welt, die beide eine Zeitlang vergessen hatten, ihre innige Zweisamkeit zu stören begann. »Ich weiß nicht, Sue. Müssen wir das jetzt schon wissen?«

»Nein«, antwortete sie. »Ich will es gar nicht wissen.«

Nach einer Weile ergriff Tony ihre Hand und blickte neben ihr liegend in den Sternenhimmel. Er spürte, daß zwischen ihnen etwas entstand, was nur ihnen gehörte – diese Nacht und was immer in ihrem Schutz geschah, würde ihnen niemand je wieder nehmen können. Obwohl Sues nächste Frage unerwartet kam, war er nicht wirklich überrascht.

»Glaubst du, du wirst zum Sportler des Jahres gewählt?« fragte sie beiläufig. »Ist es dir noch wichtig, wer gewinnt?«

In dieser Frage schwang unausgesprochen der Gedanke an Sam und Alison mit und das Wissen, daß Sue und Tony die beiden in ihrer neuen Nähe nicht ausblenden konnten.

»Es ist nicht wichtig«, sagte er, »weil ich sowieso nicht gewählt werde.«

»Ich finde, du hättest es verdient«, sagte Sue leise.

»Das dachte ich auch immer. Aber dann habe ich das Spiel gegen Stratford im Alleingang verloren, nachdem Sam es schon fast gewonnen hatte.« Er drückte ihre Hand fester. »Außerdem wird man nicht zum Sportler des Jahres gewählt, wenn man die Klassensprecherin einer Abschlußklasse ermordet. Ich würde sagen, das gibt Sam einen Vorsprung.«

Sue sah ihn an und fragte leise: »Fühlst du dich schuldig? Wegen uns, meine ich.«

Schweigend ordnete Tony seine Gedanken. »Zunächst einmal bin ich vor allem durcheinander. Auf dem Ball habe ich Alison so vermißt, daß es weh tat.«

Sue betrachtete sein Gesicht. »Vielleicht vermißt du sie immer noch, Tony. Vielleicht hast du sie vermißt, und ich war gerade da.«

»Nein«, sagte er nachdenklich, bevor er Sue ansah und erkannte, daß er es ernst meinte. »Nichts kann mich davon abhalten, sie zu vermissen. Aber ich habe nicht das Gefühl, als ob es bei uns nur um Alison gegangen wäre. Ich glaube, zwischen uns ist es nie nur um Alison gegangen.«

Er glaubte, ein neues Leuchten in ihren Augen zu erkennen, den Wunsch, ihm zu glauben, während sie sich zurückhielt, ihm die Frage zu stellen, die zu stellen ihrer tiefen Überzeugung nach unfair gewesen wäre. Er strich über ihr Haar. »Heute nacht war es ganz anders als mit Alison.«

»Wie anders?«

Tony atmete ein. »Am Abend ihres Todes habe ich mich geschämt, sie zu begehren«, erklärte er ihr. »Schon bevor ich sie dann gefunden habe, dachte ich, daß das, was wir getan haben, eine Sünde war. Etwas, was man beichten muß.« Er hielt inne und führte den Gedanken leise zu Ende. »Vielleicht habe ich mich wirklich verändert. Aber mit dir habe ich nicht das Gefühl, eine Sünde zu begehen. Außer gegen Sam vielleicht.«

Sie strich ihm kurz über die Wange. »Damit mußt du zumindest nicht alleine leben.«

Tony überlegte, was sie meinen konnte. »Hast du vor, es ihm zu erzählen?« fragte er.

Sie kuschelte sich an ihn und umarmte ihn fest. »Ich will jetzt nicht darüber nachdenken. Ich will an nichts anderes denken als an uns.«

Tony hielt sie in den Armen und strich ihr über Haar und Rücken. Nach einer Weile entspannte ihr Körper sich, ihr Atem ging ruhiger, und sie wurde ganz still, als ob sich ihr Wunsch, ihrem gemeinsamen Betrug zu entkommen, mit Schlaf vertröstet hätte. Er zog die Decke über sie beide. Die mit jedem ihrer Atemzüge wachsende Zärtlichkeit, die er empfand, blieb sein Geheimnis vor ihr.

Tony konnte nicht schlafen. Zuerst dachte er voller Traurigkeit, aber ohne Schuldgefühle an Alison. Und dann fragte er sich, wie es mit den drei Hinterbliebenen weitergehen würde – mit ihm, Sam und diesem wundervollen Mädchen, seiner Freundin, die für eine Nacht plötzlich ihm gehörte. Doch die Nacht verblaßte bereits, und als das erste Licht die Sterne ausradierte und der Himmel sich hellgrau einfärbte, rührte Sue Cash sich in seinen Armen.

Als sie aufwachte, wirkte ihr Gesicht frisch und sorgenfrei. Einen Moment lang sah sie überrascht zu ihm auf und lächelte dann in Erinnerung an diese Nacht.

»Wie lange habe ich geschlafen?«

Er küßte sie. »Lange.«

»Zu lange.« Als sie ihn wieder ansah, war ihr Gesicht traurig. »Wir müssen gehen«, meinte sie leise.

Tony sagte nichts. Nach einer Weile fing Sue an, sich anzuziehen. »Nein«, bat er, »noch eine Minute.«

Sue blieb nackt vor ihm stehen und sah ihm in die Augen. Dann umarmte sie ihn, als wolle sie Tony zum Abschied küssen, bevor sie ihr Kleid wieder aufhob. Sie zogen sich schweigend an, ohne den Blick voneinander zu wenden.

Sie wandte ihm den Rücken zu und sagte: »Kannst du den Reißverschluß hochziehen?«

Er tat es. »Der Teil gefällt mir gar nicht«, sagte er. Es war scherzhaft gemeint gewesen, klang aber gar nicht so.

Sue sah ihn nicht an, als sie erwiderte: »Ich weiß.«

Sie half ihm mit den Manschetten. Als sie an den Resten ihres Picknicks knabberten, kam Tony sich vor wie ein Aasfresser am Ende der Welt. Nachdem sie schließlich alles in seinem Kofferraum verstaut hatten, standen sie nebeneinander und betrachteten das plattgedrückte Gras.

»In einer Stunde wird kein Mensch mehr was ahnen«, meinte Sue.

Schweigend fuhr Tony Sue nach Hause. Die Stadt lag noch still im ersten Licht des neuen Tages, die Straßen waren menschenleer. Tony fiel ein, daß er seit der Heimfahrt von der Polizeiwache am Morgen nach Alisons Ermordung nicht mehr so früh auf gewesen war.

Er fühlte Sues Hand auf seinem Knie und legte seine darauf.

»Können wir reden?« fragte er. »In ein paar Tagen, wenn alles ein bißchen gesackt ist.«

Sie sah ihn an. »Sehr gerne, Tony.«

Er spürte, wie sich eine Art Frieden über ihn senkte. Den Rest des Weges schwiegen sie. Als sie in die Auffahrt zum Haus von Sues Familie fuhren, hielt er immer noch ihre Hand.

Auf der Treppe vor dem Haus saß Sam.

Tony spürte Sues plötzliche Anspannung. Keiner sagte ein Wort; erst als er den Wagen geparkt hatte, ließ sie seine Hand los. In stummer Übereinkunft stiegen sie beide aus, um sich dem Moment zu stellen.

Sam trug noch immer seine Frackhose und das Rüschenhemd. Er war blaß, sein Haar zerzaust. Sue hatte seine Wagenschlüssel behalten, Tony nahm an, daß er den ganzen Weg zu Fuß gegangen war. Seine Augen waren rotgerändert und blutunterlaufen.

Als Tony und Sue ein paar Schritte vor ihm stehenblieben,

blickte Sam von einem zur anderen. Er stand auf und kam auf Tony zu.

Tony wappnete sich. Ihre Blicke trafen sich, Sam legte eine Hand auf Tonys Schulter und schüttelte langsam den Kopf.

»Es tut mir leid, Tony. Es tut mir wirklich leid. Für uns alle.«

Tony war überrascht. »Mir auch«, sagte er nach einer Weile.

»Nicht deine Schuld.« Sam hielt inne und versuchte ein Lächeln. »Und danke, daß du auf Sue aufgepaßt hast.«

Tony wußte, daß er mit diesem Dank auch entlassen war. Zögernd wandte er sich Sue zu. Der Moment, in dem er in ihre feuchten Augen blickte, kam ihm länger vor, als er in Wirklichkeit gewesen sein konnte.

»Ciao, Sue«, sagte er leise und spürte, wie Sam sie beobachtete. Das Lächeln, das sie Tony zuwarf, veränderte Sues Gesichtsausdruck nicht.

»Danke, Tony. Für alles.«

Tony ging zum Wagen und schaltete den Motor ein, bemüht, sich nicht nach den beiden umzudrehen. Als er schließlich doch in den Rückspiegel blickte, hatte Sam seine Stirn an Sues Hinterkopf gelegt und bat stumm um Verzeihung.

SIEBZEHN

Zwei Tage später saß Tony zum letztenmal in der Sporthalle der Schule und verfolgte die Vergabe der letzten Auszeichnungen.

Hier hatte er vor vier Jahren angefangen und war Quarterback geworden. Die drei jährlichen Sportversammlungen im Herbst, Winter und Frühjahr waren Marksteine seiner Laufbahn an der Lake City High School gewesen. Jede von ihnen stand für eine weitere Saison voller harter Anstrengungen, Mannschaftskameraden und neuer Erfahrungen, und am Ende gab es jeweils eine Urkunde. Elf dieser Urkunden lagerten zu Hause in Tonys Schublade. Diese zwölfte Versammlung seiner

Schulzeit war der Höhepunkt, den er sich seit seinem ersten Jahr ausgemalt hatte, seit er wußte, daß entweder er oder Sam Robb Sportler des Jahres werden würden.

Sam saß mit Sue auf der anderen Seite der Halle. Tony bemerkte, daß Sue außergewöhnlich still war. Am Nachmittag wollten sie sich treffen; vielleicht wußte sie genausowenig wie er, was passieren würde. Er wußte nur, daß er mit einer Heftigkeit, die ihn selbst überraschte, wünschte, Sue Cash würde jetzt neben ihm sitzen.

»Rechnest du dir noch Chancen aus?« flüsterte der neben ihm sitzende Ernie Nixon.

Tony wandte den Blick nicht von Sue. »Ziemlich geringe«, erwiderte er schließlich, »bis gar keine.«

Unten nahm die Verleihung der Auszeichnungen ihren Lauf. Tony hielt bereits seine Baseballurkunde in der Hand. Während der Trainer der Leichtathleten seine Urkunden verteilte, beobachtete Tony Sam, der mit den Gedanken offensichtlich weit weg war. Tony wartete, daß Sue ihn entdeckte, sie neigte den Kopf und verzog die Mundwinkel zu einem fragenden Lächeln. Tony empfand die Strömung zwischen ihnen so stark, daß er glaubte, Sam könne gar nicht anders, als sie ebenfalls zu spüren. Doch dann wandte Sue den Kopf ab.

Die Vergabe der letzten Urkunden zog sich endlos hin. Aus dem Augenwinkel sah Tony Sam zum Podium starren. Tony hatte Sam noch nie so still sitzen sehen.

Endlich nahm der Leichtathletiktrainer wieder Platz, und Direktor Marks betrat das Podium.

George Marks liebte das Pathos, so daß es das Privileg des Direktors war, die Trophäe für den Sportler des Jahres zu überreichen. Die hinter ihm auf Klappstühlen sitzenden Trainer der Football-, Basketball-, Baseball- und Leichtathletikteams hatten ihre Wahl schon getroffen. Tony versuchte, Coach Jacksons Miene zu deuten, doch sie war wie gewohnt grimmig und verriet nichts. Die Auszeichnung gehörte Sam, sagte Tony sich immer wieder.

George Marks betrachtete bewundernd die Bronzestatue eines griechischen Marathonläufers in seiner Hand. Tony spürte, wie einige Mitschüler ihn, andere Sam Robb beobachteten.

»Diese höchste Auszeichnung«, begann Georg Marks, »wird dem Schüler der Abschlußklassen verliehen, dessen Talent, Fleiß und Entschlossenheit den Geist der Lake City High School ideal verkörpern.«

In den zurückliegenden Jahren hatte Tony bei dieser Vorrede immer grinsen müssen. »Man könnte meinen, es wäre die Ehrenmedaille«, hatte er scherzhaft zu Sam gesagt.

»Der diesjährige Gewinner«, fuhr Marks fort, »ist noch beispielhafter als viele seiner Vorgänger. Er hat als Star in drei Sportarten brilliert – im Football, Basketball und Baseball. Doch weit mehr als das hat er jene Eigenschaften bewiesen, die wir alle im Leben brauchen: Charakter, Führungsstärke, Anstand und Ausdauer angesichts widriger Situationen sowie die hartnäckige Weigerung, sich durch irgend etwas von den vor ihm liegenden Aufgaben ablenken zu lassen.«

Trotz allem rührte sich in Tony zum erstenmal so etwas wie Hoffnung. »Doch das ist noch nicht alles«, sagte George Marks feierlich. »Denn dieser junge Mann hat auch einen tragischen Verlust erlitten, der eine weniger herausragende Persönlichkeit möglicherweise aus der Bahn geworfen hätte.«

Tony erstarrte. Köpfe wandten sich in seine Richtung. Sam auf der anderen Seite der Halle sah schwer getroffen aus.

»Deshalb«, schloß George Marks, »geht die begehrte Auszeichnung zum Sportler des Jahres – wie vor ihm schon an seinen verstorbenen Bruder – an Sam Robb.«

Tony schloß die Augen. Als er sie wieder aufschlug, saß Sam reglos da. Dann stand er abrupt auf, als wäre er von einer unsichtbaren Hand von seinem Sitz gezogen worden, während sich in seinem Gesicht Staunen und fast so etwas wie Verzückung widerspiegelten. Sue wandte den Blick von ihm zu Tony. Und dann nahm Sam Sue in die Arme. Einen Moment lang wirkte sie überrascht, dann erwiderte sie seine Umarmung.

Sam löste sich und kletterte die Zuschauerränge hinunter. Der Jubel schwoll an, als er auf George Marks zuging. Sams Gesicht strahlte vor staunender, unschuldiger Freude. Tony fand, daß er aussah wie ein Mann, der seine Erlösung gefunden hatte.

An einem anderen Tag hätte Tony sich vielleicht für ihn gefreut. Er hätte sich vielleicht sogar Gedanken über die Transzendenz eines einzelnen Augenblicks gemacht, über die Illusion – die die Jahre gewiß enttäuschen würde –, daß ein solcher Moment ein ganzes Leben verändern kann. Doch statt dessen war er zu seiner eigenen Überraschung und Beschämung schlichtweg eifersüchtig. Er konnte nur hoffen, daß Sam Robbs Empfindungen langlebiger waren als seine eigenen.

»Tut mir leid«, murmelte Ernie Nixon.

»Das ist schon in Ordnung. Ich habe ohnehin nicht damit gerechnet.«

Sue, dachte er, würde ihn verstehen. Doch sie lächelte Sam an, weil sie wußte, was ihm dieser Augenblick bedeutete.

Sams Haltung war ausnahmsweise einmal keine großspurige Jubelpose. Er nahm die Trophäe von George Marks entgegen, betrachtete sie und schüttelte verwundert den Kopf. Vielleicht hat diese Auszeichnung das Beste, was in Sam steckte, zum Vorschein gebracht, dachte Tony. In diesem Moment wirkte Sam liebenswert, fast demütig.

Sam wandte sich den Zuschauerrängen zu, und es dauerte eine Weile, bis Tony begriff, daß Sam auf ihn zukam. Tony saß fasziniert da und beobachtete, wie Sam zwei Reihen unterhalb von ihm stehenblieb. Die anderen Zuschauer machten Platz, Sam hob die Trophäe und warf sie Tony zu.

»Nicht schlecht gefangen«, meinte er.

Tony blickte von der Trophäe zu Sam. Der machte die letzten beiden Schritte auf ihn zu, zog Tony auf die Füße und umarmte ihn.

Zunächst erhob sich nur vereinzelt Applaus. Dann brandete er in der ganzen Halle auf, als hätte Sam Tony Lord Vergebung zuteil werden lassen. Tony spürte Sams Gefühle in der Heftigkeit seiner Umarmung.

Als Sam den Kopf zurückbeugte, glänzten Tränen in seinen Augen. Mit heiserer Stimme sagte er in dem ohrenbetäubenden Jubel der Halle: »Du hättest gewonnen …«

»Nein. Es war immer klar, daß du gewinnst.«

Sam schüttelte langsam den Kopf. »Wenn wir keine Freunde mehr sind«, sagte er leise, »hätte ich lieber verloren.«

Tony versuchte zu lächeln. »Dann sind wir Freunde«, sagte er und gab Sam die Trophäe zurück. »Meinen Glückwunsch.«

Dankbar klopfte Sam Tony auf die Schulter. Dann drehte er sich um und ging quer durch die Halle zu Sue. In dem tosenden Beifall blieb Tony mit dem Gefühl zurück, daß sie unvermittelt die Rollen getauscht hatten, mit dem sauren Nachgeschmack von Sams Segen und der bitteren Erkenntnis, daß Tony es in seinem Stolz immer als sein natürliches Recht betrachtet hatte, der Anführer zu sein, den Sam, der Geführte, beneiden würde.

Als Tony wieder aufblickte, hielt Sam Sue in den Armen.

Tony wartete an der Stelle, wo sie sich geliebt hatten, als er Sue in dem Ahornhain auftauchen sah. Ein paar Schritte entfernt von ihm blieb sie stehen, lief dann auf ihn zu, um ihn zu küssen.

»Ich habe dich vermißt«, murmelte Tony.

»Ich habe dich auch vermißt.« Sie faßte ihn an beiden Händen. »Es tut mir leid, Tony.«

Er sah sie an und versuchte zu ergründen, was sie meinte. »Es hat mir doch etwas ausgemacht«, antwortete er schließlich. »Aber vielleicht mußte Sam auch einmal etwas gewinnen.«

Sie legte den Kopf zur Seite und sah ihn fragend an. »Bin ich etwas, was man gewinnt?«

»Glaubst du das ernsthaft?« Unkontrollierte Gefühle

schwangen in Tonys Stimme mit. »Vor zwei Nächten waren wir genau hier. Wenn ich den Gedanken, daß du mit ihm zusammen bist, nicht ertragen kann, dann deswegen.«

Plötzlich standen Tränen in ihren Augen. »Tony, es geht um sehr viel mehr als darum, mit wem ich schlafe. Schon eher darum, ob ich überhaupt schlafen kann.«

Tony zog sie an sich. Sue legte ihren Kopf an seine Schulter und murmelte: »Du mußt versuchen zu verstehen, was mit mir geschieht.«

»Erzähl es mir, ja?«

»Ich glaube, ich bin dabei, mich in dich zu verlieben.« Sie lehnte sich zurück und berührte sein Gesicht. »Wir sind immer Freunde gewesen, Tony. Rede mit mir wie mit deiner alten Freundin Sue, die sich in einen Jungen verliebt hat, von dem sie sich nicht sicher ist, ob sie ihn lieben sollte. Und jetzt weiß sie nicht, was sie tun soll.«

Tony zog sie mit sich herunter ins Gras. »Heute in der Sporthalle wollte ich, daß du bei mir bist.«

Sue schloß die Augen. »Ich weiß, ich konnte es spüren. Aber das ist keine Antwort.« Sie sah ihn erneut an und legte ihre Hände auf seine Schultern. »Sam braucht mich, mehr als du mich je brauchen wirst. Kannst du diesen Teil verstehen?«

Tonys Kehle war wie zugeschnürt. »Ich glaube schon. Aber das ist nicht alles.«

Sue sah ihn an. »Das sagst du so leicht. Du mußt doch wissen, was ich ihm damit antun würde, wie schlimm es wäre, wenn ausgerechnet du …«

Die Wahrheit ihrer Entgegnung ließ Tony einen Moment verstummen. »Aber was ist mit dir selbst?«

»Mit mir?« Sue schüttelte langsam den Kopf. »Ich habe das Gefühl, daß ich träume. Ich weiß nicht, wo ich bin und wie der Traum enden wird.«

»Ich bin kein Traum, Sue.«

»Ich weiß«, sagte sie und lehnte sich erneut an ihn. »Aber vielleicht ist unser Zusammensein ein Traum.«

Tony umarmte sie und küßte sie auf die Stirn. Sues Stimme war ein leises Murmeln. »Wann habe ich angefangen, dich zu lieben? frage ich mich. Wie konnte ich dich so begehren, wo es doch Sam gibt und wir immer nur Freunde waren? Was sagt das über mich?«

»Daß du ihn nicht liebst.«

Sie sah ihn an. »Das kann ich nicht sagen, Tony. Ich wünschte, ich könnte es.« Sie hielt erneut inne, als würde sie nach Worten suchen. »Ich weiß nur, daß das, was ich für dich empfinde, so anders ist, daß es mein ganzes Leben auf den Kopf stellen könnte.«

»Sue, ich könnte dir nie weh tun ...«

»Bestimmt nicht mit Absicht, Tony.« Sie löste sich von ihm, wie um ihn besser betrachten zu können, und fragte leise: »Hättest du mit mir auch geschlafen, wenn Alison noch leben würde? Hättest du ihr antun können, was ich Sam angetan habe?«

Tony merkte, daß er diese Frage nicht beantworten konnte. »Ist das so wichtig?«

Tränen schimmerten in ihren Augen. »Das war nicht fair, Tony. Ich habe schon vorher gewußt, daß du darauf nicht antworten kannst.«

Die Art, wie sie das sagte, traf Tony wie ein Stich ins Herz. »Wichtig ist, was wir jetzt empfinden, Sue.«

»Nein.« Die ruhige Entschiedenheit in ihrer Stimme schien an sie selbst gerichtet. »Unsere Gefühle sind nicht dieselben, und wir sind nicht dieselben wie vorher.«

Er breitete flehend die Hände aus. »Warum nicht? Sag mir einfach, warum.«

»Ach, Tony!« Einen Moment lang konnte sie nichts sagen und schüttelte nur den Kopf. »Verstehst du das denn gar nicht?«

Wieder streckte er die Hände nach ihr aus. Sie sah ihn mit neuer Entschlossenheit an, als ob sie sagen mußte, was gesagt werden mußte. »Wenn du mich darum bitten würdest, würde mein tiefstes Inneres mit dir gehen, alle Sicherheit und alles zurücklassen, was ich je gekannt habe. Egal, was ich für Sam empfinde oder über mich selbst denken würde. Ich würde mich dir auf eine Art hingeben, wie ich es mir nie hätte vorstellen können. Nur um das zu fühlen, was ich vor zwei Nächten gefühlt habe.« Sie brach ab. »Deswegen brauche ich dich als Freund«, fuhr sie mit ruhigerer Stimme fort. »Weil ich weiß, daß du nicht so empfindest.«

Tony atmete aus. »Woher willst du das wissen?«

»Weil wir Freunde sind«, antwortete sie leise. »Und ich weiß, daß mein Freund Tony, den ich so sehr mag, noch immer Alison Taylor liebt. Weil sie die Richtige für ihn war.«

Tony sah sie fest an. »Ein Teil von dir liebt noch immer Sam. Aber das hält dich nicht davon ab, mich zu wollen.«

Sues knappes Lächeln erreichte ihre Augen nicht. »Wenn es nur um Sam und Alison ginge ...« Sie zuckte hilflos die Schultern. »Aber das ist es nicht allein.«

»Was ist es denn?«

»Du. Und ich.« Ihre Stimme klang traurig und sehr klar.

»Alison war graziös, kultiviert und sehr intelligent. Ich bin bloß ich.«

»Bloß du? Weißt du nicht, was du mir bedeutest?«

Sue schüttelte den Kopf. »Ich weiß, was ich dir in diesem Moment bedeute, wo du das Mädchen verloren hast, das du liebst, wo die halbe Stadt sich gegen dich gewandt hat und du all deine Kraft dazu gebraucht hast, nur dieses Jahr zu überstehen. Und jetzt hast du es fast geschafft.« Sie hielt erneut inne und sah Tony offen und liebevoll an. »Du bist nicht wie ich. Es war immer klar, daß du hier weg mußt, jetzt dringender denn je. Im Herbst wirst du in Harvard sein und andere Mädchen wie Alison treffen. Wie könnte ich dich bitten, nicht eine von ihnen zu lieben? Und könntest du mich bitten zu glauben, daß du es nicht tun wirst?«

Tony spürte den Knoten in seinem Magen und zog Sue an sich. Stumm strich er über ihr Haar und küßte ihr Gesicht. Sie wies seine Liebkosungen weder zurück, noch erwiderte sie sie. »Bitte, Tony«, murmelte sie. »Sei mein Freund.«

Als er sie umarmte, bebte ihr Körper unter stummen Tränen. »Sue, ich will dich einfach nicht verlieren.«

Sie umarmte ihn heftig. »Und ich will dich nicht verlieren, Tony. Es würde mich zerreißen.«

Tonys Augen waren feucht. »Ich weiß nicht, was ich sagen soll«, meinte er elend.

Sie schmiegte sich enger an ihn. »Dann hast du es schon gesagt, Tony. Halt mich einfach nur noch eine Weile fest.«

Schließlich nahm Sue sein Gesicht zwischen ihre Hände. »Wir werden uns schreiben, ja?«

Tony schob seine Zweifel beiseite. »Natürlich werde ich schreiben.«

»Nach einer Schonfrist kannst du mir sogar von den Mädchen erzählen, die du triffst.« Sie lächelte unsicher. »Gestern habe ich mit mir selbst gewettet, daß du nach deinem Examen in Harvard entweder eine Millionenerbin oder einen Filmstar heiratest.«

Er konnte ihr Lächeln nicht erwidern. »Wie könnte ich nach dir irgend jemanden heiraten?« fragte er.

Ein Schatten huschte über ihr Gesicht. »Das habe ich mich auch gefragt. Aber ich glaube, du wirst es tun. Wenn du Lake City erst einmal hinter dir gelassen hast, liegen so viele guten Dinge vor dir. Dinge, von denen du jetzt noch nicht einmal weißt, daß du sie haben willst.«

Tony sah Sue an und konnte sich ein Leben ohne sie nicht vorstellen. Es bedurfte seiner ganzen Willenskraft, sie zu fragen: »Und was wirst du tun?«

Ihr nachdenkliches und trauriges Lächeln war ein Lächeln, das er zuvor nicht an ihr gekannt hatte. »Ich dachte immer, ich wüßte es. Jetzt bin ich mir gar nicht mehr sicher. Ich nehme an, ich bin dir ähnlicher, als du dachtest.«

Plötzlich war Tonys Kehle wie zugeschnürt. »Ich will das nicht, Sue. Ich bin nicht hierhergekommen, um das zu tun.«

In ihren Augen schimmerten wieder Tränen. »Aber ich wußte, daß du es tun würdest. Weil du mein Freund bist.«

Sanft drückte sie ihren Mund auf seinen. Ihr Kuß war lang, zart und leidenschaftlich. »Ich liebe dich«, sagte sie, stand auf, wandte sich unvermittelt ab und rannte über das Feld.

Tony ging nicht zur offiziellen Abschlußfeier oder der anschließenden Party. Er mußte sich nichts mehr beweisen, und Sam und Sue zu treffen, wäre zu schwer gewesen. Morgen würde er in die Sommerferien aufbrechen.

In den drei Monaten an Bord eines Frachters, der Eisenerz von Steelton nach Mesabi Range am Lake Superior transportierte, würde Tony genug Geld verdienen, um seinem Vater die Anwaltskosten für Saul Ravin zu erstatten. Er hatte Glück gehabt, den Job zu bekommen; sein Onkel Joe hatte ihn über die Stahlarbeitergewerkschaft organisiert. Als er Tony vor ein paar Wochen den Vorschlag gemacht hatte, konnte der außer an das Geld nur daran denken, daß er endlich aus Lake City wegkommen würde, was bei seinen neuen Gefühlen für Sue gleichermaßen ein Segen wie eine Qual sein würde.

ACHTZEHN

Tony arbeitete zweieinhalb Monate lang als Deckwache auf der »Robert Milland«. Die Monotonie der endlosen Fahrten von Mesabi nach Steelton und zurück – vier Stunden frei, acht Stunden Dienst, rund um die Uhr – wurde nur bei schlechtem Wetter für ein paar Stunden in einer Hafenkneipe unterbrochen.

Die »Robert Milland« war ein Sechshundert-Fuß-Tanker aus solidem Stahl, der um die Jahrhundertwende gebaut worden war und halten sollte, bis der Kessel platzte oder das Schiff in einem Sturm sank. Tony schlief in einer Viererkabine zusammen mit einem College-Studenten, einem Mackinaw-Indianer, der unehrenhaft aus der Marine entlassen worden war, weil er einen Offizier angegriffen hatte, und einem ergrauten Alkoholiker auf Entzug, der seit zwanzig Jahren auf den großen Seen unterwegs war. Der Kapitän, ein übellauniger, furchterregender Ungar, saß bisweilen tagelang in seiner Kabine und trank ununterbrochen. Im Laufe der Wochen reduzierte sich Tonys Leben darauf, dem Kapitän aus dem Weg zu gehen, den Stahlrumpf abzukratzen und zu streichen, im Frachtraum Eisenerz zu schaufeln, wenn die Ladung verrutscht war, und jede Zeitschrift und jedes Taschenbuch zu verschlingen, das er in die Finger bekam. In einer Zeitschrift entdeckte er einen Artikel über San Francisco; als er Bilder dieser exotischen und irgendwie mediterranen Stadt auf den Hügeln betrachtete, fragte Tony sich, wie es sich an einem solchen Ort wohl lebte. Im grauen Nichts der großen Seen und seinem eigenen Leben im Wartestand erschien Tony diese fremde Welt so real wie alles andere. Er kam sich vor wie ein Flüchtling.

Die Furcht, daß am Ende der nächsten Fahrt ein Haftbefehl auf ihn wartete, verließ ihn nie. Wenn er an Alison dachte, sah er nicht mehr das Bild eines lebendigen Menschen; immer wieder grübelte er darüber, wer sie ermordet haben könnte. Nach dem Abschluß der Schule fand sein Haß auf den Mörder kein Ventil mehr, und auch der Gedanke an Sam und Sue erleichterte ihn nicht. Ihre Briefe erschienen ihm nichtssagend.

Mitte August geriet die »Robert Milland« eine Stunde von Steelton entfernt in eine Wasserhose. Der Himmel war pechschwarz, und der Regen peitschte von der Seite. Das Schiff schlingerte und geriet vom Kurs ab, Wellen überspülten das Deck, der stählerne Rumpf ächzte im Sturm. Zusammen mit fünf anderen Matrosen wurde Tony angegurtet, um die Luken zu sichern, damit die »Robert Milland« nicht vollief. Im wilden Tosen des Wassers konnte Tony sich nur an das Stahlseil klammern. Neben sich hörte er den Studenten würgen.

Nie zuvor hatte Tony so um sein Leben gefürchtet wie jetzt im Regen, Sturm und heulenden Wind, gewaltig wie die Schöpfung selbst. Dann war der Sturm auf einmal vorbei, es herrschte vollkommene Stille, die nach dem eben Erlebten noch unheimlicher wirkte. Als sie Steelton sahen, war es elf Uhr morgens, und Tonys Dienst war vorüber.

Er ging in seine Kabine, streifte das gelbe Ölzeug ab und fiel erschöpft auf seine Koje. Er konnte nur eine matte Schicksalsergebenheit aufbringen, als hätte er jede Gefühlsregung verloren. Doch als der dritte Maat unter Deck kam, um ihm zu sagen, daß Saul Ravin am Kai auf ihn wartete, wußte Tony, daß er sich zumindest die Fähigkeit zur Furcht bewahrt hatte.

Die schmuddeligen Piers – stählerne Landungsstege, riesige Kräne und Lagerhallen aus Wellblech – atmeten die eigenartige Stille nach einem Sturm. Der Himmel wirkte wie elektrisch aufgeladen, Wasser glänzte auf Stahl. Wie benommen ging Tony in die Hafenbar, wo Saul Ravin an einem Tisch saß, vor sich zwei Gläser voll Whiskey. Zwischen den beiden Gläsern lag das Polizeifoto eines schwarzen Mannes.

»Hier ist er«, sagte Saul ohne Vorrede. »Dein Erlöser. Donald White, verstorben.«

Tony setzte sich. Mit einem schmalen Lächeln fragte Saul: »Wie geht es dir, Tony?«

Tony griff nicht nach dem Whiskeyglas. »Wer ist der Kerl?«

»Der mutmaßliche Mörder Alisons. Vielleicht.«

Tony starrte das Bild an. Donald White hatte kurzgeschorenes Haar, ein schmales Gesicht und eine angespannt abwesende Miene, die Haß, Angst oder auch Gleichgültigkeit ausdrücken konnte. Tony empfand gar nichts.

»Wer ist das, Saul?«

»Ein verurteilter Vergewaltiger. Ich habe ihn durch Johnny Morelli entdeckt. Er hat vier Jahre im Ohio-Staatsgefängnis gesessen und wurde im Mai 1967 entlassen. Er gilt auch als Verdächtiger in zwei Fällen von Vergewaltigung aus dem vergangenen Herbst, am 4. Oktober in Columbus und am 21. Oktober in Akron. Beide Male nachts in einem Park.«

»Gibt es Zeugen?«

»Nur die Opfer, beides Mädchen im Teenageralter, die einen

durchschnittlich aussehenden Schwarzen beschrieben haben. Aber wir wissen, daß er dort war. Am Tag der Vergewaltigungen hat er jeweils ein R-Gespräch mit seiner Schwester in Detroit geführt.« Saul atmete tief ein. »Am 7. November, dem Tag nach dem Mord an Alison, hat er seine Schwester aus einer Telefonzelle vor deiner Lieblingsbar in Lake City angerufen. Ich habe mit der Schwester gesprochen, sie erinnert sich daran, daß White gesagt hat, er hätte irgendwelchen nicht näher definierten Ärger und wolle nach Hause kommen. Ich habe Morelli darauf hingewiesen, daß das mehr als ein Zufall sein dürfte.«

Tony starrte auf das Foto, empfand langsam zunächst Erleichterung und dann Ekel, als er sich ausmalte, wie dieser Mann Alison erwürgt hatte. »Wie sich herausstellte, hat die Polizei die Zeugenaussage einer Mutter aufgenommen, die an jenem Abend bei der Dämmerung mit ihren beiden Kindern im Taylor-Park war. Sie hat angegeben, von weitem einen Mann von Whites Größe in den Büschen unweit des Taylor-Grundstücks gesehen zu haben. Donald White könnte der Täter sein.«

Tony konnte den Blick nicht von dem Foto wenden. Donald Whites starre Augen stierten leer und seelenlos zurück. »Haben sie gesagt, was er mit ihr gemacht hat?«

Saul berührte seinen Arm. »Alison wurde vergewaltigt, Tony. Das ist alles, was sie mir erzählt haben. Und daß Whites Blutgruppe genau wie deine den medizinischen Befunden entspricht, was immer die sein mögen. Sie können ihn als Täter nicht ausschließen.« Der Anwalt sah Tony offen und traurig an. »Wenn ich alles wüßte, was er ihr angetan hat, würde ich es dir sagen. Aber ich weiß es nicht.«

Nach einer Weile blickte Tony auf. »Wie ist er gestorben?«

»Bei einem versuchten Überfall in Toledo auf einen dieser Supermärkte mit Tanksäule vor dem Laden. Der Besitzer hat ihm mit einer Schrotflinte den Kopf weggeschossen. Das elende Ende eines erbärmlichen Lebens. Pech auch für dich, falls er Alison wirklich getötet hat.«

Tony lehnte sich zurück. Die Kneipe roch nach Gebratenem, abgestandenem Bier und dem Dreck der Piers von Steelton. Es fiel ihm schwer, die Wahrheit über Alisons Tod ausgerechnet hier, so weit entfernt von ihrer Welt, zu erfahren.

»Glauben Sie, daß er es getan hat?« fragte Tony.

Saul zuckte die Achseln. »Vielleicht. Wahrscheinlich. Für eine Anklage würde es vermutlich nicht reichen, aber der Mann ist tot, so daß man ihm auch ohne einen lästigen Prozeß die Schuld geben kann. Er paßt denen aus denselben Gründen wie uns gut in den Kram.«

Tony beobachtete Sauls Gesicht. »Aber Sie grübeln?«

»Es ist nicht mein Job zu grübeln.« Saul kippte seinen Whiskey und machte dem Barkeeper ein Zeichen, ihm noch einen zu bringen. »Aber wenn, dann würde ich mich vermutlich fragen, warum White Alison ermordet hat, während er bei seinen anderen Opfern immer darauf geachtet hat, sie nicht zu verletzen.« Saul verzog das Gesicht. »Außer sie zu vergewaltigen natürlich. Aber das ist vermutlich nutzlose Haarspalterei, zumal White nie eine Waffe benutzt hat, um sich seine Opfer gefügig zu machen, genausowenig wie offenbar unser Täter. Und ich bezweifle, daß sich die Polizei von Lake City mit Haarspaltereien aufhalten wird.«

»Was werden die jetzt tun? Sich entschuldigen?«

Saul lächelte knapp. »Nicht direkt. Doch auf mein Drängen hin wird Johnny Morelli heute nachmittag eine Presseerklärung abgeben, in der die Möglichkeit enthüllt wird, daß Donald White der Mörder von Alison Taylor ist.« Sauls Miene wurde wieder ernst. »Für sie ist die Sache gelaufen. Ihr Fall gegen dich ist nicht stärker geworden, und sie gehen meiner Einschätzung nach jetzt davon aus, daß ihre Position auch nicht mehr besser wird. Und der Druck auf die Polizei wird nachlassen. Ich meine, was wollen deine Mitbürger lieber glauben – daß Tony Lord, Harvard-Student und ehemaliger High-School-Held, Alison ermordet hat, oder Donald White, ein schwarzer Serienvergewaltiger?«

Tony wußte, daß Saul recht hatte. »Donald White«, antwortete er leise.

Saul nickte. »Einigen Leuten wird die Vorstellung, daß er ein Schwarzer ist, prima ins Konzept passen. Viele andere werden erleichtert sein, daß es ein Fremder ist, noch dazu ein toter, und nicht dieser Junge, der mitten unter ihnen gelebt hat. Es bedeutet, daß Lake City der Ort ist, den sie sich immer vorgestellt haben, und daß sie jetzt wieder sicher sind.«

Tony hätte erleichtert sein sollen, doch er empfand eher Bitterkeit. »Es kommt ein bißchen spät, Saul. Vielleicht nicht für sie, aber für mich. Was ist so toll daran, ein Verbrechen vergeben zu bekommen, das ich nicht begangen habe, an einem Mädchen, das mir sehr viel mehr am Herzen lag, als diese Leute sich vorstellen können? Mit Ausnahme ihrer Eltern.«

Saul betrachtete stirnrunzelnd seinen Drink. »Ja, die Taylors sollte ich wohl auch noch erwähnen. Sie sind nicht bereit, diese Version zu akzeptieren. Vor allem ihr Vater nicht.«

Das riß Tony aus seiner Bitterkeit. Leise fragte er: »Warum nicht?«

»Weil John Taylor immer noch glaubt, was er in jener Nacht gesehen hat. Vielleicht wird er das immer tun.« Saul sah Tony an. »Ich kann dir nur raten: Laß sie. Laß sie von allein zur Vernunft kommen.«

Tony schüttelte den Kopf. »Und wo stehe ich jetzt, Saul?«

Saul faltete die Hände. »Kommt darauf an, wie man es sieht«, meinte er schließlich. »In gewisser Weise bist du ins juristische Fegefeuer geraten. Du wirst nie angeklagt werden, genausowenig wie deine Unschuld wohl je zweifelsfrei bewiesen wird. Für einige Leute wirst du immer der Junge bleiben, der mit einem Mord davongekommen ist.« Sauls Stimme wurde leiser. »Aber du bist frei, Tony. Du hast dein Leben zurück. Und das hast du dir schwer genug verdient.«

Einen Moment lang wußte Tony nicht, was er denken oder fühlen sollte. »Und was immer dir das bedeutet«, fügte Saul sanft hinzu, »ich hatte nie einen Mandanten, den ich mehr geschätzt habe. Was immer du von jetzt an aus deinem Leben machen wirst, es wird etwas Gutes sein.«

Tony betrachtete diesen zerknitterten, spöttischen Mann, der seine Zukunft gerettet hatte, als ihm sonst niemand hatte helfen können. Plötzlich standen Tränen in seinen Augen. Es war nicht Saul Ravins Schuld, daß einige Dinge nicht reparabel waren. »Meinen Sie, ich würde einen guten Anwalt abgeben, Saul?«

Als er Tonys Gesicht sah, steckte Saul das Foto von Donald White ein und drückte Tony das Glas in die Hand. »Laß dir erst mal einen Drink spendieren«, sagte er. »Dann können wir darüber reden.«

NEUNZEHN

Tony fand Sam Robb in der Hängematte im Garten, wo er im Kofferradio ein Baseballspiel verfolgte. Sam, der die Hände hinter dem Kopf verschränkt hatte, blickte auf und sagte lange Zeit nichts.

»Morgen geht's also nach Harvard?« meinte er schließlich.

»Ja. Ich dachte, ich komme vorbei, um mich zu verabschieden.«

Sam richtete sich auf und betrachtete Tonys Gesicht. »Das klingt ja ziemlich endgültig.«

Tony zuckte die Schultern. »Meine Eltern ziehen nach Chicago. Dad hat seine Firma um eine Versetzung gebeten.«

Sam starrte auf den Rasen und stieß langsam den Atem aus. »Ich habe dich enttäuscht«, sagte er schließlich. »Ich konnte meine Gefühle nie richtig ausdrücken. Statt dessen habe ich es vermasselt und den besten Freund verloren, den ich je hatte.«

Tony schüttelte den Kopf. »Es geht nicht um dich, Sam. Es ist alles andere.«

Ihre Blicke trafen sich. »Aber du bist doch entlastet worden. Es ist vorbei.«

»Für mich nicht.«

Sam sah stumm und gedankenverloren in den Garten. Tony folgte seinem Blick. Gemeinsam betrachteten sie die Apfelbäume, die ihnen als Torpfosten gedient hatten an dem Tag, als sie sich angefreundet hatten. »Weißt du noch, wie wir uns diesen Spielzug ausgedacht haben?« fragte Sam.

»Klar.«

»Das werde ich nie vergessen. Und alles andere auch nicht.« Sam sah Tony mit ratloser Miene wieder an, als frage er sich, wie ihm diese Zeit und ihr Gefühl hatte entgleiten können. »Ich dachte immer, wir würden ein Leben lang Freunde bleiben, Tony. Vielleicht sogar zugucken, wie unsere Kinder zusammen Football spielen.«

Eine Weile schwieg Tony. »Nicht hier«, antwortete er dann. »Niemals.«

Im Hintergrund schilderte ein Reporter mit Südstaatenakzent einen Ausball. Sam hörte zu. »Kennst du diesen Nolan Ryan«, sagte er, »der jetzt im ersten Jahr als Werfer für die Twins spielt? Es heißt, er hätte einen Mordswurf.«

Tony wußte, daß diese Bemerkung keine Antwort erforderte. Sam versuchte, die Zeit zu dehnen, weil er sich dem, was anders geworden war, nicht stellen wollte. Doch am traurigsten war, daß Tony Sams Gefühle nicht mehr erwidern konnte. Er sah die Tränen in den Augen seines Freundes.

Sam schüttelte seine Rührung ab und trat auf ihn zu, als wolle er ihn umarmen, bevor er innehielt und nur die Hand ausstreckte. »Viel Glück«, sagte er leise. »Ich werde immer an dich denken.«

Tony schüttelte die Hand seines Freundes und spürte, daß eine süße, tragische und verwirrende Zeit zu Ende ging, von der Sam Robb immer ein Teil bleiben würde. »Ich auch«, erwiderte er leise und ging ohne ein weiteres Wort. Erst hinterher wurde ihm bewußt, daß keiner von ihnen Sue erwähnt hatte.

»Weiß er es?« fragte Tony.

Sie saßen bei Sonnenuntergang am Ende des Piers von Lake City. Von Westen warf das schwindende Licht Schatten über den See, so daß das Wasser graublau schimmerte.

»Nein«, erwiderte Sue. »Jedenfalls nicht, weil ich ihm irgendwas gesagt hätte.« Sie hielt inne, ohne Tony anzusehen. »Manchmal denke ich, daß er es vielleicht ahnt, weil ich mich ein wenig seltsam benommen habe. Aber er fängt schon wieder an, vom Heiraten zu reden.«

Tony merkte, daß er Sue nicht in die Augen sehen konnte. »Und du?«

»Ich weiß nicht. Ich muß über vieles nachdenken.«

Stumm berührte Tony ihre Hand.

»Ich weiß, daß du weggehen mußt«, erklärte sie nach einer Weile. »Ich kann es mir nur nicht vorstellen. In jener Nacht kamst du mir so real vor, und nun wirst du so etwas wie ein Traum bleiben, den ich einmal hatte.«

Zunächst wußte er nicht, was er darauf antworten sollte. Er faßte ihr Kinn und drehte ihren Kopf sanft in seine Richtung. »Für mich wirst du immer echt sein, Sue. Und wenn du mich brauchen solltest, aus welchem Grund auch immer, ich würde kommen.«

Wortlos lehnte sie ihren Kopf an seine Brust. »Ich weiß«, sagte sie leise. »Ich weiß.«

Als er Sue zu Hause abgesetzt hatte und wieder losfuhr, beobachtete Tony sie im Rückspiegel, ein Schatten in der Auffahrt, der ihm nachsah. Und plötzlich wußte er, daß dies sein wahrer Abschied von Lake City war.

Tony stürzte sich in das Studentenleben von Harvard und besuchte über Thanksgiving seinen Zimmergenossen bei dessen Eltern zu Hause. Weihnachten waren Tonys Eltern bereits umgezogen; er kehrte nie nach Lake City zurück. Als Sam und später auch Sue anriefen, wußte er nicht, was er mit ihnen reden sollte.

Der in seiner immergleichen Folge von Bildern gespenstische Alptraum verfolgte Tony Lord überallhin.

Sein letztes Jahr in der High-School prägte ihn für sein späteres Leben, doch in den folgenden Jahren sprach er kaum von jener Zeit. Bis er seiner zweiten Frau, der Sängerin und Schauspielerin Stacey Tarrant, ein paar Monate vor ihrer Hochzeit alles erzählte.

Zweiter Teil

MARCIE CALDER

Die Gegenwart

EINS

Zwei Tage vor ihrem siebzehnten Geburtstag beging Marcie Calder Selbstmord oder stürzte tödlich oder wurde ermordet.

Eine halbe Stunde vor der Landung in Steelton ging Anthony Lord noch einmal die wenigen Fakten zu diesem Fall durch, die er kannte. Auf den Bildern in den Zeitungen wirkte Marcie dunkel, schlank und hübsch. Sie war die älteste von drei Töchtern, eine solide Schülerin an der Lake City High School und praktizierende Katholikin in Saint Raphael, Tonys alter Gemeinde. Die *Steelton Press* beschrieb sie als schüchtern, ihre beste Freundin, Janice D'Abruzzi, die nach der Beerdigung interviewt worden war, gab an, daß sie keinen festen Freund gehabt hätte. In den Zeitungsberichten über die nachfolgenden Trauerseminare, in denen ihre Mitschüler die Tragödie verarbeiten sollten, erfuhr Tony weniger über Marcie als über die unter Teenagern offenbar fieberartig ansteckende Trauer und die grimmige Entschlossenheit einer Stadt, sich dem Unerklärlichen zu stellen. Direktor Burton sagte, daß Lake City seit dem Mord an Alison Taylor keine vergleichbare Tragödie mehr erlebt hätte. Tony fand es seinerseits traurig, daß der Direktor sich offenbar vor allem daran erinnerte, daß Marcie die schnellste Sprinterin des Leichtathletikteams gewesen und bei Wettkämpfen mit solch begeisterter Ausgelassenheit gelaufen war, daß es eine Freude gewesen sei, ihr zuzusehen.

Vier Tage vor ihrem Tod hatte Marcia in ihrem letzten Rennen schlecht abgeschnitten. Ihre Mannschaftskameradinnen erinnerten sich daran, daß sie nach dem Wettkampf lust- und teilnahmslos gewirkt hatte. Und dann hatte die Polizei sie mit einer schmalen Blutspur im Gesicht und am Hals an dem Strand unterhalb des Taylor-Parks gefunden. Der Zustand der Leiche deutete darauf hin, daß Marcie irgendwann im Laufe der Nacht gestorben sein mußte. Wie, wußte niemand.

Es gab mehrere Theorien. Die Klippe war etwa zwanzig Meter hoch; Schlamm an Marcies Jeans und Spuren an der Klippe deuteten darauf hin, daß Marcie auf den Strand hinuntergestürzt war. Doch auch an einem Stein am Strand waren Blutspuren und Haare gefunden worden. Der Mann, der sie an jenem Abend in den Park gefahren hatte und damit, soweit bekannt, die letzte Person war, die sie lebend gesehen hatte, stand zu einer Stellungnahme nicht zur Verfügung. Es war ihr Trainer, Sam Robb, stellvertretender Direktor der Lake City High School.

Ein letztes Mal betrachtete Tony das Zeitungsfoto von Marcie Calder und das von Alison Taylor daneben. Nie würde er Alisons Bild betrachten können, ohne die Gefühle brennender Trauer und akuten Verlustes zu empfinden, die so frisch waren wie eh und je.

Er verstaute die Zeitung in seinem Aktenkoffer und fragte sich, wie Sam Robbs Frau nach siebenundzwanzig Jahren aussehen würde.

Ich hätte sie erkannt, dachte Tony, selbst an einem Strand auf Capri.

Er stieg als erster aus dem Flugzeug, und sie schien noch nicht ganz vorbereitet zu sein. Nach einer Weile brachte sie ein zögerndes Lächeln zustande, ein Schatten der alten Grübchen. Als er den Aktenkoffer abstellte und die Arme ausbreitete, kam sie auf ihn zu, um ihn zu begrüßen.

Eine Weile drückte Tony sie einfach fest an sich, trotz allem überrascht und verwundert, Sue wieder in den Armen zu halten, ihren frischen Duft zu riechen und die Vertrautheit ihres Körpers zu spüren. »O Tony«, murmelte sie. »Du bist es wirklich.«

»Ja, wirklich.«

Sie lehnte sich zurück und sah ihn an, ihre Miene eine komplexe Mischung aus Traurigkeit, Wiedersehensfreude und Erleichterung. Trotz der Linien um Augen und Mund war ihre Haut glatt und frisch, die lebhaften dunklen Augen waren unverändert, ihre dunklen Locken kürzer, aber noch fast so wie früher. Sie war, wenn überhaupt, noch schlanker geworden.

Tony trat einen Schritt zurück, um sie zu mustern. Der Kloß in seinem Hals überraschte ihn selbst. »Wahrscheinlich sage ich jetzt etwas Falsches«, meinte er schließlich, »aber du siehst aus wie du.«

Wieder versuchte sie zu lächeln. »Das kann gar nicht falsch sein.«

Tony zog sie wieder an sich. Als sie den Kopf hob, waren die Tränen verschwunden, auch wenn ihre Stimme noch immer zitterte. »Du siehst gut aus, Tony. Besser, als du dir vorstellen kannst.«

Zunächst sprachen sie über Marcie Calder.

Sue steuerte den Ford Taunus vom Flughafen nach Lake City, vorbei an Neubaugebieten und einem Einkaufszentrum, wo Tony, der in die Sonne des klaren Frühlingsmorgens blinzelte, noch flache grüne Felder in Erinnerung hatte. Tony wollte vor allem wissen, wie es Sue ging und wie ihr Leben mit Sam verlaufen war, doch er wagte nicht, danach zu fragen. So beschränkten sie sich auf Alltäglichkeiten. Ihre beiden Kinder, Sam junior und Jennifer, waren schon mit dem College fertig. Der junge Sam war, wie sein Vater gehofft hatte, ein guter Sportler und studierte an der Kansas University Betriebswirtschaft; Jenny unterrichtete Vorschulkinder in Florida. Sue hatte einen Abschluß in Bibliothekswesen gemacht und arbeitete Teilzeit in der Städtischen Bücherei von Lake City, wo sie in der Kinderbuchabteilung aushalf. Sue klang fast normal, so als würde ihre Demütigung verborgen bleiben, wenn sie einfach weiterredete. Sam erwähnte sie nicht.

»Und wie ist die Stadt?« fragte Tony. »Noch immer wie früher?«

»Äußerlich schon, auch wenn viele Freiflächen inzwischen bebaut sind. Aber unter der Oberfläche ist vieles anders geworden. Es gibt jetzt Drogen an der High-School, die Protestanten hassen die Katholiken nicht mehr, und praktisch jede zweite Ehe ist geschieden oder beide Elternteile arbeiten. Die Kids müssen nicht mehr auf entlegene Parkplätze fahren, sondern können nach der Schule in der Privatsphäre ihrer Elternhäuser miteinander schlafen –«

Sie brach abrupt ab, doch Tony konnte sich ihre Gedanken nur allzugut vorstellen. Leise fügte sie hinzu: »Es ist noch immer eine Kleinstadt, Tony. Und in Zeiten wie diesen merkt man erst, wie klein sie ist.«

Einen Moment lang entglitt ihm die Gegenwart, und Tony war wieder in der überfüllten Sporthalle seiner alten Schule.

Mörder, Mörder ...

»Leben die Taylors noch?« fragte er.

»Ja.« Sue starrte angestrengt auf die Straße. »Ich weiß nicht, welche Erinnerung du an sie hast. Aber sie sehen aus wie verbitterte alte Menschen, die ihr Leben abdienen.« Sie machte eine Pause. »Katherine Taylor hat meiner Mutter vor vier oder fünf Jahren noch erzählt, daß seit Alisons Tod kein Tag vergangen ist, an dem sie nicht an sie gedacht hätten. Wenn ich an Marcie Calders Eltern denke, muß ich auch daran denken.«

Tony spürte einen Stich. Schließlich fragte er: »Wie geht es ihm, Sue?«

Ihre Finger faßten das Steuerrad fester. »Er hat Angst«, sagte sie. »Du weißt doch, wie das ist.«

Irgend etwas in Tony wehrte sich gegen diesen Vergleich. »Ich weiß nur, wie es für mich war.«

Sue schwieg eine Weile. »Er könnte des Mordes angeklagt werden«, sagte sie mit flacher Stimme. »Wenn er Glück hat, müssen wir uns nur um das Ende seiner Laufbahn als Lehrer Sorgen machen. Es sei denn, er kann der Schulbehörde erklären, was er spätabends mit einem Mädchen aus seinem Leichtathletikteam im Taylor-Park gemacht hat.«

Tony fragte sich, was Sam ihr erzählt hatte. »Wenn er meinen Rat als Anwalt annimmt, wird Sam der Schulbehörde erst mal gar nichts erklären«, erwiderte er. »Nicht, solange wir nicht wissen, was der Bezirksstaatsanwalt wegen Marcies Tod unternimmt.«

Sue antwortete nicht. Die Straßen wurden enger, und am Ende eines Feldes erkannte Tony einen ersten vertrauten Orientierungspunkt – den weißen Turm der Saint-Barnabas-Kirche, wo die Trauerandacht für Alison abgehalten worden war. Dann kamen sie an einem weißen Schild vorbei, das dem ähnelte, an das Tony sich erinnerte: »Willkommen in Lake City, Heimat der Lakers. Bevölkerung: 15 537.«

Die nächsten Meilen waren seltsam. Es war so lange her, daß Tony einen Moment lang das Gefühl hatte, an einen Ort zu kommen, den er nur von Bildern kannte. Die Erinnerung war erst wehmütig, dann traumatisch – Gefühle aus der Zeit vor und nach Alisons Tod, gefolgt von der plötzlichen, abergläubischen Gewißheit, daß es ein Fehler gewesen war zurückzukehren. Leise sagte er: »Ich hätte nie gedacht, daß ich noch einmal hierher komme.«

»Ich weiß.«

Sie bogen in eine schmale Straße und kamen an der Grundschule und einigen weißen Holzhäusern vorbei, als Tony etwas entdeckte, was vorher nicht dort gewesen war. Es war ein großes schmiedeeisernes Tor, das zu einem Neubaugebiet mit Backsteinhäusern im Ranchhouse-Stil führte. Man hatte gerade genug Ahornbäume stehenlassen, um den in eisernen Buchstaben über dem Tor prangenden Namen der Anlage zu rechtfertigen: »Wohnpark Ahornwald.«

Er drehte sich unwillkürlich um und spürte, daß Sue ihn beobachtete.

»Weißt du noch?« fragte sie.

Tony spürte, wie Schmerz und süße Erinnerungen überraschend heftig und unmittelbar auf ihn einstürzten. »Ob ich es noch weiß?« fragte er leise. »Es war das Schönste, was mir bis dahin je passiert war.«

Sue lächelte ein wenig. »Wenn ich das gewußt hätte, Tony, hätte ich dich dazu gebracht, es zweimal zu machen.«

Sie fuhren schweigend weiter, und Tony spürte, wie ihnen der Moment entglitt und sein Unbehagen zurückkehrte. Und diesmal lag es weniger an Lake City als daran, daß seine Gedanken wieder zu Sam Robb wanderten.

Als sie den Platz in der Mitte der Stadt erreichten, sah Tony die Polizeiwache. »Ich möchte dich um einen Gefallen bitten«, sagte er nach einer Weile. »Als Anwalt, nehme ich an. Bevor ich Sam treffe.«

»Was denn?«

Tony sah sie an.

»Könntest du mich zum Taylor-Park fahren?«

Als sie in den Park kamen, versuchte Tony, seine Umgebung mit anwaltlicher Distanz als einen Tatort wie jeden anderen zu sehen. Doch einen Augenblick lang war er wie versteinert.

»Was wolltest du denn sehen?« fragte Sue leise.

»Die Stelle, wo das Mädchen von dem Kliff gestürzt ist.«

Unweit des Abgrunds waren Metallstäbe in den Boden gesteckt und mit gelbem Plastikband verbunden worden, um die Stelle zu markieren, wo Marcie Calder möglicherweise abgestürzt war. Aber dorthin ging Tony nicht. Als er aus dem Wagen stieg, blickte er zu der Baumgruppe, unter der er mit Alison Taylor geparkt hatte.

»Hast du was dagegen?« fragte er Sue.

»Nein.« Sie zögerte. »Möchtest du, daß ich mitkomme?«

»Wenn du willst.«

Als er auf den Hain zuging, war Sue wenige Schritte hinter ihm. Sie sprachen nichts.

Der Park war sonnig, die Brise vom Eriesee frisch. Doch unter das Dach aus dicht belaubten Zweigen, unter dem er und Alison sich geliebt hatten, fiel kaum Sonne, der Boden war dunkel und moosig. Tony fiel auf, daß der Park fast leer war.

Er stand eine Weile da und versuchte, seine professionelle Distanz zurückzugewinnen. »Wer kommt hierher?« fragte er.

Sue stand hinter ihm. »Kinder, Familien. Wir sind auch mit unseren hergekommen.« Mit dünner Stimme fügte sie hinzu: »Nach der Sache mit Alison haben sich die High-School-Kids eine Zeitlang andere Fleckchen gesucht. Dann haben die Leute es vergessen.«

»Sonst noch jemand?«

»Wenn man der Lokalzeitung glaubt, auch Jugendliche, die mit Drogen handeln, manchmal Obdachlose.« Wieder wurde ihre Stimme flach. »Sam hat Jenny immer verboten, hierherzugehen.«

Tony fand es falsch, ihrem Blick auszuweichen. Als er sie ansah, zuckte Sue schlicht die Schultern. Ihr Blick war abwesend, fast leblos, und sie wirkte mit einemmal kleiner als vorher. Er fragte nicht nach Sam.

Gemeinsam verließen sie den Hain.

Genau wie vor achtundzwanzig Jahren, als er mit Alison in der letzten Stunde ihres Lebens nach Hause gelaufen war, gingen sie durch den grasbewachsenen Park. Als er die Bäume an der Grenze zum Grundstück der Taylors passierte, mußte er, von Gefühlen überwältigt, stehenbleiben. Er spürte, wie sein Herz pochte.

Er registrierte, daß das Haus der Taylors dringend einen neuen Anstrich brauchte, die hölzernen Dachschindeln waren verzogen und rissig, und die gemauerten Ecktürmchen wirkten schmuddelig. Sein Blick wanderte von der Veranda in den Garten. Es war nicht nur die Erinnerung an ihr Gesicht im Strahl der Taschenlampe; seit fast dreißig Jahren erwachte er immer an der Stelle aus seinem Alptraum, an der das Licht ihr Gesicht erfaßte.

»Man sieht sie fast nie außerhalb des Hauses«, bemerkte Sue.

Tony zwang sich, sich erneut zu dem Anwesen umzudrehen. »Noch nicht ganz so schlimm wie das House of Usher, aber auch nicht mehr das, was es einmal war.«

Das Dickicht mit den geheimen Verstecken, die Ernie Nixon ihm gezeigt hatte, war eher noch dichter geworden. Er machte sich nicht die Mühe nachzusehen.

»Jemand war in jener Nacht hier, Sue. Und jemand könnte auch vor vier Nächten hiergewesen sein.« Er drehte sich zu ihr um. »Sam sagt, sie wäre aus seinem Wagen gestiegen?«

Sues Gesicht wurde vollkommen ausdruckslos. »Ja.«

Nach einer Weile nickte Tony. »Ich sollte mir die Stelle mal ansehen.«

Der Tatort bestand aus zwei markierten Flächen. Die erste umfaßte gut zehn Quadratmeter grasbewachsene Böschung, die sich bis zum Rand des Abgrunds erstreckte. Die Klippe war durch Verwitterung recht steil – zwanzig Meter Stein und Lehm, hier und da ein windzerzauster Busch. Am Strand unten war mit weiteren Stangen und gelbem Plastikband ein Stück abgetrennt, am Fuß der Klippe waren die Umrisse von Marcie Calders Körper mit weißem Band markiert. Von oben sah es aus wie eine Kinderzeichnung.

»Im Dunkeln hätte sie leicht stürzen können«, meinte Tony.

»Hätte sie nicht die Geräusche des Sees hören müssen?« fragte Sue und wandte sich ab. Tony starrte in die dunklen Strudel des Wassers und fragte sich, ob Sue glaubte, daß ihr Mann – ein Mann, den Tony nicht mehr kannte – fähig war, einen Mord zu begehen. Er ging mit verschränkten Armen auf Sue zu und blickte zu Boden.

»Hat die Polizei dich schon befragt?« wollte er wissen.

Sue blickte nicht auf. »Sie haben es versucht. Kurz bevor ich dich angerufen habe, nachdem sie das Haus durchsucht und den Wagen beschlagnahmt hatten.«

Tony schob die Hände in die Taschen seiner Khakihose. »Wollte er, daß ich komme, Sue? Oder war es deine Idee?«

»Ursprünglich war es meine Idee.« Ihre Blicke trafen sich. »Sam ist sehr stolz, Tony. Noch immer. Er hat dich damals mit Alison enttäuscht – wie könnte er dich jetzt bitten, ihm zu helfen? Doch nach einer Weile hat er begriffen, wie dringend er dich braucht.« Sie hielt inne. »Wir haben dich beide im Fernsehen gesehen, als du den Mann verteidigt hast, der Senator Kilcannon erschossen hat. Sam konnte gar nicht glauben, wie gut du warst. Ich schon.«

Tony betrachtete ihr Gesicht. Sie hatte sich verändert; irgendwann zwischen damals und heute hatte die Zeit oder vielleicht auch die Enttäuschung ihre Miene undurchdringlicher gemacht.

»Wie ist er, Sue?«

»Bevor das alles passiert ist?« Sie sah Tony an und lächelte freudlos. »Nicht wie du, Tony. Sam hat seine Ziele zu früh erreicht.«

»Wie meinst du das?«

»Oh, du weißt schon, was ich meine. Er ist in Lake City geblieben; er hat mich geheiratet, als ob er damit Sam Robb, den Achtzehnjährigen, und dessen Gefühle konservieren könnte. Aber das konnte er nicht.« Fast unmerklich ging ihr Lächeln in ein Stirnrunzeln über. »Sam ist stellvertretender Direktor, nicht der Direktor. Er braucht jemanden, der ihm hilft, Entscheidungen zu treffen. Er weiß das und haßt es. In seinen eigenen Augen ist er ein kleiner Mann in einer kleinen Stadt geworden: der gute alte Sam, immer einen Witz auf den Lippen und sein Leben lang stellvertretender Direktor. Deshalb ist er so schrecklich rastlos.«

»Und du?«

»Ich bin anders. Wir haben zwei gute Kinder, Freunde, die wir mögen, und ich finde meine Arbeit sinnvoll und erfüllend. Wenn Sam glücklich wäre, könnte ich es auch sein.« Sie schüttelte den Kopf. »Es ist komisch – ich weiß nicht, wie ich dich bei irgendeiner Preisverleihung mit Stacey gesehen habe, und ich habe still in mich hineingelächelt, weil du wirklich einen

Filmstar geheiratet hattest. Und sie sah toll aus. Aber erst, als mein eigener Mann zu mir sagte: ›Guck mal, mit wem Tony jetzt zusammen ist‹, habe ich mir für einen Moment gewünscht, ich könnte sie sein. Weil Sam eifersüchtig auf dich ist und unglücklich mit seinem Leben.«

»Aber was habe ich mit all dem zu tun?«

»Für Sam? Sehr viel, denke ich manchmal.« Sue hielt inne und schien dann laut nachzudenken. »Es klingt vielleicht komisch, so weit weg, wie du warst, und nach all der Zeit. Aber ich frage mich manchmal, ob Sam, wenn du hiergeblieben und Basketballtrainer oder irgendwas geworden wärst, weniger enttäuscht von sich gewesen wäre.«

Er war sich sicher, daß Sue schon wußte, wie sinnlos das war. Leise erwiderte er: »Er wäre nie geworden wie ich, Sue. Nur *wer* ich werden würde, war nach Alison noch die Frage.«

Sue legte den Kopf zur Seite. »Bist du glücklich mit dem, was du bist?«

»Meistens. Ein Teil von mir wünscht sich noch immer, meine Wurzeln ausreißen zu können. Manchmal warte ich darauf, daß die Katastrophe mich einholt, daß Stacey, Christopher oder auch mir irgend etwas Schreckliches geschieht.« Er hielt einen Moment lang inne. »Aber es ist noch nicht passiert. Und ansonsten bin ich meistens glücklicher, als ich es je für möglich gehalten hätte.«

Sue sagte nichts. Und dann strich sie über seine Wange, eine freundschaftliche Geste, die sagte, daß sie froh war, daß das Leben ihres Freundes so geworden war, wie er es sich gewünscht hatte. In diesem Moment erkannte Tony, daß das Zusammensein mit Sue trotz allem noch immer dankenswert unkompliziert war. Daß sie selbst jetzt noch Seiten an ihm verstand, die die beiden Menschen, die er am meisten liebte, nie verstehen konnten. Er hätte sie gern noch einmal umarmt.

Vielleicht hätte Sue das auch gewollt, doch er war als ihr Anwalt gekommen, der neutral und distanziert vorgehen mußte. »Ich hoffe, ich kann dir helfen«, sagte er. »Und Sam.«

»Das hast du schon«, erwiderte sie leise. Sie strich noch einmal zart über seine Wange. »Wir sollten gehen, Tony. Sam wartet. Warten war das einzige, was er in den letzten vier Tagen tun konnte.«

ZWEI

Sam lag auf einer Couch im Keller. Als sie eintraten, blickte er auf.

Er sah Sue an und wandte die Augen sofort wieder ab. Doch sein reuevolles Lächeln war eher das eines Mannes, der beim Golf geschummelt hatte. Tony dachte, daß Sam vielleicht noch damit beschäftigt war, das Geschehene zu verdauen. Er schien nicht besser auf Tony vorbereitet zu sein als Tony auf ihn: Tonys erster widerwärtiger, aber unvermeidlicher Gedanke war die Frage, ob er einem Mörder gegenüberstand.

»Hallo, Sam.«

Sam stand linkisch auf, und die beiden Männer umarmten sich. »Tony Lord«, murmelte Sam. »Heiliger Jesus.«

»Oh«, gab Tony zurück, »ganz so gut bin ich nicht.«

Sam lachte kurz und barsch auf, schob sich zurück und faßte Tony bei den Schultern. Sein Gesicht war aufgedunsen, sein weißblondes Haar grau meliert. Doch in seinen Augen leuchtete plötzlich ein strahlender Glanz auf, als ob der siebzehnjährige Sam hinter einer Maske hervorblinzeln würde. »Sue ist davon überzeugt, daß du so gut bist«, antwortete er. »Und ich habe es verdammt nötig.«

Sue hatte den Blick von ihrem Mann abgewandt. »Ich bin oben«, bemerkte sie zu Tony. »Wenn du ein Sandwich oder irgendwas brauchst ...«

»Danke, Liebling«, sagte Sam.

Ihr Blick flackerte, in einem Raum zusammen mit Sam wirkte sie seltsam verschüchtert. Ohne ihren Mann anzusehen, ging sie nach oben.

Sam atmete aus und fuhr sich mit der Hand durchs Haar. Über dem Bund seiner Trainingshose zeichnete sich ein kleiner, aber deutlicher Bauchansatz ab, sein Kinn war konturlos, sein Gesicht faltig. Der Gesamteindruck war ein wenig schlampig, aber nicht unattraktiv. Er sah aus wie ein Schauspieler, der als jugendlicher Held reüssiert, seinen Zenit jedoch seit zehn Jahren überschritten hat und nicht im eigentlichen Sinne gealtert, sondern nur in die Breite gegangen war, so daß seine Jungenhaftigkeit noch durchschimmerte. Einen Moment lang konnte Tony sich Sam mit einem Teenager vorstellen, ein Gedanke, der ihn spontan anekelte.

Doch der bleibende Eindruck war eher traurig, das Gefühl eines nicht eingelösten Versprechens. Der Raum war dunkel und beengt, nur durch ein kleines Kellerfenster fiel ein wenig Licht. Auf dem Sims eines mit Backstein verkleideten Kamins sah Tony eine Reihe goldener Pokale des Lake City Country Club stehen. Daneben befand sich ein Bild von Sam und einem schlanken, dunkelhaarigen Jungen, der Sue ähnelte. Eine Trophäe erkannte Tony sofort. »Sam Robb«, las er die goldene Inschrift, »Sportler des Jahres 1968«. Tony empfand plötzlich eine regelrechte Beklemmung.

Er spürte, daß Sam ihn beobachtete. »Ich habe Sue gesagt, daß du nie zurückkommen würdest«, sagte er leise. »Aber sie hat dich vermutlich schon immer besser verstanden als ich.«

»Du steckst in einer ziemlichen Klemme, Sam.«

»Wie du damals.« Sams Blick war fest und durchdringend. »Du bist immer noch nicht drüber weg, oder?«

»Ich fürchte, man ist nie ganz drüber weg.«

Sam schlug die Augen nieder und sagte leise: »Ich habe sie nicht getötet, Tony. Deswegen bin ich zur Polizei gegangen.«

Tony war überrascht, wie unbedingt er seinem alten Freund glauben wollte. Ebenso leise fragte er: »Was ist mit dir passiert, Sam?«

Sam wandte sich zum Fenster und schwieg eine Weile. »Wir waren ein gutes Paar«, sagte er dann. »Sue und ich. Vielleicht nicht super, aber okay. Wir waren gute Eltern. Wir haben das Richtige getan – sind zu den Schulaufführungen gegangen, haben unser Geld gespart und die Kinder aufs College geschickt. Sie waren der Mittelpunkt unseres Lebens. Dann waren sie weg, und ich saß hier – ohne Perspektiven ...« Er hielt inne und sah Tony wieder an. »Deswegen wollte ich nicht, daß du kommst. Damit du das hier nicht siehst.«

Die unverhüllte Schlichtheit dieser Aussage überraschte Tony ebenso wie Sams Selbsterkenntnis und die Tatsache, daß er sie ihm gegenüber so rasch äußern konnte. Fast sanft bat er: »Erzähl mir von Marcie Calder.«

Sam blickte nach oben, und Tony spürte Sues Anwesenheit, die heikle Balance zwischen zwei Eheleuten.

»Laß uns einen Spaziergang machen«, schlug Sam vor.

Sams Elternhaus lag nur ein paar Blocks von der High-School entfernt. Sie schwiegen fast den ganzen Weg über. Tony erinnerte sich an jede Straße, an die Holzhäuser und Backsteinbungalows, in denen die Kinder gewohnt hatten, die er gekannt hatte. Er spürte eine Verbindung zu der Zeit, lange bevor Alison gestorben war, als ihm dieser Ort in seiner Gleichförmigkeit behaglich vorgekommen war, die einzige Welt, die ihm damals wichtig gewesen war. Vor einem weißen Holzhaus, das jetzt mit Aluminium verkleidet war und in dem früher Mary Jane Kulas gewohnt hatte, blieb er stehen.

»Weißt du, was aus ihr geworden ist?« fragte Sam. »Sie ist Krankenschwester. Und schon Großmutter.«

»Tatsächlich!«

»Und das ist noch nicht alles. Sie muß mindestens drei Zentner wiegen.«

Seltsam, dachte Tony; er hörte Sam zu und kam sich vor wie ein Geist. »Ich schwöre dir, ich habe Tony Lord gesehen«, hörte er in einer Einbildung jemanden sagen, »den Jungen, der Alison Taylor ermordet hat. In Lebensgröße, zusammen mit Sam Robb. Wahrscheinlich tauschen sie Erfahrungen aus.«

Sam hörte auf zu reden. »Das ist komisch für dich, was?« fragte er schließlich.

»Ja.«

Sie standen sich auf dem Bürgersteig gegenüber. »Ich bin seit Montag nicht mehr aus dem Haus gegangen«, sagte Sam leise. »Weil ich den Gedanken nicht ertragen habe, jemandem zu begegnen.« Mit Tränen in den Augen hielt er inne. »Da habe ich erst begriffen, Tony, wie sehr ich dir vor all den Jahren unrecht getan habe.«

Sie setzten sich auf die Holztribüne und starrten auf das verlassene Footballfeld. Das Stadion war menschenleer.

»Was ist mit Coach Jackson?« fragte Tony.

»Oh, der ist gestorben. An einem Schlaganfall, fünf Jahre nachdem du weggegangen bist.« Sam stützte das Kinn auf seine Hände und starrte geradeaus. »Ich nehme an, du wußtest, daß er meine Mutter gevögelt hat. Jeder wußte es.«

Tonys Schweigen war Antwort genug.

»Was soll's«, meinte Sam nach einer Weile, »sie ging zumindest nicht mehr zur Schule.«

Die nackte Selbstverachtung irritierte Tony. Vielleicht hatte er gehofft, Sam würde Trauer bekunden oder Bedauern, daß ein Mädchen, das er gekannt hatte, tot war. Doch Tony erlebte so etwas nicht zum erstenmal. Die Egozentrik von Menschen, die einer Mordanklage gegenüberstanden, war so umfassend, ihre Angst so total, daß sie das Opfer häufig vergaßen. Besonders dann, erinnerte Tony sich, wenn sie schuldig waren.

Sam beobachtete ihn wieder. »Es gibt etwas, was ich mich immer gefragt habe. Über Sue. Du hast sie gebumst, oder?«

Seine jahrelange Berufspraxis als Anwalt erlaubte es Tony, seine Überraschung mit einer nichtssagenden Miene zu überspielen. »Du traust mir ein bißchen zuviel zu. Und Sue zuwenig.«

Sam nickte langsam. »Das würde sie mir nie antun, nicht wahr?«

Wieder hatten die Worte einen selbstanklagenden Unterton. »Dann hast du Marcie Calder ›gebumst‹, nehme ich an.«

Sam richtete sich auf und atmete aus. Er antwortete nicht.

»Laß uns eines klarstellen«, erklärte Tony ruhig. »Ich bin jetzt dein Anwalt, nicht ein alter Freund, den du bei einem Klassentreffen beeindrucken willst. Als Anwalt ist es nicht meine Aufgabe, über dich zu urteilen, sondern dir den besten Rat und, wenn nötig, die beste Verteidigung zu geben. Für diesen Zweck ist es gleichgültig, ob du mit ihr geschlafen hast. Mir sollte es egal sein, und dir muß es egal sein, was immer wir als Freunde füreinander empfinden. Doch dieses eine Mal würde ich einen Mandanten feuern, wenn er mich anlügt. Weil es nämlich nicht egal ist, ob du mich benutzt. Und wenn du es tust, wirst du all die dummen Ratschläge bekommen, die du verdienst.«

Sam sah ihn an und wurde rot. »Sieh mal ...«

»Wenn du mich jetzt belügst«, fuhr Tony absolut unbeeindruckt fort, »dann ist deine Karriere und vielleicht auch der Rest deines Lebens ruiniert. Ich kann dir nur helfen, wenn ich die Wahrheit kenne. Was immer sie sein mag.«

Sam atmete tief ein. »Du wirst die Wahrheit schon zu hören bekommen, Tony. Genauso wie du immer offen zu mir gewesen bist. Also lüg du selbst mich jetzt nicht an. Es ist dir nämlich nicht egal. Deine eigene Freundin wurde ermordet, als du siebzehn warst, und es ist dir absolut nicht egal. Vielleicht die Sache mit dem Sex. Aber nicht, ob dein alter Freund Sam ein Mörder ist.«

Tony spürte, wie er sich anspannte. »Also gut, Sam. Ja, ich will, daß du unschuldig bist. Nicht wegen Alison, sondern wegen Sue. Und auch wegen dir.« Er machte eine Pause und fuhr mit gedämpfter Stimme fort: »Wenn du schuldig bist, sag es mir jetzt, und ich besorge dir einen anderen Anwalt. Weil ich dann nicht der Anwalt bin, den du brauchst. Das weiß ich schon vorher.«

Sam beugte sich vor und sah Tony fest in die Augen. »Ich

habe eine Menge Sachen gemacht, die du nicht respektieren würdest. Aber ich bin kein Mörder.« Er hielt inne und schloß leise: »Bitte, das mußt du mir glauben.«

Sams Stimme war heiser vor unterdrückter Erregung, es war der Klang der Wahrheit. Obwohl er ihm gerne glauben wollte, fragte Tony sich unwillkürlich, welcher Teil der Aussage stimmte – alles oder nur der erste Satz. Schließlich antwortete er: »Dann glaube ich dir.«

Sams bulliger Körper schien sich zu entspannen. Nach einer Weile fragte er: »Also, was willst du wissen, Tony?«

»Alles. Zunächst einmal, wie war Marcie Calder?«

Sam sah ihn lange an, bevor er antwortete: »Ehrlich gesagt, Tony, hat sie mich an Alison erinnert.«

Es war ihre Haltung, erklärte Sam – elegant und immer ein wenig distanziert, als ob sie ein Geheimnis umgeben würde. Marcie war nicht so intelligent und bestimmt nicht so privilegiert, doch man hatte immer den Eindruck, als hielte sie etwas von sich zurück. Am freiesten schien sie zu sein, wenn sie lief.

Sie war groß und schlank, beschrieb Sam, mit blasser Haut und glatten schwarzen Haaren, die ihre Wangenknochen betonten. Ihre Zurückhaltung wirkte eher wie Schüchternheit, nicht wie eine bewußte Wahrung ihrer Privatsphäre. Während Alison in Sams Erinnerung eher praktisch und realistisch gewesen war, erschien ihm dieses Mädchen wie eine Romantikerin. Als ihrem Trainer fiel Sam die Aufgabe zu, ihr zu ihrem Talent auch Disziplin beizubringen.

Und sie hatte Talent, wie Sam zugeben mußte. Er sah ihr gern zu und mochte die aufmerksame Art, mit der sie ihm zuhörte und ihn vertrauensvoll ansah. Neben ihren Augen waren Marcies Beine das Beste an ihr. Sie war beinahe flachbrüstig, doch sie hatte die Beine einer Ballerina, kräftig genug nicht nur für Hundert-Meter-Sprints, sondern auch für die Zweihundert-Meter-Distanz. Der Direktor hatte das Mädchen bestimmt nicht ohne Hintergedanken zu den Leichtathleten geschickt. Sam hielt diese Idee sogar für eine Beleidigung, weil sie nahelegte, daß Sams Zeit nicht so wichtig war, und Sam sah sich selbst als einen in die Jahre gekommenen Sportler, der junge Mädchen auf das Feld der Ehre führen sollte, auf dem er sich einst ausgezeichnet hatte und das für ihn inzwischen zur Tretmühle eines festgefahrenen Lebens geworden war. Doch mit Marcie war das anders geworden. Sie bewunderte ihn nicht nur, er konnte sie auch zu etwas Besonderem machen. Als sie ihn zum erstenmal gefragt hatte, ob sie nach dem Training noch bleiben dürfte, um den entscheidenden Abstoß aus den Startblöcken zu üben, hatte er bereitwillig zugesagt. Eine Stunde später war sie schon viel besser geworden; als er sie so über die Aschenbahn gebeugt sah, hatte Sam zum erstenmal die Muskeln ihrer Schenkel und ihren festen Hintern bewundert. Die Art, wie sie im Startblock erstarrte und auf sein Kommando wartete, hatte etwas Sinnliches.

Beim ersten Meeting der neuen Saison gewann Marcie ihre beiden Rennen.

Dadurch wurde sie allerdings nicht redseliger. Aber Sam konnte es in ihren Augen sehen. Sie leuchteten, erklärte er Tony. Er hatte ihr geholfen, etwas zu entdecken, das noch wichtiger war als die Liebe zum Laufen – sie, Marcie Calder, war die Beste. Als sie auf ihn zulief, um ihn zu umarmen, erregte Sam die unerwartete Nähe ihres Körpers.

Die Mädchen begaben sich in ihre Umkleidekabine, Sam ging in sein Büro neben dem des Direktors. Die Sekretärinnen waren schon weg, und der Direktor nahm an einer Tagung teil. Sam begann, die Anwesenheitslisten durchzusehen.

Vor seinem Büro hörte er leise Schritte, und er erinnerte sich daran, daß es in letzter Zeit zu Diebstählen unter den Schülern gekommen war. Als er gerade aufstehen wollte, stand plötzlich Marcie Calder in der Tür. Sie trug noch immer ihre Laufkleidung. Die Überraschung ließ Sams Herz stocken. Er betrachtete ihre langen Beine, ihre ernsten, stillen Augen und die winzigen Sommersprossen auf ihrer Nase. Noch bevor sie etwas sagte, spürte er jene eigenartige Elektrizität, die jeder Mann kennt – das Gefühl, daß etwas bisher Unausgesprochenes nun nicht mehr gesagt werden muß.

Er versuchte zu lächeln. »Hallo, Marcie. Was gibt's?«

Sie deutete ein Schulterzucken an, ohne den Blick von ihm zu wenden. »Ich wollte nur danke sagen.«

»Wofür? Du selbst hast die Rennen gewonnen.«

Marcie schüttelte langsam den Kopf. »Sie haben mir zum Sieg verholfen.« Ihre Stimme war sanft. »Darf ich die Tür zumachen, bitte?«

Sam spürte einen Kloß im Hals. Er fragte sich, wie oft er seine Lehrer ermahnt hatte, sich mit Schülern nicht hinter geschlossenen Türen zu treffen. So paranoid, wie die Eltern heutzutage waren, und wegen der Gefahr von Klagen wegen sexueller Belästigung, barg solche Vertraulichkeit zu große Risiken. »Also gut«, hörte er sich sagen. »Wenn du meinst, daß das nötig ist.«

Mit gesenktem Kopf schloß sie die Tür. Als sie ihn wieder ansah, zögerte sie. »Ich habe mich in Sie verliebt«, erklärte sie dann.

Während das Blut in seinem Kopf rauschte, versuchte er ein weiteres Lächeln. »Genau wie Jennifer, meine Tochter. Bis sie mich durchschaut hat.«

Ihre Augen wollten das nicht akzeptieren, und Sam fragte sich, wo sie so viel gelernt und wie er sich verraten hatte. Ruhig erwiderte sie: »Nein, wie eine Frau.«

Spätestens das hätte er belächeln sollen, doch er sagte nur: »Oh. So also.«

Sie saß jetzt auf dem Stuhl vor seinem Schreibtisch. Er konnte das Kruzifix um ihren Hals sehen und ihre zarten Schlüsselbeine. »Ich habe noch nie mit einem Mann geschlafen«, sagte sie leise. »Ich glaube, so weit bin ich noch nicht.«

»Genausowenig wie ich. Und wenn du soweit bist, Marcia, wird es jemand sein, der deinem Alter angemessener ist – wie es auf Lehrerkonferenzen immer so nett heißt.«

»Nein«, sagte sie. »Ich möchte, daß Sie es sind. Nur jetzt noch nicht.«

Er bemerkte, daß die Jalousien neben ihm offenstanden. Der Hausmeister hätte sie vom Schulhof aus sehen können. »Was willst du dann also?« fragte er.

Sie war seinem Blick gefolgt. Als sie die Jalousien herunterließ, hielt er sie nicht auf. Sie kniete sich hin und löste seine Gürtelschnalle.

»Marcie, um Gottes willen …«

Sie blickte zu ihm auf. »Ich weiß, wie es geht«, sagte sie. »Nicht aus Erfahrung, aber die Leute reden, wissen Sie …« Dann senkte sie ihren Kopf.

Sam hörte auf zu denken.

Er richtete sich ein wenig auf. Als er auf sie hinunterblickte, sah er, was er bereits gefühlt hatte. Ihre schwarzen Haare strichen über seine Hüften.

Eine Zeitlang rührte er sich nicht und gab auch keinen Ton von sich.

Für Tony klang die Geschichte irgendwie falsch: die verführerische Schülerin und der alternde Mann.

»Hast du gerade *Lolita* gelesen?« fragte er. »Das ist die klassische Männerphantasie.«

Sam zuckte die Schultern und starrte ins Leere. »Deswegen ist es vermutlich passiert.«

Tony zögerte ungläubig. »Dieses sechzehnjährige Mädchen ist einfach so zu dir gekommen? Ohne jede Ermutigung deinerseits, ohne daß es vorher zweideutige Anspielungen gab oder irgendwelche Anzeichen, daß sie vielleicht ein bißchen schräge drauf war? Einfach so aus heiterem Himmel?«

»Du wolltest die Wahrheit hören, verdammt noch mal.« Sam wandte sich ihm zu. »Das reicht nicht nur aus, um mich aus Lake City zu vertreiben und mir meine Lehrerlaubnis auf Lebenszeit zu entziehen. Wenn ein Lehrer mir morgen diese Geschichte erzählen würde, wäre ich gesetzlich verpflichtet, damit zum Bezirksstaatsanwalt zu gehen. Ich weiß nicht, wie das in San Francisco ist, aber in diesem Staat sind Geschlechts-

und Oralverkehr mit Minderjährigen für ein paar Jahre Gefängnis gut.« Seine Stimme wurde vor Verbitterung leise. »Und als stellvertretender Direktor bin ich für manche Richter das perfekte Objekt, ein Exempel zu statuieren. Ich bin schon beurlaubt, weil ich *möglicherweise* Sex mit ihr hatte. Meine klassische Männerphantasie ist also viel zu dumm, um eine Lüge zu sein, Tony. Und zwar noch bevor Sue mich verläßt und meine Kinder mir nicht mehr in die Augen sehen können.«

Tony lehnte sich zurück und betrachtete das Spielfeld, auf dem er und Sam vor achtundzwanzig Jahren unter den Augen von Sue und Alison gemeinsam den Triumph gefeiert hatten, von dem sie immer geträumt hatten. »Also gut«, sagte er leise. »Erzähl mir von dem Abend, an dem sie gestorben ist.«

DREI

Beim zweitenmal trafen sie sich bei Einbruch der Dämmerung gegen halb acht auf dem Parkplatz einer stillgelegten Tankstelle. Wie beim erstenmal stieg Marcie aus ihrem Wagen in Sams um. Am ersten Abend sechs Wochen zuvor hatte das Risiko, entdeckt zu werden, ihrem Treffen einen Hauch von Gefährlichkeit verliehen, dazu, wie Sam Tony gestand, das erregende, unbekannte Gefühl, mit einem Mädchen zusammenzusein, das bereit war und für das alles ganz neu war. Sie waren in den Taylor-Park gegangen, wo sich Marcie im Schutz der Büsche ausgezogen hatte. Er gab sich Mühe, ihr nicht weh zu tun; als er in sie eindrang, konnte er das Flattern ihres Herzens spüren, ihren Atem in seinem Gesicht. Sie hatte »Ich liebe dich« geflüstert, und dabei hatte ihre Stimme so jung und schmächtig geklungen, daß er sich für seinen Höhepunkt geschämt hatte.

Laut Sam sollte der Abend, an dem sie verschwunden war, der letzte sein. Als Anwalt konnte Tony nicht davon ausgehen, daß Sams Geschichte der Wahrheit entsprach. Aber Sam war ein talentierter Geschichtenerzähler: Von Anfang an konnte Tony sich das Schweigen im Wagen vorstellen – ein Mann, der hoffte, von seiner Selbstzerstörung ablassen zu können, und ein Mädchen, das sich in einer Phantasie verloren hatte, ohne die Kluft zwischen ihnen zu bemerken.

Tony lehnte sich zurück und ließ den Abend, wie Sam ihn beschrieb, an sich vorbeiziehen. Manchmal glaubte er Sam sogar.

Als Sam den Wagen auf dem Parkplatz beim Taylor-Park abstellte, kuschelte Marcie sich an ihn und fragte leise: »Was willst du heute abend?«

Er sah, schon jetzt nervös, auf seine Uhr. Er hatte Sue erklärt, daß er ein paar Unterlagen vergessen hatte und deshalb in der Schule arbeiten würde. Damit blieb ihm ungefähr eine Stunde, Marcie zu verlassen, die ihn weiter anhimmelte.

»Keiner weiß, wo du bist?« fragte er.

Ein kurzes Nicken, ein Kuß auf die Wange. »Im Augenblick würden es die Leute noch nicht verstehen.«

Sam kam der traurige Gedanke, daß das Mädchen, das ihm seine Unschuld geschenkt hatte, nicht wußte, wie es ihn nennen sollte. Erst dann begriff er entsetzt, was sie gemeint hatte: Marcie Calder bildete sich ein, daß Lake City das alles in irgendeiner illusorischen Zukunft verstehen würde.

»Laß uns einfach ein bißchen reden«, sagte er.

Mit einem Vertrauen, das ihn rührte, rutschte Marcie auf seinen Schoß und schmiegte ihr Gesicht an seines. Sie hatte sich noch nie so leicht angefühlt. Sam kam eine quälende Erinnerung an seine Tochter Jennifer, die sich am Heiligen Abend in einem Baumwollnachthemd in seine Arme gekuschelt hatte, während Sue eine Weihnachtsgeschichte vorgelesen hatte.

»Ich finde, wir sollten heiraten«, murmelte Marcie.

Sam war sprachlos vor Überraschung. Im Dunkeln hielt er sie weiter in den Armen und fragte sich, wie er übersehen konnte, wie jung dieses Mädchen für eine Sechzehnjährige noch war, wie sehr Marcies Gefühle einer teenagerhaften Schwärmerei für irgendeinen Filmstar oder, was genauso schlimm war, für einen Ersatzvater ähnelten.

»Ich glaube nicht, daß wir das je können«, erwiderte er.

Sie lehnte sich zurück und sah ihn an. »Warum nicht?«

»Da ist zum Beispiel meine Frau«, sagte er schlicht.

Während er beobachtete, wie sie diesen Einwand verdaute, empfand er es auf einmal als grotesk, Sue, mit der er seit vierundzwanzig Jahren verheiratet war, mit einem Teenager zu erörtern, der sich vorstellte, sie zu ersetzen. »Da sind viele Dinge«, fuhr er fort. »Deine Eltern, mein Job, die Art, wie die Leute mich ansehen würden. Und das zu Recht: ein mittelaltriger Mann, der die Familie seiner Schülerin, ihre Schule und ihre natürliche Zuneigung zu ihm verraten hat –«

»Nein.« Sam hörte die Tränen in ihrer Stimme. »Meine Gefühle für dich gehen sehr viel tiefer.«

»Dann darf ich mich glücklich schätzen.« Verzweifelt suchte Sam Zuflucht zu seinem Talent, Komplimente zu machen. »Glücklich, ein kleiner Teil deines Lebens gewesen zu sein –«

Er hielt unvermittelt inne. Im Rückspiegel waren Autoscheinwerfer aufgetaucht. Sam drehte sich um und betete, daß es nicht die Polizei war. Dann sah er, wie der Wagen in einiger Entfernung parkte und das Licht löschte. Als er sich Marcie mit rasendem Herzen wieder zuwandte, fühlte sich ihr Körper drahtig und störrisch an.

»Ich möchte, daß du mein Leben bist.« Ihre Stimme war plötzlich fest und von einer fast gespenstischen Gewißheit. »Wenn wir erst einmal verheiratet sind, werden es die Leute schon akzeptieren. Ich kann die Schule beenden und aufs College gehen, genau wie meine Eltern es wollen.«

»Marcie«, unterbrach Sam sie. »Ich habe deine Eltern kennengelernt. Kannst du dir deinen Vater mit einem Schwiegersohn vorstellen, der älter ist als er selbst?« Er bremste sich, weil er Angst hatte, sie wütend zu machen. »Wir können uns lieben, Marcie. Aber ich bin schon viel zu alt, um je dein Leben zu sein.

Du hättest zehn Jahre mit einem Mann, der zu alt für dich ist, und würdest die nächsten zwanzig damit vergeuden, einen Greis zu pflegen.«

Sie war jetzt ganz still. In einem anderen Tonfall, kühler und reifer, sagte sie: »Dann kannst du deine Frau also nicht verlassen.«

Der Unterton, der in ihren Worten mitschwang, machte ihm Sorgen, doch er hielt sich an ihren zupackenden Realismus. »Nein«, antwortete er, »das könnte ich nie.«

Angespannt belauerte er Marcies Schweigen. »Also gut, Sam.« Zum erstenmal nannte sie ihn bei seinem Vornamen, und es klang jugendlich verächtlich. »Ich werde es keinem erzählen. Ist es das, was du willst?«

Sams nächster Atemzug war fast ein Seufzer. »Ja. Das wäre das beste für dich selbst, Marcie. Und mir würde es auch helfen.«

»Ich werde dir helfen«, erwiderte sie kühl. Ein Lichtstreifen fiel auf ihr Gesicht; ihre Haut war blaß, ihre Tränen wie Spuren auf Marmor. Abrupt riß sie sich los und öffnete die Wagentür. »Ich werde gleich anfangen, dir zu helfen.«

Sam packte ihren Ärmel. »Warte!«

Marcie riß sich los. »Worauf?« fragte sie heftig. »Darauf, daß du mir noch ein paar weitere wertvolle Erinnerungen bescherst?«

Ihre Stimme brach, und im nächsten Moment war sie aus dem Wagen gesprungen und rannte los.

Ohne nachzudenken, riß Sam die Fahrertür auf. Eine kühle Brise schlug ihm entgegen, als er blinzelnd versuchte, zu erkennen, wohin sie lief, ein dahinsausender Schatten vor dem Mond über dem See. Er lief ihr ein Stück nach und blieb dann stehen, als ihm der andere Wagen wieder einfiel. Marcie war in der Dunkelheit verschwunden.

Sam stand unschlüssig da, bis er spürte, wie sein wirkliches Leben ihn von diesem Abgrund wegzog. Er mußte hier verschwinden, sich an einen Ort begeben, wo er sich aufhalten und wieder der Sam Robb sein konnte, den die Leute kannten. Marcies Wagen war nicht einmal eine Viertelmeile entfernt geparkt. Wenn ihre Erregung sich gelegt hatte, würde sie wieder das sechzehnjährige Mädchen werden, das zu einer bestimmten Zeit zu Hause sein mußte. Und morgen in der Schule konnte Sam mit der heiklen Aufgabe beginnen, so zu tun, als wäre sie nie etwas anderes gewesen.

Er blickte sich um und stieg in den Wagen.

Der Sitz neben ihm wirkte unnatürlich leer. Er beugte sich hinüber, schloß die Beifahrertür und schaltete das Radio ein, um sich zu beruhigen. Noch immer erschüttert verließ er den Park. Beim Hinausfahren sah er im Licht der Scheinwerfer den Schatten des geparkten Wagens und den Kopf eines kaum auszumachenden Insassen, der offenbar beobachtete, wie Sam wegfuhr.

Nach Hause konnte er in dieser Verfassung nicht. Statt dessen fuhr er instinktiv zur Schule, wo er angeblich hatte arbeiten wollen Sam wußte, daß die leichtesten Lügen immer die waren, die ein Körnchen Wahrheit enthielten. Außerdem brauchte er Zeit zum Nachdenken.

Sam ließ sich unter dem grellen Neonlicht in den Stuhl hinter seinem Schreibtisch fallen. Seine Gedanken rasten. Er konnte nur versuchen, Schritt für Schritt in sein altes Leben zurückzukehren.

Der erste Schritt, beschloß er, war ein Anruf bei Sue.

Er wählte und wappnete sich für den Klang ihrer Stimme. Als er statt dessen seine eigene Stimme auf dem Anrufbeantworter hörte, wurde er von der plötzlichen Angst gepackt wie von einem schrecklichen Aberglauben, daß Sue ihm irgendwie gefolgt sein könnte – daß er Sues Kopf in dem Wagen im Schatten gesehen hatte, daß Sue Marcie Calder vielleicht in diesem Moment im Taylor-Park zur Rede stellte.

Das Piepen des Anrufbeantworters riß ihn aus dieser Vision.

»Hallo, Schatz.« Er versuchte, ganz normal, vielleicht ein wenig müde zu klingen. »Der Kram hat länger gedauert, als ich dachte. Personalakten. In ein paar Minuten bin ich zu Hause.«

Er legte den Hörer auf und empfand für einen Augenblick Frieden – dies würde seine letzte Lüge sein. Und dann ging es auf der Achterbahn seiner Nerven wieder bergab, und er fragte sich erneut, warum Sue nicht abgenommen hatte.

Die etwa zweiminütige Heimfahrt war von Gedanken an Marcie überschattet. Vielleicht lief sie noch alleine im Park herum. Sam überlegte, ob er dorthin zurückfahren sollte. Dann stellte er sich vor, wie Marcie ihren Eltern in einem plötzlichen Ausbruch alles erzählte. Als er die Haustür öffnete, fühlte er sich wie ein Feigling.

Unten war es dunkel und still. In seiner Aufregung machte ihn diese Stille nervös. Langsam ging er nach oben. Aus dem Schlafzimmer drangen Stimmen. Leise schlich er den Flur hinunter und legte das Ohr an die Schlafzimmertür, bevor er sie mit klopfendem Herzen öffnete.

Sue saß im Bett, feilte ihre Nägel und hörte mit halbem Ohr den Elf-Uhr-Nachrichten zu.

»Ich habe versucht, dich anzurufen«, seufzte er erleichtert.

Sie blickte auf. »Da muß ich unter der Dusche gewesen sein«, erklärte sie und runzelte die Stirn. »Mir ist schon wieder ein Nagel abgebrochen. Ich habe Hände wie eine Waschfrau.«

Sam blieb einen Moment in der Tür stehen. »Du hast sehr schöne Hände, Liebling. Mit langen Fingern.«

Sue lächelte ein wenig. »Ja, aber sie sind nicht so schön wie Jennys«, meinte sie.

Diese Bemerkung löste in Sam aus irgendeinem Grund den Wunsch aus, Sue zu küsssen. Doch er hielt sich zurück. Er wollte nicht, daß sein Verhalten merkwürdig oder schuldbewußt wirkte. Er zog sich seine Boxershorts an und krabbelte ins Bett.

»Ich bin müde«, sagte er, zufrieden, endlich einmal die Wahrheit sagen zu können.

Sue griff nach der Fernbedienung. »Dann schlaf«, erwiderte sie und schaltete den Fernseher ab.

Wieder ein Schritt geschafft, dachte Sam. Und dann dachte

er an Marcie und daran, wie ihm ihr Wiedersehen am nächsten Morgen bevorstand, während er ganz still in der Dunkelheit seines Schlafzimmers lag, damit niemand seine Ratlosigkeit bemerkte.

Mit drei Tassen Kaffee, die in seinem leeren Magen brannten wie Säure, saß der stellvertretende Direktor der Lake City High School am nächsten Morgen in seinem Büro und wartete auf die Anwesenheitslisten.

Jane Moore, die Frau seines alten Klassenkameraden, war seine Sekretärin. Er steckte den Kopf ins Vorzimmer.

»Sind die Anwesenheitslisten schon gekommen?«

Sie sah ihn mit gerunzelter Stirn an. »Nein«, antwortete sie. »Aber wir hatten gerade einen Anruf von Nancy Calder, Marcies Mutter.«

»Was ist denn los?«

»Gar nichts, hoffe ich. Aber sie wissen nicht, wo Marcie ist.«

Sam legte den Kopf zur Seite. In diesem schlimmsten Moment seines Lebens, als der Boden unter seinen Füßen zu schwinden schien, war er stolz darauf, wie professionell er klang – beunruhigt, aber nicht panisch, mit genau bemessener Besorgnis in der Stimme. »Wann hat Nancy sie denn zum letztenmal gesehen?«

»Gestern abend gegen acht. Marcie hat gesagt, sie wollte zu einer Freundin, aber von dort ist sie nicht zurückgekommen. Nancy hat die Polizei verständigt.«

Sam sah Jane Moore an und spürte die Last seines eigenen Schweigens. »Halten Sie mich auf dem laufenden, ja?«

Um halb zehn wurde Marcie noch immer vermißt. Sam verließ das Büro und setzte sich allein in seinen Wagen auf dem Parkplatz. Er bildete sich ein, auf dem abgewetzten Bezug des Beifahrersitzes den zarten Abdruck ihres Körpers zu erkennen.

Er saß da und grübelte. Mit jeder Minute, die verstrich, wurde ihm seine eigene Feigheit bewußter. In dem verzweifelten Bemühen, sich zu läutern, fuhr er, ungeachtet aller möglichen Konsequenzen, schließlich zur Polizei.

Zwei Detectives, Jack Seed und Carl Talley, standen mit Kaffeetassen am Tresen. Sam war irgendwie erleichtert: Beide hatten Söhne auf der High-School und kannten ihn als jemanden, den ihre Jungen mochten. Jack Seed hob die Augenbrauen: »Hallo, Sam. Was können wir für Sie tun?«

»Ich bin wegen Marcie Calder hier. Ich habe sie gestern abend noch nach ihren Eltern gesehen. Gegen halb zehn.«

»Halb zehn?« Jack Seed klang erleichtert. »Wo denn?«

»Im Taylor-Park.«

Sam fiel zum erstenmal auf, wie wach Seeds Augen waren. »Im Taylor-Park«, wiederholte der Detective. »Meinen Sie, Sie können uns die Stelle zeigen?«

Der Streifenwagen hielt auf dem Parkplatz. Sam saß auf dem Rücksitz. Im Lauf der Nacht hatte es geregnet; der Park war feucht, und kalter Nebel hing über dem See.

Sam beugte sich vor. »Da«, sagte er. »Dort habe ich sie zuletzt gesehen. Sie ist gelaufen.«

Jack Seed wandte sich zu ihm um, in seinem schmalen Gesicht las Sam lediglich verhaltene Neugier. »Wissen Sie, warum sie hier abends herumgelaufen ist?«

»Wir hatten gerade geredet. Sie war … aufgeregt.«

Seed schürzte die Lippen. »Ach so«, sagte er und wandte sich Talley zu, der erst in diesem Moment aufgehört hatte, Sams Gesicht zu beobachten. »Das sollten wir uns besser mal ansehen.«

Sie stiegen aus. Als Sam folgte, protestierte niemand.

Zu dritt gingen sie über die Wiese. Seed sah sich um. »Beschissener Tag«, meinte er.

»Beschissene Nacht«, erwiderte Talley, als ob Sam gar nicht da wäre.

Ein paar Schritte vor der Klippe blieb Seed stehen und starrte auf den Boden. Er drehte sich um und bat: »Würden Sie bitte zurückbleiben, Sam.«

Sam blieb stehen und sah, daß die beiden Detectives ein wenig die Richtung änderten, als würden sie um etwas herumgehen.

Die beiden gingen bis an den Rand der Klippe. Sam beobachtete, wie Talley ein wenig in sich zusammensackte, Seed stand vollkommen reglos. »Verdammt«, stöhnte er leise.

Sam kam zu ihnen. Als er zwischen sie trat und auf Marcie hinabblickte, sagte keiner ein Wort.

Sie lag unweit des Fußes der Klippe, das Gesicht nach oben gewandt. Marcie trug noch immer das Leichtathletiktrikot, das sie am Vorabend getragen hatte und unter dem sich, wie sie Sam kokett erklärt hatte, als sie in seinen Wagen gestiegen war, ihr Geheimnis verbarg – kein BH. Von oben sah sie winzig aus, wie eine Stoffpuppe.

Sam hockte sich benommen an den Rand der Klippe. Er hörte Seed murmeln: »Wir sollten den Notarzt und die Spurensicherung alarmieren.«

Erst in diesem Moment wurde Sam klar, daß sein Leben, so wie es bisher gewesen war, zu Ende war.

Tony sagte lange Zeit nichts. Ihm wurde bewußt, daß die Erzählung ihn weit in die Vergangenheit und zu Alison getragen hatte. Er konnte sich vorstellen, daß Sam in derselben Klemme steckte wie er damals – daß er unschuldig und verängstigt in die Falle widriger Umstände getappt war. Aber es war Marcies Tragödie, die ihn betroffen machte. Er konnte sich nur zu gut an die operettenhaften Gefühle erinnern, die einen als Teenager unvermutet überfielen. Doch selbst wenn er Sams Geschichte für bare Münze nahm, klang sie mit all seinem Selbstmitleid und dem begangenen Vertrauensbruch vor allem egoistisch und verabscheuungswürdig.

Tony stand auf und spürte, daß seine Beine vom langen Sitzen auf der Holzbank steif geworden waren. Sam blieb mit abwesendem Blick sitzen. »Ich war verantwortlich für sie«, murmelte er. »Ich wußte es, und ich konnte nichts mehr machen.«

Tony stellte fest, daß Sam ihm nicht in die Augen sehen konnte. »Was hast du der Polizei erzählt?«

Sam schien sich zu sammeln. »Einen Haufen Blödsinn«, sagte er leise.

»Welchen Blödsinn?«

Die Entgegnung klang barscher, als Tony es beabsichtigt hatte. Sam richtete sich auf. »Was man erwarten würde. Daß sie in mich verschossen war und daß ich sie abgewiesen hatte. Daß es eine Dummheit war, mit ihr allein zu sein, vor allem dort, daß sie auf mich aber einen so verdammt irrationalen Eindruck gemacht hätte, daß ich gedacht habe, sie müsse schreckliche Probleme haben – Drogen oder irgendwas. Ich habe gesagt, daß ich ihr nur helfen wollte. Aber in Wirklichkeit habe ich nur daran gedacht, wie ich mich selbst retten konnte.«

»Wie bist du auf die Idee gekommen, daß sie dir die Geschichte abkaufen?«

Sam drehte sich zu ihm um, und seine Augen blitzten in alter Trotzigkeit auf. »Sie war tot, Tony.«

Die Schroffheit dieser Bemerkung ließ Tony innehalten. Diese gnadenlose praktische Feststellung galt gleichermaßen für das, was Sam der Polizei aufgetischt, wie für die Geschichte, die er Tony erzählt hatte. Und dann erinnerte Tony sich so klar, als ob es gestern gewesen wäre, daran, wie er die Polizei über Alison belogen hatte.

»Und Sue?« fragte er schließlich.

Der defensive Ausdruck in Sams Augen verschwand. »Ihr habe ich dasselbe erzählt.« Sam machte eine Pause und stand auf. »Sollte ich gestehen, daß ich mit Marcie geschlafen habe, und meine Frau dann bitten zu lügen, falls sie irgend jemand danach fragen sollte? Im Grunde habe ich Sue damit einen Gefallen getan. Selbst wenn sie mir kein Wort glaubt.«

Wieder fiel Tony Sams wacher Überlebensinstinkt auf. In dem Wissen, daß es sicher war, hatte Sam Tony eine glaubwürdigere Version erzählt, in der er seine Scham zugegeben und gleichzeitig an Tonys Mitleid für einen Unschuldigen appelliert hatte, der durch widrige Umstände als Schuldiger in einem Mordfall dastand. Leise sagte Sam: »Ich wollte das niemandem gestehen, Tony. Als Sue dich anrufen wollte, konnte ich nur denken, was für einen erbärmlichen Eindruck ich auf dich machen würde. Aber bis jetzt war mir nicht klar, wie sehr ich das hassen würde.«

Tony schob schweigend die Hände in die Hosentaschen.

»Und«, fuhr Sam fort, »was machen wir jetzt wegen Sue?«

Die orakelhafte Frage beunruhigte Tony. Als er aufblickte, musterte Sam ihn mit einem dünnen, spöttischen Lächeln. »Du kannst es ihr natürlich nicht sagen, du bist mein Anwalt. Wie wird das für dich sein: zwischen deinem ältesten Freund und seiner Frau zu stehen? Oder anders herum, zwischen deiner ältesten Freundin und ihrem Mann?«

Einen Moment lang hatte Tony das Gefühl, daß Sam ihn reizen wollte, eine subtile Rache für seine eigene Demütigung nahm. »Ich werde es Sue schon erklären«, antwortete Tony leise. »Ich möchte dir keinesfalls noch mehr Probleme aufhalsen.«

Sam blinzelte, und der spöttische Ausdruck war aus seinem Gesicht verschwunden. »Es tut mir leid, Tony. Es tut mir wirklich leid. Das und alles, was ich dir erzählen mußte. Aber nie, glaub mir, nie im Leben wäre ich fähig, einen Mord zu begehen.«

Als sie nach Hause kamen, verdrückte Sam sich ins Schlafzimmer und ließ Sue und Tony allein. Das freudlose Lächeln, mit dem sie ihn ansah, erinnerte Tony an Sam, nur daß Sues trauriger und überhaupt nicht böswillig war.

»Du hast mir etwas zu sagen«, begann sie.

Er setzte sich neben sie auf das Sofa. »Nur, daß ich dir als sein Anwalt nichts sagen kann. Genausowenig wie er.«

Sue beobachtete seine Augen. »Ich dachte, eine Ehefrau kann nicht zu einer Aussage gegen ihren Mann gezwungen werden.«

»Die Sache ist ein wenig komplizierter. Aber um es kurz zu machen, es könnte an bestimmten Punkten mehr auf dich als auf Sam ankommen.« Tony berührte ihre Hand und empfand die seltsame Ambivalenz seiner Rolle. »Im Augenblick ist es eine Gnade, nicht in alle Einzelheiten eingeweiht zu sein. Wenn es später nicht mehr um das Gesetz, sondern um eure Ehe geht, kannst du alles mit ihm besprechen.«

Sue betrachtete ihn noch immer. »O Tony«, murmelte sie, »er hat mit dem Mädchen geschlafen, nicht wahr?«

Er antwortete nicht, ihre Frage hatte das auch gar nicht verlangt. »Ich kann nur hoffen«, sagte sie schließlich, »daß es nicht noch schlimmer wird.«

»Er sagt, daß er sie nicht getötet hat, Sue. Ich glaube, das werden die Leute ihm abnehmen.« Tony hielt inne und versuchte, ein wenig ermutigender zu klingen. »Morgen treffe ich mich mit dem Bezirksstaatsanwalt. Vielleicht hat sich dann ja wenigstens der Teil von allein erledigt.«

Sue lächelte schwach. »Von selbst erledigt? So etwas erledigt sich nicht einfach von selbst. Das weißt du besser als jeder andere.«

Plötzlich fiel Tony noch etwas ein. Er sprach noch leiser. »Eins sollte ich dir noch sagen, Sue. Heute hat er mich mehr oder weniger zwischendurch gefragt, ob wir je miteinander geschlafen hätten.«

Sie wirkte nicht überrascht, sondern nickte nur langsam. »Das hat er schon öfter zur Sprache gebracht. Was hast du ihm gesagt?«

»Dasselbe, das du ihm gesagt haben mußt.«

Sue schwieg einen Moment und schüttelte dann den Kopf. »Armer Tony«, sagte sie. »So viele Geheimnisse zu bewahren. Sogar unseres.«

VIER

Tony sah, daß der Lauf der Zeit das Stadtbild von Steelton kaum verändert hatte. Nichts konnte die Spuren tilgen, die Ruß und rauhes Wetter an den Fassaden der grauen Betongebäude hinterlassen hatten, nichts die Gleichgültigkeit wiedergutmachen, mit der die Schwerindustrie sich an den Ufern des Flusses ausgebreitet hatte, bis kein Grün mehr zu sehen war. Die massive Architektur war bis auf wenige neu hinzugekommene Glaskästen in der letzten Prosperitätsphase des Stahlgürtels in den vierziger und fünfziger Jahren erstarrt. Tauben schienen noch immer die einzigen Vögel der Stadt zu sein, scharenweise trippelten sie über die karge Betonwüste des Steelton Square und beschmutzten den Sockel des gußeisernen Marschall-Pilsudski-Denkmals. Als Tony auf den Amtssitz des Bezirksstaatsanwalts zuging, einen Betonbunker aus den vierziger Jahren neben dem Gerichtsgebäude, erinnerte er sich mit Unbehagen daran, daß hier einst sein eigenes Schicksal entschieden worden war. Er fragte sich, ob in den Archiven noch immer eine Akte mit seinem oder Alisons Namen schlummerte.

Im dritten Stock meldete Tony sich bei einem Pförtner, der ihn durch eine kugelsichere Trennscheibe musterte, und fragte nach Stella Marz.

Die stellvertretende Bezirksstaatsanwältin platzte energiegeladen aus einer Holztür ohne Aufschrift, streckte die Hand aus und musterte Tony neugierig und leicht amüsiert, als könnte das Auftauchen von Anthony Lord eine interessante Herausforderung oder doch zumindest eine anregende Novität in ihrem Berufsalltag bedeuten.

»Stella Marz«, stellte sie sich vor und führte ihn ohne weitere Worte durch ein Labyrinth aus mit Linoleum ausgelegten Fluren in ein Büro mit Blick auf den Eriesee. »Ich hoffe, die Aussicht gefällt Ihnen«, bemerkte sie. »Bis zur letzten Woche hatte ich ein Büro mit Fenster zum Parkplatz.« Ihr Tonfall schien zu sagen, daß sie selbst bisher zu beschäftigt gewesen war, um das Panorama zu genießen.

Sie war Mitte bis Ende Dreißig. Nach Tonys Erfahrung bedeutete die Tatsache, daß man ihr einen wichtigen potentiellen Mordfall übertragen hatte, daß sie ein aufstrebender Star war, auf den kein Abteilungsleiter mehr aufpassen mußte. Stella war stämmig und hatte ein attraktives Gesicht – mit leicht gespaltenem Kinn und vage exotischen Augen –, das ein beinahe eurasisches Flair ausstrahlte, wie es slawische Frauen bisweilen haben. Ihr Haar war braun, ihre Haut blaß, und nach ihrem Make-up und ihrem elegant geschnittenen Kostüm zu urteilen, achtete sie auf ihr Äußeres. Die Sporttasche in der Ecke ihres Büros bestätigte eine weitere Vermutung: Sie war eine aktive Sportlerin, die Wert auf ihre Fitneß legte.

»Sie sind ja ziemlich fern der Heimat hier«, meinte sie.

»So fern nun auch wieder nicht. Ich bin hier geboren.«

»Ich weiß. Ich glaube, es war Ihr Onkel Joe, der meinen Vater in die Stahlarbeitergewerkschaft geholt hat.«

Tony lächelte. »Joe Stanicek. Der Bruder meiner Mutter.«

»Genau. Als ich geboren wurde, war Ihre Familie schon aus Steelton weggezogen.«

Tony fand eine weitere Vermutung bestätigt. Stella war ein Mädchen aus der polnischen Arbeiterklasse, das hart gearbeitet hatte, um es zu etwas zu bringen. Er fragte sich, ob sie etwas davon wußte, was seiner Familie widerfahren war, nachdem seine Eltern Steelton verlassen hatten. »Meine Familie ist nach Lake City gezogen«, sagte er. »Daher kenne ich auch Sam Robb.«

Stella legte den Kopf zur Seite und betrachtete ihn. Tony spürte, daß sie ahnte, daß er das alte Viertel, in dem seine Eltern gewohnt hatten, seit Jahrzehnten nicht mehr besucht hatte und sich der Kontakt zu seinen Verwandten auf den Austausch von Weihnachtskarten beschränkte. Dabei vermutete er, daß Stella Marz derlei Loyalitäten sehr ernst nahm. »Ein Glück für Sam Robb«, erwiderte sie schließlich. »Wieviel wissen Sie von der Sache?«

Tony zuckte die Schultern. »Ich weiß, was er bei der Polizei ausgesagt hat, aber was Ihre Behörde angeht, habe ich keine Ahnung. Gibt es irgend etwas, das ich wissen sollte?«

Sie runzelte die Stirn. »Ich halte nichts davon, Verstecken zu spielen, Mr. Lord.«

»Tony, bitte.«

»Wenn wir den Fall zur Anklage bringen, Tony, muß ich meine Beweise ohnehin auf den Tisch legen, und mir ist es lieber, ich weiß schon im voraus, welche Probleme möglicherweise auf mich zukommen.« Sie faltete die Hände. »So arbeite ich in der Regel.«

Tony fand ihren Vortrag seltsam demonstrativ. Sie wollte ihn wissen lassen, daß sie nicht vor Ehrfurcht hintüberschlagen würde, bloß weil er einen besonderen Ruf hatte und mit seiner Frau auf den Seiten der Hochglanzmagazine auftauchte. »Das weiß ich zu schätzen«, sagte er respektvoll. »Auch ich ziehe es vor, wenn mit offenen Karten gespielt wird. Auf beiden Seiten.«

Stella lächelte knapp. Also gut, sagte ihr Blick, wir haben beide verkündet, was für nette Menschen wir sind – wollen wir mal sehen, ob es auch funktioniert.

»Zunächst einmal«, sagte sie, »bin ich ziemlich sicher, daß das Mädchen ermordet wurde.«

Die Eröffnung war brutal genug, um Tony zu irritieren. »Kein Unfall oder Selbstmord? Ich weiß fast nichts über Marcie Calder. Aber Sam erzählte mir, daß sie sehr erregt war. Teenager haben manchmal erschreckende Stimmungsschwankungen, und jede schlechte Erfahrung ist auf ihre Art die erste. Manche haben einfach nicht die innere Kraft, einen solchen Schlag zu verwinden.«

»In der Tat«, gab Stella trocken zurück, doch ihr Blick blieb ernst. »Oder, wie wir meinen, einen solchen Stoß.«

»Wie kommen Sie darauf?«

»Die Polizei von Lake City, die ziemlich professionell arbeitet, hat den Tatort sorgfältig untersucht. Und unsere Gerichtsmediziner haben ebenfalls gründliche Arbeit geleistet. Der Boden vor dem Kliff, an dessen Fuß die Leiche gefunden wurde, ist auf den letzten Metern vor dem Abgrund recht lehmig und matschig. Doch es gab Fußabdrücke. Von Turnschuhen der Größe elf.« Stella hob die Brauen. »Sam Robbs Schuhgröße.«

Tony lächelte. »Genau wie meine. Ich nehme an, daß sie das Haus auf passende Turnschuhe durchsucht haben, und gefunden haben sie ...«

»Andere Schuhe Größe elf. Das bedeutet, daß die Fußspuren entweder nicht von ihm stammen oder daß er die Schuhe beseitigt hat.« Sie machte eine Pause und legte die Fingerspitzen aneinander. »Noch beunruhigender sind die Schleifspuren an der Klippe, parallel zu den Fußspuren mit der Schuhgröße elf. Es sind Spuren, wie sie jemand hinterlassen würde, wenn er von einem anderen gezerrt wird. An den Tennisschuhen von Marcie Calder haben wir denselben Lehm gefunden. Die Vermutung, daß Marcie bis an den Rand der Klippe geschleift und dann hinuntergeworfen wurde, ist also ziemlich plausibel.«

Stella hatte jetzt eine grimmige Miene aufgesetzt. Während Tony beobachtete, wie sie sich die letzten Minuten im Leben des Mädchens ausmalte, spürte er die Leidenschaft, die sie zur Staatsanwältin hatte werden lassen. »Dann müßte sie tot oder bewußtlos gewesen sein«, erwiderte er.

»Tot, glaube ich. Erschlagen. Drei Schläge mit einem Stein von der Größe eines Footballs, den der Täter oberhalb des Strandes gefunden hat. Glaubt jedenfalls der Gerichtsmediziner.«

»Hätte sie sich den Kopf nicht beim Sturz von der Klippe aufschlagen können?«

Stella nickte. »Hätte sie – vielleicht. Aber wir haben am Strand einen Stein gefunden, der voller Haare und Blut war. Blut der Gruppe AB, Marcies Blutgruppe. Er lag ein paar Meter von der Leiche entfernt, als ob ihn jemand dorthin geworfen hätte. Ansonsten«, Stella preßte die Lippen zusammen, »hätte Marcies Kopf seitlich aufschlagen müssen wie eine

Billardkugel, was physikalisch ziemlich merkwürdig wäre. Dafür haben wir an dem Stein außerdem zu viel Blut und Haare gefunden.«

Tony schätzte, daß er so etwas nun seit etwa zwanzig Jahren machte. Doch bei jedem Mordfall gab es einen Moment, in dem er sich den Tod selbst vorstellte. Jetzt sah und hörte er unwillkürlich, wie ein Stein den Schädel eines schwarzhaarigen Mädchens zerschmetterte.

»Selbst wenn Sie recht haben und es Mord war«, sagte er. »Ich kenne Sam Robb schon sehr lange.«

Sie nickte. »Und er redet nicht mehr mit der Polizei, richtig?«

»Richtig. Alles läuft über mich.«

Sie beobachtete sein Gesicht. »Dann fragen Sie Ihren alten Freund etwas für mich. Fragen Sie ihn, warum wir am Steuer seines Wagens Blut gefunden haben.«

Tony bemühte sich, eine nichtssagende Miene zu wahren. »Welche Blutgruppe?«

»AB«, antwortete Stella mit flacher Stimme. »Vielleicht gibt es eine einfache Erklärung, die er uns mitteilen möchte.«

Das traf ihn härter, als es ihn hätte treffen dürfen. Mit einem Mal spürte Tony seine Schwäche. Er war davon abhängig, daß Sam unschuldig war. Im unverbindlichsten Plauderton fragte er: »Ich nehme an, Sie führen eine Analyse durch.«

»Selbstverständlich. Aber auf die Ergebnisse müssen wir noch eine Weile warten.«

»Was ist mit dem Bericht des Gerichtsmediziners?«

»Noch nicht.« Sie machte eine Pause. »Den gebe ich Ihnen erst, wenn ich muß – wenn Anklage erhoben wird.«

Tony überlegte. »Lassen Sie uns für einen Moment annehmen, daß Sie recht haben. Jemand hat Marcie mit einem Stein erschlagen. Dann mußte nicht nur der Mörder mit Blut besudelt gewesen sein, sondern auch ihre Leiche und der Boden um den vermeintlichen Tatort.«

Stella nickte langsam, ohne den Blick von ihm zu wenden. »Das sollte man meinen.«

»Haben Sie in seinem Haus oder an seinen Kleidern Blut gefunden?«

»Nein. Jeder Mörder würde zusehen, daß er seine Kleidung los wird.«

»Und was ist mit Blut am Kliff selbst?«

»Es hat an dem Abend geregnet.«

»Zeugen gibt es vermutlich auch nicht.«

»Noch nicht.« Zum erstenmal wirkte Stella ungeduldig. »Wenn wir den Fall jetzt zur Anklage bringen könnten, würden wir es tun.«

Tony entschied, ein wenig zurückhaltender vorzugehen. »Das ist sehr aufmerksam von Ihnen, Stella, aber ich kann nicht umhin, mich zu fragen, welches Motiv er gehabt haben sollte.«

Stella zog die Brauen hoch. »Wie wär's mit Sex mit einer Sechzehnjährigen? Wenn sie ihn bloßgestellt hätte, wäre Sam Robb erledigt gewesen.«

Tony bemühte sich um einen neutralen Tonfall. »Wenn ich mich recht erinnere, hat Sam das der Polizei gegenüber bestritten. Außerdem ist Mord nicht gerade die Lösung, die einem eher schwachen Menschen einfallen würde. Lügen schon eher. Um jemand umzubringen, muß man eines Mordes fähig sein, und nichts in Sam Robbs bisherigem Leben deutet darauf hin, daß er es ist.« Tony hielt inne und beugte sich vor. »Wenn er solche Angst vor einer Bloßstellung hatte, warum um alles in der Welt ist er dann zur Polizei gegangen? Der einzige Grund, warum wir beide hier sitzen und Sam Gefahr läuft, seinen Job zu verlieren, ist, daß er eben das getan hat.«

Stella wirkte unbeeindruckt. »Vielleicht hatte er Angst, daß ihn ein Zeuge am Tatort gesehen hat. Er hat der Polizei erzählt, er hätte einen anderen Wagen gesehen. In seiner Situation konnte er seine Frau wohl kaum bitten, für ihn zu lügen, oder?«

So kommen wir nicht weiter, dachte Tony. »Was Sue Robb angeht«, sagte er, »für sie war das alles nicht leicht. Sagen Sie der Polizei, sie soll sie in Ruhe lassen.«

»Das Aussageverweigerungsrecht des Ehegatten?«

»Genau.«

Stella nickte. Ihre Miene sagte, daß sie nichts anderes erwartet hatte und zu professionell war, um sich davon beeinträchtigen zu lassen. »Kann ich sonst noch etwas für Sie tun?« fragte sie.

»Bleiben Sie unvoreingenommen.« Er machte eine Pause. »Selbst wenn es Ihrer Ansicht nach ein Mord war, in diesem Park laufen nachts alle möglichen Gestalten herum.«

Stella schwieg eine Weile und sah ihn ausnahmsweise einmal nicht direkt an. »Ich weiß, was Ihnen passiert ist«, sagte sie schließlich. Als sie ihn wieder anblickte und ihre Miene nachsichtiger wurde, wußte Tony, daß ihm seine äußerliche Gelassenheit abhanden gekommen war. »Heute morgen hat ein Reporter angerufen«, fuhr sie fort. »Jemand hat Sie zusammen mit Sue Robb auf dem Flughafen gesehen. Ich bin vielleicht noch zu jung, um mich an den Fall Alison Taylor zu erinnern, aber es war der letzte Mord in Lake City. Der Reporter hat mich daran erinnert, daß Sie damals verdächtigt wurden.«

Wieder spürte Tony, wie die Depression seiner Heimkehr sich über ihn legte. »Dann wissen Sie ja, daß ich in dieser Sache auch emotional engagiert bin.«

Stella betrachtete ihn, als ob sie darauf warten würde, daß Tony seine Unschuld beteuerte. Als er das nicht tat, sagte sie: »Mir gefällt Ihr Freund Sam Robb nicht. Ich weiß, warum er mit Marcie Calder dort war, und Sie wissen es auch.« Sie klang so sicher, daß Tony sich fragte, ob sie mehr wußte, als sie sagte. »Außerdem glaube ich an den Wert jedes einzelnen menschlichen Lebens«, fuhr Stella fort. »Das ist für mich ein religiöses und moralisches Prinzip, egal ob es um Abtreibung oder um die Todesstrafe geht. Deswegen kann ich auch mit einigen meiner Freunde in dieser Behörde nicht übereinstimmen, für die manche Morde ein Dienst an der Öffentlichkeit und Hinrichtungen der Wille Gottes sind. Aber der Mord an einem Teenager, wenn es denn ein Mord war, trifft mich noch härter als die meisten andern. Dieses Mädchen hätte nie sterben dürfen, und seine Eltern hätten nie durchmachen sollen, was sie jetzt durchmachen müssen.«

»Das waren auch meine Gefühle für Alison und ihre Eltern.«

Stella nickte. »Ich kann Ihnen folgendes sagen: Wenn ich glaube, daß Ihr Freund Marcie Calder getötet hat, und eine stichhaltige Anklage zusammenbekomme, werde ich mein Letztes geben, Sam Robb festzunageln. Aber die Entscheidung, ob ich das tue, werde ich sorgfältig abwägen. Und ich werde Sie jederzeit anhören.«

»Mehr kann ich nicht verlangen.«

Stella stand auf und streckte die Hand aus. »Wie dem auch sei«, lächelte sie, »willkommen zurück. Ich hoffe, Sie sind auf die Medien vorbereitet?«

»Habe ich eine Wahl?«

Stella schüttelte den Kopf, nun ohne zu lächeln. »Nein«, sagte sie, »jetzt nicht mehr.«

FÜNF

»Wenn das nicht Tony Lord aus Hollywood ist«, sagte Saul Ravin.

Tony lachte. »Hallo, Saul.«

Sie schüttelten einander die Hände, bevor Saul einen Schritt zurücktrat und Tony spöttisch musterte. »Schicker Anzug. Nicht schlecht für einen kleinen Polenjungen.«

»Sie haben ein Monster erschaffen, Saul. Keine Frage.«

»Mit Monstern kann ich leben, ich habe schließlich etliche vertreten. Aber ein Strafverteidiger …« Saul hielt kopfschüttelnd inne. »Nun denn, Tony, jetzt ist es zu spät. Also nimm mal Platz.«

Sauls Kanzlei war fast unverändert. Saul selber nicht: Sein Haar war ein lockiger weißer Kranz, sein Bauch mittlerweile eines Sumoringers oder Mafiapaten würdig. Seine Augen funkelten immer noch, doch der rötliche Glanz seiner Haut war ebenso beunruhigend wie die um kurz nach zwei offen auf dem Schreibtisch stehende Scotchflasche. Tony hatte solche Anzeichen schon öfter gesehen – der alternde Strafverteidiger mit dem noch immer wachen Verstand, dem der Alkohol, sein Zynismus und die Erschöpfung von zu vielen Prozessen in zu vielen Jahren so sehr in den Knochen steckte, daß er nur noch in kurzen Energieschüben funktionierte. Tony hatte Saul in seiner Erinnerung als Retter bewahrt, einen Anwalt auf der Höhe seiner Kunst, und ein Teil von ihm wünschte sich, daß er das immer noch wäre. Statt dessen sah er sich gezwungen, wieder einmal über den Preis eines Lebens als Strafverteidiger zu grübeln – die Notwendigkeit, persönliche Gefühle zu unterdrücken, um abstrakten Prinzipien wie Beweislast und Unschuldsvermutung zu dienen.

»Drink, Tony?«

»Nein, danke.«

Saul betrachtete die Flasche und zuckte die Schultern, ohne die Flasche anzurühren. »Flauer Tag«, meinte er. »Hast du je das Gefühl, daß deine Arbeit dich schlaucht?«

Seine Vermutung war also richtig gewesen. »Manchmal ist es anstrengend«, gab Tony zu.

»Glaubst du, daß es daran liegt? Vielleicht ist es auch die Energie, die man dafür aufwendet, nicht über all das nachzudenken, worüber ein normaler Mensch nachdenken würde. Wie zum Beispiel die Frage, was dein Mandant getan hat oder als nächstes tun wird, während du für ihn sorgst, daß das System ehrlich bleibt.« Saul runzelte die Stirn. »Neulich habe ich mich bei dem Gedanken an einen Kinderschänder ertappt, den ich rausgepaukt habe, weil das Kind Angst hatte auszusagen. Zwei Jahre später hat Daddy seinen Kleinen mit seinem Lieblings-Kaminbesteck umgebracht. Ich habe jahrelang nicht mehr an ihn gedacht. Doch jetzt muß ich die ganze Zeit ...« Saul schüttelte langsam den Kopf. »Ich werde sentimental, Tony. Je älter ich werde, desto wichtiger werden mir Mandanten, wie du einer warst. Du gehörtest zu der elitären Gruppe derjenigen, die es, da war ich mir verdammt sicher, wirklich nicht waren und eine bessere Chance verdient hatten, als das System sie ihnen gegeben hätte. Um anschließend etwas aus dem Leben zu machen, zu dem ich ihnen mit verholfen hatte. Ich hoffe bei Gott, daß du keine so empfindsame Seele bist.«

Tony zuckte die Achseln. »Ich versuche, es nicht zu sein. Um meiner Mandanten willen und um nicht verrückt zu werden. Meine Frau glaubt manchmal, daß mir das gelungen ist.«

Saul winkte ab. »Zivilisten«, sagte er ironisch. »Sie verstehen einfach nicht die höhere Moral dessen, was wir tun. Ich nehme an, es reicht dir, daß sie talentiert und schön ist.«

»Mir bleibt gar nichts anderes übrig.« Tony lächelte. »Obwohl Stacey sich im Gegensatz zu meiner ersten Frau schon bemüht, einen Unterschied zwischen mir und meinen Mandanten zu machen.«

Saul stützte sein Kinn in die Hand, beugte sich über den Schreibtisch und betrachtete Tony mit stiller Belustigung. »Da wären wir also«, sagte er schließlich, »Brüder im Geiste. Und jetzt ist es dein alter Freund Sam, der ein minderjähriges Mädchen ermordet haben soll.«

»Stella Marz scheint es jedenfalls zu glauben.«

»Stella ist eine Frau, die keine Angst hat, einen Fall zur Anklage zu bringen.« Saul kniff die Augen zusammen. »Ich werde dein Gepäck nicht schleppen, Tony. Ich brauche das Geld nicht.«

Sauls Stimme hatte einen neuen, harten Unterton. Tonys Traum von einem warmherzigen Wiedersehen trat ein wenig in den Hintergrund. Wie jeder Prozeßanwalt hatte Saul ein raumgreifendes Ego, und die Rolle eines onkelhaften Ratgebers für einen minderjährigen Jungen war gewiß mehr in seinem Sinne gewesen als die Vorstellung, in seiner eigenen Stadt von einem zu Besuch weilenden Strafverteidiger mit besserem Ruf in den Schatten gestellt zu werden. Die Tatsache, daß sich Saul möglicherweise auf dem absteigenden Ast befand und das auch selbst wußte, würde das Ganze nur noch schlimmer machen.

»Es gibt kein Geld, Saul, jedenfalls nicht genug für eine Luxusverteidigung nach allen Regeln der Kunst. Wie Sie schon sagten, sind es Freunde von mir, und dank Staceys Erfolg kann ich es mir hin und wieder leisten, einen Mandanten, an den ich glaube, umsonst zu verteidigen.«

»Ein angenehmer Luxus.« Saul zog die Brauen hoch. »Deine Gefühle für ihn sind also so stark?«

»Ich habe einfach das Gefühl, daß das etwas ist, was ich tun muß.« Tony bemerkte Sauls fragendes Lächeln und zuckte die Achseln. »Also gut, ich will nicht, daß Sam es war. Vielleicht kann ich aus diesem Grund auch nicht glauben, daß er es getan hat. Deswegen bin ich hier – zur seelischen Beratung. Schicken Sie mir einfach eine Rechnung.«

Noch immer lächelnd, kniff Saul die Augen zusammen und legte den Kopf zur Seite, als würde er das Gehörte abwägen. »Ich werde es unter allgemeiner juristischer Beratung verbuchen«, bemerkte er und fragte dann ganz nüchtern: »Dein Kumpel hat sie gebumst, sagst du?«

»Ich fürchte, ja.«

Saul schüttelte den Kopf, ein Mann, der mit den unberechenbaren Abgründen menschlicher Torheit konfrontiert war. »Glaubst du, er hat sie am Abend ihres Todes gebumst?«

»Er sagt, nein.«

»Du kannst nur hoffen, daß das die Wahrheit ist – wo er doch der Polizei erzählt hat, daß sie nur zu einer kleinen privaten Beratung in dem Park waren. Schlimmstenfalls mußt du beten, daß er einen Gummi benutzt hat.«

Tony dachte darüber nach. »Selbst mit Gummi könnte er Schamhaare hinterlassen haben oder Spuren eines Gleitmittels auf Petroleumbasis. Aber dann könnten sie wenigstens keine DNA-Probe des Samens vornehmen.«

Saul lächelte säuerlich. »Findest du es nicht ein bißchen komisch, daß gerade wir beide dieses Gespräch führen?«

»Ich habe vor gut einer Stunde aufgehört zu lachen, Saul. Als Stella Marz mir von dem Blut am Steuer von Sams Wagen erzählt hat.«

Sauls Lächeln erstarb. »Dafür gibt es tausend mögliche Erklärungen, mein Sohn. Selbst wenn es ihres ist. Auf dieser Grundlage können sie ihn nicht verurteilen.«

»Ich weiß. Aber das reicht mir nicht, um mich besser zu fühlen.«

Saul griff nach der Flasche, goß sich einen doppelten Whisky ein und nippte langsam und beinahe zu sorgfältig daran. Plötzlich fiel Tony ein, daß er das auch schon früher getan hatte. Das Trinken mußte schon damals begonnen haben. »Vielleicht solltest du nach Hause zu deiner Frau und deinem Sohn zurückkehren, Tony. Hoffen, daß Stellas Anklage nicht noch schlüssiger wird. Keinen Staub aufwirbeln.«

Tony malte sich Sams tägliche Agonie aus, und Sues – eine Ehe auf Eis, während eine Anklage wegen Mordes drohte. Er schüttelte langsam den Kopf. »Ich kann mich noch erinnern, wie es ist – das Warten frißt einen bei lebendigem Leib auf. Ich hatte gehofft, ich könne Stella Marz einen schlagenden Grund liefern, auf eine Anklage zu verzichten, so wie Sie es damals für mich getan haben.«

Saul nippte erneut an seinem Scotch. »Meinst du, Marcie hat einen Psychiater konsultiert? Ihr Seelenklempner würde wissen, ob sie noch einen anderen Freund hatte. Oder selbstzerstörerische Neigungen.«

»Und daß sie mit Sam geschlafen hat.«

Saul nickte. »Das«, erwiderte er, »meinte ich unter anderem, als ich sagte, man sollte keinen Staub aufwirbeln.«

Tony stand auf und trat ans Fenster. Er erinnerte sich, daß er das bei seinem ersten Besuch in Sauls Kanzlei ebenfalls getan hatte. Doch die Schornsteine von damals waren verschwunden, zusammen mit den Arbeitsplätzen, die sie gesichert hatten.

»Was für ein Kaff«, murmelte er.

»Du bist nicht beeindruckt von Steeltons Wiederaufschwung? *Holiday on Ice* kommt jetzt jedes Jahr. Oder meintest du deine alte Heimatstadt, diese Disney World der Anständigkeit?«

Tony drehte sich nicht um. »Ich muß mir ein Bild von Marcie Calder machen, mit Hilfe ihrer Eltern, ihrer Freundinnen, wessen auch immer. Ich will Sam Robb nicht dem Schicksal in Form der Polizei von Lake City überlassen.«

Tony hörte, wie Saul sich neuen Whisky eingoß und mit dem Glas in der Hand neben ihn ans Fenster trat. Er sah Sauls aufgeschwemmtes Profil, das faltige Kinn, die geplatzten Äderchen und die wunde Haut. Inmitten all dieser Verheerung wirkten Sauls Augen schrecklich traurig und schmerzhaft wach.

»Darf ich dir einen Rat geben?« fragte Saul.

»Deswegen bin ich ja gekommen.«

Saul schien sich zu sammeln. »Nimm deinen eigenen Fall nicht als Paradigma für diesen. Du wußtest, daß du unschuldig warst. Von Sam Robb weißt du das nicht und kannst es nicht wissen. Und was immer das wert sein mag, mein Instinkt sagt mir, daß du auch nicht davon ausgehen solltest.« Er machte eine Pause und sah Tony direkt an. »Er könnte schuldig sein, Tony. Wenn der Augenblick kommen sollte, wo du das erkennen mußt, beneide ich dich bestimmt nicht darum. Noch schlimmer wäre nur noch eine vermasselte Verteidigung und der Verlust deines Rufs als Anwalt, weil du vergessen hast, zwischen Sam Robb und Tony Lord zu unterscheiden.« Mit leiserer Stimme schloß Saul: »Wenn sie nicht vollkommen amoralisch sind, sind die meisten guten Strafverteidiger zwei Menschen, Tony – sie müssen es sein. Und an diesem Fall könntet ihr beide Schaden nehmen.«

Tony schwieg, weil es auf das, was Saul gesagt hatte, keine Antwort gab. Saul sah ihn an und stellte sein Glas auf die Fensterbank. »Also gut«, fragte er, »was ist mit seiner Frau?«

»Sue?«

»Sie war nicht zu Hause, hast du gesagt? Zumindest ist sie nicht ans Telefon gegangen, als Sam sie angerufen hat.«

»Sagt er.« Wie bei einer verlangsamten Reaktion spürte Tony plötzlich seine eigenen Zweifel. »Das ist nicht Ihr Ernst!«

»Warum nicht?«

»Weil ich sie kenne.«

Sauls Gesichtsausdruck strahlte für einen Moment eine gnadenlose Leidenschaftslosigkeit aus. »Du mußt dich wirklich nicht so ins Zeug legen«, sagte er leise, »nur um meinen Einwand zu bestätigen.«

Tony fühlte sich getroffen. »Hören Sie, Saul – das letzte, was Sams Ehe oder auch seine Verteidigung braucht, ist, daß er mit dem Finger auf Sue zeigt. Er braucht jetzt vor allem eine durch und durch loyale und sehr stille Frau.«

Saul wirkte unbeeindruckt. »Ich habe ja nicht behauptet, daß du deine Vorurteile nicht rationalisieren kannst. Nur, daß du welche hast. Wieviel weiß Sue?«

»Sehr wenig, glaube ich.«

»Darum wird man sich kümmern müssen. Vor allem, wenn es zum Prozeß kommt.«

»Das weiß ich. Aber Sie kennen Sue nicht.«

»Kennst du sie denn noch immer? Nach siebenundzwanzig Jahren?«

Tony nickte. »Ich glaube schon.«

Langsam wandte Saul sich mit den Händen in den Taschen wieder dem Fenster zu.

Tony wurde klar, daß Sauls Fragen den Zweck hatten, ihn daran zu erinnern, wie weit er sich von dem entfernt hatte, was er immer zu sein versuchte; ein Anwalt wie ein Chirurg. »Manchmal glaube ich, ich kenne sie besser als ihn«, sagte Tony schließlich. »Vielleicht war das schon immer so, aber ich habe es früher nie so gesehen. Vielleicht liegt es aber auch daran, daß unser Verhältnis in gewisser Weise nicht so kompliziert ist wie meine Freundschaft zu Sam. Es gibt auf jeden Fall nicht so viel Irritierendes.«

Saul ließ seinen Blick über die Stadt streifen, über die Glastürme, die leeren Parkplätze und stillgelegten Fabriken, Ruinen des wirtschaftlichen Niedergangs. »Du hast recht«, sagte er. »Irgendwann sieht es hier aus wie in Beirut.« Er machte eine kurze Pause. »Ich wollte ja auch nur sagen, daß du auf dich aufpassen sollst. In diesem Fall geht es zu sehr auch um dich.«

Tony hatte keine Lust, weiter zu argumentieren. »Stella Marz wußte, wer ich war.«

»Natürlich wußte sie es. Du magst all das hinter dir gelassen haben, aber du bist kein anderer Mensch geworden.« Saul sah Tony erneut an. »Du wirst Publicity provozieren, die für deinen Mandanten nicht hilfreich und für dich nicht besonders angenehm sein wird. Nach dem Motto ›Mörder verteidigt Mörder‹.«

»Mag sein. Aber ich bin inzwischen alt genug, um damit umzugehen, und sie brauchen mich. Außerdem stimmt der Preis.«

Saul griff nach seinem Drink. »Vielleicht für sie«, sagte er.

SECHS

Auf ihrem Grab lagen frische Blumen.

Fast dreißig Jahre waren vergangen. Der Winkel des Friedhofs von Lake City, der für John Taylor und seine Familie reserviert war, war von frischen Gräbern umgeben. Aus der Entfernung deutet nur die freie Fläche um den Grabstein aus Granit darauf hin, daß sie viel zu jung gestorben war.

»Alison Wood Taylor«, stand auf dem Stein. »4. Mai 1950 – 6. November 1967.« Seltsam, daß er ihren zweiten Vornamen vergessen hatte.

Die Blumen erschienen ihm wie eine lebendige Mahnung an die Gegenwart der Taylors und ihren untilgbaren Verlust. Es hatte nur ein unvollkommener Versuch bleiben können, aber Tony hatte Alison zumindest hier zurücklassen können, während ihre Eltern bis zum eigenen Ende bei ihr bleiben würden.

Jetzt stand er bei ihr im Schatten einer Eiche und beobachtete, wie das sanfte Licht des Frühlingsnachmittags langsam der Dämmerung wich.

Die Presse hatte ihn gefunden. Im Arbor Motel, dem einzigen Hotel in Lake City, hatten zwei Nachrichten auf ihn gewartet, beides Interview-Wünsche. Man konnte damit rechnen, daß morgen die ersten Artikel erscheinen würden.

Weil er das wußte, blieb ihm nur eines zu tun.

Als er vor der Tür der Taylors stand, ertappte Tony sich bei dem stillen Wunsch, daß niemand aufmachen würde.

Die Tür öffnete sich einen Spalt, und eine alte Frau starrte ihn mit offenem Mund an. Während ihr langsam dämmerte, wer ihr gegenüberstand, erkannte er in ihrem kalkweißen Antlitz die Frau wieder, die Alisons Mutter gewesen war.

»Verzeihen Sie die Störung«, sagte er. »Aber ich dachte, ich sollte Sie aufsuchen.«

Ihr Schweigen schmerzte ihn. Sie sah aus, als hätte sie einen Schlaganfall erlitten und könne nur unter großen Anstrengungen denken und reden.

»Kann ich Sie für einen Moment sprechen?« fragte er.

»Laß ihn rein!« forderte eine schroffe Stimme. Eine Tür hinter Katherine Taylor ging auf, und Tony erblickte den wahren Preis seiner Rückkehr.

John Taylors Gesicht war hager, ausgetrocknet und von Falten und Linien durchzogen. Der Blick, mit dem er Tony ansah, war der eines Vogels, kalt und starr. Der Raum in seinem Rücken hatte sich kaum verändert; die Antiquitäten waren noch immer dieselben, die Stille erinnerte an ein Museum. Auf dem Kaminsims standen neue Farbfotografien – von Alisons Schwester als Braut und als Mutter. Dazwischen, für immer im Jahr 1967 erstarrt, Alison.

John Taylor blieb so reglos wie die Fotos, Katherine Taylor zog sich stumm an die Seite ihres Mannes zurück.

»Ich bin gekommen, um Sam Robb zu helfen«, sagte Tony leise. »Ich fürchte, die Presse wird das Geschehene wieder ausgraben.«

»Sie haben uns schon angerufen.« John Taylors Lippen schienen sich kaum zu bewegen. »Wir hielten es für eine makabre Ironie.«

»Der Gedanke ist mir auch schon gekommen.« Tony hielt inne und zwang sich dann, doch weiterzusprechen. »Aber ich war unschuldig, und das gleiche nehme ich auch von Sam –«

»Unschuldig!« John Taylor hob seine Stimme. »Wissen Sie, an wen Sie mich erinnern? An O. J. Simpson, der demjenigen eine Belohnung verspricht, der den Mörder seiner Frau findet. Vielleicht wird es ja wie in Alisons Fall ein Mann sein, der keine Fragen mehr beantworten kann.«

»John.« Es war das erste Wort seiner Frau, kaum mehr als ein Flüstern. Trotzdem zuckte John Taylor zusammen.

Tony spürte einen Knoten im Magen. Vielleicht würde er diesen Menschen nie ins Gesicht blicken können, ohne zu empfinden, was er mit siebzehn gefühlt hatte: Angst sowohl vor dem Schweigen wie vor dem Reden. »Ich habe sie geliebt«, sagte er schließlich. »Mehr, als Sie ahnen können. Aber ich konnte erst wirklich verstehen, was Sie durchgemacht und verloren haben, als ich selbst ein Kind hatte.«

John Taylor nickte, sein Blick war unvermindert grimmig. »Dann wissen Sie auch, was wir für Sie empfinden, Anthony Lord. Und immer empfinden werden.« Seine Stimme war vor Zorn leise geworden. »So oder so haben Sie den Tod meiner Tochter verursacht.«

Tony versuchte stumm, sich vorzustellen, was Christophers Tod ihm antun würde, doch seine Phantasie reichte nicht aus. Er war sich nur sicher, daß Alison es gehaßt hätte, wenn sie es hätte sehen können, gehaßt hätte, was ihr Tod ihren Eltern angetan hatte. Doch das zu sagen, stand ihm nicht zu.

»Es tut mir leid, daß ich Sie gestört habe«, sagte Tony und ging.

SIEBEN

Die Familie Calder wohnte in einem Backsteinhaus, das dem Haus, in dem Tony seine Jugend verbracht hatte, nicht unähnlich war. Es war ein eingeschossiges Rechteck mit einem briefmarkengroßen Garten in einem so ordentlichen und gleichförmigen Viertel, daß es schwerfiel, die Häuser zu unterscheiden. Nach dem Besuch bei den Taylors hatte Tony lange in seinem Mietwagen vor dem Haus der Calders gesessen, weil es ihm widerstrebt hatte, die Privatsphäre von Eltern zu stören, deren Trauer noch so frisch war. Aber Nancy Calder hatte sich einverstanden erklärt, ihn zu treffen, und es war dumm, bis zum nächsten Tag mit dessen unvermeidlichen Schlagzeilen zu warten. Um kurz nach acht klingelte Tony.

Die ersten Augenblicke waren von einem irritierenden Anschein der Normalität geprägt. Nancy Calder öffnete die Tür. Abgesehen von den Ringen unter ihren Augen und dem verhärmten Gesichtsausdruck hätte sie auch einen Vertreter begrüßen können, dessen Besuche zu den Zwangsläufigkeiten des Lebens gehörten. Sie bot Tony Kaffee an und setzte sich, ihre eigene Tasse fest umklammert, auf das Sofa in dem winzigen Wohnzimmer. Der Raum wirkte ordentlich und gepflegt, genau wie Nancy. Sie trug Hose und Pullover und wirkte wie eine vierzigjährige Ausgabe ihrer hübschen dunkelhaarigen Tochter auf den Fotos. Und dann betrat ihr Mann das Zimmer, und Nancy Calder begann, ohne zu ihm aufzublicken, lautlos zu weinen.

Alles an Frank Calder wirkte hager und abweisend: das streichholzkurze braune Haar, die schmalen blauen Augen, das harte irische Gesicht mit den dünnen Lippen, den hohen Wangenknochen und der extrem straffen Haut. Doch Tony merkte, daß es Calders Frau war, die ihn wirklich bedauern ließ, daß er hier sein mußte.

»Nancy wollte Sie treffen?« sagte Calder abrupt. »Ich nicht.

Warum in Gottes Namen sollten wir mit seinem Anwalt reden?«

Tony wappnete sich innerlich. »Ich versuche nur zu verstehen, was geschehen ist«, erwiderte er. »Sam Robb ist ein alter Freund von mir, und die Ereignisse scheinen ihn tief erschüttert zu haben. Doch wenn ich je mit Sicherheit wüßte, daß Sam Robb Ihrer Tochter etwas angetan hat, würde ich Lake City im Handumdrehen verlassen.« Das war die Wahrheit. Tony hatte zwar schon schuldige Mandanten verteidigt, aber diesmal könnte er das nicht, wenn dieser Mann, sein Freund, ein minderjähriges Mädchen ermordet hätte. Seine Begegnung mit den Taylors und der Besuch an Alisons Grab hatten diesen unumstößlichen Entschluß reifen lassen.

»Etwas angetan«, wiederholte Frank Calder. »So nennen Sie das?«

Calder hatte seine Frau offenbar vergessen. Es hatte den Anschein, als ob die Feindseligkeit zu seiner Person gehörte, während die Trauer nur eine darüberliegende Schicht war. Seine Frau nestelte an dem Kruzifix in ihren Händen herum, als wolle sie sich dem Zorn ihres Mannes entziehen. Tony sah sie an und murmelte: »Wenn es Ihnen zu einem anderen Zeitpunkt besser paßt ...«

Nancy Calder schüttelte langsam den Kopf. »Es wird nie einen besseren Zeitpunkt geben, an dem es besser werden könnte«, sagte sie, und Tony sah, daß ihre Tränen versiegt waren.

Ohne Frank Calder anzusehen, nahm er ihr gegenüber Platz. »Es tut mir leid, daß ich Marcie nicht gekannt habe, Mrs. Calder.«

Nancy Calder verzog das Gesicht. »Ich war in den letzten zwei Jahren berufstätig, Mr. Lord. Vielleicht habe ich sie auch nicht gekannt.«

Es erschien ihm besser, einfach nur zuzuhören. »Tony«, sagte er sanft. »Ich heiße Tony.«

Nancy Calder nickte mit leerem Blick. »Ich war nach der

Schule nie zu Hause«, erklärte sie nach einer Weile. »Wenn die Mädchen mit frischen Eindrücken heimkommen und von ihrem Tag erzählen –«

»Wir haben fürs College gespart«, unterbrach Frank Calder barsch und setzte sich neben seine Frau. »Sie wissen ja, was ein College heutzutage kostet.«

Wieder hörte Tony diesen seltsamen Unterton. Offenbar nagte sein Unvermögen, die Familie aus eigener Kraft zu ernähren, an Frank Calder. Laut Presseberichten war er Buchhalter bei einem großen Transportunternehmen, erinnerte Tony sich. Und obwohl Stanley Lord sehr viel gütiger gewesen war, spürte Tony dasselbe frustrierende Gefühl des Eingesperrtseins, wie eine Ratte im Käfig des konzerneigenen Versuchslabors, verurteilt, seine Zeit abzudienen.

»Nun«, bemerkte Frank Calder zu seiner Frau, »dafür müssen wir jetzt nicht mehr sparen.«

Es klang brutal, aber für Tony schien es wie das erste Eingestehen ihres geteilten Verlustes, und der scharfe Unterton verlor sich in matter Erschöpfung. Frank Calders Augen waren blutunterlaufen.

Leise fragte Tony: »Haben Sie sich in irgendeiner Weise Sorgen um sie gemacht? In den letzten Wochen, meine ich.«

Frank Calder sah seine Frau schweigend an. »Sie wirkte distanzierter«, antwortete Nancy Calder schließlich. »Als ob sie mit den Gedanken woanders gewesen wäre.«

»Aber Sie wissen nichts Genaueres?«

Nancy Calder schüttelte den Kopf. »Ihre Noten waren ein bißchen abgesackt. Aber sie ging noch immer mit uns zur Messe. Sie war nicht so rebellisch oder zweifelnd, wie unser Priester Pater Carney das bei so vielen jungen Menschen beklagt. Sie war so gut zu ihren jüngeren Schwestern –« Nancy Calder hielt abrupt inne und fuhr mit einem Tonfall unterdrückter Wut fort: »Und sie liebte das Laufen, natürlich. Als ich Sam Robb zum letztenmal gesehen habe, hat er ausdrücklich betont, wie hart sie trainierte.«

Tony empfand die moralische Ambivalenz seiner Lage. Er wußte von Sam persönlich, daß sein Freund mit Marcie geschlafen oder daß sie ihn laut Sams Version verführt hatte. Vorsichtig fragte er: »Hatten Sie den Eindruck, daß Marcie sich zu ihm hingezogen fühlte?«

Nancy Calders Blick verdüsterte sich verbittert. »Nach dem, was er der Polizei erzählt hat, war Marcie ganz verschossen in ihn. Aber davon habe ich nie was bemerkt.« Sie wandte sich an ihren Mann. »Hat sie mehr über ihn als über Mr. Nixon geredet?«

Frank Calder starrte auf den Teppich. »Nein«, sagte er.

Nancy Calder nickte bestätigend. »Vielleicht hat sie nach einer Vaterfigur gesucht, nach jemand anderem als uns. Aber sie war bestimmt nicht auf eine Affäre aus.«

Ihr Mann wich ihrem Blick aus. Tony hörte in seinem Kopf das Wort »Vater« widerhallen und spürte, daß Marcie und ihre Eltern mehr getrennt hatte, als die Calders zugeben wollten. »Gab es irgendwelche Probleme?« fragte er. »Meinungsverschiedenheiten?«

Nancy Calder sah ihren Mann an. »Eine«, antwortete er gepreßt. »Ich wollte, daß sie auf eine katholische Mädchenschule geht. Bei all den Drogen und dem Sex –« Er unterbrach sich. »Sie wollte nicht, und Nancy wollte sie nicht dazu zwingen. Das war also vermutlich mein Fehler.«

Das klang schon realistischer. Frank Calder machte den Eindruck eines Mannes, der besser darin war, Vorschriften zu erteilen, als zuzuhören. »Du hättest sie nie gezwungen, Frank«, sagte Nancy Calder sanft. »Und Marcie wußte das.«

Die Traurigkeit dieses Augenblicks traf Tony hart. Ein Mann von begrenzten Möglichkeiten bedauerte, was er zu seiner Tochter gesagt hatte, der er jetzt plötzlich und unerklärlicherweise nichts mehr sagen konnte. Und seine Frau bot ihm einen Trost an, an den sie vielleicht selbst nicht glaubte. »Haben Sie sich Sorgen wegen möglicher emotionaler Probleme gemacht?« fragte Tony.

»Nein.« Frank Calder blickte ihn jetzt direkt an. »Es gab nichts dergleichen. Unsere Tochter brauchte ganz bestimmt keinen Psychiater.«

Nancy Calder preßte die Lippen zusammen. »Selbstmord ist vollkommen ausgeschlossen, wenn Sie darauf hinauswollten. Dafür war Marcie viel zu ausgeglichen. Vielleicht ein bißchen still, sonst nichts. Und eine gläubige Katholikin, die zu fromm war, sich das Leben zu nehmen. Sei es wegen ihres Leichtathletiktrainers oder sonst wem«, fügte sie mit harter Stimme hinzu.

Tony beschloß, das Thema zu wechseln. »Sie haben einen Mr. Nixon erwähnt.«

Nancy Calder nickte, noch immer zornig. »Ernie Nixon«, wiederholte sie. »Er ist Sportwart der Stadt. Ein Schwarzer.«

Tony überspielte seine Überraschung. »Ja, ich kenne ihn. Oder besser, ich kannte ihn, früher.«

»Er war der erste, der Marcie zum Laufen ermutigt hat. Vor seiner Scheidung hat Marcie hin und wieder auf seine Kinder aufgepaßt.« Ihr Blick trübte sich. »Marcie liebte Kinder, und Kinder liebten sie. Angefangen bei ihren eigenen Schwestern.«

Mit einemmal spürte Tony etwas unter der Oberfläche ihres Gesprächs, etwas Flüchtigeres als Trauer. Leise fragte er: »Was glaubten Sie, ist mit ihr geschehen?«

Nancy Calder hob den Kopf. »Sam Robb hat sie ermordet«, sagte sie ruhig. »Damit man ihm nicht auf die Schliche kam. Früher oder später werden auch Sie sich dieser Wahrheit stellen müssen.«

Tony war plötzlich sicher, daß die Calders wußten, daß Sam mit ihrer Tochter geschlafen hatte. Doch das konnte er unmöglich ansprechen. Ebenso ruhig sagte er: »Es könnte auch ein Unfall gewesen sein, Mrs. Calder. Oder jemand anderes.«

Nancy Calder wurde rot. »Es gab keinen anderen«, sagte ihr Mann streng. »Marcie war kein Flittchen.«

»Bitte, das wollte ich auch gar nicht andeuten. Dieser ›andere‹ könnte auch ein Fremder gewesen sein.«

Die beiden verstummten. Aus ihren starren Mienen schloß Tony, daß sie, wenn überhaupt, nicht von der Möglichkeit eines Fremden, sondern von Tonys Entschuldigung besänftigt worden waren. Ihn peinigte das Gefühl, daß etwas ungesagt geblieben war.

»Wem stand Marcie nahe?« fragte er.

Nancy Calder riß die Augen auf, als wäre die Frage eine Anklage, daß sie als Mutter versagt habe. Dann antwortete sie gepreßt: »Janice D'Abruzzi. Sie war ihre beste Freundin.«

Sie sprach den Namen aus wie einen Fluch. Frank Calder stand abrupt auf. »Gehen Sie nach Hause«, forderte er Tony auf. »Lassen Sie uns das Andenken an unsere Tochter und zumindest die Hoffnung auf Gerechtigkeit. Für ihn, wenn schon nicht für sie.« Und mit diesen Worten verließ er das Zimmer.

Nancy Calder sah ihm nach. »Wir sind sehr müde«, sagte sie schlicht, und Tony wußte, daß er gehen mußte.

Wieder gefaßt, begleitete Nancy Calder ihn zur Tür, wo sich ihre Blicke trafen. »Bitte«, sagte sie leise, aber drängend, »verteidigen Sie Sam Robb nicht. Nicht, wenn Sie ein anständiger Mensch sind ...«

ACHT

Der Artikel stand auf Seite drei der *Steelton Press*. Die Schlagzeile neben einem Foto von Tony und Stacey lautete: »Robbs Anwalt: Zusammenhang mit früherem Mord.« Auf dem Foto lächelte Tony breit.

»Nettes Bild«, bemerkte Sam Robb. »Dein allerbestes Killergrinsen.«

Tony starrte ihn über Sams Frühstückstisch hinweg an, verärgert über die Unbekümmertheit seines Freundes und beunruhigt wegen Stella Marz, den Taylors und Marcies Eltern. »An deiner Stelle«, erwiderte er, »wäre ich ebenfalls nicht gerade glücklich.«

Sam blickte auf. »Das bin ich auch nicht, Tony. Ich weiß noch genau, wie sehr du das alles hinter dir lassen wolltest.« Er legte eine Hand auf den Arm seines Freundes. »Ich will nur sagen, daß ich dir sehr dankbar bin für deine Hilfe. Stolz, daß du noch immer mein Freund bist, und besorgt, weil dieser Mist dir Sorgen macht. Vielleicht schaffe ich es ja diesmal, dir zu erklären, was ich meine.«

Zu seiner Überraschung war Tony gerührt. »Es ist nicht die Presse, Sam. Aber ich kann scheinbar nicht eine Stunde lang in Ruhe meine Arbeit tun, ohne daß meine Gefühle für Alison wieder hochkommen. So jemanden kannst du als Anwalt nicht brauchen.«

Sam nickte. »Der Besuch bei den Calders war hart, nehme ich an.«

»Ja. Und der bei den Taylors auch.«

»Du hast sie besucht?«

»Ich hatte das Gefühl, ich müßte es tun.«

»Wahnsinn!« Wieder trafen sich Sams und Tonys Blicke. »Hör mal, ich habe mir dieses Durcheinander selbst eingebrockt, weil mein gesunder Menschenverstand einen Aussetzer hatte. Aber du hast nichts von alledem verdient, weder damals noch heute.«

Tony zuckte die Schultern. »Das Leben ist ungerecht, hat Saul mir einmal erklärt.«

Sam stand unvermittelt auf und goß, ohne zu fragen, erst Tony, dann sich selbst Kaffee nach. »Ich glaube, es war falsch, dich herkommen zu lassen, Tony.«

Die Bemerkung irritierte Tony. »Wieso falsch?«

»Na ja, vielleicht nicht falsch. Egoistisch.« Sam setzte sich wieder und sah Tony über den Rand seiner Tasse hinweg an. »Wenn du hierbleibst, wird dieser Artikel bestimmt nicht der letzte sein. Du schaffst es noch bis auf die Titelseite von *Vanity Fair* – die gibt es inzwischen sogar in Lake City.« Sam wandte sich ab und starrte aus dem Fenster. »Ich habe erst eine Woche in einer Stadt gelebt, in der viele Leute glauben, ich hätte Marcie getötet, und ich weiß schon jetzt, daß mein Leben nie wieder so sein wird wie früher. Es sei denn, ich kann irgendwie beweisen, daß ich es nicht getan habe. Du bist berühmt, Tony, und der Mord an Alison wird dir überallhin folgen. Und so wie du heute morgen aussiehst, wirst du ihn ohnehin mit dir herumschleppen.« Er drehte sich wieder zu Tony um und schloß leise: »Geh zurück nach San Francisco, Alter. Ich habe sie nicht getötet, also können sie auch nicht beweisen, daß ich es getan habe. Und meinen Job kann ich nur retten, indem ich lüge.«

Irgendwann im Laufe der beiden vergangenen Tage schien Sam eine gewisse Ruhe erlangt zu haben. »Hast du zu Gott gefunden oder was?« erkundigte Tony sich.

Sam lächelte knapp. »Nein, eigentlich habe ich mich an die Zeit erinnert, als wir siebzehn waren. Du hast es geschafft, hier wegzukommen, weil du ein Herz hattest. Du wußtest, daß du nicht der Mörder warst, den die Menschen gehaßt haben.« Sein Lächeln verblaßte. »Nun, ich bin es auch nicht. Ich bin es einfach nicht.«

Tony ließ einen Moment verstreichen, hin- und hergerissen zwischen seiner Rolle als Freund und als Anwalt. Leise fragte er: »Ich nehme an, Sue ist nicht hier.«

»Sie ist im Fitneßstudio.« Sams Augen wurden wacher. »Warum? Stimmt irgendwas nicht?«

»Die Polizei hat am Steuer deines Wagens Blut gefunden. Du hast nicht zufällig die Blutgruppe AB, oder?«

Sam setzte sich. »Nein«, sagte er langsam. »Aber Sue.«

»Und Marcie Calder.«

Sprachlos vor Überraschung lehnte Sam sich zurück und schlug die Augen nieder. »Sie können den Unterschied feststellen, nicht wahr? Über den DNA-Test.«

Tony nickte. »Gibt es eine Erklärung, wie Marcies Blut in deinen Wagen gekommen sein könnte, wenn es ihr Blut ist? Eine, die ich Stella Marz vortragen kann?«

Sam schüttelte den Kopf. »Keine, außer jemand hat es dort hingetan«, sagte er schließlich.

»Der ›wahre Mörder‹, Sam?« fragte Tony leise. »Oder die Polizei, wie bei O. J. Simpson?«

Sam war blaß geworden. »Ich muß nachdenken, Tony. Ich muß wirklich scharf nachdenken.«

Tony beobachtete Sams Gesicht. »Wenn du schon dabei bist, fällt dir vielleicht auch ein Grund ein, warum Marcies Eltern sich offenbar sicher sind – sie vermuten es nicht nur, sie sind sicher –, daß du mit Marcie geschlafen hast.«

Sam biß sich auf die Lippe. »Keine Ahnung, es sei denn, jemand hat es ihnen erzählt«, erwiderte er schließlich. »Was haben sie gesagt?«

»Nicht viel. Es ist mehr eine Ahnung von mir.«

Sam schwieg einen Moment. »Sie hassen mich vermutlich.«

»Sie haben sich ein wenig konkreter ausgedrückt. Sie denken, du hast Marcie ermordet, um deine Verführung ihrer überaus schüchternen ältesten Tochter zu vertuschen. Ihrer Tochter, die höchstens auf der Suche nach einer Vaterfigur war.«

Sam blickte auf und sah ihn scharf an. »Worauf willst du hinaus?«

»Ich frage dich, ob die Calders etwas wissen, was ich auch wissen sollte. Etwas, worüber du nicht scharf nachdenken mußt.«

Sam verschränkte die Arme. »Fahr nach Hause, Alter. Es ist schon schlimm genug für mich, ohne daß ich dabei zusehen muß, wie du mit deinen eigenen Zweifeln ringst.«

»Beantworte einfach meine Frage, verdammt noch mal.«

Sam ließ sich Zeit wie ein Mann, der sich nicht drängen lassen will. Leise sagte er: »Ich bin genauso unschuldig, wie du es warst, Tony. Und ich hoffe, du kannst mir das besser abnehmen, als ich es damals konnte. Inzwischen habe ich es oft genug gesagt.«

Die Gruppe von Mädchen hatte sich an der Fünfzig-Yard-Linie versammelt und übte Cheerleader-Gesänge ein. Tony stand am Zaun und versuchte zu raten, welche von ihnen Janice

D'Abruzzi sein könnte. Die Anführerin, entschied er, ein dunkelhaariges, sportliches Mädchen. Als das Training beendet war und sie als erste das Feld verließ, ergriff Tony seine Chance.

»Janice?« fragte er.

Sie blieb stehen und musterte ihn mißtrauisch. Tony fand, daß sie etwas vage Italienisches hatte: die olivfarbene Haut, die ausgeprägte Figur und etwas Pulsierendes, das selbst in der Bewegungslosigkeit Lebendigkeit und Lebenslust ausstrahlte. Sie erinnerte ihn auf beunruhigende Weise daran, wie attraktiv ein siebzehnjähriges Mädchen sein konnte.

»Bist du Johnnys Tochter?« fragte er.

Sie nickte stumm, ohne sich zu rühren.

»Ich bin kein Reporter«, erklärte Tony ihr. »Dein Dad und ich haben vor tausend Jahren zusammen Football gespielt. Ich bin jetzt Anwalt – Tony Lord.«

Janice zog ihre Jacke enger um sich. »Ich weiß, wer Sie sind.«

Sie hatte eine tiefe, heisere Stimme, fraulich und erotisch. »Wie geht es deinem Dad?« fragte Tony.

Sie schwieg einen Moment. »Er ist vor sechs Monaten gestorben. Herzinfarkt.«

Das traf Tony unvorbereitet. »Oh«, sagte er. »Das tut mir wirklich leid.«

Sie legte nur leicht den Kopf zur Seite und fragte leise: »Was wollen Sie?«

Tony zögerte. »Ich hatte gehofft, mit dir über Marcie sprechen zu können. Ich weiß, daß du ihre beste Freundin warst.«

Ihre dunklen Augen wurden ganz starr. »Wer hat Ihnen das gesagt?«

Wieder zögerte Tony. »Ihre Mutter.«

Janice wurde rot und blickte zu Boden. Tony beobachtete sie und dachte an Christopher und seine Freunde. Es war oft besser, sie als die Erwachsenen zu behandeln, die sie sein wollten und an guten Tagen auch beinahe waren. So wie Saul Ravin vor vielen Jahren mit ihm umgegangen war. »Janice, ich weiß, daß es zwischen dir und Marcies Eltern ein Problem gibt. Aber ich habe keine Ahnung, was es ist. Und ich versuche auch nicht, alles noch schlimmer für dich zu machen.«

Sie blickte wieder zu ihm auf. »Was versuchen Sie dann?«

Das Beben in ihrer Stimme überraschte ihn. »Ich versuche zu verstehen, was mit Marcie geschehen ist. Und warum.«

Sie drehte sich zu den anderen Mädchen um, die auf dem Weg in die Umkleidekabine waren, bevor sie ihn wieder ansah. »Das war einfach schlimm für mich. Ich habe der Polizei schon davon erzählt.«

»Wovon?«

»Von Marcie«, sagte sie schlicht. »Und was ich dazu beigetragen habe, daß sie umgebracht worden ist.«

Tony legte den Kopf zur Seite. »Wie solltest du das getan haben?«

Ihre Augen flackerten auf. »An dem Abend hat Marcies Mutter angerufen und sie gesucht. Ich habe ihr erzählt, daß wir an einem Referat gearbeitet hätten und Marcie in die Bibliothek gegangen wäre. Um etwas nachzusehen«, fügte sie noch leiser hinzu.

Tony erinnerte sich an die kleinen trotzigen Rebellionen, mit denen er und Sam sich von ihren Eltern abgegrenzt hatten. Und dann fiel ihm der Abend ein, an dem er mit Alison geplant hatte, daß sie ihr Elternhaus noch einmal heimlich verlassen sollte. »Ich nehme an, Marcie hat dich gebeten, das zu sagen.«

»Ja«, gab sie verbittert zurück. »Ich war schließlich ihre beste Freundin.«

»Dann muß sie dir auch gesagt haben, warum.«

Janice musterte ihn schweigend, bevor sie sich an den Zaun lehnte und das Gesicht in die Sonne hielt. »Sie hat mir ein bißchen was erzählt«, antwortete sie schließlich. »Es ging um einen Typ. Aber sie wollte mir nicht sagen, wer es war.«

Tony zwang sich zur Zurückhaltung und bemühte sich, seine Zwischenfragen so zu stellen, daß sie lediglich als Spiegel ihrer

Gedanken dienten. »Weißt du, warum sie es nicht sagen wollte?«

»Weil er sonst Ärger bekommen würde, hat Marcie gesagt. Sie mußte es ihm versprechen.«

Sie sagte das im authentischen Tonfall eines Mädchens, das in das Drama eines anderen Teenagerlebens verwickelt war, doch Tony hörte vor allem, wie tödlich ein solcher Satz in einem Mordprozeß klingen würde. »Hat sie gesagt, warum sie ihn schützen mußte?«

Janice sah ihn direkt an. »Sie hat nur gesagt, daß er älter wäre. Und verheiratet.«

Tony wich ihrem Blick nicht aus. Leise fragte er: »Warum hat Marcie sich dann mit ihm eingelassen?«

Janice runzelte die Stirn. »Marcie war eine tolle Freundin – klug, treu und umgänglich. Aber was Typen angeht, war sie das naivste Mädchen in ganz Lake City. Vor allem beim Thema Sex. Ich bin sicher, dieser Typ war ihr einziger.« Sie verschränkte die Arme. »Ihr Dad hat sie die ganze Zeit angebrüllt. Deshalb konnte ich schon verstehen, daß sie sich in einen älteren Mann verliebt hat, der sie nicht dauernd angeschrien hat.«

»Hat es dich nicht ein bißchen verletzt?« fragte Tony. »Daß Marcie sich dir nicht anvertrauen wollte, meine ich.«

Janice schüttelte den Kopf. »Sie haben sie nicht gekannt«, sagte sie. »Marcie hatte es ihm versprochen, und Marcie hielt ihre Versprechen. Ich meine, wenn ich Marcie gebeten habe, ein Geheimnis für sich zu behalten, wußte ich, daß sie es tun würde. Unbedingt.« Sie hielt inne, und Tränen stiegen ihr in die Augen. »Es ist schön, wenn man das von seiner besten Freundin sagen kann. Daran habe ich gedacht, als ich Marcies Mutter angelogen habe.«

Tony beobachtete sie schweigend und empfand plötzlich eine große Wärme und noch größere Trauer für Janice D'Abruzzi. Sie wirkte wie eine komplexere Version des offenherzigen Jungen, der ihr Vater gewesen war. »Du mußt dich doch gefragt haben, wer es war«, tastete er sich weiter vor.

Sie zuckte resigniert die Schultern. »O ja.«

»Hast du gedacht, es wäre Sam Robb?«

Sie blickte argwöhnisch zur Seite. »Nein. Das habe ich nie gedacht.«

Tony nickte. »Du hast gedacht, es wäre Ernie Nixon, der Freund deines Vaters.«

Janices argwöhnischer Blick wurde zu einem Starren.

»Du mußt mir nicht antworten«, sagte Tony. »Ich weiß, daß sie Mr. Nixon sehr gern mochte.«

Nach einer Weile wurde Janices Miene wieder freundlicher. »Marcie war sehr idealistisch«, sagte sie schlicht.

Für Tony sagte dieser Satz mehr, als Janice vielleicht gemeint hatte – über Janice, Marcie und die Gefühle der beiden Freundinnen füreinander. »Hatte Marcie einen Freund?« fragte er. »Ich meine, einen Jungen von der High-School?«

Janice schüttelte den Kopf. »Eigentlich nicht. Wir waren eine Clique von Jungen und Mädchen, die manchmal gemeinsam etwas unternommen hat. Rein freundschaftlich, obwohl ihr Dad das nie kapiert hat. Der Junge, mit dem sie normalerweise auf Partys ging, Greg Marsh, ist schwul.« Sie unterbrach sich. »Das weiß praktisch niemand, vor allem die Taylors nicht, seine reichen Großeltern. Aber Marcie mochte Greg, und sie hat ihm als Alibi gedient. Sie selbst war auch ziemlich schüchtern mit Jungen, so daß es für beide okay war.« Janice hielt inne und lächelte flüchtig. »Aber sie hat ihn immer dazu gebracht, ihr einen Gutenachtkuß zu geben. Falls er doch heiraten müßte, hat sie gesagt.«

Es war der erste Hinweis darauf, daß Marcie auch Humor gehabt hatte, ein weiterer Pinselstrich in seinem Bild des Mädchens – gütig und auf eine jugendliche Art prinzipientreu. Ihm kam der Gedanke, daß Janice zu erdverbunden und realistisch wirkte, als daß ihre beste Freundin Marcie eine realitätsflüchtige Träumerin hatte sein können.

»Es hört sich an, als ob Marcie ein guter Mensch gewesen ist«, bemerkte er schließlich.

Janice blickte in die Ferne. »Marcie«, antwortete sie, »war ein großartiger Mensch.«

Er steckte die Hände in die Hosentaschen, um ihr ein wenig Zeit zu lassen. »Glaubst du, sie wollte ihn heiraten?«

Die Frage ließ Janices Gesichtszüge in Bewegung geraten – sie schien erst verwirrt, dann verwundert. »Den älteren Typen? Nie im Leben.«

»Wie kommst du darauf?«

»Weil Marcie ihn geliebt hat. Das hat sie mir gesagt. Sie war nicht verrückt, und sie wollte sein Leben nicht zerstören. Sie hätten ihre eigene Welt, hat sie gesagt, und so müßte es bleiben.« Janice machte eine Pause und schüttelte den Kopf. »Ich weiß noch, wie sie mal gesagt hat, ihr Dad müßte weiter an die Jungfrau Maria glauben. Diese Illusion hätte sie nie zerstört.«

Die Erinnerung an den gemeinsamen Teenagerspott, so typisch und zielsicher subversiv, irritierte Tony genauso wie alles andere, was er gehört hatte. Es wollte so gar nicht zu dem Mädchen passen, das Sam ihm beschrieben hatte, das sich angeblich in die Phantasie einer Heirat verrannt hatte. »Als Marcie dich an jenem Abend gebeten hat, sie zu decken«, begann er vorsichtig, »was hat sie da gesagt?«

Janice lehnte sich zurück und starrte in den Himmel. Eine Zeitlang dachte Tony, sie hätte sich ganz zurückgezogen, doch dann begann sie zu sprechen.

Sie hatte einen verängstigten Eindruck gemacht.

Es war fast halb sechs, und abendliche Schatten begannen sich in Janices Zimmer zu sammeln. Sie saßen auf Janices Bett, Marcie war blaß und konnte ihrer besten Freundin ausnahmsweise einmal nicht in die Augen sehen.

»Ich muß ihn treffen«, sagte Marcie. »Ich muß.«

»Warum gerade heute abend?«

»Wir müssen reden.« Marcie schluckte heftig. »Sobald ich kann, werde ich dir alles erzählen. Aber das geht jetzt noch nicht.«

Janice sah ihre beste Freundin an. Sie wirkte so gedämpft, verloren, überwältigt.

»Hast du Probleme?« fragte Janice.

Marcie schüttelte rasch den Kopf. »Nein«, sagte sie und blickte erstmals auf. »Bitte, Jan. Bitte, tu es für mich.«

Die Verzweiflung in der Stimme ihrer Freundin erschreckte Janice. Sie blickte in glänzende braune Augen. »Was soll ich sagen?« fragte Janice, »wenn sie anruft und du nicht hier bist?«

»Ich weiß nicht. Irgendwas.« Marcie nahm Janices Hände in ihre. »Sag ihr, daß ich hier war und wir an unserem Referat gearbeitet haben. Dann bin ich wegen einiger zusätzlicher Artikel noch in die Bibliothek gegangen. Das wird meinen Dad freuen. Er nervt immer rum, ich soll mich mehr anstrengen.«

Janice zögerte. Ihre Einwände waren praktischer, nicht moralischer Natur; sie wollte nicht, daß sie beide bei einer Lüge erwischt wurden.

»Bitte«, flehte Marcie erneut.

Janice sah den Ausdruck in ihrem Gesicht und nickte trotz ihrer Bedenken.

Janice erinnerte sich, daß Marcie Tränen in den Augen gehabt hatte, als sie sie umarmte. Genau wie Janice jetzt, als sie Tony Lord wieder ansah.

»Bei der Beerdigung«, sagte Janice leise, »konnte ich ihrer Mutter nicht in die Augen sehen. Ihrem Vater auch nicht. Ich werde ihnen nie wieder in die Augen blicken können.«

Tony sah die Tränen auf Janices Wangen und dachte an seine eigenen, als er Alison gefunden hatte. »Du warst deiner Freundin treu.«

Stumm wandte Janice sich von ihm ab.

NEUN

Das Freizeitzentrum von Lake City war in der ehemaligen Taylor-Bibliothek untergebracht, einem weitläufigen Haus aus dem 19. Jahrhundert auf einem grasbewachsenen Hügel mit Blick über den Taylor-Park. Auf der Wiese vor dem Haus standen ein kleiner Musikpavillon und ein Karussell, die Tony an die Kulisse eines Frank-Capra-Filmes erinnerten. Auf dem angrenzenden Sportplatz hielt Ernie Nixon ein Softball-Training für eine Gruppe Siebenjähriger ab.

Tony sah ihnen eine Weile zu. Er stand zu weit entfernt, um Ernie oder die Jungen zu hören. Statt dessen sah er den Stummfilm eines geduldigen Trainers, der immer wieder Pausen machte, um etwas zu erklären, und der zwei oder drei Bälle extra warf, bis der Schlagmann getroffen hatte. Am Ende umringten die Kinder Ernie, als wollten sie nicht, daß das Training endete. Doch Ernie verstaute Bälle und Schläger in einer Segeltuchtasche, und die Kinder wurden nacheinander abgeholt.

Tony ging über den Platz. Als Ernie ihn sah, stellte er die Tasche ab. An seiner kaum überraschten und leicht resignierten Haltung erkannte Tony, daß Ernie ihn schon erwartet hatte.

»Hallo, Tony.«

»Hallo, Ernie.« Sie schüttelten sich förmlich, fast zeremoniell die Hand. »Ist lange her.«

»Nein«, meinte Ernie, »du siehst unverändert aus. Ich hätte dich bei einer Gegenüberstellung erkannt, wenn man das so sagen darf.«

Tony lächelte. »Nach einem Blick in die Zeitung von heute morgen bin ich mir da nicht mehr so sicher. Du siehst jedenfalls auch gut aus. Kein bißchen Speck angesetzt.«

»Kein Speck, aber weniger Haare.« Ernie fuhr sich mit der Hand über seine hohe, schmale Stirn und die kurzen, graumelierten Haare. »Das mittlere Alter – man kann ihm nicht entkommen, was? Obwohl es so aussieht, als ob der Zahn der Zeit bei dir noch viel Arbeit hätte.«

»Man gibt sich Mühe. Wie geht es dir? Was machst du?«

Ernie zuckte die Schultern. »Ich habe zwei Kinder, eine neunjährige Tochter und einen siebenjährigen Jungen.« Er wandte den Blick zum Taylor-Park und sprach leise weiter. »Ansonsten ist hier in der letzten Woche ein sehr nettes Mädchen ermordet worden. Ich nehme an, du weißt noch, wie man sich da fühlt.«

Tony spürte, daß hinter dieser Bemerkung mehr steckte als nur die platte Aussage »ermordet«. Es war eine stumme Anklage – gegen Anwälte überhaupt oder gegen Sam Robb und Tony, weil Tony Sam half. Doch Tony gab vor, nur das Offensichtliche gehört zu haben.

»Warum sagst du ermordet?«

»Weil ich sie kannte.« Ernies Miene wurde abweisend. »Du bist doch wegen Marcie gekommen, oder nicht? Du suchst nach einer Möglichkeit, wie sie einfach über die Klippe gestolpert sein oder sich hinuntergestürzt haben könnte?«

Tony schwieg einen Augenblick. »Als wir jung waren, Ernie, hast du mir das Recht des Zweifels eingeräumt.«

Ernie stemmte die Hände in die Hüften. »Das war damals, und es ging um dich. Du warst ein ziemlich anständiger Kerl. Ich wußte, was du wegen Alison durchgemacht hast, und du hast es wie ein Mann durchgestanden. Sieht so aus, als wäre für dich alles bestens gelaufen. Geld, eine Ehe mit Stacey Tarrant.« Er machte erneut eine Pause und fuhr mit leiserer Stimme fort. »Jetzt bist du irgend jemandes Anwalt und versuchst, ihn rauszupauken. Nein, nicht irgend jemandes Anwalt. Sam Robbs Anwalt.«

Mit der Routine der Jahre blieb Tony gelassen. »Was hast du gegen Sam?«

Ernie verzog das Gesicht und starrte in die Ferne. »Du und Sam Robb, ihr hattet diesen Nimbus, ihr wart die beiden größten Stars, die nur für einander gut genug waren. Ich bin sicher, es war eher sein Ding als deins. Aber ich werde dir nicht helfen, ein großartiges junges Mädchen schlecht zu machen, nur um seinen wehleidigen, arroganten Arsch zu retten.«

Tony war verwundert, wie seine Freundschaft mit Sam auf Ernie gewirkt hatte. Gleichzeitig registrierte er, daß Ernie seiner Frage ausgewichen war. Und wie schon bei den Calders hörte er erneut diesen irritierenden Unterton der Gewißheit, wenn es um Sam ging. Ernies stärkste Gefühle jedoch galten offensichtlich Marcie selbst.

»Wie war Marcie?« fragte er deshalb.

Ernie sagte lange Zeit nichts. Dann sah er Tony mit seinen überraschend grünen Augen an und sagte leise: »Unschuldig. Absolut unschuldig.«

»Du scheinst sie sehr gern gehabt zu haben.«

»Das könnte man sagen.« Er wies mit dem Kopf auf das Freizeitzentrum. »Bei meiner Arbeit hat man manchmal die Chance, das Leben dieser Kinder zu berühren. Aber man weiß nie, wie lange oder dauerhaft es sein wird. Bei Marcie dachte ich, ich könnte vielleicht etwas Gutes bewirken. Sie war so nett und offen. Das heißt, wenn sich ein Erwachsener die Zeit genommen hat, ihr zuzuhören und nicht nur zu reden.« Kalt fügte er hinzu: »Ich vermute, das hat auch Sam Robb herausgefunden. Auf seine Weise.«

»Wie kommst du darauf?«

Ernie wandte sich ab. »Du hast die Eltern getroffen?« wollte er nach einer Weile wissen.

Wieder hatte Tony das Gefühl, daß Ernie ihm bewußt auswich und entschlossen war, den Lauf des Gesprächs selbst zu bestimmen. »Ja, ich habe sie getroffen.«

»Nun, Marcie brauchte jemanden, der ihr zuhört, und ihr Vater ist weiß Gott kein guter Zuhörer. Auch kein großer Feminist. Nach ein paar Begegnungen mit ihm kann man sich sein Weltbild nur allzugut vorstellen: Frauen strengen sich im Berufsleben nicht an, weil sie bloß schwanger werden wollen, damit jemand für ihr Leben aufkommt.« Er lächelte spöttisch.

»Sie verlangen ›besondere Privilegien‹, weißt du, genau wie einige andere ›Gruppen‹. Ihr Vater hatte Marcie für einen ›Frauenberuf‹ ausersehen, Lehrerin oder Erzieherin. Einer dieser nicht ernstzunehmenden Jobs, in die die Frauen, falls der Ernährer stirbt, wieder einsteigen und dabei trotzdem den Sommer mit den Kindern verbringen können. Die Welt macht ihm angst, genauso wie die Vorstellung, daß sein kleines stilles Mädchen eigene Gedanken hatte. Dehalb ist er vermutlich laut geworden, um sie nicht hören zu müssen. Und es hat funktioniert. Er hat sie nicht gehört.«

Tony stand neben Ernie und blickte in den Park. Von dem Hügel aus konnte man den Rand des Parks und dahinter zwei blaue Streifen erkennen, Wasser und Himmel.

»Also ist sie zu dir gekommen?« fragte Tony.

Ernie nickte. »Manchmal schaute sie bei mir im Büro vorbei. Sie hat ein paarmal auf die Kinder aufgepaßt, und wenn wir nach Hause kamen, ist Dee meist ins Bett gegangen, und wir haben noch eine Weile gesessen und geredet.«

»Worüber?«

»Über alles mögliche. Einmal ging es darum, daß Marcie Kindergeschichten schreiben und vielleicht auch selbst illustrieren wollte, weil sie schon immer eine gute Zeichnerin gewesen war. Sie hat sogar einmal ein Porträt von mir gemacht. Manchmal ging es um das College, auf das sie gehen wollte. Es sollte groß, möglichst weit entfernt und auf keinen Fall in kirchlicher Trägerschaft sein. Vielleicht sogar in einer großen Stadt.« Wieder nahm seine Stimme einen spöttischen Unterton an. »Ihr alter Herr sagte immer, sie sei so still. Bei mir konnte sie stundenlang reden. Man mußte ihr nur zuhören und ein oder zwei Fragen stellen. Ich nehme an, daß Sam Robb auch dies herausgefunden hat.«

Tony spürte, daß sich hinter der Antwort mehr als nur Wut verbarg. »Hat sie je über Sam gesprochen?«

»Nicht namentlich.« Ernie macht eine Pause und fügte dann widerwillig hinzu: »Gegen Ende hat sie mir erzählt, daß sie jetzt eng mit jemandem zusammen wäre. Ich wußte, was sie damit meinte.«

»Sex?«

»Ja.«

»Darüber hat sie mit dir gesprochen?«

Ernie lächelte dünn, ohne ihn anzusehen. »Hast du Kinder, Tony?«

»Einen Sohn. Siebzehn.«

»Wenn man sich lange genug in ihrer Gegenwart aufhält, wird man feststellen, daß Jugendliche heute über praktisch alles reden. Gesetzt den Fall, ihre Eltern hören zu.« Ernie schüttelte den Kopf. »Manchmal denke ich, wir erteilen ihnen zu viel Sexualkundeunterricht, als würde man ihnen den Schlüssel zu einem Sportwagen in die Hand drücken und sie anflehen, ihn auszuprobieren. Außerdem sehen sie es ständig bei *Beverly Hills 90210.*«

Tony spürte seine Geduld schwinden. »Ich tappe ein wenig im dunkeln«, meinte er. »Was hat das alles mit Sam zu tun?«

Ernie sah ihn an. »Etwa einen Monat vor ihrem Tod kam sie zu mir. Sie spazierte einfach in mein Büro, schloß die Tür hinter sich und sagte, sie müsse mit mir reden.«

Tony mußte kurz an Sams Erzählung denken, in der Marcie auch eine Tür geschlossen hatte, weil sie mit ihm reden mußte. »Was ist passiert?« fragte Tony.

Die Tür fiel leise ins Schloß. Ernies erster Gedanke galt dem Eindruck, den das hätte machen können. Doch dann sagte Marcie: »Ich brauche Ihre Hilfe«, und etwas in ihrer Stimme ließ ihn alle eigenen Sorgen vergessen.

»Was ist denn los?« fragte Ernie.

Sie setzte sich auf einen Stuhl und sah ihn eindringlich an. »Ich habe mit Sex angefangen«, erklärte sie.

Ihre Stimme klang leise, aber entschlossen. Doch Ernie hörte in diesen Worten auch den Nachhall eines gebrochenen Herzens, das Gefühl verlorener Unschuld und unendlicher Einsamkeit, die Marcie dazu getrieben hatte, sich ihm anzuvertrauen. Fast unwillkürlich fragte er: »Meinst du, daß das eine gute Idee ist?«

Marcie nickte langsam. »Ich liebe ihn, Ernie. Ich wollte mich ihm ganz hingeben.«

Einen Moment lang verspürte Ernie den Wunsch, nicht mehr hören zu müssen. »Ist es ein Junge aus der Schule?«

»Nein. Er ist älter.« Sein Gesichtsausdruck ließ sie stocken, bevor sie rasch hinzufügte: »Es ist besser so, wirklich. Ich weiß gar nichts, und er kann es mir beibringen.«

Ernie zuckte innerlich zusammen. »Ich hatte wohl bloß gehofft, du würdest noch ein wenig damit warten. Wenn es geschieht, bringt es eine Menge Gefühle und oft auch heillose Verwirrung mit sich. Da hat man eine Menge zu verarbeiten, wenn man noch nicht bereit dazu ist.«

Zu seiner Überraschung nahm Marcie keinen Anstoß an seinen Worten. »Ich war mir selbst nicht sicher, ob ich bereit war«, sagte sie. »Dann hat er gesagt, daß er mich will, und ich wußte, daß es soweit war.«

Ernie beobachtete ihr Gesicht und fühlte sich geschlagen. Er konnte ihr nur zuhören. »Wie kann ich dir helfen?«

»Reden Sie mit mir.« Sie blickte zu Boden. »Sie wissen, wie es ist. Ich meine, an seiner Stelle.«

Das traf Ernie wie ein Schlag. »Ich an seiner Stelle«, erwiderte er sanft, »würde sofort damit aufhören.«

Sie blickte ruckartig auf, und zum erstenmal schimmerten Tränen in ihren Augen. »Sein Kondom ist geplatzt«, flüsterte sie.

»Was?«

»Sein Kondom ist geplatzt.« Marcie zwang sich weiterzureden. »Ich habe mich gefragt, was für ihn sonst am besten sein könnte. Und für mich.«

Ernie stockte der Atem. »Das fällt mir schwer, Marcie. Ich nehme an, deine Eltern wissen nichts.«

»Nein.« Sie sah besorgt aus. »Sie dürfen es auch nie erfahren.«

»Dann solltest du mit einem Arzt reden.« Ernie machte eine Pause. »Weißt du, wo dieser Typ sonst noch gewesen ist? Und mit wem?«

Marcie wurde rot. »Was das angeht, ist er in Ordnung. Das weiß ich.«

Ernie lehnte sich zurück. »Mir ist es ziemlich egal, was für ihn am besten ist«, sagte er schließlich. »Aber ich weiß, was das Beste für dich ist. Sich nichts einzufangen. Nicht schwanger zu werden und es sein zu lassen.«

»Das kann ich nicht.«

Ernie beobachtete sie eine Weile. Abwesend strich sie ihr langes schwarzes Haar aus dem Gesicht und versuchte, ihre Tränen zurückzuhalten. »Was eine Frau benutzen kann«, erklärte Ernie ihr leise, »darüber weiß dein Arzt mehr als ich. Aber versprich mir um deinetwillen und für meinen Seelenfrieden, daß du ihn immer dazu zwingst, ein Gummi zu benutzen.«

Ihre feuchten Augen schimmerten dankbar: Sie konnte mit ihm reden, und er hatte sie noch immer gern. Für ihn war es bitterer, als er je hätte sagen können.

Vielleicht erkannte Marcie das. Jedenfalls stand sie plötzlich auf und gab ihm einen flüchtigen Kuß auf die Stirn.

»Ich liebe Sie, ganz ehrlich«, sagte sie und war verschwunden.

Eine Weile schwieg Tony. »Du hast es ihren Eltern vermutlich nicht erzählt«, sagte er dann.

»Ich wünschte bei Gott, ich hätte.« Ernie blickte über den Park. »Aber damit hätte ich sie verraten, und wenn du die Wahrheit hören willst: Es würde einige Leute ziemlich nervös machen, wenn sie erfahren würden, daß ich solche Gespräche mit einem minderjährigen Mädchen führe. Und zwar nicht nur die Eltern.«

»Glaubst du, sie war verknallt in dich?«

»Vielleicht«, erwiderte er voller Bitterkeit. »Vielleicht war ich in diesem Sinn der erste. Aber wirklich der erste zu sein, erfordert eine andere Art Mann.« Er wandte sich Tony zu. »Sie war ein süßes Mädchen«, sagte er noch leiser. »Die Art Mädchen, die einen wünschen läßt, man könnte noch mal sechzehn sein, um die Welt so zu sehen wie sie. Aber wenn du halbwegs bei Verstand bist, weißt du, daß du nicht mehr sechzehn bist. Vor allem in meiner Position.«

Er sagte das leidenschaftslos und mit einem Hauch Resignation. »Warum bist du hierher zurückgekommen?« fragte Tony.

Ernie lächelte matt. »Warum kommt man an einen Ort wie diesen? Weil er sicher ist. Die Schulen sind ziemlich gut, Drogen spielen keine so große Rolle wie anderswo, und deine Kinder können rumrennen und Fahrrad fahren, ohne überfahren oder entführt zu werden.« Er zuckte die Schultern. »Vor etwa fünf Jahren hat Johnny D'Abruzzi mich angerufen. Ich war in Chicago und mochte weder das Viertel, in dem ich wohnte, noch meinen Job, noch all das Geld, das ich verdiente. Wir hatten Kontakt gehalten. Und ehe ich mich versah, hatte er Doug Barker davon überzeugt, daß ich keine Bedrohung für hiesiges Hab, Gut und Eigentum darstelle, und ich war auf dem Weg zu einem Bewerbungsgespräch.«

»Doug Barker war Bürgermeister? Der Kerl, der mitgeholfen hat, dich bei den Lancers rauszuhalten?«

»Tja, jetzt ist er Schulpflegschaftsvorsitzender. Doug ist endlich geworden, was zu sein er all die Jahre geübt hat, ein aufgeblasener, mittelaltriger Mann ohne einen einzigen Gedanken im Kopf, den nicht schon ein anderer vor ihm hatte. In diesem Fall Johnny.« Ernie schüttelte den Kopf. »Vielleicht ist es jetzt anders, dachte ich, und besser für die Kinder als dort, wo wir wohnten. Und es ist ein bißchen besser geworden, aber nicht viel. Jedenfalls kein Ort, um schwarze Kinder großzuziehen, hat Dee mir schließlich erklärt. Vor allem zusammen mit einem Mann, der nicht weiß, daß er schwarz ist, und einer Stadt voller Leute, die es nicht schaffen, normal mit Schwarzen zu reden.« Sein Tonfall klang wieder verbittert. »Also ist sie zurück nach Chicago gegangen, in unser altes Viertel. Die Schulen sind schlecht, aber es gibt haufenweise Schwarze. Ich kann ihr diese Arithmetik nicht mal übelnehmen. Jetzt bin ich wieder der einzige Schwarze hier.«

Tony nickte stumm und erinnerte sich daran, daß Ernie schon immer ein Gefühl der Einsamkeit ausgestrahlt hatte. Er fragte sich aber auch, ob das Ende von Ernie Nixons Ehe auch nur annähernd so einfach gewesen war. Und dann kam ihm ein weiterer Gedanke. In gewisser Weise könnte Marcie Calder mit ihrer offenen Art bessere Gesellschaft für einen vorsichtigen Schwarzen gewesen sein, als es ihre Eltern und vielleicht auch seine eigene Frau je hätten sein können.

»Das mit Marcie tut mir wirklich leid«, sagte er.

Ernie sah ihn wieder an. »Du hast längst vergessen, was das heißt, Tony«, sagte er. »Wenn du vorbeikommen willst, gerne – wir können über alte Zeiten reden. Aber wir werden nie wieder über Marcie Calder sprechen.«

Als er in seinem Hotelzimmer den Telefonhörer zur Hand nahm und wählte, sah Tony, daß es schon nach sechs Uhr war.

»Stella Marz.«

»Ist es nicht ein bißchen spät fürs Büro?« fragte er.

»Für mich nicht.« Sie klang kurz angebunden wie jemand, der nicht gestört werden möchte. »Was kann ich für Sie tun?«

»Ich habe mich bloß gefragt, ob der Autopsiebericht schon eingetroffen ist.«

Es entstand eine Pause. »Offen gesagt, ich lese ihn gerade.«

Das machte ihn nervös. Irgend etwas an ihrem Ton klang beinahe feindselig. »Gibt es etwas Neues?« fragte er.

»Zumindest eins. Marcie Calder hatte an dem Abend Geschlechtsverkehr.«

Das ließ ihn stutzen. Entweder hatte Sam ihn belogen, oder es gab noch einen anderen. »Ich nehme an, das Sperma wird einer DNA-Probe unterzogen.«

»Wir haben nichts gefunden. Der Gerichtsmediziner konnte lediglich Spuren eines Gleitmittels identifizieren, wie es für ein gebräuchliches Markenkondom verwendet wird.« Ihre Stimme war flach. »Es heißt ›Adam's Rib‹! Wegen der Noppen.«

Tony schwieg eine Weile. »Das habe ich wohl verpaßt.«

»Da bin ich überfragt.« Stella machte eine Pause. »Die Spuren waren im Anus, Tony.«

Tony lehnte sich zurück. »Analverkehr, meinen Sie?«

»Ja.«

»Gewaltsam?«

Stella zögerte. »Es gab einige Abschürfungen«, erwiderte sie dann kühl. »Aber vielleicht war es auch nur ihr erstes Mal. Danach fragen Sie vermutlich besser Mr. Robb.«

Was er gehört hatte, war Wut. »Es hätte jeder gewesen sein können, Stella. Es könnte auch eine Vergewaltigung sein. Ohne Sperma werden Sie das nie erfahren. Es sei denn, sie haben auch Schamhaare gefunden, die Sie vergleichen können.«

Es entstand ein erneutes Schweigen, und Tony vermutete, daß man keine Haare gefunden hatte. In dieser Hinsicht hatte, wer immer Analverkehr mit Marcie Calder gehabt hatte, Glück gehabt. Vor allem wenn es Sam gewesen war.

Vorsichtig fragte Tony: »Gibt es sonst noch was?«

»Nicht, bis wir die DNA-Tests bekommen. Gibt es im übrigen inzwischen eine Erklärung für das Blut?«

»Noch nicht.«

»Schade«, meinte Stella und legte auf.

ZEHN

»Sam ist joggen«, erklärte Sue ihm. »Nachdem er dich gesehen hat, hat er gefunden, daß er außer Form ist.«

Am Telefon klang ihre Stimme nervös. Tony wünschte, er könnte ihr Gesicht sehen. »Ich würde gern mit ihm reden.«

Es entstand eine kurze Pause. »Ich kann ihm sagen, er soll dich zurückrufen«, antwortete Sue. »Oder du kommst einfach vorbei.«

Tony überlegte kurz. »Ich komme vorbei.«

Als er den Wagen vor dem Haus parkte, dämmerte es bereits. Ein Stück die Straße hinunter lief die schattenhafte Gestalt eines Joggers unter den Bäumen entlang; selbst nach dreißig Jahren erkannte Tony die schlaksige Geschmeidigkeit des Jungen wieder, mit dem er einst Fangen geübt hatte. Sam kam auf ihn zu und blieb unter einer Laterne stehen. Schweiß glänzte auf seinem geröteten Gesicht. Sein Brustkorb hob und senkte sich, während er gierig Luft einsog.

»Paß auf, sonst kriegst du noch einen Herzinfarkt«, bemerkte Tony. »Wie Johnny D'Abruzzi.«

Sam kniff die Augen zusammen. »Johnny«, erwiderte er, »war zu einem fetten Stück verkommen, und so ist er auch gestorben. Ich habe jetzt soviel Freizeit, daß ich beschlossen habe, etwas damit anzufangen.« Er machte eine Pause, wischte sich den Schweiß aus den Augen und musterte Tony. »Du hast kaum zugenommen, oder? Treibst du noch Sport?«

Tony zuckte die Schultern und versuchte, seine Ungeduld zu überspielen. »Hin und wieder ein Ründchen Basketball.«

»Dann müssen wir mal zusammen spielen. Solange du hier bist, können wir zusammen trainieren. Morgen früh halb sieben in unserem Fitneßclub? Ich kann dich abholen.«

»Ich überlege es mir, Sam. Aber jetzt müssen wir uns erst einmal unterhalten.«

Sam stützte die Hände auf die Knie und atmete ein paarmal tief durch. »Wollen wir uns irgendwo setzen?« fragte Tony.

Schweigend gingen sie in den Garten. Es hing immer noch eine Hängematte dort, wo Tony und Sue einst Sam abgelegt hatten. Als sie sich setzten, fiel Tony auf, daß er Sam noch gar nicht hatte trinken sehen. »Hast du den Alkohol aufgegeben?«

»Nein. Aber seit Marcies Tod war mir nicht nach einem Drink. Ich hatte auch keinen großen Hunger. Schlafen tue ich auch schlecht.« Er sah Tony an. »War es für dich genauso? Kam dir das Leben, das du vor Alisons Tod gelebt hast, auch vor wie das eines Fremden?«

»Ziemlich genauso, ja.«

Sam atmete ein. »Arme Sue«, sagte er. »Erst findet sie das mit Marcie heraus, zumindest genug, um sich den Rest zusammenzureimen. Und als Unterstützung hat sie nur einen Mann, der entweder lügt oder eigentlich gar nicht da ist.« Sein Ton wurde schärfer. »Und jetzt hat sie nicht mal mehr dich, was, Tony?«

Tony versuchte zu erraten, worauf Sam hinauswollte. »Wie du mir neulich erklärt hast, bin ich dein Anwalt. Außerdem ist Sue vermutlich daran gewöhnt, daß du irgendwo anders bist. Das passiert doch, wenn man eine Affäre hat? Oder konntest du Marcie von Sue trennen und so tun, als ob alles in bester Ordnung wäre?«

Sam sah ihn an. Es wurde dunkel und Tony konnte Sams Gesichtsausdruck nicht erkennen. Doch er spürte, wie Sam ihn lange schweigend musterte. »Man muß es versuchen«, erwiderte er kühl. »Wenn man nicht verrückt werden will. Doch irgendwann merkt man, wie auch ich, daß man die Kontrolle verloren hat.« Er lehnte sich zurück und verschränkte die Arme hinter dem Kopf, als würde er sich schrecklich langweilen. »Also was gibt's Neues, Alter? Daß Johnny einen Herzinfarkt hatte, wußte ich schon. Es muß etwas anderes sein.«

»In der Tat«, sagte Tony. »Jemand hatte Analverkehr mit Marcie Calder.«

Sam hob seinen Kopf ein wenig. »Du meinst ...?«

»Am Abend ihres Todes. Vielleicht mit ihrer Zustimmung, vielleicht auch gewaltsam. Es könnte passiert sein, nachdem du sie getroffen hast. Oder auch währenddessen.«

Sam wurde ganz still. »Was glaubt deine Staatsanwältin?«

»Sie hat sich noch nicht festgelegt. Der Typ hat ein Kondom namens Adam's Rib benutzt, so daß sie kein Sperma für einen DNA-Test gefunden haben.«

Sam sagte lange Zeit nichts. »Woher wissen die das mit dem Kondom?« fragte er schließlich.

»Warum?« entgegnete Tony. »Haben sie sich mit der Marke vertan?«

Sam richtete sich auf. Den Kopf auf die Hände gestützt, starrte er stur geradeaus, als ob Tony gar nicht da wäre. In der Küche ging das Licht an. Im Fenster tauchte Sue auf, sie stand über das Waschbecken gebeugt und spülte Geschirr ab. Hin und wieder blickte sie zu ihnen nach draußen. Tony war sich nicht sicher, ob Sam sie bemerkt hatte.

»Du solltest es mir besser erzählen«, sagte er schließlich. »Es sei denn, du hast die Gummis jenseits der Staatsgrenze gekauft.«

»Macht deine Frau das auch für dich?« fragte Marcie.

Sams Mund war trocken. »Nein.«

Sie lag auf dem Rücksitz seines Wagens nackt auf dem Bauch. »Los«, flüsterte sie. »Ich will, daß du es machst. Ich will, daß wir alles machen.«

Sam wußte, daß er es nicht tun sollte. Er sollte ihr sagen, was zu sagen er sich vorgenommen hatte.

Im Mondschein schimmerte ihr schlanker Rücken wie Marmor. In seinem ganzen Leben würde er nie wieder einen Moment wie diesen erleben. Sein Herz raste.

Langsam streckte sie sich ihm entgegen; er dachte kurz an das Bild von ihr, vornübergebeugt in den Startblöcken, das erste Erwachen seiner Lust …

Die nächsten Augenblicke waren intensiv, aber flüchtig. Ihr leiser Schrei. Die quälende Langsamkeit und schließlich die Ekstase, sie zu besitzen. »Es ist okay«, sagte sie mit gedämpfter Stimme, »es ist okay.«

Danach lag sie unter ihm. Er schauderte vor Einsamkeit und Scham.

»Ich will, daß wir heiraten«, sagte sie.

Tony hörte zu und beobachtete Sue im Fenster.

»Ich konnte es dir nicht sagen«, verteidigte Sam sich.

»Du konntest es nicht?«

»Ich habe mich geschämt.« Sam stand auf, ohne ihn anzusehen. »Da war ich und wollte Schluß machen, und diese schöne Sechzehnjährige möchte etwas machen, was ich noch nie gemacht habe.« Sam hielt abrupt inne und blickte zu Sue. Leise fragte er: »Ich habe ein Gummi benutzt, Tony. Wie können sie es wissen?«

»Oh, die lokale Polizei ist mittlerweile ziemlich fit. Genau wie der Gerichtsmediziner. Wissenschaftlicher Fortschritt und so.«

»Nächstes Mal«, murmelte Sam. »Ich habe mir gesagt, beim nächstenmal wirst du es ihr irgendwie beibringen. Dann meinte sie, wir sollten heiraten, und es ist aus mir herausgeplatzt.« Er drehte sich zu Tony um. »Der Rest war genauso, wie ich es dir erzählt habe, Tony. Ich habe sie nicht getötet, und ich dachte, dieser Teil ist nicht so wichtig für dich. Nur für mich und die Schulbehörde.«

Tony stand auf. »Janice D'Abruzzi sagt, Marcie hätte sie angefleht, sie zu decken, weil sie dir etwas Wichtiges sagen mußte.«

Sam schüttelte den Kopf. »Ich kann mir nur vorstellen, daß es ums Heiraten ging.« Seine Stimme sank. »Oder vielleicht wollte sie mir einfach eine Freude machen.«

In der Küche schaltete Sue das Licht aus.

Leise fuhr Tony fort: »Ich habe dich gebeten, mich nicht anzulügen. Vielleicht hast du mir nicht zugehört. Aber ich bitte dich jetzt zum letztenmal.«

Sam verschränkte die Arme. »Ich habe sie nicht umgebracht, Tony. Das ist auch das letzte Mal, daß ich dir das erkläre.«

Eine Weile erwiderte Tony nichts. Er wußte, daß Sam ihn enttäuscht und wütend gemacht hatte, wie es kein anderer Mandant gekonnt hätte, eben weil er sein Freund war. Aber das machte ihn noch nicht zum Mörder. »Besteht die Möglichkeit, daß Marcie noch mit einem anderen zusammen war?« fragte er schließlich.

Sam sah ihn scharf an. »Mit einem anderen?«

Tony zögerte. »Jemand wie Ernie Nixon vielleicht. Sie scheint ihn gemocht zu haben.«

Sam schüttelte den Kopf. »Ausgeschlossen, Tony.«

»Warum nicht?«

Sam richtete sich wieder auf. »Weil sie nicht so war. Ob zum Guten oder zum Schlechten, Marcie wollte nur mich.«

Tony beobachtete ihn und murmelte kaum hörbar: »Mein Gott, Sam.«

Um halb zehn lag Tony mit Jeans und nacktem Oberkörper auf dem Bett und starrte an die Decke.

Es klopfte. Als Tony aufstand, um zu öffnen, fragte er sich, ob es ein Reporter, Sam oder vielleicht sogar Ernie Nixon war. Doch als er die Tür öffnete, wurde ihm bewußt, daß er nur sie erwartet hatte.

Sue trug Jeans, einen Pullover und eine Jeansjacke. In dem matten Licht des Ganges wirkte sie kleiner und jünger, ein wenig wie das Mädchen, das er geliebt hatte. Einen Moment lang wußte er nicht, was er sagen sollte.

»Tut mir leid«, sagte sie. »Ich kann auch ein anderes Mal wiederkommen.«

»Nein«, antwortete Tony. »Du hast mich nur überrascht. Komm rein, ich zieh mir was über.«

Während er sein Hemd zuknöpfte, setzte sie sich und musterte das Zimmer. »Nichts Tolles, was?«

Tony lächelte. »Ein bißchen karg. Wie mein Kinderzimmer.«

Sue blickte zu ihm hoch. »Nun«, meinte sie, »das Leben hat es gut gemeint. Zumindest mit dir.«

Tony nickte. »In letzter Zeit. In mehr als einer Hinsicht bin ich glücklicher, als ich es verdient habe.«

Sue stand auf und steckte die Hände in die Jackentaschen. »Nach jener Nacht«, sagte sie schließlich, »unserer gemeinsamen Nacht, hat Sam sich so angestrengt. Er hat das Trinken eingeschränkt und war viel aufmerksamer. Es war, als hätten du und ich – der bloße Gedanke, daß wir zusammenkommen könnten – Sam zu der Einsicht gebracht, wie furchtbar er sein konnte. Als wir geheiratet haben ...« Sie zuckte die Achseln.

»Irgendwann hat er wieder angefangen zu trinken. Meistens zu Hause, wo die Leute es nicht gesehen haben. Aber die Kinder mochten es nicht. Alkohol wirft ihn emotional aus dem Gleichgewicht. Ich nehme an, für ihn dämpft er die Enttäuschung über sein Leben.«

Tony beobachtete sie. Es war, als ob sie in ihrer Einsamkeit ein Gespräch mit einem alten Freund wiederaufnahm, das erst gestern oder vorgestern unterbrochen worden war. »Er hat mir erzählt, daß er seit der letzten Woche keinen Tropfen mehr getrunken hat.«

Sue nickte. »Manchmal passiert etwas, was ihm angst macht, und er hört auf. Vielleicht ist es ja diesmal endgültig.« Sie sah Tony an. »Hat er dir erzählt, daß er an jenem Abend getrunken hat?«

Tony legte überrascht den Kopf zur Seite. »Wieviel?«

»Seine Augen haben geglänzt. Du kennst das ja.«

Tony nickte.

»Ich muß immer wieder an diesen Abend denken. Ich frage mich, ob ich es nicht vielleicht tief drinnen gewußt habe und ihn hätte aufhalten können. Wie er war, als er nach Hause kam ...« Ihre Stimme erstarb.

Tony spürte sein eigenes Unbehagen. »Wie war er denn?« fragte er schließlich.

Sie wandte den Blick ab. »Schuldbewußt, vorsichtig. Wie jemand, der vor Schreck ernüchtert ist. Er war nicht mehr der Mensch, der er beim Verlassen des Hauses gewesen war.«

Tony sah, daß sie ihm nicht in die Augen sehen konnte. Genausowenig wie er Lust hatte, sie zu verhören. Schließlich blickte sie ihn doch an. »Wo führt das alles hin, Tony? Sam will mir nichts sagen.«

»Er kann dir nichts sagen. Und wir wissen es beide nicht.« Sanfter fuhr er fort: »Ich hasse es auch, Sue. Für mich, der ich noch immer euer Freund bin, aber vor allem für dich. Ich wünschte, ich könnte euch irgendwie anders helfen als ausgerechnet dadurch, euer Anwalt zu sein.«

»Aber um einen Anwalt hatte ich gebeten. Weil Sam einen braucht. Für mich kannst du das alles sowieso nicht besser machen, außer du hilfst ihm. Sam ist noch immer der Vater unserer Kinder, der Mann, für den ich mich entschieden habe. Und ich wünschte, das Ende der Geschichte wäre irgendwie absehbar.« Sue hielt inne und berührte Tonys Arm. »Und ich wünschte, daß ich etwas für dich tun könnte, statt eine weitere Person zu sein, um die du dir Sorgen machen mußt.«

»Das bist du nicht. Das Problem liegt bei mir. Wenn man einen Mandanten vertreten will, muß man seine persönlichen Gefühle beiseite lassen.« Tony machte eine Pause und fügte leiser hinzu: »Aber das fällt mir hier besonders schwer. Wegen Alison, wegen Sam und vor allem wegen dir. Manchmal denke ich, Tony und Sue passen noch immer auf Sam auf. Nur daß wir diesmal keine Nacht frei kriegen, und ich darf nicht mal dein Freund sein.« Er versuchte zu lächeln. »Womit ich bloß ein weiterer Mann wäre, der um dein Verständnis bittet.«

»Verständnis?« Sue lächelte flüchtig. »Ja, darin bin ich gut. Obwohl ich nie fand, daß es besonders viel verlangt war, dich zu verstehen.«

Sie küßte ihn auf die Wange und verabschiedete sich.

Als sie gegangen war, fragte Tony sich, warum er so traurig war und wem diese Trauer galt.

ELF

»Warum habe ich das Gefühl, daß Sie etwas wissen, was ich nicht weiß?« fragte Tony.

»Wahrscheinlich weiß ich tatsächlich etwas«, erwiderte Stella Marz und biß in ihren Hot dog.

Sie standen auf dem Steelton-Square unweit des Marschall-Pilsudski-Denkmals. Es war ein frischer Frühlingstag. Büroangestellte bevölkerten die Stände der Hot-dog- und Sandwich-Verkäufer, einige fütterten die Tauben mit Krumen. Stella kam direkt vom Gericht und hatte nur eine Stunde Zeit; sie hatte Tony zehn Minuten bei einem Imbiß zugestanden.

»Soll ich raten?« fragte er.

»Hören Sie, Tony, ich bin nicht verpflichtet, Ihnen alles zu sagen, was ich möglicherweise über Sam Robb weiß oder vermute. Genausowenig wie ich Anklage erheben muß, bloß weil die Polizei von Lake City oder die Medien es wollen.« Sie machte eine Pause. »Oder der *Steelton Press* eine Kopie des Autopsieberichts von Alison Taylor zur Verfügung stellen.«

»Die wollten ihn haben?«

»So ist es. Ich habe ihnen erklärt, der Fall wäre noch nicht endgültig abgeschlossen, also hätten sie keine Chance.«

Tony steckte beide Hände in die Hosentaschen. »Das weiß ich zu schätzen.«

Stella zuckte die Schultern. »Auch die Taylors haben noch immer Gefühle.«

Tony wartete eine Weile. »Was Sam angeht«, sagte er dann, »kann ich mich nicht zu Dingen äußern, von denen ich nichts weiß.«

Stella sah ihn an. »Auch in diesem Fall sind die Gefühle anderer Menschen betroffen. Es geht nicht bloß um Sie und mich.«

»Marcies Eltern, meinen Sie?«

Stella wischte sich den Mund mit einer Serviette ab. »Mein Telefon steht nicht mehr still. Sie haben die Calders, Ernie Nixon, Marcies Freundin Janice und sogar Alisons Eltern aufgesucht. Das heißt, sie müssen eine Ahnung davon bekommen haben. Marcie Calder war nicht selbstmordgefährdet; sie hatte ein sexuelles Verhältnis mit einem älteren Mann, dem sie am Abend ihres Todes etwas Wichtiges sagen mußte, und sie wurde vor oder nach ihrem Tod anal penetriert.« Wieder sah sie ihn an. »Und weil ich mir inzwischen sicher bin, verrate ich Ihnen noch eine neue Tatsache. Das Blut an Sam Robbs Steuer stammte von Marcie.«

Obwohl er darauf vorbereitet gewesen war, war Tony geschockt. »Die DNA-Probe ist zurück?«

»Ja.«

Tony lockerte seine Krawatte. »Ich habe den deutlichen Eindruck, Stella, daß Marcies Eltern wußten, daß Sam Robb mit ihr geschlafen hat. Ist es der Analverkehr? Weil sie nämlich nicht die Art Menschen sind, denen es leichtfallen würde zu glauben, daß ihre Tochter mit einem verheirateten Mann schläft. Es sei denn, sie hatten keine andere Wahl.«

Stella sah ihn fest an. »Dann sollten Sie Mitleid mit ihnen haben. Noch vor einer Woche hatten sie eine unschuldige, lebendige Tochter.«

Tony wußte, daß Stella es ihm nicht erzählen würde, was immer es war. Vielleicht war sie sich selbst noch nicht sicher.

»Erheben Sie Anklage?« fragte er unverblümt.

»Noch nicht.« Ihre Miene verriet nichts. »Wenn ich es tue, sage ich Ihnen vorher Bescheid. Unter Angabe von Gründen.«

Er vermutete, daß ihr noch immer ein Teil im Puzzle fehlte. Wie damals in seinem eigenen Fall wartete die Staatsanwaltschaft darauf, daß die Beweislage sich zu ihren Gunsten veränderte. Er fragte sich, wieviel von dem Unbehagen, das er für Sam empfand, aus der Erinnerung an das Gefühl des Verfolgtseins herrührte.

»Wieviel Zeit habe ich noch, Stella?«

Sie wandte sich ab und betrachtete die Tauben. »Wenn Sie irgend etwas finden können, was ihm hilft«, meinte sie schließlich, »sollten Sie es bald tun.«

»Auf Donald White«, sagte Saul, sah sich spöttisch um und trank einen Schluck Whiskey.

Sie saßen in derselben Hafenkneipe, in der Saul Tony vor achtundzwanzig Jahren die Freiheit geschenkt hatte, sein eigenes Leben weiterzuleben. Überrascht stellte Tony fest, daß er sich gut an den Tag erinnerte und daß sich der Laden bis auf ein paar neue Biermarken und ein paar Videospiele kaum verändert hatte. Der Essensgeruch, die Düsterkeit, der matte Glanz auf Tischen und Tresen, alles war wie damals.

»Ich hätte viel darum gegeben, Donald White von Angesicht zu Angesicht zu treffen«, sagte Tony leise. »Um zu erfahren, was er ihr angetan hat und ob sie leiden mußte.«

»Es ist vorbei, Tony. Außer vielleicht für die Presse.«

Tony schüttelte den Kopf. »Für manche Menschen ist es nie vorbei, haben Sie mir damals gesagt. Sie haben bloß vergessen zu erwähnen, daß ich einer von ihnen bin.« Er machte eine Pause und nippte an seinem Scotch. »Das Ganze ist wie eine Zeitreise – Alison, Sue, Sam ... Er kann es immer noch nicht lassen, sich dauernd mit mir zu messen. Es ist wie eine Art Instinkt bei ihm.«

»Daß du erst mit ihr geschlafen hast und dann bei Stacey Tarrant gelandet bist, macht es wahrscheinlich auch nicht besser. Nur eine weitere Erinnerung daran, daß du ihn im Dreck zurückgelassen hast.«

Tony blickte auf. »Er weiß es nicht, Saul. Und Sie wissen es auch nicht.«

»Oh, er weiß es.« Saul lächelte knapp. »Menschen wie der Sam, den ich mir vorstelle, wüßten es, selbst wenn du es überhaupt nicht getan hättest. Was hältst du übrigens heute von deinem alten Freund?«

Tony strich mit einem Finger über den Rand seines Glases. »Ich bin mir nicht sicher«, sagte er schließlich. »Manchmal wirkt Sam sensibel und sogar mutig – er ist immerhin von sich aus zur Polizei gegangen. Dann wieder kommt er mir gefühllos und selbstsüchtig vor bis zum Narzißmus. Die Marcie Calder, die er mir beschreibt, die willfährige sexuelle Abenteurerin, paßt überhaupt nicht zu dem, was ich von anderen höre. Ich weiß nicht, ob es eine Lüge ist, eine Ausrede, Sams verzerrte Wahrnehmung der Wirklichkeit oder meine mangelnde Bereitschaft, ihm zu glauben, obwohl ich es gern möchte. Aber jedesmal, wenn ich wieder angewidert bin von dem Gedanken, daß er eine Affäre mit Marcie Calder hatte, kann ich mir gleichzeitig fast vorstellen, wie es passiert ist und wie sehr er sich jetzt schämt. Ich weiß nicht, ob mein Mitgefühl Sam gilt oder mir selbst. Und wenn ich sehe, wie er jetzt in die Enge getrieben wird und die Indizien immer belastender werden, ist es fast ein Instinkt von mir, ihn zu verteidigen.«

»Selbst wenn Sam sie getötet hat?«

»Nein. Dann nicht. Aber das weiß ich nicht.«

»Aber du denkst, er könnte es getan haben.«

Tony faltete die Hände. »Sue hat mir erzählt, daß er an dem Abend getrunken hat. Das geht meistens mit einer Impulsivität und einem Mangel an Selbstkontrolle einher.«

»Bis hin zum Mord?«

Tony lehnte sich zurück und versuchte sich vorzustellen, wie sein Freund mit einem Stein auf das hübsche Mädchen von dem Foto aus dem Schuljahrbuch einschlug, bis es ins Gras sank. Schließlich schüttelte er den Kopf. »Ich erinnere mich an die Zeit, als wir beide fast noch Kinder waren, Saul. Ich habe keine Ahnung, was seitdem mit ihm geschehen ist.«

Saul dachte nach. »Trunkenheit ist eine mögliche Verteidigung.«

»Nur wenn Sam zugibt, sie getötet zu haben. Das hat er nicht, und ich glaube nicht, daß er das je tun wird.«

Saul sah sich um. Ein paar Seeleute von einem Erzfrachter tranken Bier und spielten Videospiele; ansonsten war das Lokal still. »Irgendeine Vermutung, worauf Stella noch wartet?« fragte er schließlich.

»Ich bin mir nicht sicher. Der Gerichtsmediziner hat bereits erklärt, daß die Schädelfrakturen seiner Ansicht nach nicht von einem Unfall stammen. Vielleicht warten sie noch auf ein weiteres Laborergebnis, etwa die Resultate irgendeines hochtechnologischen Verfahrens, mit dem man versucht hat, Sams Fingerabdrücke an dem Stein sicherzustellen. Das würde uns garantiert schaden.«

Saul zuckte die Schultern. »Du kannst immer einen eigenen Experten auftreiben. Es gibt Millionen Möglichkeiten, ihre Ergebnisse anzugreifen.«

Tony leerte seinen Scotch und bestellte einen neuen. »Was

ich gebrauchen könnte«, sagte er schließlich, »wäre so jemand wie Donald White.«

Saul lächelte skeptisch. »Die wachsen zum Glück aber nicht auf Bäumen.« Er hielt abrupt inne, als er Tonys Miene sah.

Ihre Blicke trafen sich. »Ernie wäre eine Möglichkeit, Saul. Wie viele erwachsene Männer verbringen Stunden über Stunden in der Gesellschaft eines minderjährigen Mädchens, wenn nicht zumindest ein wenig sexuelles Begehren im Spiel ist? Wenn Sam die Grenze überschritten hat, könnte Ernie es auch getan haben. Ich meine, zählen Sie die College-Professoren, die Sie gekannt haben, die sich einen Fehltritt geleistet haben.«

Sauls Lächeln wurde zu einem Ausdruck blanker Belustigung. »Sie haben sie gebumst, Tony, nicht ermordet. Soweit du weißt, könnte er an dem Abend auch mit Freunden unterwegs gewesen sein.«

»Soweit ich weiß, könnte er auch der Fahrer des anderen Wagens gewesen sein, den Sam gesehen hat.«

Sauls Lächeln erstarb. »Du weißt, was du da tust, oder?«

Die Bemerkung traf Tony, weil der Panzer, den er als Strafverteidiger entwickelt hatte, seine Gefühle im Falle von Ernie Nixon nicht abzuwehren vermochte. »Natürlich weiß ich das. Das ist gerade aus Ihrem Mund eine seltsame Bemerkung.«

Saul stellte langsam seinen Drink ab. »Ich bin schon jenseits von zynisch, Tony. Ich muß das nicht mehr haben.«

»Also trinken Sie lieber?«

Sauls Blick wurde hart. »Es gibt tausend Gründe, warum ich trinke. Und du wirst mich nie gut genug kennen, um sie alle zu verstehen.«

Tony hielt den Atem an. »Tut mir leid«, entschuldigte er sich schließlich.

Saul musterte ihn eine Weile. »Vergiß es. Ich weiß, wie schuldig du dich fühlst, und das ist erst der Anfang.«

»Sie wissen genausogut wie ich, was meine Verpflichtung ist, verdammt noch mal, und ich darf mich nicht von meinen Gefühlen beeinträchtigen lassen. Solange ich Sam Robbs Anwalt bin, gilt meine einzige Loyalität ihm. Es wäre anwaltliche Inkompetenz, einer möglichen Verteidigung nicht nachzugehen …«

Saul lächelte aus dem Mundwinkel. »Ein Schwarzer in Lake City, der einzige Schwarze in der Stadt. Wunderbar, Tony, wirklich wunderbar.«

Tonys Kopf hatte zu pochen begonnen. »Ich weiß«, sagte er leise. »Also besorgen Sie mir einfach einen Detektiv, ja?«

Saul sah ihn unversöhnlich an, schüttelte den Kopf und blickte zu dem Münztelefon. »Hast du ein Fünfundzwanzig-Cent-Stück?« fragte er. »Vielleicht können wir Ernie noch ruinieren, bevor ich so betrunken bin, daß es mich nicht mehr kümmert.«

ZWÖLF

Im Profil wirkte Sams Miene entschlossen. »Jack Burton hat mich gestern abend angerufen. Mein Direktor.«

Sie waren auf dem Weg zum Fitneßstudio. Es war halb sieben Uhr morgens, der Himmel war leicht bewölkt, und das erste mattgelbe Licht drang durch das Grau. Zu ihrer Rechten traten die Bäume des Taylor-Parks aus dem Dunkel.

»Ich erinnere mich noch an ihn«, erwiderte Tony. »Er hat sich geweigert, mir eine Empfehlung für Harvard zu schreiben. Ich dachte immer, daß John Taylor dahinter steckt.«

»Das tut er diesmal wahrscheinlich wieder.«

»Wieso?«

»Marcies Eltern und die Taylors verlangen vom Verwaltungsrat der Schule, mir fristlos zu kündigen.«

Tony sah ihn überrascht an. »Die Taylors? Ich dachte, die leben ziemlich zurückgezogen.«

»Nicht ganz«, erwiderte Sam gedämpft. »Vermutlich bin ich ein Fall, für den es sich lohnt, wieder aus dem Loch zu kommen.«

»Hat Burton gesagt, wie er zu der Sache steht?«

Sam sagte eine Weile nichts. »Er wird mich nicht unterstützen, Tony. ›Manchmal ist der Anschein die Realität‹, hat er gesagt.«

Tony blickte durch die Windschutzscheibe und dachte an den Frühlingsmorgen, an dem er zum letztenmal so früh in Lake City unterwegs gewesen war. Damals hatte er Sue nach Hause gefahren, und Sam hatte sie vor ihrer Haustür erwartet. »Was willst du jetzt machen?« fragte er.

»Wir brauchen das Geld.« Sam konnte ihn nicht ansehen, und seine Stimme triefte vor Selbstekel. »Meine Familie hat mir bis auf das Haus nicht viel hinterlassen, und wir haben eine Hypothek aufgenommen, um das Studium der Kinder zu finanzieren. Sie sind beide aufs Denison-College gegangen, und das ist nicht billig. Wenn ich kein Gehalt beziehe, bleibt für Sue und mich nicht mehr viel übrig.«

Tony versuchte sich vorzustellen, wie Sam sich angesichts der Konsequenzen seines Handelns fühlen mußte. »Früher oder später mußt du dich um das Job-Problem kümmern, Sam.«

Sam atmete tief ein. »Können wir nicht zumindest ein wenig Zeit herausschinden? Ich möchte das Sue jetzt nicht zumuten. Ich weiß, wie sich das anhört, aber ...«

Er mußte den Satz nicht vollenden. Tony hörte die Beschämung und Verzweiflung auch so heraus. Er betrachtete die Häuser, an denen sie vorbeikamen, und erkannte, daß viele der großen Holzvillen und Ferienhäuser, die einst mit dem Reichtum Steeltons erbaut worden waren, abgerissen und durch größere Gebäude im nachgemachten Tudor- oder Kolonialstil ersetzt worden waren. Es war ein Abklatsch der großen Welt. Tony mußte daran denken, wie lange das Spiel gegen Riverwood schon zurücklag.

»Das ist nicht mein juristisches Spezialgebiet, Sam. Aber ich glaube, ohne eine Anhörung können sie dich nicht feuern.«

Sam biß sich auf die Lippe. »Ich kann bei einer Anhörung nicht aussagen. Nicht über Marcie.«

»Ich kann versuchen, die Sache hinauszuzögern. In der Zwischenzeit können wir vielleicht einen Deal aushandeln – eine freiwillige Kündigung mit Abfindung und ohne Verzicht auf Rentenansprüche.« Tony machte eine Pause und fügte leise hinzu: »Wie du mir selbst einmal erklärt hast, ist Marcie tot. Solange du den Mund hältst, können sie über eure Beziehung nur spekulieren.«

Sam starrte stur geradeaus. »Die Leute erzählen dir ihre schlimmsten Geheimnisse«, sagte er schließlich, »und dann versuchst du, ihnen zu helfen. Kommst du dir dabei vor wie ein Gott oder wie ein Gauner?«

Die Frage berührte einige Tatsachen des Anwaltslebens: die Hilflosigkeit des Mandanten, das Machtgefühl des Anwalts, die unbehagliche Mischung aus Mitleid und Verachtung, die Tony so häufig empfunden hatte, und die Art, wie die Pflichten eines Anwalts Vorrang vor seinem privaten Gewissen hatten. »Manchmal komme ich mir vor wie ein Gott«, antwortete Tony, »manchmal wie ein Teufel. Meistens weder noch. Und wenn ich anfange, meine Arbeit in Frage zu stellen, denke ich daran, was mir damals passiert ist. Von den vielen anderen Menschen ganz zu schweigen, die auf die eine oder andere Art auch nicht verdienen, was ihnen geschieht.«

»Und wie ist es jetzt? Wenn du mich verteidigst?«

Tony sah ihn an. »Ich fürchte, mit professioneller Distanz kann ich dir in diesem Fall nicht dienen. Aber was immer dir das wert ist, ich glaube nicht, daß deine Beziehung mit einer Sechzehnjährigen, wie falsch sie auch gewesen sein mag, dich zu einem absolut unverbesserlichen Menschen macht. Das wäre für einen Anwalt auch eine ziemlich lästige Weltanschauung, vor allem wenn er selbst manches bereut.« Tony bemühte sich um einen leichteren Tonfall. »Und mein letzter Akt tätiger Reue liegt jetzt schon achtundzwanzig Jahre zurück.«

Sam beobachtete sein Gesicht. »Was bereust du denn, Tony?«

»Außer meinem Wunsch, daß sich Alison in jener Nacht

noch einmal mit mir treffen sollte?« Tony zögerte und überlegte, ob er Sam wie den Freund behandeln sollte, der er einmal gewesen war, und sei es nur aus Sentimentalität. »Nun, zum einen habe ich meine erste Frau betrogen. Es gab die üblichen mildernden Umstände – unsere Ehe kriselte, ich steckte mitten in dem Carson-Fall, und diese andere Frau schien einfach immer da zu sein. Aber ich habe die Entscheidung getroffen, und sie hat mich meine Ehe und eine ganze Zeitlang auch Christopher gekostet. Das ist jetzt zwölf Jahre her, und ich winde mich immer noch, wenn ich daran denke. Aber ein Anfall von schlechtem Gewissen nach der Tat kann den Schaden, den man schon angerichtet hat, nie wieder gutmachen. Es ist bestenfalls eine Warnung fürs nächste Mal.«

»Das klingt ganz nach dir«, erwiderte Sam merkwürdig sanft. »Vor allem das mit dem schlechten Gewissen.«

Tony fragte sich kurz, ob sein Freund in diesem Moment an Sue dachte. Sam parkte vor dem Fitneßstudio, machte jedoch keinerlei Anstalten auszusteigen.

»Diese Sitzung des Schulverwaltungsrates, Tony. Meinst du, du kriegst das in den Griff?«

»Ich will es versuchen. Aber Jack Burton könnte schwierig werden.« Tony machte eine Pause. »Hast du noch irgendwelche anderen Probleme, an denen Burton die Kündigung aufhängen könnte? Irgend etwas, was man dir als sexuelle Belästigung, Fehlbehandlung oder Einschüchterung eines Schülers auslegen könnte?«

Sams Augen wurden kalt. »Es gibt nichts. Darüber muß ich nicht einmal nachdenken.«

Tony beobachtete Sams Gesicht. »Dann erzähl mir vom Schulverwaltungsrat«, bat er schließlich.

Ein Hauch düsterer Belustigung blitzte in Sams Augen auf. »Zunächst einmal ist der amtierende Vorsitzende dein alter Freund Doug Barker. Erinnerst du dich noch an den Abend, als du ihm gesagt hast, daß er das größte Arschloch im Raum wäre?«

Es war der Abend, an dem Tony sich mit Sam gestritten hatte. »Das war kurz bevor du mich gefragt hast, ob ich Alison ermordet habe.«

Sams Blick flackerte. »Ich wußte einfach nicht, wie sich das anfühlt, Tony. Jetzt weiß ich es. Aber Doug Barker ist noch immer ein Arschloch.«

Tony lächelte ein wenig. »Was meinst du, warum ich hier weggezogen bin?«

Schweigend stiegen sie aus dem Wagen.

DREIZEHN

Obwohl er sie mit krächzender Stimme vortrug, hallten John Taylors Eröffnungsworte in dem Raum nach. »Vor fast dreißig Jahren habe ich in genau diesem Raum anläßlich des Mordes unserer Tochter Alison gesprochen. Jetzt muß ich zu meinem Kummer erneut aus Anlaß eines Mordes das Wort ergreifen.«

Der Verwaltungsrat der Schule saß auf dem Podium, drei Männer und zwei Frauen, die in einen von Einheimischen, Reportern und Kameras bis auf den letzten Platz gefüllten Raum blickten. Vor dem Gebäude hielt eine große Menschenmenge eine Mahnwache für Marcie Calder ab. Die Leute trugen Plakate mit Marcies Foto und dem Slogan »Denkt an unsere Kinder«. Tony erschien die Szenerie surreal, und John Taylor mußte es ebenso gehen.

Doch die Stadt hatte sich verändert und mit ihr die politische Arithmetik. Die knappe konservative Mehrheit war der Ansicht, daß das Schulsystem von Lake City keiner Verbesserung bedurfte, während die beiden anderen Mitglieder des Verwaltungsrates es für verknöchert hielten. Doug Barker, der Sprecher der Mehrheitsfraktion, hatte ausgeprägte Hängebacken und trug eine Schildpattbrille und die gewichtige Würde eines Provinzfürsten zur Schau. Kay Marston, seine Gegenspielerin, hatte blondiertes Haar, große goldene Ohrringe und deutete mit ihrer Leidensmiene an, daß das Kreuz, das sie im Dienste des Fortschritts zu tragen hatte, darin bestand, dem salbungsvollen Gefasel Doug Barkers zu lauschen. Tony vermutete jedoch, daß heute beide Fraktionen in der Furcht vereint waren, ihre Wiederwahl zu gefährden, wenn sie nicht Sam Robbs fristlose Kündigung durchsetzten.

Er saß mit Sam und Sue sowie einigen Freunden in der ersten Reihe. Sam trug einen gedeckten grauen Anzug, auf seiner Miene spiegelte sich tiefe Beschämung. Als Tony Sue in der Rolle der treuen Ehefrau sah, hoffte er, daß ihr die Tortur eines Mordprozesses erspart bleiben würde.

John Taylor stand an einem Rednerpult vor dem Podium und sprach zum Verwaltungsrat: »Doch dies ist ein anderer Fall, den ich auch als solchen würdigen möchte. Es geht um Sam Robb, der sich abends allein mit einem minderjährigen Mädchen getroffen hat. Sam Robb ist ein sechsundvierzigjähriger Mann, dem die Sicherheit und das Wohlbefinden der Schüler der Lake City High School anvertraut sind. Dessen ungeachtet ist er mit einer attraktiven Sechzehnjährigen abends allein in einen Park gefahren.«

Zu beschämt, den Blick abzuwenden, schaute Sam Alisons Vater an. Als Tony zu Sue blickte, sah er, daß sie die Augen geschlossen hatte.

»Oh, ich kenne all die Einwände«, fuhr John Taylor fort. »Ich weiß, es ist nicht jenseits allen begründeten Zweifels bewiesen, daß Marcie Calder ermordet wurde oder daß Sam Robb schuldig ist. Das klingt mir schmerzhaft vertraut. Aber was um alles in der Welt hat das damit zu tun, ob Sam Robb geeignet ist, weiterhin das Amt des stellvertretenden Direktors zu bekleiden? Nichts! Denn Sam Robb hat das Urteil über sich selbst schon gesprochen.«

Als John Taylor sein hageres Gesicht Sam zuwandte, sah Tony deutlicher denn je, was der Haß ihm angetan hatte. Langsam und anklagend hob John Taylor den Finger und sagte mit zitternder Stimme: »Warum erklären Sie sich nicht? Warum sitzen Sie still hier und verstecken sich hinter Ihrem Anwalt? Hinter Anthony Lord«, fügte er verächtlich hinzu.

Sam wurde rot vor Zorn; Tony verbarg seine Wut hinter einem kalten Starren. Der Verwaltungsrat hörte schweigend zu.

Abrupt wandte John Taylor sich wieder um. »Sam Robb soll hier und heute für sich sprechen, sonst hat er kein Recht auf unser Geld und unser Vertrauen.«

Und mit diesen Worten drehte er sich um und setzte sich auf den Stuhl neben den Calders. Frank Calder klopfte ihm linkisch auf die Schulter.

Doug Barker blinzelte, als ob er Kopfschmerzen hätte. »Der Verwaltungsrat würdigt John Taylors Besorgnis«, sagte er gesetzt. »Wir werden sie nicht vergessen.«

Als nächstes betrat eine hagere, vogelartige Frau das Podium: Jane Whiteman, die Sprecherin einer Koalition besorgter Bürger. »Die Leute haben Angst«, begann sie schlicht. »Und wer kann es ihnen verdenken? Der stellvertretende Direktor unserer Schule ist der einzige Verdächtige im Fall des ungeklärten Todes von Marcie Calder. Ich weiß nicht, warum man bisher keine Anklage gegen ihn erhoben hat. Aber das ist keine Entschuldigung, einen Mann als stellvertretenden Direktor weiterzubeschäftigen, der eigentlich aus Scham von sich aus hätte kündigen müssen. Wenn er seinen Posten behält, fällt die Scham auf uns zurück.«

Plötzlich schnellte ihr Kopf zu Sam und Sue herum. »Wir können diesen Mann nicht zwingen, Lake City zu verlassen. Wir können nur dafür sorgen, daß man ihm nie wieder die Verantwortung für unsere Töchter überträgt.«

Instinktiv ergriff Sue Sams Hand. Jane Whitman schien überrascht. Wie um sich zu vergewissern, drehte sie sich zu den Calders um und sah die Tränen auf Nancy Calders Gesicht. Mit anklagender Miene wandte sie sich wieder dem Verwaltungsrat zu. »Was sollen wir höher bewerten – die sogenannten Rechte dieses Mannes oder die Sicherheit unserer Kinder?

An Frank und Nancy Calders Stelle wüßten Sie die Antwort bereits. Es geht hier nicht um begründete Zweifel, sondern um die moralische Integrität unserer Lehrer. Und gemessen an diesem Maßstab gibt es keinen Zweifel daran, daß unsere Kinder nie wieder der Obhut von Sam Robb anvertraut werden dürfen.«

Als sie Platz nahm, erhob sich vereinzelt Applaus. Es folgten drei weitere Redner, die sich alle für Sams Kündigung aussprachen. Dann stand Frank Calder auf und wischte sich mit einem Taschentuch den Schweiß von der Stirn. Seine Stimme war flach und klanglos, doch gerade das gab seinen schmucklosen Worten eine eigene Würde.

»Ich bin Frank Calder«, erklärte er. »Marcies Vater.«

Doug Barkers Miene drückte ehrliche Verzweiflung aus, als er sagte: »Wir wissen, Frank. Im Namen des Verwaltungsrats möchte ich Ihnen unser tiefstes Bedauern aussprechen.«

Frank Calder nickte und senkte den Kopf. »Wir sind wegen der Schulen hierhergezogen, müssen Sie wissen. Damit unsere drei Mädchen die beste staatliche Ausbildung und größtmögliche Sicherheit genießen können. Das haben wir uns für sie gewünscht, Nancy und ich.«

»Verdammt«, murmelte Sam, und Tony wußte, daß er allen Grund hatte, sich Sorgen zu machen. Frank Calder war die perfekte Verkörperung der Ängste und Hoffnungen seiner Heimatstadt.

»Wir hatten nicht damit gerechnet, daß unsere unschuldige Tochter uns belügt«, sagte Frank Calder unverblümt, »um sich mit Sam Robb nach Einbruch der Dunkelheit im Park zu treffen. Er sagt, daß Marcie mit ihm reden wollte. War sein Büro nicht gut genug? Mußte er sie abends im Taylor-Park treffen?« Calder schluckte. »Wir wissen, was er im Sinn hatte. Und wir wissen, was mit Marcie passiert ist. Wir haben ihm vertraut.« Seine Stimme brach, und er mußte neu ansetzen. »Wir haben ihm vertraut, und wir haben Ihnen vertraut. Und nun sehen Sie, wohin uns das geführt hat. Jetzt wissen wir es. Wir alle wissen es. Nancy und ich sind der gleichen Meinung wie Mr. Taylor – soll er doch reden. Sonst soll er im Namen von Anstand und Ehrlichkeit auf der Stelle gefeuert werden.«

Tony sah, daß Calders Hände zitterten. Frank Calder setzte erneut an, etwas zu sagen, brachte jedoch keinen Ton mehr heraus. Noch immer zum Podium starrend, begann er rückwärts zu seinem Platz zu gehen. Als Nancy Calder aufstand und den Arm ihres Mannes faßte, schien es, als hätte sie mit dieser Geste jeden Laut zum Verstummen gebracht.

Doug Barker blickte zu Sam. »Ist jemand bevollmächtigt«, fragte er, »für Sam zu sprechen?«

Tony sah, wie Sam sich zurückhalten mußte, und spürte das Gewicht seiner Verantwortung. Als er mit einem Umschlag in der Hand ans Podium trat, waren seine Hände feucht.

»Hallo, Doug«, sagte er leise.

Doug Barker blickte überrascht auf. »Hallo, Tony«, erwiderte er.

Als Tony den Umschlag vor sich ablegte, spürte er Kay Marstons neugierigen Blick. »Für diejenigen unter Ihnen, die mich nicht kennen: Ich bin Anthony Lord, Sam Robbs Freund und Anwalt. Ich habe früher selbst hier gelebt. Und aus vielerlei Gründen bedaure ich die Tragödie, die mich erneut hierhergeführt hat, zutiefst.«

Mit dieser Eröffnung hatte er ihre Aufmerksamkeit gewonnen. »Vor achtundzwanzig Jahren«, fuhr er fort, »wurde Alison Taylor im selben Park ermordet. Ich hatte dort darauf gewartet, daß sie sich heimlich aus dem Haus schleicht, wie es Jugendliche in dieser Stadt schon immer getan haben und zweifelsohne auch heute noch tun. Als Alison nicht kam, ging ich sie suchen. In jener Nacht waren, wie auch heute noch, andere Menschen im Park unterwegs. Und dann habe ich Alison Taylor gefunden, kurz bevor John Taylor uns beide entdeckte.« Tony hielt inne und musterte die verblüfften Gesichter auf dem Podium. »Dieser Augenblick hat mich seither verfolgt und wird mich bis an das Ende meiner Tage verfolgen. Nicht nur, weil ich Alison geliebt habe, sondern auch, weil so viele Menschen in dieser Stadt mich ohne jeden Beweis für schuldig gehalten haben. Der erste von ihnen war aus Gründen, die ich verstehen kann, John Taylor. Doch wir teilen noch eine weitere Erinnerung, auf die er eben selbst angespielt hat. Vor achtundzwanzig Jahren hat er gefordert, mich von dieser Schule zu verweisen. Mein Anwalt ist gekommen und hat für mich gesprochen, so wie ich heute für Sam spreche. Und mit knapper Mehrheit wurde beschlossen, daß ich meinen Abschluß machen durfte. Nur deswegen konnte ich ein Studium an der juristischen Fakultät der Universität Harvard absolvieren und ein glückliches und erfolgreiches Leben führen, in dem niemand – mit Ausnahme einiger Bewohner meiner Heimatstadt – mich für fähig hält, einen Mord zu begehen. Ich möchte den Verwaltungsrat heute bitten, dieselbe Vorsicht walten zu lassen. Und dabei auch an all die Jahre zu denken, die Sam dieser Schule gegeben hat. Zwanzig Jahre, in denen es nie eine Beschwerde oder auch nur Anlaß zu der Vermutung gab, daß Sam Robb sich in irgendeiner Weise irgend jemandem gegenüber ungebührlich verhalten hätte. Die Befürworter einer fristlosen Kündigung halten Sam Robb wegen des tragischen Todes von Marcie Calder für eine Gefahr. Dabei ist nur soviel richtig: Eine Tragödie hat sich ereignet und viele Fragen aufgeworfen. Doch bei allem tiefen Respekt für die Leidtragenden ist dies nicht der Ort, diese Fragen zu beantworten.«

Tony hielt inne und wandte sich direkt an Doug Barker. »Dieses Gremium kann weder entscheiden, auf welche Weise Marcie Calder gestorben ist, noch, wer dafür verantwortlich ist. Wir wissen nur, daß Sam Robb, als Marcie vermißt wurde, verantwortlich gehandelt hat. Deshalb liegt das, was die Gerichte bisher noch nicht entschieden haben, auch jenseits Ihrer Kenntnis und Zuständigkeit. Eingedenk Ihrer Verantwortung für Sam Robb und die Aufsicht über das Schulwesen von Lake City – in moralischer, juristischer und finanzieller Hinsicht – sollten Sie es auch nicht versuchen.«

Tony sah, daß die angedeutete Drohung ihre Wirkung nicht

verfehlte. Kay Marston richtete sich auf. »Dieses Gremium«, fuhr Tony fort, »hat den Strafverfolgungsbehörden bereits alle Indizien für ein mögliches Fehlverhalten gemeldet und damit seiner rechtlichen Verpflichtung Genüge getan. Bis das Rechtssystem sein Urteil gesprochen hat, sollte das Zerrbild eines gefährlichen Mannes, der so ganz anders ist als der Sam Robb, den Sie alle kennen, nicht zum Vorwand für eine Hexenjagd werden. Was die Vermutung angeht, Sam Robb hätte eine unschickliche Beziehung zu Marcie Calder unterhalten, lautet meine Antwort schlicht – warten Sie es ab. Wir haben öffentliche Verbrennungen und die Verbannung abgeschafft, offenbar sehr zum Bedauern einer meiner Vorrednerinnen.« Erneut senkte Tony seine Stimme. »Ihre Verpflichtung gegenüber den Calders besteht darin, Marcies Andenken zu ehren. Versuchen Sie nicht, sie mit dem Geschenk eines zweiten zerstörten Lebens zu trösten. Es hilft den Calders nicht, ihren tragischen Verlust zu lindern, ja, sie könnten irgendwann bedauern, dieses Opfer im Namen ihrer Tochter gefordert zu haben. Genau wie Sie es schon sehr viel früher bedauern könnten, dieser Forderung nachgegeben zu haben.«

Ohne ein weiteres Wort nahm Tony Platz. Sam war in sich zusammengesunken, doch jetzt legte er Tony eine Hand auf die Schulter und sah ihn müde an.

Der Verwaltungsrat wirkte angespannt und unentschlossen. Als Doug Barker sich an die anderen wandte, sah Tony die Zweifel in seinen Augen. »Gibt es noch weitere Wortmeldungen, bevor wir zur Abstimmung kommen?«

Einer von Dougs Verbündeten, Allan Proctor, der glattgesichtige Inhaber der lokalen Dale-Carnegie-Filiale, beugte sich zum Mikrofon vor.

»In meinem Beruf«, begann er, »höre ich jede Menge Reden. Und ich glaube, was wir gerade gehört haben, waren ungeachtet der brillanten Formulierung Ausweichmanöver und leere Drohungen. Mr. Lord schlägt vor, daß wir warten und Sam Robb eine Anhörung gewähren, nachdem die Gerichte über die

Strafbarkeit seines Verhaltens entschieden haben.« Er warf Sam einen verächtlichen Blick zu. »Aber ich glaube nicht, daß sich Sam Robb einer solchen Anhörung je stellen würde. Er müßte entweder sagen, was er mit Marcie Calder gemacht hat, oder die Aussage verweigern. In beiden Fällen käme das einem Schuldeingeständnis gleich. Deswegen kann ich keine große Gefahr darin erkennen, den Mann so schnell wie möglich zu entlassen.«

Tony erkannte, daß dies ein gerissener Schachzug war. Wenn er für Sam lediglich eine möglicherweise schon in Kürze stattfindende Anhörung herausholte, waren ihre Trümpfe weitestgehend ausgespielt, weil Sam sich in diesem Fall nur auf sein Aussageverweigerungsrecht berufen konnte. Doch Kays scharfer Blick deutete ihre Skepsis an. »Haben Sie diese Ansicht mit Mr. Lord besprochen? Oder mit unserem Anwalt?«

Proctor schürzte die Lippen. »Nein.«

»Hatten Sie das noch vor?« fauchte Marston. »Bevor wir ihn feuern, meine ich?«

»Das sagt einem doch der gesunde Menschenverstand, Kay ...«

»Sie denken also, Sam Robb würde uns im Fall einer fristlosen Kündigung dankbar sein, daß wir ihm die Mühe einer Anhörung erspart haben, anstatt vors Arbeitsgericht zu ziehen?« Kay Marston wandte sich an Tony. »Wie denken Sie darüber, Mr. Lord?«

Tony stand auf. »Erstens steht Sam, wie Ihnen Ihr Anwalt gewiß bestätigen wird, das Recht auf eine Anhörung zu. Zweitens würde eine fristlose Kündigung zum jetzigen Zeitpunkt Sam Robbs Ruf grundlos schädigen und substantiellen Schaden nach sich ziehen.«

Einen Moment lang herrschte angespanntes Schweigen. Mit einiger Verspätung griff Doug Barker wieder ein, um den ordnungsgemäßen Fortgang der Sitzung zu gewährleisten. Er sah die anderen Mitglieder des Verwaltungsrates unglücklich an. »Noch Wortmeldungen, oder kommen wir zur Abstimmung?« fragte er.

Tony sah, wie John Taylor sich vorbeugte und die Calders sich an den Händen faßten. »Wer für Mrs. Marstons Antrag ist«, sagte Parker, »den bitte ich um das Handzeichen.«

Kay Marston hob die Hand. Ihr Verbündeter, ein Ingenieur, der in Steelton arbeitete, tat es ihr widerwilig nach, während er angestrengt auf denTisch starrte.

»Zwei«, sagte Doug Barker leise. »Gegenprobe?«

Allan Proctor reckte als erster den Arm, gefolgt von Doug Barkers zweitem Verbündeten, einem pensionierten Lehrer mit grauen Locken. Benommen wartete Tony darauf, daß Dougs Stimme den Ausschlag geben würde.

»Zwei«, verkündete der Vorsitzende grimmig. Sam packte die Lehnen seines Stuhls, während Sue wieder die Augen schloß.

Doug Barker rieb sich die Nase. »Heute abend wünschte ich, ich wäre nicht Mitglied dieses Gremiums«, sagte er schließlich. »Ich bedaure den Tod von Marcie Calder mehr, als ich sagen kann. Doch ich muß auch Tony Lord recht geben. Wir kennen Sam Robb zu lange, um überstürzt zu urteilen. Es ist klüger abzuwarten, bis die Justiz ihre Arbeit geleistet hat.« Er sah Sam an und schloß: »Ich hoffe bei Gott, daß ich diese Entscheidung nie bereuen werde, Sam. Mrs. Marstons Antrag ist mit drei gegen zwei Stimmen angenommen.«

Die Zuhörer erhoben sich langsam und wie benommen. Hin- und hergerissen zwischen Erleichterung und Mitgefühl sah Tony, wie die Calders auf das Podium starrten.

Sam Robb vergrub das Gesicht in den Händen und weinte.

VIERZEHN

Auf dem Bild bedeckte Sam sein Gesicht mit den Händen; die Nahaufnahme eines Mannes, gezeichnet von Erleichterung und Scham, ein so anrührendes Bild, daß ein überraschter Tony Lord für Sekunden vergaß, was er gerade tat.

»Bleib mal dran, Liebling«, sagte er zu Stacey und legte den Hörer beiseite. Während Tony zum Fernseher ging, um die Lautstärke aufzudrehen, erschien statt Sam eine schmächtige Frau Anfang Zwanzig auf dem Bildschirm. »Nachdem ich diese Schulverwaltungsratssitzung in den Nachrichten gesehen habe«, sagte sie in die Kamera, »mußte ich mich einfach melden. So schwer es mir auch gefallen ist.« Auf dem Bildschirm wirkten ihre ausgeprägten, durch keinerlei Make-up gemilderten Gesichtszüge ernst und schrecklich gequält. »Ich weiß nicht, ob da noch andere Mädchen waren. Aber ich weiß, daß Marcie Calder nicht die erste war.« Ihre Stimme stockte. »Das war möglicherweise ich selbst.«

Wie betäubt murmelte Tony: »Nein!«

Hinter der Kamera fragte eine Frauenstimme: »Können Sie uns sagen, wie es passiert ist, Jenny?«

Sie senkte den Kopf und bemühte sich, ihre Erregung unter Kontrolle zu bringen. »Ich war siebzehn und in der Leichtathletikmannschaft, genau wie Marcie. Er erklärte mir, ich sei etwas Besonderes.«

»Und Sie hatten eine sexuelle Beziehung?«

»Ja.« Sie machte eine Pause. »Einmal in seinem Büro, das andere Mal in einem Motel.«

»Warum kommen Sie erst jetzt damit heraus, nach sechs Jahren?«

Die Frau schien sich zu sammeln. »Wenn ich damals den Mut gehabt hätte, würde Marcie Calder noch leben. Sam Robb darf nie wieder die Möglichkeit bekommen, noch ein weiteres Mädchen anzurühren!«

Die Kamera zeigte das Gesicht in Nahaufnahme, als die Frau sich, um Fassung ringend, auf die Lippe biß. Tony hatte ein flaues Gefühl in der Magengrube.

»Tamara Lee für *Headline News*«, verabschiedete sich die Reporterin.

Benommen ging Tony ans Telefon zurück. »Tut mir leid, Stace. Ich muß sofort Sam anrufen.«

Sams Gesicht sah gequält aus, als er vom Pier auf den Eriesee starrte.

»Sie lügt, Tony. Sie will mich fertigmachen.«

Wie oft, fragte Tony sich, hatte er das schon von einem Mandanten zu hören bekommen?

»Jetzt sind es schon zwei Mädchen«, gab er zurück. »Und aus welchem Grund sollte sie lügen?«

Sam atmete tief durch. Die Antwort fiel ihm sichtlich schwer, als ob er durch diese jüngste Bloßstellung endgültig seiner Persönlichkeit beraubt worden wäre und nur noch der Kern seines ursprünglichen Selbst sich instinktiv gegen sein Schicksal auflehnte. »Vor sechs Jahren«, sagte er müde, »habe ich sie aus dem Leichtathletikteam geworfen, weil sie Marihuana in ihrem Spind hatte.«

Nachdenklich beobachtete Tony, wie das blasse Licht der Abendsonne sich in das tiefe Blaugrau des Wassers senkte. »Dann muß doch sonst noch irgend jemand davon wissen, oder?«

Sam schüttelte langsam den Kopf. »Ich habe sie von sich aus gehen lassen. Es war eine Sache, sie nicht mehr im Team haben zu wollen, damit sie diesen Mist nicht verbreiten konnte, aber es war eine ganz andere, ihr Leben mit einem Rausschmiß zu versauen.« Er lächelte bitter. »Ich hätte sie ausschließen müssen. Aber ich weiß noch, daß ich daran gedacht habe, daß ich in ihrem Alter eine halbe Flasche Whiskey in meinem Spind versteckt hatte.«

Die Antwort gab Tony zu denken. Entweder hatte sich Sam binnen einer Stunde eine inspirierte Lüge ausgedacht, oder er hatte mehr Fingerspitzengefühl aufgebracht als die meisten Lehrer damals für den siebzehnjährigen Tony Lord. »Diese Anschuldigung kann dir das Genick brechen«, sagte Tony schließlich. »Sie gibt der Schulaufsicht Anlaß, dir ›moralische Unverantwortlichkeit‹, wenn nicht sogar ›psychische Instabilität‹ vorzuwerfen. Und Stella Marz könnte versuchen, mit Jennys Hilfe zu zeigen, daß du die Polizei belogen hast und von jungen Mädchen besessen bist. Die Frage ist – warum haßt sie dich nach sechs Jahren immer noch genug, um sich so etwas auszudenken?«

Sam drehte sich abrupt zu ihm um. »Jenny Travis ist instabil. Du mußt sie nur hart genug anfassen, dann klappt sie zusammen.«

Dieser Stimmungswechsel ließ Tony stutzen. Sams Augen glitzerten wütend, und in seinem Tonfall schwang plötzlich ein grausamer Pragmatismus mit. »Ich habe dich nicht gefragt, ob ich sie kleinkriegen kann. Ich habe dich gefragt, warum sie lügen sollte.«

»Sieh mal, Tony. Jenny Travis hatte schon damals den Ruf, mit jedem ins Bett zu gehen. Später gab es Gerüchte über sie und ein anderes Mädchen aus dem Team.« Sam preßte die Lippen zusammen. »Wenn man es mit jemandem zu tun hat, der nicht mal weiß, auf welchem Ufer er steht, woher soll man da wissen, warum er irgendwas tut?«

Tony sah die hoffnungslose Raserei in Sams Augen und dachte an Sue und daran, wie stoisch sie die Schulverwaltungsratssitzung durchlitten hatte. »Wie nimmt Sue das alles auf?« fragte er schließlich.

»Was denkst du denn?« Der Gedanke an Sue verwandelte Sams Heftigkeit in Verzweiflung. »Ich habe ihr dasselbe erklärt wie dir, daß Jenny Travis eine Lügnerin ist. Wenn ich es nicht irgendwie schaffe, daß Sue mir glaubt, habe ich sie verloren.« Er hielt inne und schüttelte den Kopf. »Das kann ich mir gar nicht vorstellen. Das wäre einfach unvorstellbar.«

Tony gab sich keine Mühe, seinen Widerwillen zu verbergen. »Ich werde versuchen, mit Jenny Travis zu reden. Aber du mußt wissen, daß das ein Risiko ist. Wenn es schiefgeht, kann sie auch darüber aussagen. Der Anwalt, der versucht, sie zum Vorteil seines schuldigen Mandanten einzuschüchtern. Und dann habe ich für uns beide alles nur noch schlimmer gemacht.«

Sal Russo, der Privatdetektiv, den Saul bereits wegen Ernie Nixon beauftragt hatte, hatte auch diesmal gründliche Arbeit geleistet. Innerhalb von vierundzwanzig Stunden wußte Tony, daß Jenny Travis als Aerobictrainerin in Riverwood arbeitete, seit zwei Jahren mit einer Kindergärtnerin namens Ellen Fox zusammen wohnte, keine Vorstrafen hatte, seit Abschluß der High-School noch nie in eine Zivilklage verwickelt, dreiundzwanzig Jahre alt, ledig und schuldenfrei war. Soweit Sal in Erfahrung bringen konnte, hatten weder sie noch Ellen Fox einen Freund.

Während er in dem kleinen Büro auf Jenny Travis wartete, beobachtete Tony die letzten fünf Minuten von Jennys Aerobicunterricht. Sie rief Kommandos wie ein Spieß, aufmunternd, aber keineswegs spaßig, im militanten Rhythmus von Rap-Musik, denen ihre verschwitzten, aber eifrig bemühten Schützlinge je nach Kondition und Fähigkeit zu folgen suchten.

Als die Trainingsstunde vorüber war, fingen die Teilnehmerinnen an zu schwatzen wie Kinder nach der Schule. Jenny sprach mit den meisten, drückte Hände und ermutigte hier und da. Dabei wirkte sie beinahe bemüht, als würde sie ihre Truppen auf einen lebensgefährlichen Angriff vorbereiten. Als einige Schülerinnen sie umarmten, fragte Tony sich, ob sie ihr bei ihrer neuen Prominenz Mut machen wollten. Dann kam Jenny Travis durch die Tür und wischte sich mit der Hand den Schweiß von der Stirn. Als sie Tony sah, riß sie alarmiert die Augen auf.

»Sie sind Tony Lord«, sagte sie. »Ich habe Sie im Fernsehen gesehen.«

Ihre Stimme klang angespannt, barsch und ein wenig ängstlich, und Jenny gab sich keine Mühe, Entgegenkommen zu signalisieren. Das paßte zu ihrer übrigen Erscheinung: dem kurzen Pagenschnitt, den klaren blauen Augen und dem völligen Verzicht auf Make-up. Sie war beinahe überschlank, und hinter ihren lebhaften Bewegungen und ihrem herausfordernden Blick spürte Tony eine gewisse Abwehr.

Er hielt ihrem Blick stand. »Ich dachte, es wäre sinnvoll zu sehen, wohin das alles laufen soll. Bevor es dahin läuft.«

Das klang um einiges drohender, als er beabsichtigt hatte, und viel weniger widerwillig, als er sich fühlte. »Marcie Calder ist tot«, gab Jenny zurück. »Sie ist also schon dahin.«

»Richtig. Also wird das nicht einfach vorübergehen, die Medien haben Sie bereits überrannt, und jetzt ist eine weitere Schulverwaltungsratssitzung im Gespräch.«

Jennys Augen wurden schmal. In ihrem Blick lagen Besorgnis, Abscheu vor dem, wofür sie Tony hielt, und Verachtung für seine moralische Abgestumpftheit. »Und Sie wußten bereits, daß Sam Robb sich auch noch an einer anderen Schülerin vergriffen hat. Vielleicht wußten Sie das sogar schon vor der Sitzung?«

Sie redete, als ob ihm ihre Aufrichtigkeit ebenso offensichtlich sein müßte wie ihr selbst. »Ich weiß nur, was Sie dem Fernsehen erzählt haben«, antwortete Tony, »und ich habe nicht alles mitbekommen.«

»Und was sagt er?«

»Daß es nicht wahr ist und daß er bereit ist, sich einer Anhörung zu stellen.«

Jenny verzog das Gesicht. »Er ist wirklich ein Lügner. Und ein Mörder.« Sie beugte sich vor. »Wissen Sie, woher ich weiß, daß Sam Robb Marcie Calder ermordet hat?«

Das ließ Tony aufhorchen. »Nein.«

»Weil er mich zum Sex erpreßt hat. Ein Mann, dem es gefällt, eine Frau zu zwingen, ist auch fähig, bis zum Äußersten zu gehen.«

Tony schwieg. Ihr jetzt angst zu machen, könnte sich als fatal erweisen. Leiser und sanfter erklärte er: »Ich möchte nur wissen, was passiert ist.«

Sie bedachte ihn mit einem zweifelnden Blick, gefolgt von einem resignierten Achselzucken. »Wenn ich es sowieso dauernd erzählen muß, kann ich es genausogut Ihnen erzählen. Schließlich habe ich die letzten sechs Jahre damit gelebt.«

Damals war Sam um die Vierzig gewesen. Sams eigene Tochter Jenny war ungefähr im gleichen Alter wie diese Frau. »War Jenny Robb mit Ihnen zusammen in der Schule?«

Jenny Travis starrte ihn an. »Wir waren in derselben Klasse«, antwortete sie.

»Kannten Sie sie näher?«

»Sie war Klassensprecherin. Aber wir waren in verschiedenen Cliquen.«

Tony bemerkte eine Spur von Abneigung, vielleicht sogar Feindseligkeit. Doch das ließ sich nur überprüfen, wenn er mit Jenny Robb sprach. Es fiel Tony schwer, sich die Skrupellosigkeit vorzustellen, die dazu gehörte, als Lehrer mit einer Klassenkameradin der eigenen Tochter ins Bett zu gehen.

»Wenn Sie sagen, Sam hätte Sie ›gezwungen‹…«

Jenny schlug die Beine übereinander. Hinter ihr formierte sich eine weitere Gruppe junger Frauen in Trikots. Auf einmal wurde Tony die Stille bewußt: die Stille der Frauen auf der anderen Seite der Glasscheibe und die Stille der Frau, die ihm gegenübersaß.

»Er hat mich mit Drogen in einem Spind erwischt«, sagte sie schließlich.

Jenny Travis schloß die Tür hinter sich.

Trainer Robb saß an seinem Schreibtisch und musterte sie mit halbgeschlossenen Lidern. Dann nahm er zwei Joints aus seiner Schublade und legte sie auf den Tisch.

Jennys Herz raste. Es war besser, nichts zu sagen.

»Du könntest von der Schule verwiesen werden«, bemerkte er. »Es ist meine Pflicht, dich zu melden.«

Sie nickte stumm.

Sam verzog bekümmert das Gesicht, ein Mann, der sich einer unangenehmen Pflicht gegenübersah. Sanft sagte er: »Setz dich, Jenny.«

Sie gehorchte elend, ohne den Blick von den Joints zu wenden.

Er beugte sich vor und blickte sie über den Tisch hinweg mit diesen klaren blauen Augen an, die das Jugendlichste in einem noch immer jungen, aber bereits erschlaffenden Gesicht waren. »Du hast ein so großes Potential«, meinte er mitfühlend. »Als Sportlerin und als Mensch. Warum wirfst du das weg?«

Jenny zuckte die Achseln, suchte nach einer Antwort, während sie gleichzeitig versuchte, aus seinem Verhalten abzulesen, ob ihr Schicksal bereits besiegelt war. Sie brachte nur ein »Ich weiß nicht« heraus.

»Nun, du wirst es herausfinden müssen, und zwar auf der ganzen Linie.« Er hielt inne und faltete die Hände. »Du machst dich ganz gut, Jenny, aber deine Noten sind nur Durchschnitt. Auf der Bahn läufst du unter deinen Fähigkeiten. Und jetzt das.« Er blickte einen Moment schweigend auf seinen Schreibtisch. »Vielleicht sollte ich mit deinen Eltern sprechen. Das würde ich mir jedenfalls wünschen, wenn du meine Tochter wärst.«

Zum erstenmal ließ er durchblicken, daß er möglicherweise bereit wäre, von einem Schulverweis abzusehen. Doch die Vorstellung erschreckte Jenny. Sie sah ihre verkniffene Mutter vor sich und hörte schon ihren cholerischen Vater brüllen. »Bitte«, flehte sie. »Sie würden mich nur anschreien. Sie würden es nicht verstehen.«

Er blickte ihr ins Gesicht. »Ich verstehe es auch nicht, Jenny Travis.«

Jenny spürte, daß ihr Gespräch eine intimere Wendung genommen hatte. Trainer Robb sprach mit ihr als Person. Sie hatte ihn schon immer für attraktiv gehalten, doch bei aller oberflächlichen Witzelei und Siegesgewißheit hatte der ehemalige Sportheld von Lake City immer distanziert gewirkt. Sie konnte ihn nicht einschätzen, doch nun blieb ihr keine andere Wahl. »Manchmal will ich abhauen«, gestand sie. »Es ist, als würde ich nicht hineinpassen, und ich weiß nicht, warum.«

Er starrte mit undurchdringlicher Miene vor sich hin, während er über ihre Worte nachzudenken schien. Jenny beobachtete ihn und war ihm einerseits dankbar, während ihr andererseits der überraschende Gedanke kam, daß sein Interesse nur eine Pose war und er sie in Wahrheit überhaupt nicht respektierte. Und dann blickte er mit diesen klaren blauen Augen auf und scheinbar durch sie hindurch. »Du könntest ein wundervoller Mensch sein, Jenny. Doch mit Drogen wirst du diesen Menschen in dir nicht finden.«

Wir reden immerhin noch, dachte Jenny. Hoffnung, Angst und Verwirrung ließen ihr Tränen in die Augen steigen. »Bitte«, flehte sie. »Sie haben keine Ahnung, wie meine Eltern reagieren würden.«

Trainer Robb zuckte hilflos die Achseln. Zögernd sagte er: »Vielleicht können wir das unter uns regeln.« Er schwieg einen Moment und rieb sich die Augen. »Ich werde darüber nachdenken.«

Jenny sagte nichts und wagte auch nicht, sich zu rühren, ängstlich bemüht, alles zu vermeiden, was das Gleichgewicht zu ihren Ungunsten beeinflussen könnte. Außerdem war sie besorgt, daß um sechs Uhr noch jemand ins Büro kommen und die beiden Joints auf dem Schreibtisch sehen könnte. »Ich sollte das nicht sagen«, erklärte er sanft, »doch die Tatsache, daß es um dich geht, macht es mir sehr viel schwerer. Man kann mir nicht nachsagen, ich würde irgendwen bevorzugen. Aber du warst schon immer eine meiner Lieblingsschülerinnen.«

Jenny wurde klar, daß sich irgend etwas zwischen ihnen verändert hatte. Sie schluckte. »Du kannst nicht dauernd weglaufen«, fuhr er fort. »Jungen und Drogen und all das. Das weißt du doch, oder?«

Jenny nickte. Sie hätte zu allem genickt, was er sagte.

Ruhig legte er die beiden Joints zurück in die Schublade. »Also gut«, sagte er langsam, »ich werde dir helfen.«

Jenny lächelte mit bebenden Lippen. »Danke.«

Als sie aufstand, erhob sich auch Trainer Robb.

Verwirrt sah Jenny ihn an, und dann breitete er seine Arme aus. Zögernd ging sie zu ihm.

Er fühlte sich stark an, nicht so schmächtig wie die Jungen, bei denen sie gar nichts gespürt hatte. »Alles in Ordnung.« Er hatte sie jetzt fest an sich gezogen. »Wir stehen das gemeinsam durch.«

Als sie sich zurückzog und ihm dankbar ins Gesicht blickte, schüttelte er mit einem komischen halben Lächeln den Kopf. »Ach, Jenny ...«

Sein Tonfall war nicht zu mißdeuten. Sie spürte, wie sich ihr Magen zusammenkrampfte, und dann küßte er sie.

Sie wehrte sich nicht, erwiderte den Kuß aber auch nicht. Sie schien irgendwie außerhalb ihrer selbst, gefangen in Zweifeln, Angst und Erstaunen. Seine Zunge drängte in ihren Mund.

Jenny ließ es zu, sie dachte an ihre Eltern und traute sich nicht, sich loszureißen, festgehalten von den beiden Joints in seiner Schublade. Er lehnte seine Stirn an ihre. »Geht das in Ordnung?« fragte er.

Sie sagte weder ja noch nein. Sam küßte sie auf die Stirn, bevor er sie losließ, um zur Tür zu gehen. Während er das tat, wurde ihr mit einemmal bewußt, daß er sie nach dem Training in sein Büro gerufen hatte, zu einer Zeit, wo niemand mehr im Gebäude war.

Jenny starrte noch immer auf den Schreibtisch, als sie das Klicken des Schlosses hörte.

Noch bevor er sich von hinten gegen sie lehnte und sie umschlang, wußte sie, daß er ihre Brüste berühren würde.

Sie schloß die Augen. Er fand ihre Brustwarzen unter dem dünnen T-Shirt, ihr Verstand löste Alarm aus, sie schauderte bis ins Mark. Sein Atem wärmte ihren Nacken.

Alles weitere ergab sich von Augenblick zu Augenblick, ein Tanz, den sie bereits kannte, den sie jedoch irgendwie von außen zu betrachten schien. Selbstsichere Hände, die ihre Jeans öffneten, Finger, die ihre Feuchtigkeit fanden, seine Gelassenheit, die Tatsache, daß sie sich hätte weigern können und es trotzdem nicht wagte, selbst dann nicht, als er sie über den Schreibtisch beugte. Ihr Haar fiel ihr übers Gesicht und streifte die Tischplatte, als er von hinten in sie eindrang. Sie spürte seine Stöße, dann sein Erschauern, und fragte sich, ob es das Risiko war, was ihn anmachte.

Ermattet murmelte Sam Robb ihr ins Ohr: »Das kann nicht das letzte Mal gewesen sein, Jenny.« Und ihr wurde klar, daß sie ihm ausgeliefert war.

Obwohl Tony sich fragte, ob sie die Wahrheit sagte, erschütterte ihn die Ähnlichkeit ihrer Darstellung, zumindest was gewisse Einzelheiten anging, mit der Geschichte, die Sam über seine »Verführung« durch Marcie Calder erzählt hatte. So dauerte es einen Moment, bevor er fragte: »Haben Sie damals mit irgend jemandem darüber gesprochen?«

Jenny verschränkte ihre Arme. »Nein.«

Tony zögerte. Selbst wenn es ihm gelang, Jenny Travis zu entmutigen, konnte Stella Marz sie vorladen und möglicherweise gegen ihren Willen zu einer Aussage zwingen. Doch er mußte es wenigstens versuchen. Ihre Aussage konnte tödlich sein. Und ob er es wollte oder nicht, mußte Tony alles erfahren. »Es ist noch ein weiteres Mal passiert?» fragte er.

»Ja. Im Motel 6, ungefähr eine Meile von hier.«

Wenigstens nicht im Auto, dachte Tony mit bitterer Ironie. »Was ist geschehen?«

»Ich habe ihn in den Mund genommen. Er hat meinen Kopf da festgehalten, bis er fertig war.«

Ihr Körper war vollkommen angespannt, und ihre Stimme verriet mühsam kontrollierten Haß. »Was Sie mir da erzählen«, sagte Tony vorsichtig, »ist nicht schön. Aber es besteht doch noch ein Unterschied zwischen sexueller Ausbeutung oder sogar Vergewaltigung und Mord.«

Zum erstenmal zeigte sich ein wenig Farbe auf ihren Wangen. »Ich habe ihm gegeben, was er wollte. Was, wenn ich das nicht getan hätte?«

»Ich weiß nicht.«

Sie stand auf, ging zu der Trennscheibe und beobachtete die

Frauen draußen. Schließlich richtete sie sich auf, drehte sich um und sah ihn wieder an. »Er wollte mich zweimal«, sagte sie leise. »Beim zweitenmal rollte er mich auf den Bauch, quer über das Bett. Als ich versuchte, unter ihm wegzukommen, machte er einfach weiter. Er hat mir weh getan.« Ihre Stimme triefte jetzt vor Verachtung. »Und als es vorbei war, hat er sich entschuldigt. Ich erinnere mich, daß er gesagt hat: ›So bin ich eigentlich gar nicht.‹«

Ihre Augen bohrten sich in Tonys, als verlangte sie zu wissen, wie er diesen Mann verteidigen konnte. Sachlich fragte Tony: »Was hat er getan, Jenny?«

Einen Augenblick später sah sie ihn verständnislos an, dann schüttelte sie verärgert den Kopf. »Nicht das«, erklärte sie. »Ich fühlte mich einfach billig, schmutzig und ausgenutzt. Aber vielleicht zählt es ja in Ihren Augen gar nichts.«

Tony war sich seiner widerstreitenden Gefühle bewußt – der Angst, wer Sam in Wahrheit sein könnte, der unangenehmen Frage, was Sue möglicherweise in dieser Ehe erlebt hatte, des Eindrucks, daß hinter Jenny Travis' Weigerung, zwischen Tony und seinem Mandanten zu unterscheiden, mehr steckte als Wut über Sam oder eine allgemeine Abneigung gegen Anwälte. Da war noch etwas Unausgesprochenes, und Tony konnte sich jetzt vorstellen, was es war. In diesem Moment empfand Tony tiefes Mitgefühl für Jenny Travis. Und es schmerzte ihn, daß er es als Sams Anwalt auf sich nehmen mußte, ihr zu sagen, was Stella ihr verschwiegen hatte – daß ein Gerichtsverfahren, wenn es erst einmal in Gang gesetzt war, ihrer Kontrolle entgleiten würde.

»In meinen Augen«, antwortete er, »ist das keineswegs gar nichts. Aber ich vertrete einen Mandanten. Und dem bin ich es schuldig, Sie darauf aufmerksam zu machen, wie zerstörerisch Ihre Beschuldigung wirken könnte. Ganz zu schweigen davon, daß Sie Sam des Mordes für fähig halten. Selbst auf der Grundlage sexueller Nötigung.« Tony achtete darauf, seine Stimme nicht zu heben; vielleicht konnte man sie zu der Einsicht bringen, daß ihre Anklage nicht viel bringen würde. »Deshalb bin ich ziemlich sicher, daß ich Ihre Aussagen aus einem Mordprozeß heraushalten könnte. Der Schaden, der Sam dadurch entstehen würde, wäre viel größer als ihre Beweiskraft. Bleibt nur noch die Anhörung vor dem Schulverwaltungsgericht. Aber Sam ist bereits suspendiert. Wenn es Ihnen hilft, kann ich Ihnen versichern, daß er bestimmt nie an die Lake City High School zurückkehren wird.«

Jenny Travis schüttelte unerbittlich den Kopf. »Sie klingen wie ein Anwalt. Aber ich war ein Opfer, genau wie Marcie Calder. Ich habe sechs lange Jahre geschwiegen und darunter gelitten. Ich mache das für Mädchen wie Marcie Calder, und auch für mich.«

Sie würde sich nicht aufhalten lassen, wenn er ihr nicht auch den Rest erklärte. Tony unterdrückte seinen Widerwillen und fuhr fort: »Dann sollte ich Ihnen um Sams und um Ihretwillen erklären, was jeder Anwalt zu fragen gezwungen sein würde. Sie haben die Leichtathletikmannschaft verlassen, richtig?«

Sie nickte knapp. »Nach der Sache im Motel. Ich konnte ihn nicht mal mehr ansehen.«

»Es gibt keine Zeugen, die Ihre Geschichte bestätigen könnten. Und das wird das Problem mit allem sein, was Sie Sam vorwerfen. Es gibt auch niemanden, der aussagen könnte, daß Sam Sie nicht aus Nettigkeit gehen ließ, wie er behauptete, statt Sie wegen Drogenmißbrauchs von der Schule zu verweisen. Oder daß sonst irgend etwas von dem, was Sie mir gerade erzählt haben, der Wahrheit entspricht. Das ist der klassische Konflikt von Aussage gegen Aussage, und der ist nicht leicht zu lösen.«

Jenny starrte ihn an. »Das wußte ich schon vor sechs Jahren. Deshalb habe ich meinen Mund gehalten, und Marcie Calder ist in dieselbe Falle getappt wie ich. Jetzt bin ich soweit, daß ich mein Wort gegen Sam Robbs stellen kann.«

Ein Teil von Tony wünschte sich für sie, daß es so einfach wäre, wie sie glaubte. Aber so war es nicht. »Wohin Sie das führt«, sagte er schließlich, »ist in ein Gefecht um Glaubwürdigkeit.«

»Und Sam Robb ist glaubwürdig? Nach alldem?«

Das war, wie Tony wußte, der Knackpunkt. »Das ist wirklich ein Problem«, gab er zu. »Am Ende wird Sams Anwalt gezwungen sein, Sie persönlich in Frage zu stellen. Er muß versuchen zu unterstellen, daß es in Ihrer Persönlichkeit begründeten Anlaß geben könnte, Ihre Aussage anzuzweifeln.«

Jenny biß die Zähne zusammen. Zum erstenmal erkannte Tony, daß ihre Abwehrhaltung fast körperlich war und sehr tief ging. »Was für Anlässe?« wollte sie wissen.

»Alles, was einen Einfluß auf Ihre Wahrhaftigkeit oder Objektivität haben könnte.« Tony beobachtete ihr Gesicht und bemühte sich, so freundlich wie möglich zu klingen. »Und das betrifft nicht nur Drogenkonsum oder Promiskuität. Es betrifft Ihr ganzes Leben.« Er hielt abrupt inne, um ihr in die Augen zu blicken. Leise fragte er: »Wissen Ellens Eltern Bescheid?«

Ihre Haut wirkte noch blasser als zuvor. Genauso leise erwiderte sie: »Sie Schwein.«

»Das hat sich also erledigt?« fragte Saul.

»Ich glaube schon«, antwortete Tony müde. »Wenn Stella sie läßt. Diese Ellen bedeutet Jenny offenbar sehr viel, und sie hatte keine Ahnung, was eine Aussage ihr antun könnte.«

Am anderen Ende der Telefonleitung schwieg Saul einen Moment. »Und wenn sie die Wahrheit sagt?«

»Das ist sicher möglich. Sie haßt ihn aus tiefstem Herzen. Aber sie hat so eine Intensität an sich, die nichts mehr mit der Ungerechtigkeit an sich zu tun hat, sondern mit ihrer eigenen Psyche. Jedenfalls rede ich mir das ein.« Tony unterbrach sich, um nach dem Martini auf seinem Nachttisch zu greifen. »Um ehrlich zu sein, Saul, ich fühle mich wie ein Aussätziger. Nur mein angeborenes Schamgefühl hat mich davon abgehalten, ihr von all den schwulen und lesbischen Freunden zu erzählen, die Stacey und ich im liberalen San Francisco zum Essen einladen.«

Saul schnaubte. »Du hast diesem Mädchen die Wahrheit gesagt, das ist alles. Und wenn du in der Öffentlichkeit getan hättest, was du in ihrem Büro gemacht hast, würdest du dich noch viel mieser fühlen. Oder mit dem Wissen, daß es jemand anderes tun wird.«

Tony wußte, daß Saul recht hatte. »Was mich am meisten beunruhigt, ist die Vorstellung, daß ich nicht weiß, als was Sam Robb sich am Ende herausstellt.« Er schwieg einen Moment. »Mein alter Freund ist entweder das Opfer seines Pechs, schlechten Urteilsvermögens und seiner wahrhaft unterentwickelten Moral, oder er ist pathologisch genug, Marcie Calder wirklich getötet zu haben.«

Dieses Eingeständnis deprimierte Tony. »Ich weiß nicht, ob dich das unter den gegebenen Umständen aufheitern wird«, meinte Saul schließlich. »Aber deine Vermutung, was Ernie Nixon angeht, könnte richtig gewesen sein. Zumindest reicht es, um ihn nicht gut aussehen zu lassen.«

Es überraschte Tony nicht, daß er sich keineswegs besser fühlte. »Tony Lord«, meinte er bitter, »die Geißel der Schwarzen und Lesben. Das war schon immer mein höchstes Ziel.« Er leerte seinen Martini und sagte: »Also erzählen Sie mir von Ernie.«

FÜNFZEHN

Durch Sarah Croffs Fenster konnte Tony Ernie Nixons Haus recht deutlich erkennen, ein bescheidenes weißes Holzhaus, vermutlich aus den zwanziger Jahren, mit einer Veranda, schattigen Bäumen, einem vernachlässigten Blumenbeet und einem ungemähten Rasen. Sarah Croff folgte Tonys Blick und stellte mißbilligend fest: »Er läßt es verkommen.«

Selbst im milden Morgenlicht wirkte Ernie Nixons Haus unübersehbar vernachlässigt, die Spuren einer Scheidung, vermutete Tony. Zu Sarah Croff bemerkte er: »Sie können in jedem Fall sehen, wer das Haus betritt und wieder verläßt, was?«

»O ja. Wie ich es Ihrem Mr. Russo erzählt habe.«

In ihrer Stimme klang ein nörgeliger Hochmut mit, als ob Tony zum einen irgendwie lästig, zum anderen nicht besonders intelligent wäre. Sarah Cross war um die Siebzig und klang offenbar aus Gewohnheit verdrießlich. Sie hatte dünnes weißes Haar und ein vor Mißgunst verkniffenes Gesicht – hohle Wangen, herabgezogene Mundwinkel, wachsame Augen und Falten, die bestimmt keine Lachfältchen waren. Tony musterte sie erneut und überlegte, warum sie ihm so bekannt vorkam.

Saul Ravin saß bereits auf dem Sofa und warf Tony einen leicht amüsierten Blick zu, der zu sagen schien: »Sie gehört dir. Ich bin bloß aus reiner Neugier mitgekommen.«

»Was Sie Sal erzählt haben, könnte sehr wichtig sein«, erklärte Tony Sarah Croff freundlich. »Deswegen wollte ich Sie persönlich treffen.«

Scheinbar besänftigt wies die alte Dame mit dem Kopf auf die Couch, um anzudeuten, daß Tony neben Saul Platz nehmen möge. »Ich hatte immer den Eindruck, daß Sam Robb ein feiner Mensch ist. Ich kann mich noch daran erinnern, wie er mit sechzehn einmal eine wundervolle Predigt bei einem Feldgottesdienst zum Sonnenaufgang gehalten hat. Mein verstorbener Mann und ich waren sehr beeindruckt.«

Das war es? Nur die Tatsache, daß diese Frau für seinen Mandanten noch sehr wichtig werden könnte, hielt Tony davon ab, laut loszulachen. Sie war die antikatholische Matrone, die Tony so mißbilligend gemustert hatte, als er Sam nach der Predigt mit der Bemerkung davongezerrt hatte, es wäre Zeit für die Messe. Doch sie hatte offenbar schon so viele Menschen mit Mißbilligung gemustert, daß sie sich nicht mehr daran erinnerte, obwohl ihre Miene erkennen ließ, daß sie sich sehr wohl an den Mord an Alison Taylor erinnerte.

»Ich kenne Sam sehr gut«, sagte Tony. »Ich war in der High-School sein bester Freund.«

»Sie wurden ebenfalls eines Mordes verdächtigt. Bis man den Schwarzen gefunden hat, der dieses wundervolle Mädchen umgebracht hat.«

Der letzte Satz klang regelrecht angewidert, und Tony begriff die Anspielung sofort – Sarah Croff sah in seiner Erlösung durch die Entlarvung eines Schwarzen Parallelen zum Fall von Sam Robb. »Ja«, erwiderte er. »Ich hatte Glück.«

»Sie waren gesegnet. Aber die Presse bauscht ja alles immer gleich zu einer Sensation auf. Deswegen tun mir Sam Robb und seine Familie auch so leid.«

Schweigend nahm Tony neben Saul Platz und sah sich in dem Wohnzimmer um, das kaum größer wirkte als ein Eisenbahnabteil. Es war vollgehängt mit Lithographien aus dem 19. Jahrhundert, die die natürliche Ordnung der Dinge so darstellten, wie Sarah Croff sie sich wahrscheinlich wünschte: Landschaftsidyllen, Jagdszenen, ein Schoner unter vollen Segeln. Ein Walhalla für Weiße, dachte Tony. Sarah Croff wirkte wie eine Frau, die ihre Herkunft über Generationen von Methodisten und Presbyterianern zurückverfolgt hatte und davon überzeugt war, daß ihr Familienstammbaum keinerlei ethnische Scheußlichkeiten barg. Die Heftigkeit seiner neuerlichen Antipathie gegenüber dieser Frau überraschte Tony; Lake City lebte noch immer stärker in ihm, als ihm lieb war.

»Können Sie mir von Ernie Nixon erzählen?« fragte er.

Sie nickte forsch und nahm ihm gegenüber auf einem Rohrstuhl Platz. »Mir war das arme Mädchen aufgefallen, Marcie Calder, obwohl ich ihren Namen erst erfahren habe, als ich ihr Bild in der *Steelton Press* gesehen habe. Sobald Mr. Nixons Frau ausgezogen war, fing sie an, ihn zu besuchen.« Sie schürzte die Lippen. »Die ersten Male haben sie auf der Veranda gesessen und geredet. Später sind sie dann im Haus geblieben.«

Ihr züchtiger Tonfall deutete an, daß sie es vorgezogen hätte, die Implikationen dieser Beobachtung nicht zu erwägen, jedoch keine andere Wahl gehabt hatte. »Wie oft war sie dort?« fragte Tony.

»Ich habe sie vier- oder fünfmal gesehen, normalerweise am Wochenende. Nach einer Weile habe ich dann nur noch ihren Wagen bemerkt. Ein roter Kleinwagen.« Sie verschränkte die Arme und fügte hinzu: »Ich bin keine Lauscherin, Mr. Lord. Aber es ist mir aufgefallen. Ein hübsches Mädchen ihres Alters besucht einen allein lebenden Mann, dessen Frau weggelaufen ist. Da macht man sich doch zwangsläufig so seine Gedanken.«

Du bestimmt, dachte Tony, und als hätte sie seine Gedanken gelesen, fügte Sarah Croff noch hinzu: »Aber es ging mich ja schließlich nichts an.«

Dumm war die Alte nicht. »Ich verstehe«, erklärte Tony vorsichtig. »Und niemand denkt gern schlecht über seine Nachbarn. Es sei denn, es ist unvermeidlich.«

Sarah Croff sank in ihrem Stuhl zusammen, bis ihr schmächtiger Körper so kummervoll aussah wie ihre Miene. »So war es«, sagte sie, »bis zu jenem Abend.«

Tony spürte, daß Saul sich regte, und ließ aus Höflichkeit einen Moment verstreichen, bevor er bat: »Erzählen Sie mir davon.«

Draußen dämmerte es. Als Sarah Croff die Gardinen in ihrem Wohnzimmer zuziehen wollte, sah sie Marcie Calders Wagen in Nixons Auffahrt stehen.

Sie stutzte. Das war das erste Mal, daß der rote Wagen abends dort stand. Sie fragte sich, wo die Eltern des Mädchens waren. Dann ging die Tür auf, und Marcie Calder kam heraus.

Ernie Nixon folgte ihr auf dem Fuß. Sie hatte es eilig und drehte sich nicht zu ihm um, ihr langes Haar wehte ihr ums Gesicht. Auf dem gepflasterten Weg zu seiner Auffahrt holte er sie ein.

Marcie blieb abrupt stehen und sah ihn an. Ohne ihre Stimmen wirkten die beiden wie die Pantomime eines streitenden Paares. Sein Körper wirkte angespannt und gequält, ihr hübsches Gesicht war eine Maske verzweifelter Unentschlossenheit, und sie schien mit den Tränen zu kämpfen.

Plötzlich wandte sie sich ab und ging rasch auf ihren Wagen zu.

Als Ernie Nixon ihren Arm packte, erstarrte Sarah.

Genau wie Marcie, die erst auf die schwarze Hand an ihrem Arm und dann in Ernies Gesicht blickte. Ihr Mund bewegte sich schnell, bis er die Hand sinken ließ. Fast zärtlich berührte Marcie seine Schulter und ging langsam zum Wagen.

Während sie rückwärts aus seiner Einfahrt fuhr, stand er da wie ein gebrochener Mann.

Als sie verschwunden war, schien irgend etwas in ihm zuzuschnappen. Eilig öffnete er seine Garage, stieg in seinen Kombi und setzte so hastig rückwärts aus der Einfahrt, daß er ein Stück über den Rasen fuhr. Als letztes sah Sarah Cross seine roten Rücklichter, die Marcie Calder in die Dunkelheit folgten.

»Danach habe ich die Gardinen zugezogen«, sagte Sarah Croff. »Man will schließlich nicht, daß einem die Leute abends ins Wohnzimmer gucken. Aber es war nicht richtig. Das Ganze hat mich, ehrlich gesagt, an diese schreckliche Simpson-Geschichte erinnert.«

In ihren Augen spiegelte sich Angst wider, als wäre ihr erst rückblickend klargeworden, daß sie das Vorspiel zu einer Tragödie verfolgt hatte. Selbst Tony schauderte.

»Und das war an dem Abend ihres Todes?« fragte er.

»Ja.« Sarah Croff schloß die Augen. »Am nächstenTag habe ich dann ihr Bild in der Zeitung gesehen.«

Saul beugte sich vor. »Warum haben Sie das nicht der Polizei gemeldet, Mrs. Croff?«

Sie versteifte sich. »Ich dränge mich nicht gern auf«, erwiderte sie spröde. »Ich dachte, die Polizei würde auch ohne meine Hilfe zurechtkommen.«

Die Frau weiß, daß sie eine steinharte Rassistin ist, dachte Tony. Sarah Croff wollte aber nicht als jemand bloßgestellt werden, der zwanghaft das Haus seines schwarzen Nachbarn beobachtet. Diese Angst hatte ihre natürliche Reaktion verzögert, und eine Weile hatte Ernie Nixon davon profitiert.

Ängstlich blickte die Frau von Saul zu Tony. »Werde ich vor Gericht aussagen müssen?« fragte sie.

Einen Moment lang tat sie Tony fast leid. Sanft erwiderte er: »Ich hoffe nicht.«

Tony blieb noch eine Weile vor seinem Wagen in der Sonne stehen, um die Muffigkeit von Sarah Croffs Wohnzimmer zu vertreiben. »O Marcie«, murmelte er, »was für ein geschäftiges Mädchen du warst.«

»Was hat das alles deiner Meinung nach zu bedeuten?« fragte Saul.

»Abgesehen von dem Othello-Komplex dieser Frau? Nichts Gutes für Ernie Nixon. Vielleicht gibt es eine vollkommen unschuldige Erklärung, aber in dem, was er mir bisher erzählt hat, kam sie bestimmt nicht vor.«

Saul warf einen Blick zu dem Haus zurück. »Ruf sie in den Zeugenstand, Tony, und sie wird es darstellen wie den Streit zweier Liebender. Wenn er für den Abend kein Alibi hat, ist sie wahrhaft ein Geschenk Gottes.«

Tony nickte. »Ich fahre jetzt zu ihm. Das ist das mindeste, was ich tun kann.«

»Sehr anständig von dir«, gab Saul trocken zurück. »Ich nehme an, du willst, daß Sal Russo Ernies Frau findet.«

Tony zog den Wagenschlüssel aus seiner Hosentasche. »Ich fürchte, ja«, antwortete er.

SECHZEHN

Tony fand Ernie auf einer Bank neben dem Baseballfeld, wo er sein Mittagessen aus einer braunen Papiertüte aß. Als er sich neben ihn setzte, fiel Tony das Spiel gegen Stratford ein, bei dem er auch neben Ernie auf der leeren Bank gehockt hatte.

Damals hatte sich Ernie zu ihm gesetzt, um ihn zu trösten, was den Konflikt zwischen seiner Verpflichtung gegenüber Sam Robb und dem, wozu dieses Mandat ihn trieb, noch unterstrich.

Ernie drehte sich um und musterte ihn mit einer stummen Gleichgültigkeit, die andeutete, daß er Tony erwartet hatte und daß dessen Besuch unwillkommen war. »Sollen wir noch mal von vorne anfangen?« fragte Tony.

Sofort legte sich jene defensive Undurchsichtigkeit über Ernies Miene, die Tony von früher kannte. »Was meinst du damit, Tony?«

Tony wußte, daß die Tatsache, daß er Sams Anwalt war, sie von Anfang an zu Feinden gemacht hatte. Erst hatte Ernie ihn in die Irre geführt, jetzt versuchte er herauszufinden, wieviel Tony wußte. Anstatt ihm diesen Gefallen zu tun, fragte Tony schlicht: »Hast du selbst sie getötet, Ernie?«

Ernies Gesicht zuckte; einen Moment lang verlor er die Fassung und starrte Tony mit einer Angst an, die Jahre alt zu sein schien. Als er aufstand und wegging, erinnerte sein gequälter Gesichtsausdruck Tony an einen Mann, der gezwungen wurde, so lange in die Sonne zu gucken, bis er nicht mehr konnte. Beim Wurfmal des Baseballfeldes blieb Ernie mit verschränkten Armen stehen.

»Du weißt, daß ich das der Staatsanwaltschaft melden muß«, sagte Tony.

Langsam wandte Ernie sich zu ihm um und sah ihn voller Bitterkeit an. »Du glaubst, ich habe es ihnen nicht erzählt, so wie ich es dir nicht erzählt habe, weil ich etwas Schreckliches zu verbergen habe. Das gäbe eine nette Geschichte, falls es zum Prozeß kommt, was? Für dich hat sie ja auch ganz prima funktioniert, damals bei Alison Taylor – kein Grund, es bei Sam nicht noch mal zu versuchen –«

»Hör auf, den Märtyrer zu spielen«, fauchte Tony. »Du hast mich über Marcie Calder angelogen, und ich habe dich dabei erwischt.«

Ernie richtete sich auf. »Ich habe dich angelogen? Wer bist du, daß ich dir die Wahrheit über irgendwas schuldig bin, damit du mich hinterher reinreißen kannst? Was für eine Wahrheit suchst du denn? Denn wenn Sam Robb dir die echte Wahrheit erzählt hat und du immer noch in Lake City bist, bist du ein sehr viel üblerer Mensch geworden, als sich entschuldigen ließe.«

Tony sah ihn an. »Ich bin jetzt ungefähr zwei Minuten hier. Bis jetzt hast du mir Rassismus, Amoralität und den vorsätzlichen Versuch vorgeworfen, den Mörder einer Minderjährigen rauszupauken. Hätte ich geahnt, daß du so melodramatisch bist, wäre ich gleich zu Stella Marz gegangen.«

Ernies Mund verzog sich zu einem Lächeln wütenden Spotts. »Um was zu tun, Tony? Um mich zu beschuldigen, mit einem sechzehnjährigen Mädchen geschlafen zu haben, das ich mochte, nur weil eine klatschsüchtige Alte uns von der anderen Straßenseite aus beobachtet hat? Es wurde so schlimm, daß wir nicht mehr auf der Veranda sitzen konnten, weil sie uns dauernd belauert hat. Das ist das, was du hast, und es ist das einzige, was du hast, weil es nicht mehr gibt. Also nur zu, lauf zu deiner Staatsanwältin. Ich werde dich nicht aufhalten.«

Tony zögerte, innerlich zweifelnd. »Nicht ganz«, sagte er. »Wo warst du beispielsweise an dem Abend, als Marcie Calder gestorben ist?«

Ernies Lächeln verblaßte. »Zu Hause im Bett. Kein besonders gutes Alibi.« Er legte den Kopf zur Seite und fragte leise: »Heißt das, die Alte hat an dem Abend auch spioniert?«

»Gib nicht ihr die Schuld, Ernie. Oder mir. Du hast Marcie Calder an dem Abend ihres Todes getroffen und mir das geflissentlich verschwiegen. Wenn ich mit diesem Wissen anfange, was ein guter Strafverteidiger damit anfangen sollte, denk immer daran, daß ich zuerst zu dir gekommen bin.«

Der Zorn in Ernies Augen erlosch. »Viel Glück«, sagte Tony und wandte sich zum Gehen.

»Also gut, Tony. Willst du wissen, was wirklich passiert ist?«

Die Hände in den Taschen drehte Tony sich stumm zu ihm um. Auf einmal wirkte Ernies Blick besorgt.

»In dem Moment, in dem ich ihr Gesicht gesehen habe«, begann Ernie, »wußte ich, daß es Ärger geben würde.«

Marcie stand in der Tür. Sie sah blaß und verloren aus. In ihrer offensichtlichen Ratlosigkeit hatte sie etwas von einem verirrten Waisenkind, so schmächtig und kraftlos. Der Kontrast zu ihrer üblichen Lebhaftigkeit traf Ernie wie ein Schlag ins Gesicht.

»Kann ich reinkommen?« fragte sie.

Selbst diese Bitte war seltsam, als würde Marcie Ärger mit sich bringen, so daß Ernie einen Augenblick zögerte, bevor er sagte: »Klar.« Doch ihr Drängen, das Gefühl, daß sie ihn brauchte, rührte ihn. Er machte sich Sorgen um sie, und ihre Gesellschaft hatte ihn auf eigenartige Weise getröstet, nachdem seine Frau und seine Kinder weg waren. Als sie ihm gegenüber auf dem Sofa Platz nahm, wie sie es immer tat, versuchte er, seine namenlose Besorgnis zu unterdrücken.

»Was ist los?« fragte er.

Sie strich sich nervös das Haar aus dem Gesicht und zwang sich, ihn direkt anzusehen. »Ich bin schwanger.«

Ernie spürte, wie aller Mut ihn verließ. Wie sie sich in dem kargen Wohnzimmer gegenübersaßen zwischen dem wenigen, was Dee ihm gelassen hatte – ein Sofa, ein Stuhl, ein Bild von den Kindern –, schienen sie Ernie wie die beiden letzten Menschen auf der Erde. Nach einer Weile stand er auf. Marcie kam ihm in der Mitte des Zimmers entgegen und lehnte sich an ihn.

Stumm hielt er sie im Arm, ihr weiches Haar an seinem Gesicht. Er hörte nur Marcies gedämpftes Weinen. Er strich ihr übers Haar wie einer Tochter, die sich weh getan hat.

»Wissen es deine Eltern?« fragte er.

Die Stirn noch immer an seine Schulter gelehnt, schüttelte sie den Kopf. »Außer meinem Arzt weiß es niemand. Nicht einmal Janice. Oder er.«

Wieder war er gerührt und unsagbar traurig. »Was willst du tun?«

»Ich weiß es nicht.« Mit feuchten Augen blickte sie zu ihm auf. »Ich werde es ihm heute abend sagen.«

»Was ist mit deiner Familie?«

»Noch nicht. Ich meine, ich weiß es selbst erst seit heute nachmittag sicher.« Sie schluckte. »Das könnte ihn ruinieren, und ich habe Angst davor, was meine Eltern tun könnten, wenn sie erfahren, wer der Vater ist.«

»Marcie«, unterbrach Ernie sie sanft. »Du solltest dir Sorgen um dich selbst machen. Laß uns eine Weile über Marcie Calder reden.«

Er führte Marcie zurück zur Couch und hielt ihre Hand, wie er es nie vorher getan hatte. Sie saß mit zusammengepreßten Knien da und starrte zu Boden. »Du hast die Wahl«, sagte er. »Das weißt du doch, oder? Es muß nicht zwangsläufig sein.«

Sie sah ihn mit großen Augen an. »Was meinst du damit?«

»Nun, zum Beispiel das, was dir dein Arzt vermutlich auch gesagt hat.«

Marcie biß sich auf die Unterlippe und kämpfte gegen die Tränen. »Das kann ich nicht«, erwiderte sie. »Ein Fötus ist ein Leben.«

»Aber du hast auch ein Leben, Marcie. Warum sollst du einen so hohen Preis für einen Fehler bezahlen, den du nie wieder machen wirst?«

Sie sah ihn mit solcher Ernsthaftigkeit an, daß es ihm das Herz brach. »Aber es ist ein Baby – mein Baby. Wie kann ich es töten, nur weil es ein Fehler war?«

Ernie spürte, wie ihn Verzweiflung erfaßte. »Da hängt so viel dran, Marcie. Wer soll sich zum Beispiel um das Kind kümmern, wenn es da ist?«

»Ich.«

Du bist doch selbst noch ein Kind, wollte Ernie sagen, doch er sah, wie Marcie Calder vor seinen Augen die pseudoreife Pose eines jungen Mädchens einnahm, dessen Biologie seiner

Erfahrung weit vorausgeeilt war und das jetzt verzweifelt versuchte, beides wieder zusammenzubringen. »Du würdest weiter bei deinen Eltern leben, Marcie. Du hättest nur die Wahl, die Schule abzubrechen oder deine Mutter das Kind großziehen zu lassen und dir dann ständig ihre Klagen über die Zeit und das Geld, die das kostet, anzuhören. Von ihrer altmodischen Scham ganz zu schweigen.« Beim Reden konnte Ernie sich das bittere Leben, das Marcie vielleicht bevorstand, lebhaft vorstellen. »Glaubst du wirklich, daß das irgend jemandem nutzen würde? Etwa dem Kind?«

Marcie blickte zu Boden. »Bitte! Was immer passiert, sei einfach weiter mein Freund.«

Ernie fragte leise: »Kann der Vater dir helfen?«

Wieder umwölkte sich ihr Blick. »Nein. Ich glaube nicht.«

Vielleicht war das ein Ansatzpunkt. »Dann könnte es auch um seinetwillen das beste sein, alle Optionen in Erwägung zu ziehen.«

Sie richtete sich gerader auf. Mit neuer Entschlossenheit in der Stimme erklärte sie: »Ich würde nie von ihm verlangen, daß er sich zu dem Kind bekennt. Wenn er es nicht will, werde ich seinen Namen nicht nennen.«

Der Gedanke schien die Last auf Marcies Schultern noch zu vergrößern. Das kurze Aufflackern ihres Lebensmutes erlosch, und sie sah Ernie wieder matt an. Hilflos fragte er sie: »Wann hast du eigentlich zum letztenmal was gegessen?«

Marcie starrte wieder zu Boden. »Gestern abend, nehme ich an. Heute morgen war mir irgendwie übel.«

»Du solltest wenigstens versuchen, was zu essen«, erklärte Ernie. Als Marcie nicht widersprach, ging er in die Küche.

Das Frühstücksgeschirr stand noch im Waschbecken, ein Zeichen seiner eigenen Lethargie, seit seine Familie ihn verlassen hatte. Als er im Kühlschrank nachsah, fand er nur Würstchen, Milch, Bier und die Zutaten für ein Thunfisch-Sandwich. Plötzlich kam ihm sein Leben so leer vor wie sein Kühlschrank, und er wollte nicht, daß Marcies Zukunft ebenso aussah.

Nachdenklich richtete er ihr auf einem Teller das Thunfisch-Sandwich an. »Hier«, sagte er. »Versuch einfach, was zu essen.«

Sie lächelte etwas. »Das sollte ich wohl. Schließlich muß ich jetzt für zwei essen.«

Diese seltsam unpassenden Worte aus dem Mund eines minderjährigen Mädchens machten Ernie auf einmal zornig – zornig über Marcies Schicksal, zornig auf ihre Eltern und vor allem auf den Vater des Kindes. Es war nicht richtig, daß Marcie sich anstrengen mußte, die Erwachsene zu sein, die sie noch nicht war, um ein Leben zu leben, das sie sich nur vage vorstellen konnte. Weil er das Gefühl hatte, seine eigenen Kinder enttäuscht zu haben, konnte Ernie jetzt den Gedanken, daß irgend jemand dieses Kind hier enttäuschte, einfach nicht ertragen.

Eine Weile sah er ihr stumm beim Essen zu. Dann meinte er zögernd: »Vielleicht können wir noch ein bißchen reden.«

Sie schien überrascht zusammenzuschrecken, legte den Rest des Sandwichs zurück und sah auf ihre Uhr. »So spät schon?« sagte sie. »Ich muß ihn ja treffen.«

Schon war sie mit den Gedanken woanders, bereit, sich in ihr unglückliches neues Leben zu stürzen. »Du mußt ihn nicht treffen«, wandte Ernie ein. »Noch nicht. Laß uns zu Pro Familia gehen, bevor du irgend etwas entscheidest. Du solltest nicht mit ihm reden, bevor du deine Optionen sorgfältig erwogen hast.«

Marcie stand abrupt auf. »Du hast mir immer zugehört – deswegen wollte ich es dir erzählen. Aber es ist unser gemeinsames Kind, und ich muß mit ihm reden.« Wieder hatte sie Tränen in den Augen. »Ich liebe ihn, Ernie, und ich werde auch unser Baby lieben.«

Ernie betrachtete sie und spürte, wie seine Frustration und auch eine Eifersucht, die er nicht wahrhaben wollte, stärker wurden. Marcie kam zu ihm, küßte ihn auf die Stirn und sagte leise: »Danke, daß du mein Freund bist.«

Danke, daß du mein Freund bist. Es war so sinnlos wie ein Poesiealbumspruch für einen Menschen, den man nie wiedersehen würde. Als sie zur Tür ging, sagte er: »Ich bin nicht nur ein Freund, Marcie –«

Die Tür fiel hinter ihr ins Schloß. Ernie riß sie wieder auf und lief ihr nach. Auf dem Weg vor dem Haus holte er sie ein und packte ihren Arm. »Ich bin mehr als nur ein Freund«, wiederholte er. »Ich bin ein Erwachsener, und ich mag dich.«

Sie blickte auf seine Hand und sah ihn dann direkt an. »Ich weiß«, erwiderte sie leise. »Ich mag dich auch. Aber du bist nicht der Vater, Ernie. Das ist er.«

Er ließ die Hand sinken. »Ich möchte bloß nicht, daß du dein Leben wegwirfst.«

Sanft faßte sie seine Schulter. »Das werde ich bestimmt nicht tun«, sagte sie. »Jetzt, wo in mir das Leben eines anderen Menschen anfängt.«

Diese schlichten Worte waren in ihrem naiven Glauben so rührend, daß sie Ernie entwaffneten. Reglos stand er da und sah ihr nach, als sie wegfuhr.

Wer ist der Vater? fragte Ernie sich plötzlich.

Irgend etwas rastete aus. Ohne nachzudenken, schloß er die Garage auf und stieg in den Wagen, um Marcie zu folgen.

Ein Stück die Straße hinunter bog Marcie ab, vielleicht fuhr sie Richtung Taylor-Park.

Während er ihr folgte, blickte er immer wieder in den Rückspiegel, als wolle er nach der Polizei Ausschau halten. Doch aus dem Spiegel sah ihn mit einemmal das Bild eines mittelaltrigen Schwarzen an, der einem minderjährigen Mädchen folgte, das weder seine Tochter noch seine Geliebte war und nicht einmal wußte, daß es ihn brauchte. Er hielt am Straßenrand und sah ihre Rücklichter im Dunkeln verschwinden.

»Also bin ich wieder nach Hause gefahren«, fügte Ernie hinzu, »und habe den Abend wie immer allein verbracht.« Er hielt inne und fügte mit ätzender Bitterkeit hinzu. »Aber ich habe mich geirrt. Marcie hat ihr Leben nicht weggeworfen. Dein Freund Sam hat es für sie getan.«

Die Geschichte hatte Tony so sehr erschüttert, daß er keine Antwort parat hatte. Still bedachte er den Unterschied zwischen dem weltfremden und versponnenen Mädchen, das Sam ihm beschrieben hatte, und der entschlossenen und selbstlosen jungen Frau, die Ernie entworfen hatte. Wenn die Geschichte gelogen war, hatte Ernie sie gut erzählt. Und wenn sie stimmte …

»Ich sehe es in deinem Blick, Tony«, meinte Ernie leise. »Du hast noch immer diesen Quarterbackblick, und du fragst dich noch immer, ob du mir den Tod dieses Mädchens anhängen kannst. Aber es wird nicht funktionieren. Weil ich nicht der Vater bin.« Ernie bedachte ihn unvermittelt mit einem freudlosen Lächeln. »Und genau das habe ich auch der Polizei und Stella Marz erzählt«, schloß er leise, »am Tag, nachdem sie die Leiche gefunden hatten und mir mit einem Schlag klarwurde, wer der Vater war.«

»Immer mal was Neues«, sagte Saul Ravin und trank noch einen Schluck Whiskey.

Tony starrte aus dem Fenster und sah zu, wie Steelton in der Dämmerung verschwand. »Das war es, was die Calders und Stella Marz mir nicht sagen wollten. Stella und ich haben Katz und Maus gespielt, und sie war die Katze. Sie wußte vom zweiten Tag an, daß Marcie Calder schwanger war, Ernie und die Autopsie hatten ihr das verraten. Aber es braucht seine Zeit, bis die DNA-Tests am Fötus auf einen Vater hinweisen. Darauf hat sie gewartet.«

Saul nickte. »Sie hat auf das Motiv gewartet, Tony. Ein Vater, der die Bloßstellung fürchtet. Falls sich herausstellt, daß Sam der Vater ist.«

Tony konnte seine Konfusion zwischen seiner Einschätzung als Anwalt und dem sinnlosen Wunsch, Sam möge unschuldig sein, nicht abschütteln. Er hatte es bisher noch nicht über sich gebracht, Sam mit Ernies Geschichte zu konfrontieren. »Vorausgesetzt, Ernie hat die Wahrheit gesagt«, erwiderte er schließlich. »Wenn dagegen Sam die Wahrheit sagt, hat sie es ihm vielleicht nicht erzählt, weil das Baby nicht seins, sondern Ernies war.«

»Ich gehe davon aus, daß Stella es dir früh genug sagen wird. Spätestens, wenn sie Mordanklage erhebt.« Saul schob einen Packen Papiere über den Tisch. »Derweil hat Sal Russo den Scheidungsantrag von Ernies Frau ausgegraben, in dem es, wie du schon vermutet hattest, um mehr ging als nur darum, daß Ernie sich entschieden hat, in Lake City zu leben.«

»Was hat er gefunden?«

»Nichts Erhebendes, es sei denn, man ist in unserer Lage. Obwohl es keinerlei Hinweise darauf gibt, daß Marcie das Problem war.« Saul leerte seinen Whiskey und warf Tony ein düsteres Lächeln zu. »Nach Angaben von Mrs. Nixon hat Ernie sie geschlagen.«

SIEBZEHN

»Sie sind Mr. Lord«, sagte Dee Nixon.

Tony stand auf der Veranda und versuchte, seine Überraschung zu verbergen, während er die Frau vor sich musterte. Sie hatte kurzes braunes Haar, eine hohe Stirn, humorlose Augen hinter einer Nickelbrille und ein schmales, eigenartig majestätisches Gesicht. Ihr schlaksiger Körper steckte in Bluejeans, ihre Pose wirkte trotzig, ihre ganze Erscheinung strahlte Intelligenz und eine gewisse hochmütige Ernsthaftigkeit aus. Sie wirkte wie eine Frau, die rasch ein Urteil fällt und eine einmal gefaßte Meinung nur unwillig revidiert.

»Nun«, meinte sie, »Sie haben eine lange Reise für nicht sehr viel unternommen.«

Tony blickte die Straße hinunter auf ein Viertel mit Reihenhäusern, die kaum noch Mittelklasse zu nennen waren, dazu ein schmuddeliger Tante-Emma-Laden und ein paar ungepflegte Vorgärten, die hervorstanden wie schlechte Zähne. »Genau wie Sie«, erwiderte Tony.

Das schien sie zu seiner Erleichterung ein wenig zu amüsieren, als ob sie Offenheit als Wert an sich zu schätzen wußte. »Dies ist nur für den Rest des Schuljahres«, erläuterte sie, »bis wir in unser eigenes Haus einziehen können. Aber wenigstens ist es nicht Lake City, Ohio. Das ist immerhin schon etwas.«

Sie sprach den Namen in drei deutlichen und spöttischen Silben aus. Unnachgiebig blickte sie Tony an, und Tony wurde bewußt, daß sie ihn immer noch nicht hereingebeten hatte. Er hob wortlos die Brauen und blickte in das Wohnzimmer hinter ihr.

»Oh«, meinte sie trocken. »Das hätte ich fast vergessen. Kommen Sie herein.« Sie machte eben genug Platz, daß Tony eintreten konnte, und schloß die Tür hinter ihm.

Das Wohnzimmer war klein und dunkel. Einziger Lichtblick schienen die Fotos von zwei Mädchen und einem Jungen zu sein, vermutlich die Kinder der Schwester, die Dee bei sich aufgenommen hatte. Dee nahm ihm gegenüber mit verschränkten Beinen und gefalteten Händen Platz. Ihre Bewegungen hatten eine gewisse Präzision und wirkten beinahe anmutig. Tony konnte sie sich gut in ihrem Beruf als Mathematiklehrerin vorstellen.

»Ich möchte Ihnen ein wenig Mühe ersparen«, sagte sie, »damit Sie nicht dasitzen und versuchen müssen, mich zu durchschauen. Nach Ihrem Anruf habe ich als erstes mit Ernie telefoniert. Sie sollten also von Anfang an wissen, daß ich ihn nicht hasse. Und ich weiß auch schon, was Sie im Schilde führen. Sie wollen herausfinden, ob der Vater meiner Kinder ein Mörder ist oder ob man ihn zumindest so weit als solchen hinstellen kann, daß Sam Robb nicht verurteilt wird. In diesem Zusammenhang haben Sie meinen Scheidungsantrag ausgegraben und entschieden, daß es sich vielleicht lohnen könnte, mit mir zu reden.«

Tony mußte erneut lächeln. »Da geht meine erste halbe Stunde dahin«, meinte er.

»Da geht Ihr ganzer Fall dahin«, erwiderte sie, ohne zu lächeln. »Aber nur zu, fragen Sie. Ernie kann Ihnen bestätigen, daß ich nie lüge.«

In dem Satz schwang eine gewisse Ironie mit, auch wenn Tony nicht wußte, ob sie ihm oder Ernie galt. »Dann nehme ich an, daß Sie das auch in Ihrem Antrag auf Scheidung nicht getan haben.«

Sie ließ die Schultern ein wenig sinken. »Nein«, sagte sie. »Aber es gibt alle möglichen Wahrheiten, darunter auch einige, von denen ich wünschte, ich hätte sie nie ausgesprochen. Einige auch über Ernie, unter anderem diese.«

Tony betrachtete ihr Gesicht, das zum erstenmal Traurigkeit erkennen ließ. »In Fällen häuslicher Gewalt hilft es meiner Ansicht nach nie weiter, sich etwas vorzumachen«, sagte er. »In meinem letzten Fall hat ein Mann seine Frau geschlagen bis zu dem Abend, an dem sie aufgehört hat, sich etwas vorzumachen, und ihn statt dessen getötet hat.«

Dee Nixon schwieg einen Moment. »Warum hören Sie mir nicht einfach zu, Mr. Lord, und bilden sich dann ein Urteil?«

Sie waren mit Johnny und Lynn D'Abruzzi einige Wochen vor Johnnys letztem und tödlichem Herzinfarkt essen und danach im Kino gewesen. Marcie Calder hatte auf die Kinder aufgepaßt; als Ernie wie immer angeboten hatte, sie nach Hause zu fahren, hatte Dee Zeit gehabt nachzudenken und sich einzugestehen, wie zutiefst gelangweilt, nein, wie schlicht entfremdet sie sich in Lake City fühlte. Als Ernie ins Schlafzimmer kam, konnte sie nur noch sagen: »Ich ertrage das alles nicht mehr.«

Ernie stand am Fuß des Bettes und wußte ganz genau, was »das alles« war – ihr Leben in einer Stadt voller Weißer, die Dee im großen und ganzen höflich und wohlmeinend, aber vollkommen fremd vorkamen. Leise bemerkte Ernie: »Ich fand, es war ein netter Abend.«

»Es war, was es war«, erwiderte Dee müde. »Und sie sind, wer sie sind. Sieh mal, Johnny ist ein netter Kerl, und ich weiß, daß ihr alte Freunde seid. Aber außer Sport hat er nicht viel im Kopf, und selbst eure Freundschaft basiert darauf, daß du so tust, als wärst du kein Afroamerikaner oder sonst irgendwie anders als er. Das werde ich nie können, und ich will auch nicht, daß unsere Kinder so werden.« Sie merkte, daß sie lauter wurde und ihre ganze Verzweiflung aus ihr herausbrach. »Ach, Ernie, hast du gehört, wie Lynn D'Abruzzi gesagt hat, Pat Buchanan hätte einige ›gute Ideen‹? Welche denn? wollte ich sie fragen.«

»Sie meint die Abtreibungsfrage, Schatz. Sie sind katholisch.«

»Sie sind vollkommen ahnungslos. Willst du, daß unsere Kinder so werden? In dem Fall wäre Rassismus tatsächlich ein Segen, weil sie es nicht können.« Dee senkte ihre Stimme. »Ich möchte nicht, daß Drew und Tonya als jedermanns einzige ›schwarze Freunde‹ aufwachsen, so wie wir – toleriert von Leuten, die uns im günstigsten Fall für ›Ausnahmen‹ unter all den Schwarzen sehen, die sie nicht kennen und über die sie nie nachdenken. Es sei denn als Symbole für das Leben, dem sie entkommen sind, indem sie hierhergezogen sind.«

Ernie seufzte. »Sie wollen dasselbe wie wir, Dee. Einen sicheren Ort zum Leben, gute Schulen, einen Platz, wo Kinder noch Kinder sein können.« Er hielt inne und lehnte sich ans Bett. »Ich weiß besser als irgend jemand sonst, wie diese Stadt sein kann. Aber für uns gibt es kein Paradies auf Erden, und für Drew und Tonya wird es das auch nicht geben. Wenn wir das Recht haben, hier zu sein, werden sie wissen, daß sie es auch haben.«

Sie setzte sich im Bett auf. »Du weißt doch, worauf das hinausläuft, oder nicht? Ich bin in einer Schwarzengegend aufgewachsen, du unter lauter Weißen. Es ist wie ein Vater, der einen geschlagen hat – ein Teil von dir mag ihn hassen, aber er ist der einzige Vater, den du kennst, so daß der andere Teil von dir dich selbst haßt und so werden will wie er. Bis zu deinem Tod wirst du dir seine Anerkennung wünschen und sie nie bekommen.«

Er setzte sich auf das Bett und war jetzt richtig wütend, während er sich gleichzeitig mit aller Kraft anstrengte, es nicht zu sein. Leise sagte er: »In dieser Stadt gibt es keinen einzigen Weißen, der mich so herablassend behandelt wie du. Du bist so versessen darauf, mir zu beweisen, was meine Kindheit mir angetan hat, daß du deine eigene Kindheit nicht mit Distanz betrachten kannst. Für dich ist alles – und ich meine alles – dadurch definiert, daß es schwarz ist. Du nimmst dein eigenes Ghetto überall mit hin, und jetzt verlangst du, daß auch deine Kinder darin leben.«

Das traf sie. »Wie konnten wir bloß heiraten?« fragte sie bitter. »Wie habe ich es, schon lange bevor du uns hierhergeschleppt hast, übersehen können?«

»Was?«

»Ich war dein Trostpreis, Ernie. Eigentlich wolltest du die Ballkönigin von Lake City heiraten und in die Burschenschaft der weißen Jungs aufgenommen werden. Für dich ist das ganze Leben tatsächlich eine nie endende High-School, was? Deswegen bist du hierher zurückgekommen – um es endlich in die Burschenschaft zu schaffen.«

»Unsinn.« Die Ader an seiner Stirn trat hervor. »Du redest Unsinn.«

»Unsinn?« In ihrer Wut und Enttäuschung bedachte Dee ihn mit ihrem angedeuteten, überlegenen Lächeln, von dem sie wußte, daß er es haßte. »Ist die kleine Marcie nicht deine Ballkönigin, Ernie? Verbringst du nicht deswegen Stunden über Stunden mit ihr? Ihr Verstand kann es jedenfalls nicht sein.« Sie stand abrupt auf. »O ja, ich weiß – du machst dir bloß Sorgen um sie.«

Auch Ernie stand auf. »Du beschissenes Drecksstück!«

Sie baute sich direkt vor ihm auf. »Es ist alles so erbärmlich, Ernie. Sie braucht einen anderen Daddy, also spielt sie bei deiner Weißen-Mädchen-Phantasie mit. Sie bekommt jemanden, der ihr zuhört, und du mußt dir dafür nur die Phantasie lassen, daß du sie fickst.«

Sie sah es in seinen Augen, bevor seine Hand ihr Gesicht traf. Ihr wurde schwarz vor Augen. Als sie rückwärts gegen die Wand taumelte und blinzelte, um den Schock zu verdauen und die Tränen zurückzuhalten, war sie ehrlich genug, sich einzugestehen, daß sie gewollt hatte, was geschehen war.

Ernie brach rückwärts auf dem Bett zusammen, geschlagen von seiner eigenen Scham. »Es tut mir leid, Baby. Es tut mir so leid …«

Dee Nixon schüttelte den Kopf. »Ich bin nicht gegangen, weil ich dachte, daß er mich noch einmal schlagen würde. Ich bin gegangen, weil ein Teil von mir gewollt hat, daß er mich schlägt, genau wie mein Vater meine Mutter geschlagen hat.« Ihre Stimme war voller Bedauern und Selbstekel. »Meine eigene Gemeinheit hat mich zutiefst erschreckt und mich, um ehrlich zu sein, in eine Therapie getrieben. Als mein Anwalt diese Geschichte in der Begründung meines Scheidungsantrags aufführte, habe ich ihn gefeuert. Und jetzt kommen Sie.«

Tony legte den Kopf zur Seite. »Haben Sie das mit Marcie Calder wirklich geglaubt?«

Dee nahm ihre Brille ab und putzte die Gläser, während sie nachdenklich ins Leere starrte. »Wenn Ernie solche Gefühle hatte, wußte er es selbst nicht. Ich kann mir eigentlich nicht vorstellen, daß er mit dem Mädchen geschlafen hat, und ich kann mir ganz bestimmt nicht vorstellen, daß er ihr weh getan hat. Und sei es nur, weil er solche Angst vor seinen wahren Gefühlen hat.«

Tony schwieg eine Weile. »In der High-School hat Ernie mir einmal einen großen Gefallen getan«, sagte er schließlich. »Ich habe nie gedacht, daß er das getan hat, weil er wie ich sein wollte. Ich tat ihm einfach leid, das war alles.«

Als sie die Brille wieder aufsetzte, wirkte sie wieder gefaßt. »Er hat gesagt, Sie wären ein Freund. Aber ich glaube nicht, daß er wirklich Freunde hatte. Was er damit meinte, war, glaube ich, daß Sie tatsächlich anständig zu ihm gewesen sind.«

Sie hielt inne und beugte sich vor. »Und jetzt wollen Sie aus ihm das schlimmste rassistische Klischee machen – den gewalttätigsten Schwarzen nach O. J. Simpson. Rational kann ich es nicht verteidigen, daß ein Mann eine Frau aus irgendeinem Grund schlägt. Aber ich war dabei, und ich kenne meinen Mann. Was zwischen uns vorgefallen ist, war ein privater Streit. Die Schwächen zweier Menschen sind hochgelodert, bis es geknallt hat. Die Rassenfrage mag unsere Ehe zerstört haben, aber ich will nicht, daß sie ihn noch weiter zerstört, als sie es ohnehin schon getan hat. Erwarten Sie also nicht, daß ich Ihnen helfe, Mr. Lord. Denn was er an jenem Abend getan hat, war lange nicht so schlimm, als daß er Sie verdient hätte.«

Auf dem Flug von Chicago nach Steelton rang Tony mit seinem Gewissen.

Sein eigener Instinkt vermutete, daß Dee Nixon recht hatte. Auch wenn Ernie Nixon zur Gewalt fähig war, war er seinem Wesen nach kein gewalttätiger Mann. Und ihn als solchen hinzustellen, wäre ein Appell an den latenten Rassismus der Zuhörer. Doch Dee trug ihren eigenen Anteil an Schuld und Scham mit sich herum; sie hatte ihre eigenen Gründe – zwei Kinder –, um Frieden mit ihrem von ihr getrennt lebenden Mann zu wahren. Und sie hatte ihre eigenen Prioritäten, zum Beispiel ihre Rasse, in deren Licht Marcie Calder und Sam Robb nicht so wichtig waren.

»Sam Robb«, hatte sie zu Tony gesagt, als er sich verabschiedet hatte, »war mein Kollege. Nur Charisma und eine Art achtloser, großspuriger Charme, von jemandem, der sich offenbar für unwiderstehlich hält. Bis ich erkannt habe, wie bedürftig er ist. In dieser Hinsicht erinnert er mich an Ernie. Es fällt mir schwer, einen Mann, der so um Anerkennung buhlt, als Mörder zu sehen.« Aber ihr Tonfall machte deutlich, daß es sie nicht besonders kümmerte.

Sich um Sam zu kümmern, war Tonys Job. Es sei denn, er gab ihn auf.

ACHTZEHN

»Sie fragen sich wahrscheinlich«, sagte Stella Marz ohne lange Vorrede, »ob ich Sie verschaukelt habe. Andererseits frage ich mich, was Sie mit Jennifer Travis gemacht haben.«

»Sie haben mich tatsächlich verschaukelt!« Tony setzte sich. »Und was Jenny Travis angeht, so habe ich ihr lediglich einen Vorgeschmack auf mein Kreuzverhör vermittelt. Irgend jemand hätte so ehrlich sein sollen, ihr zu erklären, daß ihr Bekenntnis einige unerwünschte Folgen haben könnte. Als Zeugin vor Gericht kann sie meiner Ansicht nach damit bestimmt nicht landen. Ungeachtet ihres fraglichen Wahrheitsgehalts ist ihre Geschichte in keiner Weise beweiserheblich für eine Mordanklage.«

Stella betrachtete Tony nachdenklich mit ihren braungrünen Augen. »Sie schaffen es immer, so unschuldig auszusehen. Ich könnte nicht mal sagen, ob es Ihnen peinlich ist.«

»Und Ihnen?«

»Nein. Und mit den Calders würde ich auch nachsichtig sein. Es ist doch verständlich, daß sie nicht wollten, daß ich Ihnen oder sonst jemandem erzähle, daß Marcie schwanger war.« Sie machte eine Pause. »Es sei denn, diese Tatsache würde Bestandteil der Beweisführung in einer Strafsache.«

Tony lehnte sich gereizt zurück. »Haben Sie mich deshalb angerufen?«

»Allerdings.« Sie faltete die Hände. »Wir erheben Anklage, Tony. Sam Robb ist der Vater.«

Irgendwie machte ihr beiläufiger Tonfall das Ganze noch schlimmer. Vielleicht, weil es offensichtlich wurde, daß sie diesen Lauf der Ereignisse erwartet hatte.

»Sie haben Ihr Motiv«, sagte Tony.

Stella nickte. »Marcie hat ihm gesagt, daß sie schwanger war; Ihr Freund Sam hat uns angelogen. Er hatte Geschlechtsverkehr mit einem sechzehnjährigen Mädchen und war der

Vater ihres Kindes.« In ihrer Stimme klang leise Verachtung mit. »Sie wollte keine Abtreibung, also konnte er sich nirgends mehr verstecken. Seine Karriere und vielleicht auch seine Ehe standen auf dem Spiel. Da hat er statt dessen gleich zwei Leben genommen.«

Tony wußte, daß er die Sache nicht aufhalten konnte. Aus reinem Reflex fragte er: »Und warum ist Sam dann zur Polizei gegangen, als Marcie vermißt wurde?«

»Panik, Schuldgefühle – er war vermutlich vollkommen durcheinander. Aber ich bin sicher, er wußte nicht, daß wir einen sechs Wochen alten Fötus einem DNA-Test unterziehen können. Und er hatte Angst, erwischt zu werden.«

Tony stand auf und steckte die Hände in die Taschen. Es war ihm ausnahmsweise egal, daß jemand Zeuge seiner Erregung wurde. »Als Mörder wäre es doch viel einfacher für ihn gewesen, Marcie einfach liegenzulassen. Vielleicht hatte er auch nur vergessen, daß sie tot war, als er sie zum letztenmal gesehen hat.«

Stella betrachtete ihn unbeteiligt. »Gut, das ist Ihr Gegenargument. Vielleicht kaufen die Geschworenen Ihnen das sogar ab. Aber das werden sie müssen, denn wir machen ihm den Prozeß. Es sei denn, er bekennt sich schuldig.«

Tony konnte die Bilder nicht länger unterdrücken – Sams Gesicht, als er ihm die Geschichte erzählte; Sue in einem Gerichtssaal. Vielleicht war es für alle Beteiligten besser, wenn er ihnen das Geld lieh, sich einen Anwalt zu nehmen, für den die ganze Angelegenheit weniger persönlich war und dessen Gefühle weniger widersprüchlich und komplex waren. »Wessen soll er sich denn schuldig bekennen?« fragte er.

»Totschlag.«

Tony verzog überrascht das Gesicht. »Das ist kein Angebot, Stella – es ist das Beste, was Sie herausholen können. Selbst wenn Sie zwölf Menschen davon überzeugen können, daß Sam Marcie getötet hat, könnten Sie ihm nie einen Vorsatz nachweisen.«

»Dann bringen Sie mir eine Geschichte, die die Totschlag-Version stützt. Daß er sie eigentlich gar nicht umbringen wollte oder so, und ich denke darüber nach. Obwohl es mir schwerfällt, mir auszumalen, wie diese Geschichte bei mehreren heftigen Schlägen auf den Kopf lauten sollte.« Sie sah ihn kühl an. »Vielleicht Trunkenheit. Aber dafür müßte Ihr Mandant dem Gericht eine genaue Schilderung des Tathergangs liefern. In einem solchen Fall möchte ich keinerlei Spielraum für irgendwelche Zweifel lassen, was Sie besser als jeder andere verstehen müßten.«

Tony atmete tief ein. Die Entscheidung, ob er Ernie Nixon erwähnen sollte, war jetzt auf den Prozeß vertagt. Leise bemerkte er: »Ich glaube, ich kann Sie schlagen, Stella. Ich bezweifle, daß Sie genug gegen ihn in der Hand haben.«

Stella betrachtete ihn einen Moment lang. »Es tut mir leid«, erwiderte sie schließlich. »Ich weiß, daß das schwer für Sie ist, aber ich muß die Fälle zur Anklage bringen, die meiner Ansicht nach zur Anklage gebracht werden sollten. Selbst auf die Gefahr hin, daß ich verliere.« Sie zuckte fatalistisch die Schultern. »Wenn es zum Prozeß kommt, Tony, werde ich bestimmt etwas lernen.«

Tony brachte ein Lächeln zustande. »Oder ich.«

Stella erwiderte sein Lächeln und sah ihn offen an. »Bescheidenheit steht Ihnen nicht unbedingt«, erwiderte sie. »Aber vielleicht werden Sie etwas über Sam Robb erfahren. Wenn Sie es nicht schon wissen.«

NEUNZEHN

Es war halb fünf an einem Tag, der ihm bereits jetzt qualvoll lang erschien, als Tony Sam Robb am Rand des Baseballfelds von Lake City fand. Sam saß allein auf der Wiese, die an das rechte Außenfeld angrenzte, weitab der Tribüne, wo seine Anwesenheit kritische Bemerkungen und Bestürzung hervorgerufen hätte, und verfolgte das Spiel des Lake-City-Teams gegen Riverwood. Als Tony näher kam, empfand er Mitleid mit Sam wegen dessen Isolation und dem, was er verloren hatte und noch verlieren würde. In seiner schwermütigen Stimmung malte er sich aus, daß sein Freund aus großer Entfernung seine eigene Jugend betrachtete und die Rufe der Spieler kaum noch hören konnte. Doch vielleicht bildete er sich auch nur ein, daß in Sams Blick Resignation und Fatalismus standen, als jener zu ihm hochsah.

»Neuigkeiten?« fragte Sam.

Tony nickte langsam. »Marcie Calder war schwanger, Sam.«

Wenn er nicht überrascht war, hatte Sam das Talent, auf Kommando zu erblassen. Er schloß die Augen. »Und sie glauben, es ist von mir?« fragte er schließlich.

»Sie sind sich sogar sicher.« Als Sam die Augen aufriß, fügte Tony hinzu: »Es läßt sich mit DNA-Tests nachweisen. Ich nehme an, das wußtest du nicht.«

Einen Moment lang saß Sam reglos da, nicht in Gedanken versunken, sondern wie gelähmt. Wie jemand, der das eben Gehörte nicht akzeptieren will – den plötzlichen Tod eines Elternteils, die Ermordung eines Kindes, den Betrug eines Geliebten, die Zerstörung eines Lebens. Nur Sams Lippen bewegten sich. »Hier ist es aus für mich.«

»Ich fürchte, ja.«

»Sue ...«

Der gequält ausgestoßene Name sagte so viel mehr, als Sam ausdrücken konnte. Tony spürte, wie seine Brust sich zuschnürte. »Du mußt es ihr sagen, Sam. Bevor sie es aus den Medien erfährt.«

Sam sah ihn an, seine Iris blaßblau im gefrorenen Weiß seines Augapfels. »Morgen wird man dich des Mordes an Marcie Calder anklagen«, sagte Tony leise, »wenn du dich nicht des Totschlags für schuldig bekennst. Du hast vierundzwanzig Stunden Zeit, dich zu entscheiden.«

Sam verschränkte die Arme und starrte zu Boden. »Sue«, wiederholte er flüsternd.

Sams Erschütterung kratzte an Tonys Selbstbeherrschung. »Es tut mir leid«, murmelte er. »Für euch beide.«

Sam schien ihn weder zu hören noch ansehen zu können. »Du hättest sie von hier wegbringen sollen, Tony. Damals nach Alisons Tod.«

Überrascht fragte Tony sich, wieviel Sam wußte oder ahnte. Leise erwiderte er: »Diese Wahl hatte ich nie.«

»Um so schlimmer für sie. Jetzt muß sie auf unser Leben zurückblicken und dieses Ende sehen.« Er schüttelte den Kopf, wie erschlagen von der Verheerung, die er angerichtet hatte. »Ein geplatzter Gummi ...«

Tony wartete einen Moment. »Du hast es nicht gewußt?«

»Sie hat es mir nicht erzählt.« Sams Blick wirkte gehetzt, abwesend und verwundert. »Deswegen vermutlich auch ihr Ding mit dem Heiraten und das Gerede, sie wolle mir Kinder schenken. Wenn ich es gewußt hätte, hätte ich es anders gelöst, Tony. Ich weiß nicht genau, wie. Aber ich hätte Marcie nicht alleine im Dunkeln in den Park laufen lassen. Kein Wunder, daß sie vollkommen durcheinander war ...«

Tony beobachtete, wie sich Sams Blick verschleierte. Als Anwalt hatte er einen Instinkt für Ausflüchte und Lügen, den er als Freund von Sam Robb offenbar verloren hatte. Was Tony sah, war entweder ein Mann unter Schock, der erstmals einer bitteren, verdammenden Wendung des Schicksals ins Auge sah, oder ein Lügner, der so talentiert und verängstigt war, daß er sich selbst überzeugen konnte. Wenn letzteres der Fall war, bestand Sams größte Begabung in diesem Moment darin, daß seine ersten Gedanken scheinbar seiner Frau und einem schwangeren Mädchen galten, das er angeblich zuletzt lebend gesehen hatte, so daß er sich immer noch ausmalen konnte, wie er sie vielleicht hätte retten können. In seiner eigenen Trauer und Verwirrung schien es Tony das beste, schweigend neben seinem Freund stehenzubleiben.

Tony hörte, wie sich in der Ferne ein dünner Schrei aus dem Publikum erhob, als ein Spieler von Lake City die erste Base umrundete, während ein Feldspieler der gegnerischen Mannschaft einem Ball hinterherrannte, den Tony nicht sehen konnte. Er und Sam Robb waren in einer Welt für sich.

»Ich weiß, wie mies du dich fühlst«, sagte Sam schließlich. »Aber ich glaube nicht, daß du mehr hättest tun können.«

In dem Satz schwangen Mitleid und eine eigenartige Distanz mit, als ob Sam ihn über den bevorstehenden, erwarteten Tod eines Dritten hinwegtrösten wollte. »Es ist noch nicht vorbei«, erwiderte Tony. »Vielleicht in Lake City, aber nicht vor Gericht. Die Anklage ist alles andere als wasserdicht.«

»Sie kann gar nicht wasserdicht sein«, erwiderte Sam schlicht. »Weil ich sie nicht getötet habe. Was immer mir das jetzt noch nützen mag.«

Tony antwortete nicht. Leise sagte Sam: »Du hast genug getan, Tony. Du bist zurückgekommen, sei es für Sue, für mich oder für uns beide. Du hast die Geschichte mit Alison noch einmal durchleben müssen. Du hast mir meinen Job zumindest für eine Weile bewahrt, und um mich zu retten, hast du ein paar Dinge unternommen, von denen ich weiß, daß du sie nicht gerne getan hast.« Er wandte sich Tony zu und legte seine Hand auf dessen Schulter. »Mehr kann ich von einem Freund nicht verlangen. Und wenn ich dir überhaupt noch ein Freund bin, sollte ich dich zu Stacey und Christopher zurückschicken. Es wird Zeit, dich gehen zu lassen.«

Tony empfand dasselbe Auf und Ab der Gefühle wie vor dreißig Jahren. Immer wenn er zu dem Schluß gekommen war, daß Sam egoistisch und unsensibel war, überraschte ihn sein Freund mit einer unvermutet menschlichen Geste. Das rührte ihn um so mehr, weil sich darin der Mensch offenbarte, den ein unbelehrbar optimistischer Junge in Tony weiter in Sam Robb sehen wollte.

»Was willst du machen?« fragte Tony.

»Mir einen Anwalt suchen. Mir Geld leihen, um ihn bezahlen zu können. Das macht man doch, oder?« Tony wußte aus eigener Praxis, daß das richtig war. Es war die erste Lektion, die er von Saul gelernt hatte. Und es stand außer Frage – wenn man von Schuldgefühlen, ihrer gemeinsamen Geschichte und Tonys Vertrauen in seine Fähigkeiten als Anwalt absah –, daß Tonys Seelenfrieden am meisten damit gedient gewesen wäre, so viel Abstand wie möglich zwischen sich und den Tod eines minderjährigen Mädchens zu legen. Als ob er Tonys Gedanken gelesen hätte, sagte Sam: »Außerdem fragst du dich noch immer, ob ich sie getötet habe, oder? Vielleicht mehr denn je.«

Es war zwecklos zu lügen. »Ja«, antwortete Tony. »Aber das würde jeder Anwalt tun, bis er die Frage verdrängt.«

Zum erstenmal wurde Sam lauter. »Du bist nicht irgendein Anwalt, Tony. Es wird mir bessergehen, wenn ich nicht zusehen muß, wie du dich während des Prozesses ständig fragst, ob ich zu einem Mord fähig bin.«

»Da hast du allerdings recht«, hörte Tony sich barsch erwidern. »Ich bin nicht irgendein Anwalt. Ich bin viel, viel besser, und du wirst mein ganzes verdammtes Können brauchen.«

Sam riß die Augen auf und lächelte dann, vielleicht erstaunt, über diesen Ausbruch von Arroganz und Selbstherrlichkeit, der Tony selbst überrascht hatte. »Du willst immer noch unbedingt gewinnen«, sagte er leise. »Stimmt's?«

Tony starrte ihn an. »Ich bin schließlich kein komplett anderer Mensch geworden, Sam. Genausowenig wie du.«

Sams Lächeln verblaßte. »Das sage ich doch. Ich wünschte nur, du könntest es auch glauben, bevor du diesen Ort für immer verläßt.«

Tony atmete aus. »Ich habe dir noch etwas zu sagen«, meinte er schließlich. »Stella Marz hat uns ein Angebot gemacht.«

Sam kniff argwöhnisch die Augen zusammen. »Wie lautet es?«

»Sie wäre eventuell bereit, Totschlag in Erwägung zu ziehen. Aber nur, wenn du sie davon überzeugen kannst, daß du aus einem Reflex heraus gehandelt hast, ohne Marcie Calder wirklich töten zu wollen. Das würde allerdings ein öffentliches Geständnis vor Gericht erfordern.«

»Ich soll lügen, meinst du.« Sam stand abrupt auf, seine Stimme klang angespannt. »Ich werde nichts dergleichen tun, verdammt noch mal. Ich werde mein Haus, meine Karriere, den Respekt meiner Kinder und vielleicht meine Frau verlieren. Alles, was mir bleibt, ist meine Unschuld. Und die werde ich nicht für ein milderes Urteil verschachern. Dafür werde ich nicht lügen.« Sein Kiefer arbeitete. »Ich werde dagegen ankämpfen, und ich werde gewinnen. Und dann werde ich Sue das beste Leben bieten, das ich ihr geben kann, und versuchen, den Schaden gutzumachen, den ich angerichtet habe. Wenn das Gericht mich für unschuldig befindet, kann Sue vielleicht glauben, daß unser gemeinsames Leben einen weiteren Versuch wert ist.«

Tony blickte zu Sam. »Du würdest ein Leben hinter Gittern riskieren, Sam.«

»Wenn ich deinen Handel annehme, Tony, würde ich sehr viel mehr riskieren.« Seine Stimme wurde hart. »So verschieden sind wir beide nun doch nicht. Du willst noch immer gewinnen, und ich brauche noch immer meine Selbstachtung. Aber diesmal sagst nicht du die Spielzüge an.«

Tony richtete sich auf und sah ihn direkt an. »Es ist auch nicht mein Deal. Und wenn ich es entscheiden müßte, könnte ich ihn nicht annehmen. Egal, wie übel es für dich aussieht, es besteht nach wie vor die Möglichkeit, daß ein anderer Marcie Calder getötet hat oder daß sie gar nicht ermordet wurde. In Fällen wie diesen muß es eine Verteidigung geben, deswegen hat Saul Ravin mich damals verteidigt. Das habe ich auch Stella Marz erklärt.«

Sam sah ihn schweigend an. In seinen Augen standen Tränen. Als Tony das sah, erkannte er, wie sehr Sam ein Zeichen brauchte, daß Tony ihn noch immer für unschuldig halten könnte, und sei es noch so gering. Doch er wußte nicht, was er sagen oder tun sollte.

Sam streckte stumm die Hand aus, eine eigenartig förmliche Geste, vielleicht ein Abschied, der Gefühle berührte, die viel tiefer gingen als die Gegenwart. Und dann erinnerte Tony sich daran, daß sie sich als Siebzehnjährige auch mit einem Handschlag voneinander verabschiedet hatten.

Anstatt seine Hand zu ergreifen, umarmte Tony ihn.

Sam schlang seine Arme um ihn und drückte ihn fest an sich. »Vielleicht kriegen wir das alles noch hingebogen, Tony«, sagte er leise. »Vielleicht schaffen wir das.«

ZWANZIG

Alison Taylor erstarrte, als das Licht von der Veranda ihres Elternhauses sie erfaßte. Sie riß überrascht die Augen auf und ließ ihre Handtasche fallen.

»Warum?« fragte sie.

In diesem wahrscheinlich letzten Augenblick ihres Lebens wirkte sie so verletzlich, daß es ihm das Herz brach. Tränen stiegen ihr in die Augen. Ihre nackten Beine schienen unfähig, sich zu bewegen.

»Bitte!« In ihrem Flüstern klang das Wissen um seinen Verrat mit. »Bitte, tu mir das nicht noch mal an.«

Tony fuhr hoch und erwachte aus seinem Traum.

Auf seiner Stirn stand Schweiß. Mit pochendem Herzen sah er sich um. Erst langsam dämmerte ihm, wer und wo er war: Er war fünfundvierzig Jahre alt, Anwalt, allein in einem Hotelzimmer in seiner ehemaligen Heimatstadt, in die er zurückgekehrt war, um Sam Robb gegen die Anklage zu verteidigen, ein Mädchen ermordet zu haben, das nach den Fotos ein wenig Alison Taylor geähnelt hatte. Nachdem Tony Sam erzählt hatte, daß Marcie Calder von Sam schwanger gewesen war, war Tony in die Abgeschiedenheit seines Hotelzimmers zurückgekehrt und erschöpft eingeschlafen. Er blickte auf seine Uhr. Es war halb acht.

Alison Taylor war seit achtundzwanzig Jahren tot.

Tony fuhr sich mit der Hand über das Gesicht und bemerkte, daß sie zitterte.

In diesen achtundzwanzig Jahren hatte er immer nur geträumt, wie er die tote Alison gefunden hatte, ihr Gesicht verzerrt vor Schmerz und Entsetzen. Jetzt hatte sie lebend vor ihm gestanden und klagte ihn an, obwohl er in diesem Traum nicht das Gefühl gehabt hatte, selbst anwesend zu sein, sondern die Szene wie durch das Auge einer Kamera zu verfolgen. Im Laufe des Traums schien diese Kamera immer näher heranzufahren, bis ihr Gesicht – die blasse Haut, die hohen Wangenknochen und der herzzerreißende Ausdruck der Angst – zum Anfassen nahe schien.

Ein Schauer lief durch seinen Körper.

In seinem siebzehnten Lebensjahr hatte Tony gelernt, daß der Preis des Überlebens darin bestand, seine Gefühle zu verdrängen und sich auf die anstehenden Aufgaben zu konzentrieren. Später wurde dies der Preis seines Erfolgs als Anwalt. Doch er hatte nie daran gezweifelt, daß das in seinem Unterbewußtsein Spuren hinterlassen haben mußte, in den Winkeln seines Gewissens, wohin er die unerwünschten Gefühle verdrängt hatte. So tief verdrängt, daß selbst seine eigene Frau und beste Freundin Jahre gebraucht hatte, um herauszufinden, daß sie überhaupt existierten. Manchmal waren auch seine Träume der Preis, den er zahlte.

Er war sich selbst gegenüber zu ehrlich, um so zu tun, als hätte dieser neue Traum nichts zu bedeuten. Doch die Tatsache, daß Marcie Calders Tod ein gespenstisches Echo von Alisons war, war so offensichtlich, daß es kaum eines Traumes bedurft hätte, um Tonys widersprüchliche Sympathien zutage zu fördern, seine zutiefst zwiespältigen Gefühle bei der Verteidigung von Sam. Schon gar nicht eines Traums, der noch etliche Zeit später durch seinen Körper pulste wie ein Fieber.

Tony stand auf, ging ins Bad und wusch sich das Gesicht mit kaltem Wasser. Wenn er sich wieder gefaßt hatte, wollte er Stacey anrufen. Christophers Baseballspiel mußte zu Ende sein; ihr Gespräch würde ihn wieder in Kontakt mit der Wirklichkeit bringen. Dann würde er mit Stacey darüber sprechen, was er wegen Sam unternehmen sollte. Und wenn ihm danach war, vielleicht auch über seinen Traum. Er fragte sich, was es zu bedeuten hatte, daß sich ein Teil von ihm dagegen sträubte, ihn überhaupt zu erwähnen.

Das Telefon klingelte. Das war sie vielleicht, dachte Tony. Er hätte es brauchen können.

»Hallo?«

»Tony?« Sues Stimme klang gedämpft und leer. »Er hat mir alles erzählt. Ich muß dringend mit dir reden.« Sie machte eine Pause und fuhr zögernd fort: »Geht das?«

Sie klang so verwirrt und einsam wie er selbst, sie hatte allerdings auch sehr viel mehr Grund dazu. »Natürlich«, erwiderte er. »Für dich werde ich immer dasein.«

Auf dem Weg zu ihrem Treffen zwang Tony sich zu überlegen, was ihr Anruf bedeuten konnte. Vielleicht wußte Sue etwas, was auf Sams Schuld hinwies, und konnte es jetzt nicht mehr guten Gewissens für sich behalten.

Sie hatte ein Abendessen in einem Restaurant vorgeschlagen. Sue hielt es zu Hause nicht mehr aus, hatte sie gesagt, und wie peinlich ihr ein öffentlicher Auftritt heute auch sein mochte, die Beschämung, die am nächsten Tag über sie hereinbrechen würde – die gedemütigte Frau des stellvertretenden Direktors, der ein ihm anvertrautes Mädchen zunächst geschwängert und dann vielleicht sogar ermordet hatte –, würde künftig jedes Ausgehen unmöglich machen.Tony fühlte sich vage an den Abend erinnert, an dem Sam sich betrunken hatte und Tony als derjenige übriggeblieben war, auf den Sue sich verlassen und den sie für einen Moment vielleicht sogar mehr geliebt hatte.

Tony hielt vor dem Eingang des Lake City Country Clubs und gab dem Portier seinen Autoschlüssel. Er betrachtete Gelände und Gebäude. Das Treffen mit Sue stand ihm bevor, doch er konnte sich auch noch daran erinnern, daß es ihm vor achtundzwanzig Jahren möglich erschienen war, diesen Ort, wenn überhaupt, nur als Paar wieder zu betreten.

Die gediegene Fassade des Clubs schien unverändert: Hinter einem weitläufigen Holzbau aus den zwanziger Jahren verblaßte das sorgfältig gepflegte Grün des achtzehnten Lochs in der Dämmerung. Die Illusion von Sicherheit und Dauer gab den Honoratioren von Lake City vermutlich das exklusive Gefühl, dort zu sein, wo es darauf ankam. Obwohl es viele Jahre her war, daß Tony sich gewünscht hatte dazuzugehören, kam das Gefühl der Ausgeschlossenheit mit überraschender Macht wieder in ihm hoch. Vielleicht hat Dee Nixon recht, dachte er: In einem Winkel unserer Seele bleiben wir immer siebzehn. Er sah sich ein letztes Mal um und betrat das Gebäude.

Eine plumpe, freundliche Blondine mit einer Laufmasche im Strumpf führte Tony in den Speisesaal. »Hier entlang«, sagte sie. »Mrs. Robb erwartet Sie schon.«

Sue saß an einem Tisch in der Ecke, vor ihr stand ein doppelter Scotch. Das deutlichste Anzeichen dessen, was ihr die Jahre angetan hatten, waren ihre Augen; sie wirkten verwundet, als hätte man sie gezwungen, zu lange in grelles Licht zu starren. Alles Make-up konnte nicht verbergen, daß Sue geweint hatte. Tony berührte zur Begrüßung sanft ihren Arm.

Sie blickte auf seine Hand. »Nun«, sagte sie leise, »da wären wir.«

Er mußte ihr nicht sagen, wie leid es ihm tat.

»Was wirst du tun?« fragte sie.

»Ich weiß es nicht.« Ihre Blicke trafen sich. »Und du?«

Sie schüttelte den Kopf. »Es ist alles noch so frisch. Obwohl ich es seit ihrem Tod eigentlich gewußt habe. Aber jetzt kann ich sie mir zusammen vorstellen.« Sie blickte langsam zu ihm auf. »Tony – ein Baby ...«

In ihren Augen standen Tränen. »Ich dachte, er hätte sich geändert«, murmelte sie. »Ich habe mir gesagt, wenn wir erst einmal verheiratet sind, wird sich seine Rastlosigkeit schon legen. Ich glaube, es ist die älteste Hoffnung der Welt, und es sind immer die Frauen, die darauf hoffen.« Sie sah Tony mit trauriger Offenheit an. »Als ich ihn geheiratet habe, hat ein Teil von mir dich noch immer geliebt, Tony, und das hat wohl nie ganz aufgehört. Vielleicht hat er das immer gespürt.«

Du hättest sie von hier wegbringen sollen, hatte Sam gesagt. Damals nach Alisons Tod. Leise fragte Tony: »Warum hast du ihn geheiratet?«

»Ich habe auch ihn geliebt, anders. Ich wußte, daß ich nicht die Richtige für dich war, daß ich nicht der Mensch sein konnte, den du brauchen würdest. Aber ich war mir sicher, der Mensch zu sein, den Sam brauchte.« Sie warf Tony ein wehmütiges Lächeln zu. »Damit habe ich zumindest zur Hälfte richtig gelegen, nicht wahr? Du hast die Frau gefunden, die du brauchtest. Und er hat weiter minderjährige Mädchen gefunden.«

Tony faßte ihr Handgelenk. »Letztendlich kann man einen Menschen nicht ändern. Wenn es einer könnte, dann du.«

Sie schlug den Blick nieder. »Das arme Mädchen«, sagte sie schließlich. »Ich stelle mir vor, was für ein törichtes Bild sie sich von Sam gemacht haben muß, und dann fällt mir wieder ein, daß sie tot ist. Ich kann nicht mal wütend auf sie sein. Es ist viel schlimmer. Weil ich mir nicht sicher sein kann, daß er ...« Sie schloß die Augen. »Wie könnte ich? Ich dachte, ich wüßte, wie es um unsere Ehe steht und wer er bei all seinen Fehlern ist. Aber das wußte ich nicht, und ich bin nicht dumm. Er hat einfach zu gut gelogen.«

Es war derselbe Zweifel, der auch Tony verfolgte. Doch ihn aus Sues Mund zu hören, war noch unendlich viel schlimmer: Wenn Sam sie täuschen konnte, konnte er jeden täuschen, egal, ob Tony oder die Geschworenen. Und die Verletzung, die Sam Sue zugefügt hatte, war weit schlimmer als jeder Schaden, den Tony glaubte, je selbst nehmen zu können. Er konnte nichts für Sue tun, außer bei ihr zu sein.

Ein Kellner trat zögernd an ihren Tisch. Als Tony seinen Martini bestellte, ließ er Sues Hand nicht los.

»Ich habe mir diese Woche mindestens tausendmal gewünscht, daß ich an jenem Abend mit dir und Sam zusammengeblieben wäre. Anstatt mit Alison alleine loszuziehen«, sagte er unvermittelt.

Zu seiner Überraschung schimmerten erneut Tränen in Sues Augen. »Ich auch, Tony. Nicht nur für Alison. Manchmal denke ich, unser aller Leben wäre anders verlaufen.«

Ohne seine Hand wegzunehmen, meinte er leise: »Aber dann wäre ich wohl heute kein Anwalt, was?«

Sue blickte auf. Ebenso leise fragte sie: »Glaubst du, daß Sam Marcie Calder getötet hat?«

Wieder trafen sich ihre Blicke. »Ich kann dir nur soviel sagen, Sue: Wenn ich wüßte, daß Sam schuldig ist, wäre ich längst wieder in San Francisco, so weit weg von Lake City wie irgend möglich. Was immer dir das helfen mag, ich bin noch immer hier.«

Sue betrachtete ihren Scotch, den sie bisher kaum angerührt hatte. »Er wird angeklagt«, sagte sie.

»Ja.«

Sie schluckte heftig. »Werde ich aussagen müssen?«

Tony schüttelte den Kopf. »Es ist, wie ich es dir erklärt habe, Sue. Stella Marz kann dich nicht in den Zeugenstand rufen. Und Sams Anwalt – wer immer das sein wird – wird es nicht wollen. Aus genau dem Grund, den du eben genannt hast: Sam hat dich zu gut belogen. Kein vernünftiger Strafverteidiger würde die Geschworenen daran erinnern wollen.«

Sie nippte abwesend an ihrem Drink. »Aber wie soll ich damit leben, Tony? Wie kann irgend jemand damit leben?«

»Ich weiß es nicht.« Seine Hand schloß sich wieder um ihre. »Aber du wirst dich dem stellen müssen. Denn jeder Anwalt würde dich als Zuschauerin bei Gericht sehen wollen, als unterstützende und vergebende Ehefrau. Und Sam wird es bestimmt auch wollen. Wie immer du dich entscheidest, die Konsequenzen werden nicht angenehm sein.«

»Und wenn ich fernbleiben würde?«

»Besser für dich, schlechter für ihn.«

Sie fuhr sich mit der Hand über die Augen. »Es geht nicht

nur um uns«, murmelte sie. »Da sind die Kinder. Sie wollen bestimmt für ihn anwesend sein.« Sie packte ihren Scotch, als würde sie sich innerlich wappnen. »Das ist etwas, was ich ehrlich sagen kann – Sam war vielleicht kein perfekter Vater, aber er liebt seine Kinder, und sie lieben ihn. Es ist komisch: Ich habe den Laden geschmissen, aber sie erinnern sich bis heute daran, wie er mit ihnen gespielt hat.«

»Sie können sich glücklich schätzen, dich zu haben, Sue. Auch Sam. Glaubst du wirklich, er wäre ohne dich ein besserer Mensch geworden?«

Der Blick, den sie ihm zuwarf, war so traurig wie Tonys Gedanken. »Ich dachte, er würde ein besserer Mann für mich sein, Tony.« Sie senkte den Blick. »Manchmal, wenn er zuviel getrunken hatte, habe ich nachts wach gelegen und mich gefragt, was wohl passiert wäre, wenn ich mutig oder egoistisch genug gewesen wäre zu versuchen, mit dir zusammenzusein.«

Tony spürte einen Knoten in seinem Magen. Leise fragte er: »Was kann ich jetzt für dich tun?«

Sie starrte lange schweigend auf den Tisch. Als sie wieder aufblickte, standen erneut Tränen in ihren Augen. »Mach ihn unschuldig, Tony. Vielleicht bin ich genauso egoistisch und dumm wie Sam. Aber ich weiß nicht, worum ich dich sonst bitten sollte.» Ihre Stimme brach, und sie setzte erneut an. »Mach ihn zu einem schwachen, egoistischen, dummen, unschuldigen Mann. Weil das alles ist, was mir bleibt.«

Und alles, was ich dir bieten kann, dachte Tony, ist Unschuld vor Gericht, nicht im Leben. Vielleicht würden sie beide einen Preis dafür zu zahlen haben. Seine Gedanken waren schon weitergewandert zu all denen, die diese Entscheidung ebenfalls betreffen könnte – die Calders, Stacey und Christopher, Sam Robb und Ernie Nixon. Doch am meisten lag ihm in diesem Augenblick an der Frau, die hier vor ihm saß und vollkommen unschuldig war – bis auf die Fehler, die ihr eigenes Herz gemacht hatte.

»Also gut«, antwortete Tony. »Ich werde es versuchen.«

Dritter Teil

SAM ROBB

Die Gegenwart

EINS

An einem stickigen Augusttag dreieinhalb Monate später, begann der Mordprozeß gegen Sam Robb.

Das Gerichtsgebäude von Erie County war ein verschnörkelter Bau aus den zwanziger Jahren, dessen Architektur die erhabene Heiligkeit der Gerichtsbarkeit mit der Atmosphäre des exklusiven Männerclubs verband, der das Rechtswesen damals gewesen war. Die Marmortreppe, die eichengetäfelten Wände und die polierten Bänke waren noch immer ehrfurchtgebietend, auch wenn das stolze städtische Selbstbewußtsein jener Ära durch die Krise und den späteren Zusammenbruch der Schwerindustrie erschüttert worden war. Der bedauernswerte Verfall öffentlicher Finanzen spiegelte sich in der Schmuddeligkeit und Baufälligkeit des Gebäudes wider, so wie der Niedergang der Stadt Steelton seinen Ausdruck in der Zusammensetzung des Pools fand, aus dem die Geschworenen ausgewählt wurden. Da jeder, der es sich irgendwie leisten konnte, die Stadt verließ, entstammten die meisten Geschworenen der Unterschicht und waren weder besonders gebildet noch in irgendeiner Form wohlhabend. Ohne Saul Ravins Hilfe bei der Auswahl der Geschworenen hätte Tony, der an die Verhältnisse von San Francisco gewöhnt war, sich noch mehr Sorgen gemacht.

Natürlich spielten bei der Geschworenenauswahl bestimmte Vorurteile mit. So diskret wie möglich hatte Stella Marz arbeitslose schwarze Männer ausgesiebt, weil sie davon ausging, daß diese Gruppe der Polizei und anderen Vertretern des Establishments kritisch gegenüberstehen würde. Weil er sich die Ernie-Nixon-Option in der Hinterhand bewahren wollte, ließ Tony sie gewähren. Das Ergebnis war eine Jury, die der Anklage gewogener schien als der Verteidigung.

Tony hatte Mütter von Töchtern im Teenageralter abgelehnt und war bei einer weiteren Kandidatin ein Risiko eingegangen: eine Ernährungswissenschaftlerin, die, wie Saul es ironisch formulierte, jenen »Praktizierenden der menschlichen Wissenschaften« – Sozialpädagogen, Psychiatern, Soziologen – am nächsten kam, die schon von Berufs wegen »verständnisvoller« waren. Doch weder sie noch Tonys Lieblingsgeschworener, ein Professor für Englisch am Steelton State College, schienen aussichtsreiche Kandidaten für den Posten des Obmanns und Sprechers der Jury zu sein.

Am Abend vor den Eröffnungsplädoyers saßen sie in Sauls Büro und tranken Scotch. »Es ist schließlich nicht so, als ob du der perfekten Gerechtigkeit ins Handwerk pfuschen wolltest«, meinte Saul. »Die Leute hassen Verteidiger, weil sie glauben, daß wir etwas durcheinanderbringen, was irgendwie reiner und klarer ist als die verdrehte Welt, die sie an ihrem Arbeitsplatz, zu Hause und, wenn sie ehrlich sind, auch in ihrer eigenen Psyche erleben. Unser Trost ist zu wissen, daß auch die Gerechtigkeit der Staatsanwälte oft genug eine Kloake sein kann – die sogenannten Informanten, die Deals, die sie mit irgendwelchem Abschaum abschließen, der viel schlimmer ist als diejenigen, denen der Prozeß gemacht wird, die rassistischen Implikationen der Tatsache, daß Stella alle Schwarzen rausgeschmissen hat.« Saul nippte an seinem Whisky. »Wenn letzteres nach hinten losgeht, ist das keine Ungerechtigkeit, sondern bloß eine weitere Ironie. Außer vielleicht gegenüber Ernie Nixon, und der ist nicht unser Mandant.«

Trotz seiner bösen Vorahnungen mußte Tony bei dem Wort »unser« lächeln. »Wie habe ich Sie bloß überreden können mitzumachen, Saul? Ich muß schlauer sein, als ich dachte.«

Saul winkte ab. »Oh, das ist es nicht. Jeder Anwalt, der dumm genug ist, diesen Fall umsonst zu vertreten, braucht alle Hilfe, die er kriegen kann.« Er stellte sein Glas ab. »Es sind, ehrlich gesagt, zwei Dinge. Erstens mangelt es mir an Unterhaltung. Ich habe gehört, daß du gut bist, und ich wollte selbst sehen, wie gut. Zweitens bist du viel zu nah dran an der Geschichte, was auch der Grund für deine Annahme des Mandats ist, obwohl du das nie hättest tun dürfen. Offen gesagt glaube ich, daß du es mehr für Sue als für Sam Robb tust.« Saul machte eine Pause und fügte leise hinzu. »Ich bin hier, um auf dich aufzupassen, Tony. Nachdem ich das das letzte Mal gemacht habe, ist aus dir ein Anwalt geworden. Ich bin es dir also sozusagen schuldig.«

Als er flankiert von Saul und Sam nach einer weiteren schlaflosen Nacht Stellas Eröffnungsplädoyer erwartete, dachte Tony erneut an Sue.

Du tust es für sie, hatte Saul gesagt.

Vielleicht tat er das wirklich. In den letzten drei Monaten hatte er sie mehrmals vor den unmittelbaren Konsequenzen von Sams Verhalten geschützt. Diskret hatte er für Sams freiwillige Kündigung eine Abfindung in Höhe eines Jahresgehalts herausgehandelt und Sue eine Anhörung erspart, bei der Jenny Travis möglicherweise doch noch hätte erscheinen können. Mit Staceys Einverständnis hatte er Sams Kaution in Höhe von einer Million Dollar gestellt, was zwar seine eigenen Rücklagen gefährdete, falls Sam die Flucht ergreifen sollte, Sue und ihren Kindern jedoch regelmäßige Besuche im Bezirksgefängnis ersparte. Noch vor wenigen Tagen hatte er die Idee verworfen, Leumundszeugen für Sam aufzurufen, um eine möglicherweise verheerende Entgegnung von Jenny Travis zu vermeiden und Sue damit vor zusätzlichen Demütigungen zu schützen.

Sie hatte Tonys Bitte entsprochen und war im Gerichtssaal erschienen, ihre Haltung ein Vorbild für ihre Kinder. Unter anderen Bedingungen hätten die Robbs all das verkörpert, was

Männer und Frauen sich wünschen, wenn sie heiraten: ein Vierteljahrhundert Partnerschaft, vor sich eine heitere und gelassene Zukunft, zwei nette Kinder – ein Junge und ein Mädchen natürlich – mit College-Abschlüssen und einer vielversprechenden Zukunft. Sam junior sah Sue ähnlich und hatte die ordentliche, konservative Erscheinung eines angehenden Betriebswirtes; Jenny besaß Sams blondes Haar und seine sportliche Figur und strahlte jene Warmherzigkeit und Ausgeglichenheit aus, die Tony vor so vielen Jahren bei ihrer Mutter gesehen hatte, als er sich Sue Cash als Mittelpunkt einer glücklichen Familie hatte vorstellen können. Und jetzt mußte Sue ihren Kindern versichern, daß sie nicht glaubte, ihr Vater habe das minderjährige Mädchen ermordet, mit dem er geschlafen hatte.

Auf Tonys Bitte hin trug Sam einen gedeckten grauen Anzug, ein weißes Hemd und eine von mehreren langweiligen Vertreterkrawatten, die Sue für den Prozeß gekauft hatte. Drei Monate harten Trainings und alkoholischer Abstinenz ließen Sam jünger wirken, so fit und klarsichtig wie der Sportler, an den Tony sich erinnerte. Es war eine deutliche Verbesserung, auch wenn Tony es eigenartig fand, daß ausgerechnet die bevorstehende Tortur Sams sportlichen Ehrgeiz geweckt hatte. Aber so war es: Er hatte darauf bestanden, daß er und Tony ein Team waren, und ein waches Interesse an den Feinheiten der Prozeßtaktik gezeigt, so wie er jetzt versuchte, den Richter einzuschätzen. Der ehrenwerte Leo F. Karoly hatte ein zerfurchtes Gesicht, graubraunes, nach hinten gekämmtes Haar und blasse, vage desinteressiert dreinschauende Augen. Er sah ziemlich genauso aus, wie Saul ihn beschrieben hatte – ein Veteran der demokratischen Partei von gemessenem Temperament und begrenzten intellektuellen Fähigkeiten, ein besserer Richter für Stella als für die Verteidigung.

»Ich glaube, Karoly ist jemand, den wir erreichen können«, murmelte Sam.

Tony bemerkte, daß Sam es noch immer vermied, Frank und

Nancy Calder direkt anzusehen. Ihre Trauer hatte sie wie einst Alisons Eltern stumm gemacht: Frank Calder wirkte eher verloren als wütend, Nancy Calder hatte abgenommen und sah blaß und ausgezehrt aus. Beide schienen auf den Zuspruch und die Unterstützung Stellas angewiesen zu sein. Während der Geschworenenauswahl hatte Stella in den Pausen immer wieder mit Marcies Eltern geredet und sie häufig auch berührt. Tony vermutete dahinter sowohl gutes Theater als auch aufrichtiges Mitgefühl für ein Ehepaar, das Stella als Sams noch lebende Opfer ansah. Als die Staatsanwältin sich unter erwartungsvollem Tuscheln zu ihrem Eröffnungsplädoyer erhob, sahen die Calders sie fast andächtig an. Tony legte seine Hand auf Sams Arm und hoffte, daß die Geschworenen es bemerken würden.

ZWEI

Im Gerichtssaal war es still.

»Stellen Sie sich Marcie Calder vor«, begann Stella. »Sie war verängstigt und allein, und ihre Ärztin hatte ihr gerade mitgeteilt, daß sie schwanger war. Marcie fängt an zu weinen, sie weiß nicht, was sie tun soll. Dr. Nora Cox, die Marcie seit ihrem vierten Lebensjahr kennt, drängt sie, ihren Eltern von der Schwangerschaft zu erzählen. Doch Marcie ist zu erschüttert, um zu antworten. Sie kann nur immer wieder den Kopf schütteln. Dr. Cox erwähnt die Möglichkeit einer Abtreibung. Zum erstenmal findet dieses Mädchen, das selbst fast noch ein Kind ist, ihre Stimme wieder.

›Nein‹, antwortet sie. ›Mein Baby ist ein Leben.‹«

Als wäre sie Marcie, trug Stella diese Worte mit leiser Gewißheit vor. Tony bemerkte das angedeutete Lächeln in Sauls Augenwinkeln, Anerkennung für die Staatsanwältin, der auch er seine Bewunderung nicht verweigern konnte. Fast unmerklich war Stella Marz in die Gegenwartsform gewechselt, um den Geschworenen den Eindruck der Unmittelbarkeit zu vermitteln auf einem Weg, der mit jedem weiteren schicksalhaften Schritt in den Tod führen würde. Die Geschworenen lauschten gebannt.

»Das ist das einzige, was Marcie Calder mit Sicherheit weiß«, fuhr Stella Marz fort. »Und weil sie dieses Leben schützen will, weiß Marcie Calder auch, daß sie noch jemanden schützen muß – den Vater ihres ungeborenen Kindes.

Niemand außer Marcie weiß, wer diese Person ist. Jetzt braucht sie seinen Trost und seinen Rat. Doch vor allem will sie ihn warnen.«

Stella machte eine Pause, um das Gesagte wirken zu lassen. Wütend murmelte Sam: »Das ist durch nichts bewiesen.«

Tony faßte seinen Arm. »Ganz ruhig«, flüsterte er.

Stella hob den Kopf. »Also geht Marcie zu ihrer besten Freundin, Janice D'Abruzzi. Janice weiß, daß Marcie sich mit einem älteren Mann getroffen hat, aber sie weiß weder, wer es ist, noch, warum es so wichtig ist, daß seine Identität geheim bleibt. Marcie fleht Janice an, ihr für jenen Abend als Alibi zu dienen – sie muß mit ihrem Freund reden, und ihre Eltern dürfen es nicht wissen.

Als Marcie anfängt zu weinen, willigt Janice ein.

An jenem Abend bei dem letzten Abendessen, das sie je mit Frank und Nancy Calder einnehmen wird, erzählt Marcie ihren Eltern, daß sie sich mit Janice D'Abruzzi zum Lernen treffen will. Ihnen ist aufgefallen, daß Marcie in den letzten paar Wochen oft abwesend wirkte. Aber sie ist immer eine gute Tochter, liebevolle Schwester und fleißige Schülerin gewesen. Und sie hat ihre Eltern noch nie belogen. Als sie geht, verabschiedet sie sich nur flüchtig. Denn es gibt nur einen Menschen, der Marcie und ihren Eltern sagen könnte, daß sie sich zum letztenmal sehen.

Bevor sie ihn trifft, macht Marcie noch ein letztes Mal Station. Außer ihren Eltern ist Ernie Nixon wahrscheinlich der Erwachsene, der ihr am nächsten steht. Er war ihr erster Leichtathletiktrainer, der Mann, dessen Kinder sie gehütet hat und dem sie sich anvertrauen kann. In den letzten sechs Wochen hat Ernie mit seinem Gewissen gerungen, seit dem Tag, an dem Marcie ihm anvertraut hat, daß sie angefangen hat, mit einem Mann zu schlafen.

Einem älteren Mann, dessen Kondom gleich beim erstenmal geplatzt ist.«

Tony sah, daß Sam bei der Erwähnung Ernie Nixons die Brauen hochgezogen hatte. Doch die Geschworenen bemerkten es nicht, weil sie den Blick nicht von Stella Marz lösen konnten.

»Ernies Befürchtungen erwiesen sich als richtig«, erklärte Stella. »Denn Marcie Calder erklärt ihm auf ihre leise, feste Art, daß sie schwanger ist.

Es bricht Ernie Nixon das Herz. Er fleht sie an, es den Calders zu erzählen oder zumindest mit ihm zu einer Schwangerschaftsberatung zu gehen. Erneut weigert sie sich – dieses Kind ist ein eigenes Leben.

Sie sieht blaß und verloren aus, überwältigt von der Last, die sie zu tragen hat. Sie erlaubt Ernie nur, ihr ein Thunfisch-Sandwich zu machen. Denn sie muß dem Menschen, auf den zu verlassen sie sich entschieden hat, dem Mann, den sie, wie sie Ernie erklärt, in wenigen Minuten treffen wird, erzählen, daß er der Vater ihres ungeborenen Kindes ist. Was immer ihre Ängste sein müssen, ihren Tod befürchtet sie nicht. Sie ißt das Thunfisch-Sandwich, weil sie, wie sie sagt, jetzt für zwei essen muß.

Zwei Stunden später«, sagte Stella leise, »ist Marcie Calder tot.«

Sam Robbs Kiefer arbeitete. »Woher will die Marz das wissen?« flüsterte er.

Ebenso leise erwiderte Tony: »Bleib ruhig, verdammt noch mal.«

»Als sie losfährt«, fuhr Stella Marz fort, »kommt es ihr nicht in den Sinn, Angst zu haben. Sie weiß nur, daß ihr Liebhaber eingewilligt hat, sie zu treffen. Sie parkt ihren Wagen an einer verlassenen Tankstelle. Dort wartet ein anderer Wagen auf sie, ein grauer Volvo-Kombi. Marcie steigt aus, und der Mann in dem Volvo öffnet die Beifahrertür. Bereitwillig steigt Marcie ein und wendet sich dem Mann zu, den sie liebt.« Stella machte eine Pause und sah Sam an. »Sam Robb, der stellvertretende Direktor der Lake City High School, Marcies Leichtathletiktrainer und der Vater ihres Kindes.«

In der Stille erwiderte Sam Stellas Blick mit einem Gesichtsausdruck, wie ihn Tony sich nicht besser hätte wünschen können. Sam schaute so beschämt und verletzt, daß Tonys Mandant, wenn die Gefühle nicht echt waren, über mimische Talente verfügen mußte, die ihm sein Anwalt nicht zugetraut hatte. Eine Zeitlang hielt Stella seinem Blick mit der Kälte echter Abneigung stand, bevor sie sich wieder den Geschworenen zuwandte.

»Marcies Leben liegt jetzt in seinen Händen. Niemand, weder ihre Eltern noch Janice oder Ernie, wissen, wo sie ist. Bis auf Sam Robb ist Marcie allein.

Er fährt sie in der Dunkelheit in den Taylor-Park. Marcie entkleidet sich für ihn. Und dann hat Sam Robb in dem grauen Volvo seiner Frau Analverkehr mit Marcie Calder.«

Aus dem Augenwinkel sah Tony Sue erbleichen. Unvermittelt wechselte Stella Marz wieder in die Vergangenheitsform zurück. »Und mit diesem intimen Akt hatte Sam Robb ihren Körper – zumindest in einer Weise, die sich noch entfernt als liebevoll beschreiben ließe – zum letztenmal benutzt.

Ich kann Ihnen nicht sagen, was Marcie in den letzten Momenten ihres Lebens gedacht hat, als sie sterbend in den Armen ihres Liebhabers lag, in den Armen des Mannes, den sie bewundert hatte und dessen Kind noch in ihr lebte. Dachte dieses Mädchen an sein eigenes Kind? Wir werden es nie erfahren.

Wir wissen nur, was der medizinische Befund belegen wird: daß Sam Robb sie aus Sue Robbs grauem Volvo auf eine Wiese oberhalb des Eriesees führte, um zu verhindern, daß sie ihre Gedanken je laut äußern konnte. Wir wissen, daß er einen schweren Stein aufhob. Daß er Marcie Calder dreimal auf den Kopf schlug und ihren Schädel zerschmetterte. Daß er sie von der Klippe warf und sie zwanzig Meter in die Tiefe stürzen sah. Denn in ihrem Schmerz, in ihrer Verzweiflung über Sam Robbs Verrat, blieb das ihre einzige Gnade.«

Tony sah die Tränen auf Nancy Calders Gesicht, während ihr Mann stoisch auf seine Füße starrte. Sue Robb hatte die Augen geschlossen, ihre Kinder wirkten wie erschütterte Nebendarsteller. Sam schauderte.

Stella Marz fuhr unbarmherzig fort: »Anthony Lord ist ein begabter Anwalt, und er wird Ihnen etwas über begründete Zweifel erzählen. Aber auch Mr. Lord kann nicht ändern, was die Tatsachen meines Erachtens beweisen werden.

Tatsache ist: Sam Robb hat der Polizei erzählt, er und Marcie Calder wären nur befreundet gewesen, sie wären nachts allein im Taylor-Park gewesen, um über die unschuldige Vernarrtheit eines Teenagers zu sprechen.

Tatsache ist: Sam Robb lief Gefahr, seine Frau, seinen Ruf und seinen Lebensunterhalt zu verlieren, wenn Marcie Calder gegenüber irgend jemandem ein Wort sagte.

Tatsache ist: Spuren von Marcie Calders Blut fanden sich am Steuer von Sue Robbs Wagen.

Tatsache ist: Sam Robb ist der Vater von Marcie Calders Kind.

Was diese Tatsachen angeht, kann es keinen Zweifel geben. Genausowenig wie darüber, daß Sam Robb gelogen hat. Und ich bin zuversichtlich, daß Sie, wenn alle Beweise vorgelegt sind und alle Argumente der Anwälte ausgetauscht, keinen begründeten Zweifel daran haben werden, daß Sam Robb der Mörder dieses sechzehnjährigen Mädchens ist, das seiner Obhut anvertraut war und sein Kind unter dem Herzen trug.«

Stella hielt inne und sah jeden der Geschworenen einzeln an. »Danke«, schloß sie schlicht und nahm Platz.

Sam war blaß geworden und sah Tony mit verzweifelter Hoffnung an.

»Mr. Lord?« fragte Richter Karoly.

Tony erhob sich und traf seine Entscheidung. »Im Augenblick habe ich nichts zu sagen, Euer Ehren. Die Verteidigung behält sich das Eröffnungsplädoyer bis zu dem Zeitpunkt vor, wo die Anklage Beweise vorgelegt hat, was Miss Marz, bei allem Respekt, in ihrem Eröffnungsplädoyer nicht getan hat.«

Leo Karoly sah überrascht aus. »Nun gut«, sagte er. »Das Gericht zieht sich zur Mittagspause zurück.«

Während sich die Anwesenden langsam regten, stand Sam mit vor Wut und Erstaunen verzerrtem Gesicht auf. »Was machst du, verdammt noch mal?«

Tony legte eine Hand auf seine Schulter. »Nicht hier.«

Saul, Tony und Sam saßen auf harten Holzstühlen an einem Tisch in dem beengten Zeugenraum. Tony überlegte, daß es vielleicht eine Gnade war, nicht mit Sue im Flur stehen zu müssen. Sam saß neben ihm und lehnte sich zurück, als wäre er ein unbeteiligter Zuschauer.

»Sie hat uns fertiggemacht, verdammt noch mal.« Sam erhob seine Stimme. »Ich bin kein Idiot, Tony, ich habe mich über Prozeßtaktik schlau gemacht. Etwa sechzig Prozent der Geschworenen entscheiden sich schon während der Eröffnungsplädoyers. Ohne ein Plädoyer haben wir schon verloren. Wir reden hier schließlich über meine Zukunft.«

»Stimmt. Deswegen halte ich mich ja auch zurück.« Aus Verständnis für Sams Besorgnis blieb Tony ruhig. »Ich glaube, sie hat zu dick aufgetragen. Aber das kann ich den Geschworenen jetzt noch nicht sagen, und ich kann auch erst unsere erfolgversprechendste Verteidigungsstrategie festlegen, wenn Stella ihre Beweise vorgelegt hat. Was, wenn sie beispielsweise eine Möglichkeit gefunden hat, Ernie ein Alibi zu verschaffen? Und wenn nicht, warum sollten wir sie dann schon zur Unzeit warnen?«

»Welchen Unterschied macht das, wenn sie mich für schuldig halten?« Sams Gesicht war angespannt, ebenso wie seine Stimme. »Du hättest wenigstens irgendwas sagen können!«

Tony nippte an seinem Kaffee und bemühte sich weiter um Beherrschung. Seine eigenen Nerven waren bis zum Zerreißen gespannt, und das letzte, was er jetzt brauchte, waren Kommentare von einem Laienanwalt. »›Irgendwas‹ hätte bestenfalls sein können, was Stella bereits überzeugend als erbärmlich abqualifiziert hatte: begründete Zweifel.«

»Oh, ich weiß nicht.« Mit unschuldiger Miene wandte Saul sich an Sam. »Wie wär's mit: ›Er hat sie gefickt, aber er hat sie nicht ermordet?‹ Das wäre vielleicht ganz reizvoll gewesen.«

Sam wurde rot und starrte Saul an. »Der Punkt ist«, ging Tony dazwischen, »daß ich es besser kann und auch besser machen werde. Mit ein wenig Glück können wir Stellas Eröffnung gegen sie wenden.« Er legte seine Hand auf Sams. »Deine einzige Aufgabe besteht im Moment darin, sehr ruhig und sehr traurig auszusehen. Du hast noch mindestens zwei Wochen vor dir, in denen du ziemlich üble Sachen über dich ergehen lassen mußt.« Er machte eine Pause und schloß leise: »Es ist wie bei dem Spiel gegen Riverwood. Behalt einfach die Nerven und vertraue mir.«

Als er Sam in die Augen blickte, las Tony Besorgnis, Zuneigung, Zweifel und zuletzt denselben Widerwillen über seine Abhängigkeit von Tonys Führung, den Tony schon vor dreißig Jahren dort gesehen hatte. Schließlich nickte Sam knapp. »Also gut, Tony. Ich hoffe nur, daß es nicht wieder so eng wird.«

DREI

Als Stella Marz als erste Zeugin Marcies Ärztin aufrief, wußte Tony, daß Stella der Chronologie ihres Eröffnungsplädoyers folgen und die letzten Stunden von Marcie Calders Leben nachzeichnen wollte, um Sam Robb anschließend mit Hilfe von kriminalistischen und medizinischen Experten mit Marcies Tod in Verbindung zu bringen.

»Schlau«, murmelte Tony Saul zu und richtete seine Aufmerksamkeit dann auf Dr. Nora Cox.

Die war eine jugendlich aussehende Frau in Tonys Alter, mit vollen Lippen, strahlenden blaugrünen Augen und widerspenstigem braunem Haar. Sie hatte die gesunde Ausstrahlung einer Frau, die sich gern in der freien Natur aufhält, und wirkte unter ihrer forschen Art warmherzig und einfühlsam. Stella Marz trat einen Schritt zur Seite, um die Aufmerksamkeit von sich auf ihre Zeugin zu lenken. »Wie lange waren Sie Marcie Calders Ärztin?« fragte sie.

»Zwölf Jahre, Miss Marz. Seit Eröffnung meiner Praxis.« Nora Cox machte eine Pause und fügte leise hinzu: »Damals war Marcie vier.«

»Wie oft haben Sie sie gesehen?«

»In der Stadt ziemlich oft, so groß ist Lake City ja nicht. Als Patientin hat ihre Mutter sie ungefähr jedes halbe Jahr angemeldet.« Sie ließ ihre Stimme sinken. »Das heißt, bis zu den letzten Wochen ihres Lebens.«

Stella legte den Kopf zur Seite. »Da haben Sie sie öfter gesehen?«

Nora Cox nickte langsam. »Zweimal. Auf Marcies eigene Initiative hin.«

Tony spürte, daß Sam neben ihm unruhig wurde. »Worum ging es bei ihrem ersten Besuch?« fragte Stella.

Nora Cox warf Marcies Eltern einen kurzen Blick zu. »Marcie hat mich nach Verhütungsmitteln gefragt.«

Nancy Calder wirkte verletzt, während ihr Mann ins Leere starrte. »Hat Marcie gesagt, warum?« fragte Stella.

Nora Cox faltete die Hände. »Sie hatte mit Geschlechtsverkehr angefangen.«

»Wenn Sie sagen, sie ›hatte angefangen‹, Dr. Cox, hat sie Ihnen erzählt, wann genau –«

»Einspruch«, sagte Tony, ohne aufzustehen. »Hörensagen. Die Ärztin selbst hat keine Ahnung, wann Marcie Calder zum erstenmal Geschlechtsverkehr hatte.«

Richter Karoly wandte sich mit fragend hochgezogenen Brauen an Stella. »Ich werde die Frage anders stellen«, erwiderte die Staatsanwältin unbeeindruckt und wandte sich wieder an Nora Cox. »Haben Sie Marcie Calder während dieses Besuchs untersucht?«

»Ja. Ich habe vor allem ihren Unterleib untersucht.«

»Und was hat diese Untersuchung ergeben?«

Der scheinbar nachdenkliche Blick, den Nora Cox Sam Robb zuwarf, war voller Mißbilligung und Abneigung. »Marcies Hymen zeigte Risse, Schamlippen und Scheidenwand leichte Abschürfungen. Meiner Erfahrung nach spricht das für ersten und nicht allzu lange zurückliegenden Geschlechtsverkehr, was Marcie mir auch bestätigte, als ich sie danach fragte.«

Tony wußte sofort, daß der Schaden angerichtet war. Nora Cox war wie Stella Marz eine kluge Frau. Er konnte lediglich beantragen, den letzten Satz ihrer Antwort zu streichen, was den Punkt nur noch betonen würde. »Und was hat Marcie gesagt?« fragte Stella rasch.

»Daß sie am Tag zuvor ihre Unschuld verloren hatte.« Die Stimme der Ärztin wurde leiser. »Das Kondom ihres Partners war geplatzt, und Marcie war ziemlich besorgt. Sie glaubte, ihre letzte Periode wäre exakt zwei Wochen vorher gewesen.«

Einigermaßen widerwillig stand Tony zum erstenmal auf. »Bei allem Respekt, Euer Ehren, aber all das erscheint mir irrelevant. Um allen Beteiligten Zeit und Unbilden zu sparen, ist die Verteidigung bereit, die Tatsache als unstrittig festzuhalten, daß Marcie Calder zum Zeitpunkt ihres Todes schwanger war.«

Stella Marz warf ihm einen kurzen spöttischen Blick zu, bevor sie sich mit nichtssagender Miene an Karoly wandte. »Wir wissen Mr. Lords Angebot zu schätzen. Doch wir glauben, daß Marcie Calders sexuelle Erfahrung – oder das Fehlen derselben – für die Beweisführung der Anklage von Bedeutung ist.«

Sie weiß es, dachte Tony. »Ich räume der Anklage einen gewissen Spielraum ein«, sagte Karoly. »Fahren Sie fort, Miss Marz.«

Als Tony sich wieder setzte, sah er Sauls aufblitzende Belustigung. »Was geht hier vor?« fragte Sam.

Tony beugte sich näher zu ihm. »Ernie«, murmelte er. »Sie hat unsere Strategie durchschaut.«

»Als Marcie Ihnen von ihren ersten sexuellen Erfahrungen berichtete«, fragte Stella Dr. Cox, »wie haben Sie da reagiert?«

Erneut warf die Ärztin Marcies Eltern einen kurzen Blick zu. Leise antwortete sie: »Ich habe Marcie gefragt, ob sie es ihrer Mutter erzählt hat.«

»Was hat sie gesagt?«

»Daß sie das nicht getan hat.« Dr. Cox faltete ihre Hände, und ihr leicht abgewandter Blick zeugte von Traurigkeit und einer gewissen Scham. »Es ist das Dilemma einer Ärztin, Dinge über Minderjährige zu erfahren, von denen ich glaube, daß Dritte davon wissen sollten. In diesem Fall Marcies Eltern.«

»Hatten Sie einen bestimmten Grund für dieses Gefühl?«

»Ich bin ganz allgemein der Ansicht, daß halbwüchsige Mädchen mit ihren ersten sexuellen Erfahrungen nicht allein gelassen werden sollten. Und ich hatte den Eindruck, daß Nancy Calder eine besorgte und gewissenhafte Mutter ist.« Sie hielt einen Moment inne, bevor sie schärfer fortfuhr: »Doch da war noch etwas anderes. Als ich sie fragte, wer der Junge wäre, hat Marcies Antwort mich getroffen. ›Es war kein Junge‹, sagte sie.«

Schweigend ließ Stella diese Aussage nachklingen, um den Geschworenen Zeit zu geben, ihre Verachtung für Sam zu teilen. »Sieh sie weiter an«, flüsterte Tony Sam zu. »Die Geschworenen beobachten dich.«

Die Staatsanwältin blickte noch immer zu Dr. Cox. »Haben Sie Marcie geraten, sich ihrer Mutter anzuvertrauen?«

»Ja.«

»Und was hat sie geantwortet?«

»Daß sie das nicht könnte.«

»Hat sie gesagt, warum?«

Nora Cox bat Nancy und Frank Calder mit ihrem Blick stumm um Verzeihung, ehe sie sich wieder an Stella wandte und antwortete: »Marcie sagte, ihr Vater würde es aus ihrer Mutter herauskriegen. Er sei davon besessen, sie zu kontrollieren, und würde wütend werden, wenn er wüßte, daß sie keine Jungfrau mehr war.«

Die Calders sahen sich nicht an. Zum erstenmal fragte Tony sich, ob sie das überstehen konnten: Er hatte schon zu oft gesehen, wie der Tod eines Kindes eine Ehe zerstörte, auch wenn die Eltern am Tod ihres Kindes unbeteiligt waren. Nach ihrem Gesichtsausdruck zu urteilen, wußte Nora Cox das auch.

»Es gab noch einen weiteren Grund», fügte Dr. Cox leise hinzu. »Marcie hatte diesem Mann versprochen, daß sie niemals etwas sagen würde, was ihn bloßstellen könnte. Jedenfalls hat sie mir das erklärt.«

»Das ist Hörensagen«, murmelte Sam mit gepreßter Stimme.

Tonys Gesichtsausdruck blieb unverändert, und er wandte seinen Blick auch nicht von Dr. Cox und Stella Marz, als er so leise, daß niemand außer Sam es hören konnte, zischte: »Halt's Maul.«

»Hat Marcie Ihnen gesagt, warum diese Geheimnistuerei so wichtig war?«

Nora Cox schien tief durchzuatmen. Mißbilligend antwortete sie: »Nur, daß er verheiratet war.«

Tony bemerkte, daß jede neue Aussage von Dr. Cox die Geschworenen weiter in ihren Bann zog. Der Ladenbesitzer unter ihnen blickte finster vor sich hin; die blonde, geschwätzige Kosmetikerin starrte die Calders mit offener Sympathie an. Sues Augen wirkten leblos.

»Was haben Sie dann unternommen?« fragte Stella Marz weiter.

»Ich habe ihr ein Diaphragma angepaßt und gesagt, ich würde hoffen, daß sie sich ihrer Mutter anvertraut.«

»Wie hat sie darauf reagiert?«

Dr. Cox betrachtete ihre Hände. »Sie hat mich gebeten, nein, angefleht, nicht von mir aus mit ihren Eltern zu sprechen.«

»Worauf Sie sagten ...«

»Daß ich ihre Ärztin wäre und es deshalb nicht tun würde. Und, weil sie so verängstigt wirkte, habe ich sie gefragt, was sie ihren Eltern sagen wollte, wenn jene die Rechnung erhalten und nach dem Grund ihres Besuches fragen würden.« Mit leiserer Stimme fuhr sie fort: »Marcie war so naiv und verschreckt, daß sie daran noch gar nicht gedacht hatte.« Dr. Cox machte eine Pause und blickte zu Boden. »Es war, als würde sie die Zahnfee besuchen.«

Stella zögerte, scheinbar voller Mitgefühl. »Was haben Sie gemacht?«

»Ich habe daran gedacht, ihren Eltern einfach die Rechnung zu schicken, damit sie selbst darauf kamen. Marcie steckte offenkundig in einer üblen Lage, die ihr weit über den Kopf gewachsen war. Sie brauchte die Hilfe eines Erwachsenen, eines anderen Erwachsenen als des Mannes, der ihre Unschuld geraubt hatte.«

Stella machte einen Schritt auf sie zu. »Haben Sie Marcie gefragt, ob sie einen solchen Menschen kannte?« Und Tony sah, wie perfekt die Staatsanwältin seine Strategie vorausgeahnt hatte.

»Ja.« Nora Cox sah sie fest an. »Marcie sagte, sie hätte einen Menschen, dem sie sich anvertrauen könnte. Einen anderen Erwachsenen.«

»Hat sie Ihnen gesagt, wer das war?«

Dr. Cox schüttelte langsam den Kopf. »Nur daß er fast wie ein Therapeut wäre, jemand, den sie schon lange kennen würde. Ich habe Marcie das Versprechen abgenommen, mit ihm zu reden.«

»Haben Sie sonst noch etwas gesagt?«

Einen Moment lang blickte Nora Cox schweigend zu den Calders hinüber. Dann wandte sie den Blick ab und fuhr sich mit der Hand über die Augen. »Daß ich ihren Eltern keine

Rechnung schicken würde, wenn sie mir versprechen würde, wirklich mit ihm zu reden.«

Die Kosmetikerin auf der Geschworenenbank saß mit offenem Mund da. Ohne den Blick von ihrer Zeugin zu wenden, bat Stella um eine zehnminütige Pause.

Sue Robb und ihre Kinder standen am Ende des Flurs und wirkten verloren; sie standen alleine und sprachen nicht miteinander. Sam stand bei Tony und Saul und machte einen gedämpften Eindruck. »Es tut mir leid«, sagte er zu Tony. »Du kannst auch nicht ständig Einspruch erheben. Das würde die Sache nur noch schlimmer machen.«

Zum erstenmal betrachtete Saul ihren Mandanten mit einer gewissen Nachsicht. »Am eigentlichen Problem könnte Tony ohnehin nichts ändern. Marcie hat nicht mit Ernie rumgebumst, sie hat nur treuherzig ein Versprechen erfüllt, das sie ihrer Ärztin gegeben hatte, ganz das ehrliche Mädchen, das sie war.« Er wandte sich Tony zu. »Stella hat unsere Strategie durchschaut.«

Tony zuckte die Achseln. »Es gibt keinen noch so tückischen Wind«, sagte er um Sams willen, »der nicht auch etwas Gutes heranweht.« Doch er wünschte sich unwillkürlich, daß er zu Hause in San Francisco wäre oder noch besser, daß er an die Unschuld seines Freundes und Mandanten glauben könnte.

Dieses Gefühl konnte er auch nicht abschütteln, als Nora Cox den Zeugenstand erneut betrat.

Sie hatte ihre Fassung wiedergefunden. Geleitet von Stellas Fragen, begann sie ein Bild von Marcies letztem Besuch am letzten Tag ihres Lebens zu zeichnen. Mittlerweile war Tony geübt genug, sich Marcie Calder vorzustellen. Bei der Schilderung der Ärztin sah er jetzt ein schlankes, dunkelhaariges Mädchen vor sich, das einsam und verängstigt auf dem Untersuchungstisch saß. Tränen liefen über Marcies Wangen.

»Es ist nur ein Eigenschwangerschaftstest«, sagte Dr. Cox. »Doch bei einem positiven Ergebnis liegt die Wahrscheinlichkeit bei fast hundert Prozent.«

Marcies Stimme klang leicht, mehr wie die eines Mädchens als wie die einer Frau. »Aber Sie glauben, daß ich ein Baby bekomme.«

Nora setzte sich neben sie. »Du mußtest dich an den letzten drei Tagen morgens übergeben, Marcie. Und dieser Test ist recht zuverlässig.« Sie ergriff Marcies Hand. »Deine Regel ist seit zwei Wochen überfällig. Und das Timing paßt zu dem geplatzten Kondom.«

Marcie verschränkte die Arme, als ob ihr kalt wäre.

»Laß uns gemeinsam überlegen«, sagte Dr. Cox leise, »was zu tun ist, wenn du schwanger bist.«

Marcie blinzelte gegen ihre Tränen an. »Da gibt es nichts zu überlegen«, sagte sie. »Ich bin eine werdende Mutter, das ist alles.«

Es klang so entschlossen und elend, daß Nora Cox den Kopf schüttelte. »Schwangerschaften bei Teenagern sind schwierig, Marcie. Du magst es als den Beginn eines Lebens ansehen, aber es könnte praktisch das Ende deines eigenen bedeuten. Du hast die Wahl ...«

»Nein.« Marcies Stimme klang jetzt regelrecht stur. »Das kann ich nicht tun.«

»Doch, das kannst du.« In ihrer Sorge um dieses Mädchen, das eine ihrer ersten Patientinnen überhaupt gewesen war, vergaß Nora Cox ihre Rolle als Ärztin. »Marcie, hör mir zu. Als ich noch im Studium war, bin ich auch schwanger geworden. Die ganze Sache war vollkommen unmöglich.« Dr. Cox hielt inne und fuhr leiser fort. »Der Vater war ein Dozent, den ich bewundert habe, ein Chirurg. Er war verheiratet. Das Kind auszutragen, hätte seiner Karriere schaden und meine vielleicht sogar verhindern können. Schlimmer noch, es hätte seine Ehe zerstören können. Und deine Situation ist noch viel übler.«

Mittlerweile tränenlos, schüttelte Marcie den Kopf. »Ich bin Katholikin, Dr. Cox.«

»Das war ich auch.«

Marcies Finger verkrampften sich in der Hand ihrer Ärztin. »Denken Sie manchmal daran?«

Dr. Cox begriff den Hintergrund der Frage. Sie hatte vor kurzem einen älteren Mann geheiratet, dessen Kinder schon erwachsen waren, und nie eigene Kinder gehabt. Eine Weile schwieg sie. »Ja«, antwortete sie dann, »aber ich glaube trotzdem, daß es richtig war.«

Marcie sah ihr direkt in die Augen. In ihrem Blick lagen eine Einsicht und frühe Reife, die Dr. Cox in ihrer momentanen Stimmung unvorbereitet trafen. »Es tut mir leid«, sagte Marcie. »Aber das glaube ich nicht.«

Behutsam ließ Nora Cox Marcies Hand los und wich ein wenig zurück. Um diesem Kind die Realität klar vor Augen zu stellen, sagte sie mit ihrer amtlichsten Stimme: »Es gibt natürlich immer die Möglichkeit einer Adoption.«

Marcie blinzelte. Dr. Cox beobachtete, wie Marcies Lippen zitterten, und erkannte, wie vollkommen unvorbereitet Marcie auf die Situation war. Leise fragte sie: »Weiß er, was für Sorgen du dir gemacht hast?«

Marcie brachte kein Wort heraus, sondern schüttelte nur den Kopf.

»Dann ist es vielleicht doch an der Zeit«, erklärte Nora Cox ihr, »sich an deine Eltern zu wenden. Wenn es ganz schlimm aussieht, ist die Familie manchmal das beste. Ich kenne deine Mutter, und ich weiß, wie sehr sie dich liebt.«

Marcie wiegte ihren Oberkörper hin und her und starrte mit offenkundiger Pein zu Boden. »Ich kann es meinem Vater nicht sagen. Ich kann einfach nicht.«

Dr. Cox schwieg eine Weile. »Dann gibt es nur einen Ausweg, oder nicht?« Erneut ergriff sie Marcies Hand. »Wenn du deine Meinung änderst, helfe ich dir. Ich kümmere mich auch darum, daß du anschließend zu einer Beratung gehen kannst.«

Marcie lehnte sich an sie. »Ich kann nicht«, flüsterte sie schließlich.

»Was willst du dann tun?«

Marcie zuckte die Schulter. »Ich weiß es nicht. Ich weiß nur, daß ich es ihm sofort erzählen muß.«

»Dem Vater?«

»Ja.«

»Und du glaubst, daß er dir helfen kann?«

»Nein.» Marcies Stimme war auf einmal kühl und klar. »Ich muß ihn warnen.«

Wieder war Nora Cox überrascht. »Weil er verheiratet ist?«

Erneut stiegen Tränen in Marcies Augen. »Es ist noch viel schlimmer«, murmelte sie.

Dr. Cox legte ihren Arm um sie. »Was könnte denn noch schlimmer sein?«

Marcie antwortete nicht. Behutsam löste sie sich aus der Umarmung und nahm ihre Jeans von dem Haken.

Nora Cox beobachtete sie schweigend. Marcie betrachtete ihren eigenen nackten Körper. »Bitte sagen Sie es ihnen nicht.«

Nora Cox wurde bewußt, daß sie fast entschlossen war, genau das zu tun. »Die Laborergebnisse kommen erst morgen oder übermorgen zurück«, antwortete sie nur.

Als Marcie die Schultern straffte, hätte Nora sie am liebsten fest in die Arme genommen, so hilflos und verloren wirkte sie.

»Ich sage es ihm heute abend«, erwiderte sie.

VIER

Nach dem Mittagessen begann Tony mit seinem Kreuzverhör.

Es war eine heikle Angelegenheit, denn Dr. Cox war eine sympathische Zeugin, während die Geschworenen zum jetzigen Zeitpunkt keinerlei Mitgefühl für Sam Robb hegen würden. Tonys Herausforderung bestand darin, seine Arbeit zu tun, ohne weitere Antipathien zu wecken.

Er begann beiläufig, die Hände in den Taschen, mit sanfter Stimme: »Wenn ich mich recht erinnere, kannten Sie Marcie Calder seit etwa zwölf Jahren, Dr. Cox. Wie würden Sie sie beschreiben?«

Nora Cox zögerte. »Höflich, still. Nachdenklich, würde ich sagen.«

Tony nickte und wartete selbst einen Moment. Es kam darauf an, jede neue Frage spontan klingen zu lassen, um die Illusion zu erzeugen, daß er und die Geschworenen gemeinsam neue Dinge entdeckten. »Hat Marcie auf Sie den Eindruck eines Mädchens gemacht, das Dinge für sich behält?«

Dr. Cox runzelte die Stirn. »Das wäre nur ein Eindruck.«

»Aber nach dem, was Sie beobachten konnten?«

Dr. Cox betrachtete ihn nachdenklich. »Nun«, erwiderte sie, »was diese sexuelle Erfahrung anging, war sie jedenfalls äußerst verschwiegen.«

Tony legte einen Finger auf die Lippen. »Wegen ihrer Schwangerschaft war sie doch auch sehr verängstigt, oder nicht?«

»Ja.«

»Und einsam?«

Dr. Cox nickte widerwillig. »Offensichtlich.« Zum erstenmal klang die Ärztin defensiv. »Das war auch der einzige Grund, warum ich meine persönlichen Erfahrungen mit ihr geteilt habe.«

Aber nicht der einzige Grund, warum sie den Geschworenen von diesem Gespräch berichtet hatte, dachte Tony. Er glaubte, darin vielmehr einen Akt öffentlicher Reue zu erkennen, von einer Frau, die von Schuldgefühlen geplagt wurde – vielleicht wegen ihrer Vergangenheit, bestimmt wegen Marcies Tod. In der Hoffnung, daß Marcies Eltern ihr verzeihen würden.

»Aber sie hat den Gedanken an eine Abtreibung weit von sich gewiesen, ist das zutreffend?«

Dr. Cox warf ihm einen kurzen verwirrten Blick zu, als wäre sie sicher, daß ihre Antwort Sam Robb nur schaden könnte. »Das ist richtig.«

»Und sie hat Ihnen auch gesagt, daß sie sich nicht vorstellen könnte, es je ihrem Vater zu erzählen. Genaugenommen, schien sie regelrecht Angst vor ihm zu haben.«

Die Ärztin warf den Calders einen knappen verständnisheischenden Blick zu. »Im Hinblick auf ihre Schwangerschaft, ja. Aber das ist nicht überraschend.«

»Und wie würden Sie Marcies Reaktion beschreiben, nachdem Sie eine Adoption erwähnt hatten?« fragte Tony.

Dr. Cox blickte zu Boden. »Sie schien, wie gesagt, überhaupt nicht auf diese Fragen vorbereitet zu sein. Ich glaube nicht, daß sie bis dahin die Realität dieser Schwangerschaft ganz erfaßt hatte.«

»Als Sie sie aufforderten, die Konsequenzen zu bedenken, die eine Austragung des Kindes nach sich ziehen würde, schien ihr auch das angst zu machen?«

»Ja.«

Tony bemerkte, daß Stella sich aufmerksam vorgebeugt hatte. Leise sagte er: »Ich will versuchen, Ihre Beobachtungen bezüglich Marcies Haltung zusammenzufassen. Marcie hatte Angst, es ihrem Vater zu erzählen, war gegen eine Abtreibung, nicht darauf vorbereitet, das Kind wegzugeben, und von jeder einfühlsamen Begleitung durch einen Erwachsenen isoliert. Ist das zutreffend?«

Dr. Cox musterte ihn kühl. »Ja. Im wesentlichen.«

»Hat sie angedeutet, welche Optionen sie ihrer Meinung nach hatte?«

»Nein.« Ihr Ton wurde schärfer. »Außer es diesem Mann zu sagen.«

Tony legte den Kopf zur Seite. »Hat sie von Heirat gesprochen?«

Dr. Cox sah Sam Robb an. »Der Mann war bereits verheiratet, Mr. Lord.«

»Hat Marcie Ihnen gegenüber in irgendeiner Weise angedeutet, daß sie die Vorstellung erwog, diesen Mann selbst zu heiraten?«

Die Ärztin riß die Augen auf. »Sie hat gesagt, die Schwangerschaft könnte ihn ruinieren.«

»Aber hat sie die Idee, daß dieser unbekannte Mann oder auch irgendein Mann sie heiraten könnte, ausdrücklich ausgeschlossen?«

»Einspruch«, sagte Stella. »Diese Frage entbehrt jeder Grundlage. Wie soll die Zeugin wissen, ob Marcie Calder eine Möglichkeit in Erwägung gezogen hat, die sie der Zeugin gegenüber nie erwähnt hat?«

»Das ist genau der Punkt«, sagte Tony zu Karoly. »Es ist eine offene Frage.«

Richter Karoly schürzte die Lippen. Er hatte die Gabe, seinen Job beschwerlicher aussehen zu lassen, als er tatsächlich war. Außerdem wirkte er nicht wie ein Mann, der das Verfahren im Griff hatte. An Dr. Cox gewandt, meinte er schließlich: »Sie dürfen antworten.«

Die Ärztin zuckte irritiert die Schulter. »Ich weiß nicht, was Marcie übers Heiraten gedacht hat, wenn sie überhaupt daran gedacht hat.«

»Oder wie es ihren emotionalen Zustand beeinflußt hätte, wenn sich diese Option zu einem späteren Zeitpunkt gezeigt hätte?«

Dr. Cox verschränkte die Arme. »Ich habe keinen Grund zu der Annahme, daß Marcie es überhaupt für eine Option gehalten hat.«

Tony widersprach ihr nicht. Ruhig sagte er: »Wenn das stimmt, Dr. Cox, hatte sie sowohl eine Abtreibung als auch eine Heirat ausgeschlossen, hatte furchtbare Angst vor ihrem Vater und war nicht auf eine Mutterschaft vorbereitet, richtig?«

»In ihrem akuten Zustand, Mr. Lord. Es war, wie gesagt, alles noch ganz frisch.«

»Aber sie hatte Angst.«

»Ja.«

Tony machte einen Schritt auf Dr. Cox zu. »Und sie fühlte sich verloren?« fragte er noch leiser.

Er spürte die Blicke der Geschworenen auf sich. Stella war prompt auf den Beinen. »Die Frage ist hoffnungslos vage, Euer Ehren. Was bedeutet ›verloren‹?«

An Stella gewandt, sagte Tony: »Oh, ich glaube, Dr. Cox weiß, was es bedeutet. Aber ich kann die Frage auch anders stellen.« Er wandte sich wieder an die Ärztin und fragte: »Hatten Sie je einen Patienten, der Selbstmord begangen hat?«

Stella war sofort aufgesprungen. »Einspruch«, fauchte sie. »Irrelevant.«

»Keineswegs«, sagte Tony zu Karoly. »Diese Frage berührt den Kern unserer Verteidigung.«

Karoly nickte langsam. »Sie dürfen antworten«, erklärte er.

Das Gesicht der Ärztin wirkte wie erstarrt. »Wenn Sie andeuten wollen –«

»Beantworten Sie einfach meine Frage«, unterbrach Tony sie. »Bitte.«

Dr. Cox warf ihm den Blick eines in die Falle gegangenen Rehs zu. »Ja, das hatte ich. Wie Sie vermutlich schon wissen.«

Tony nickte. »Zur Information der Geschworenen: Um wie viele Patienten geht es?«

»Um zwei.«

»Zwei minderjährige Mädchen, um genau zu sein. Fünfzehn und sechzehn.«

Dr. Cox verzog das Gesicht. »Ja.«

»Haben Sie eine Ahnung, warum sich die beiden umgebracht haben?«

»Ich weiß nur, was ich in der Zeitung gelesen habe. Leider.«

Tony legte den Kopf zur Seite. »Stimmt es, daß Sie eines der beiden Mädchen, Beverly Snowden, noch etwa drei Wochen vor ihrem Tod gesehen haben?«

»Ja«, antwortete Nora Cox mit bemüht ruhiger Stimme. »Aber ich hatte keine Ahnung. Im Gegenteil, sie wirkte ganz normal.«

»Normaler als Marcie Calder?«

»Einspruch!« rief Stella Marz. »Aufforderung zur Spekulation.«

»Ist es richtig«, verbesserte Tony sich, »daß Marcie Calder sich am Nachmittag vor ihrem Tod in einer labilen Gemütsverfassung befand?«

»Das ist richtig.« Nora Cox sah ihn direkt an. »Aber für Katholiken ist Selbstmord genauso eine Sünde wie Abtreibung.«

Tony ließ die Antwort eine Weile in der Luft hängen. »Aber Sie waren doch auch katholisch«, bemerkte er leise, »wenn ich mich recht an Ihre Aussage von heute morgen erinnere.«

Wieder blitzte Abneigung in den Augen der Ärztin auf. »Ja, das war ich.«

»Und Sie haben Marcie an dieser persönlichen Erfahrung teilhaben lassen, weil Sie sich Sorgen um sie gemacht haben, richtig?«

»Ja. Aber nur darüber, daß Marcie ihr Leben im übertragenen Sinne beendet, nicht tatsächlich. Wenn sie geglaubt hat, daß ihr Fötus ein Leben war, wie hätte sie da sowohl sich als auch den Fötus töten können?«

»Das ist eine ausgezeichnete Frage. Ist Ihnen als Ärztin bekannt, wie sich die Selbstmordquote bei Mädchen im Teenageralter zu der der Gesamtbevölkerung verhält?«

Dr. Cox zögerte. »Sie ist recht hoch.«

»Und die Entscheidung, sich umzubringen, kann oft vollkommen unvermittelt erscheinen, nicht wahr? Wie im Fall von Beverly Snowden.«

»Ja.«

»Und der Grund ist häufig ein Trauma, das in der aufgetretenen Form noch nie erlitten wurde und bei dessen Bewältigung auf keinerlei Erfahrung zurückgegriffen werden kann.«

»Das legt zumindest die entsprechende Fachliteratur nahe.«

»Und stimmt es nicht auch, daß Teenager sich bisweilen vollkommen isolieren? Sie behalten ihr Leiden für sich.«

»Ich bin, wie gesagt, keine Spezialistin, aber das ist der Tenor der Literatur.«

»Haben Sie Marcie Calder eine psychologische Beratung vorgeschlagen?«

Nora Cox sah getroffen aus. »Nein.«

Tony machte eine kurze Pause, damit die Geschworenen das Gehörte verarbeiten konnten. »Hätte Marcie Calder solch professionelle Hilfe nicht mindestens ebenso nötig gehabt wie eine Abtreibung?«

Nora Cox starrte ihn an, hin- und hergerissen zwischen Selbstzweifeln und unverhohlener Abneigung. »Einspruch!« rief Stella Marz und trat eilig zur Richterbank vor. »Dr. Cox ist Kinderärztin und keine Expertin für Kinderpsychologie. Mr. Lords Versuche, andere für diesen tragischen Tod verantwortlich zu machen, ist beleidigend.«

»Genauso wie der Versuch«, entgegnete Tony mit bewußt sanfter Stimme, »Sam Robb für etwas verantwortlich zu machen, das ebensogut das tragische Ende einer Kette von Ereignissen sein könnte, in deren Verlauf mehrere Erwachsene, was immer ihre Absichten gewesen sein mögen, Marcie Calder recht bitter enttäuscht haben. Die Geschworenen haben das Recht, diese Möglichkeit zu bedenken ...«

»Das reicht», ging Karoly mit einiger Verspätung dazwischen. »Alle beide.« Er sah Tony mit der plötzlichen Sturheit eines schwachen Mannes an und sagte: »Dr. Cox ist keine Kinderpsychologin. Die Frage überschreitet ihr Fachwissen.«

Natürlich tut sie das, dachte Tony, doch er sagte nur höflich: »Vielen Dank, Euer Ehren«, weil er in der Tat äußerst dankbar war: Es war ihm gelungen, sein Eröffnungsplädoyer häppchenweise vorzutragen, und er hatte gegenüber den Geschworenen, von denen etliche katholisch waren, angedeutet, daß Dr. Cox diesem verwundbaren und einsamen Mädchen die falsche Hilfe angeboten hatte. Obwohl Sam irrte, was die Gründe betraf, hatte er im Endeffekt recht – Leo Karoly war ein Mann, mit dem man arbeiten konnte.

Tony wandte sich wieder an Dr. Cox. »Dr. Karoly hat uns eben noch einmal dazu ermahnt, nicht ohne Not in einer zweifelsohne tragischen Erfahrung zu stochern. Könnte man unter Beachtung des Einspruchs der Staatsanwältin gerechterweise sagen, daß Sie sich – rein fachlich, natürlich – keine Meinung darüber bilden konnten, ob die Verzweiflung, die Sie bei Marcie Calder beobachtet haben, suizidale Tendenzen hätte auslösen können?«

Tony spürte, wie Stella zögerte und schließlich tat, was er auch getan hätte: Sie vertraute ihrer Zeugin.

Nora Cox hatte sich wieder gesammelt. »Ich kann Ihnen nur sagen, daß ich als Laie die Möglichkeit, daß Marcie sich das Leben nehmen könnte, nicht in Betracht gezogen habe.«

Tony nickte verständnisvoll. »Genau wie Sie es im Fall von Beverly Snowden auch nicht getan haben.«

»Nein.« Dr. Cox machte eine Pause und wehrte sich dann. »Aber in Marcies Fall war es so, daß sie mir versichert hat, einen Erwachsenen zu haben, mit dem sie reden könnte.«

Tony hatte gehofft, daß Nora Cox genau das früher oder später antworten würde. »Haben Sie sie gefragt, wer dieser Erwachsene war?«

Dr. Cox legte die Fingerspitzen gegeneinander. »Ja.«

»Und was hat Marcie geantwortet?«

»Ich glaube, sie hat gar nicht geantwortet.«

»Mit anderen Worten, sie ist der Frage ausgewichen.«

Die Ärztin runzelte die Stirn. »Ich kann die Frage weder bejahen noch verneinen. Ich hatte so vieles andere im Kopf.«

»Ich verstehe. Sagen Sie, hat Marcie sich in irgendeiner Form zu der Art der Beziehung zu diesem Mann geäußert?«

Nora Cox warf ihm einen kühlen, abschätzigen Blick zu. »Nein.«

Tony erkannte, daß sie auf weitere Andeutungen gefaßt war. Aber man mußte auch wissen, wann man aufhören mußte. Höflich sagte er: »Vielen Dank, Dr. Cox. Ich habe keine weiteren Fragen.«

Als er zu seinem Platz ging, bemerkte er, daß die Blicke der Kosmetikerin ihm folgten, und er wußte, daß er das Kreuzverhör im richtigen Moment beendet hatte. Ihre Miene war nicht feindlich, sondern ein wenig verwirrt und voller Interesse. Was ihm jedoch nachhing, war der Anblick von Nancy Calder, die ihn mit einer nahezu greifbaren Verletzung und Wut angestarrt hatte.

Auf dem Flur packte Sam seinen Arm. »Das war genial, Tony«, sagte er. »Du hast es ihr gezeigt. Ihnen beiden.«

Saul schwieg; er schien zu wissen, daß dies ein Kompliment war, das Tony weder brauchte noch wollte. Fast sanft entgegnete Tony: »Ich habe es gerne getan, für dich. Aber eins solltest du begreifen, damit du es nicht persönlich nimmst: Ich habe gerade eine durch und durch nette Frau gedemütigt und dabei vielleicht auch noch geholfen, einen Keil zwischen Marcies Eltern zu treiben. Bevor das hier vorbei ist, werde ich noch weit Schlimmeres tun. Vielleicht kommt irgendwann der Moment, wo die Geschworenen beschließen, mich zu hassen. Und wenn das passiert, ist es aus.

Das macht mir Sorgen. Dann sind da noch meine eigenen Gefühle. Ich tue das für dich als Freund und Mandanten. Meistens verschafft es mir eine gewisse Befriedigung, aber ich bin nicht immer begeistert von dem, was ich tue.« Tony machte eine Pause und legte seine Hand auf Sams Schulter. »Nur damit du Bescheid weißt.«

Sam sah ihn verlegen, verständnisvoll und mitfühlend an. »Ich verstehe. Wenn ich nicht so eine Angst hätte, würde ich auch so empfinden. Aber wenn man so in der Luft hängt ...«

Seine Stimme verlor sich. Tony sah, daß Sue am Ende des Flurs stand und sie mit besorgter Miene beobachtete. »Geh und rede mit Sue und den Kindern», sagte Tony. »Egal, wie schwer es dir fallen mag. Auf so was achten die Geschworenen.«

FÜNF

Janice D'Abruzzi trug ein blaues Kostüm, in dem sie sich offensichtlich nicht wohl fühlte. Sie zappelte nervös im Zeugenstand herum und brachte es nicht über sich, die Calders anzusehen.

Stella ließ sie über Marcies Erzählungen von einem älteren, verheirateten Liebhaber aussagen, dessen Identität zu schützen Marcie versprochen hatte, und darüber, daß Marcie sie am Tag ihres Todes angefleht hatte, für sie zu lügen. Janices zögernde und beschämte Antworten schienen die Geschworenen zu rühren und die Zweifel zu überdecken, die Tony mit seinen Fragen an Nora Cox aufgeworfen hatte. Dann begann Stella, Tonys vermutete Verteidigungsstrategie direkt anzugreifen.

Sie gab sich sanft, aber entschieden wie eine ältere Schwester. »Hat Marcie je angedeutet, daß sie eine Beziehung, ob romantisch oder sexuell, zu einem anderen außer diesem Mann hatte?«

Der Gedanke schien Janice zu überraschen. »Nein«, erwiderte sie mit fester Stimme. »Und das wäre auch vollkommen untypisch für sie gewesen.«

»War Marcie Calder deines Wissens nach sexuell erfahren?«

Tony wußte, daß die Frage Anlaß zum Einspruch bot. Janice blickte verstohlen zu den Calders hinüber. »Marcie hat mir erzählt, daß dieser Typ ihr erster war. Vorher hat sie nie über Sex geredet, und sie wußte eigentlich gar nichts.«

»Wie kommst du darauf?«

Janice blickte zu Boden. »Sie wollte alles wissen – ich meine, was genau die Leute machten.«

»Hat sie dir erzählt, warum sie das wissen wollte?«

»Ja.« Mit plötzlicher und überraschender Wut blickte Janice zu Sam. »Marcie wollte diesem Typen gefallen. Er wäre so erfahren, hat sie erzählt, und sie würde ihn lieben. Sie wollte nicht, daß er das Interesse verlor.«

Zu Tonys Erleichterung hielt Sam Janices Blick stand. Doch

Tony spürte Sams Unruhe. Sein Anwalt hatte keinen Einspruch erhoben, als Stella mit Janices Hilfe Nora Cox' Geschichte von einem monogamen Mädchen bekräftigte, dessen erster Geschlechtsverkehr zu einer Schwangerschaft und mittelbar auch zu seinem Tod geführt hatte. »Das Kind war von dir«, kritzelte Tony auf einen Notizblock. »Warum sollte ich die Geschworenen noch einmal daran erinnern?«

Sam starrte auf den Notizblock und nickte langsam.

»Hat sie je davon gesprochen, ihn heiraten zu wollen?« fragte Stella Marcie.

»Auf keinen Fall.« Janice schien sich zu sammeln. »Marcie hat nur gesagt, daß sie beide ihre eigene Welt hätten und daß das so bleiben sollte.«

Stella sah Janice nachdenklich an. »Warum, glaubst du, mußte Marcie diesen Mann am Abend ihres Todes unbedingt treffen?«

Jetzt blieb Tony keine andere Wahl mehr. »Einspruch«, sagte er zu Richter Karoly. »Ich habe geduldig zugehört, während die Staatsanwältin der Zeugin allerlei Hörensagen und Spekulationen entlockt hat – über Marcie Calders sexuelle Erfahrung, über ihre Beziehung zu einem Mann, dessen Namen Miss D'Abruzzi nicht einmal kannte, und darüber, was diese beiden gesagt oder getan haben, wenn sie allein waren. Aber die letzte Frage geht davon aus, daß Janice D'Abruzzi Marcie Calders Gedanken lesen konnte, um den Geschworenen jetzt ohne jegliche faktische Grundlage zu erklären, warum Marcie getan hat, was immer sie tat, während Miss D'Abruzzi Marcies Eltern in die Irre führte. In schlichter Fairneß, Euer Ehren – es reicht.«

Stella Marz wirkte unbeeindruckt. »Euer Ehren«, erwiderte sie ruhig, »bitte ermahnen Sie Mr. Lord, seine Einsprüche nicht als Vorwand für Reden an die Geschworenen zu benutzen. Der einzig rechtmäßige Einspruch umfaßt in diesem Fall exakt vier Worte: ›Einspruch – keine faktische Grundlage.‹ Und was dies angeht: Janice D'Abruzzi hat bereits ausgesagt, was sie in zahlreichen Gesprächen über Marcies Beweggründe erfahren hatte: nämlich, daß Marcie Angst hatte, ihre Affäre würde das Leben ihres Liebhabers zerstören, und daß sie versuchte, ihn zu schützen –«

»Apropos Reden«, unterbrach Tony sie.

»Ja«, sagte Karoly, der sich wie immer zu spät durchsetzte. »Das reicht von Ihnen beiden.« Er machte eine Pause und schürzte die Lippen. »In diesem Zusammenhang hat Miss Marz wohl das Recht, Miss D'Abruzzis Meinung zu hören.«

Tony setzte sich und murmelte Saul zu: »Das ist ein Ansatzpunkt für eine mögliche Berufung.« Doch das milderte seine Sorge und Verärgerung nicht, die noch verstärkt wurden, als Stella den Moment auskostete, indem sie den Gerichtsschreiber mit professioneller Freundlichkeit fragte: »Könnten Sie mir meine letzte Frage noch einmal vorlesen, bitte? Den Teil vor Mr. Lords Einspruch.«

Der Gerichtsschreiber, ein untersetzter Mann mittleren Alters mit schütterem braunem Haar, überflog die aus seiner Maschine hängende Papierrolle mit den Kurzschrift-Zeichen. »Hier ist es«, murmelte er und zitierte dann mit monotoner Stimme, die die Frage tödlich klingen ließ: »›Warum, glaubst du, mußte Marcie diesen Mann am Abend ihres Todes unbedingt treffen?‹«

Die Geschworenen blickten wie ein Mann von dem Gerichtsschreiber zu Janice D'Abruzzi. »Um ihn zu warnen«, antwortete Janice. »Damit er wußte, daß es ein Problem gab.« Zum erstenmal brach Janices Stimme. »Marcie war ein so guter Mensch. Sie wollte ihn schützen.«

Der Gerichtssaal war still. »Danke«, sagte Stella leise und drehte sich zu Tony um. »Ihre Zeugin, Mr. Lord.«

Tony blieb neben dem Tisch der Verteidigung stehen, um den Eindruck zu vermeiden, daß er ein minderjähriges Mädchen bedrängte, was die Geschworenen auf unangenehme Art an seinen Mandanten erinnern könnte.

»Nur fürs Protokoll«, begann Tony sanft. »Gehe ich recht in der Annahme, daß Marcie dir nie erzählt hat, warum sie diesen unbekannten Mann treffen wollte? So daß deine letzte Antwort nur eine Vermutung war?«

Janice musterte ihn nervös. »Es ist das, was ich dachte«, antwortete sie, »nicht, was sie mir gesagt hat.«

»Sie hat dir auch nicht erzählt, daß sie schwanger war.«

Janice nestelte kurz am Kragen ihres Kostüms. »Nein.«

»Aber wenn ich mich recht an unser Gespräch erinnere, hast du Marcie gefragt, ob sie Probleme hätte.«

Janices Miene war voller Argwohn. »Ja.«

»Was hast du damit gemeint?«

»Ich habe mir Sorgen gemacht, daß sie schwanger sein könnte.«

Tony nickte. »Und hast du, ausgehend von deiner Freundschaft zu Marcie, gedacht, daß Marcie dich verstanden hat?«

»Einspruch«, sagte Stella prompt. »Wie kann die Zeugin wissen, was Marcie möglicherweise verstanden hat?«

Tonys Tonfall blieb sachlich, ein Freund, der mit einem anderen Argumente austauschte. »Das ist tatsächlich das Problem, nicht wahr, Stella?« Er wandte sich an Leo Karoly. »Wir haben diesen Weg eingeschlagen, als Miss Marz Miss D'Abruzzi gefragt hat, warum Marcie Calder diesen Mann treffen wollte, Euer Ehren. Mit Ihrem Einverständnis würde ich meine Frage gern begründen.«

Karoly zögerte. »Fahren Sie fort, Mr. Lord.«

Tony sah Stellas verärgerte Miene. An Janice gewandt, fragte er: »Bestand zwischen dir und Marcie ein unausgesprochenes Einverständnis darüber, was es bedeutet, wenn ihr im Zusammenhang von Jungen und Mädchen über ›Probleme‹ geredet habt?«

Janice zögerte und biß sich auf die Lippe. »Es bedeutete, schwanger zu werden«, sagte sie schließlich. »Ein paar Mädchen aus der Schule war das schon passiert.«

Tony nickte. »Rückblendend könnte man sagen«, faßte er

vorsichtig zusammen, »daß Marcie dir nicht die Wahrheit gesagt hat, oder?«

Janice starrte ihn ärgerlich an. »Marcie war keine Lügnerin«, gab sie zurück. »Vielleicht war sie sich nicht sicher.«

»Aber wenn sie Sorgen gehabt hätte, hätte sie sich dir anvertraut?«

Gefangen zwischen zwei gleichermaßen schlechten Antworten, blickte Janice zu Boden. »Ich weiß nicht.«

»Tatsache ist doch, daß du mit Ausnahme dessen, was Marcie dir zu erzählen beschlossen hatte, nichts über diese Beziehung wußtest.«

Janice preßte ihre vollen Lippen zu einer trotzigen Linie zusammen. »Ich kannte Marcie, das war alles.«

»Wirklich?« fragte Tony leise. »Hat Marcie dir, außer daß sie diesen Mann schützen wollte, irgendeinen Grund genannt, warum sie die Affäre geheimhalten wollte?«

Janice versteifte sich. Mit gepreßter Stimme erwiderte sie: »Sie wollte nicht, daß ihr Vater erfuhr, daß sie mit einem Mann schlief.«

»Ist das auch der Grund, warum du dich bereit erklärt hast, sie zu decken?«

Bei der Erinnerung an ihre Komplizenschaft sackte Janice ein wenig in sich zusammen. »Ja.«

»Und hat Marcie nicht zu dir gesagt, daß sie dich brauchte, damit ihr Vater weiter an die, Zitat, ›Jungfrau Marcie‹ glaubte?«

In einem Gespräch unter Teenagern klang diese Bemerkung wie bitterer Humor, aber vor Gericht evozierte sie das Bild einer anderen Marcie Calder. Aber genau wie der Johnny D'Abruzzi, an den Tony sich erinnerte, war auch seine Tochter ein ehrlicher Mensch. Leise erwiderte Janice: »Marcie hatte Angst vor ihm. Okay?«

»Wirkte Marcie an jenem Abend besonders ängstlich? Vielleicht sogar verzweifelt?«

Janice schluckte. Tony sah, wie sie sich an den Abend und an Marcie erinnerte. »Ja. Sie fing an zu weinen.«

»Hattest du Marcie je vorher so erlebt?« fragte Tony übertrieben verwundert. »Verzweifelt und ängstlich?«

Janice schüttelte stumm den Kopf, bevor ihr wieder einfiel, daß sie laut antworten mußte. »Nein, so noch nie.«

»Als du Miss Marz erklärt hast, daß Marcie deiner Ansicht nach nicht ans Heiraten dachte, bezog sich diese Vermutung auf Dinge, die sie vor jenem Abend gesagt hatte, richtig?«

»Ja.«

Tony legte den Kopf zur Seite und fragte leise: »Glaubst du, die Schwangerschaft könnte Marcies Ansichten über eine Heirat verändert haben?«

Wieder erhob sich Stella. »Einspruch. Aufforderung zur Spekulation.«

Tony bedachte sie mit einem theatralischen Blick der Verwunderung. »O Stella«, murmelte er, bevor er sich dem Richter zuwandte. »Die Gegenseite hat diesen Weg der Befragung selbst eingeschlagen, Euer Ehren. Diese Frage bewegt sich klar innerhalb dessen, was Sie bereits zugelassen haben.«

Tony wußte nur zu gut, daß der gesamte Themenkomplex unstatthaft war. Aber nur die Verteidigung konnte wegen Verfahrensfehlern ein Berufungsgericht anrufen – eine mögliche Peinlichkeit, die Leo Karoly noch mehr fürchtete als die meisten schwachen Richter, wie Saul Tony versichert hatte. Ungewohnt prompt beschied Karoly Stella: »Einspruch abgelehnt.«

Tony bat den Gerichtsschreiber, die Frage noch einmal vorzulesen, seine stille Revanche an Stella. »›Glaubst du‹«, las der Gerichtsschreiber, »›die Schwangerschaft könnte Marcies Ansichten über eine Heirat verändert haben?‹«

Janice blickte zu den Calders und sagte nach einer Weile: »Das könnte sein.«

Tony trat vor und blieb ein paar Schritte vor Janice stehen. Sie sah zu ihm hoch, weniger ängstlich als vielmehr verwundbar. Leise sagte er: »Du fühlst dich schuldig, nicht wahr? Weil du Marcies Mutter belogen hast.«

Zum erstenmal stiegen Tränen in Janices Augen. Ihre Stimme zitterte. »Marcie war meine beste Freundin.«

Jetzt mußte Tony sein Mitgefühl nicht mehr vortäuschen. »Und du hast das Gefühl, daß du für Marcies Tod irgendwie verantwortlich bist.«

Janice blinzelte. »Ja.«

Tony brauchte nicht mehr zu taktieren. »Und nun würdest du gerne helfen, den Menschen zu bestrafen, der deiner Ansicht nach direkt verantwortlich ist.«

Janice wandte den Blick ab und erwiderte leise: »Ja.«

»Und weil die Bezirksstaatsanwaltschaft Sam Robb angeklagt hat, glaubst du, er wäre dieser Mensch.«

»Ja.« Gedankenverloren zupfte sie ihren Rock zurecht. »Ja, das glaube ich.«

Tony ließ einen Moment verstreichen. »Bevor er angeklagt wurde, hast du nicht geglaubt, Sam Robb wäre Marcies Liebhaber, oder?«

Langsam hob Janice den Blick. »Nein.«

Tony kam noch einen Schritt näher und bemerkte leise: »Du hast vielmehr geglaubt, es wäre jemand anders.«

Janices Blick erstarrte. Eigenartig fasziniert beobachtete Tony, wie sie ihre Wahl traf. Aber Janice D'Abruzzi war ein ehrliches Mädchen. »Ja«, gab sie zu. »Ich dachte, es könnte jemand anders sein.«

Tony nickte ihr zu. »Keine weiteren Fragen«, sagte er leise und fand ein wenig Trost in ihrer erleichterten Miene.

Nachdem sich das Gericht auf den nächsten Morgen vertagt und Sam ihm leise gedankt hatte, bevor er mit seiner Familie nach Hause gefahren war, ordnete Tony seine Unterlagen auf dem Tisch der Verteidigung. Auf ihrem Weg aus dem Gerichtssaal blieb Stella Marz neben ihm stehen.

»Ich lerne, Tony«, bemerkte sie. »Ich lerne. Und bitte nennen Sie mich vor Gericht nicht Stella.«

Tony sah sich um. »Ganz wie Sie wünschen«, entgegnete er.

»Meinen Sie übrigens, wir könnten uns mit all dem Hörensagen vielleicht ein wenig zurückhalten? Ihr Freund Karoly wird es bestimmt nicht tun, und die ständige Selbsthilfe ermüdet mich.«

Ein angedeutetes Lächeln umspielte ihre ovalen Augen. »Ich werde darüber nachdenken«, sagte sie und ging.

An jenem Abend aß Tony mit Saul in einem Speicher am Fluß, der in ein Steakhaus umgewandelt worden war. In der Dämmerung schimmerten die Lichter von Steelton auf dem Wasser.

Entgegen seiner Gewohnheit während eines Prozesses hatte Tony einen Martini bestellt. »Erst ein Tag«, seufzte er, »und ich bin schon müde.«

Saul hatte sich mit einer Flasche Rotwein und dem größten Porterhouse-Steak eingedeckt, das Tony je gesehen hatte. »Streß mit einem Mandanten, der sich dauernd einmischt?« fragte er. »Oder Abscheu vor dem Verbrechen selbst?«

Tony nippte an seinem Martini und betrachtete seinen Salat. »Einen alten Freund gegen den Vorwurf des Mordes zu verteidigen, ist mehr als genug.«

Saul sah ihn neugierig an. »Du bereitest Sams Aussage vor? Es sieht jedenfalls so oder so schwer danach aus.«

Tony blickte eine Weile schweigend auf die Lichter hinaus. »Ich bereite die Option vor, mehr nicht. Ein Vorteil ist, daß Stella keine Ahnung hat, wie Sams Geschichte lautet. Aber nein, ich werde ihn nicht aufrufen, es sei denn, ich halte es für zwingend notwendig.«

Saul schien ihn zu betrachten, bevor er langsam nickte. »Ich wäre vorsichtig, Tony. Dein ältester Freund überschätzt sich.«

SECHS

An einem grauen Freitagmorgen rief Stella Marz Nancy Calder als ihre dritte Zeugin auf.

Nancy Calder trug ein schwarzes Kostüm, das ihre Blässe, ihr verhärmtes Gesicht und die schwarzen Ringe unter ihren verweinten Augen noch betonte. Tony fand, daß sie zehn Jahre älter aussah als die Frau, die er eine Woche nach Marcies Tod getroffen hatte. Ihre Stimme klang müde, und sie sprach ohne jede Betonung.

In der ersten halben Stunde ließ Nancy Calder mit Stellas Hilfe Marcie für die Geschworenen wiederauferstehen. Mit fast gespenstischem Stolz, unterbrochen von Momenten der Trauer, erinnerte Nancy Calder sich daran, wie offen und ehrlich ihre Tochter gewesen war, gut in der Schule und ungebrochen in ihrem katholischen Glauben. Selbst als sie über Marcies Liebe zum Laufen sprach, sah Nancy Calder Sam nicht an.

Sam betrachtete Nancy seinerseits mit einem Ausdruck scheinbar ehrlichen Mitgefühls. Sue saß still da, ihre Miene spiegelte das entsetzte Mitleid einer Mutter, die mitansehen mußte, wie für eine andere Mutter die schlimmste Angst aller Eltern wahr geworden war. Doch Tony fand das an eine Heilige gemahnende Hochglanzbild von Marcie Calder weniger überzeugend und anrührend als den bedrängten und verzweifelten Teenager, den Nora Cox und Janice D'Abruzzi gezeichnet hatten.

Auch Stella schien das zu spüren. »Gab es einen Zeitpunkt«, fragte sie, »an dem Marcies Verhalten sich veränderte?«

Nancy Calder warf einen kurzen Blick zu ihrem Mann. Frank Calder saß zusammengesunken da und starrte mit gefalteten Händen ins Leere.

»Ja, es hat sich verändert.« Nancy Calders Stimme klang gequält. »Etwa zwei Monate, bevor sie gestorben ist.«

»Wie würden Sie diese Veränderung beschreiben?«

Nancy Calder zögerte, als würde sie rückblickend nach Anzeichen im Leben ihrer Tochter suchen. »Sie wirkte abwesend, verträumt, aber auf eine ungesunde Art. Manchmal sagten wir beim Abendessen etwas zu ihr, und sie hörte uns gar nicht. Sie stocherte nur in ihrem Essen herum.« Nancy suchte nach Worten. »Es war, als würde sie sich von unserer Familie zurückziehen. Sie verbrachte immer mehr Zeit in ihrem Zimmer, mit Hausarbeiten, wie sie sagte, aber ihre Noten begannen abzusacken. Sie schien uns kaum noch wahrzunehmen. Nicht nur Frank und mich, sondern auch ihre Schwestern Meg und Mary. Früher hatte sie immer soviel Zeit mit ihnen verbracht und auf einmal überhaupt keine mehr. Ich konnte in ihren Augen lesen, wie sehr das ihre Schwestern verletzt hat.«

Sam atmete tief ein. Die Geschworenen wirkten wie gebannt von dem Rätsel um Marcies Abgleiten. »Trat mit dieser Veränderung auch eine Änderung in ihren Freizeitgewohnheiten auf?« fragte Stella leise.

»Ja.« Nancy Calders Stimme war hart vor erneuter Verbitterung. »Es fing an, kurz nachdem Trainer Robb sie gebeten hatte, nach der Schule noch zu bleiben. Für ein Zusatztraining, sagte sie.«

Sie richtete sich auf, offenbar fest entschlossen, nicht in Sams Richtung zu blicken. »Kannten Sie Sam Robb?« fragte Stella.

»O ja. Wir haben ihn kennengelernt, als Marcie mit dem Laufen anfing.« Nancys Stimme wurde wieder flach. »Er überschlug sich förmlich vor Charme, Miss Marz. Zum letztenmal habe ich ihn zwei Wochen vor Marcies Tod gesehen. Er ist extra auf mich zugekommen, um mir zu versichern, wie hart Marcie nach der Schule trainiert und daß es sich wirklich auszahlen würde. Marcie zu trainieren wäre ein wahres Vergnügen, sagte er, ein wahres Vergnügen.« Plötzlich schimmerten Tränen in Nancy Calders Augen, und ihre Stimme begann zu zittern. »Ich hatte noch gedacht, daß Marcie vielleicht mit dem Laufen aufhören sollte, weil es möglicherweise ihren Noten schadete und auch ihr selbst, körperlich, meine ich, weil sie so wenig aß und all das. Aber als ihr Trainer sie so lobte, dachte ich: Warum soll ich es ihr wegnehmen? Es ist etwas, worin sie gut ist und worauf sie stolz sein kann.«

Nancy Calder konnte nicht weitersprechen. Sie bedeckte ihr Gesicht mit den Händen und begann lautlos zu weinen.

Tony sehnte eine Sitzungsunterbrechung herbei, doch als Karoly Stella ansah, schüttelte die den Kopf. Nach einer Weile richtete Nancy Calder sich im Zeugenstand auf, ihr Gesicht gequält, aber gefaßt. Leise forderte Stella sie auf: »Erzählen Sie mir von dem Abend, an dem Marcie verschwunden ist.«

Mit stockender Stimme begann Nancy ihren Bericht.

Sie saßen unter der hellen Lampe um den Küchentisch – Marcie, ihre Eltern und Marcies Schwestern.

Marcie aß nicht, sie stocherte lustlos in ihrem Essen herum, während Meg und Mary sie ansahen wie eine Fremde. Immer öfter schienen Mahlzeiten von dem Vakuum und dem Schweigen überschattet, das Marcies Veränderung bewirkt hatte.

Um die Stille zu überbrücken, fragte Nancy Calder ihre Zwölfjährige: »Wie war die Tanzstunde? Hast du mit jemandem getanzt, den du magst?«

Meg, die die ganze Tanzstunde für peinliche Zeitverschwendung hielt, rümpfte die Nase. »Die Jungen benehmen sich so komisch. Jesse, der mich angeblich mag, hat einen Freund beauftragt, mich zu fragen. Sein Freund hatte weiße Socken zu einem Anzug an«, fügte sie angewidert hinzu.

Marcie blickte von ihrem Teller auf und betrachtete Meg mit bestenfalls mildem Interesse. Nancy vermißte die Marcie, die mit Meg gemeinsam spottete, anstatt sie der Lächerlichkeit preiszugeben. Aber diese Marcie war still.

»Was ist los?« fragte Frank Calder unvermittelt.

Marcie erwiderte seinen Blick ausdruckslos. »Ich habe keinen Hunger«, erklärte sie.

Das war typisch für die neue Marcie: eine Antwort, die eigentlich gar keine Antwort war und ihren Vater ärgern sollte.

Wie um ihn endgültig zum Schweigen zu bringen, nahm Marcie ihre Gabel und aß mit gespieltem Appetit ein paar Bissen Spargel. Als Nancy Calder ihren Mann ansah und ihn stumm anflehte, es gut sein zu lassen, spürte sie, wie Meg und Mary von Vater zu Mutter blickten.

Mit leiser Stimme bemerkte Frank Calder zu Marcie: »Das habe ich nicht gemeint.«

Marcie sah ihn erneut an. »Ich muß noch ein Referat schreiben«, sagte sie. »Über Frauen, die geholfen haben, Amerika zu verändern. Ich bin etwas im Rückstand.« In Marcies Stimme klang ein Hauch Sarkasmus mit, ein Widerhall der Meinungsverschiedenheiten mit ihrem Vater. Als hätte sie Angst, ihn zu verärgern, wandte Marcie sich rasch an ihre Mutter. »Ich geh zu Janice. Miss Bates hat gesagt, daß wir die Referate auch gemeinsam schreiben können.«

»Du kennst die Regeln«, unterbrach Frank Calder sie. »Wochentags abends kein Ausgang, außer es gibt etwas Besonderes. Außerdem, junge Dame, lassen deine Noten schwer nach.«

»Bitte«, flehte Marcie ihre Mutter mit einer Eindringlichkeit an, die diese nicht verstand. »Es ist wichtig!«

Nancy spürte, daß irgend etwas nicht stimmte. Aber darüber würde sie besser mit Marcie allein reden, wenn sie zurückkam. Ohne ihren Mann anzusehen, sagte sie: »Also gut, Marcie. Aber um halb zehn bist du zu Hause.«

»Um zehn, ja?« Jetzt wirkte Marcie wieder wie ein bettelndes Kind. »Bitte!«

Vielleicht ist es auch nichts, dachte Nancy, außer dem uralten Streit um Regeln und Zeiten. »Also gut«, willigte sie ein und fügte, als ihr ihr Mann wieder einfiel, hinzu: »Und zehn heißt zehn und nicht zehn nach zehn.«

Frank Calder stand vom Tisch auf, stellte seinen Teller im Spülbecken ab und ging aus dem Raum.

Marcie sah ihm nach und sagte: »Danke, Mom.« Dann ging sie ihre Jacke holen, bevor ihr Vater zurückkam. Nancy blieb allein mit ihren beiden jüngeren Töchtern sitzen. »Weiße

Socken«, sagte sie zu Meg, »sind nicht das Schlimmste auf der Welt.«

Aus dem Wohnzimmer rief Marcie: »Nacht, Mom ...!«

Nancy stand abrupt auf. »Warte!« rief sie spontan, ohne zu wissen, warum.

Marcie erstarrte in der Tür. In ihrer Jacke, der Jeans und dem zu großen Lake-City-Lakers-Sweatshirt sah sie auf einmal klein und zerbrechlich aus. Nancy sah sie an. »Brauchst du keine Bücher? Oder zumindest etwas zu schreiben?«

Marcie wirkte überrascht, als ob die Frage vollkommen absurd wäre, und schien sich erst dann zu erinnern, was sie gesagt hatte. »Oh, mach dir deswegen keine Sorgen. Janice hat alles, was wir brauchen.«

Nancy blickte ihre Tochter an und fragte sich, wie sie zu ihr vordringen sollte. Dann machte Marcie überraschend zwei Schritte auf sie zu und küßte sie auf die Stirn. »Ich bin gleich wieder da«, sagte sie. Und dann war sie weg, bevor Nancy Calder noch etwas sagen konnte.

»Wenn ich es geahnt hätte«, schloß Nancy mit gebrochener Stimme, »hätten wir ihr geholfen. Wir hätten das Kind großgezogen ...« Sie brach ab und ließ den Kopf sinken.

Tony sah, daß die Kosmetikerin Tränen in den Augen hatte, ebenso wie die Ernährungswissenschaftlerin, die selbst zwei Töchter hatte. »Wenn Sie können«, sagte Stella sanft, »erzählen Sie uns, was dann geschah.«

Langsam fand Nancy Calder ihre Fassung wieder. »Ich konnte nicht bis zehn Uhr warten. Ich habe mir Gedanken gemacht und mußte immer wieder zur Uhr schauen.« Mit flacher Stimme fuhr sie fort: »Schließlich habe ich Janice D'Abruzzi angerufen. Als sie mir erklärte, daß sie zusammen gearbeitet hätten und daß Nancy noch in die Bibliothek gegangen wäre, fühlte ich mich eine Zeitlang besser. Erst um elf, nachdem Janice zugegeben hatte, daß sie mich angelogen hatte, hat Frank die Polizei alarmiert.«

Dieser letzte Satz war von einer erschütternden Schlichtheit. Die von Zweifeln geplagte Mutter, die sich Vorwürfe machte, und der Vater, der die Sache in die Hand nahm. »Wir haben die ganze Nacht gewartet«, sagte sie leise. »Am nächsten Morgen gegen halb zwölf stand die Polizei vor unserer Tür. Marcie war schon seit Stunden tot, alleine in der Kälte und dem Regen.«

Diesmal bat Stella Marz um eine Unterbrechung.

Nach dem Mittagessen begann Tony sein Kreuzverhör.

Alles, was er tun konnte, war, eine gewisse Sanftheit im Ton zu wahren. Ihr in Sams Namen sein Mitgefühl auszusprechen für das, was er sich anschickte zu tun, wäre grotesk gewesen.

»Diese Veränderung bei Marcie«, begann er. »Haben Sie versucht, mit ihr darüber zu reden?«

»Ja.« Nancy Calder schloß kurz die Augen. »Sie sagte, das würde ich mir nur einbilden.«

»Haben Sie ihr geglaubt?«

»Nein.«

»Was war Ihrer Ansicht nach der Grund?«

Nancy Calder zögerte lange. »Ich hatte keine Ahnung.«

Tony ließ einen Moment verstreichen. »Haben Sie geglaubt, es wäre wegen eines Jungen, Mrs. Calder?«

Nancy Calder warf ihm einen stummen, leicht zurechtweisenden Blick zu. »Sie hatte keinen Freund, Mr. Lord. Ich hatte keinen Grund zu glauben, daß es wegen eines Jungen war, wie Sie sich ausdrücken.«

»Aber Sie müssen sich doch Sorgen gemacht haben«, beharrte Tony. »Laut Ihrer Aussage haben Sie bei Marcie Teilnahmslosigkeit, Gewichtsverlust, Appetitverlust, eine Verschlechterung ihrer schulischen Leistungen und Desinteresse an der eigenen Familie beobachtet.«

Nancy Calder lehnte sich zurück, als hätte seine Aufzählung sie beschämt. »Ich war, wie gesagt, sehr besorgt.«

Tony hatte das Gefühl, als wären sie beide durch ein unsichtbares Band verbunden. Wenn er zu heftig daran zog, konnte er

Nancy verlieren. Er steckte die Hände in die Taschen. »Kennen Sie die Symptome einer Depression?«

Nancy Calder riß die Augen auf. »Ich bin keine Psychologin, Mr. Lord.«

»Aber Sie haben den Gedanken erwogen, mit Marcie zu einem Psychologen zu gehen?«

Sie legte eine Hand auf die Brust, und ihr Blick huschte zu ihrem Mann. »Ich habe darüber nachgedacht, ja.«

Tony trat einen Schritt näher. Leise fragte er: »Haben Sie darüber mit Ihrem Mann gesprochen?«

»Einspruch.« Stella Marz trat rasch vor. »Irrelevant. Mir ist nicht ersichtlich, was dieses Eindringen in die eheliche Privatsphäre der Calders mit der Frage zu tun hat, ob der Angeklagte deren Tochter ermordet hat.«

Tony wußte, daß sie recht hatte; wie zuvor vertraute er darauf, daß der Richter ihm etwas durchgehen lassen würde. »Die Frage hebt auf Marcie Calders Gemütsverfassung ab«, erklärte er Karoly. »Es ist schließlich durchaus möglich, daß Marcie Calder Selbstmord begangen hat. Was ihr Familienleben, ihre Verhaltensänderung und fehlende oder gewährte professionelle Hilfe angeht, sind all diese Fragen unmittelbar und möglicherweise tragisch relevant.«

Richter Karoly nickte unglücklich. »Einspruch abgelehnt.«

»Danke, Euer Ehren. Ich werde die Frage noch einmal stellen.« Als er sich zu Nancy Calder umwandte, sah er, daß Stella sich zwar an ihren Tisch zurückgezogen hatte, aber stehengeblieben war. »Als Sie Ihrem Mann vorgeschlagen haben, Marcie in therapeutische Behandlung zu geben, war er da Ihrer Meinung?«

Wieder fuhr Nancy Calder mit ihren Fingern an ihrem Brustbein entlang. »Frank glaubt, daß Familien sich selbst helfen sollten und daß Psychologen Geldverschwendung sind. Unsere Krankenversicherung deckt eine psychologische Behandlung nicht ab.« Aus dem Augenwinkel bemerkte Tony, daß sowohl die Ernährungswissenschaftlerin als auch ein älterer Geschworener, ein irischer Lagerabeiter, zu Frank Calder hinübersahen. Doch Nancy Calder schaute Tony jetzt direkt an, als hätte sie das Echo ihrer eigenen Antwort aufgeweckt. »Aber wenn Sie andeuten wollen, daß Frank oder sonst jemand unsere Tochter in den Selbstmord getrieben hat, beleidigen Sie Marcies Andenken, ihren Glauben und ihre Charakterstärke.«

Tony machte eine Pause, als weiche er vor ihrem Zorn zurück. »Aber man könnte gerechterweise sagen«, setzte er dann neu an, »daß die Beziehung zwischen Marcie und ihrem Vater schwierig war?«

Nancy Calder runzelte die Stirn. »Es gab Meinungsverschiedenheiten, ja.«

»Marcie hielt ihren Vater für streng, nicht wahr?«

»Manchmal ja. Ich denke, das läßt sich nicht vermeiden.«

»Aber haben Sie je mit Marcie darüber gesprochen? Wenn ihr Vater nicht dabei war, meine ich.«

Nancy Calder wirkte mit einemmal zerbrechlich, zermürbt von ihren eigenen Gefühlen. »Ich habe es versucht«, sagte sie schließlich. »Ich habe gesagt, ich würde ihr helfen, mit ihm zu reden.«

»Und hat Marcie Ihnen wörtlich oder sinngemäß vorgeworfen, daß sie Ihnen nicht zutrauen würde, diese Gespräche vertraulich zu behandeln?«

Wieder stiegen Tränen in ihre Augen. In stillem Mitgefühl erkannte Tony das als den Moment, in dem ein Zeuge aufhörte, sich zu wehren. »Ja«, antwortete sie leise.

»Bei den Meinungsverschiedenheiten zwischen Marcie und ihrem Vater ging es auch um die Frage von vorehelichem Sex, nicht wahr?«

»Ja.«

»Und wie war Mr. Calders Haltung zu diesem Thema?«

»Er war der Ansicht, Marcie sollte ihre Unschuld bewahren.« Sie hob den Kopf. »Wir waren beide dieser Ansicht, Mr. Lord.«

»Aber es waren nicht Sie, sondern Ihr Mann, der Marcie auf ein reines Frauencollege schicken wollte.«

Tony beobachtete, wie Nancy Calder mit ihrem Loyalitätsgefühl rang. »Ja«, antwortete sie schließlich.

»Haben Sie Ihrem Mann je wörtlich oder sinngemäß erklärt, daß er Marcie aus dem Haus treiben würde?«

Ihr Gesicht war jetzt angespannt. »Ja.«

»Und haben Sie sich auch Sorgen darüber gemacht, daß Sie den Kontakt mit Marcie verloren, weil Sie beide berufstätig waren?«

Ihre Blicke trafen sich, und er sah ihre Empörung über seinen Verrat, ihr Bedauern darüber, ihn je in ihr Haus gelassen zu haben. »Ja«, antwortete sie schließlich. »Wir haben nicht geglaubt, daß es für die Mädchen das Beste ist, wenn wir beide arbeiten.« Wieder standen Tränen in ihren Augen. »Aber wir hatten ja drei Töchter, die aufs College sollten.«

Tony wußte, daß diese Antwort die Geschworenen rühren würde. »Ich verstehe«, sagte er. »Sie hatten also das Gefühl, daß ein Psychologe Ihre Tochter möglicherweise auf eine Weise erreichen könnte, wie Sie es nicht konnten?«

»Vielleicht. Ich wußte es nicht.«

Tony wartete einen Moment. »Was immer Ihre Befürchtungen waren, die Möglichkeit einer Beziehung zu Sam Robb war nicht darunter, oder?«

»Nein.« Nancys Stimme klang wieder barsch. »Er war Marcies Leichtathletiktrainer, immer fröhlich und hilfsbereit. Wir hätten uns nie vorstellen können, daß er sie sexuell ausnutzt.«

Sie senkte den Blick rasch wieder, als wüßte sie, daß diese Antwort, auch wenn sie noch so vernichtend gemeint war, auch ihre eigene Ahnungslosigkeit offenbarte. Verständnisvoll fragte Tony weiter: »Ich vermute, daß Marcie zu Hause nicht über Sam Robb gesprochen hat. Außer als Trainer.«

Einen Augenblick lang wirkte Nancy beinahe dankbar. »Nein, das hat sie nicht.«

Tony machte eine Pause und nahm sich Zeit, bis die Aufmerksamkeit der Geschworenen wieder auf ihm ruhte. »Gab es irgendeinen älteren Mann außer ihrem Vater, zu dem sie eine Zuneigung gefaßt zu haben schien?«

Die Geschworenen wirkten reglos. Nancy Calder schwieg eine Weile, bevor sie Tony einen verschleierten Blick zuwarf und kühl erwiderte: »Ernie Nixon, der Leiter unseres Freizeitzentrums. Marcies erster Leichtathletiktrainer.«

Tony wußte, daß Stella Nancy vorbereitet hatte. Verwundert fragte er: »Wieso fällt Ihnen gerade Mr. Nixon ein?«

Nancy Calder sah ihn grimmig an. »Ich weiß nicht, was Sie andeuten wollen, Mr. Lord. Ernie Nixon hat Marcie Selbstvertrauen gegeben, und dafür war sie ihm dankbar. Das waren wir beide.«

»Wußten Sie, daß Marcie ihn regelmäßig besucht hat?«

Ihr ganzer Körper versteifte sich. »Natürlich. Das tun viele junge Leute.«

Tony beobachtete sie. Leise sagte er: »Bei ihm zu Hause, meine ich. Allein.«

»Einspruch!« rief Stella. »Diese Frage entbehrt jeder Grundlage. Das Thema war bisher nicht Gegenstand von Zeugenaussagen.«

Tony registrierte, daß das ihr erster wirklicher Fehler war. »Ich hätte gern eine Antwort«, sagte er zu Karoly und fügte bewußt moderat hinzu, »unter dem Vorbehalt Ihrer Beweiserheblichkeit, natürlich. Aber ich glaube, Miss Marz plant, Mr. Nixon selbst aufzurufen.«

Karoly zögerte unentschlossen. »Einspruch abgelehnt«, sagte er dann fast entschuldigend zu Stella. »Falls sich jedoch herausstellt, daß es keine Grundlage gibt, werde ich die Geschworenen auffordern, die Antwort nicht zu beachten.«

Tony wandte sich wieder Nancy Calder zu. Aus ihrer Schuld und Trauer erwacht, schaute sie ihn mit fast wilder Wut an. »Waren Sie sich der Tatsache bewußt«, fragte er noch einmal, »daß Marcie Ernie Nixon allein zu Hause besucht hat? Nicht einmal oder zweimal, sondern regelmäßig?«

Nancy Calder verschränkte die Arme. »Nein«, sagte sie gepreßt. »Wenn das überhaupt stimmt. Aber Ernie Nixon hat Marcie nicht umgebracht.«

Es war eine bessere Antwort, als Tony Lord sie sich als Strafverteidiger je hätte erhoffen können, und eine verheerendere, als er sie sich als alter Freund Ernie Nixons gewünscht hatte. »Danke«, sagte er leise und ließ Nancy Calder allein im Zeugenstand sitzen, eine Frau, die den Kontakt zu ihrem Mann und zu ihrer Tochter verloren hatte, während ihre letzten Worte im Saal nachhallten.

Diesmal brachte Sam Robb den Takt und die Klugheit auf, ihm nicht zu danken.

SIEBEN

Schweiß rann über Sam Robbs Gesicht. Er war kaum wiederzuerkennen verglichen mit dem Mann, den Tony vor vier Monaten getroffen hatte. Das Fett war verschwunden, sein Gesicht wirkte jünger, seine Augen wacher. Es war eigenartig: Seine Karriere und vielleicht sogar seine Ehe waren am Ende, und es war nicht unwahrscheinlich, daß er den Rest seiner Tage im Staatsgefängnis von Ohio fristen würde. Doch diese Widrigkeiten und vielleicht auch Tonys Rückkehr schienen seinem Leben ein neues Ziel gegeben und ihn auf seltsame Weise wiederbelebt zu haben.

Tony stand ihm gegenüber und ließ den Ball, die Augen auf den Korb gerichtet, mehrmals aufspringen, bevor er plötzlich antrat, an Sam vorbeifegte, unter dem Korb zum Stehen kam und den Ball mit einem Wurf über den Kopf im Netz versenkte.

Sam ließ sich auf den Boden fallen und brach in begeistertes Gelächter aus. »Du hast es noch immer drauf!« rief er. »Ich hätte einen fetteren und langsameren Anwalt engagieren sollen.«

Schwer atmend setzte Tony sich neben ihn. »Das hätte auch nichts geholfen. Er wäre schlau genug gewesen, nicht mit dir zu spielen.« Tony rang nach Luft. »Das ist doch wirklich total verrückt. Nach was für Regeln spielen wir hier eigentlich? Wer als letzter einen Herzinfarkt hat, hat gewonnen?«

Sam grinste. »Ich sehe die Schlagzeile schon vor mir: ›Tödlicher Wurf gegen Anwalt aus San Francisco – Robb muß sich selbst verteidigen.‹« Er legte den Kopf zur Seite. »Worum spielen wir, Tony?«

Tony wischte sich mit der Hand über die Stirn. »Deine Sportler-des-Jahres-Trophäe. Ich will sie immer noch.«

»Zu spät. Aber du hast es versucht, Tony. Das kann niemand bestreiten.« Sam drehte sein Gesicht in die Sonne und atmete tief und scheinbar zufrieden ein. »Denkst du manchmal an diese Zeiten? Bevor Allison gestorben ist, meine ich, als das Leben noch ein Spaß war?«

Auch fast dreißig Jahre später stimmte der Gedanke Tony traurig. »Manchmal«, antwortete er schließlich. »Aber von dem Moment an, als ich sie gefunden habe, erschien mir die Zeit davor wie etwas, das ich verkehrt herum durch ein Fernrohr betrachte. Zu weit weg, um es zu berühren.«

Schweigend blickten sie über die grasbewachsenen Hügel, die Erie Road, den Taylor-Park mit seinen Hecken und dahinter der See, der hellblau in der Sonne schimmerte.

Als Sam Tonys Vorbereitung auf Ernie Nixons Zeugenaussage mit seinem Vorschlag gestört hatte, eine Runde Basketball zu spielen, hatte Tony ihn für regelrecht pathologisch gehalten – ein Wettbewerb zwischen zwei alten Freunden, die, wenn es nach Sams Ehrgeiz ginge, noch im Altenheim Schach um Geld spielen würden. Als er eine entsprechende Bemerkung gemacht hatte, hatte Sam nur gelacht.

»So langfristig plane ich nicht«, hatte er erwidert. Tony hatte gespürt, daß Sam und vielleicht auch er selbst nach der düsteren Tragödie um Marcie Calders Tod und der erstickenden, hermetischen Atmosphäre des Mordprozesses ein wenig Aufheiterung gut gebrauchen konnten. Also hatten sie sich auf einem Platz unweit des Freizeitzentrums getroffen, um das Spiel ihrer Jugend zu spielen.

»Erinnerst du dich noch an meine Predigt?« fragte Sam.

Tony nickte. »Beängstigend. Du warst vollkommen von Sinnen. Total neben dir.«

Sam sah ihn von der Seite an. »Aber du hast mich rausgehauen«, sagte er leise. »Genau wie jetzt wieder.«

Tony ließ den Basketball auf seinem Zeigefinger kreisen. »Ich weiß noch, daß ich dir eine Predigt geschrieben habe, von der du keine Zeile verwendet hast. Statt dessen hast du dich, wie ich mich zu erinnern meine, unter großem Beifall über mein erbärmliches Sexleben lustig gemacht und mir hinterher erklärt, du hättest sie alle hochgenommen.«

Sams Lächeln wirkte nachdenklich. »Manchmal muß man auf sich selbst setzen, Tony. Aber ich werde dir trotzdem ewig dankbar sein.«

Sie schwiegen eine Weile. »Wie geht es eigentlich deinen Eltern?« fragte Sam schließlich unvermittelt.

»Gut, danke.« Tony fiel auf, daß sie seit seiner Rückkehr nie über ihre Eltern gesprochen hatten, mit Ausnahme von einer flüchtigen Bemerkung von Sam über seine Mutter. »Stacey und ich haben ihnen geholfen, sich in Florida einen Alterssitz zu kaufen. Mein Ding ist es weiß Gott nicht, aber Dad hat das Golfen entdeckt. Es hält ihn, um es mit den unnachahmlichen Worten meiner Mutter zu sagen, davon ab, sie ›in die Klapsmühle zu treiben‹.« Er lächelte schwach. »Nach fünfzig Jahren haben sie ihren Trott im Schlaf drauf – ständig kabbelnd, aber unzertrennlich. Wenn einer von beiden stirbt, wird es für den anderen schwer werden, vor allem, wenn mein Dad als erster abtritt. Dann wird meine Mutter wohl ihrem Hochzeitsfoto etwas vornörgeln müssen.« Er wandte sich an Sam. »Das ist eine Generation von Ehen, die ich wirklich nicht verstehen kann. Vielleicht könnte ich es, wenn ich mit Marcia verheiratet geblieben wäre.«

»Wie kannst du dann deine Scheidung bedauern?«

»Oh, ich habe nie behauptet, daß ich sie bedaure. Ich habe nur gesagt, ich fühle mich schuldig.« Wieder lächelte er, wurde jedoch rasch wieder ernst. »Nein, manchmal wache ich auf und sehe Stacey neben mir liegen, und sie lächelt im Schlaf. Und dann wird mir bewußt, daß trotz allem …«

Er brauchte den Satz nicht zu beenden. Sam musterte ihn zögernd, bevor er leise fragte: »Glaubst du, du hättest Alison geheiratet?«

Tony schüttelte verwundert den Kopf. »Ich habe keine Ahnung. Es ist so seltsam, jetzt darüber nachzudenken.« Leiser fügte er hinzu: »Aber wenn du mich das einen Moment, bevor ich sie gefunden habe, gefragt hättest, hätte ich ja gesagt.«

Sam blickte auf den See. »Vielleicht hätte sie einen anderen getroffen. Oder du eine andere.«

Tony fand die Bemerkung eigenartig. Richtig, aber ohne Bezug zu Alisons Tragödie. »Wenn sie glücklich mit einem anderen verheiratet wäre, würde mir das allemal reichen.«

Als Sam ihn nachdenklich ansah, fragte Tony sich plötzlich, ob sein Freund diese letzte Bemerkung auf seine eigene Frau übertragen hatte, die Tony auch einmal geliebt hatte. »Hast du je mit ihr geschlafen?« fragte Sam.

Mit wem? fragte Tony sich. Aber die einzige Wahrheit, die er aussprechen konnte, war die, auf die es jetzt nicht mehr ankam. Leise antwortete er: »An dem Abend, an dem sie gestorben ist, zum erstenmal. Deswegen ist sie noch einmal nach draußen gekommen.«

Sam riß die Augen auf, bevor er sie zusammenkniff und sein Gesicht wie unter Schmerzen verzog. Obwohl sein Mund offen stand, brachte er einen Moment lang keinen Laut hervor. »Tut mir leid, Tony«, sagte er dann. »Das wußte ich nicht.«

Tony hatte keine Ahnung, ob Sam sich für seine Frage oder aus einer neuen, tieferen Einsicht in Tonys damalige Verletzung entschuldigt hatte, aber das war vermutlich egal.

»Ich bin es nie wieder ganz losgeworden«, sagte er. »Ich habe noch immer Alpträume.«

Sam sah ihn an. »Was für Alpträume?«

Einen Moment lang wünschte Tony sich, daß sie als Siebzehnjährige so miteinander geredet hätten. Trotzdem war ihm nicht danach, über seinen letzten Traum zu sprechen. »Es ist immer derselbe«, sagte er statt dessen. »Der Augenblick, in dem ich sie finde. Ziemlich lebensecht, wenn man das so nennen kann, und dann wache ich auf.«

Sam starrte ihn an und schüttelte den Kopf. »Ich kann mich nie an meine Träume erinnern«, murmelte er. »Ist vielleicht auch besser so.«

Tony fragte sich, was für Träume Sam verdrängt haben konnte. »Das kommt vermutlich drauf an.«

Sam stützte sein Kinn auf die gefalteten Hände und sagte lange Zeit nichts. »Ich muß immer an jenen Abend am See denken«, sagte er schließlich. »Du und Alison, ich und Sue, all die Sachen, die wir damals noch nicht wußten. Hast du dir je gewünscht, die Zeit zurückspulen zu können?«

»Früher schon. Jetzt wünsche ich mir nur, eine Nacht ausradieren zu können.«

Er hatte den Gedanken kaum geäußert, als ihm bewußt wurde, wie taktlos diese Antwort war. Doch Sam schien sie nicht so aufzufassen. Fast zärtlich legte er seine Hand auf Tonys Schulter und sagte: »Ich lade dich auf ein Bier ein. Wir können das Spiel auch ein anderes Mal zu Ende spielen.«

Als Tony in sein neues Quartier in Steelton zurückkehrte, das öde, aber komfortable Palace Hotel, lagen seine Notizen über Ernie Nixon noch auf dem Bett verstreut. Sie erinnerten ihn wieder daran, daß das Leben allerlei ironische Wendungen, Entscheidungen und unbeabsichtigte Konsequenzen bereithielt, für die man trotz allem verantwortlich war.

Morgen sollte Ernie Nixon den Zeugenstand betreten, und der Anwalt Tony Lord würde für das, was er dann tat, verantwortlich sein. Tony schob den Gedanken beiseite und malte sich sein Kreuzverhör aus.

In jener Nacht schlief er schlecht.

ACHT

Als Ernie Nixon den Zeugenstand betrat, trug er einen grauen Nadelstreifenanzug, eine gelbe Krawatte mit geometrischem Muster, ein steifes weißes Hemd, dazu eine Miene kühler Selbstbeherrschung, mit der er sich für einen Moment Tony Lord zuwandte. Saul Ravin beäugte Ernie mit besorgtem Interesse. »Der ist kein Donald White«, murmelte er.

Diese Bemerkung rührte an Tonys Gewissen. »Das war er nie«, gab er zurück.

Auch Stella Marz warf Tony einen kurzen Blick zu. Sogar die zwölf Geschworenen, die vor Beginn der Verhandlung üblicherweise leise schwatzten und verhalten scherzten, waren still und aufmerksam.

Stella hatte Ernie für ihre Verhältnisse vielleicht ein wenig ungelenk nach seiner Jugend in Lake City, seiner College-Ausbildung, seiner Entscheidung, in seine Heimatstadt zurückzukehren, und seiner Zeit als Leiter des Freizeitzentrums befragt. Ernies Antworten kamen leise und präzise und offenbarten nichts von der Komplexität seiner Gefühle. Beim Zuhören fühlte sich Tony unwillkürlich an den Schluß eines Frank-Capra-Films erinnert, die Heimkehr eines gutherzigen Mannes in die Wärme und Geborgenheit des Ortes, den er immer am meisten geliebt hatte. Fehlt nur noch das Mädchen, dachte Tony ironisch.

»Können Sie uns sagen, wie alt Marcie Calder war, als Sie sie zum erstenmal getroffen haben?« fragte Stella.

»Dreizehn, würde ich sagen. Ich trainiere eine Leichtathletikmannschaft für elf- bis vierzehnjährige Mädchen.« Ernie machte eine Pause. »Marcie war die beste Freundin eines anderen Mädchens aus meiner Mannschaft, Janice D'Abruzzi, deren Vater mein bester Freund war. Ich glaube, Janice hat sie mitgebracht.«

»Wie war Marcie damals?«

Ernie schien zu überlegen. »Schüchtern und vollkommen unproblematisch. Aber man konnte sehen, daß sie alles genau beobachtete und sich ihren Teil dachte. Ich würde sagen, sie war ein nachdenklicher und auch irgendwie zurückgezogener Mensch. So als ob es eine Weile brauchte, bis sie jemandem vertraute.« Ernie hielt inne und schloß leise: »Ich glaube nicht, daß sich das je geändert hat.«

Tony erkannte, daß Stella das Bild eines schüchternen, zurückhaltenden Mädchens zeichnen wollte, dessen schrecklicher Fehler es gewesen war, dem falschen Erwachsenen zu trauen. »Haben Sie sie im Laufe der Zeit besser kennengelernt?«

Ernie nickte. »Nach und nach«, antwortete er und erlaubte sich ein kleines Lächeln. »Etwa ein Jahr, nachdem sie sich dem Team angeschlossen hatte, machte Marcie einen Wachstumsschub durch. Das hat bei den meisten Kindern zunächst eine gewisse Ungelenkigkeit zur Folge. Doch Marcie Calder wurde vor allem schneller. Auf einmal war sie die schnellste Läuferin unseres Teams.«

»Wie hat sie darauf reagiert?«

»Man könnte wohl sagen, sie war euphorisch. Sie konnte gar nicht genug bekommen vom Laufen und Siegen. Ich habe viel mit ihr geredet. Es war, als ob ich für sie so eine Art Held geworden war, bloß weil ich ihr die Chance gegeben hatte, während sie das ganze Talent mitgebracht hatte, wie ich ihr immer wieder gesagt habe.« Ernies Stimme wurde plötzlich leiser, und zum erstenmal sah er Sam Robb direkt an. »Ich sah, daß Marcie Aufmerksamkeit brauchte. Ich glaube, sie hätte sich jedem Erwachsenen anvertraut, der ihr das Gefühl vermittelte, daß sie für ihn wichtig war.«

Tony dachte, daß diese Antwort hart an der Grenze war, doch er machte keinerlei Anstalten, Einspruch zu erheben. »Haben Sie, als Marcie fünfzehn wurde und nicht mehr in Ihrer Mannschaft laufen konnte, irgend etwas unternommen, um ihr weiterzuhelfen?« fragte Stella.

Ernie faltete die Hände. »Ich habe sie ermutigt, sich dem Leichtathletikteam der High-School anzuschließen. Und dann habe ich, nur um sicherzugehen, daß sie es auch wirklich tut, den Trainer der Mädchenmannschaft angerufen, Sam Robb.«

Die Erwähnung von Sam Robb ließ die Geschworenen noch aufmerksamer werden.

»Und was hat Sam Robb gesagt?«

»Daß er ein Auge auf sie haben werde.« Ernie machte eine Pause und blickte erneut zu Sam. »Ja, ich glaube, das waren genau seine Worte: ›Ich werde ein Auge auf sie haben.‹«

Sam erwiderte Ernies Blick vollkommen ausdruckslos, während Stella die Worte nachhallen ließ.

»Hat Marcie, nachdem sie Ihre Mannschaft verlassen hatte und Sam Robbs Team beigetreten war, den Kontakt zu Ihnen gehalten?« fragte sie.

Ernie musterte Sam noch immer. Etwas wie Abscheu lag in seiner Miene, was ihm eine arrogante Ausstrahlung verlieh, die Tony seltsamerweise an Dee Nixon erinnerte. Dann wandte Ernie sich wieder Stella zu und erwiderte mit einer nonchalanten Beiläufigkeit, die einstudiert wirkte: »Ja, das hat sie. Manchmal kam sie in mein Büro, manchmal hat sie auf unsere Kinder aufgepaßt. Alles in allem habe ich sie etwa zwei- bis dreimal im Monat getroffen.«

»Und hat sie mit Ihnen hin und wieder über das Leben geredet?«

»O ja. Manchmal im Büro, manchmal, wenn ich sie nach dem Babysitten nach Hause gefahren habe.« Ernie machte eine kurze Pause. »Hin und wieder kam sie auch einfach bei mir zu Hause vorbei. Um zu reden.«

»Hatten Sie je den Eindruck, ihr Interesse an Ihnen könnte über bloße Gespräche hinausgehen?« Stella hielt inne und fügte mit flacher Stimme hinzu: »Damit meine ich, ob sie romantische Gefühle für Sie hegte, eine Art Verliebtheit oder so?«

»Auf gar keinen Fall.« Ernies Tonfall klang wie ein Echo von Stellas Verachtung für jeden, der das Andenken dieses Mädchens beschmutzte, um einen Schuldigen vor dessen gerechter Strafe zu bewahren. »Was sie suchte, war ein Erwachsener, der sie wie ein Freund und nicht wie ein Erziehungsberechtigter behandelte. In diesem Alter kann man das bei Teenagern oft beobachten. Es ist normal, sogar gesund, und es gehört zum Erwachsenwerden dazu. Ich hätte mir das als Kind auch öfter gewünscht.«

Zum erstenmal sah Tony zu den Calders. Frank Calder hob den Kopf, während seine Frau mit stummer Eindringlichkeit nickte, auch wenn Tony spürte, daß zwischen Ernie und den Calders eine unausgesprochene Kluft herrschte.

»Worüber hat Marcie gesprochen?«

Ernie zuckte die Schultern. »Über alles und nichts – ihre Noten, die Schule, Leichtathletik, Jungen.« Er sah die Geschworenen an. »Jugendliche sind bemerkenswert offen. Im Gegensatz zu Erwachsenen haben sie sich noch nicht abgeschottet.«

Tony senkte den Kopf und hörte Sam murmeln: »Was ist das hier, ein Einführungskurs in Persönlichkeitsentwicklung von Jugendlichen? Alle Kinder erzählen Bibo von ihren geplatzten Kondomen?« Aber Tony konnte nichts machen. Wenn er gegen Ernies eigennützige Allgemeinplätze Einspruch erhob, würden die Geschworenen ihm das als Nervosität auslegen.

»Gab es einen Punkt, ab dem Sie sich über Marcies weitere Entwicklung Sorgen gemacht haben?« fragte Stella.

Ernie nickte. »Ja«, sagte er entschieden. »Große Sorgen.«

»Wie waren die genauen Umstände?«

Ernie sah die Geschworenen an und sprach direkt zu ihnen. »Marcie kam mich in meinem Büro besuchen. Schon bevor sie mich um Hilfe bat, sah ich, daß sie ziemlich durcheinander war.« Seine Stimme klang verhalten, als würde ihn die Erinnerung noch immer belasten. »Marcie sagte, daß sie angefangen hätte, mit jemandem zu schlafen, und daß sie Angst hätte.«

Die Kosmetikerin erwiderte Ernies Blick mit unausgesprochener Sympathie. Stella wartete einen Moment, bevor sie leise fragte: »Hatten Sie je sexuelle Beziehungen zu Marcie Calder?«

Ernie richtete sich auf. »Bestimmt nicht. So habe ich sie nie gesehen.«

Tony erkannte, daß Stella bereits alle seine eigenen Fragen stellte, um sie ihrer Wirkung zu berauben. »Nicht einmal, nachdem Ihre Frau ausgezogen war?«

Ernie verschränkte die Arme. »So etwas würde ich nicht tun, Miss Marz. So etwas sollte niemand tun, der Verantwortung für Kinder trägt.«

Obwohl die Antwort als ein Seitenhieb auf Sam gemeint war, wirkte Ernies Gesicht grimmig, und seine Worte klangen auf einmal so defensiv und selbstgerecht wie ein politisches Programm, ohne jedes Einverständnis menschlicher Schwächen und Begierden, die man verspürte, denen man aber im Bemühen um Moral und Anständigkeit nicht nachgab. Der wahre Ernie, den Tony bereits kannte, blieb verborgen. Vielleicht weil Ernie begonnen hatte, sich selbst etwas vorzumachen, wahrscheinlicher jedoch, weil die meisten Menschen sich über ihre persönlichen Motive belügen und Ernie das Durcheinander seiner Empfindungen nicht verzeihen würden. Doch dabei war etwas verlorengegangen, nicht nur für Stellas Anklage: Ernie war nicht mehr er selbst. Und er wußte, daß Tony das wußte.

»Wann«, fragte Stella, »haben Sie Marcie Calder zum letztenmal gesehen?«

Mit scheinbar bewußter Anstrengung löste Ernie seine Arme aus ihrer Verschränkung. Leise antwortete er: »Am Abend ihres Todes. Sie hat mich zu Hause besucht. Gegen halb acht.«

Die Geschworenen starrten ihn an. Sogar Leo Karoly hatte seine nichtssagende bürokratische Miene fallengelassen und wirkte gebannt.

»War das ungewöhnlich?«

»Ja.« Ernies Stimme blieb ruhig. »Außer wenn sie zum Babysitten kam. Als ich sie sah, wußte ich sofort, daß irgend etwas nicht stimmte.«

»Hat sie Ihnen erzählt, was es war?«

Langsam wandte Ernie den Blick zu Sam. »Marcie war schwanger.«

»Hat sie Ihnen gesagt, wer der Vater war?«

Ernie starrte Sam weiterhin an. »Nur, daß es von dem Mann wäre, mit dem sie sich getroffen hatte. Dem älteren Mann.«

Tony sah, daß die Geschworenen Ernies Blicken gefolgt waren. »Wie hat Marcie auf Sie gewirkt?« fragte Stella.

»Durcheinander und hilfsbedürftig. Aber nicht hysterisch.«

»Hat sie Ihnen erzählt, was sie vorhatte?«

Ernie blickte wieder zu Stella und antwortete kalt und klar: »Ja. Marcie hat gesagt, sie wollte unmittelbar anschließend den Vater treffen. Um ihn zu warnen.«

Stella schwieg einen Moment. »Hat sie die Möglichkeit erwähnt, diesen Mann zu heiraten?«

»Mit keinem Wort.« Ernies Tonfall war wieder gedämpft. »Im Gegenteil, sie sagte, der Vater könnte ihr nicht helfen, und sie würde ihn nie auffordern, sich zu dem Kind zu bekennen.«

Es war eine verheerende Antwort und eine unvollständige, wenn Tony sich recht erinnerte. Aber das konnten die Geschworenen nicht wissen. »Haben Sie mit ihr über mögliche Alternativen gesprochen?« fragte Stella.

Ernie richtete sich auf. »Ich habe die Möglichkeit einer Abtreibung erwähnt. Aber Marcie saß nur auf meiner Couch und sagte: ›Aber es ist ein Baby – mein Baby. Wie kann ich es töten, nur weil es ein Fehler war?‹«

Tony bemerkte, daß Stella ihm erneut zuvorgekommen war. »Hat Marcie sich dazu geäußert, wer sich ihrer Meinung nach um das Kind kümmern sollte?« fragte sie.

Ernie nickte. »Sie selbst wollte sich darum kümmern, hat sie gesagt.«

Stella erlaubte sich ein trauriges wissendes Lächeln. Mit milder Skepsis fragte sie: »Hatten Sie irgendwann im Laufe Ihres Gesprächs den Eindruck, Mr. Nixon, daß Marcie Calder selbstmordgefährdet war?«

»Einspruch!« Tony stand langsam auf, um den vernichtenden Rhythmus der Fragen und Antworten zu durchbrechen. »Miss Marz hat diesen Zeugen nicht als Psychologen aufgerufen. Vielmehr ist Mr. Nixon ganz offensichtlich jemand, der Marcie Calder sehr nahestand und der nun die alleinige Schuld an ihrem Tod meinem Mandanten zuschieben will. Doch die Antwort auf die Frage, ob Marcie Calder selbstmordgefährdet war oder nicht, findet sich bestimmt nicht in den Auslassungen dieses Zeugen – oder in seinen Wünschen.«

Stella hatte Tony demonstrativ ungeduldig angehört. »Wir verstehen Mr. Lords Empfindlichkeiten in diesem Punkt, Euer Ehren, zumal er die Idee des Suizids selbst aufgebracht hat. Doch Mr. Nixon hat sein Leben lang mit Kindern und Jugendlichen gearbeitet. Ich nehme an, daß er eine qualifiziertere Meinung zu diesem Thema hat als die meisten Anwesenden.«

Karoly legte die Fingerspitzen gegeneinander. »Vielleicht könnten Sie die Frage umformulieren, Miss Marz.«

Stella nickte knapp. »Gerne«, antwortete sie und drehte sich wieder zu Ernie Nixon um. »Mr. Nixon, hat Marcie Calder irgend etwas gesagt oder getan, was für Sie die Vermutung nahelegte, daß sie sich vielleicht umbringen wollte?«

»Rein gar nichts«, sagte Ernie rasch und mit fester Stimme. »Im Gegenteil, ihre Worte und ihr Verhalten legten vielmehr den Schluß nahe, daß sie die feste Absicht hatte, das Kind auszutragen.«

Stella stemmte die Hände in die Hüften. »Und hat sie je gesagt, daß sie ihren Eltern nicht unter die Augen treten könnte?«

»Nein. Sie hat nur gesagt, daß sie ihnen nicht sagen könnte, wer der Vater war.«

»Sie hat Ihnen auch erzählt, daß sie eine Weile nichts gegessen hatte, nicht wahr?«

»Ja. Darum habe ich ihr ein Thunfisch-Sandwich angeboten.« Ernie zuckte hilflos die Achseln. »Mehr konnte ich nicht tun.«

»Hat sie es gegessen?«

»Ja. Sie sagte, sie müßte ja jetzt für zwei essen.«

Stella machte eine Pause. »Aber sie hat es nicht ganz aufgegessen, oder?«

»Nein. Plötzlich sah sie auf ihre Uhr und sagte, sie müßte ihn treffen. Den Vater.«

Stella trat näher an den Zeugenstand, und die Blicke der Geschworenen folgten ihr. »Haben Sie versucht, sie aufzuhalten?« fragte Stella.

»Nicht, sie aufzuhalten. Ich habe versucht, mit ihr zu reden. Ich hatte den Eindruck, daß sie die Sache noch nicht richtig durchdacht hatte. Daß sie deswegen zu mir gekommen war und jetzt einfach davonlief.« Ernie hielt inne. »Es erschien mir nicht richtig, Miss Marz. Und es erschien mir auch nicht richtig, daß dieser Mann älter war und anonym bleiben mußte. Bis auf mich war das Mädchen vollkommen allein.«

»Aber sie wollte nicht bleiben, oder?«

Ernie betrachtete seine gefalteten Hände, und der Schmerz stand ihm ins Gesicht geschrieben. »Nein. Sie wollte nicht bleiben.« Seine Stimme verlor sich, als würde er mit sich selbst sprechen. »Sie stieg einfach in den Wagen und fuhr weg.«

Das Gefühl des Verlustes war jetzt förmlich mit Händen zu greifen. Es erfüllte die vollkommene Stille und war in den Mienen der Geschworenen zu lesen.

»Haben Sie danach irgendwas unternommen?« fragte Stella leise.

Ernie blickte auf. »Ich bin ihr nachgefahren.«

Stella legte den Kopf zur Seite. »Und warum?«

Das schien sich Ernie auch zu fragen. »Ich weiß nicht«, erwiderte er schließlich. »Ich wußte nur, daß ich mir irgendwie Sorgen machte. Ich dachte, wenn ich herausfinden könnte, wer der Vater war ...«

»Und haben Sie es herausgefunden?«

Ernie schüttelte langsam den Kopf. »Damals noch nicht«, antwortete er ruhig. »Damals noch nicht. Ich bin ihr etwa drei Blocks weit gefolgt. Dann wurde mir plötzlich bewußt, daß ich nicht ihr Vater war. Ich habe mir gesagt, daß ich ihr nur helfen könnte, indem ich geduldig warte, bis sie sich wieder an mich wendet.« Er blickte wieder auf. »Also habe ich gewendet und bin wieder nach Hause gefahren. Das letzte, was ich von Marcie Calder gesehen habe, waren zwei rote Rücklichter, von denen eines geflackert hat, als ob es einen Wackelkontakt hätte. Ich hatte mir noch vorgenommen, es ihr zu sagen.«

Ernie hielt inne und biß sich auf die Lippe. »Ich wollte es richtig machen, Miss Marz, und habe es erst recht falsch gemacht. Denn wenn ich ihr gefolgt wäre, würde Marcie noch leben, nicht wahr?«

Stella schwieg einen Moment, bevor sie sich zu Tony umdrehte und schlicht sagte: »Ihr Zeuge, Mr. Lord.«

NEUN

Widerwillig erhob sich Tony und blickte zu Sue. Sie saß zwischen ihren beiden Kindern und erwiderte seinen Blick traurig, besorgt und mitfühlend. Tony lächelte ihr knapp und aufmunternd zu, berührte ganz leicht Sams Schulter, drehte sich um und ging auf den im Zeugenstand sitzenden Ernie Nixon zu.

»Hat Marcie Calder Ihnen an jenem Abend gesagt, warum sie gekommen war?« fragte Tony.

Ernie faltete die Hände und sah Tony direkt an. »Um mir zu sagen, daß sie schwanger war. Ich nehme an, sie brauchte einen Freund.«

»Sie hatte doch eine Freundin, Janice D'Abruzzi. Können Sie sich vorstellen, warum Marcie es nicht ihr, sondern Ihnen erzählt hat?«

»Ich weiß es nicht. Vielleicht suchte sie den Rat eines Erwachsenen.«

Tony machte eine Pause. »Könnte man nach Marcies Äußerungen Ihnen gegenüber sagen, daß Marcie Calders Verhältnis zu ihrem Vater gestört war?«

»Einspruch«, ging Stella dazwischen. »Hörensagen.«

Tony schüttelte den Kopf. »Das fällt wieder unter die Ausnahmegenehmigung, Euer Ehren. Es geht um Marcies Gemütsverfassung und darum, ob sie auf der Grundlage der hier vorgelegten Beweise auch Selbstmord begangen haben könnte.«

»Sie dürfen antworten, Mr. Nixon«, erlaubte Karoly.

»Ich weiß nicht, ob ich das Verhältnis ›gestört‹ nennen würde.« Ernie zögerte und rutschte nervös auf seinem Stuhl hin und her. »Sie sagte, daß es ihr manchmal schwerfallen würde, mit ihm zu reden.«

»Weil er sie eingeschüchtert hat, nicht wahr?«

»Das hat sie gesagt, ja.«

»Und Ihres Wissens hatte Marcie Calder keine Vorstellung davon, was sie als nächstes tun sollte?«

Ernie kniff die Augen zusammen. Tony sah, daß er herauszufinden versuchte, worauf sein Gegenüber hinauswollte. Er spürte erneut die grausame Unpersönlichkeit seiner eigenen Rolle. »Doch, Tony«, erwiderte Ernie leise. »Sie wollte ihren Liebhaber treffen.«

Die Anrede mit dem Vornamen und die spitze Entgegnung sollten ihn offenbar entwaffnen, doch sie weckten nur Tonys Wut. Ebenso leise fragte er: »Hat sie irgendwelche darüber hinausgehenden Vorstellungen geäußert?«

»Nein.«

»Wenn Marcie Calder sich also eine Zukunft über diesen Abend hinaus ausmalte, wußten Sie nicht, wie die aussehen sollte?«

Ernie Nixon lehnte sich zurück. »Sie sagte, daß sie das Baby bekommen wollte. Das hat sie sich ausgemalt.«

»Wo wollte sie leben?«

»Ich weiß es nicht.«

Tony trat einen Schritt vor. »Würden Sie, ausgehend von Ihren Erfahrungen mit Jugendlichen, sagen, Mr. Nixon, daß das Leben für eine unverheiratete minderjährige Mutter in Lake City schwierig ist?«

»Das kommt ganz auf die Umstände an.«

»Wie zum Beispiel?«

Ernie zuckte die Schulter. »Familiäre Unterstützung, zum einen.«

Zum erstenmal hatte Tonys Stimme einen ironischen Unterton. »Und selbst dann ist es vergleichsweise schwer, in Lake City einen einmal erworbenen skandalösen Ruf wieder loszuwerden, oder?«

Ernie lächelte knapp. »Das würden vermutlich einige sagen.«

»Wie war Marcies Verhalten an jenem Abend?«

»Wie schon gesagt – besorgt, aber gefaßt.«

»Hat sie geweint?«

»Ja.«

»Wollte sie, daß Sie sie in den Arm nehmen?«

Ernie blickte zu Marcies Eltern, bevor er Tony wieder ansah und leise antwortete: »Ja.«

»Sie brauchte Trost und Zuspruch, nicht wahr? Das war offenkundig für Sie.«

»Ja.«

»Das heißt, das Mädchen, das Sie vor sich hatten, war keineswegs eine gefaßte junge Mutter, die entschlossen war, ihr Kind auszutragen, oder? Marcie Calder war verwirrt, einsam, hungrig und sehr erregt, und sie hatte – soweit Sie das erkennen konnten – keine klare Vision von ihrer Zukunft über das Treffen mit dem Vater des Kindes hinaus.«

Ernie betrachtete ihn. »Manches von dem, was Sie sagen, ist richtig. Was den Rest angeht, weiß ich es einfach nicht.«

Tony erhöhte die Schlagzahl. »Genausowenig wie Sie wissen, ob Marcie Calder sich unter gewissen Umständen nicht möglicherweise das Leben nehmen würde.«

»Dafür konnte ich keinerlei Anzeichen erkennen«, entgegnete Ernie trotzig.

»Aber Sie sind kein Psychologe, oder?«

»Nein.«

»Oder ein Fachmann für Selbstmord unter Jugendlichen?«

»Natürlich nicht.«

»Haben Sie bei unserem ersten Gespräch über dieses Thema nicht gesagt, daß Marcie Ihnen erzählt hat, sie würde von dem Vater nie verlangen, daß er sich zu dem Kind bekennt, Zitat: ›wenn er es nicht will‹?«

Ernie faltete erneut die Hände. »Ich glaube schon, ja.«

»Das heißt, Marcie hielt durchaus für möglich, daß ihr Liebhaber sich zu seiner Vaterschaft bekennen würde.«

»Vermutlich schon.«

»Und sie auch heiraten würde?«

»Das weiß ich nicht.«

»Sie wissen weder das eine noch das andere, oder?«

»Nein.«

»Da haben wir doch in relativ kurzer Zeit gemeinsam ein gutes Stück Weg hinter uns gebracht, nicht wahr, Mr. Nixon? Jetzt haben wir es mit einem verängstigten, verwirrten, weinenden, schwangeren sechzehnjährigen Mädchen zu tun, das Angst vor ihrem Vater und keine Vorstellung davon hatte, wie es auf die Situation reagieren sollte, außer den Vater des Babys zu treffen, möglicherweise in der Hoffnung, daß er die Dinge schon irgendwie richten würde. Und ein Mädchen, das – falls er das nicht tat oder konnte – auf verschiedenste Weise reagiert haben könnte, die Sie weder vorausahnen noch vorhersagen konnten. Darunter auch Selbstmord.«

Noch bevor er den Satz beendet hatte, war Stella in seinem Rücken aufgestanden. »War das eine Frage, Euer Ehren, oder eine Rede? Ich weiß es nicht. Ich weiß nur, daß die Ausführungen meines Kollegen spekulativ und unbegründet sind und stark plädierenden Charakter haben, so daß eine Antwort unmöglich ist.«

»Und sie sind«, erwiderte Tony ironisch, »um einiges näher an der Wahrheit von Marcies Leben als die fiktive Person, die Sie mit Hilfe von Mr. Nixon erfunden haben. Aber ich werde die Frage zurückziehen und den Zeugen statt dessen etwas anderes fragen.«

Stella blickte ihn frustriert an. Tony drehte sich um und fragte Ernie leise: »Sie waren Marcie keine besonders große Hilfe, nicht wahr?«

Ernie spreizte die Hände. »Ich konnte ihr nicht helfen.«

»Und Sie wissen auch nicht, wer ihr helfen konnte, oder?«

»Nein.«

»Hat sie Sie gefragt, ob Sie sie heiraten würden, Mr. Nixon?«

Ernie wirkte überrascht, bevor er Tony betrübt ansah. »Wir hatten nicht diese Art von Beziehung, Mr. Lord.«

»Wie würden Sie Ihre Beziehung denn beschreiben?«

»Wie schon gesagt, ich habe sie ermutigt, und deshalb mochte sie mich.«

»Ich meine, von Ihrer Seite aus?«

Ernie lehnte sich zurück und musterte Tony mit schmalen Augen. Mit bewußter Willensanstrengung versuchte Tony, jeden Gedanken zu unterdrücken außer dem, daß er den Mann vor sich beschädigen mußte, einen Mann, an dessen Würde und Zukunft er als Strafverteidiger keinen Gedanken verschwenden durfte.

»Ich mochte sie«, sagte Ernie schlicht.

Tony steckte die Hände in die Taschen und spürte die angespannten Blicke der Geschworenen, bevor er die Zuhörer vollkommen vergaß: Es war, als ob er und Ernie sich in einem Tunnel gegenüberstanden.

»Haben Ihnen seit Ihrer Rückkehr nach Lake City noch andere minderjährige Mädchen intime Details ihres Sexuallebens offenbart?«

Ernies Augen waren so leblos wie seine Stimme. »Nein.«

»Oder Sie allein zu Hause besucht, Mr. Nixon?«

»Nein.«

»Wann haben Ihre Frau und Sie sich getrennt, Mr. Nixon?«

Ernie verschränkte die Arme. »Vor knapp einem Jahr.«

»Und danach fing Marcie Calder an, Sie zu Hause zu besuchen, richtig?«

»Manchmal, ja.«

»Wie oft?«

»Ich habe es nicht gezählt, Mr. Lord.«

»Mehr als zehnmal?«

Seltsam fasziniert beobachtete Tony, wie Ernie Nixon sich fragte, wie genau Sarah Croff ihn beobachtet hatte. »Das könnte sein, ja.«

»Könnten es auch mehr als zwanzigmal gewesen sein?«

Ernie wandte den Blick ab und rückte nervös seine Krawatte zurecht. »Ich habe, wie gesagt, nicht mitgezählt.«

»Das heißt, Sie können die Möglichkeit, daß Marcie Calder Sie in den letzten sechs Monaten ihres Lebens mehr als zwanzigmal zu Hause besucht hat, nicht ausschließen?«

»Nein, ich kann es weder ausschließen noch bestätigen.«

»Wie viele Stunden mögen das zusammengenommen gewesen sein, Mr. Nixon, allein mit einer Sechzehnjährigen?«

»Ich habe keine Ahnung.«

Tony legte einen Finger an die Lippe und sah Ernie verwundert an. »Worüber haben Sie beide geredet?«

Ernie verzog seine Miene in müder Geringschätzung. »Es ist, wie ich gesagt habe. Wie viele Jugendliche in ihrem Alter hatte Marcie das Bedürfnis, über alles mögliche zu reden – über ihre Noten, ihr Laufen, Freundinnen, ihre Eltern.«

»Apropos«, unterbrach Tony ihn. »Wußten ihre Eltern, daß sie zu Ihnen nach Hause kam?«

»Ich habe keine Ahnung.«

»Demnach haben Sie es ihnen nicht erzählt?«

»Nein.«

»Haben Sie nicht gedacht, daß sie sich vielleicht Sorgen machen?«

Ernie warf die Hände in die Luft. »Hören Sie«, sagte er, »ich weiß nicht, ob sie es wußten oder nicht. Darüber habe ich nicht nachgedacht.«

Tony sah ihn neugierig an. »Und worüber haben Sie mit Marcie geredet?«

»Ich weiß nicht mehr. Ich habe meistens zugehört.«

»Über Ihre Ehe?«

Ernie versteifte das Kinn. »Ich kann mich wirklich nicht erinnern.«

»Sie hatten gerade eine Trennung hinter sich, Marcie war dauernd bei Ihnen, und Sie können sich nicht erinnern, ob Sie darüber geredet haben?«

»Nein.«

Tony warf ihm ein flüchtiges, ungläubiges Lächeln zu. »Wo wir gerade von Erinnerungsvermögen sprechen, Mr. Nixon, ist es nicht möglich, daß Ihre Erinnerung daran, wann Marcie Sie abends zu Hause besucht hat, etwas lückenhaft ist?«

Ernie starrte ihn schweigend an. Tony dachte, daß es seltsam war, wie viele Menschen glaubten, sich unsichtbar machen zu können, und wie sie als Zeugen vergaßen, daß Strafverteidiger Privatdetektive engagieren konnten. »Wie meinen Sie das?« gab Ernie zurück.

»Nun, was mir spontan in den Sinn kommt, sind die diversen Samstagabende, an denen Marcie mit einem geliehenen Video zu Ihnen kam.« Tony machte eine kurze Pause. »Was war Ihr Lieblingsfilm – *Sabrina* oder *Love Story*?«

»Einspruch«, sagte Stella. »Das ist keine Frage, sondern eine Unterstellung. Wenn Mr. Lord eine Frage zu stellen hat, soll er es tun.«

Sie war zum erstenmal sichtlich nervös. Bevor Karoly reagieren konnte, erklärte Tony: »Ich werde verschiedene Fragen stellen«, und wandte sich wieder Ernie Nixon zu. »Ist Marcie mindestens viermal samstagsabends allein zu Ihnen gekommen?«

Ernie schluckte und gab vor, in seinem Gedächtnis zu kramen. »Ich meine mich zu erinnern, daß sie ein paarmal einfach so aufgetaucht ist.« Ernie machte eine Pause und fügte bemüht beiläufig hinzu: »Jetzt fällt mir wieder ein, daß Janice D'Abruzzi einen neuen Freund hatte, so daß Marcie manchmal einfach nur Gesellschaft suchte. Sie wußte, daß ich allein war und nichts zu tun hatte, also hat sie ein Video mitgebracht. Ja, genau, so war es.«

»Wo haben Sie sich die Filme angesehen?«

»In meinem Keller«, antwortete Ernie wütend. »Da steht mein Videorecorder.« Seine Stimme war hart. »Als meine Familie noch zusammen war und Marcie die Kinder gehütet hat, haben sie sich immer zusammen im Keller Filme angesehen. Sie mochte das gern.«

»Und Sie mochten es auch gern.«

Ernie nickte widerwillig. »Ja.«

»Und wenn Sie beide sich Filme angesehen haben, wo hat Marcie gesessen?«

Ernie blickte zu Stella, doch Tony wußte, daß Ernie von dort keine Hilfe zu erwarten hatte. Jeder Einspruch würde eine vernichtende Rede von Tony provozieren, bevor Karoly ihn ablehnte. Tony bemerkte, daß Karoly selbst angefangen hatte, Ernie verwundert und mißbilligend zu betrachten, Empfindungen, die einige Geschworene offenbar teilten.

»Manchmal saß sie auf dem Boden«, sagte Ernie, »und manchmal auf dem Sofa.«

»Und Sie saßen neben ihr?«

»Manchmal.«

»Was haben Sie gemacht, nachdem Sie sich einen Film angesehen haben?«

»Wir haben Popcorn gemacht und darüber geredet, ob uns der Film gefallen hat. Hinterher ist sie nie lange geblieben.«

»Haben Sie sie je angefaßt, Mr. Nixon?«

»Auf keinen Fall.«

»Nicht mal ein Gutenachtkuß?«

Ernie richtete sich auf und sah Tony empört an. »Sie war erst sechzehn, Mr. Lord.«

»So ist es. Was glaubten Marcies Eltern, wo sie war?«

»Ich habe keine Ahnung.«

»Aber laut Mrs. Calder wußten sie nicht, daß sie bei Ihnen war. Warum sollte Marcie das verbergen?«

»Ich wußte es nicht, daß sie das getan hat. Oder warum.«

»Nicht? Und trotzdem haben Sie den Geschworenen von keinem dieser Besuche erzählt, als Miss Marz Sie befragt hat.«

»Sie waren, wie gesagt, ganz normal. Was mir im Gedächtnis haftengeblieben ist, war, wie anders sie am Abend vor ihrem Tod war.«

Tony machte eine Pause. »Sind Sie bei diesen ›normalen‹ Samstagabenden, an denen Marcie Sie besuchen kam, davon ausgegangen, daß Marcie einen Freund hatte?«

»Meines Wissens hatte sie keinen Freund. Marcie konnte sehr schüchtern sein. Ich glaube, es fiel ihr nicht immer leicht, eine Wellenlänge mit Jungen ihres Alters zu finden.«

»Sind Sie zu diesem Zeitpunkt davon ausgegangen, daß Marcie je mit einem Jungen geschlafen hatte?«

Wie ein überflüssiger Luxus wich die Wut aus Ernies Blick, zurück blieb die angespannte Nervosität eines Menschen, der schnell und scharf nachdenken muß, ohne zu wissen, wo sich mögliche Fallen verbargen. »Ich habe angenommen, daß sie noch nie mit einem Jungen geschlafen hatte. Aber ich kann mich nicht erinnern, mit ihr darüber gesprochen zu haben.«

»Als Marcie Ihnen sechs Wochen vor ihrem Tod erzählte, daß sie angefangen hatte, mit einem älteren Mann zu schlafen, waren Sie also überrascht.«

»Ja. Das war ich wohl.«

»Und eifersüchtig?«

»Nein, nicht eifersüchtig.« Ernie hielt inne, und seine Stimme zitterte vor neuer Empörung. »Ich habe mir Sorgen um sie gemacht. Es war ein sechzehnjähriges Mädchen, das von einem älteren Mann ausgenutzt wurde.«

Die Antwort verhallte. »Einem älteren Mann«, sagte Tony leise, »der ihr laut Marcies eigenen Worten ›Dinge beibrachte‹.«

In Ernies Augen standen Haß und Demütigung. Sein »Ja« war mehr ein Zischen.

Ruhig bleiben, ermahnte Tony sich. »Und am Abend ihres Todes haben Sie sie deshalb gebeten, nicht zu ihm zu gehen.«

»Ich wollte, daß sie innehält und nachdenkt.«

»Und als sie das nicht tat, folgten Sie ihr aus der Tür.«

»Ja.«

»Haben Sie sie da angefaßt?«

Ernie blickte zu den Geschworenen. »Es kann sein«, sagte er schließlich, »daß ich ihren Arm gepackt habe. Damit ich ihr noch ein letztes Wort sagen konnte.«

»Und das war?«

»Daß sie nicht gehen sollte.«

»Und als sie es doch tat, sind Sie ihr gefolgt.«

»Ja.«

Tony machte eine Pause. »Sie sind ihr gefolgt«, wiederholte er leise, »um herauszufinden, wer der Vater war.«

Ernie rutschte auf dem Zeugenstuhl hin und her, weil ihm offensichtlich selbst aufgegangen war, wie sich seine Antwort in diesem Kontext anhören mußte. »Ja.«

»Und Sie haben es herausgefunden, nicht wahr?« Tony sprach bewußt leise weiter. »Sie sind Marcie Calder zu der Tankstelle gefolgt und haben gesehen, wie sie in Sam Robbs Wagen stieg. Und dann sind Sie den beiden zum Park gefolgt.«

Ernie Nixons Brust bebte. »Nein«, sagte er mit belegter Stimme. »Ich bin nach Hause gefahren. Wie ich es gesagt habe.«

»Wann war das, Mr. Nixon?«

»Gegen halb neun.«

»Hat irgend jemand Sie gesehen?«

Ernie schüttelte trübe den Kopf. »Ich weiß es nicht. Es kommt darauf an, ob mich jemand beobachtet hat.«

Tony kam einen Schritt näher. »Sie kennen den Taylor-Park gut, nicht wahr?«

Es entstand ein Schweigen. Tony hätte viel darum gegeben, Ernies Blick voller bitterer Enttäuschung über diesen persönlichen Verrat nicht sehen zu müssen. Zu deutlich erinnerte er sich an den Tag, an dem ein junger Schwarzer einen jungen Weißen mit in den Park genommen hatte, um ihm zu zeigen, daß er an seine Unschuld glaubte. »Das wissen Sie doch», sagte Ernie leise. »Ich habe als Kind dort gespielt.«

»Und sich versteckt.«

»Ja.«

«Manchmal auch dort übernachtet.«

»Ja.«

»Und alle Verstecke kennengelernt.«

Ernie verschränkte mit wieder ausdrucksloser Miene die Arme. »Ich war ein Kind«, wiederholte er. »Kinder mögen Verstecke. Erwachsene nicht.«

Tony legte den Kopf zur Seite. »Können Sie in irgendeiner Form beweisen, daß Sie nicht im Taylor-Park waren und Marcie Calder beobachtet haben?«

Ernie sah ihn festen Blickes an. »Um zweiundzwanzig Uhr achtzehn habe ich meine Frau angerufen«, sagte er. »Ich habe die entsprechende Telefonrechnung noch.«

Jetzt war Tony zum erstenmal überrascht. Er nahm an, daß Stella seine Absichten vorausgeahnt und Ernie nach einer Möglichkeit ausgequetscht hatte, den Zeitraum, für den sein Aufenthaltsort nicht belegt war, möglichst zu begrenzen. Obwohl er mit dem Anruf um zweiundzwanzig Uhr achtzehn nicht völlig aus dem Schneider war, wäre Ernie doch verdammt wenig Zeit geblieben, einen Mord zu begehen. So beiläufig wie möglich fragte Tony: »Wie lange haben Sie mit ihr gesprochen?«

»Gar nicht. Sie hatte den Anrufbeantworter laufen.«

»Haben Sie eine Nachricht hinterlassen?«

«Nein. Es gab nichts, was ich der Maschine sagen wollte.«

Tony erkannte sofort, daß dies wie der bewußte Versuch klingen konnte, sich ein Alibi zu verschaffen. Skeptisch hakte er nach: «Warum haben Sie sie überhaupt angerufen?«

Ernie sah ihn an. »Ich wollte Dee bitten, zu mir zurückzukommen«, sagte er leise, »und mir noch eine Chance zu geben.«

»Hatten Sie schon vorher darüber gesprochen?«

»Schon seit Monaten nicht mehr.« Ernie hielt inne und sah

Tony direkt in die Augen. »An jenem Abend habe ich über vieles nachgedacht. Und meine Gedanken endeten bei Dee und unseren Kindern.«

Das klang plausibel. Ein Mann hatte gesehen, wohin seine nur halbbewußte Phantasie ihn getrieben hatte, und war schlagartig auf das gestoßen worden, was real und wichtig war. »Haben Sie Ihre Frau gebeten, zu Ihnen zurückzukommen?«

Ernie schüttelte langsam den Kopf. »Am nächsten Morgen erschien es mir hoffnungslos. Das hat wohl etwas mit dem Unterschied zwischen Dunkelheit und Tageslicht zu tun.«

Vielleicht war das die Wahrheit, vielleicht auch nur eine Ausrede, ein Gespräch nicht zu führen, das Ernie Nixon nie hatte führen wollen. Doch es brachte Tony zu dem Punkt, den zu erreichen sein Ziel gewesen war, seit er Sue Robb vor drei Monaten versprochen hatte, sein Bestes zu geben, ihren Mann unschuldig zu machen.

Als Tony zum Verteidigertisch ging, spürte er, wie die Blicke der Geschworenen ihm folgten. Mit einem angedeuteten Lächeln und dem Hauch eines Zwinkerns gab Saul Ravin ihm einen kleinen Umschlag.

Tony riß ihn auf und zog eine schwarze Armbanduhr aus Plastik heraus. »Euer Ehren«, sagte er, »ich habe hier das Beweisstück Nr. eins der Verteidigung – eine Plastikuhr, wie Sie sehen. Ich bitte das Gericht, sie als Beweisstück zu registrieren, damit ich Mr. Nixon dazu befragen kann.«

Richter Karoly wandte sich an Stella. »Miss Marz?«

Stella erhob sich. »Ich verstehe nicht, was das soll. Meines Wissens hat diese Uhr nichts mit dem Fall zu tun.«

Tony trat vor. »Mit der freundlichen Genehmigung des Gerichts würde ich gern ein oder zwei kurze Fragen stellen, deren Beantwortung Miss Marz möglicherweise recht gibt. Für unser Protokoll kann ich erklären, daß ich diese Uhr gestern in einem Drugstore gekauft habe.«

Karoly zog die Brauen hoch. »Fahren Sie fort, Mr. Lord.«

Rasch gab Tony Ernie Nixon die Uhr. »Ist das Ihrer Erinnerung nach die gleiche Uhr, wie sie Marcie Calder am Abend ihres Todes getragen hat?«

Mit gerunzelter Stirn betrachtete Ernie die Uhr. »Ich kann mich wirklich nicht erinnern.«

»Bitte, sehen Sie sich die Uhr genau an.«

Ernie wendete sie in seiner Hand hin und her. »Das hilft auch nicht weiter«, gab er nervös zurück. »Ihre Uhr war an jenem Abend das letzte, worauf ich geachtet habe.«

Tony zuckte die Achseln. »Nun gut«, sagte er und ließ sich die Uhr zurückgeben.

»Wir haben Marcie Calders Uhr, Euer Ehren«, sagte Stella zu Richter Karoly. »Diese Uhr beweist gar nichts und ist deshalb als Beweisstück unsinnig.«

»In Anbetracht von Mr. Nixons Aussage«, sagte Tony zu Karoly, »wollen wir über diesen Punkt nicht streiten.« Er steckte die Uhr wieder in den Umschlag und gab sie Saul, der sie gelangweilt und desinteressiert entgegennahm.

Tony wandte sich wieder Ernie zu und fragte leise: »Würden Sie sich selbst als gewalttätigen Mann bezeichnen?«

Ernie richtete sich auf und gewann eine glaubhafte, wenn auch dünnhäutige Würde zurück. »Nein«, erwiderte er gepreßt.

»Dann können Sie mir vielleicht sagen, woran Ihre Ehe zerbrochen ist?«

»Dee und ich hatten Meinungsverschiedenheiten. Sie mochte Lake City nicht.«

»Sie mochte es nicht, geschlagen zu werden, oder?«

Ernie zuckte unwillkürlich zusammen. »Einspruch«, sagte Stella. »Irrelevant.«

Tony blickte zu Richter Karoly und breitete die Arme aus. »Muß ich es einzeln buchstabieren, Euer Ehren?«

Karoly musterte den Zeugen mit schmalen Augen. »Nein, das müssen Sie nicht. Einspruch abgelehnt.«

Als er sich wieder Ernie zuwandte, sah Tony, daß ihm die Blicke der Kosmetikerin folgten. »Ich frage Sie erneut, Mr. Nixon. Hat Ihre Frau sich gewehrt, als Sie sie ins Gesicht geschlagen haben?«

Ernies Miene spiegelte Zorn und Scham wider. »Es ist nur einmal passiert, einmal in fünfzehn Ehejahren, und Sie stellen es so dar, als ob –«

»Haben Sie sie verletzt?« fauchte Tony.

»Ja. Das eine Mal.«

»Und dieses eine Mal hat ihre Lippe geblutet und schwoll an.«

»Ja«, hauchte Ernie.

»Und wenige Tage später hat Ihre Frau Sie verlassen.«

»Ja.«

»Das heißt, es war praktisch das Ende Ihrer Ehe.«

»Viele Dinge kamen zusammen.«

»Was hatte Ihre Frau denn getan, daß sie es Ihrer Meinung nach verdiente, ins Gesicht geschlagen zu werden?«

»Das verdient keine Frau. Wir haben uns gestritten, Dee hat Dinge gesagt, die mich verletzt haben, und ich habe gedankenlos zugeschlagen. Ich habe mich sofort entschuldigt –«

»Aber da«, unterbrach Tony ihn, »blutete sie schon.«

»Ja.«

»Sie müssen ja ziemlich wütend gewesen sein, Mr. Nixon.«

»Ja, das war ich. Aber nur für einen Moment.«

»Ein Moment reicht meistens. Vielleicht können Sie uns sagen, welche Äußerung Ihrer Frau dazu geführt hat, daß Sie die Kontrolle verloren haben?«

Ernie sah ihn mit glasigen Augen an. »Ich kann mich nicht erinnern.«

»Wirklich nicht? Fiel nicht der Name Marcie Calder?«

»Ich weiß es nicht mehr.«

»Um präziser zu sein: Hat Ihre Frau Marcie Calder nicht Ihr weißes Phantasie-Mädchen genannt und Sie beschuldigt, mit ihr schlafen zu wollen?«

Ertappt bei einer ausweichenden Antwort und unfähig sich herauszureden, brachte Ernie Nixon alle Würde auf, die er besaß. Mit verschränkten Armen erwiderte er leise: »In einer Ehe sagen Menschen viele häßliche Dinge. Am besten, man vergißt sie wieder.«

Tony sah Ernie ungläubig an. »Ja«, erwiderte er ebenso leise. »Daran würde ich mich wohl auch nicht gern erinnern. Vor allem jetzt nicht.«

Ernie starrte ihn an, seine sensiblen Gesichtszüge spiegelten vollkommene Wehrlosigkeit wider, bis auf einen Ausdruck von müdem Fatalismus, den Tony von früher her kannte. Es war der Ausdruck eines Jungen, der früh gelernt hatte, nicht allzuviel Loyalität oder gar Freundschaft zu erwarten. Plötzlich konnte Tony Ernie nicht mehr in die Augen sehen.

»Keine weiteren Fragen«, sagte er zu Karoly gewandt und setzte sich. Als letztes nahm er wie zu Beginn des Kreuzverhörs Sues Gesicht wahr, ihren mitfühlenden Blick.

ZEHN

Die *Steelton Press* machte am nächsten Morgen mit der Schlagzeile auf: »Lord attackiert Hauptzeugen als Verdächtigen.« Auf dem nebenstehenden Bild sah man Ernie Nixon, der von den Kameras abgewandt den Gerichtssaal verließ. Tony kaufte die Ausgabe nicht.

Als er im Gericht eintraf, spürte er die veränderte Atmosphäre. Es waren mehr Reporter anwesend, und *Vanity Fair* beharrte auf einem Interview mit ihm über Alison Taylor. Sue und die Kinder saßen in der ersten Reihe und ignorierten die Medienvertreter. Doch die Calders sprachen mit Journalisten. Tony wußte, daß ihre Empörung über seine Befragung von Ernie sie dazu getrieben hatte. Traurig dachte er daran, daß es für diejenigen, die sich mit der Presse einließen, später oft schwierig war, die Journalisten wieder loszuwerden.

Sam selbst sagte kaum etwas. Er fragte Tony nur, ob er glaubte, daß Ernie Nixon Marcie Calder getötet hatte. Tony fiel auf, daß er es ungläubig und ohne Empörung tat. Tonys Gewissen war gespalten, seine Zweifel an Sam nicht zerstreut, als er Stella Marz quer durch den Gerichtssaal ansah.

Sie strahlte die grimmige Entschlossenheit einer Anwältin aus, die eine schlaflose Nacht hinter sich hatte. Weder bei seiner Ankunft noch jetzt hatte sie Tony zur Kenntnis genommen. Saul Ravin betrachtete sie und murmelte: »Jetzt ist auf jeden Fall Krieg.«

Der Prozeß schien Saul weitaus besser zu bekommen als Tony selbst. Während ihrer Strategieberatungen, die sich manchmal bis in die Nacht hineingezogen hatten, hatte er seinen Alkoholkonsum gemäßigt, und auch wenn sein faltiges Gesicht noch immer müde aussah, war es nicht mehr gerötet, und seine braunen Augen strahlten hell und klar. Genau wie bei Sam, stellte Tony überrascht fest, wobei Sauls neue Vitalität wenigstens keine irritierenden Fragen aufwarf.

»Jetzt ist Krieg«, stimmte Tony ihm zu, und dann rief Stella Jack Seed auf.

Der Detective der Polizei von Lake City war adrett und höflich mit hellen grauen Augen, die ihn scharfsichtig erscheinen ließen. Schon nach den ersten paar Fragen erkannte Tony, daß Seed der perfekte Polizist für diese Geschworenen war – kompetent, gründlich, weiß, das Abbild der Autorität für all jene, die ihr vertrauen wollten. Und die Aufmerksamkeit der Geschworenen deutete darauf hin, daß sie es wollten.

Von Stellas Fragen geleitet, berichtete Seed zügig von Marcies Verschwinden, von der Entdeckung ihres Wagens hinter der verlassenen Tankstelle, der ergebnislosen Suche in dem nahen Waldgelände im ersten Grau und Niesel des nächsten Tages. Vom Fehlen jeglicher Hinweise sowohl auf Marcies Aufenthaltsort als auch auf die Identität des älteren Liebhabers, von dem Janice gesprochen hatte. Seed erzählte von seiner Überraschung, als Sam Robb, den er seit Jahren kannte, auf der Polizeiwache erschien und erklärte, daß er am Vorabend mit Marcie Calder zusammengewesen sei. Und schließlich schilderte Seed die ersten Augenblicke im Taylor-Park. Sam legte die Arme auf den Tisch und faltete die Hände, als ob er sich auf eine lange, schwere Prüfung einstellen würde.

»Wir stiegen also aus dem Wagen«, fuhr Seed fort, »und gingen in die Richtung, in die Marcie Calder laut Sams Angaben gelaufen war. Es regnete, und die Wiese war naß. Doch in der Nähe der Klippe, wo der Boden lehmig war, haben wir Spuren gefunden.«

Stella machte in der Befragung eine Pause und stützte sich mit einer Hand auf dem Tisch der Staatsanwaltschaft ab. »Können Sie diese Spuren beschreiben?«

»Sie sahen aus wie Abdrücke eines Sportschuhs, nach der Größe zu urteilen von einem Mann. Sie führten von der Wiese zu der Kante der Klippe. Neben den Fußspuren hatten sich zwei schwache, unregelmäßige Linien in den Schlamm gegraben. Für mich sah es so aus, als wäre jemand bis zum Rand der Klippe geschleift worden.«

Die Kosmetikerin auf der Geschworenenbank betupfte mit einem Taschentuch ihre Augenwinkel.

»Und was sahen Sie, als Sie die Klippe erreichten?«

Seed sah Stella mit festem Blick an. »Etwa zwanzig Meter tiefer, unweit des Fußes der Klippe, erkannte ich den Körper einer auf dem Rücken liegenden Frau. Selbst aus dieser Höhe konnte man deutlich erkennen, daß sie sehr jung war und lange, glatte, schwarze Haare hatte wie Marcie Calder auf dem Foto, das ihre Eltern uns zur Verfügung gestellt hatten.« Leise fügte Seed hinzu: »Sie trug ein Lake-City-Sweatshirt, wie ihre Mutter es beschrieben hatte.«

Tony sah, daß Nancy Calder still weinte. Ihr Mann legte verlegen den Arm um ihre Schultern.

»Und der Angeklagte?« fragte Stella ruhig.

»Er warf einen Blick auf die Leiche, setzte sich an den Rand der Klippe und sagte nur: ›Das ist sie.‹«

»Und was haben Sie dann unternommen?«

»Ich brachte Sam zurück zum Wagen und sagte ihm, er solle

dort warten. Dann habe ich den Notarzt angerufen für den unwahrscheinlichen Fall, daß Marcie noch lebte, bevor ich die Spurensicherung und den Gerichtsmediziner verständigt habe. Danach haben wir uns die Leiche angesehen.« Seed hielt mit reglosem Blick inne, als würde er sich daran erinnern, wie Marcie Calder ausgesehen hatte. »Sobald ich sie berührt hatte, wußte ich, daß sie tot war. Der Notarzt und die Männer von der Spurensicherung trafen ein. Ich habe sie angewiesen, den Tatort zu markieren, oben auf der Klippe und um Marcies Leiche herum, und dann habe ich ihn mit zurück auf die Wache genommen.«

Die Art, wie Seed dieses »ihn« auf einmal sehr unpersönlich aussprach, schien den Moment zu reflektieren, in dem Sam in Jack Seeds Einschätzung von einem Freund zu einem Verdächtigen geworden war. »Haben Sie ihn gebeten, eine Aussage zu machen?« fragte Stella.

»Ja, auf freiwilliger Basis. Er stand nicht unter Arrest, und wir wußten noch nicht, womit wir es zu tun hatten. Wir brauchten alles, was Sam uns sagen konnte.«

»Und wie hat er reagiert?«

«Er meinte, er wollte in jeder Form mit uns zusammenarbeiten.« Für einen Moment nahm Seeds Stimme einen sarkastischen Unterton an. »Und uns alles erzählen, was er wußte. Also haben Carl und ich ihn in den Zeugenvernehmungsraum gebracht und das Tonbandgerät laufen lassen.«

Tony konnte sich noch gut an das winzige Zimmer erinnern, in dem die Polizisten Dana und McCain ihn vor achtundzwanzig Jahren verhört hatten, eine traumatische und gleichzeitig surreale Erinnerung, lebhaft und doch so halluzinatorisch wie sein neuer Alptraum von Alison. Er schwitzte, und er hatte Mitleid mit Sam.

»Wie hat der Angeklagte auf Sie gewirkt?« fragte Stella.

Seed blickte erneut zu Sam. »Tief betroffen, perplex. Ich kann mich daran erinnern, daß er sagte, er wolle uns nur helfen.«

»Haben Sie einen Mitschnitt dieser Befragung?«

Tony, der das Band etliche Male gehört hatte, wünschte inbrünstig, daß die Antwort »nein« lauten könnte. Als Seed das Band identifizierte und Stella es in den Kassettenrecorder einlegte, wandte Sam den Blick ab.

Sams Stimme erfüllte den Gerichtssaal, vom Band klang sie merkwürdig hohl, aber aufgewühlt und voller Emotionen. Dies war ein weiterer Grund dafür, warum die Geschworenen Sam Robbs Stimme nach Tonys Kalkül möglichst zum ersten- und letztenmal hören sollten. Sie würden sich später noch zu gut daran erinnern, wie seine Lügen geklungen hatten.

»Es war ein Fehler», erklärte Sams Stimme Seed. »Ein schrecklicher, dummer Fehler. Aber ich wußte nicht, was Marcie von mir wollte, und sie wirkte so – ich weiß nicht – so verzweifelt. Sie sagte, keiner dürfe wissen, worüber wir reden, oder uns auch nur zusammen sehen ...« Sams Stimme verlor sich. Murmelnd fügte er hinzu: »Bei Gott, Jack, ich dachte, es ging um Drogen oder so was. Magersucht, emotionale Probleme. Sie war in letzter Zeit so schmächtig.«

»Das heißt, Sie hatten den Eindruck, daß irgend etwas mit ihr nicht stimmte?«

Jack Seed klang mitfühlend, als würde er das Gesagte akzeptieren. Tony fand eine gewisse Faszination darin, zwei Lügnern zuzuhören, die einander Ehrlichkeit vorspielten, und er fragte sich, ob einer dem anderen auch nur einen Moment geglaubt hatte. »Ja«, erklärte Sams Stimme. »Sie war gestern auch nicht zum Training gekommen.«

»Das heißt, sie kam erst nach dem Training?«

»Ja. Auch das war seltsam, erst das Training zu schwänzen und dann doch noch aufzukreuzen. Aber zu diesem Zeitpunkt waren noch andere Jugendliche da, und Marcie mußte zum Abendessen zu Hause sein, nehme ich an. Deswegen wollte sie mich später noch einmal treffen, am Abend.«

»Aber nicht in Ihrem Büro?«

»Nein.« Sams Stimme klang gedämpft. »Sie sagte, das würde keinen guten Eindruck machen, und die Sache könne nicht warten. Ich mußte wieder an Drogen denken. Vielleicht kannte sie die Kids, die mit dem Zeug dealten. Damit hatten wir in letzter Zeit ja einige Probleme, wie Sie wissen.«

»Ja, ich weiß.«

»Verdammt, Jack, ich kann einfach nicht glauben, daß sie tot ist.« Sams Stimme war plötzlich belegt. »Wie konnte das passieren?«

»Ich weiß nicht, Sam. Ich weiß es nicht.« Seed zögerte. »Ich nehme an, Sie haben Sue von all dem erzählt?«

Während sich das Band in der Stille drehte, blickte die Kosmetikerin zu Sue. Wahrscheinlich fragte sie sich, ob Sue noch immer an die Unschuld ihres Mannes glauben konnte. »Nein«, murmelte Sams Stimme auf dem Band. »Nicht wirklich. Ich habe ihr nur gesagt, daß ich noch arbeiten müßte.«

Als Seed nichts sagte, stellte Tony sich vor, wie Sam auf seinem Stuhl herumrutschte. »Ich kenne Sue«, fügte er schließlich hinzu. »Sie hätte mir gesagt, daß das eine dumme Idee ist, und sie hätte recht gehabt. Aber Marcie hatte es so dringend gemacht. Sie sagte nur, ich solle sie an der Tankstelle treffen. Ich hätte nie gedacht, daß sie in den Park fahren wollte, um mit mir allein zu sein.«

Angespannt blickte Tony zu Stella Marz, die mit abgewandtem Blick zuhörte. Die Fingerknöchel von Sams gefalteten Händen waren weiß.

»Sie haben sie also an der Tankstelle getroffen?« fragte Seed.

»Ja.« Auf dem Band atmete Sam vernehmlich ein und fuhr mit bebender Stimme fort: »Es war so seltsam, Jack, einfach nur seltsam. Marcie sagte, sie könnte nicht reden, solange wir nicht wirklich allein wären. Sie wirkte so angespannt und hartnäckig, daß ich dachte, sie hätte vielleicht Angst vor jemandem. Fast so, als ob sie gefürchtet hätte, jemand wäre ihr gefolgt.«

Tony hörte Sams Aussage, und ihn fröstelte. Was ihn erstarren ließ, waren weniger Sams Lügen als die Art, wie er sie vortrug: die verblüfften Pausen, das ungläubige Staunen, die spürbaren Emotionen. Die Emotionen konnten natürlich auch echt sein, Angst und Schuldgefühle, genauso wie sein Staunen wirklich unschuldig gewesen sein mochte, unschuldig nicht einer Affäre, aber des Mordes. Die leichtesten Lügen waren immer die, die ein Körnchen Wahrheit enthielten, hatte Sam zu Tony gesagt. Und vielleicht hatte Marcie auch tatsächlich Angst gehabt, daß ihr jemand gefolgt war – Ernie Nixon.

»Sie sind also mit Marcie in den Park gefahren?« fragte Jack Seed leise.

»Ja.«

»Und was geschah dann?«

»O Mann ...«

Seeds Stimme klang jetzt fast sanft. »Was denn, Sam?«

»Sie wurde zudringlich, Jack.«

»Zudringlich?«

»Nein, mehr als das.« Sams Stimme klang leise, als ob die Erinnerung an die Lüge, in der er sich plötzlich befunden hatte, ihn regelrecht eingeschüchtert hatte. »So lieb, wie man es sich nur vorstellen kann, sagte dieses junge Mädchen, das ich zu kennen glaubte, es wäre in mich verliebt und wollte eine Affäre mit mir haben.«

Die Gesichter der Geschworenen waren hart. Was immer sie am Ende über diesen Mord denken würden, sie würden Sam Robb für den Rest des Prozesses verachten. Während die rauschende Stille des Bandes den Saal erfüllte, sah Tony, daß Sue die Augen geschlossen hatte. Jennifer hatte die Hand ihrer Mutter gefaßt, und Sam junior war kaum merklich näher an sie herangerückt. Hinter ihnen starrten Marcies Eltern stur geradeaus, als könnten sie Sams Anblick nicht ertragen.

Auf dem Band fragte Seed: »Was haben Sie gesagt, Sam?«

Es erklang die erstaunte Stimme eines Mannes, der sich an ein schockhaftes Erlebnis erinnert: »Ich war so perplex, daß ich, soweit ich mich erinnere, zunächst gar nichts gesagt habe.

Also nahm sie meine Hand und führte sie unter ihr Sweatshirt. Sie trug keinen BH. Es war wie ein Stromstoß, der mich in die Wirklichkeit zurückriß. Ich saß abends in einem Auto und berührte die Brust eines sechzehnjährigen Mädchens, das mich begehrte. Es war, als könnte ich mich plötzlich von außen betrachten – wie dumm ich gewesen war, wieviel Ärger das geben konnte und daß ich sie nie verstanden hatte.« Sams Stimme senkte sich. »Als ich meine Hand wegzog, sagte sie: ›Nein – ich will dich.‹«

Beim Zuhören fiel Tony auf, wie nahe diese Version der Geschichte kam, die nur er gehört hatte, Sams Version seiner »Verführung« durch Marcie Calder. Doch nicht nur die Frage, ob dies eine weitere Lüge mit einem Körnchen Wahrheit war, gekonnt entlehnt aus Marcies tatsächlichem Verhalten, irritierte Tony. Es war auch die Ungewißheit, ob Sam nicht in irgendwelchen dunklen Winkeln seiner Psyche das Gefühl brauchte, von jungen Mädchen begehrt zu werden.

»Was geschah dann?« fragte Seed.

»Ich bin in Panik geraten. Ich weiß noch, wie ich gesagt habe: ›Das ist doch Wahnsinn!‹ Und dann habe ich die Fassung wiedergefunden. ›Das können wir nicht machen‹, habe ich zu ihr gesagt. ›Du bist sechzehn, und ich bin verantwortlich für dich. So etwas darf man einfach nicht machen.‹ Dann habe ich ihr erklärt, daß sie, wenn sie mich wirklich gern hätte, einmal überlegen sollte, wieviel Ärger ich bekommen könnte. Und was es für Sue bedeuten würde.

Marcie fing an zu weinen. Sie brachte kein Wort hervor, sondern hat nur geschluchzt.« Sams Stimme klang plötzlich zutiefst zerknirscht. »Ich hätte erkennen müssen, wie durcheinander sie war, Jack. Aber ich habe mir solche Sorgen um meine eigene Lage gemacht, daß ich bloß eine Weile gewartet habe, bevor ich meine Hand auf ihre Schulter gelegt und gesagt habe: ›Wir müssen jetzt fahren, Marcie. Wir müssen wirklich hier verschwinden. Bevor jemand auf falsche Gedanken kommt.‹«

Endlich erwiderte Stella Tonys Blick, sie hatte die Augenbrauen zu einem Ausdruck müder Verachtung hochgezogen. Auf der Geschworenenbank hinter ihr starrte der Lebensmittelhändler auf seine Hände, während das Gesicht des Lagerarbeiters verschlossen wirkte.

»Wie hat Marcie reagiert?« fragte Seed leise.

Sams Stimme klang flach und müde. »Sie hat die Tür aufgestoßen und ist in Richtung See losgerannt, bevor ich sie aufhalten konnte. Zuerst bin ich ihr nachgelaufen ...« Seine Stimme verlor sich.

»Und was dann?«

»Ich blieb stehen und ging zum Wagen zurück, weil ich zuviel Angst hatte, jemand könnte mich sehen.« Sams Stimme war jetzt kaum noch zu hören. »Ich habe ein erregtes, emotional gestörtes Mädchen allein in die Dunkelheit rennen lassen. Und jetzt muß ich mir vorstellen, wie sie über diese Klippe gestolpert ist.«

Im Gerichtssaal liefen Tränen über Sams Gesicht. Doch er hielt den Kopf starr und wischte sie nicht ab, als würde er sie gar nicht bemerken.

Tony beobachtete ihn erstaunt. Wenn dies vorgetäuschte Trauer war, war Sam Robb ein Mann, den man wirklich fürchten mußte. Außer Stacey, der Schauspielerin, kannte Tony niemanden, der auf Stichwort weinen konnte. Und dieser Teil der Geschichte, Marcies Verschwinden, entsprach genau dem, was Sam ihm erzählt hatte. Und nur auf diesen Teil kam es in bezug auf die Mordanklage wirklich an.

»Ich bin weggefahren«, erklärte Sam Seed. »Ich habe sie einfach zurückgelassen. Meine Scheinwerfer erfaßten kurz einen Wagen, der ein Stück entfernt geparkt stand, und ich sah einen Kopf hinter dem Armaturenbrett verschwinden. Aber ich kann Ihnen nicht sagen, ob es ein Mann oder eine Frau war oder was für ein Wagen das war. Ich wollte bloß weg.« Sams Stimme brach vor Trauer und Scham. »Ich habe mir gesagt, Marcie könnte auch zu Fuß zu ihrem Wagen kommen. Er stand schließlich nur knapp einen halben Kilometer entfernt.«

Es entstand ein langes Schweigen. »Haben Sie es Sue inzwischen erzählt?« fragte Seed sanft.

»Nein.« Jetzt versagte Sams Stimme vollends. »Nein.«

Als ob die Erwähnung von Sues Namen ihn aufgeweckt hätte, wischte Sam die Tränen aus seinem Gesicht. Und dann schaltete Stella Marz den Kassettenrecorder ab.

Sie war rasch auf den Beinen. »Detective Seed, Sie haben dann wenig später Sam Robbs Haus aufgesucht?«

Jack Seed zögerte, als würde er noch immer dem Band und dem vernichtenden Selbstporträt eines Mannes nachsinnen, den er zu kennen geglaubt hatte. »Ja«, antwortete er dann. »Zusammen mit Detective Talley.«

»Und was haben Sie gemacht?«

»Wir haben den Volvo beschlagnahmt, mit dem er gefahren war, um ihn auf Spuren zu untersuchen.«

»Und haben Sie etwas gefunden?«

Seed blickte zu Sam. »Einen verschmierten Fleck am Steuer des Wagens«, antwortete er. »Es sah aus wie Blut.«

»Haben Sie dieses Blut gerichtsmedizinisch untersuchen lassen? Zusammen mit einer Probe von Mr. Robbs Blut?«

»Ja.«

»Stammte das Blut am Steuer des Wagens von Mr. Robb?«

Tony wußte, daß er Einspruch erheben konnte. Aber der Gerichtsmediziner würde diese Aussage später sowieso bestätigen, und Tony würde wie ein streitlustiger Anwalt dastehen, der um die Wahrheit feilschte. Stumm beobachtete er, wie Seed den Kopf schüttelte. »Mr. Robb hat die Blutgruppe Null. Das Blut aus dem Wagen hatte die Blutgruppe AB.«

Stella stemmte eine Hand in die Hüfte. »Welche Blutgruppe hatte Marcie Calder?«

»Genau die«, erwiderte Seed mit flacher Stimme. »Blutgruppe AB.«

»Haben Sie im Rahmen Ihrer Ermittlungen weitere Gegenstände aus dem Besitz des Angeklagten beschlagnahmt?«

Seed nickte langsam. »Wir haben die Kleidung mitgenommen, die Sam nach eigenen Angaben an jenem Abend getragen hat. Und ein paar Tennisschuhe, um sie mit den Abdrücken zu vergleichen, die wir am Rand der Klippe gefunden hatten.«

»Welche Schuhgröße hatten diese Abdrücke?«

»Größe elf.«

Stella machte eine Pause. »Und Mr. Robbs Tennisschuhe?«

Tony kannte die Größe, aber die Geschworenen nicht. Seed sah sie zum erstenmal direkt an.

»Größe elf«, antwortete er.

ELF

Als er Jack Seed ansah, dachte Tony, daß der Detective die Art Polizist darstellte, die Tony sich als Bewohner einer Kleinstadt selbst gewünscht hätte – tüchtig, offen und engagiert. »Nur fürs Protokoll, Detective Seed, Sie kannten Sam schon vor Marcies Verschwinden, nicht wahr?«

Seed nickte. »Das ist richtig. Er hat meines Wissens sein Leben lang in Lake City gelebt und ist schon seit Jahren stellvertretender Direktor der High-School.«

»Haben Sie daran gedacht, Mr. Robb nach Marcies Verbleib zu befragen, bevor er in der Polizeiwache auftauchte?«

Seed zögerte und sah Sam verwundert an. »Nein.«

»Sie wußten also von keinerlei Verbindung zwischen Marcie und Sam Robb?«

»Das ist zutreffend. Abgesehen von seiner Position, wie bei jedem Schüler.«

»Und Sie hatten auch keine Ahnung, wo Marcie an jenem Abend gewesen war?«

»Nein.«

»Das heißt, Sie haben die Leiche erst gefunden, als Sam Robb Sie in den Taylor-Park geführt hat?«

Seed runzelte die Stirn. »Es war lediglich eine Frage der Zeit, relativ kurzer Zeit. Aber ja, das ist richtig.«

Mit leiser Stimme fragte Tony bedachtsam: »Hat seit dem Fund der Leiche irgend jemand in Lake City mit Ausnahme von Sam Robb selbst den Angeklagten in einen Zusammenhang mit Marcie Calder gebracht, Detective Seed?«

Seed dachte mit zusammengekniffenen Augen nach. »Nein, niemand.«

Tony blickte zu den Geschworenen und bemerkte ihre Aufmerksamkeit, doch er sah auch, daß Stella Marz bereits auf einen Einspruch lauerte. »Sam Robb muß sich hier also nur deswegen einer Anklage wegen Mordes an Marcie Calder stellen«, fuhr er fort, »weil er zu Ihnen gekommen ist, als Marcie vermißt gemeldet wurde.«

»Einspruch!« sagte Stella sofort. »Aufforderung zur Spekulation. Wir wissen nur, was passiert ist, und nicht, was bei einem anderen Lauf der Dinge geschehen wäre.«

Karoly nickte. »Stattgegeben.«

Darauf war Tony vorbereitet. Er hatte seinen Punkt bei den Geschworenen gemacht und war bereit, eine Frage zu stellen, gegen die Stella keinen Einspruch erheben konnte. »Aber Sie haben in Lake City niemanden gefunden, der Sam Robb namentlich oder in irgendeiner anderen Weise mit den Umständen des Todes von Marcie Calder in Verbindung bringen konnte?«

Seed schüttelte langsam den Kopf. »Nein, Sir. Das haben wir nicht.«

»Niemand sonst hat Sam Robb an jenem Abend im Taylor-Park gesehen?«

»Das ist richtig.«

»Das heißt, Sie haben auch jetzt keinen Zeugen, der Mr. Robb mit Marcies Tod in Verbindung bringen könnte?«

»Nein.«

Das reichte, um auf Sams Offenheit gegenüber der Polizei hinzuweisen, dachte Tony. Wenn er den Punkt weiter strapazierte, könnten sich die Geschworenen noch fragen, warum Sam Robb als einziger Zeuge nicht in eigener Sache aussagte.

»Ist Ihnen auf der Grundlage Ihrer Kenntnis der Gesetze der Gedanke gekommen«, fragte er deshalb weiter, »daß Sam Robb dadurch, daß er zu Ihnen gekommen ist, seiner Karriere schaden oder möglicherweise sogar seinen Job verlieren konnte?«

»Einspruch!« rief Stella. »Es gibt keinen Grund zu der Annahme, daß der Zeuge weiß, welche Konsequenzen das Verhalten des Angeklagten gehabt haben könnte. Außerdem ist es wieder eine Aufforderung zur Spekulation.«

Tony sah, daß Karoly neugierig aussah, aber der Einspruch war begründet. »Stattgegeben«, sagte er zu Tony. »Vielleicht können Sie die Frage anders formulieren.«

»Danke, Euer Ehren.« Tony wandte sich wieder an Seed. »Sam Robb ist freiwillig zu Ihnen gekommen, um Ihnen zu sagen, wann er wo mit Marcie Calder gewesen ist.«

»Ja.«

Tony machte eine Pause. »Erscheint es Ihnen nicht logisch«, fragte er, »daß Sam sich nicht zu einer Beziehung bekennen wollte, von der er wußte, daß sie seine Karriere beenden würde?«

»Einspruch!« sagte Stella schroff. »Was diesem Zeugen logisch erscheint, muß für Mr. Robb keineswegs logisch sein.«

»Stattgegeben«, entschied Karoly. Auch das hatte Tony erwartet, aber er hatte seinen Punkt ein weiteres Mal rübergebracht.

Er sah wieder Jack Seed an. »Nach Mr. Robbs freiwilliger Aussage haben Sie ihn um eine Blutprobe gebeten, nicht wahr?«

»Ja.«

»Und auch der hat Mr. Robb freiwillig zugestimmt?«

»Ja.«

»Und er hat Sie, wie schon erwähnt, in sein Haus gelassen.«

»Ein oder zwei Tage später, ja.«

»Bei diesem Anlaß hat Mr. Robb Ihnen auch die Kleidungsstücke und Schuhe gegeben, die er an jenem Abend getragen hatte.«

Seed machte eine Pause. »Die Kleidungsstücke, die er angeblich getragen hat, ja.«

»Bis zu meinem Eintreffen hatte Sam Robb keinen Anwalt, richtig?«

»Unseres Wissens nicht.«

»Und auch, als sein Wagen beschlagnahmt wurde, noch nicht?«

»So ist es.«

»Dieser Zeitraum umfaßte etwa eine Woche?«

»Ja.«

»Hat Mr. Robb in dieser Zeit Ihren Wunsch nach Informationen je zurückgewiesen?«

Seed preßte die Lippen zusammen. »Nein, Sir. Das hat er nicht.«

»Erst nachdem Sie seinen Wagen beschlagnahmt hatten, hat Mr. Robb Ihnen erklärt, daß er einen Anwalt angerufen hatte, richtig? Einen alten Freund.«

»Ja.«

»Und nur fürs Protokoll, dieser Anwalt war ich.«

»Das hat er gesagt.«

»Hat Sam Robb Ihnen auch gesagt, daß ich ihm geraten habe, Erklärungen in Zukunft nur noch durch mich abzugeben?«

»Das hat er.«

Tony legte den Kopf zur Seite. »Hat die Polizei von diesem Zeitpunkt an auch noch andere Spuren verfolgt, Detective Seed?«

Seed verschränkte die Arme. »Wir sind jeder Möglichkeit nachgegangen, die die Beweislage nahelegte.«

»Auch der eines Selbstmordes oder Unfalls?«

»Ja.«

»Gab es irgendeine andere Person, die Sie für einen potentiellen Verdächtigen gehalten haben, falls Sie es tatsächlich mit einem Mord zu tun haben sollten?«

Seed überlegte. »Darauf müßte ich antworten, Mr. Lord, daß keine andere Person sich verdächtig gemacht hat.«

Das war eine kluge Antwort. Tony zögerte kurz, bevor er seine nächste Frage stellte. »Ist es nicht so, daß Sie sich, nachdem Sie das Blut am Steuer von Mrs. Robbs Volvo gefunden und festgestellt haben, daß Mr. Robbs Schuhgröße den Abdrücken am Rand der Klippe entsprach, auf Sam Robb als einzigen Verdächtigen konzentriert haben?«

Seed zögerte, bevor er sich für eine ehrliche Antwort entschied. »Er war auf jeden Fall unser Hauptverdächtiger. Und wir hatten seine Aussage, mit der er sich selbst an den Tatort plaziert hatte.«

»Genau. Aber legen Ihre persönliche Erfahrung und die Aktenlage Ihrer Behörde nicht die Vermutung nahe, daß sich abends und nachts eine ganze Reihe von Personen im Taylor-Park aufhalten?«

»Ja.«

»Sie hatten dort auch Probleme mit Dealern, richtig? Ebenso mit Obdachlosen, die im Park übernachten?«

»Das ist wahr.«

»Haben Sie im Rahmen Ihrer Ermittlungen zum Tod von Marcie Calder auch Erkundigungen über andere Gewaltverbrechen in der Umgebung eingeholt?«

»Nicht speziell.«

»Oder die Unterlagen über Sexualverbrechen in Lake City und Umgebung der vergangenen Jahre durchgesehen?«

»Das haben wir nicht.« Seed klang zum erstenmal defensiv. »Die Beweislage deutete darauf hin, daß es sich nicht um eine Zufallstat gehandelt hat, und Sam Robb hatte Motiv, Mittel und Gelegenheit.«

Tony machte eine kurze Pause. »Sind Ihnen die Umstände des letzten Mordes in Lake City bekannt? Des Mordes an Alison Taylor?«

Tony spürte die Unruhe auf der Galerie; der Reporter von *Vanity Fair* blickte abrupt von seinen Notizen auf. Seed musterte Tony mit unverhohlener Neugier. »Nicht persönlich«, erwiderte er schließlich. »Der Taylor-Fall hat sich vor meiner

Zeit ereignet, und von den Beamten, die ihn damals bearbeitet haben, ist keiner mehr im aktiven Dienst.«

»Aber Sie wissen, daß damals keine Anklage erhoben wurde?«

»Ja, Sir.« Seeds Tonfall wurde trocken. »Gewisse Ereignisse der jüngsten Vergangenheit haben meine Aufmerksamkeit darauf gelenkt.«

»Dann ist Ihnen sicherlich auch bekannt, daß einer der Verdächtigen in jenem Fall ein Nichtseßhafter namens Donald White war, der zwar wegen sexueller Nötigung vorbestraft war, aber keine vorherige Verbindung zu dem Opfer Alison Taylor hatte?«

»Das ist mir bekannt, ja.«

»Ist Ihnen weiterhin bekannt, daß Donald White erst aufgrund einer Durchsicht polizeilicher Akten in anderen Verwaltungsbezirken ins Visier der Fahnder kam?«

»Einspruch«, sagte Stella. »Es gibt keine Grundlage für die Annahme, daß der Zeuge irgendwelche persönlichen Kenntnisse über den damaligen Fall hat.« Sie hielt inne und sah Tony an. »Außerdem sind die Tatsachen des Taylor-Mordes – wie immer sie im einzelnen aussehen mögen – für diesen Fall irrelevant. Außer im Kopf des Herrn Verteidigers.«

»Die Tatsachen sind allerdings irrelevant«, sagte Tony zu Karoly. »Das methodische Vorgehen hingegen ist überaus relevant. Meine Frage, Euer Ehren, ist, ob die Polizei von Lake City sich bei der Untersuchung des Todes von Marcie Calder der Methoden bedient hat, die im Fall Alison Taylor angewandt wurden. Wie sie es unserer Meinung nach hätte tun müssen.«

Richter Karoly sah Tony mit gerunzelter Stirn an, offensichtlich verwirrt durch dessen Flirt mit seiner eigenen Vergangenheit. »Auf dieser Grundlage könnten Sie Ihre Antwort haben«, sagte er schließlich. An Seed gewandt fragte er: »Haben Sie wegen Informationen über vergleichbare Straftaten in benachbarten Verwaltungsbezirken Kontakt zu anderen Dienststellen aufgenommen?«

Besser hätte es gar nicht kommen können, dachte Tony. Für die Geschworenen trug diese Frage jetzt ein richterliches Siegel.
»Nein«, antwortete Seed. »Auf der Grundlage der Tatsachen in diesem Fall waren wir uns absolut sicher, daß wir den Täter kannten.«

»Das heißt, Sie haben außer gegen Sam Robb gegen niemanden aus dem Bekanntenkreis Marcie Calders oder darüber hinaus ermittelt?«

»Wir haben natürlich Erkundigungen über Marcies Bekannte und Freunde sowie über Jungen eingeholt, mit denen sie ausgegangen sein könnte. Doch daraus haben sich keinerlei Verdachtsmomente ergeben.«

»Das gilt auch für Ernie Nixon?«

Seed lehnte sich zurück und faltete die Hände. »Wir hatten keinen Anfangsverdacht gegen Ernie Nixon.«

Die Antwort klang irgendwie unvollständig, zu bedacht und wohlüberlegt. »Haben Sie den jetzt?« fragte Tony.

Wenn er die Frage bejahte, würde der Fall in Sekundenschnelle in sich zusammenbrechen. Seed schüttelte langsam den Kopf. »Nein, den haben wir nicht.«

»Wann haben Sie Mr. Nixon kennengelernt?«

»Vor etwa vier, fünf Jahren, als Mr. Nixon die Leitung des Freizeitzentrums übernommen hat.« Seed machte eine Pause. »Meine Kinder gehen oft dorthin.«

»Als er zu Ihnen kam, um Ihnen zu erzählen, daß er Marcie Calder noch am Abend ihres Todes gesehen hatte, waren Sie da überrascht?«

Seed zuckte die Schultern. »Das kann ich nicht sagen.«

»Könnte man sagen, daß Sie Ihre Aufmerksamkeit darauf konzentrierten, wie Mr. Nixons Geschichte in Ihre Ermittlungen gegen Mr. Robb paßte?«

»Ich würde sagen, Mr. Lord, daß unser Interesse der Frage galt, ob die Geschichte, die Ernie Nixon uns erzählt hatte – daß Marcie schwanger war und den Vater ihres Kindes treffen wollte –, die Umstände ihres Todes erhellen konnte.«

»Verständlich.« Tony machte eine winzige Pause. »War Ihnen zu diesem Zeitpunkt bekannt, daß Marcie Calder ein häufiger Gast in Mr. Nixons Haus war?«

Seed blickte zu Stella Marz. »Das war mir nicht bekannt.«

»War es Ihnen bis zur gestrigen Aussage von Mr. Nixon überhaupt bekannt?«

»Nein.«

»Haben Sie sein Haus je durchsucht?«

»Nein.«

»Oder Mr. Nixons Wagen beschlagnahmt?«

»Nein.«

»Oder irgendwelche Kleidungsstücke von ihm untersucht?«

»Nein.«

»Oder ihm eine Blutprobe abgenommen?«

»Nein.«

Tony hielt kurz inne. Die nächste Frage war riskant, weil er ohne die Antwort zu kennen in eine Falle tappen konnte. »Oder seine Schuhgröße überprüft?«

Seed verschränkte die Arme. »Wann?«

Da wußte Tony, daß er recht gehabt hatte – Stella hatte es in Erfahrung gebracht, aber erst nachdem Tony versucht hatte, Ernie Nixon mit dem Verbrechen in Verbindung zu bringen. »Wann auch immer«, sagte er.

»Ja«, erwiderte Seed finster. »Das haben wir.«

Tony spürte seine eigene Anspannung, aber er hatte jetzt keine andere Wahl mehr; er hatte sich schon zu weit vorgewagt. »Und welche Schuhgröße hat Mr. Nixon?«

Seeds Gesicht wurde eine undurchdringliche Maske. »Größe elf.«

Tony spürte die Überraschung der Geschworenen. Mit neuem Selbstvertrauen fragte er: »Ausgehend von der Größe könnten die Fußabdrücke am Rand der Klippe also von Sam Robb, Ernie Nixon oder einem unbekannten Dritten stammen.«

»Ja.«

»Das einzige, was Sie mit Sicherheit wissen, ist also, daß das Profil des Abdrucks zu keinem der Schuhe paßt, die Sie in Sam Robbs Haus gefunden haben.«

Seed zögerte. »Das ist richtig.«

»Und Sie haben in Mr. Robbs Haus oder an seinen Kleidern auch kein Blut gefunden.«

»Nein.«

Tony machte eine Pause und steckte die Hände in die Tasche. »Hätte man bei der Art von Marcie Calders Verletzungen nicht davon ausgehen müssen?«

Seed zögerte. »Nicht, wenn Sam Robb, wovon wir ausgehen, die Kleidung, die er getragen hat, beseitigt hat.«

Das müßte Sue Robb aufgefallen sein, dachte Tony. Aber diesen Einwand konnte er nicht vorbringen, ohne sie als Zeugin aufzurufen, was neben einer Aussage Sams das letzte war, was Tony wollte. »Aber Sie haben keine Ahnung, wann und wie Mr. Robb seine Kleidung beseitigt haben sollte?«

»Im Moment, nicht, nein.«

»Und Sie haben keine Kleidungsstücke mit Blutflecken gefunden, weder in Sam Robbs Haus noch in der Schule, wohin Mr. Robb laut eigener Aussage gefahren war, nachdem Marcie seinen Wagen verlassen hatte.«

»Das ist richtig.«

»Sie haben auch keine Blutspuren in seinem Büro gefunden?«

»Nein.«

Tony richtete sich gerader auf. »Was hat Sam denn laut eigenen Angaben getragen?«

»Das Sweatshirt und die Trainingshose, die er uns ausgehändigt hat.«

»Haben Sie irgendeinen Beweis dafür, daß er sie an jenem Abend nicht getragen hat?«

Seed bedachte ihn mit dem gemessenen Blick eines Mannes, der mühsam seine Beherrschung wahrt. »Wir haben Blut am Steuer des Wagens gefunden, Mr. Lord.«

Genau auf diese Antwort hatte Tony gehofft. »Haben Sie das für ein wichtiges Indiz gehalten?«

Seed zuckte die Schultern. »Wichtig? Wir haben ihn nicht gleich verhaftet.« Als Tony ihn einfach nur weiter stumm anstarrte, fügte Seed unwillig hinzu: »Zum damaligen Zeitpunkt dachten wir, es könnte ein beweiserhebliches Indiz sein.«

Tony machte eine Pause und formulierte seine letzte Frage mit Bedacht. »Und hat diese Blutspur zum damaligen Zeitpunkt Ihre Überzeugung gefestigt, daß Sam Robb und niemand sonst der mutmaßliche Mörder war?«

Seed sah Tony fragend an. Schließlich antwortete er: »Ja, das hat sie.«

»Haben Sie eine Vorstellung, wie das Blut in Mrs. Robbs Wagen gekommen ist? Aufgrund persönlicher Erkenntnis, meine ich.«

Wieder zögerte Seed. »Nein, Mr. Lord. Nicht aufgrund persönlicher Erkenntnisse. Aber Mr. Nixon kann es nicht dorthin geschmiert haben, und ich weiß, daß wir es bestimmt nicht waren.«

Tony sah ihn einen Moment lang schweigend an, bevor er höflich sagte: »Vielen Dank. Ich habe keine weiteren Fragen.«

ZWÖLF

Walter Gregg, der Kriminaltechniker der Polizei von Lake City, hatte eine Nickelbrille, einen sauber gestutzten Schnurrbart und ein schmales, asketisches Gesicht. Seine Stimme und seine Gestik waren die eines Gelehrten, trocken und präzise. Stella Marz hängte ein Farbfoto von Marcies zu blassem Gesicht an der Anzeigetafel auf.

Marcies im Tod erstarrte Augen fixierten die Geschworenen, der Blutfaden auf ihrer Wange war dunkelviolett. Tony brauchte einen Moment, bis er die Erinnerung an Alison Taylor abgeschüttelt hatte. Dann blickte er zu Marcies Eltern.

Sie saßen blaß und reglos da, ihr starrer Blick auf das Foto war wie eine unheimliche Kopie des Gesichtsausdrucks ihrer Tochter. Auf Tonys Veranlassung waren Sue und die Kinder der Verhandlung heute ferngeblieben. Einige der Geschworenen schauten Walter Gregg an, als ob sie es wie Sam zu schmerzhaft fanden, Marcie anzusehen. Doch vergessen konnte das Opfer jetzt niemand mehr.

Gregg erklärte auf Stella Marz' Frage hin, daß er das Foto aufgenommen hätte, ebenso wie das von den Fußabdrücken oberhalb der Klippe und den seltsamen Spuren im Schlamm daneben. Es war das zweite von insgesamt sechs Bildern, die Gregg gemacht hatte und die jetzt um Marcies Bild herum arrangiert waren, so daß die Geschworenen Marcies Gesicht bei jedem Foto erneut ansehen mußten.

Stella zeigte auf das dritte Foto. »Und was ist das, Detective Gregg?«

»Es ist ein Foto von Marcie Calders Tennisschuhen.« Gregg verließ den Zeugenstand, kam zu der Tafel und wies mit dem Finger auf das Bild. »Wichtig ist, daß sie nur an den Zehen schlammverschmiert sind. Unsere Analyse hat ergeben, daß der Schlamm an diesen Schuhen mit den Spuren korrespondiert, die parallel zu den Fußabdrücken verlaufen. Das legt den Schluß nahe, daß das Opfer bis zum Rand der Klippe geschleift worden ist.«

»Wo befanden sich die Fußabdrücke und Schleifspuren im Verhältnis zu Marcie Calders am Strand liegender Leiche, Detective Gregg?«

»Direkt oberhalb.«

Stella ging rasch zum nächsten Foto, das die Klippe mit Marcies Leiche im Vordergrund zeigte. »Und was stellt das Beweisstück D-4 dar?« fragte sie.

»Das ist die Klippe von der Leiche des Opfers aus gesehen.«

»Können Sie uns die geologische Beschaffenheit der Klippe beschreiben?«

»Ja. Sie besteht hauptsächlich aus Lehm, durchsetzt mit wenig Schiefer, wobei sowohl Lehm als auch Schiefer recht weich sind.«

»Würden Sie den Abhang als felsig bezeichnen?«

»Nicht besonders. Wenn ich Schiefer sage, meine ich Splitter, die bei Berührung zerbröseln.«

»Und haben Sie den Abhang untersucht?«

»Das haben wir. In Planquadraten von jeweils etwa einem Quadratmeter.«

»Was haben Sie gefunden?«

»Wir haben eine Spur von zerbröseltem Schiefer und Lehm gefunden, die direkt zu Marcie Calders Leiche führt. Die Tatsache, daß der Lehm, den wir an Marcie Calders Jeans und Sweatshirt gefunden haben, dieselbe Konsistenz hatte, bestätigt unsere Annahme, daß die Spur beim Sturz hinterlassen wurde.«

»Haben Sie an Lehm oder Schiefer irgendwelche Blutspuren gefunden?«

»Das haben wir nicht, nein. Das war einer der Faktoren, die uns haben schließen lassen, daß Marcies Verletzungen nicht von dem Sturz herrühren.«

Stella legte den Kopf zur Seite. »Haben Sie auf dem Strand selbst sonst noch etwas gefunden?«

»Das haben wir.« Gregg machte eine Pause und deutete mit dem Finger auf das fünfte Foto. »Einen Stein, den Sie hier auf dem Beweisstück D-5 abgebildet sehen.«

»Können Sie diesen Stein beschreiben?«

Gregg nickte. »Wie man sieht, ist er länglich und etwa so groß wie ein Football. Er war blutverschmiert, und wir haben einige schwarze Haare daran gefunden.«

»Haben Sie den Stein auch gewogen?«

»Das haben wir. Er war ziemlich schwer, knapp zehn Pfund.«

Stella legte einen Finger an die Lippe. »Wie weit lag der Stein von der Leiche entfernt?« fragte sie.

Gregg wies auf das letzte Bild. »Der Stein lag im Sand, ein

Stück vom Fuß der Klippe entfernt. Dieses Foto, Beweisstück D-6, zeigt den Abstand zwischen dem Stein und der Leiche. Wir haben ihn gemessen, es sind mehr als zwei Meter.«

»Haben Sie den Stein als Beweisstück gesichert?«

»Das haben wir.«

Stella ging langsam an ihren Tisch, griff in einen Karton und entnahm ihm eine Plastiktüte, die einen länglichen Stein enthielt. Als sie ihn in beide Hände nahm, um sein Gewicht anzudeuten, starrten die Geschworenen gebannt auf den Stein. Selbst aus der Entfernung konnte Tony, dessen eigene Experten den Stein ebenfalls untersucht hatten, den dunklen Fleck erkennen.

»Mein Gott«, murmelte Sam. Nancy Calder weinte, ihr Mann starrte stur geradeaus.

»Ist dieser als Beweisstück Nr. 6 gekennzeichnete Stein der Stein, den Sie am Strand gefunden haben?« fragte Stella leise.

Gregg machte keinerlei Anstalten, den Stein zu berühren. Er betrachtete ihn in Stellas Händen und antwortete: »Ja, das ist er.«

»Euer Ehren«, sagte Stella, »ich würde dieses Beweisstück gerne den Geschworenen präsentieren.«

Die Geschworenen reichten den Stein herum, manche von ihnen hastig, aber immer behutsam.

Ruhig nahm Stella ihre Befragung wieder auf. »Was hat die gerichtsmedizinische Untersuchung des Steins ergeben?«

»Die Ergebnisse der DNA-Analyse, die die Verteidigung meines Wissens nicht in Abrede stellt«, dozierte Gregg nüchtern, »haben ergeben, daß das Blut ebenso wie die Haare an dem Stein von Marcie Calder stammen und daß das an der Oberfläche des Steins festgestellte Hautgewebe von Marcie Calders Kopfhaut stammt und den Kopfverletzungen entspricht, die die Blutspur in ihrem Gesicht hinterlassen haben.«

»Haben Sie im Rahmen Ihrer Suche noch andere Objekte gefunden, die die Kopfverletzungen Ihrer Meinung nach verursacht haben könnten?«

»Nein. Wir haben weder am Abhang noch am Strand irgendwelche schweren Gegenstände oder Steine gefunden.«

Tony wußte, daß Gregg die Verteidigungsstrategie, auf Unfall oder Selbstmord zu plädieren, systematisch zunichte machte, und jetzt wollte Stella den Punkt sicher einfahren. »Haben Sie sich eine Meinung darüber gebildet«, fragte sie, »warum der Stein mit Marcie Calders Blut, Haaren und Hautgewebe mehr als zwei Meter von ihrer Leiche entfernt gefunden wurde?«

»Einspruch!« Tony erhob sich. »Wir konzedieren, daß Miss Marz Detective Gregg als Fachmann für die Spurensicherung am Tatort eingeführt hat. Aber seine Referenzen oder auch sein Bericht legen in keinster Weise nahe, daß die von Miss Marz angefragte ›Meinung‹ fundierter ist als eine x-beliebige Vermutung.«

Stella sah Tony demonstrativ unbeeindruckt an. »Euer Ehren«, sagte sie, »der Zeuge kann die faktische Grundlage seiner Ansicht darlegen, wenn er seine Meinung äußert. Wenn das Gericht diese Grundlage für nicht ausreichend hält, kann es die Geschworenen dementsprechend anweisen.« Mit müdem Sarkasmus in der Stimme fuhr sie fort: »Was die Fundierung seiner Ansicht betrifft, so glaube ich schon, daß die umfangreiche Ausbildung und langjährige Berufserfahrung des Zeugen ihn hinreichend qualifizieren, eine Meinung dazu zu äußern, wie ein zehn Pfund schwerer Stein eine solche Entfernung zurücklegen konnte.«

Als Karoly sich ihm mit hochgezogenen Brauen zuwandte, wußte Tony, daß der Einspruch ein Fehler gewesen war. Die Miene des Richters war ein stummer Kommentar zu Tonys Dreistigkeit. »Abgelehnt«, sagte der Richter mit ausdrucksloser Stimme. »Ist Ihnen die Frage noch gegenwärtig, Detective Gregg?«

»Ja, Euer Ehren«, antwortete Gregg. »Meiner Meinung nach hat jemand den Stein oberhalb der Klippe aufgehoben, Marcie Calder damit auf den Kopf geschlagen und dann ihre

Leiche und den Stein hinuntergeworfen.« Er machte eine Pause und warf Tony einen spöttischen Blick zu. »Es gibt eine Reihe von Faktoren, die mich zu dieser Meinung veranlaßt haben.

Erstens: In der Nähe der Fußspuren oberhalb der Klippe haben wir diverse Steine von vergleichbarer Größe gefunden, jedoch keine entlang der Spur von Marcies Sturz.

Zweitens haben wir weder in der Nähe des Steins noch bei der Leiche Fußspuren gefunden. Marcie Calder ist also nicht dorthin gelaufen, und niemand hat den Stein zwei Meter weiter getragen.

Drittens handelt es sich, wie schon mehrfach gesagt, um einen immerhin zehn Pfund schweren Stein. Wenn Marcies Kopf bei einem Unfall oder Sturz dagegen geschlagen wäre, wie sollte der Stein so weit von der Leiche am Fuß der Klippe entfernt gelandet sein? Das ist vollkommen unplausibel.

Viertens sind da noch die Schleifspuren oberhalb der Klippe. Sie sind gut einen Meter lang. Selbst wenn Marcie gefallen wäre, hätten die Zehen ihrer Schuhe, die die Furchen meiner Ansicht nach gegraben haben, keine so lange Spur hinterlassen. Ich glaube vielmehr, daß Marcie Calder bis zum Rand der Klippe geschleift wurde.

Fünftens war Marcies Leiche schwerer als der Stein. Selbst eine Person von beträchtlicher Stärke hätte einen knapp fünfzig Kilo schweren Körper nicht sehr weit über den Rand der Klippe hinausschleudern können. Mit einem zehn Pfund schweren Stein in Form eines Footballs verhält sich das schon anders.«

Gregg brach abrupt ab, als ob er sich in den zahllosen Gründen, warum er offenkundig recht hatte, verheddert hätte. Als Tony zur Seite blickte, erkannte er, daß die Geschworenen vollkommen gefesselt zuhörten.

»Ach ja«, fügte Gregg noch hinzu. »Der Stein lag in einer tiefen Mulde im Sand, wie man auf« – er blickte über seine Schulter – »Beweisstück D-5 erkennen kann. So als wäre er hart gelandet.« Er hielt inne, als wäre ihm selbst bewußt geworden, daß dies nicht sein schlagendstes Argument gewesen war. Sein Zögern ließ sein zuvor leicht roboterhaftes Gebaren mit einemmal recht menschlich erscheinen.

»Ich glaube, das ist alles«, endete Gregg abrupt.

Stella machte eine dramatische Pause. »Trug Marcie Calder, als Sie sie gefunden haben, eine Armbanduhr, Detective Gregg?«

»Ja, das tat sie. Es war eine blaue Swatch aus Plastik und Gummi.«

Stella hielt eine Plastiktüte mit einer Uhr hoch. »Handelt es sich bei diesem als Beweisstück Nr. 7 gekennzeichneten Objekt um diese Uhr?«

Gregg betrachtete die Tüte von allen Seiten. »Ich glaube schon.«

»Und konnten Sie Fingerabdrücke nehmen?«

»Wir haben drei deutliche Abdrücke festgestellt. Einer stammte, wie zu erwarten war, von Marcie Calder. Einen zweiten konnten wir nicht identifizieren.«

»Und der dritte Abdruck?«

»Stammte von dem Angeklagten, Mr. Robb.«

Stella machte einen Schritt auf Gregg zu. »Haben Sie das Blut, das die Polizei am Steuer des Wagens gefunden hat, ebenfalls zur gerichtsmedizinischen Untersuchung geschickt?«

Gregg nickte. »Ja, ich habe eine DNA-Analyse angefordert.«

»Und was haben die Laboruntersuchungen ergeben?«

Wieder blieb Tony stumm; ein Einspruch würde das Unvermeidliche nur noch schlimmer machen. Gregg ließ seinen Blick von Sam und Tony zu den Geschworenen wandern, die ihm wach und aufmerksam folgten. »Das Blut am Steuer des Wagens stammte von dem Opfer, Marcie Calder.«

»Keine weiteren Fragen«, erklärte Stella.

DREIZEHN

Während der Sitzungspause bat Tony den Gerichtsdiener, Stellas Beweisstücke wegzuräumen. Als die Geschworenen zurückkamen und Tony mit seinem Kreuzverhör begann, war das Foto von Marcie Calder verschwunden.

Mach es kurz, sagte Tony sich. Hol raus, was du rausholen kannst, und fertig. Er war froh, daß Sue die Aussage des Kriminaltechnikers nicht gehört hatte.

Tony stand auf und musterte Gregg mit fragender Miene. »Haben Sie auch den Stein auf Fingerabdrücke untersucht?«

»Ja, Sir. Wir haben keine gefunden.«

»Was ist mit dem dritten Abdruck auf der Uhr, den Sie nicht identifizieren konnten? Haben Sie ihn mit Fingerabdrücken in Ihrer Kartei und denen anderer Dienststellen verglichen?«

Gregg nickte. »Das haben wir. Wir konnten keine Übereinstimmung feststellen.«

»Nun gut. Sie haben bereits ausgesagt, daß das Blut an dem Stein von Marcie Calder stammte, richtig?«

»Das ist richtig.«

»An dem Stein klebte ziemlich viel Blut, oder?«

»Ja, Sir. Das kann man sagen.«

»Und Sie glauben, daß das Blut an den Stein gekommen ist, als irgend jemand – wer, wissen Sie nicht – Marcie Calder erschlagen hat.«

Gregg strich eine Falte an seinem Anzug glatt. »Ja, das glaube ich.«

»Aber Sie sind kein Gerichtsmediziner?«

»Nein, das bin ich nicht.«

»Das heißt, Sie schließen das nicht aus der Verletzung selbst, sondern aus anderen Umständen, wie zum Beispiel der Tatsache, daß der Stein gut zwei Meter von der Leiche entfernt lag?«

»Ja.«

Tony stemmte die Hände in die Hüften. »Der Sand an dem Strand war ziemlich fest, oder?«

»Ja.«

»Hätte der Stein nicht dorthinrollen können?«

»Ein so schwerer Stein? Das glaube ich nicht, außerdem haben wir im Sand keine entsprechenden Spuren gefunden.«

»Könnten die nicht vom Regen verwischt worden sein?«

Gregg zögerte. »Schon möglich.«

»Und wenn der Stein durch Marcies Sturz losgerissen worden wäre, hätte er doch beim Fall den Abhang hinunter einen gewissen Schwung entwickelt, richtig? Gerade ein so schwerer Stein.«

»Das könnte sein. Aber genug Schwung, um noch gut zwei Meter weiter zu rollen? Das bezweifle ich sehr.«

Tony entschied, daß an diesem Punkt nichts mehr zu holen war. »Wenn Marcie Calder, wie Sie annehmen, von jemandem oben auf der Klippe erschlagen wurde, hätte doch Blut verspritzen müssen, oder nicht?«

»Möglicherweise.«

»Und so ist es in diesem Fall auch gewesen?«

»Es hat ganz den Anschein, Mr. Lord. Wir haben an Marcies Sweatshirt und an ihrer Jeans Blut gefunden.«

»Haben Sie auf der Klippe auch Blut gefunden?«

Gregg zögerte erneut. »Nein, Sir. Das haben wir nicht.«

»Hätten Sie nicht erwartet, welches zu finden?«

»Normalerweise schon.« Gregg verlagerte sein Gewicht. »Aber als wir Marcie Calder gefunden haben, hatte es schon seit mindestens sieben Stunden geregnet oder genieselt. Wie Sie eben selbst festgestellt haben.«

»Aber Sie haben nach Blut gesucht, richtig? Im Schlamm, auf der Wiese, im Umkreis von zehn Metern um die Fußabdrücke und das, was Sie die Schleifspuren nennen, um genau zu sein?«

Gregg nickte. Wie jeder gute Experte wußte er, wann es zwecklos war, sich auf Haarspaltereien einzulassen. »Wir haben nichts gefunden, Mr. Lord.«

»Und in Mr. Robbs Haus und an den Kleidern, die er Ihnen gegeben hat, haben Sie auch kein Blut gefunden.«

»Nein, Sir, das haben wir nicht.«

»Hätte der Mörder in dem von Ihnen entworfenen Szenario nicht von oben bis unten blutbesudelt sein müssen? Genau wie Marcie?«

»Ich denke, ja.«

»Und trotzdem haben Sie keinen Beweis dafür gefunden, daß Mr. Robb irgendwelche Kleidungsstücke weggeworfen oder vernichtet hat.«

Gregg rückte seine Brille zurecht. »Im Augenblick ist uns nichts dergleichen bekannt.«

»Wo haben Sie nach weggeworfenen Kleidungsstücken gesucht?«

»Im Park, in den umliegenden Wäldern und ein paar Tage später in der Lake City High School.«

Tony machte eine Pause und überdachte seine nächste Frage. »Haben Sie seit Eröffnung des Ermittlungsverfahrens gegen Mr. Robb noch irgendwelche anderen privaten Wohnungen oder Häuser durchsucht?«

Gregg musterte ihn kühl. »Das haben wir nicht.«

»Und was Mr. Robb betrifft, haben Sie Marcie Calders Blut auch nur am Steuer seines Wagens gefunden.«

»Ja, Sir.«

Tony hielt inne. »Abgesehen von einer Theorie, die Sie für wahrscheinlich halten mögen, haben Sie keine faktische Grundlage für eine Erklärung, wie Marcie Calders Blut an das Steuer von Sam Robbs Wagen gekommen sein könnte?«

Aus dem Augenwinkel sah Tony, daß Stella sich rührte, es sich dann aber doch anders überlegte und ihr Vertrauen in ihren Experten setzte. »Meine Theorie hat eine faktische Grundlage, Mr. Lord.« Gregg hielt inne und wählte seine Worte mit Bedacht. »Aber ich war nicht dabei. Deshalb kann ich nicht wissen, wie der Blutfleck dorthingekommen ist.«

Tony wechselte unvermittelt in einen entspannten Gesprächston. »Ich möchte Sie als sachverständigen Zeugen bitten, einen Moment lang anzunehmen, daß das, was ich Ihnen erzähle, wahr ist. In Ordnung?«

Gregg zögerte. »Also gut.«

»Wir nehmen also an, daß es sich tatsächlich um einen Mord handelt. Ja, wir nehmen im Grunde alles an, was Sie auch annehmen – daß Marcie Calder mit diesem Stein erschlagen wurde, daß ihr Mörder ihre Leiche und den Stein an der Stelle, wo Sie die Fußspuren gefunden haben, die Klippe hinuntergeworfen hat, daß er oder sie die blutbespritzte Kleidung weggeworfen hat und der Nieselregen der folgenden Nacht alle weiteren Blutspuren auf dem Boden weggespült hat. Können Sie mir noch folgen?«

»Natürlich.«

»Wir ändern nur eine winzige Kleinigkeit. Nehmen Sie zu diesem Zweck einfach mal an, daß ich Ihnen bewiesen habe, daß es für das Blut von Marcie Calder am Steuer des Wagens eine unschuldige Erklärung gibt. Zum Beispiel eine Schnittwunde am Finger, aber das ist im Grunde egal.«

Greggs Gesichtszüge wirkten angespannt, seine Wangen hohl. »Also gut«, erwiderte er leise, »ich nehme es an.«

Tony legte den Kopf zur Seite. »Welche Konsequenz hat das für die faktische Beweislage, daß Sam Robb und nicht irgend jemand diesen hypothetischen Mord begangen hat?«

Gregg verzog das Gesicht. »Nun, es schwächt sie. Vorausgesetzt, was Sie sagen –«

»Es schwächt sie?« Tony hob ungläubig die Stimme. »Es bleibt nichts mehr davon übrig, oder? Nicht ein Fetzen.«

»Das stimmt nicht.« Gregg machte eine Pause, und Tony konnte förmlich sehen, wie er nachdachte. »Da ist noch der Fingerabdruck des Angeklagten.«

»Ach ja, der Fingerabdruck. Sie haben natürlich auch keine Ahnung, wie der auf Marcie Calders Uhr gekommen ist, oder?«

»Nein, Sir.«

Tony machte eine kurze Pause und fragte dann leise: »Oder von wem der andere Abdruck stammt?«

»Nein, Sir«, räumte Gregg ein. »Das sagte ich bereits.«

Tony machte einen Schritt auf ihn zu. »Nun gut. Dann lassen Sie uns auf den Blutfleck zurückkommen. Haben Sie das Labor angewiesen, die Probe auch auf blutfremde Substanzen zu untersuchen?«

»Was meinen Sie damit? Alkohol oder was?«

»Nein.« Tony kam noch näher. »Ich meine jede Substanz, die dem Blut fremd ist.«

Gregg wirkte nervös. Offensichtlich wußte er ausnahmsweise einmal nicht, worauf Tony hinauswollte. »Nein«, erwiderte er leicht gereizt. »Ich habe es nicht ausdrücklich angeordnet, und das Labor hat keine ›blutfremden Substanzen‹, wie Sie es nennen, festgestellt.«

Tony nickte. »Vielen Dank«, sagte er und nahm Platz. Er spürte die Verwirrung der Geschworenen und wußte, daß ihn Walter Gregg in den beiden zurückliegenden Stunden einer Verteidigungsstrategie näher gebracht hatte, die die Ernie-Nixon-Karte spielen würde.

»Für Selbstmord sieht es nicht gut aus«, meinte Saul am Abend.

Tony starrte aus Sauls Fenster auf die Skyline von Steelton, die Lichter flackerten unregelmäßig wie bei einem Stromausfall. Er durfte nicht darüber nachdenken, was wirklich geschehen war, ermahnte er sich, sondern allein darüber, was hätte geschehen können, solange es nur seinen Freund und Mandanten von der Anklage des Mordes entlastete. »Sie haben recht«, antwortete Tony schließlich. »Ein verzweifeltes, schwangeres Mädchen läßt sich jetzt nur noch schlecht verkaufen, und die Geschworenen werden sich daran erinnern, daß ich es versucht habe.«

Saul widersprach ihm nicht. »Aber am Ende hattest du doch wieder was laufen.«

Tony lächelte knapp. »Was für eine Note würden Sie mir geben, Herr Professor? Vielleicht eine Drei?«

Auch Saul lächelte ein wenig. »Eine Zwei plus für das Kreuzverhör und eine Vier für dumme Einsprüche.« Er lehnte sich zurück und wurde wieder ernst. »Du warst schon in Ordnung. Aber du siehst müde aus. Müder, als es sich ein Strafverteidiger leisten kann.«

Tony wußte, daß Saul recht hatte. Während des Prozesses hielt ihn das Adrenalin wach, aber außerhalb des Gerichtssaals ließ ihn seine Rastlosigkeit trotz tiefer Erschöpfung nicht zur Ruhe kommen. »Ich schlafe nicht besonders gut«, gab er zu.

Saul runzelte die Stirn. »Ist es dieser Fall? Oder ist das normal?«

»Nein, normal ist es nicht.« Tony dachte daran, seine Alpträume zu erwähnen, entschied sich dann aber dagegen und trank statt dessen einen großen Schluck von Sauls Malt-Whisky.

Saul trank nichts. »Vielleicht kann ich dir helfen«, sagte er schließlich. »Dir ein oder zwei Zeugen abnehmen.« In seinen Augen las Tony Mitgefühl und noch mehr das Bedürfnis, sich und vielleicht auch ihm zu beweisen, daß er noch nicht ausgebrannt war. »Rein persönlich ist mir unser Mandant natürlich egal», schloß Saul. »Aber vielleicht hilft das ja.«

Das war bei allem Sarkasmus so wahr, daß Tony erneut lächeln mußte. Er sah Saul dankbar an. »Ich lasse es mir durch den Kopf gehen«, antwortete er.

VIERZEHN

Es war schon nach neun, als Tony müde und hungrig in sein Hotel zurückkehrte und sich nur noch ein Sandwich auf sein Zimmer bringen lassen wollte, um das Kreuzverhör von Stellas nächster Zeugin, der Gerichtsmedizinerin, vorzubereiten.

Doch als er die Tür zu seinem Zimmer öffnete, saß Sue Robb am Fußende seines Bettes.

Sie trug wie zur Gerichtsverhandlung ein marineblaues Kostüm und sah ihn stumm an, bevor sie schließlich sagte: »Ich hoffe, ich störe dich nicht.«

Überrascht, leicht alarmiert, vor allem jedoch erfreut, sie allein und abseits des Prozesses zu sehen, schloß Tony die Tür. »Selbstverständlich nicht«, antwortete er. »Geht es dir einigermaßen gut?«

Sie schüttelte fast unmerklich den Kopf. »Ich bin heute doch zur Verhandlung gekommen. Ohne Sam und Jenny.«

Tony steckte die Hände in die Hosentaschen. »Ich habe dich gar nicht gesehen.«

»Ich weiß. Ich habe mich extra nach hinten gesetzt.«

»Wieviel hast du gehört?«

»Alle Fragen der Staatsanwältin. Dein ganzes Kreuzverhör.«

»Ach, Sue!« Tony setzte sich neben sie und nahm ihre Hand. »Ich habe nicht gewollt, daß du dir das antust.«

»Glaubst du, ich hätte nicht auch über sie nachgedacht?«

»Natürlich. Aber sie zu sehen, ist etwas ganz anderes.« Tony schwieg einen Moment. »Ich habe Hunderte von derartigen Bildern gesehen, und viele, die noch schlimmer waren als das von Marcie Calders totem Gesicht. Trotzdem hat es mich ziemlich mitgenommen.«

Sue schwieg eine Zeitlang. Obwohl sie ihn weiterhin ansah, schien ihr Blick nach innen auf ihre eigenen Gedanken gerichtet zu sein. Einmal mehr hatte Tony das Gefühl, daß sie gekommen war, um ihm etwas zu erzählen, was er nicht hören wollte. Doch alles, was sie schließlich sagte, war: »Marcie Calder hat sich nicht selbst umgebracht, oder?«

Tony atmete aus. »Nein, das glaube ich auch nicht.«

»Dann bleibt nur noch Ernie Nixon.« Sue hielt kurz inne und fügte dann leise hinzu: »Oder ein Fremder.«

Tony antwortete nicht direkt. »Ich glaube, ich kann den Prozeß gewinnen, Sue.«

Sie wandte sich von ihm ab und blickte zum Fenster. »Wir haben so viel von dir verlangt, Tony. Ich habe so viel verlangt. Viel mehr, als ich geahnt habe.«

Tony lächelte. *»De nada«*, sagte er.

»Nein. Das ist nicht nichts. Es ist zu viel.«

Tony merkte, daß Sue völlig durcheinander war. »Weiß Sam, daß du hier bist?«

»Ja. Ich habe ihm gesagt, daß ich dich zum Essen einladen würde. Ich halte mich also zumindest immer noch teilweise an die Wahrheit.«

Diese letzte Bemerkung kam Tony eigenartig spitz vor, obwohl er gar nicht zu sagen gewußt hätte, ob sie Sam oder ihm selbst galt. »Wie war das alles für dich?« fragte er. »Wir haben kaum Gelegenheit gehabt, darüber zu sprechen.«

Sue stand auf und ging ans Fenster. Sie wirkte schmal und klein; zum erstenmal kam sie Tony fast zerbrechlich vor. »Eigenartigerweise«, sagte sie, »war es wie vieles in meinem Leben. Wie das eben so ist, wenn man Kinder hat, die man liebt, und eine Ehe, die nicht gut genug ist, um wirklich glücklich zu sein, aber auch nicht schlecht genug, um sie zu beenden. Man tut, was man eben für die Menschen um einen herum tun muß, und versucht, sich selbst nicht danach zu fragen, wie man sich dabei fühlt.«

Sie wirkte jetzt ruhiger und starrte aus dem Fenster auf die Stadt, die sie gar nicht wahrzunehmen schien. »Für Sam und Jenny», fuhr sie schließlich fort, »bin ich immer noch ihre Mutter. Ich frage sie nach ihrem Leben, dem normalen, das sie woanders leben, und sage Hoffnungsvolles über den Prozeß. Und wie in allen Familien gibt es Themen, die wir meiden. Sie fragen nie und ich sage nie, ob ich ihren Vater für unschuldig halte oder nicht. Sie akzeptieren einfach, daß ich da bin, weil es das ist, was sie brauchen. Wenn ich nicht da wäre, wäre alles noch viel schlimmer für sie. Der einzige Unterschied ist, wie rücksichtsvoll sie mit mir umgehen.« Für einen Moment blitzte ihr trockener Humor wieder auf. »Es kommt mir vor wie eine beängstigende Vorschau darauf, wie es sein wird, wenn ich alt bin und sie denken, ich hätte nicht mehr alle Tassen im Schrank.«

Tony spürte, daß Sue sich aussprechen mußte, und er wollte ihr zuhören, nicht nur um ihret-, sondern auch um seinetwillen.

»Und was ist mit Sam?« fragte er. »Wie ist das für dich?«

Sie drehte sich nicht um. »Du meinst, wie ich mich im Gerichtssaal fühle?« fragte sie. »Oder wenn ich anschließend nach Hause gehe, als ob nichts wäre, und nachts neben einem Mann schlafe, der möglicherweise eine Schülerin ermordet hat, mit der er eine Affäre hatte?«

Dieser letzte Satz, eher Feststellung als Frage, traf Tony mit einer ungeschminkten Offenheit. »Wenn du mit ihm nach Hause gehst«, sagte er leise.

Sue zuckte die Schultern, sah ihn jedoch noch immer nicht an. »In deiner ersten Ehe«, fragte sie, »habt ihr da viel gestritten? Oder herrschte diese grauenhafte Höflichkeit, mit der man so tut, als ob man es gar nicht merkt, daß man sich nicht mehr berühren mag und daß Gespräche sich nur noch um das Kind oder die Arbeit drehen? Diese Art stiller Tod.«

Tony hatte außer mit Stacey noch nie darüber gesprochen. »Marcia und ich haben beides getan, Sue. Zuerst die Höflichkeit, dann die Wut. Und sosehr ich Wutausbrüche hasse, waren sie doch beinahe eine Erleichterung.«

Sue schwieg einen Moment. »Zur Zeit«, erklärte sie schließlich, »behalte ich meine Wut für mich. Es ist wie vor fünfzehn Jahren. Streite dich nicht zu laut, die Kinder könnten es hören. Und wenn dein Mann sich wegen Mordes vor Gericht verantworten muß, ist da kein Platz für Wut. Das überdeckt einfach alles andere.« Auf einmal veränderte sich ihre Stimme, und als Sue sich umdrehte, sah Tony bestürzt, daß sie weinte. »Ich bin so verdammt allein, Tony. Ich liege nachts da und höre ihn atmen, und wir beide tun so, als würden wir schlafen. Ich habe Angst, mich zu rühren, weil er dann etwas sagen könnte oder ich etwas sagen müßte. Also liege ich einfach da und grüble.«

Tony zögerte kurz, bevor er aufstand und sie in die Arme nahm. Sie erwiderte seine Umarmung heftig, doch Tony spürte, daß sie nichts weiter wollte, als sich nicht mehr einsam zu fühlen. »Also«, murmelte sie nach einer Weile, »schon gegessen? Ich verspreche dir auch, nicht mehr zu weinen.«

»Ich bin halb verhungert«, sagte er. »Aber wir beide können uns nicht zusammen in der Öffentlichkeit sehen lassen, das wäre ein gefundenes Fressen für die Presse. Es bleibt uns nichts anderes übrig, als hierzubleiben.« Er hielt sie noch immer fest, während er kurz überlegte. »Wann hast du zum letztenmal Pizza gegessen?«

»Ich glaube, das war, als Jenny ausgezogen ist, um aufs College zu gehen.« Sie blickte zu ihm auf. »Können wir eine Flasche Rotwein dazu bestellen?«

Er lächelte. »Klar.«

Tony ging ans Telefon und rief den Roomservice an. Als er sich wieder umdrehte, hatte Sue sich auf einen Stuhl in der Ecke gesetzt.

»Macht es dir was aus, wenn ich noch ein bißchen arbeite?« fragte Tony. »Die Pizza kommt erst in etwa einer halben Stunde, und ich muß noch ein paar Gedanken zu Papier bringen, bevor ich sie vergesse.«

Sue nahm lächelnd eine Reisezeitschrift zur Hand. »Nur zu. Ich sitze einfach hier und träume von entlegenen Orten.«

Tony nahm einen Notizblock vom Nachttisch, lockerte seine Krawatte und lehnte sich an das Kopfteil des Bettes.

Ohne sich weiter um Sue zu kümmern, begann er seine Fragen aufzuschreiben. Nur einmal spürte er, daß sie ihn beobachtete, und als er aufblickte, lächelte sie ihn liebevoll an.

»Du sollst arbeiten«, sagte sie, »und mich gar nicht beachten.«

Er erwiderte ihr Lächeln und schrieb weiter.

Da es im Zimmer nur ein winziges Tischchen gab, saßen sie auf dem Boden, die Pizza zwischen sich, die Weinflasche und die beiden Gläser auf dem Deckel der Pizzaschachtel.

»Wie sieht Christopher aus?« fragte sie.

»Als Persönlichkeit ist er ein sehr eigener Mensch. Aber er sieht meinem Foto aus dem High-School-Jahrbuch gespenstisch ähnlich. Zum Glück scheint es ihm nichts auszumachen.«

Sue lächelte. »Dazu hat er auch keinen Grund. Ich fand dich damals toll.«

»Das hast du aber gut verborgen.«

»Ich war vergeben.« Ihr Lächeln verblaßte, als ob ihr die Gegenwart schlagartig wieder bewußt geworden wäre. Sie schwieg einen Moment. »Du hast dir große Mühe gegeben, möglichst nicht über deine Vergangenheit nachzudenken, nicht wahr? Aber ich habe manchmal den Eindruck, daß dieser Prozeß dich jetzt dazu zwingt.«

Tonys erster Impuls war, ihr zu versichern, daß es ihm gutging. Doch dann blickte er in diese klaren, braunen Augen, die er als Siebzehnjähriger gekannt hatte, und gestand: »Ich hasse diesen Fall.«

Sue musterte ihn eindringlich. »Wegen Sam?« fragte sie sanft. »Oder wegen Alison?«

»Wegen all dem. Und meinetwegen.« Tony hielt inne, und dann sprudelten die Worte aus ihm heraus, all die Dinge, die er nie ausgesprochen hatte, nicht einmal für sich selbst. »Außer dir und Saul hat mir damals kein Mensch geholfen, mit all dem fertig zu werden, was nach dem Mord an Alison passierte. Meine Eltern wußten nicht, was sie tun sollten, und sie dachten, Psychiater wären nur was für Verrückte, selbst wenn sie sich einen hätten leisten können. Also blieb mir gar nichts anderes übrig, als zu versuchen, das alles hinter mir zu lassen: den Schock, Alison zu finden, und wie ich danach von der ganzen Stadt angesehen wurde. Meine Identität war plötzlich weg, der Mittelschichtteenager, der glaubte, das Leben könnte nur besser werden. Plötzlich war ich ein ausgestoßener, verängstigter Junge. Wenn ich an ihn denke, ist es, als hielte ich meine Hand über eine Flamme. Schon damals wollte ich nicht dieser Junge sein. Sobald ich nach Harvard kam, habe ich so getan, als ob ich es auch nicht wäre.

Und das tue ich noch immer. Mit Stacey in meinem wunderschönen Zuhause hat es Zeiten gegeben, in denen ich mich kaum an diesen Jungen erinnern konnte. Als ob der siebzehnjährige Tony Lord irgend jemand anderes gewesen wäre, jemand, den ich kaum gekannt habe. Nur daß ich immer wieder diesen Alptraum hatte, in dem ich Alison finde. Und seit Prozeßbeginn habe ich einen neuen, in dem sie mich beschuldigt, sie getötet zu haben.« Er schüttelte den Kopf. »Das alles ist so verkorkst, Sue. Im Gerichtssaal kann ich es mir nicht erlauben, mich an den Jungen zu erinnern, der ich gewesen bin. Nicht nur, weil ich Anwalt bin. Denn wenn ich versuche, an Sams Unschuld zu glauben, will ich nicht spüren, wie verängstigt er sein muß und wie sehr ich dafür verantwortlich bin, ihn zu retten. Und wenn ich mich frage, ob er schuldig ist, muß ich an den siebzehnjährigen Jungen denken, dessen Freundin ermordet wurde. Ganz abgesehen von dem, was ich Ernie Nixon möglicherweise antue.« Tony verstummte ratlos und rieb sich die Schläfen.

Sue war sehr still. »Ich kannte diesen Jungen, und er war ein sehr guter Mensch. Das ist er noch immer.« Sie nahm seine Hand. »Wie verletzt du gewesen bist. Wie sehr diese ganze Stadt dich verletzt hat.«

Er spürte einen Kloß im Hals. »Du hast mich nie verletzt, Sue. Aber vielleicht ich dich, weil ich nicht wußte, was ich tun sollte. Ich sehe dich jetzt an und wünsche mir, ich könnte zurückgehen, nur für einen Moment, und es anders machen.«

Sues Augen füllten sich mit Tränen. Sie schüttelte stumm den Kopf, bevor sie zu ihm hinüberrutschte und ihren Kopf an seine Brust legte. Zärtlich nahm er Sues Gesicht zwischen seine Hände. Sie blickte zu ihm auf. Er hätte nicht sagen können, wessen Kopf sich zuerst bewegt hatte. Nur daß ihre Münder auf einmal nur noch wenige Zentimeter voneinander entfernt waren. Ihre Lippen berührten sich, und sie standen zusammen auf. Tony faßte Sue um die Taille und zog sie fester an sich. In einem scheinbar endlosen Moment öffneten sich ihre Lippen füreinander.

Als Tony spürte, wie leidenschaftlich sich ihre Hüften an ihn drängten, küßte er sie hungrig. Er sagte sich, daß das, was sie taten, nicht falsch war. Das war Sue, die zuerst dagewesen war, die ein Recht auf ihn hatte, zu dem er sich nie bekannt hatte. Die Frau, die er, ohne es sich jemals selbst eingestanden zu haben, mehr geliebt hatte als Alison Taylor und die der siebzehnjährige Junge in ihm noch immer liebte.

Dann endete ihr Kuß, und ihm wurde wieder bewußt, daß Stacey Tarrant seine Frau war. Nur dieser Gedanke hielt ihn zurück. Doch das änderte nichts an seinem Herzklopfen, seinem Begehren und dem Gefühl von Trauer und Verlust. Doch Sue spürte das alles.

Sie lehnte ihre Stirn an seine. »Ich weiß«, sagte sie zärtlich. »Du kannst das nicht. Und du solltest es auch nicht.« Ein Zittern durchlief ihren Körper. »Aber wie sehr ich dich schon seit Jahren wollte! Seit unserer Nacht in dem Wäldchen.«

Unsere Nacht, dachte Tony. Ihr Geschenk füreinander, und ihre Traurigkeit. »Diesen Jungen«, murmelte er, »habe ich gerade wiedergetroffen. Und er liebt dich so sehr, daß es weh tut. Genau wie früher.«

Obwohl ihre Augen feucht waren, lächelte sie ein wenig. »Das hilft mir, Tony. Das hilft mir sehr.«

Er atmete tief durch und ließ den Moment der Leidenschaft vorübergehen. »Dann bleib noch ein bißchen. Denn nach heute abend können wir nicht mehr so zusammenkommen. Unabhängig von Stacey. Ich bin Sams Anwalt …«

Er brauchte den Satz nicht zu beenden. Sue setzte sich zwischen seine ausgestreckten Beine, lehnte sich an seine Brust und kuschelte sich in seine Arme. Worte waren überflüssig. Nach einer Weile schenkte Sue ein Glas Chianti ein, das sie sich teilten, ohne ihre Position zu verändern.

»Du liebst sie wirklich«, sagte Sue schließlich. »Stacey.«

»Sehr.« Tony hielt nachdenklich inne. »Sie ist klug und ehrlich, und sie hat ein besonderes Taktgefühl. Sie spürt immer, wann sie die Dinge auf sich beruhen lassen sollte. Sie ist wunderbar mit Christopher, und sie kennt mich so gut, wie man einen Menschen nur kennen kann. Manchmal kommt mir der Gedanke, wie wenig ich ihr dabei geholfen habe.« Seine Stimme wurde weicher. »Ich habe dir heute mehr erzählt, als ich es ihr gegenüber je über mich bringen konnte.«

Sues Stimme war genauso bewegt. »Dafür danke ich dir, Tony. Nicht wegen Stacey, sondern um meinetwillen. Auch wenn es vielleicht nur daran lag, daß ich gerade da war.«

Die Zärtlichkeit, die Tony jetzt empfand, war qualvoll. »Es war mehr als das, Sue. Genau, wie es damals mehr gewesen ist.«

Sue war wieder still und nachdenklich. »Ich nehme an, daß du die Stelle am Strand wiedererkannt hast«, sagte sie endlich. »Die Stelle, wo sie Marcie gefunden haben.«

»O ja. Es ist die Stelle, wo wir das Feuer gemacht hatten. An dem Abend, als ich mich mit Alison gestritten habe.«

Sie lehnte sich zurück. »Ich denke an Marcie Calder, Tony, und dann an uns in dem Alter. Weißt du eigentlich, daß Sam eine Pistole neben dem Bett aufbewahrt?«

»Warum?«

»Er hat Angst vor dem Haß der Leute, vor Frank Calder vielleicht.« Sie machte eine Pause. »Wie ich hasse, was mit uns passiert ist. Und was wir dir damit angetan haben, dich an Alison zu erinnern.«

Tony küßte sie auf den Scheitel. »Anwälte verletzen ihre eigene Menschlichkeit ständig, ihr Beruf erfordert das. Vielleicht ist es gar nicht schlecht, daß ich gezwungen bin, mich dem zu stellen.« Er schwieg einen Moment, bevor er liebevoll hinzufügte: »Nichts, was du mir je gebracht hast, war schlecht. Nur das, was ich damit gemacht habe.«

Sue nippte nachdenklich an ihrem Wein. »Hast du *Fiesta* gelesen?«

»Natürlich. Der arme impotente Jake Barnes und Lady Brett Ashley, die ihn hoffnungslos liebt. Ich fand es in verschiedener Hinsicht schmerzlich, darüber nachzudenken.«

Sue lächelte ein wenig. »Weißt du noch, was sie am Ende zu ihm sagt? Du bist doch immer ein Bücherwurm gewesen.«

Tony überlegte einen Moment. »Irgendwas wie: ›O Jake, wie gut wir es hätten haben können.‹ Und er antwortet: ›Wäre es nicht nett, das zu glauben?‹«

Schweigend kuschelte Sue sich fester in seinen Arm.

Nach einer Weile, als sie den Wein geleert hatten, küßte sie ihn zart auf den Mund und ging.

In dieser Nacht konnte Tony nicht schlafen, diesmal nicht wegen des Alptraums, sondern weil er seinen Gedanken nicht mehr ausweichen konnte. Er fühlte sich nicht wie ein Anwalt.

Schließlich rief er Saul an. »Ich glaube, daß Sie recht hatten«, sagte Tony. »Ich bin müde. War Ihr Angebot, mir zu helfen, ernst gemeint?«

Saul konnte seine Überraschung nicht verbergen. »Natürlich.«

Nachdem er aufgelegt hatte, starrte Tony die Pizzaschachtel, die leere Weinflasche und die beiden Gläser noch lange nachdenklich an.

FÜNFZEHN

Am nächsten Morgen spürte Tony im Gerichtssaal die Schwingungen vom Vorabend: Sauls neue Konzentration, als er sich auf dem Rand des gerichtsmedizinischen Gutachtens Notizen machte; das angespannte Schweigen seines Mandanten und Freundes neben ihm und das irritierende Gefühl, auf eine Art Abrechnung mit sich selbst zuzusteuern. Tony drehte sich um und sah Sue an, die seinen Blick mit trauriger Zuneigung erwiderte. Dann widmete er seine ganze Aufmerksamkeit Dr. Katherine Micelli.

Kate Micelli war Mitte Fünfzig, hatte tiefliegende Augen, eine Hakennase und mattes, pechschwarzes, vermutlich gefärbtes Haar. Ihr faltiges Gesicht spiegelte eine tiefe Ernsthaftigkeit wider, ihr Lächeln wirkte flüchtig und abwesend wie eine förmliche Geste. Ihre Arbeit bot augenscheinlich wenig Grund zur Freude.

Das war nur zu verständlich. Mit ausdrucksloser Stimme berichtete sie Stella Marz, wie sie zum Tatort gerufen worden war, um Marcie Calders Leiche zu bergen. Sie hatte Marcie auf Haare, Fasern und mögliche Hautreste unter den Fingernägeln untersucht, eine Blutprobe entnommen, die Leiche entkleidet, einen Abstrich in Mund, Anus und Vagina vorgenommen, um Sperma nachzuweisen, den Zustand der Leiche sorgfältig untersucht, Marcies Schädel geröntgt und zuletzt eine Autopsie zur Feststellung der Todesursache durchgeführt. Tony hatte in seinem Leben schon an diversen Autopsien teilgenommen, und sein Mitgefühl galt Marcies Eltern. Er selbst würde das Geräusch der Knochensäge, mit der ein Mensch einem anderen den Schädel öffnete, und den Anblick von grauweißer Hirnmasse in einer Waagschale nie vergessen. Frank Calder hatte die Augen zusammengekniffen, und Nancy Calder schluckte heftig. Die systematische Reduktion des Körpers ihrer vormals lebenden Tochter in seine Einzelteile war erst erschütternd, dann nur noch lähmend. Für einen Moment stellte sich Tony Alison nackt auf einem Autopsietisch vor, ihre Demütigung festgehalten in der sterilen Prosa eines Berichts, wie Saul ihn gerade las.

»Und konnten Sie die Todesursache feststellen?« fragte Stella eben.

»Das konnten wir.« Kate Micellis Miene wirkte in ihrer Ernsthaftigkeit beinahe grimmig. »Marcie Calder ist an einer Hirnblutung gestorben, die meiner Ansicht nach durch mehrere Schläge mit einem schweren Gegenstand auf den Kopf verursacht wurde.«

»Mehrere Schläge?« wiederholte Stella spitz.

»Ja. Mindestens drei.«

»Könnten Sie die tödlichen Wunden beschreiben und erklären, wie Sie zu diesem Schluß gekommen sind, Dr. Micelli?«

»Gewiß.« Dr. Micelli wandte sich den Geschworenen zu wie eine Professorin, die eine grausame, aber wichtige Vorlesung hielt, die ihre Studenten auf keinen Fall verpassen durften. »Miss Calders Kopfhaut wies mehrere Risse und drei Platzwunden auf. Der Schädel selbst war mehrfach gebrochen. Diese Impressionsfrakturen lassen auf drei dicht nebeneinander geführte Schläge schließen. Das wissen wir, weil die Struktur der durch einen späteren Schlag verursachten Fraktur, eine Reihe unregelmäßiger Ringe wie die Jahresringe eines Baumstamms, auf die des früher ausgeführten Schlages stößt und dadurch an einer weiteren Ausbreitung gehindert wird. Wir haben drei konzentrische Ringe festgestellt, die sich auf diese Art kreuzen.«

Saul machte sich mit zusammengekniffenen Augen eine Notiz, während die Geschworenen aufmerksam zuhörten. »Haben Sie sich eine Meinung darüber gebildet, wie Marcie Calder sich diese Verletzungen zugezogen hat?« fragte Stella gemessen.

»Absolut.« Erneut forderte der habichtartige Blick der Gerichtsmedizinerin die Aufmerksamkeit der Geschworenen. »Marcie Calders Tod ist auf Fremdeinwirkung zurückzuführen.«

Tony registrierte, daß Stella heute methodisch und undramatisch vorging, um das schiere Gewicht der in kalte Fachsprache gehüllten Beweislast für sich wirken zu lassen. »Haben Sie auch die Möglichkeit in Betracht gezogen, Dr. Micelli, daß das Hirntrauma von einem Sturz von der Klippe stammt?«

»Das habe ich, Miss Marz, und zwar recht gründlich. Ich habe diese Möglichkeit verworfen.«

»Warum?«

Dr. Micelli faltete die Hände. »Zunächst einmal, weil die

drei Impressionsfrakturen so eng beieinander lagen. Es wäre ein großer Zufall, wenn das Opfer sich drei so schwere und dicht beieinanderliegende Kopfverletzungen bei einem Sturz zugezogen hätte. Und bei einem Sturz wäre es auch nur schwer nachzuvollziehen, wie ein einzelner Stein alle drei Platzwunden verursacht haben sollte. Ich gehe vielmehr davon aus, daß die drei Schläge oberhalb der Klippe von einer recht kräftigen Person geführt wurden und daß Marcie Calder bereits tot war, als sie von der Klippe geworfen wurde.«

»Wie kommen Sie zu dieser Schlußfolgerung, Dr. Micelli?«

»Aufgrund mehrerer Faktoren.« Dr. Micelli sah die Geschworenen an und begann, die einzelnen Punkte mit metronomartiger Präzision aufzuzählen. »Zunächst einmal unterscheiden sich die bei einem Sturz auftretenden inneren Hirnverletzungen von solchen, die durch Gewalteinwirkung zugefügt werden. Das ist eine Frage der Physik. Eine bei einem Sturz erlittene Verletzung an der rechten Kopfseite würde zu Ringprellungsherden auf der gegenüberliegenden Seite führen. So würde eine äußere Verletzung an der Stirn eine innere Hirnverletzung am Hinterkopf nach sich ziehen. Durch die plötzliche Beschleunigung, die der Kopf beim Stoß erfährt, entsteht an der gegenüberliegenden Stelle ein Unterdruck; wir nennen das Contrecoup- oder Gegenstoßherd. Bei Gewalteinwirkung hingegen tritt die innere Verletzung auf derselben Seite auf wie die Platzwunde am Kopf –«

»Und im Fall von Marcie Calder ...«, unterbrach Stella sie.

Dr. Micelli runzelte indigniert die Stirn und nickte dann knapp. »Offene und gedeckte Kopfverletzungen waren auf derselben Seite des Kopfes. Deshalb sprechen die medizinischen Befunde gegen einen Sturz und für Mord.«

Der Professor auf der Geschworenenbank beugte sich aufmerksam vor. Die Geschworenen hatten Dr. Micelli offensichtlich verstanden und waren beeindruckt von ihrer gebieterischen Art. Saul würde diese Fassade durchbrechen müssen, um alles, was die Gerichtsmedizinerin ausgesagt hatte, in

Zweifel zu ziehen. Tony bemerkte, daß Saul aufgehört hatte, sich Notizen zu machen, und Kate Micelli nur aufmerksam beobachtete.

»Gab es weitere Gründe für Ihre Annahme, daß Marcies Tod nicht durch einen Sturz verursacht wurde?« fragte Stella.

»Ja«, erklärte Dr. Micelli den Geschworenen. »Marcie Calder hatte mehrere Wunden im Gesicht, orangefarben mit ledrigem Schürfsaum, aber ohne subkutanes Hämatom, was darauf hinweist, daß sie sich diese Verletzungen erst postmortal zugezogen hat, also nachdem ihr Herz aufgehört hatte zu schlagen.«

Sam starrte mit nachdenklich verschleiertem Blick auf den Tisch. »Sieh sie dir an«, flüsterte Tony ihm zu. »Darauf achten die Geschworenen.«

»Wie lange nach Aussetzen der Herztätigkeit würde es zu Verletzungen kommen, wie Sie sie eben beschrieben haben?«

»Ab zwei Minuten nach Herzstillstand.«

Zwei Minuten, dachte Tony, in denen der Mörder Marcies Leiche vom Tatort zur Klippe geschleift hatte. Ihre leblosen Füße hatten die Schleifspuren hinterlassen, bevor er die Leiche in die Tiefe geworfen hatte. »Konnten Sie die ungefähre Todeszeit eingrenzen?« fragte Stella weiter.

»Ja.« Dr. Micelli wandte sich erneut direkt an die Geschworenen. »Meiner Meinung nach ist Marcie Calder am Abend ihres Verschwindens gegen zweiundzwanzig Uhr gestorben.«

Stella nickte. Wenn Dr. Micelli recht hatte, lag Marcies Todeszeit kurz nach dem Zeitpunkt, an dem Sam laut eigenen Angaben den Park verlassen hatte. Tony wußte, daß sich in den Köpfen der Geschworenen ein Bild herauskristallisierte: Sam Robb, wie er Marcie Calder erschlug, ihre Leiche zur Klippe schleifte und hinunterwarf. Es war eine Sequenz, die sich auch in seinem Kopf immer wieder abspulte wie ein Stummfilm, den er nicht stoppen konnte. Als er zu Sue schaute, hatte sie den Blick gesenkt.

»Zweiundzwanzig Uhr«, wiederholte Stella. »Worauf stützen Sie diese Annahme?«

»Als wir am Tatort eintrafen, hatte die Totenstarre bereits eingesetzt, und die Temperatur der Leiche entsprach mit achtzehn Grad in etwa der Lufttemperatur. Marcie Calder war offensichtlich bereits seit Stunden tot.« Dr. Micelli sah mehrere Geschworene einzeln an, um sich deren Aufmerksamkeit zu versichern. »Im Rahmen der Autopsie haben wir auch Marcie Calders Mageninhalt untersucht. Wir haben die Reste eines Thunfisch-Sandwiches gefunden. Laut Zeugenaussage von Mr. Nixon hat er Marcie Calder gegen acht Uhr ein Thunfisch-Sandwich serviert. Das entspricht unseren Untersuchungsergebnissen.«

»Inwiefern?«

»Die Magenverdauung einer Hauptmahlzeit, also die Zeit, die die Nahrung braucht, um vorverdaut vom Magen an den Darm abgegeben zu werden, beträgt vier bis fünf Stunden«, dozierte Dr. Micelli selbstbewußt. »So lange brauchen die Magensäuren, um die Nahrung abzubauen. Im Vergleich dazu braucht eine kleinere Mahlzeit nur drei und ein Imbiß wie ein Thunfisch-Sandwich lediglich zwei Stunden.« Dr. Micelli hielt inne und fügte leiser hinzu: »Es sei denn, der Prozeß der Verdauung wird durch den Tod beendet.

Im Falle von Marcie Calder haben wir noch Spuren dieses Thunfisch-Sandwiches in ihrem Magen gefunden. Das heißt, der Tod ist höchstens zwei Stunden nach Verzehr eingetreten.« Sie sah die Geschworenen an und fügte wieder schroff hinzu. »Wenn Mr. Robb bis zehn Uhr mit ihr zusammen war, blieb Marcie Calder nur noch sehr wenig Zeit.«

Saul rührte sich, erhob aber keinen Einspruch. Der Schaden war angerichtet, gnadenlos hatte die Gerichtsmedizinerin Indiz auf Indiz geschichtet. Auch Sam war in sich zusammengesunken und wirkte angeschlagen.

Dr. Micelli hingegen thronte strenger denn je im Zeugenstand wie ein Porträt von El Greco. »Konnten Sie feststellen, was Marcie Calder in den Stunden vor ihrem Tod geschehen ist?« fragte Stella.

»Ja«, erwiderte Dr. Micelli ausdruckslos. »Wir haben festgestellt, daß sie anal penetriert wurde.«

Stella schwieg einen Moment. »Wie haben Sie das festgestellt?«

»Wir haben Abschürfungen im Anus und Risse in der Schleimhaut festgestellt, die auf eine anale Penetration hindeuten. Ebenso wie das Blut an ihrem Schließmuskel.«

»Haben Sie bei dem Abstrich auch Sperma im Anus nachgewiesen?«

»Nein«, sagte Dr. Micelli und fuhr an die Geschworenen gewandt fort: »Bei dem Abstrich haben wir jedoch Spuren eines Gleitmittels auf Ölbasis festgestellt, wie es bei einem gebräuchlichen Kondom verwendet wird. Einem Kondom mit gerippter Oberfläche namens Adam's Rib.«

Sam sah die Gerichtsmedizinerin leeren Blickes an und wurde rot. Sue starrte auf ihre gefalteten Hände. Die Calders sahen verbittert und angewidert aus.

Von seinem Richterstuhl aus folgte Karoly Stellas Blick. »Haben Sie sich eine Meinung darüber bilden können, ob dieser Analverkehr einvernehmlich oder erzwungen war?« fragte sie.

Dr. Micelli runzelte die Stirn. »Das festzustellen ist nicht leicht. Aber ich bin zu einem definitiven Schluß gekommen. Jede Penetration, auch eine einvernehmliche, würde bei einer Person ohne derartige Erfahrungen zu Läsionen führen, die durch die Rippen des Kondoms noch verstärkt worden sein könnten.« Dr. Micelli hielt inne und sah Stella mit schmalen Augen an. »Wenn es sich um eine Vergewaltigung gehandelt hätte, hätte ich stärkere Verletzungen feststellen müssen. Wir haben es meiner Ansicht nach mit einvernehmlichem Analverkehr zu tun, der für das Mädchen das erste Mal war.«

Stella verschränkte die Arme und fragte leise: »Haben Sie im Rahmen Ihrer Autopsie von Marcie Calder sonst noch etwas Besonderes feststellen können?«

»Ja. Sie war schwanger.«

Die Kosmetikerin sah Sam mit einem kurzen, flackernden Blick an. »Wie haben Sie das festgestellt?«

»In ihrer Gebärmutter befand sich ein Fötus«, erklärte Dr. Micelli den Geschworenen leise. »Zum Zeitpunkt des Todes war er zwischen dem ersten und zweiten Monat seiner Entwicklung. Er ist mit der Mutter gestorben.«

Die Kosmetikerin zuckte zusammen. »Waren Sie anhand des fötalen Gewebes in der Lage, den Vater zu ermitteln?« fragte Stella.

»Ja, mit Hilfe einer DNA-Analyse. Ich habe das Labor angewiesen, die Blutprobe, die Mr. Robb der Polizei gegeben hat, ebenfalls einer DNA-Analyse zu unterziehen.«

»Mit welchem Ergebnis, Dr. Micelli?«

Die tiefliegenden Augen der Gerichtsmedizinerin wirkten düster. »Das genetische Material des Fötus entspricht dem von Mr. Robb.« Sie machte eine Pause und sah die Geschworenen an. »Mit einer Wahrscheinlichkeit von etwa zehn Millionen zu eins war Mr. Robb der Vater des Kindes.«

Sam schien kaum zu atmen. Als Stella auf Dr. Micelli zutrat, wirkte sie zögernd, fast widerwillig, als wolle sie die Stille nicht stören. »Haben Sie auf Ersuchen unserer Behörde auch die Möglichkeit untersucht, daß der Vater des Kindes Afroamerikaner war?«

»Ja«, antwortete Kate Micelli wieder ausdruckslos. »Anhand des genetischen Materials können wir diese Möglichkeit ausschließen.«

»Keine weiteren Fragen, Euer Ehren«, sagte Stella.

Karoly nickte nur, bevor ihm die Uhr wieder einzufallen schien. »Die Sitzung ist für die Dauer der Mittagspause unterbrochen«, erklärte er den Geschworenen. »Das Gericht tritt um halb zwei wieder zusammen.«

Es war still im Gerichtssaal, als sich die Geschworenen mit abgewandten Blicken erhoben. Sam warf Saul einen Blick zu und wandte sich dann an Tony. »Ich will mit dir reden«, sagte er. »Unter vier Augen.«

SECHZEHN

Tony und Sam saßen allein in dem beengten und fensterlosen Zeugenraum mit dem kargen Tisch und den harten Holzstühlen. Selbst wenn der Raum Tony nicht an das Verhörzimmer der Polizei von Lake City erinnert hätte, hätte Sams Gesprächswunsch ihn nervös gemacht.

»Was ist los?« fragte Tony.

Sam sah ihn mit offenen blauen Augen an. »Hast du vor, dem alten Mann das Kreuzverhör zu überlassen?«

Das war es also – nicht Sue oder ein Geständnis in letzter Minute. »Ich bin müde«, sagte Tony. »Ein müder Anwalt macht Fehler.«

»Besser deine Fehler als seine.« Sam wurde lauter. »Die alte Hexe redet nur Blödsinn. Ich weiß nicht, wann Marcie gestorben ist oder wie, aber es war, nachdem ich sie verlassen hatte. Diese Micelli hat mich da drinnen gekreuzigt.«

Tony versuchte ruhig zu bleiben. »Sie hat dir bestimmt nicht geholfen. Aber die nimmt niemand auseinander, auch ich nicht.« Mit leiserer Stimme fügte er hinzu. »Was den Fötus, den Analverkehr und sogar deine Kondommarke angeht, hat sie doch recht. Und was den Rest betrifft, macht Saul das schon seit Jahren.«

»In welchem Jahr hat er es zum letztenmal gemacht? Für dich mag das Ganze ja eine Art sentimentale Reise in die Vergangenheit sein, aber für mich geht es hier um Leben und Tod. Um meine Zukunft, meine Ehe. Alles steht auf dem Spiel.« Sam stand abrupt auf. »Ich sitze hier und warte darauf zu erklären, daß ich unschuldig bin, bis ich schreien will. Und du sitzt da, cool wie immer, und legst mein Schicksal in die zittrigen Hände eines prähistorischen Säufers.» Er stützte sich mit den Händen ab und beugte sich mit hochrotem Kopf und feuchter Stirn über den Tisch. »Das machst du, weil du mich für schuldig hältst, was? Weil du denkst, daß ich nicht mehr verdiene als die halbherzigen Bemühungen eines Anwalts, der meine Frau vögeln wird, sobald sie mich lebenslänglich zum Sex im Duschraum des Staatsgefängnisses abtransportiert haben. Wenn du sie nicht jetzt schon vögelst.«

Tony starrte zu Sam hoch. »Du hast Angst«, sagte er leise. »Aber male mir eine Niederlage bloß nicht zu verlockend aus.« Er unterbrach sich. »Das habe ich nicht so gemeint. Und was du über Sue gesagt hast, hast du besser auch nicht so gemeint. Denn ich bin es verdammt leid, dir all die Dinge aufzuzählen, die sie nicht verdient.«

»Hör zu –«

»Nein. Du hörst mir jetzt zu.« Tony wurde lauter. »Du kriegst eine verdammt gute Verteidigung von mir. Vielleicht gibt es bessere Anwälte, aber nicht viele. Wenn ich also beschließe, vor meiner Siegesrunde eine Pause einzulegen, kannst du kurz innehalten und mir danken. Anstatt deine Frau zu beschimpfen und mich daran zu erinnern, wie angenehm mein Leben war, bevor dieses arme schwangere Mädchen von der Klippe gefallen ist.« Tony hielt inne, um seine Gefühle zu zügeln. »Was Saul angeht, würde ich nie einen Freund opfern, nur um einem anderen Freund eine Beschäftigung zu geben. Und bevor du deinen Mund wieder aufmachst, solltest du daran denken, daß Saul mein Freund ist. Und Sue meine Freundin.«

Sam blickte auf Tony herab. »Wir sind beide müde«, sagte er schließlich. Er ließ sich in den Stuhl gegenüber fallen, vergrub sein Gesicht in den Händen und stieß einen tiefen Seufzer aus. »Ich schlafe jetzt gar nicht mehr. Ich schlafe einfach nie. Ich liege da und sehe zu, wie die Zahlen des Weckers weiterklickern, und ich weiß einfach nicht, was ich zu ihr sagen soll. Stundenlang lasse ich sie so tun, als würde sie schlafen, und das einzige, woran ich mich klammern kann, ist etwas, was ich nicht mit ihr teilen kann. Daß ich der einzige Mensch auf der Welt bin, der weiß, daß ich unschuldig bin.« Als Sam wieder aufblickte, wirkte sein Gesicht mit einemmal ausgezehrt. »Für mich ist die Frage meiner Unschuld keine Vermutung, Tony, oder ein Job. Dabei geht es gar nicht darum, was für ein guter Anwalt du bist. Versuche dir vorzustellen, was es heißt zu wissen, daß man unschuldig ist, während alle Fehler, die man je gemacht hat, alles, wofür ich mich schäme, einen nicht nur widerwärtig, sondern auch schuldig aussehen lassen.« Er schlug den Blick nieder. »Ich nehme an, das verstehst du. Jedenfalls manches davon.«

»Manches«, antwortete Tony schließlich. »Mit Ausnahme von Alisons Mörder war ich der einzige, der es wußte. Fast alle anderen haben geglaubt, ich wäre es gewesen. Deshalb kann ich verstehen, warum es dir so wichtig ist ...«

»Du bist mir wichtig.« Sam legte die Hand auf Tonys. »So bin ich nicht, Tony. Bitte, glaube mir.«

Tony sah in Sams stumm flehende, hellblaue Augen und spürte, was eine Freundschaft kosten und wie die Verbindung zweier Menschen das Leben eines oder beider auf nie geahnte Weise verändern konnte. »Dann vertrau mir«, sagte er. »Wir hauen dich da raus. Egal, wie es aussieht.«

Der Anblick von Saul, der sich erhob und nachdenklich auf Kate Micelli zuschlurfte, schmerzte Tony. Er schätzte Saul auf siebzig und wußte plötzlich, daß Saul die Achtzig nicht erleben würde. Die Jahre der Vernachlässigung, des Trinkens und eine endlose Folge von Verfahren waren wie Gewichte, die er mit sich herumtrug. Obwohl er eine gewisse Würde ausstrahlte, klang seine Stimme rauh und brüchig.

»Guten Tag, Dr. Micelli.« Saul schwieg einen Moment, und Tony spürte, wie Sam sich anspannte, als müßte er hilflos einem ehemals großen Schauspieler zusehen, der seinen Text vergessen hatte. »Drei Schläge auf den Kopf, richtig?« sagte Saul unvermittelt.

»Meiner Ansicht nach, ja.«

»Hätte es nicht Blutspritzer geben müssen?«

Dr. Micelli faltete die Hände. »Beim ersten Schlag meiner

Meinung nach nicht. Der hat vermutlich lediglich die Kopfhaut aufgerissen. Aber beim zweiten und dritten wohl schon.«

Saul hatte den Kopf zur Seite geneigt, als würde er konzentriert zuhören. »Nun gut. Wollen wir also annehmen, daß diese drei Schläge von Ihrem hypothetischen Mörder geführt wurden. Wohin würde das Blut spritzen?«

Die Gerichtsmedizinerin sah Saul mit demonstrativer Nachsicht an. »Gehen Sie bei Ihrer Frage davon aus, daß der Mörder aufrecht steht oder am Boden kauert, Mr. Ravin?«

Sauls Lächeln wirkte beinahe schüchtern. »Ein guter Einwand. Warum beginnen wir nicht mit Mörder und Opfer am Boden?«

Dr. Micelli runzelte die Stirn. »In diesem Fall wäre das Blut auf den Boden, das Gesicht und die Haare des Opfers gespritzt.«

Saul steckte die Hände in die Taschen, als würde er nach Kleingeld suchen. »Und der hypothetische Mörder?«

»Hätte wahrscheinlich ebenfalls Blutspritzer im Gesicht und an den Haaren abbekommen.«

»Das Blut auf dem Boden. Wäre es viel?«

»Durchaus möglich, ja.«

Saul nickte langsam. »Aber Sie glauben nicht, daß es sich so abgespielt hat, oder?«

»Wie genau?« erwiderte Dr. Micelli leicht verärgert.

Auch die Geschworenen sahen Saul verwundert an. »O Verzeihung«, sagte Saul. »Ich meinte, Sie glauben nicht, daß der Täter auf das Opfer eingeschlagen hat, während beide am Boden waren, oder?«

Dr. Micelli zögerte. »Nein, das glaube ich nicht.«

Saul zögerte und wies auf die Geschworenen. »Könnten Sie den Geschworenen erklären, warum nicht?«

Dr. Micellis Blick mied die Geschworenenbank. »Marcie Calders Jeans und ihr Sweatshirt waren stark blutbespritzt.«

Saul legte eine Hand auf die Wange und wirkte so unschuldig nachdenklich, daß Tony ein Lächeln unterdrücken mußte.

»Das heißt also, Ihr hypothetischer Mörder stand aufrecht und hielt das stehende Opfer fest?«

»Davon gehe ich aus, ja.«

»Was hat Ihrer Ansicht nach dann das Opfer getan?«

»Ich weiß es nicht.«

Saul lächelte. »Verständlich, natürlich wissen Sie es nicht. Lassen Sie es mich so ausdrücken, Dr. Micelli. Haben Sie bei Ihrer Autopsie irgendwelche Indizien dafür gefunden, daß Marcie Calder sich gewehrt hat?«

»Nein.«

»Keine Haut unter den Fingernägeln? Oder Blutergüsse an Hals oder Körper, wie sie einem sich wehrenden Opfer von einer ziemlich kräftigen Person zugefügt worden sein könnten?«

Dr. Micelli runzelte erneut die Stirn. »Nein.«

»Also gut. Wo hätte denn der hypothetische Mörder, wenn er gestanden hätte, Blutspritzer abbekommen?«

»Wahrscheinlich im Gesicht, an Armen und Oberkörper.«

»Viel Blut?«

»Das könnte sein, ja.«

»Und auf dem Boden?«

»Etwas Blut.«

Saul machte eine Pause und atmete pfeifend ein, als hätten ihn die vielen schnellen Fragen in Folge aus der Puste gebracht. Tony fragte sich, ob das echt oder vorgetäuscht war, und nutzte den Moment, um seinen Blick über den Gerichtssaal schweifen zu lassen. Die Geschworenen hatten aufmerksam zugehört, Stella war, ihre rechte Hand über einem Notizblock schwebend, hellwach, und sogar Richter Karoly sah ausnahmsweise einmal neugierig aus. »Aber auf dem Boden oberhalb der Klippe haben Sie kein Blut gefunden«, sagte Saul unvermittelt, »ob im Liegen oder im Stehen, kein Blut.«

»Es hatte geregnet, Mr. Ravin.«

Saul lächelte erneut. »Das mag Teil Ihrer Erklärung sein, Dr. Micelli. Aber danach habe ich nicht gefragt. Also noch einmal, haben Sie auf dem Boden Blut gefunden? Oder auf der Wiese?«

»Nein. Der Regen könnte es weggespült haben.«

»Ich verstehe.« Wieder wartete Saul einen Moment. »Genauso wie er alle Blutspuren an der Klippe weggespült haben könnte, wenn Marcie gestürzt wäre?«

Dr. Micelli zögerte. »Vermutlich schon.«

»Oder Blut an einem Stein?«

»Das könnte sein«, erwiderte die Gerichtsmedizinerin abschätzig. »Aber wie Sie sich vielleicht erinnern, Mr. Ravin, hat die Polizei einen Stein mit Blut und Haaren von Marcie Calder gefunden. Diese Tatsache hat die Laboruntersuchung bestätigt.«

Saul sah beschämt aus. »Verzeihung. Ich habe mich nicht klar ausgedrückt. Ich meinte den zweiten Stein.«

Dr. Micelli zog die Brauen zusammen. »Ich verstehe Sie nicht«, sagte sie leicht verärgert.

»Lassen Sie uns für einen Moment annehmen, daß unabhängig davon, was Sie vermuten, Marcie Calders Sturz von der Klippe ein Unfall war. Können Sie sich das vorstellen? Nur als Grundlage für meine Frage.«

»Also gut.«

»Sie würden nicht annehmen, daß Marcies Kopf dreimal auf denselben Stein aufgeschlagen wäre, nicht wahr?«

»Selbstverständlich nicht.«

»Tatsächlich hätte ihr Kopf vielmehr auf drei verschiedene Steine aufschlagen müssen.«

»In Ihrem Szenario, ja.«

»Dann wäre auf dem ersten Stein kein Blut, nicht wahr? Weil, wie Sie sagten, der erste Schlag die Kopfhaut verletzt hätte, ohne Blutungen hervorzurufen.«

»Richtig.«

Saul musterte sie einen Moment. »Was wäre mit dem zweiten Stein in meinem Szenario?«

»Es wären Blutspuren darauf.«

»Weniger Blut als auf dem dritten?«

»Ja. Aber die Polizei hat einen solchen Stein nicht gefunden, wie Sie sich vielleicht erinnern. Tatsächlich waren gar keine an der betreffenden Seite des Hanges.«

»Aber am Fuß der Klippe lagen Steine, richtig? Mehrere Steine von beträchtlicher Größe?«

»Aber keiner mit Blutspuren.«

Saul ignorierte ihren Einwand. »Wie kamen die Steine dorthin?« fragte er.

»Das weiß ich nicht.«

»Könnten sie eventuell durch Marcies Fall mitgerissen worden sein?«

»Ich weiß es nicht.« Dr. Micelli verzog das Gesicht, beherrschte sich jedoch rasch wieder und versuchte, sachlich zu wirken. »Das wäre eventuell möglich, Mr. Ravin. Aber zu der Frage, ob sie die Verletzungen verursacht haben könnten: Keiner wies Blutspuren auf.«

»Vielleicht wegen des Regens? Ist es nicht richtig, daß der zweite Stein in meinem Inszenario weniger Blut aufweisen würde als der letzte?«

»Ja.«

»Das durch den Regen abgewaschen worden sein könnte?«

Dr. Micelli lehnte sich zurück und antwortete in knappem Stakkato: »Meine Meinung zur Todesursache ist ein Mosaik, Mr. Ravin, keine Wäscheliste. Die Art der Verletzungen, das Fehlen von Gegenstoßherden und der einzelne blutige Stein drei Meter neben der Leiche, das alles stützt meine Vermutung, daß Marcie Calder von jemand anderem auf der Klippe getötet und anschließend bereits tot hinuntergeworfen wurde.«

Saul ging zum Tisch der Verteidigung und goß sich ein Glas Wasser ein. Sam beobachtete ihn besorgt. Dann drehte Saul sich wieder zu Dr. Micelli um und nippte an seinem Wasser. »Trockene Kehle«, entschuldigte er sich. »Sagen Sie, Miss Calder muß doch mit beträchtlicher Wucht gefallen sein, richtig?«

»Es sieht ganz so aus, ja.«

»Und die Schläge auf ihren Kopf erforderten ebenfalls beträchtliche Wucht?«

»Ja, wie ich bereits sagte.«

Saul stellte sein Glas ab. »Wäre es nicht möglich, daß Marcie mit beträchtlicher Wucht auf den blutigen Stein gefallen ist, den Sie gefunden haben, was das Blut an dem Stein und ihrer Kleidung erklären würde, worauf der Stein durch den Aufprall weitere zwei Meter den Hang hinuntergerollt ist? Er war schließlich rund und knapp neunzig Pfund leichter als Marcie.«

Dr. Micelli starrte ihn an. »Das sind gleich mehrere Vermutungen, die Sie mir hier vortragen, Mr. Ravin.«

Saul lächelte. »Verzeihung. Ich schätze, meine Frage war auch eine Art Mosaik. Für Sie will ich es gerne in seine Einzelteile zerlegen.« Er machte eine Pause, ging auf die Zeugin zu und fragte: »Die Blutspritzer könnte Marcie abbekommen haben, als sie mit dem Kopf auf dem Stein aufschlug, richtig?«

»Das ist eine theoretische Möglichkeit.«

»Zumal die Spritzer vor allem auf dem rechten Ärmel und nicht auf der Vorderseite ihres Sweatshirts gefunden wurden.«

Die Gerichtsmedizinerin zögerte. »Das stimmt.«

»Theoretisch könnte sie bei ihrem Sturz Blut auf dem zweiten und dritten Stein hinterlassen haben.«

»Theoretisch.«

»Und die Wucht, mit der ein etwa fünfundvierzig Kilo schweres Mädchen bei einem Sturz von einer steilen Klippe auf einen Stein aufschlägt, könnte diesen Stein so ins Rutschen gebracht haben, daß er noch gut zwei Meter weitergerollt ist.«

»Möglicherweise. Aber das wären eine Menge Zufälle.«

Saul verschränkte die Arme. »Ich will nur sagen«, erwiderte er sanft, »daß Sie nicht wissen können, was passiert ist, nicht wahr? Wie Sie es eben selbst zugegeben haben.«

»Nein, das kann ich nicht. Ich kann nur das betrachten, was die Gesamtheit der medizinischen Befunde mir über die Umstände von Marcie Calders Tod sagt.«

Saul nickte. »Ich verstehe. Soweit ich mich erinnere, gehören zu diesen medizinischen Befunden auch Marcie Calders Hautverletzungen – der ledrige Schürfsaum und das Fehlen von subkutanen Hämatomen.«

Dr. Micelli sah ihn vorsichtig an. »Ja.«

»Könnte nicht auch der Regen für die Faltenbildung der Haut verantwortlich gewesen sein?«

Die Gerichtsmedizinerin zögerte und erinnerte sich dann an ihre Unabhängigkeit als Wissenschaftlerin. »Das wäre möglich«, räumte sie ein. »Die ungeschützten Hautpartien sahen ein wenig so aus wie bei jemandem, der zu lange in der Badewanne gelegen hatte. Vor allem ihre Hände.«

»Also gut. Und der Regen hätte vermutlich auch das Blut weggespült und die Farbe sowohl der Wunden als auch der unverletzten Haut verändert, zumal Marcie Calder auf dem Rücken liegend gefunden wurde, so daß ihre Haut der Feuchtigkeit ausgesetzt war.«

Dr. Micelli dachte darüber nach. »Ja«, erklärte sie. »Dieser Umstand hat die Beschaffenheit der Verletzungen gewiß verändert. Doch meiner Ansicht nach waren sie nichtsdestoweniger postmortal. Vor allem die Rißwunden im Gesicht.«

Tony warf einen Blick zu den stumm dasitzenden Calders, deren Benommenheit jetzt dauerhaft zu sein schien.

»Aber legen nicht gerade diese Rißwunden nahe, daß Marcie mit der rechten Gesichtshälfte den Hang hinuntergerutscht ist und sich deshalb auch die rechte Seite des Kopfes an einem oder mehreren Steinen aufgeschlagen haben könnte?«

Dr. Micelli sah ihn an. »Das wäre möglich«, räumte sie ein. »Aber dann hätten wir bei Marcies inneren Kopfverletzungen meiner Meinung nach Gegenstoßherde feststellen müssen.«

Saul wirkte auf einmal müde. Seine Haut sah gefährlich gerötet aus wie die eines Mannes, der sich überanstrengt hatte. Er machte eine Pause und tupfte sich mit dem Taschentuch den Schweiß von der Stirn. Lassen Sie es gut sein, flehte Tony ihn stumm an. Sie haben getan, was Sie konnten.

Als ob er ihn gehört hätte, sagte Saul langsam: »Können wir über das Thunfisch-Sandwich reden?«

»Natürlich.«

»Wie groß war es?«

Die Gerichtsmedizinerin zögerte. »Ich weiß nicht. Ein gewöhnliches Sandwich, nehme ich an.«

»Wissen Sie, wieviel Thunfisch Mr. Nixon auf das Sandwich getan hat?«

»Nein.«

Saul steckte das Taschentuch weg. »Würden diese Dinge die Dauer des Verdauungsprozesses nicht beeinflussen?«

»Durchaus möglich, allerdings nicht entscheidend.«

»Dann bleiben Sie bei Ihrer Ansicht, daß die Verdauung eines Thunfisch-Sandwiches in Marcies Magen exakt zwei Stunden gedauert hat?«

»Natürlich nicht. Die Zeitangabe ist ungefähr.«

Saul atmete tief ein, und sein massiger Körper bebte. »Hätte es auch länger dauern können?«

»Ein wenig länger. Obwohl wir, wie Sie sich erinnern werden, in ihrem Magen Thunfischreste gefunden haben, die darauf hinweisen, daß der Verdauungsprozeß durch den Tod unterbrochen wurde.«

»Aber Sie könnte auch um fünf nach zehn gestorben sein. Oder um zehn nach zehn. Oder um viertel nach zehn.«

»Ja.«

»Oder um elf?«

Tony erkannte sofort, daß das eine schlechte Frage war. »Das halte ich für unwahrscheinlich«, erwiderte Dr. Micelli. »Und in Umkehrung Ihrer Frage könnte Marcie auch schon um halb zehn gestorben sein. Oder um zwanzig vor zehn. Oder um zehn vor zehn, also zu einer Zeit, wo der Angeklagte laut eigenen Angaben gegenüber der Polizei noch mit ihr zusammen war.«

Das ließ Saul einen Moment lang verstummen. »Aber Mr. Robb hat der Polizei erzählt, daß er beim Wegfahren jemanden in einem anderen Wagen gesehen hat.«

»Das hat er gesagt, ja.«

»Und es wäre möglich, daß diese Person Marcie Calder noch früher als fünf, zehn oder Viertel nach zehn getötet hat.«

Kate Micelli starrte Saul an. »Meiner Meinung nach«, erwiderte sie kühl, »wurde Marcie zwischen frühestens halb zehn und spätestens halb elf von einer anderen Person getötet. Ich kann Ihnen ebenfalls sagen, daß Mr. Robb der Vater von Marcies Kind war und daß wir Marcie Calders Blut am Steuer seines Wagens gefunden haben. Was die Begebenheiten, die Mr. Robb der Polizei erzählt hat, oder auch den Zeitpunkt betrifft, zu dem er den Park verlassen hat, weiß ich persönlich nichts darüber.«

Tony ahnte, daß diese Antwort verheerend war, und fand seine Vermutung in den Mienen der Geschworenen bestätigt.

»Verdammt«, murmelte Sam.

Saul richtete sich auf. »So viel Blut«, sinnierte er laut. »Und trotzdem haben Sie in Sam Robbs Wagen nur einen Tropfen am Steuer gefunden?«

»Das ist alles, was wir gefunden haben, ja.«

Saul schüttelte den Kopf. »Und woher wissen Sie, daß das Blut von Marcie Calders tödlichen Verletzungen stammt? Ich meine, Ihre medizinischen Untersuchungen haben lediglich bestätigt, daß es sich um Marcies Blut handelt, nicht wahr?«

Dr. Micelli sah ihn zunächst ungläubig, dann irritiert und schließlich nachsichtig an. »Aus medizinischer Sicht ist das alles, was ich weiß.«

Tony wußte, daß Saul nach einer Möglichkeit suchte, die Sache zu beenden. »Aber dieser Blutfleck ist Ihres Wissens nach der einzige medizinische Befund, der Sam Robb möglicherweise in Zusammenhang mit Marcie Calders Tod bringt?« fragte er langsam. »Ungeachtet der Frage, wie sie gestorben ist.«

Dr. Micelli überlegte. »Ihre Frage bezieht sich ausschließlich auf die medizinischen Befunde?« fragte sie spitz.

»Ja, das ist richtig.«

»Dann müßte ich sie mit dieser Einschränkung bejahen. Der

Blutfleck ist das einzige medizinische Indiz, das Sam Robb in Zusammenhang mit Marcie Calders Verletzungen bringt.«

Sam hielt gedankenverloren inne und legte sein fleischiges Kinn auf seine Brust. »Vielen Dank«, sagte er zuletzt und ging an den Verteidigertisch zurück.

»Saubere Arbeit«, murmelte Tony und meinte es auch so. Mehr hätte man gegen Kate Micelli nicht ausrichten können. Doch es war Sam, der nach der Entlassung der Geschworenen zu Saul ging, der erschöpft und zusammengesunken auf seinem Stuhl saß, und sich mit schlichter Aufrichtigkeit bedankte.

Damit war der Fall für die Staatsanwaltschaft abgeschlossen.

SIEBZEHN

Am Abend lud Tony Saul zum Essen in das Steakhaus ein. Saul wirkte so zufrieden, daß Tony sich nicht einmal an dem kompakten, orangefarbenen Klecks Dressing störte, der auf seinem Salat thronte und den er eigenartig fasziniert beobachtete.

»Der Rekord liegt bei vierundzwanzig Minuten und sieben Sekunden«, erklärte Saul ihm.

»Jetzt nicht mehr – das ist mein Salat vom letzten Mal, da bin ich ganz sicher.« Tony schüttelte verwundert den Kopf. »Man sollte meinen, daß nach einer Weile die Gesetze der Schwerkraft greifen. Vielleicht sollten Sie Kate Micelli anrufen und fragen, was sie davon hält.«

Saul lachte kurz und sah Tony dann fragend an. »Wie geht es dir, Tony?«

Tony goß beiden Wein nach. »Ach, ganz gut«, setzte er an, bevor ihm einfiel, daß er noch etwas ganz anderes zu sagen hatte. »Sie waren gut, Saul. Wenn ich nicht selbst der Angeklagte gewesen wäre, würde es mir fast leid tun, verpaßt zu haben, wie Sie Dana und McCain, diese beiden Polizisten aus Lake City, auseinandergenommen haben.«

Saul musterte ihn, als wolle er sich vergewissern, daß das Kompliment nicht nur höfliche Schmeichelei war. »Das ist lange her«, sagte er dann schlicht. »Zu viele Jahre und zuviel Alkohol. Ich bin nicht mehr der, der ich einmal war.«

»Dann müssen Sie aber eine ziemliche Nummer gewesen sein, Saul.«

Als Sauls Lächeln seine Augen erreichte, wußte Tony, daß sein Freund ihm glaubte. »Ich war so gut wie du«, erwiderte Saul. »Das Leben ist seltsam, nicht wahr?«

»Sehr.«

Saul schwieg einen Moment. »Bist du noch immer in Mrs. Robb verliebt? Ist es das, was hinter all dem steckt?«

Tony starrte auf den Tisch und versuchte, die Frage für sich zu beantworten. »Wenn Sam mit einer anderen verheiratet wäre, wäre ich trotzdem gekommen. Vermutlich sind einige Erfahrungen so wesentlich, daß sie immer Teil von einem bleiben. Sams Freundschaft war so eine Erfahrung. Alisons Tod eine andere. Und Sue auch.« Er blickte auf. »Ja, Saul, ich liebe sie noch immer. Ich darf nicht zulassen, daß das für mich und Stacey zum Problem wird, aber das macht es in gewisser Hinsicht noch viel schwerer. Ich sehe Sues Leben, ihre Vergangenheit, ihre Zukunft und kann absolut nichts für sie tun. Sam ist der einzige, dem ich helfen kann. Und wenn wir ihn da rauspauken, muß Sue trotzdem noch für sich herausfinden, wer er ist.«

»Und das fragst du dich auch.«

»Dauernd.«

Saul nickte. »Er hat was von einem Chamäleon, dein Freund. Wenn er sich wie heute anständig benimmt, wirkt er bisweilen richtig ehrlich und fast liebenswert, wenn man diese Worte im Zusammenhang mit Sam Robb verwenden kann. Dann wieder kommt einem diese Anständigkeit nur gespielt vor. Als ob er über einen Kopfhörer Befehle bekommen würde, wie er sich zu verhalten hat, ohne daß sein Gehirn die Anweisungen wirklich richtig verarbeiten kann.« Er sah Tony an. »Weißt du, was ich meine?«

Tony mußte über Sauls genaue Beobachtung lächeln, auch wenn die Sache sehr ernst war. »O ja«, antwortete er.

Saul trank einen großen Schluck Wein. Er trank heute abend mehr als in letzter Zeit, vielleicht aus Erleichterung über die Erlösung von der Last des Selbstzweifels, und der Wein schien seine Zunge gelöst zu haben. »Ich an deiner Stelle», sagte er schließlich, »würde meinen Gefühlen für Sue nicht allzusehr nachhängen. Ihr weiteres Leben könnte sehr viel leichter sein, wenn du verlierst, und ziemlich durcheinandergeraten, wenn Sam ein freier Mann bleibt. Dann muß sie eine Entscheidung treffen. Und genau wie du wird sie sich immer fragen, ob er ein Mörder ist. Du selbst kannst wenigstens zu deiner Frau und deinem Sohn zurückkehren mit dem Wissen, daß du deine Arbeit getan hast. Sue dagegen wird entscheiden müssen, ob sie geht oder bleibt, und das wird Sam ihr, so wie ich ihn und vor allem sie einschätze, nicht leichtmachen. Egal, was passiert, er wird immer der Vater ihrer Kinder bleiben.«

Tony wußte, daß Saul recht hatte. »Sie hat mich gebeten, ihn zu verteidigen, Saul. Ich sollte ihr einen unschuldigen Mann geben.«

Saul leerte sein Glas. »Das war vor dem Prozeß, Tony. Ich frage mich, wie sie jetzt denkt.«

Am folgenden Samstag forderte Sam Tony heraus, das begonnene Basketballspiel fortzusetzen. Grinsend erwartete er Tony mit dem Ball unter dem Arm auf dem Platz. »Fünfzehn beide, richtig?«

»Genau.«

Tony war überrascht, daß sie sich beide trotz des Prozesses und allem, was auf dem Spiel stand, noch an das Ergebnis erinnerten. Ein erster Hauch von Herbst lag in der Luft; achtundzwanzig Jahre waren vergangen, seit die gleiche frühherbstliche Frische ihre letzte gemeinsame Saison angekündigt hatte, die sie bis in das Spiel gegen Riverwood geführt hatte.

»Laß uns festlegen, daß einer von uns mit zwei Körben Vorsprung gewinnen muß«, sagte Sam. »Ich will dir schließlich eine faire Chance geben«, fügte er lächelnd hinzu.

Tony verdrehte die Augen. »Das kann ja ewig dauern.«

»Das ist mir recht. So spaßig finde ich den Prozeß schließlich nicht.« Sam warf Tony den Ball zu. »Du fängst an.«

»Das ist komplett pathologisch«, meinte Tony, nahm Anlauf, lief auf den Korb zu, dribbelte den Ball plötzlich hinter seinem Rücken und erzielte seinen sechzehnten Punkt, während Sam wie zum Denkmal erstarrt dastand und dann laut johlte.

»Zu gut für mich«, sagte er. Doch als Sam denselben Trick versuchte und dabei den Ball an Tony verlor, hörte er auf zu lachen. Beim nächsten Versuch stieß er Tony mit dem Ellbogen zur Seite und erzielte den Ausgleich. Danach sagte keiner mehr etwas. Es waren nur ihr Keuchen und ihre Schritte auf dem Court zu hören. Beim Stand von 23:23 verfehlte Tony mit einem Wurf den Korb, und beide stürzten nach vorn, um den Rebound aufzunehmen. Ihre Körper krachten gegeneinander, und Tony wurde seitlich gegen den einbetonierten Ständer des Korbs geschleudert, während Sam auf den Asphalt prallte.

Der Schmerz durchzuckte Tonys Kopf und Ellbogen, einen Moment lang wurde ihm schwarz vor Augen. Dann sah er, daß Sam sich erhob, um den Ball aufzunehmen. »Genug!« rief Tony.

Sam runzelte die Stirn. »Wieviel Zeit brauchst du?«

»Fünf Minuten«, antwortete Tony, und ihm wurde bewußt, daß es die ersten Worte waren, die sie seit einer ganzen Weile gewechselt hatten. Sie setzten sich ein paar Schritte voneinander entfernt auf den Boden.

»Alles in Ordnung?« fragte Sam schließlich.

»Ich werde es überleben.« Tony merkte, daß er keine Lust hatte zu reden. Er beugte seinen Ellbogen und verzog schmerzverzerrt das Gesicht. Seine Schläfe pochte.

Sam blickte über den Taylor-Park zum See. »Und wie ging es Sue neulich abend?«

Sein Tonfall war so bemüht ausdruckslos, daß Tony ihn direkt ansah. »Ich hoffe, die Frage bedeutet nicht dasselbe wie gestern.«

Sam zuckte die Schultern. »Ich habe nur gefragt, wie es ihr geht.«

»Dann sollten wir vielleicht ein für allemal etwas klarstellen: Ich weiß nicht, wie es Sue geht oder was sie tun wird. Mein Reiz für Sue besteht darin, daß ich weder du noch die Kinder bin und nicht in eurem Haus lebe. Wir haben jedenfalls bestimmt nicht ›gevögelt‹, wie du es so charmant formuliert hast.«

Sam sah ihn stumm und eindringlich an. »Nicht mal vorher?«

Demonstrativ erwiderte Tony seinen Blick. Die besten Lügen enthalten immer ein Körnchen Wahrheit, hatte Sam gesagt, und wenn das nicht ging, mußten sie mit offenem Blick vorgetragen werden. »Damals, 1968«, sagte er gemessen, »war ich so durcheinander, daß mir alles und jeder egal war. Aber das weißt du möglicherweise nicht, weil wir ja eine Zeitlang nicht miteinander geredet haben. Wenn ich mich recht erinnere, ging es darum, ob ich Alison erwürgt hätte.«

Sam blickte zu Boden. Tony behielt einen bitteren Nachgeschmack zurück, aber er konnte Sue Robb genausowenig verraten wie einen Mandanten.

»Hast du Ernie in letzter Zeit mal gesehen?« fragte Tony.

Sam schüttelte den Kopf. »Die *Weekly* schreibt, er hätte unbezahlten Urlaub genommen. Ohne Erklärung.«

Tony schwieg einen Moment. »Die ist auch überflüssig«, meinte er schließlich.

Sam wandte sich ihm zu. »Und wann sage ich, daß ich sie nicht getötet habe?« fragte er leise und anklagend.

»Vielleicht gar nicht.«

Sam verschränkte die Arme. »Du meinst, vielleicht verstecke ich mich hinter dir?«

»Nein«, erwiderte Tony kühl und knapp. »Vielleicht entscheiden wir wie die rationalen Erwachsenen, die wir sind, daß du dieses Mal nicht ›gewinnen‹ mußt, weil ich mit Hilfe unseres kriminologischen Experten genug begründete Zweifel gesät habe, daß du nicht das Risiko eingehen mußt, zwölf gestandenen Bürgern deine Untreue, den Analverkehr und die Schwangerschaft zu erklären, bis sie sich fragen, wo genau du eigentlich die Grenze gezogen hast.« Tony machte eine Pause und sprach leiser weiter. »Wir machen morgen einen Probelauf und versuchen es mal.«

Sam wandte sich ab und starrte zu Boden. Mit ausdrucksloser Stimme meinte er: »Laß uns das hier zu Ende bringen.«

»Das Spiel? Nein, ich glaube, das sollten wir tun, wenn der Prozeß vorbei ist. Mir ist heute nicht nach Gewinnen.«

Sam sah ihn mit schmalen Augen mißtrauisch von der Seite an. »Ich würde es gern zu Ende bringen«, wiederholte er leise.

Tony verließ lächelnd den Court. »Die Sache ist nur die«, bemerkte er über die Schulter, »genau wie bei dem Prozeß kannst du nicht ohne mich spielen.«

ACHTZEHN

Am Montag morgen, zwei Wochen nach Eröffnung des Prozesses, hielt Tony endlich sein Eröffnungsplädoyer.

Die Geschworenen waren still und aufmerksam. Tony spürte das Gewicht ihrer Erwartung, die Last von Sams angespannter Wachsamkeit und Sues unergründlichem Blick.

»Dies ist nicht der Zeitpunkt für Argumente«, begann Tony, »sondern der Zeitpunkt für Fakten. Die sogenannten Fakten der Anklage sind ausschließlich Indizienbeweise. Es gibt keine Zeugen für Marcie Calders Tod. Genaugenommen ist der einzige Mensch, der Sam Robb je in Verbindung mit dem Tatort gebracht hat, Sam Robb selbst. Und niemand hat dafür einen anderen Grund anführen können als den, den Sam selbst genannt hat, als Marcie vermißt gemeldet wurde – nämlich, daß er sich Sorgen um sie gemacht hat.«

Tony machte eine Pause und ließ den Blick an den beiden Reihen der Geschworenen entlangwandern. »Miss Marz hat versucht, bei Ihnen Antipathie gegen Sam Robb zu wecken«, sagte er leise. »Er hatte eine sexuelle Beziehung mit einem minderjährigen Mädchen; er war der Vater von dessen ungeborenem Kind; und er hat ihre wahre Beziehung vor der Polizei verheimlicht. Darauf gründet Miss Marz ihren Versuch, Sie glauben zu machen, Sam Robb müßte Marcie Calder auch ermordet haben, um all das geheimzuhalten.

Aber eine Lüge ist kein Mord. So unbequem das auch sein mag, ich wage zu behaupten, daß jeder der Geschworenen, ja jeder in diesem Saal, schon Dinge getan hat, für die er sich schämt, und Lügen erzählt hat, die er bedauert. Und die Tatsachen legen nahe, daß Sam Robb gelogen hat, nicht um der Polizei, die er freiwillig aufgesucht hat, einen Mord zu verheimlichen, sondern um seine Ehe, seinen Lebensunterhalt und seinen Ruf in der Stadt zu retten, in der er sein Leben lang gewohnt hat.« Tonys Stimme wurde härter. »Genauso wie Ernie Nixon versucht hat, seine Beziehung zu Marcie Calder – wie immer sie ausgesehen haben mag und was immer seine Gründe gewesen sein mögen – vor Ihnen zu verheimlichen.

Für beide Männer gilt: Täuschung ist kein Mord, und Spekulationen sind keine Beweise. Und ich glaube, am Ende werden Sie zu dem Schluß kommen müssen, daß die Anklage nicht einmal, jenseits jedes begründeten Zweifels, bewiesen hat, daß überhaupt irgend jemand Marcie Calder ermordet hat.

Ihre Pflicht als Geschworene besteht nicht darin, Sam Robb des Mordes für schuldig zu befinden, weil Sie sein Verhalten mißbilligen. Sie sollen auch nicht entscheiden, ob er an unseren Schulen unterrichten darf, denn durch die Rückgabe seiner Lehrerlaubnis hat Sam Robb diese Frage bereits selbst entschieden.«

Stella rührte sich, offensichtlich wütend. Sams Kündigung war keine im Protokoll festgehaltene Tatsache, solange er nicht selbst aussagte. Doch Tony war schon zum nächsten Punkt übergegangen. »Ihre Aufgabe, Ihre einzige Aufgabe, ist es zu entscheiden, ob die Fakten verlangen, daß Sam Robb den Rest seines Lebens im Gefängnis verbringt.

Das ist vielleicht das härteste Urteil, das Menschen über einen anderen Menschen verhängen können.« Tony machte eine Pause und sah erst Sam und dann Sue an. »Das Urteil, diesen Mann seiner Familie für immer zu nehmen. Doch genau das verlangt die Anklage.

Und auf welcher Grundlage? Ein Fingerabdruck und ein Tropfen Blut. Ein Fingerabdruck. Ein Tropfen Blut. Ich bitte Sie, sich darauf zu konzentrieren. Denn ich glaube, daß Sie noch vor Ende des Tages zu dem Schluß kommen werden, daß die Anklage nicht beweisen kann, daß Sam Robb ein Mörder ist oder daß diese beiden Punkte überhaupt auf einen Mord hindeuten.«

Tony hielt erneut inne und sah jeden Geschworenen einzeln an, wie um sie zu erinnern, daß sie eine Verpflichtung eingegangen waren, zuzuhören und gerecht zu sein. Dann bedankte er sich für ihre Aufmerksamkeit und rief seinen einzigen Zeugen auf.

Peter Shapiro war ein untersetzter Mann mit graumeliertem Haar, Schnurrbart, wachen braunen Augen, einer ruhigen, gutmütigen Ausstrahlung und einer direkten Sprache, weder pompös noch weitschweifig. Er hatte an der Ohio State University einen Abschluß in Medizin, Kriminologie und Kriminaltechnik gemacht und war der teuerste Sachverständige, den Tony je engagiert hatte.

Tony machte die Geschworenen kurz mit Shapiros Referenzen und seiner Aufgabenstellung bekannt. Der Experte hatte die Untersuchungsergebnisse des kriminaltechnischen Labors, der Gerichtsmedizinerin sowie sämtliche Indizien, die die Anklage stützten, kritisch durchgesehen, ohne eigene Untersuchungen vorzunehmen, um so festzustellen, ob er anhand der Beweislage zu denselben Schlüssen kam wie Detective Gregg und Dr. Micelli.

»Unterstützen die von der Anklage vorgelegten forensischen und medizinischen Indizien Ihrer Meinung nach die Mordtheorie der Staatsanwältin«, fragte Tony, »oder könnten sie auch auf Unfall oder Suizid hindeuten?«

Shapiro nickte knapp, er war bereit. »Zunächst einmal liegt mir fern, die Kompetenz der Polizei von Lake City in Frage zu stellen, und ich habe großen Respekt vor Dr. Micellis Fachwissen und Erfahrung. Haben sie recht, was einen Mord angeht? Wahrscheinlich, würde ich sagen.« Shapiro machte eine Pause und wandte sich den Geschworenen zu. »Aber könnte Marcie Calder auch anders gestorben sein? Ja, das könnte sie.«

Es war eine perfekte Eröffnung, höflich, ausgewogen und glaubwürdig – Sam Robb brauchte Zweifel, keine Gewißheiten. »Warum sagen Sie das, Dr. Shapiro?«

»Lassen Sie mich mit den von Dr. Micelli vorgetragenen medizinischen Befunden beginnen: Erstens: das Fehlen von Gegenstoßherden bei den Hirnverletzungen. Das deutet darauf hin, daß Marcie Calder sich wahrscheinlich nicht zu Tode gestürzt hat. Aber ist das auch sicher? Für mich nicht.

Seit zwei Jahrhunderten bemüht sich die Wissenschaft vergeblich um eine Erklärung des offensichtlichen Zusammenhangs zwischen Stürzen und Gegenstoßhirnverletzungen. Es ist keinesfalls bloß eine Frage der Physik. So führen beispielsweise die schwersten Stürze etwa aus Gebäuden nicht zwangsläufig zu Gegenstoßherden, selbst wenn der Schädel vollkommen zertrümmert ist.«

»Warum?«

»Wir glauben, dies liegt daran, daß der Körper mit solcher Geschwindigkeit fällt, daß Gehirn und Schädel in gleichem Maße beschleunigen, so daß vor dem Aufprall im Schädel kein Beschleunigungsdruck entsteht. Deshalb können beim Fall von einem Stuhl theoretisch mehr Gegenstoßherde auftreten als beim Sturz von einer Klippe.«

Tony ließ seinen Blick über die Geschworenen wandern und erkannte, daß die Ernährungswissenschaftlerin ebenso beeindruckt war wie der Englischprofessor. Nur gut, daß sie nicht dabeigewesen waren, als Shapiro Tony erklärt hatte: »Kate Micelli hat vermutlich recht. Die Wahrscheinlichkeit, daß jemand das Opfer etwa zu der Zeit, zu der Ihr Mandant nach eigenen Angaben mit dem Mädchen zusammen war, über die Klippe geworfen hat, ist ziemlich hoch. Aber wenn man Kates Gründe einzeln betrachtet, bleibt bei jedem ein Rest von Zweifel, obwohl die Anhäufung von Indizien mir Sorgen macht.«

»Wie beurteilen Sie Dr. Micellis Ansicht«, fragte Tony den Sachverständigen jetzt, »daß die Beschaffenheit von Marcie Calders Hautverletzungen auf einen postmortalen Sturz zurückzuführen ist?«

Wieder richtete Shapiro sich direkt an die Geschworenen. »Nun, das ist durchaus möglich. Aber der Einwand von Mr. Ravin war durchaus berechtigt. Nachdem die Leiche zwölf Stunden im Regen gelegen hatte, ließ sich das nicht mehr mit Sicherheit feststellen. Die Beschaffenheit der Wunden einschließlich des ledrigen Schürfsaums, den Dr. Micelli beschreibt, ließe sich auch damit erklären.

So können Sie die ganze Liste durchgehen, Mr. Lord. Könnten die Spuren an der Klippe darauf zurückzuführen sein, daß jemand Marcie Calders Leiche bis an den Rand geschleift hat? Ja. Könnten die Fußabdrücke auch von jemandem anderen stammen als Sam Robb, vielleicht sogar von einem Jogger, der stehengeblieben ist, um auf den See zu blicken? Selbstverständlich, denn wir haben keinen passenden Gegenabdruck.«

»Was ist mit den sogenannten Schleifspuren?« fragte Tony.

»Sie könnten von Marcies Zehen stammen, ja. Aber Marcie könnte auch gestolpert oder, um es brutal auszudrücken, zu früh gesprungen sein. Genauso wie der Schlamm an ihren Schuhen von dem Sturz selbst stammen könnte.« Shapiro machte eine Pause, um seine Brille zu putzen. »Verstehen Sie mich nicht falsch«, fuhr er an die Geschworenen gewandt fort. »Ich behaupte nicht, daß Dr. Micelli mit ihrer Mordtheorie falsch liegt. Aber ich kann Ihnen auch nicht sagen, daß sie recht hat, und ich glaube, es gibt eine Reihe von Gründen, warum sie selbst das auch nicht kann. Jeder der von ihr angeführten Faktoren könnte etwas, gar nichts oder auch etwas vollkommen anderes bedeuten, als das, was die Anklage nahelegt.«

Tony wußte, daß Shapiro bei den Geschworenen bestenfalls ein paar nagende Zweifel streuen konnte. »Mord?« hatte der Sachverständige vor ein paar Wochen zu ihm gesagt. »Ja, ich würde sagen, die Wahrscheinlichkeit ist vier zu eins. Und wo liegt heutzutage die Quote für einen begründeten Zweifel?«

Tony präsentierte dem Gericht zwei Abbildungen, die er unter dem Tisch der Verteidigung deponiert hatte. Es waren Vergrößerungen von Fingerabdrücken. Sobald Tony sie an die Anzeigetafel geheftet und Stellas wachen Blick von einem zum anderen wandern gesehen hatte, wußte er, daß sie begriffen hatte.

Tony trat neben die Anzeigetafel und wies auf die linke Vergrößerung. »Können Sie das Beweisstück der Verteidigung mit der Nr. 1 identifizieren?«

»Es ist eine Vergrößerung von drei Fingerabdrücken auf Marcie Calders Armbanduhr. Laut Aussage von Detective Gregg stammt der Abdruck von Marcie Calder selbst, der linke. Der zweite stammt von Mr. Robb. Der rechte Abdruck ist derjenige, den Detective Gregg nicht identifizieren konnte.«

Stella beobachtete das Geschehen mit einem bemüht gleichmütigen Gesichtsausdruck, den Tony kannte. Es war die Miene eines Anwalts, der im Begriff stand, einen schweren Schlag einzustecken, und nicht wollte, daß die Geschworenen sein Entsetzen erkannten. »Und um was handelt es sich bei dem Beweisstück Nr. 2?« fragte Tony.

»Es handelt sich um zwei Fingerabdrücke, die von einer schwarzen Swatch-Armbanduhr abgenommen wurden.«

Tony spürte die Unruhe der Erwartung in seinem Rücken. »Und wessen Fingerabdrücke sind das?«

Shapiro lächelte knapp. »Nun, Mr. Lord, einer stammt von Ihnen.«

»Und der zweite?«

»Ist ebenfalls unidentifiziert.«

Tony machte eine dramatische Pause. »Und wann haben Sie diese Uhr zum erstenmal gesehen?«

»Vor einer Woche, als Sie sie mir gegeben haben. Ich habe sie von sämtlichen Abdrücken gesäubert, in einen braunen Umschlag gesteckt und sie Ihnen vor Verhandlungsbeginn zurückgegeben.«

»Wissen Sie, wo die Uhr danach war?«

»Ja. Unter dem Tisch, an dem Sie gesessen haben.«

»Woher wissen Sie das?«

Shapiro faltete ruhig die Hände und spielte seine Rolle als Sachverständiger genüßlich aus. »Weil ich hinten im Gerichtssaal gestanden habe.«

Richter Karoly starrte Shapiro von oben herab an. Offenbar hatte er mit Verspätung ebenfalls kapiert, worauf Tony hinauswollte. »Und was habe ich mit der Uhr gemacht?« fuhr Tony fort.

»Im Verlauf des Kreuzverhörs haben Sie die Uhr aus dem Umschlag genommen und sie dem Zeugen Ernie Nixon überreicht.«

»Was geschah dann?«

»Mr. Nixon hielt die Uhr eine Weile in der Hand.« Shapiro warf einen Blick zu Stella. »Dann hat Miss Marz Einspruch erhoben, und Sie haben die Uhr zurück in den Umschlag gesteckt. Nach Beendigung des Kreuzverhörs haben Sie mir die Uhr wiedergegeben.«

»Mit welcher Anweisung?«

»Ich sollte sichergehen, daß sonst niemand die Uhr in die Hände bekam, und versuchen, Fingerabdrücke zu nehmen.«

Tony zeigte auf die Tafel. »Das Ergebnis sehen wir hier?«

»Ja.«

»Mein Abdruck ist der linke?«

»Ja.«

Tony sah die Geschworenen an. »Dann muß der zweite Abdruck von Mr. Nixon stammen.«

Shapiro sah ihn ernst an. »Ja. Von seinem rechten Zeigefinger.«

»Und konnten Sie im Hinblick auf Mr. Nixons Abdruck noch etwas feststellen?«

»Ja.« Shapiro sah die Geschworenen an und sprach gemessen weiter. »Er entspricht dem unidentifizierten Fingerabdruck auf der Uhr, die Marcie Calder am Abend ihres Todes trug. Dieser Abdruck stammt zweifelsfrei ebenfalls von Mr. Nixon.«

Tony spürte die Reaktion in seinem Rücken – Stühlerücken, unterdrücktes Husten, Geräusche nervöser Aufmerksamkeit. Aus dem Augenwinkel sah er, daß die Kosmetikerin völlig perplex dasaß. Er sah Shapiro an und fragte: »Haben Sie eine Meinung darüber, wie Mr. Nixons Abdruck auf diese Uhr gekommen ist?«

»Natürlich nicht.« Mit selbstkritischem Unterton fuhr Shapiro fort: »Genausowenig, wie ich Ihnen sagen kann, wie Mr. Robbs Abdruck dorthingekommen ist oder was er bedeutet.«

»Also gut.« Tony trat einen Schritt von der Tafel zurück und ließ den Geschworenen einen Moment Zeit, das Gehörte zu verarbeiten. »Ich habe Sie ebenfalls um Ihre Meinung zu der Frage gebeten, ob Marcie Calder am Abend ihres Todes Analverkehr hatte, nicht wahr?«

»Ja, das haben Sie.« Shapiro faltete die Hände. »Ich bin absolut der Meinung von Dr. Micelli. Marcie Calder hatte Analverkehr, und ihr Partner hat ein Kondom benutzt. Ich stimme auch, was die vermutliche Marke angeht, mit der Feststellung der Gerichtsmedizinerin überein.«

»Sind Sie mit Dr. Micelli ebenfalls der Meinung, daß es sich um einvernehmlichen Analverkehr handelte?«

»Auch in diesem Punkt teile ich die Ansicht meiner Kollegin. Wie sie ausgeführt hat, hätte eine Vergewaltigung zu tieferen Rissen im Gewebe führen müssen. Ich glaube, daß die festgestellten Läsionen auf eine freiwillige, aber unerfahrene Partizipation schließen lassen.«

Zusammen mit den Geschworenen blickte auch Sue zu Sam

hinüber. Ihr Ausdruck war von derselben Unergründlichkeit wie an dem Tag von Tonys Heimkehr und so ganz anders als der des Mädchens, das Tony einst gekannt hatte. Sam starrte, alle Blicke meidend, auf seine gefalteten Hände.

Tony fand, daß es Zeit wurde, die Sache zu beenden. »Haben Sie auch eine Probe des Blutes untersucht, das die Polizei am Steuer von Mrs. Robbs grauem Volvo gefunden hat?«

»Das habe ich, und ich bin der Meinung, daß es sich um Marcie Calders Blut handelt.«

»Haben Sie sonst noch etwas feststellen können?«

»Ja. Auf Ihr Ersuchen habe ich geprüft, ob das Blut auch Spuren von Substanzen enthielt, die sich sonst nicht im Blut finden.«

»Und konnten Sie solche blutfremden Substanzen nachweisen?«

»Ja, das konnte ich.« An die Geschworenen gewandt fuhr Shapiro mit fester Stimme fort. »Zwei unabhängige Tests ergaben, daß das Blut Spuren eines Silikonharzes namens Polydimethyl-Silikon, kurz PDMS, enthält.«

»Wie erklärten Sie sich das PDMS in Miss Calders Blut?«

»PDMS ist das Gleitmittel, das gewöhnlich bei der Kondommarke Adam's Rib verwendet wird. Das ist die einzige Erklärung, die mir einfällt.«

Tony nickte. »Entspricht das PDMS der Substanz, die bei dem von Dr. Micelli beschriebenen Abstrich gefunden wurde?«

»So ist es.«

»Haben Sie noch weitere fremde Substanzen in der Blutprobe festgestellt?«

»Ja.« Shapiro sah jetzt Tony an. »In beiden Tests konnten wir Spuren von Kot nachweisen.«

»Was können Sie anhand dieser Ergebnisse über das Blut sagen, Dr. Shapiro«, fragte Tony leise, »das man am Steuer des Wagens gefunden hat?«

Shapiro verschränkte die Arme. »Das Blut entspricht dem, was man am Schließmuskel von Marcie Calder gefunden hat, und es ist durchaus möglich, daß es an das Steuerrad gelangte, nachdem Mr. Robb sein Kondom abgestreift oder es zumindest berührt hatte.«

Tony trat einen Schritt auf Shapiro zu. »Was sagt dieser Blutfleck Ihrer Meinung nach darüber aus, ob und, wenn ja, von wem Marcie Calder ermordet wurde?«

Shapiro sah Tony ernst an. »Höchstwahrscheinlich gar nichts.«

Tony machte eine Pause und blickte in die nachdenklichen und überraschten Gesichter der Geschworenen. »Vielen Dank«, sagte er zu Shapiro und ging an den Tisch der Verteidigung zurück. Jede Erleichterung, die er vielleicht empfunden hätte, wurde zunichte gemacht durch den Ausdruck von Scham und, einen kurzen Moment lang, auch Widerwillen in Sam Robbs gerötetem Gesicht.

NEUNZEHN

Stella musterte Shapiro mit leicht aufgerissenen Augen, bevor sie sich erhob, als wolle sie entscheiden, welchen Punkt sie als ersten attackieren sollte. Dabei wirkte sie empört, aber ruhig. »Lassen Sie uns mit der Frage ›Mord oder Selbstmord‹ anfangen«, begann sie ohne Vorrede. »Glauben Sie wirklich, daß es sich so abgespielt hat?«

Shapiro schüttelte den Kopf. »Das habe ich mit Bedacht nicht gesagt. Was ich gesagt habe, und das war bereits alles, was ich gesagt habe, war, daß die von Detective Gregg und Dr. Micelli vorgelegten Beweise die Möglichkeit eines Selbstmordes nicht ausschließen.«

»Dann lassen Sie uns die tödlichen Verletzungen betrachten. Marcie Calder hatte schwere Schädelverletzungen, richtig? Ein Hirntrauma auf der Seite, wo ihr Schädel zerschmettert wurde?«

»Das ist richtig.«

»Das deutet doch darauf hin, daß sie mit einem schweren Gegenstand auf den Kopf geschlagen wurde, oder?«

»Ja.«

Stella stemmte die Hände in die Hüften. »Haben Sie je so schwere Hirnverletzungen bei einem Sturz gesehen?«

Shapiro runzelte die Stirn. »Nein.«

»Also gut. Wenn ich Sie richtig verstanden habe, sagen Sie, daß das Fehlen von Gegenstoßherden einen Sturz nicht ausschließt.«

»Ja. Das ist alles, was ich gesagt habe.«

»Aber legt das in Verbindung mit den Schädelverletzungen nicht den Schluß nahe, daß Gewalteinwirkung vorliegt?«

Shapiro zeigte erste Anzeichen von Unbehagen – ein Sachverständiger, der sich am Rand seiner Glaubwürdigkeit bewegt. »Mord ist sicherlich naheliegender.«

»Und das war es Ihrer Ansicht nach auch, nicht wahr?«

»Es ist wahrscheinlicher als das Gegenteil, ja.«

Stella bedachte ihn mit dem mütterlich mißbilligenden Blick einer Lehrerin, die einen vorlauten Schüler bei einer Lüge erwischt hat. »Kommen wir zum nächsten Punkt«, fuhr sie fort. »Sie sagten auch, der Regen habe den Beweis dafür verwischt, daß Marcie Calders Hautverletzungen an Gesicht und Händen postmortal waren. Erinnern Sie sich an diese Aussage?«

»Ja, durchaus.«

Shapiros Tonfall klang schon vorsichtiger und ansatzweise gewunden. »Bei prämortalen Verletzungen«, drängte Stella weiter, »hätte man doch normalerweise Blutergüsse feststellen müssen, oder?«

»Ja.«

»Das hat man in diesem Fall aber nicht.«

»Nein.«

»Ist der wahrscheinliche Grund dafür nicht, daß ihr Herz bereits aufgehört hatte zu schlagen?«

»Doch.«

»Ist es deshalb, um es mit Ihren Worten zu sagen, nicht

›wahrscheinlicher als das Gegenteil‹, daß es sich um postmortale Verletzungen handelt?«

»Ja.«

»Und natürlich lag der Stein tatsächlich mehr als zwei Meter von Marcies Kopf entfernt.«

»Ja.«

»Und man hat an keinem anderen Stein Blut gefunden.«

»Nein.«

»Das heißt, wir haben mehrere Faktoren, die darauf hinweisen, daß Marcie Calder ermordet wurde, bevor sie die Klippe hinabstürzte: schwere Hirnverletzungen ohne Gegenstoßherde, höchstwahrscheinlich postmortale Hautverletzungen, fehlende Blutspuren am Hang oder anderen Steinen und die Tatsache, daß der einzige Stein mit Blut ein gutes Stück von ihrem Kopf entfernt lag.«

»Diese Faktoren existieren, ja.«

Stella machte eine Pause. »Sie können jeden einzelnen anzweifeln, Dr. Shapiro. Aber sind sie in ihrer Gesamtheit nicht ein geradezu zwingender Beweis für Mord?«

»Sie sprechen jedenfalls für Mord, ja.«

»Was ist mit den Fußspuren auf der Klippe? Sind Ihnen irgendwelche Indizien dafür bekannt, daß das Opfer gestolpert sein könnte? Knieabdrücke beispielsweise?«

»Nein.«

Stella richtete sich gerader auf und fragte mit demselben Ton gnadenloser Gelassenheit weiter: »Das heißt, Sie würden mir zustimmen, daß es eine beträchtliche Menge von Indizien gibt, die positiv auf einen Mord hindeuten?«

Shapiro sann eine Weile über Stellas Syntax nach, bevor er antwortete: »Ja.«

»Würden Sie den Geschworenen dann bitte erklären, welche Indizien die Theorie eines Selbstmords oder Unfalls ebenso positiv unterstützen, wenn es überhaupt welche gibt?«

Shapiro faltete die Hände. »Positiv unterstützen?«

»Genau.«

»Mir sind keine bekannt.«

Tony beobachtete, wie Stella nach einer letzten Frage suchte, mit der sie diesen Punkt endgültig einfahren konnte. Dann entschied sie, genau wie Tony es an ihrer Stelle getan hätte, daß das unnötig war.

»Dr. Shapiro, Sie sagten, daß Marcie Calder Ihrer Ansicht nach einvernehmlichen Analverkehr hatte, richtig?«

»Ja.«

»Sie gehen des weiteren davon aus, daß Mr. Robb Marcie Calders Liebhaber war?«

»Ja.«

»Hätte man angesichts dieser Intimität nicht Spuren von Marcie Calders Haaren an der Kleidung des Angeklagten finden müssen?«

»Möglicherweise.«

»An den Kleidungsstücken, die Mr. Robb an jenem Abend angeblich getragen hat, hat man aber nichts dergleichen gefunden.«

»Laut kriminologischem Bericht nicht, nein.«

»Deutet das nicht darauf hin, daß Mr. Robb diese Kleidungsstücke gar nicht getragen und die Polizei belogen hat?«

Tony wußte, daß er keinen Einspruch zu erheben brauchte. »Nicht notwendigerweise«, erwiderte Shapiro ruhig. »Es ist durchaus möglich, daß sich an seiner Kleidung keinerlei Haare finden ließen, weil die beiden nicht unbedingt bekleidet gewesen sein müssen.«

Sam rutschte auf seinem Stuhl hin und her, rastlos wie in der Falle. Tonys Unbehagen war anderer Natur – die Antwort konnte die Geschworenen daran erinnern, daß Sam Robb nicht ausgesagt hatte.

Stella machte einen Schritt auf den Zeugen zu. »Aber auf dem Rücksitz des Wagens hat man Haare von Marcie Calder gefunden, oder?«

»Laut Bericht schon.«

»Und an der Kopfstütze des Beifahrersitzes.«

»Das sagt der Bericht.«

»Und an den Kleidungsstücken des Angeklagten hat man kein Blut gefunden, richtig?«

»Laut Polizeibericht nicht.«

»Und trotzdem glauben Sie, daß er Blut an den Händen hatte?«

»Ja.«

»Legt das nicht den Schluß nahe, daß Mr. Robb sich doch umgezogen und die Polizei in diesem Punkt belogen hat?«

»Nicht notwendigerweise, Miss Marz. Vielleicht hat Mr. Robb einfach kein Blut an seine Kleidung bekommen.«

Unwillkürlich stellte Tony sich Sam in blutbesudelten Kleidern vor, die er verzweifelt loszuwerden suchte. Doch das Bild verblaßte wieder. Das Gesicht seines Freundes neben ihm wirkte nun wieder verletzlich und voller Scham und Trauer.

»Der Polizeibericht verzeichnet auch graublonde Haare, die man an Miss Calders Kleidung gefunden hat, richtig?« bohrte Stella weiter.

»Ja.«

»Es waren die Haare des Angeklagten, richtig?«

»Ja.«

»Deutet das nicht darauf hin, daß es zwischen Marcie und dem Angeklagten schon in bekleidetem Zustand zu einem gewissen Grad von Intimität gekommen sein muß?«

»Doch.«

»Und trotzdem hat man an den Kleidungsstücken, von denen Sam Robb behauptet, sie getragen zu haben, kein einziges Haar von Marcie gefunden.«

»Ja. Das sagte ich bereits.«

»Haben Sie oder das kriminaltechnische Labor an Marcies Kleidung irgendwelche Haare gefunden, die von einem Afroamerikaner zu stammen schienen?«

»Nein.«

»Hätte man die nicht finden müssen, wenn Miss Calder in

einen Kampf mit einem afro-amerikanischen Angreifer verwickelt gewesen wäre?«

Shapiro zuckte die Schultern. »Das setzt einfach zu viele unbewiesene Umstände voraus. Gab es einen Kampf? Wo hat der Angreifer das Opfer berührt? Die Beantwortung dieser Frage ist unmöglich.«

Das war eine sachlich richtige Antwort, und das schienen auch die Geschworenen zu wissen, die erwartungsvoll zu Stella blickten.

Stella hielt inne, und einen Moment lang huschte Frustration über ihr Gesicht, bevor sie sich wieder gelassen an Shapiro wandte. »Dann wollen wir zu dem Thunfisch-Sandwich kommen«, sagte sie. »Vorausgesetzt, Marcie hat das Sandwich gegen acht Uhr verzehrt, müßte sie es Ihrer Ansicht nach bis zehn Uhr verdaut haben?«

»Nur ungefähr. Man muß in beide Richtungen einen Spielraum von einer halben Stunde einräumen, was auch Dr. Micelli zugegeben hat. Ein Mord hätte also auch noch um halb elf stattfinden können.«

Stella legte den Kopf zur Seite. »Aber nicht ein Mord, den Mr. Nixon begangen haben könnte, richtig? Vorausgesetzt, die Unterlagen der Telefongesellschaft, die belegen, daß er um zweiundzwanzig Uhr achtzehn die Nummer seiner von ihm getrennt lebenden Frau gewählt hat, sind korrekt.«

»Unter dieser Voraussetzung, ja. Davon habe ich keinerlei Kenntnis.«

»Aber Ihnen ist bekannt, daß Mr. Robb behauptet, Marcie Calder gegen zehn Uhr allein im Park zurückgelassen zu haben?«

»Ja.«

»Damit hätte Mr. Nixon ungefähr achtzehn Minuten Zeit gehabt, Marcie im Dunkeln aufzuspüren, einen Stein zu finden, damit dreimal auf ihren Kopf zu schlagen, sie zum Rand der Klippe zu schleifen, ohne irgendwelche Haare an ihrer Kleidung zu hinterlassen, sie hinunterzuwerfen, zu seinem Wagen zurückzukehren, die zwei Meilen nach Hause zu fahren und seine Frau in Chicago anzurufen.«

Shapiro sah Stella leicht amüsiert an. »Vorausgesetzt, die von Mr. Robb geschätzte Zeit war richtig, ja.«

»Halten Sie es unter dieser Voraussetzung für möglich, daß Mr. Nixon oder sonst jemand all das in achtzehn Minuten hätte bewerkstelligen können?«

Shapiro überlegte. »Zunächst einmal ist die Frage des Zeitpunkts unerheblich. Wenn Mr. Robb den Park schon um halb oder um Viertel vor zehn verlassen hat, ändert sich alles. Und wir haben keinerlei Hinweis darauf, daß seine Aussage gegenüber der Polizei in diesem Punkt präzise war. Vielleicht galt sein vordringlichster Gedanke in diesem Moment nicht der Uhrzeit.

Aber ich werde einen Moment lang annehmen, daß Mr. Robbs Schätzung richtig war. Hätte Mr. Nixon all das in achtzehn Minuten erledigen können? Zur Beantwortung dieser Frage bräuchte ich weitere Informationen. Hat Mr. Nixon einen Stopp eingelegt, um sich umzuziehen, oder ist er direkt nach Hause gefahren? Und was Mr. Nixon angeht, verfügen wir über keinerlei forensische Indizien, weil die Polizei keine gesammelt hat.

Aber ja, es ist denkbar, daß er all das getan hat. Vor allem, wenn er seine Exfrau direkt nach seiner Heimkehr angerufen hat.« Shapiro hielt inne, sah die Geschworenen an und schloß: »Ich will gewiß nicht sagen, daß es so gewesen ist. Ich sage nur, daß es sich hypothetisch so abgespielt haben könnte. Und ich sage auch mit allem Nachdruck, daß – wenn es sich hierbei überhaupt um einen Mord handelt – nichts darauf hindeutet, daß Mr. Robb der Mörder sein muß.«

Aus dem Augenwinkel sah Tony, wie Saul auf den Tisch schaute und ein Lächeln unterdrückte. Getroffen trat Stella den geordneten Rückzug an.

»Dann lassen Sie uns zusammenfassen, was wir bisher haben, Dr. Shapiro. Es gibt keinen positiven Beweis dafür, daß Marcie Calder aus Versehen die Klippe hinuntergefallen ist?«

»Einen positiven Beweis? Nein.«

»Genausowenig wie es einen positiven Beweis dafür gibt, daß sie sich das Leben genommen hat?«

»Nein.«

»Es gibt auch keinen positiven Beweis dafür, daß Sam Robb die Kleidung, die er angeblich getragen hat, wirklich anhatte?«

»Nein.«

»Es gibt indes positive Beweise dafür, daß er Analverkehr mit Marcie Calder hatte und anschließend die Polizei belogen hat?«

»Es hat ganz den Anschein, ja.«

»Und es gibt positive Beweise dafür, daß Sam Robb der Vater von Marcie Calders ungeborenem Kind war? Und daß er auch in diesem Punkt gelogen hat?«

»Ja.«

»Und Marcie Calders Leiche weist keinerlei Spuren eines unbekannten Angreifers auf – Haare, Haut unter den Fingernägeln, nichts?«

»Das ist zutreffend. Aber wie Sie selbst betont haben, könnten die einzigen Haare, die man an ihrer Leiche gefunden hat, Sam Robbs Haare, auch durch sexuelle Intimitäten an ihre Kleidung gekommen sein. Das heißt, es gibt überhaupt keine forensischen Indizien, Haare oder Haut, die darauf hindeuten, daß Marcie angegriffen wurde. Ganz zu schweigen davon, daß Mr. Robb sie angegriffen hat.« Shapiro hielt einen kurzen vernichtenden Moment inne, bevor er hinzufügte: »Das gilt auch für das Blut am Steuer des Wagens, das ich bereits erklärt habe.«

Es war die Antwort eines routinierten Experten; Shapiro hatte den richtigen Moment abgewartet, um den entscheidenden Punkt von Sams Verteidigung zu machen.

»Ist es nicht möglich«, setzte Stella neu an, »daß Mr. Robb Marcie Calder ermordet hat und daß das Blut von diesem Mord sich mit den Substanzen vermischte, die er von dem Kondom noch an den Fingern hatte?«

Shapiro stützte seinen Ellbogen auf das Geländer des Zeugenstandes. »Möglich«, erwiderte er. »Ich kann es nicht ausschließen. Aber ich glaube nicht, daß es eine wahrscheinliche Erklärung für die Menge von Harz und Kot ist, die wir in der Blutprobe nachgewiesen haben.«

»Aber Sie können auch nicht mit Bestimmtheit sagen, daß das Blut nicht von Marcie Calders Kopfverletzungen stammt?«

»Nein, das kann ich nicht. Ich kann nur sagen, daß es zwingende Gründe dafür gibt, das nicht anzunehmen. Genausowenig wie dieses Blut ein Indiz dafür ist, daß Sam Robb einen Mord begangen hat.«

Kurzfristig matt gesetzt, hielt Stella inne. Tony beugte sich zu Saul hinüber und flüsterte: »Haben wir genug getan?«

Saul sah erst die Geschworenen und dann Sam an. »Ja«, murmelte er. »Ich glaube, wir haben genug getan.«

ZWANZIG

Tony und Sam saßen allein im Zeugenraum. »Ich möchte unseren Beweisvortrag morgen abschließen«, erklärte Tony.

Sam sah ihn lange kühl an. »Meinen Beweisvortrag, Tony. Meinen.«

Tony lehnte sich müde zurück. Nach Beendigung von Stellas Kreuzverhör hatte er zunächst Peter Shapiro gedankt, den Reporter von *Vanity Fair* vertröstet, der ihn über Alison Taylor interviewen wollte, und sich mit Saul zu einem Arbeitsessen verabredet. Als er zu Sue hinüberschaute, hatte sie vollkommen abwesend gewirkt und ihn gar nicht wahrgenommen. Dann hatte er eine Hand auf seinem Arm gespürt, und als er sich umdrehte, sah er, wie Sams Blick erneut von ihm zu Sue wanderte.

»Wir haben zu reden«, hatte Sam knapp erklärt, und Tony hatte gewußt, daß Ärger in der Luft lag.

Jetzt saß er Sam im Zeugenraum gegenüber, angespannt und

eingeengt. »Wessen Fall das auch immer ist«, antwortete Tony, »ich glaube, daß ich ihn gewinnen kann. Ich denke, wir haben bei den Geschworenen begründete Zweifel geltend machen können.«

Sam starrte ihn an. »Sie denken, ich hätte es getan. Ich habe ihre Gesichter beobachtet. Sie halten mich für schuldig.«

Tony holte tief Luft. »Vielleicht haben sie den Verdacht, aber sie wissen es nicht zweifelsfrei. Es war nie meine Aufgabe, dich unschuldig oder auch nur sympathisch aussehen zu lassen. Ich wollte für dich nur ein ›nicht schuldig‹ herausholen.«

»Mich raushauen, meinst du. Freispruch für einen Schuldigen, weil sein Anwalt so verdammt schlau ist.« Sam sprang auf und schrie jetzt beinahe. »Sie hassen mich, Tony. Die Geschworenen und die Leute aus meiner Heimatstadt. Ich hab's mit einem Teenager getrieben und darüber gelogen. Ich habe sie geschwängert und auch darüber gelogen. Ich habe meine Frau und Marcies Eltern belogen. Ich habe ungefähr jeden angelogen.«

»Genau. Und jetzt willst du aussagen? Hast du unsere Übungsstunde von neulich vergessen?«

»Verdammt noch mal, sie wissen das alles doch schon. Wie kann man sie davon abhalten, mir einen Mord zuzutrauen? Womit könnte ich es denn noch schlimmer machen?«

»Indem du den Geschworenen das alles bekennen mußt, um sie anschließend zu bitten, dir abzunehmen, daß du eigentlich ein prima Kerl bist. Indem du rüberkommst wie einer, der mehr will als Gerechtigkeit – der ihre Sympathie verlangt. Indem du dastehst wie ein Lügner, der sie für naiv und dämlich hält.« Tonys Schläfen hämmerten. »Sam, wir reden über die Beziehung zwischen dir und zwölf Fremden, die dir nicht besonders wohlgesonnen sind. Wenn die Chemie nicht stimmt, kann dies all das, was ich hier aufzubauen versucht habe, zunichte machen. Es ist vorbei, wenn die Geschworenen beschließen, daß sie dir nicht glauben wollen, ganz egal, wie die Wahrheit aussieht. Dann reichen auch begründete Zweifel nicht mehr aus.«

Sam beugte sich vor. »Tony«, sagte er leise, »ich habe sie nicht getötet. Wenn ich nicht aufstehen und sagen darf, daß ich unschuldig bin, kann ich nicht mehr in Lake City leben. Dann kann ich Sue nicht zurückgewinnen oder meinen Kindern je wieder in die Augen sehen. Dann habe ich keine Chance, das jemals hinter mir zu lassen.«

Tony verspürte seine eigene bohrende Angst, daß sein Freund zerstört und anschließend eingesperrt werden könnte.

»Und wenn du verurteilt wirst?« fragte er.

Sam starrte ihn intensiv an. In dem Raum war es heiß und stickig, und auf Sams Stirn hatten sich rote Flecken gebildet. »Dann verliere ich dieses Halbleben, das du mir zumuten willst. Sam Robb, der Typ, der sich hinter seinem Anwalt versteckt hat.« Auf einmal war seine Stimme roh und anklagend, als ob ihm Tonys wahres Motiv gerade aufgegangen wäre. »Oder willst du etwa, daß ich mich hinter dir verstecke, damit einige Leute mich wegen Marcie verdächtigen wie sie dich wegen Alison verdächtigt haben? Wie kannst du das von mir verlangen?«

»Ich habe dich nicht hierhingebracht.« Tony stand auf, sein Gesicht war noch Zentimeter von Sams entfernt. »Das warst du, und du hast einfach zu viel zu erklären.«

Tony sah, wie Sams Kehlkopf arbeitete, und beobachtete Sams Ringen um Selbstbeherrschung. Dann fragte Sam leise: »Du glaubst, ich war's, oder?«

Tony steckte seine Hände in die Hosentaschen, während er versuchte, seine Erregung zu zügeln. Außer der Wahrheit blieb ihm nichts mehr zu sagen. »Ich weiß es nicht, Sam. Wirklich nicht. Aber nach der Beweislage hättest du es auf jeden Fall gewesen sein können.«

Zu Tonys Überraschung wirkte Sam weniger wütend als neugierig. »Wie lebt es sich damit?« fragte er. »Sich ständig zu fragen, ob ich sie umgebracht habe?«

»Nicht leicht. Und nicht gut.«

»Ich lebe auch nicht besonders gut damit. Und wenn du es

denkst, denken es alle.« Sam ging einen Schritt zurück und lehnte sich mit verschränkten Armen an die Wand.

»Du hattest nie ein Gerichtsverfahren, Tony. Und deshalb denken manche Leute, wie zum Beispiel Alisons Eltern, immer noch, daß du es warst. Und nicht der schwarze Vergewaltiger, den sie erschossen haben.«

»Manche Leute, Sam? Oder du?«

Sams Augen glitzerten. »Nein. Nicht mehr. Und ich weiß nicht, ob Ernie Marcie umgebracht hat oder ob sie von dem gottverdammten Kliff gefallen ist. Ich weiß nur, daß ich es nicht getan habe, so wie du es mir damals über Alison beteuert hast. Es gibt nur einen Unterschied zwischen dir und mir. Ich stehe wegen Mordes vor Gericht, und das gibt mir das Recht, vor Gott und allen anderen aufzustehen und zu sagen, daß ich es nicht war.«

»Gott und Stella Marz«, fauchte Tony. »Der läuft schon das Wasser im Mund zusammen. Alle paar Tage fragt sie mich, ob ich dich aufrufen werde. Muß ich dich wirklich daran erinnern, was sie mit dir machen wird?«

»Mit mir machen wird? Die alte Lesbe hat mich doch schon erledigt.« Plötzlich klang Sams Stimme tief und gemessen, die Stimme eines Mannes, der eine schreckliche Wahrheit auszusprechen hatte. »Du willst immer noch, daß ich von dir abhängig bin, oder? Du willst immer noch der Quarterback sein. Wir sind noch immer auf der High-School, und du sagst mir noch immer, wo's langgeht, mit denselben kühlen blauen Augen, derselben kühlen Stimme, als ob du auf einem anderen Planeten leben würdest, wo keiner von uns Normalsterblichen dich erreichen kann. Aber jetzt sage ich die Spielzüge an, denn es geht um mein Leben. Ich kann sie dazu bringen, mir zu glauben, Tony. Sie müssen einfach, ich brauche –«

Sam hielt unvermittelt inne, als ob sein ungeschminktes Eingeständnis ihm angst gemacht hätte. In die nachfolgende Stille sagte Tony schlicht: »Wenn es schiefgeht, könnte Stella das andere Mädchen gegen dich aufrufen. Diese Jenny Travis.«

Als hätte man ihm die Luft abgelassen, sackte Sam gegen die Wand. Auf Wut war er gefaßt gewesen, dachte Tony, aber nicht auf Geduld und Vernunft. Vielleicht war es gerade Tonys Fähigkeit zur Selbstbeherrschung, die Sam Robb schon immer gefürchtet und gehaßt hatte.

»Es tut mir leid«, sagte Sam endlich. »Ich hab's nicht so gemeint.«

»Nicht?«

Sam schloß die Augen. »Vielleicht doch«, erwiderte er leise. »Du bist immer der Vernünftige gewesen, der, mit dem es nie durchgegangen ist. Das war es, was dich immer besser gemacht hat als mich. Nicht Talent, nicht mal Intelligenz, nur diese Beherrschung, die du hattest und die dir nichts und niemand nehmen konnte.« Er atmete aus. »Ja, vielleicht habe ich's doch so gemeint.«

Er öffnete die Augen und sah Tony direkt an. »Aber hier geht es nicht um Vernunft, Alter. Es geht um Erlösung. Ich kann mich nur erlösen, wenn ich das durchstehe. Sonst könnte ich nie wieder irgend jemandem erhobenen Hauptes ins Gesicht sehen, geschweige denn mir selbst. Ich muß sie davon überzeugen, daß ich kein Mörder bin.«

Mörder, Mörder ...

Sie schwiegen beide. Tony fühlte sich plötzlich in eine andere Zeit, an einen anderen Ort zurückversetzt, in eine Schulsporthalle, in der Pfiffe gellten ...

Stell dir vor, der Ball wäre Alisons Hals ...

Als John Taylor ihn damals auf der Schulaufsichtsratssitzung öffentlich des Mordes beschuldigt hatte, hatte Tony stumm neben Saul gesessen und ihn für sich sprechen lassen ...

Warum bist du so arrogant? hatte Mary Jane Kulas gefragt ... als wäre es dir gleichgültig, was die Leute denken ...

Tony hatte sich schmerzlich danach gesehnt zu sagen, daß es nicht so war.

Tony rieb sich den Nasenrücken. »Saul hat mir ein Leben gegeben«, sagte er schließlich. »Ich will dir deines zurückgeben.

Nur darum geht es, Sam. Nicht um meine Eitelkeit, nicht um meine Bedürfnisse. Es geht nicht mal um dich und mich.«

»Das tut es doch. Du hattest es nicht getan, und ich habe dir damals nicht geholfen. Jetzt habe ich es nicht getan und bitte dich trotzdem um Hilfe.« Sam setzte sich wieder Tony gegenüber. »Die warten auf mich, Tony. Die Geschworenen, alle im Gerichtssaal, die Leute in der Stadt. Sie warten und fragen sich: Hat Sam Robb die Stirn, sich vor uns hinzustellen und zu sagen, daß er kein Mörder ist?« Seine Stimme wurde weicher. »Vielleicht befinden sie mich für schuldig, wenn ich das tue. Aber dann werde ich und nicht du im Ohio-Staatsgefängnis sitzen und auf den Tod warten. Wenn ich nicht aussage und sie mich trotzdem einbuchten, werde ich sehr, sehr viel Zeit haben, mich zu fragen, was gewesen wäre, wenn ich selbst für mich eingetreten wäre. Und ich weiß, daß ich lieber sterben würde, als damit zu leben.«

Tony wußte nichts mehr zu entgegnen. Sam legte seine Hand auf Tonys. »Steh hinter mir, Tony. Hilf mir, der beste Quarterback, der beste Mann zu werden, der ich nur sein kann. Dann kannst du vielleicht sogar an mich glauben. Manchmal denke ich, daß mir das mehr bedeuten würde als alles andere.«

Tony sah die Tränen in Sams Augen und sagte: »Dann haben wir noch viel Arbeit vor uns.«

EINUNDZWANZIG

Sam Robb saß mit sorgfältig gebundener, gestreifter Krawatte und ordentlich zurückgekämmtem Haar im Zeugenstand und ließ seine aufrichtigen blauen Augen über den Gerichtssaal schweifen. Tony spürte, wie erleichtert Sam war, ungeachtet aller möglichen Konsequenzen endlich für sich selbst sprechen zu können. Doch die Mißbilligung, die ihm entgegenschlug, schien ihn zu verunsichern. Er wirkte nervös, als wüßte er nicht, wohin er blicken oder wie er sich verhalten sollte. Tony mußte daran denken, wie er Sam zum erstenmal in einem Anzug gesehen hatte. Es war am Tag von Alisons Beerdigung gewesen. Auch Tony war nervös. Er wollte nicht zu der Zerstörung seines Freundes beitragen, am liebsten wäre er an diesem Tag nicht einmal ins Gericht gekommen.

»Welcher Art war Ihre Beziehung zu Marcie Calder?« fragte Tony ruhig.

Sam wandte sich zu seinem Anwalt, schien jedoch durch ihn hindurchzustarren. Als er antwortete, klang seine Stimme hohl. »Zuerst war sie nur eine Schülerin, ein Mitglied meiner Leichtathletikmannschaft, dann jemand, auf den ich stolz war. Sechs Wochen vor ihrem Tod fingen wir ein Verhältnis an.« Mit einem Seitenblick sah Tony, daß Stella Sam mit kaltem Blick fixierte. »Wie ist es dazu gekommen?« fragte er.

Sam blies die Wangen auf und stieß die Luft wieder aus. »Sie war jung und hübsch …«, begann er. Fast verbissen setzte er mit flacher, aber beherrschter Stimme neu an. »Marcie brauchte jemanden – mich, glaubte sie. Jahrelang hatte ich zugesehen, wie Teenager wurden, was ich einst gewesen bin, ein Held. Jetzt war ich wieder für jemanden ein Held.« Sam schluckte hart und schüttelte den Kopf. »Ich meine, sie war nicht wie Sue. Aber sie erinnerte mich daran, wie es war, als Sue und ich jung waren.« Zu Tonys Entsetzen blickte Sam zu den Calders auf. »Ich habe sie ausgenutzt. Wenn ich nicht so egoistisch gewesen wäre, säße keiner von uns heute hier. Und jetzt kann ich nichts mehr tun, was irgend jemandem helfen würde.«

Tony wagte kaum zu atmen. Er hatte keine Ahnung, worauf das alles hinauslaufen sollte, keine Ahnung, was Sam sagen würde, was Marcies Eltern empfinden mußten und wann Stellas kühle Stimme dazwischengehen würde.

»Sie haben Ihre Frau angelogen«, sagte Tony.

»Ja. Ich habe Sue angelogen. Marcies Eltern. Die Polizei.« Ein feuchter Schimmer legte sich über Sams Augen. »Ich hatte Angst, und ich habe mich geschämt.«

Tony hatte das Gefühl, mit Sam in einem Kokon tiefen, schmerzlichen Schweigens eingesponnen zu sein. »Sie hatten Geschlechtsverkehr mit ihr«, sagte Tony ausdruckslos.

»Ja.« Sam nestelte an seiner Krawatte. »Das erste Mal im Taylor-Park. In einem Schlafsack.« Beschämt und verwundert fuhr er fort: »Ich hätte es jederzeit beenden können.«

Karoly starrte auf seine Hände. Er schien sich genau wie Tony und die Geschworenen zu wünschen, nicht hier zu sein. Die beschämenden und widerwärtigen Augenblicke im Leben eines anderen ließen einen fürchten, wozu man selbst fähig sein könnte. Die einzige Abwehr bestand darin, den Blick abzuwenden, und diese Wahl hatte Sam allen Anwesenden verwehrt.

»Haben Sie Verhütungsmittel benutzt?« fragte Tony.

»Ein Kondom.« Sam machte eine Pause. »Beim erstenmal ist es geplatzt.«

»Aber Sie haben nicht aufgehört, oder?«

Sam schüttelte den Kopf. »Ich habe es versucht, aber ... mein Begehren war einfach zu groß, die Neuartigkeit, die Erregung. Selbst dieses Gefühl der Zärtlichkeit darüber, was dieses junge Mädchen mir, einem mittelaltrigen Mann, geschenkt hatte.«

Hör auf, wollte Tony sagen. Er hatte einen bitteren Geschmack im Mund und das Gefühl, die Sekunden würden zu langsam verstreichen. Sams Katharsis, wenn es das war, was alle hier beobachteten, würde ihn ohne Würde zurücklassen. Es sei denn, und dieser Gedanke war noch schrecklicher, Sam zelebrierte mit Tonys Hilfe den perversen Bußakt eines Mörders, der hinter einer Maske aus Selbsterniedrigung auf Mitleid hoffte.

»Haben Sie zu irgendeinem Zeitpunkt beschlossen, die Geschichte zu beenden?« fragte Tony.

»Ja.« Sam befeuchtete sich die Lippen mit der Zunge und trank hastig einen Schluck Wasser. »Wegen Sue. Wenn man erst einmal anfängt, einen Menschen, den man liebt, zu belügen, ist es, als wäre man ganz allein und würde die anderen durch ein

Fenster in einer Wand beobachten, die man selbst errichtet hat. An dem Abend, als Marcie gestorben ist, wollte ich es ihr sagen.«

In den letzten Worten schwang die Bitterkeit tiefer Schuld mit. Die Kosmetikerin blickte Sam scheinbar gegen ihren Willen an. »Was ist an jenem Abend wirklich geschehen?« fragte Tony.

Sam lehnte sich zurück und atmete tief ein. Seine Stimme klang erneut rauh und kehlig. »Sie war nervös. Ich dachte, sie würde ahnen, was ich ihr sagen wollte. Dann sind wir in den Park gefahren, und sie hat gesagt, daß sie mich liebte und etwas Besonderes mit mir machen wollte. Also hat sie mir ins Ohr geflüstert ...«

»Analverkehr.«

»Ja.« Sam vermied alle Blicke. »Ich hatte ihr eins von meinen Kondomen gegeben. Sie hatte es für mich in ihrer Handtasche aufbewahrt.«

Jemand hustete, außer Tonys und Sams Stimme war es das erste Geräusch seit langer Zeit. »Was geschah dann?« fragte Tony.

Sam schüttelte linkisch den Kopf. »Ich wollte ...«

»Also haben Sie es getan. Auf dem Rücksitz des Wagens.«

»Ja.« Sam griff nach dem Wasserglas, trank jedoch nichts. »Als es vorbei war, fühlte ich mich schmutzig. Dann hat sie mich gefragt, wie es war, und ich habe ihr gedankt.«

»Hat sich Marcie danach wieder angezogen?« fragte Tony.

Sam leerte das Glas in einem langen Schluck. »Ich habe ihr von hinten den Slip hochgezogen», sagte er schließlich. »Um sie zu bedecken.«

Tony zuckte innerlich zusammen. Aber die Frage war notwendig, denn Sam mußte irgendwie erklären, daß man Marcies Blut zwar am Steuer, nicht jedoch auf dem Rücksitz des Wagens gefunden hatte.

»Was war mit den Kondomen?«

»Ich wollte es abstreifen.« Einen Moment lang schwang in

Sams Stimme die erinnerte Furcht mit. »Dann schien auf einmal Licht ins Fenster, die Scheinwerfer eines Wagens am Ende des Parkplatzes. Ich habe Angst bekommen und darauf gedrängt, daß wir uns anziehen. Das haben wir dann auch getan, und dann gingen die Scheinwerfer aus. Ich dachte, daß der Wagen wohl gerade angekommen sein mußte.«

»Was geschah, nachdem Sie sich angekleidet hatten?«

Sam hob den Kopf und sprach leise und scheinbar noch immer verwundert weiter: »Sie hat mich gefragt, ob ich sie heiraten würde.«

»Waren Sie überrascht?«

»Ja«, erwiderte Sam tonlos. »Sie sagte, sie könnte mir Kinder schenken.«

»Hat sie Ihnen erzählt, daß sie schwanger war?«

»Nein.« Zum erstenmal wagte Sam einen Seitenblick auf die Geschworenen, bevor er wieder Tony ansah. »Wenn ich nicht in Panik geraten wäre, hätte sie es mir bestimmt erzählt. Aber ich habe ihr keine Gelegenheit dazu gelassen.«

»Wieso nicht?«

»Ich glaube, ich war einfach zu schockiert. Es war, als wäre ich plötzlich aufgewacht und könnte mit einemmal erkennen, wie weit ich es hatte kommen lassen. Ich platzte einfach los, daß Sue noch immer meine Frau wäre und daß wir schon all die Jahre verheiratet wären und uns ein gemeinsames Leben aufgebaut hätten. Ich sagte ihr, daß ich viel zu alt für sie war und nicht wollte, daß sie ihr Leben wegwirft. Ich wollte selbstlos klingen, aber ich muß mich angehört haben wie einer dieser falschen Onkel in den Kindersendungen, die meine Kinder früher geguckt haben.

Schließlich bin ich einfach zusammengebrochen und habe sie gebeten, mich zu schützen –« Sam unterbrach sich. »Ein sechzehnjähriges Mädchen, und ich wollte, daß sie mich, den stellvertretenden Direktor der Lake City High School, schützte. Mich davor schützte, was ich ihr angetan hatte.«

Sam wandte sich ab und kämpfte mit den Tränen. Doch Stellas Blick hatte sich mit tiefer und fast unerträglicher Verachtung gefüllt. Mit voller Absicht ließ sie einen Bleistift fallen, um die Aufmerksamkeit der Geschworenen und dann auch Sams auf sich zu ziehen. Sie starrten sich quer durch den Gerichtssaal an.

»Wie hat Marcie darauf reagiert?« fragte Tony leise.

Sam wandte den Blick von Stella. Als er einatmete, bebte sein ganzer Körper. »Ich weiß noch, wie sie ausgesehen hat«, sagte er schließlich. »Das wütendste Gesicht, das ich je bei ihr gesehen hatte, war eher wie ein Ausdruck grimmiger Entschlossenheit, und das auch nur beim Laufen. Aber jetzt weinte sie und sah mich fast haßerfüllt an, und ich erkannte, wieviel Gefühl sie in mich investiert hatte.

›Du willst, daß ich dir helfe‹, sagte sie. ›Ich werde gleich anfangen, dir zu helfen.‹

›Warte‹, sagte ich.

›Worauf?‹ Sie schrie beinahe. ›Darauf, daß du mir noch ein paar weitere wertvolle Erinnerungen bescherst? Eher würde ich sterben.‹«

Sam hielt inne und faßte sich an den Hals. »Eher würde ich sterben«, wiederholte er langsam. »Ich hatte jetzt vier Monate Zeit, darüber nachzudenken. Darüber nachzudenken, was für Gefühle ich bei ihr ausgelöst hatte.«

Eher würde ich sterben.‹«

Mitten in Sams Drama fragte Tony sich, warum Sam ihm das nie zuvor erzählt hatte. »Was haben Sie getan?«

»Marcie sprang aus dem Wagen. Sie rannte einfach so in die Dunkelheit. Dann konnte ich sie nicht mehr sehen.« Sams Stimme brach, doch nach einem Moment hatte er sich wieder gefaßt. »Ich hatte Angst, ihr nachzulaufen, Angst, daß jemand mich sehen könnte, vielleicht das Pärchen, das ich in dem anderen Wagen vermutete. Also ließ ich sie einfach laufen. Als ich sie zum nächstenmal gesehen habe, war sie tot.«

Sams und Tonys Blicke begegneten sich. Tony fragte sich, ob sein Freund nach Zeichen von Mißtrauen oder Ungläubigkeit suchte. »Und Sie haben nie erfahren, daß sie schwanger war?« fragte er.

Sam wand sich im Zeugenstand und sprach dann leise weiter: »Nachdem sie wußte, daß ich sie nicht heiraten wollte, konnte sie es mir vermutlich nicht mehr sagen. Wenn sie es getan hätte, ich schwöre, ich hätte einen Weg gefunden, ihr zu helfen, selbst wenn ich Sue alles hätte erzählen müssen. Stattdessen ist es so, als hätte ich sie getötet.

Aber das habe ich nicht.« Sam wandte sich wieder an die Geschworenen und fuhr leidenschaftlich fort: »Nicht so, wie Miss Marz es mir vorwirft. Weil ich nie und nimmer ein Mädchen töten könnte, das mir so am Herzen lag. Oder überhaupt irgend jemanden.« Sams Stimme klang jetzt drängend, fast wütend. »So bin ich nicht. Ich bin kein Mensch, der so etwas tun würde, nur um sich zu schützen. Deswegen bin ich zur Polizei gegangen. Und sehen Sie, wohin mich das gebracht hat – hierher.« Er wandte den Blick unvermittelt ab. »Es ist meine eigene Schuld, und andere Unschuldige haben einen weit höheren Preis bezahlt. Aber ich habe sie nicht getötet, und als wir ihre Leiche gefunden haben, habe ich –«

In die betroffene Stille hinein brach Sam ab, als habe er den Faden verloren. Der Gerichtssaal war wie erstarrt. Karolys Miene zeugte von ehrlicher Verwunderung, Stellas Gesichtszüge waren härter denn je, ihre mandelförmigen Augen folgten Sam mit grimmiger Gier. Doch die Geschworenen wandten den Blick nicht länger ab.

»Was haben Sie an jenem Abend als nächstes getan?« fragte Tony knapp.

Sams Gesicht wirkte wächsern, sein Blick starr. »Ich bin weggefahren. Ich hatte Angst, also bin ich einfach weggefahren.«

»Um welche Uhrzeit war das ungefähr?«

»Ich weiß es nicht.« Sam hielt inne, sammelte sich und fuhr mit gedämpfter Stimme fort: »Ich habe der Polizei gesagt, gegen zehn, aber das war eine Schätzung. Es hätte auch halb zehn sein können.« Wieder an die Geschworenen gewandt, fügte Sam mit matter Stimme hinzu: »Ich wußte damals noch nicht, daß die Uhrzeit wichtig war. Ich wollte sie nur finden, lebend.«

Tony ließ den Geschworenen Zeit, Sam zu betrachten. »Haben Sie beim Wegfahren irgend jemanden gesehen?« fragte Tony schließlich.

»In dem Wagen. Ich wünschte, ich hätte genauer hingesehen. Aber ich konnte nicht mal die Marke erkennen. Ich weiß nur, daß ich einen Kopf gesehen habe, der hinter dem Armaturenbrett verschwand.« Sam verzog beschämt und traurig das Gesicht. »Einen Moment lang hatte ich eine verrückte Angst – nicht um Marcie, sondern um mich. Ich hatte Angst, es könnte Sue sein, die mich ertappt hatte.«

»Was haben Sie nach Verlassen des Parks getan?«

»Zunächst bin ich zur Schule gefahren. Ich habe einfach in meinem Büro gesessen und mich gefragt, wie das alles passieren konnte und was ich als nächstes tun sollte.« Sam umklammerte mit beiden Händen seine Knie und starrte leeren Blicks vor sich hin. »Dann habe ich versucht, Sue anzurufen, nur um ihre Stimme zu hören. Um mich daran zu erinnern, wie glücklich ich war. Und dann bin ich nach Hause gefahren.«

»Und Sue war zu Hause?«

»Ja. Sue war zu Hause.« Sam lächelte flüchtig, so als würde er sich an einen letzten Moment der Hoffnung erinnern. »Sie hat im Bett ferngesehen. Und ich habe mich einfach neben sie gelegt, wie ich es schon tausendmal gemacht hatte.« Als Sam mit flehendem Blick an ihm vorbeisah, wußte Tony, daß er Sues Augen suchte. »An jenem Abend habe ich die Liebe zu ihr so stark gespürt wie seit Jahren nicht mehr. Alles, was ich wollte, war eine weitere Chance.«

Sam wandte seine tränenfeuchten Augen nicht von Sue. Die Miene der Kosmetikerin wirkte neugieriger und vielleicht nicht mehr ganz so hart.

»Können Sie sich Ihren Fingerabdruck auf Marcies Uhr erklären?« fragte Tony leise.

Sam schwieg eine Weile. Dann wandte er scheinbar widerwillig den Blick von Sue. »Als wir miteinander geschlafen haben«, antwortete er mit monotoner Stimme, »habe ich Marcies Handgelenke umfaßt.«

Tony machte einen Schritt auf ihn zu, als wolle er Sam vor seiner eigenen Scham beschützen. »Und das Blut am Steuer des Wagens? Können Sie das erklären?«

Sam nickte langsam.

»Es tut mir leid«, sagte Tony. »Aber wir brauchen eine vernehmliche Antwort.«

Sam faltete die Hände und senkte den Kopf. »In der Schule bin ich in die Umkleidekabine gegangen, um das Kondom in der Toilette wegzuspülen. Als ich es abstreifte, war Marcies Blut daran.« Er schloß die Augen. »Ich habe es wohl an die Hände bekommen.«

Sam begann lautlos zu weinen, doch er bedeckte sein Gesicht nicht.

Tony sah zu Karoly hoch. »Keine weiteren Fragen«, sagte er und war ausnahmsweise einmal froh darüber.

ZWEIUNDZWANZIG

Stella war aus ihrem Stuhl aufgesprungen, bevor Tony seinen erreicht hatte. Sam sah sie an und schien sich innerlich zu wappnen. Laß dir Zeit, hatte Tony ihn ermahnt, und verlier nie die Beherrschung. Denn genau das möchte sie den Geschworenen demonstrieren.

»Sie haben Ihre Frau belogen«, begann Stella.

Wie Tony ihn angewiesen hatte, machte Sam eine Pause, um ihr seinen eigenen Rhythmus aufzuzwingen. »Ja«, sagte er leise. »Ich habe Sue angelogen.«

»Um nicht erwischt zu werden.«

Sam blickte zu Sue. »Um sie nicht zu verlieren, ja.«

»Sie haben Marcies Eltern in die Irre geführt.«

»Ja.«

»Sie haben auch Ihren Direktor belogen. Sie haben ihm gesagt, Sie hätten nicht mit Marcie geschlafen.«

»Ich wollte meinen Job nicht verlieren.«

»Ja oder nein.«

»Ja.«

»Sie haben die Polizei bezüglich Ihrer Beziehung zu Marcie belogen.«

»Ja.«

»Um keinen Ärger zu bekommen.«

Sam faltete die Hände. »Ja«, sagte er matt. »Um keinen Ärger zu bekommen.«

»Und Sie haben die Polizei auch bezüglich dessen, was Marcie an jenem Abend getan hat, belogen.«

Sam machte eine Pause und schlug den Blick nieder. »Wie schon gesagt, es war mir peinlich –«

Stella unterbrach ihn mit vor Verachtung triefender Stimme. »Ist das nicht ein typisches Verhaltensmuster bei Ihnen, Mr. Robb, jedesmal zu lügen, wenn die Wahrheit Ihnen Probleme bereiten könnte?«

Sam verschränkte die Arme. »Nein. Das ist es nicht. Sonst wäre ich nie zur Polizei gegangen.«

Tony dachte, daß das eine gute und wichtige Antwort war. Er hatte Sam erklärt, daß er nur eingreifen wollte, wenn Stella es unvermeidlich machte. Sam war einverstanden gewesen. Er wollte, daß die Geschworenen ihn auf sich allein gestellt sahen. Tonys Handflächen waren vor Anspannung bereits feucht, die erzwungene Untätigkeit machte ihm schwer zu schaffen.

»Aber Sie haben die Polizei angelogen!« bohrte Stella weiter.

»In einigen Punkten.«

»Sie haben die Polizei und Ihre Frau und Marcies Eltern und Ihren Direktor belogen. Jedesmal, wenn Ihnen die Wahrheit geschadet hätte, haben Sie gelogen.«

Sam machte eine Pause, zum erstenmal blitzte Unmut in seinen Augen auf. Doch er blieb ruhig. »Der Polizei zu erzählen, daß Marcie mit mir zusammen war, hat mir nicht gerade genutzt, Miss Marz. Anzugeben, wann ich sie zum letztenmal gesehen habe, hat mir nicht genutzt. Soweit ich das beurteilen kann, ist das der Grund, warum ich hier sitze und Ihre Fragen beantworte.«

»Vorsicht«, murmelte Tony.

Als hätte er ihn gehört, hielt Sam inne und fügte leise hinzu: »Das und meine Fehler, die ich auf ewig bereuen werde.«

Tony sah, daß die Geschworenen Sam aufmerksam beobachteten, als suchten sie nach Rissen in dessen Fassade. Sam balancierte auf der Linie, die Tony ihm vorgezeichnet hatte – Stella zu neutralisieren, ohne zu schlau zu erscheinen.

»Tun Sie nicht noch immer, was Sie die ganze Zeit getan haben, seit Sie mit Marcie Calder geschlafen haben?« fragte Stella kühl. »Jetzt lügen Sie die Geschworenen an, um nicht verurteilt zu werden, oder?«

»Nein.« Sam hielt inne und sah die Kosmetikerin direkt an. »Nein. Jetzt lüge ich nicht.«

»Aber Sie haben die Affäre doch nur zugegeben, weil die DNA-Analyse ergeben hat, daß Sie der Vater von Marcie Calders ungeborenem Kind waren.«

Langsam sah Sam sie an. »Das ist vermutlich richtig. Aber ich hatte allen Grund, Angst zu haben. Und wie mein Anwalt schon sagte, gibt es einen Unterschied zwischen Lüge und Mord. Wir alle lügen, Miss Marz. Aber wir sind nicht alle Mörder. Ich bin kein Mörder.«

»Er treibt es zu weit«, murmelte Saul. Tony nickte stumm.

Stella stemmte die Hände in die Hüften. »Sie waren also bloß ein unschuldiger Mann, der in eine Klemme geraten ist.«

Sam sah sie wütend an. »Es sieht so aus, als hätte ich mich selbst in die Klemme gebracht. Indem ich zur Polizei gegangen bin.«

»Indem Sie Marcie Calder geschwängert haben, meinen Sie.«

»Das auch, Miss Marz. Das auch.«

Als Stella eine Pause machte, sahen die Calders Sam mit offenem Haß an. Leise sagte Stella: »Erzählen Sie den Geschworenen, wie Sie Marcie Calder verführt haben.«

Tony beobachtete Sam voller Anspannung. »So ist es nicht gewesen«, sagte der leise.

»Nicht? Hat Marcie etwa Sie verführt, Mr. Robb?«

Sam schlug die Augen nieder. »Sie kam in mein Büro und sagte, sie wolle mit mir zusammen sein ... auf diese Art. Ich sage nicht, daß es nicht meine Verantwortung war. Ich sage nur, daß die Initiative nicht von mir ausging.«

Stella sah ihn spöttisch an. »Ich nehme an, Sie hatten noch nie vorher Verkehr mit einer Schülerin.«

»Einspruch«, rief Tony sofort. »Darf ich zur Richterbank kommen, Euer Ehren?«

Karoly nickte. »Selbstverständlich.«

Mit rasendem Herzen durchquerte Tony den Gerichtssaal. Während Karoly sich über den Richtertisch beugte, trafen sich Tonys und Stellas Blicke.

»Nicht übel«, murmelte Tony, bevor er an Karoly gewandt sagte: »Ob mein Mandant schon einmal Verkehr mit einer anderen Schülerin hatte, ist irrelevant für dieses Verfahren.«

»Da bin ich ganz anderer Meinung«, unterbrach Stella ihn. »Wo Mr. Robb uns gerade die traurige Geschichte seiner Verführung durch Marcie Calder erzählen will. Ich habe eine Zeugin namens Jenny Travis, die Mr. Robb zum Geschlechtsverkehr gezwungen hat, als sie siebzehn war. Das betrifft sowohl seine Glaubwürdigkeit als auch seine Neigung, Frauen zu mißbrauchen.«

»Und sie zu töten?« gab Tony zurück. »Darum geht es hier, und es gibt absolut keinen Beweis für gewalttätige Neigungen, von Mord ganz zu schweigen.« Tony starrte Karoly an und sprach bewußt leise und zornig weiter: »Und das ist keine akademische Debatte, Euer Ehren. Die sich abzeichnende Tendenz der Befragung und Miss Travis' Geschichte könnten in erheblichem Maß dazu beitragen, die Geschworenen gegen meinen

Mandanten einzunehmen, ohne irgend etwas über den hier verhandelten vermeintlichen Mord zu beweisen. Wenn noch ein Wort in dieser Richtung fällt, werde ich wegen Verfahrensfehler Berufung einlegen, und das Berufungsgericht wird mir recht geben.« Er wandte sich wieder an Stella. »Sie verlieren. Und Sie wissen es. Sie versuchen, den Richter zu einem Fehler zu verleiten.«

»Unsinn«, unterbrach sie ihn, und ihre Empörung wirkte durchaus echt. »Ihr Mandant hat ein pathologisches Verhältnis zu Frauen und lügt darüber.«

»Dann gehen Sie nicht mit ihm aus, Stella. Aber versuchen Sie nie wieder, ihn in einem Mordprozeß zu überfahren.«

»Also gut«, schaltete Karoly sich viel zu spät ein. Er blickte unschlüssig von Stella zu Tony. Karoly wußte nur zu gut, daß lediglich die Verteidigung im Falle einer Niederlage Berufung einlegen konnte. Die Vermeidung eines neuen Verfahrens war der Urinstinkt jedes feigen Richters, und als Tony zu Stella blickte, sah er in ihren Augen, daß auch sie das wußte.

»Ich gebe dem Einspruch statt«, sagte Karoly zu Stella. »Wenn Sie das Thema noch einmal zur Sprache bringen, stelle ich das Verfahren wegen fehlerhafter Anklageführung ein und verurteile Sie wegen Mißachtung des Gerichts. Verstanden?«

Stella senkte den Kopf und versuchte, ihre Wut zu zügeln. »Ja, Euer Ehren.«

»Vielen Dank, Euer Ehren«, sagte Tony prompt. Als er sich eilig an den Tisch der Verteidigung zurückzog, bevor der Richter seine Meinung ändern konnte, spürte er Sues ernste braune Augen auf sich.

»Wieder eine Kugel abgewehrt«, murmelte Saul.

Tonys Herz raste noch immer. Im Zeugenstand atmete Sam mit halb geschlossenen Augen tief durch. Als er sie wieder öffnete, strahlten sie Tony dankbar an.

»Erzählen Sie uns, wie es zum ersten sexuellen Kontakt zwischen Ihnen und Marcie Calder kam«, forderte Stella ihn mit neuer Ruhe auf.

Sam sah sie wieder an. »Sie kam in mein Büro und sagte, sie würde mich lieben.«

»Und dann?«

Sam blies die Wangen auf, ohne den Blick von Stella zu wenden. »Sie sagte, sie wollte es mit mir französisch machen.«

Stellas Augen blitzten. »Sie meinen Oralverkehr, Mr. Robb? Ich will nur sichergehen, daß die Geschworenen Sie verstehen.«

»Ja. Das habe ich gemeint.«

»Was haben Sie auf dieses Angebot erwidert?«

»Erwidert?« murmelte Sam. »Nicht viel.«

»Nicht mal ›ja‹, ›nein‹ oder ›danke‹? Wenn ich mich recht erinnere, haben Sie sich für den Analverkehr an jenem Abend doch bedankt?«

Sam stieg die Zornesröte ins Gesicht. »Ich weiß nicht mehr, was ich gesagt habe.«

»Sie haben sie einfach gelassen?«

»Ja.«

»Weil sie es unbedingt wollte.«

Sam blickte zu Boden. »Ich wollte es auch.«

Stella musterte ihn kalt. »Dann war es ja wenigstens nicht allzu hart für Sie.«

»Nein.«

»Wissen Sie zufällig, warum dieses unerfahrene Mädchen Sie so unwiderstehlich fand?«

»Nein.« Mit geschlossenen Augen schüttelte Sam den Kopf.

»Hatte sie Ihrer Ansicht nach emotionale Probleme?«

»Nein.«

»War sie Ihres Wissens in psychiatrischer Behandlung?«

»Nein.«

»Ihre Noten waren gut?«

»Ja.«

»Gerüchte über promiskes Verhalten?«

»Nein.«

Stella starrte ihn unverhohlen ungläubig an. »Und dieses

sechzehnjährige Mädchen war ohne jede Vorwarnung auf einmal so überwältigt von Ihrem Charme, daß es mit Ihnen im Büro des stellvertretenden Direktors Oralverkehr haben wollte.«

»So ist es gewesen.« Sams Gesicht war hart vor offener Antipathie. »Vielleicht können Sie das nicht verstehen, aber so ist es gewesen.«

»Vorsicht!« murmelte Tony.

»Erklären Sie es mir«, fuhr Stella sachlich fort. »Bitte helfen Sie mir, es zu verstehen.«

Sams Wangen wurden rot. »Das kann ich nicht«, sagte er. »Sie wollte das einfach mit mir.«

»Beim Analverkehr waren Sie zunächst zögerlich?«

»Ja.«

»Und Sie hatten es noch nie vorher gemacht, Mr. Robb? Nicht ein einziges Mal?«

»Einspruch.« Tony bemühte sich, seine Stimme überdrüssig klingen zu lassen. »Es ist offensichtlich, daß Miss Marz möchte, daß jeder hier Anwesende sich so sehr vor Unbehagen windet, daß es auf Mr. Robb abfärbt. Aber wenn sie ihn schon demütigen will, sollte sie zumindest Fragen wählen, die wenigstens theoretisch, wie entfernt auch immer, etwas mit Marcie Calder zu tun haben. Diese Frage tut überhaupt nichts zur Sache, und ich bin sicher, auch viele andere empfinden sie als zutiefst anstößig.«

»Wenn dem so ist», gab Stella zurück, »bedaure ich es sehr, Mr. Lord beleidigt zu haben. Aber meine Frage dient dem Zweck, die Glaubwürdigkeit des Zeugen zu überprüfen. Wenn Mr. Robb behauptet, daß dieses sechzehnjährige Mädchen ihn zu einer sexuellen Handlung verleitet hat, die für sie vollkommen neu war, ist die Frage seiner eigenen Erfahrung relevant für die Glaubwürdigkeit seiner Geschichte. Zumal Miss Calder hier nicht für sich selbst sprechen kann.«

»Die relevanten Indizien beziehen sich auf die Umstände ihres Todes«, fauchte Tony. »Nicht auf ihren Ruf. Oder ihre sexuelle Erfahrung.«

»Euer Ehren ...«, setzte Stella an.

»Schon gut, Miss Marz. Ich lehne Mr. Lords Einspruch ab. Sie können Ihre Antwort haben.«

Sofort richtete Stella sich wieder an Sam. »Hatten Sie vor jenem Abend je Analverkehr mit irgend jemandem, egal, ob Mann oder Frau?«

Mit vor Wut rotem Gesicht erwiderte Sam Stellas Blick. »Nein.«

»Nicht? Und wie hat eine Elftkläßlerin Sie dann zum Mitmachen überredet, Mr. Robb?«

Sam verschränkte die Arme. »Ich weiß es nicht.«

»Ich meine, Sie saßen einfach da in einem Wagen auf dem Parkplatz des Taylor-Parks, und ein sechzehnjähriges Mädchen aus Ihrer High-School versucht, Sie zum Analverkehr zu überreden? Haben Sie sich nicht einen Moment lang gefragt, ob das eine so gute Idee war?«

»Ich habe nicht nachgedacht.«

»Und wie oft mußte Marcie Sie fragen?«

»Ich weiß es nicht.«

»Haben Sie sie betteln lassen? Oder waren Sie großzügiger?«

Sam richtete sich auf. »Es ist einfach passiert«, sagte er mit zusammengebissenen Zähnen. »Ich habe den Kopf verloren.«

»Haben Sie selbst Marcie die Hose ausgezogen?«

Sam verschränkte die Arme und sah Stella mit unverhohlener Antipathie an. »Ja. Das habe ich getan.«

»Wie lang hat all das gedauert?«

Sams Augen wurden schmal. »Vielleicht fünf Minuten.«

»Und die ganze Zeit haben Sie mit Ihrem Gewissen gerungen.«

»Ich weiß es nicht.«

»Hat Marcie irgend etwas getan, um Sie zu animieren?«

Sam atmete erneut tief ein. »Sie hat gesagt, daß sie mich will.«

»Und Sie haben natürlich immer getan, was dieser sechzehnjährige Vamp von Ihnen verlangt hat?«

»Wir wollten es beide, Miss Marz«, sagte Sam auf einmal reuig, als hätte Stella ihm den Spiegel seiner eigenen Scham vorgehalten. »Und damit ist es meine Schuld.«

»Wieviel Zeit verstrich zwischen Marcies Frage und Ihrem Entschluß, es mal mit Analverkehr zu probieren?«

»Ich weiß nicht. Fünf Minuten.«

»Und ungefähr weitere fünf Minuten, bis Sie zuletzt das Kondom übergestreift hatten.«

»Ja.«

Stella legte den Kopf zur Seite. »Was würden Sie sagen, wie lange es darauf bis zur vollständigen Penetration gedauert hat? Ein paar Minuten wenigstens?«

»Ich weiß es nicht, Miss Marz. Ich schätze schon.«

»Und danach sind Sie zum Höhepunkt gekommen?«

»Ja.«

Stella machte eine Pause und sah ihn neugierig an. »Wie lange danach?«

Saul lächelte knapp. »Raffiniert«, murmelte er.

Sam blickte zu Boden. »Vier oder fünf Minuten.«

»Und hinterher hat Marcie Sie gefragt, wie es war.«

Der Zorn in Sams Augen grenzte jetzt an offenen Haß. »Ja.«

»Und Sie waren so nett, sich bei ihr zu bedanken.«

»Ja.«

»Waren Sie da noch in ihr?«

»Ja.«

»Wie lange sind Sie danach noch in ihr geblieben?«

»Ich weiß es nicht. Vielleicht noch mal fünf Minuten.«

Stella bedachte ihn mit einem kühlen Lächeln. »Hoffentlich war es wenigstens schon dunkel.«

Sam griff nach seinem Glas, trank einen Schluck und sah Stella mit verschleierten Augen an. »Es war dunkel«, sagte er.

»Das muß es auch gewesen sein. Denn laut Ihrer eigenen Aussage wurden Sie von den Scheinwerfern eines anderen Wagens erschreckt.«

»Das ist richtig.«

Stella machte eine Pause. »Ich nehme an, daß es auch schon dunkel war, als Sie mit dem Geschlechtsverkehr begonnen haben. Ich meine, sonst müßten Sie sich doch Sorgen gemacht haben, daß jemand Sie oder Marcie erkennt.«

»Ja.«

»War es auch schon dunkel, als Sie sich getroffen haben? An der Tankstelle.«

Sam zögerte, ein Ausdruck des Begreifens huschte über sein Gesicht. »Ich würde nicht sagen dunkel, Miss Marz, aber es dämmerte bereits.«

»Wie lange hat die Fahrt zum Taylor-Park gedauert? Fünf Minuten?«

»Ungefähr.«

»Und war es da dunkel?«

Sam lehnte sich zurück. »Weitestgehend.«

»Wie lange danach hat Marcie Ihnen ins Ohr geflüstert, daß sie wollte, daß Sie ihren Anus penetrieren?«

Sam sah Stella wütend an. »Fast unmittelbar danach.«

»Eine Minute, zwei Minuten?«

»Ziemlich bald«, gab Sam widerwillig zurück. Der reuige, verzweifelte Mann, den die Geschworenen bei Tonys Befragung erlebt hatten, war fast verschwunden. »Sagen wir, zwei Minuten.«

Stella machte eine Pause und kniff die Augen zusammen, als wolle sie sich etwas bildhaft vorstellen. »Also«, faßte sie zusammen, »es hat fünf Minuten gedauert, in den Park zu fahren, ein oder zwei Minuten, bis Marcie Ihnen den unsittlichen Antrag machte, fünf Minuten, in denen Sie mit Ihrem Gewissen gerungen haben, mindestens noch einmal fünf Minuten, um sich aus Ihrer Hose zu pellen und das Kondom überzustreifen, ein paar Minuten, bis Sie sie ganz penetriert hatten, vier oder fünf Minuten bis zum Orgasmus und dann noch etwa fünf Minuten, um sich bei Marcie zu bedanken, bis die Scheinwerfer auftauchten. Klingt das für Sie einigermaßen richtig, Mr. Robb?«

Sam faltete die Hände. »Ich weiß es nicht«, antwortete er kühl. »Vielleicht hat es auch nicht so lange gedauert, Miss Marz. Ich habe nicht auf die Uhr gesehen.«

Tony fand es zu offensichtlich, daß Sam den Zweck der Frage verstanden hatte. Und nach ihrem skeptischen Gesichtsausdruck zu urteilen, fand die Ernährungswissenschaftlerin das auch.

Stella kehrte an den Tisch der Staatsanwaltschaft zurück und nahm ein Dokument zur Hand. »Euer Ehren«, sagte sie, »dies ist eine beglaubigte Abschrift des Berichts, den der Wetterdienst in Steelton für Donnerstag, den dreiundzwanzigsten Mai, herausgegeben hat, den Tag, an dem Marcie Calder gestorben ist. Demnach trat die Dämmerung um zwanzig Uhr sechsundfünfzig ein. Ich möchte das Gericht bitten, diesen Bericht in die Liste der Beweisstücke aufzunehmen.«

Karoly sah Tony an. Wer vor diesen Geschworenen den Bericht des Wetterdienstes in Zweifel zog, konnte nur verlieren. Also erklärte Tony ruhig: »Die Verteidigung hat keine Einwände.«

Während die Geschworenen den Bericht weiterreichten, verschränkte Sam erneut die Arme. »Würden Sie mir zustimmen«, sagte Stella zu ihm, »daß, als Sie die Scheinwerfer bemerkten, mindestens eine halbe Stunde vergangen war, seit Sie sich zur Dämmerung mit Marcie getroffen hatten?«

Sam blickte zu Tony. »Ungefähr.«

»Dann wäre es also mindestens einundzwanzig Uhr fünfundzwanzig gewesen. Haben Sie Grund, das in Abrede zu stellen?«

Sam spreizte die Hände. »Ich habe auch keinen Grund, es zu bestätigen. Ich weiß es einfach nicht, Miss Marz, genausowenig wie Sie.«

Tony erkannte, daß Sam müde war. Es fiel ihm immer schwerer, mehr als ein paar Fragen in Folge bescheiden und demütig zu beantworten. Schlimmer noch, sein Unmut gegen Stella hatten ihn alle Zerknirschung vergessen lassen. Tony traf eine Entscheidung.

»Euer Ehren«, sagte er zu Karoly, »es ist fast Mittag. Und es hat ganz den Anschein, als hätte Miss Marz einen passenden Punkt für eine Unterbrechung erreicht. Vielleicht sollten wir jetzt unsere Mittagspause nehmen.«

Darauf war Stella vorbereitet. Sie sah Sam abschätzig an und erklärte ruhig: »Wenn Mr. Robb müde ist, bin ich bereit, ihm eine kleine Unterbrechung zu gönnen.«

»Mir geht es gut«, schoß Sam zurück.

Tony schenkte Karoly sein freundlichstes Lächeln. »Ich bin davon überzeugt, daß es Mr. Robb gutgeht«, sagte er. »Aber ich habe Hunger. Vielleicht sollten wir Miss Marz fragen, wie lange sie das Kreuzverhör fortzusetzen gedenkt.«

Stella zögerte. »Mindestens zwei Stunden.«

Tony wandte sich wieder an Karoly und zuckte die Schultern. »Also praktisch den Rest des Tages.«

Karoly blickte von Sam zu Stella. »Wir machen jetzt Mittagspause«, entschied er. »Das Gericht tritt um dreizehn Uhr dreißig wieder zusammen.«

DREIUNDZWANZIG

Die Reporter meidend, eilten Tony und Saul zum Zeugenraum. Tony hatte eine Tüte mit Roastbeef-Sandwiches aus der Kantine des Gerichtsgebäudes in der Hand. »Himmel«, murmelte Saul, »ich glaube, ich bin verliebt. Meinst du, Stella würde mit einem fetten, alten, jüdischen Strafverteidiger ausgehen?«

Tony mußte unwillkürlich lächeln. »Sie war gut, was?«

»Zu gut.« Saul stöhnte übertrieben. »›Erklären Sie es mir, Mr. Robb. Bitte helfen Sie mir, es zu verstehen.‹ Damit konnte nur eine Frau durchkommen.« Vor der Tür des Zeugenraums blieb er nachdenklich stehen. »Vielleicht wenn ich ihr verspreche, mit dem Trinken aufzuhören …«

Jetzt lächelte Tony nicht mehr. »Ich hoffe, die Geschworenen amüsieren sich nicht so gut wie Sie.«

»Ich würde nicht mein Haus drauf wetten, Tony. Sie macht ihn fertig.«

Tony gab Saul ein Sandwich. »Das hier mache ich besser allein«, sagte er und betrat den Zeugenraum.

Sam erwartete ihn, die Hände auf dem Tisch gefaltet. Er sah bleich und entkräftet aus, dabei zornig, als er mit undurchdringlichem Blick zu Tony hochsah. »Du wolltest bloß selbst reden«, sagte er.

»Ich wollte dich da rausholen, bevor du Stella vor versammeltem Gericht eine blöde Fotze nennst.« Tony beugte sich vor und sprach leiser weiter. »Die Frau ist ein Profi, Sam, und sie macht ihre Arbeit gut.«

»Ein Profi. Sie haßt mich, verdammt noch mal.«

»Warum sollte sie nicht?« fuhr Tony ihn an. »Laß das nicht dein Problem sein, sonst machen die Geschworenen es zu ihrem.« Tony machte eine dramatische Pause und blickte in Sams klare blaue Augen. »Es geht hier nicht um Stella Marz, sondern um Marcie Calder. Was ihr geschehen ist, tut dir nicht annähernd leid genug, Sam, und das kannst du verstehen, wie du willst. Weil du so beschäftigt damit bist, Stella zu hassen, daß selbst mir langsam Zweifel kommen.«

Sam lehnte sich zurück. »Sie demütigt mich.«

»Demütigung ist hier der Eintrittspreis. Deine Aufgabe ist es, darauf zu achten, daß es der einzige Preis bleibt.« Tony hielt inne, setzte sich auf den Stuhl gegenüber von Sam und stellte die Tüte mit den Sandwiches auf den Tisch. »Laß mich dir das Spiel erklären. Stella demontiert nicht nur deine Angaben zur Uhrzeit. Du läßt die Geschworenen sehen, wie sauer du auf die Frau bist, und genau das will sie. Jedesmal, wenn deine Wut aufblitzt, stellt sich einer der Geschworenen vor, wie du mit einem blutigen Stein auf Marcie Calders Schädel einschlägst.« Tony hielt inne und fuhr leiser fort: »Vielleicht hat sie dich durch ihre Schwangerschaft beleidigt, denken sie. Vielleicht hat sie gedroht, es jemandem zu erzählen.«

Sam riß die Augen auf. »Was willst du sagen?«

Tony atmete tief ein. »Ich möchte, daß du jedesmal, wenn du wütend auf Stella wirst, an Marcie denkst und wie ungeheuer leid es dir tut.«

Sam starrte ihn an. »Ich habe sie nicht getötet, Tony.«

Einen Moment lang schwieg Tony. »Ich habe Alison auch nicht getötet«, erwiderte er dann. »Trotzdem hat es in den letzten achtundzwanzig Jahren keinen einzigen Tag gegeben, an dem es mir nicht leid getan hat, daß sie tot ist. Wenn du dieses Gefühl nicht aufbringen kannst, und zwar binnen einer guten Stunde, wirst du deine nächsten achtundzwanzig Jahre im Gefängnis verbringen.«

Sam öffnete den Mund, sagte jedoch nichts. Er wirkte auf einmal ausgepumpt und entmutigt, und sein Nicken kam mit einiger Verspätung. In seinem Gesicht stand nackte Angst.

Ihnen blieb noch eine Stunde. »Also gut«, sagte Tony. »Erst essen wir einen Happen. Dann können wir darüber reden, was Stella vorhat.«

Als Sam Robb den Zeugenstand wieder betrat, wirkte er ruhig und gefaßt.

»Was geschah, nachdem Sie sich angezogen hatten?« fragte Stella ihn.

Sam sah sie nachdenklich an, als versuche er, sich zu erinnern. »Als nächstes«, sagte er schließlich, »hat Marcie mir gesagt, daß sie mich heiraten wollte.«

»Sie ist einfach so damit rausgeplatzt?«

Sam nickte. »Ich glaube, die Scheinwerfer hatten auch ihr einen Schrecken eingejagt. Und der Gedanke muß sie beschäftigt haben.«

»Wie haben Sie darauf reagiert?«

Sam schüttelte verwundert den Kopf. »Ich war vollkommen perplex. Schockiert. Daran erinnere ich mich besonders, aber ich weiß, daß ich mich auch schuldig gefühlt habe.«

»Also haben Sie Marcie erklärt, daß Sie sich nicht mehr mit ihr treffen könnten.«

Sam legte den Kopf zur Seite. »Wie ich Mr. Lord schon erzählt habe, war es ein wenig mehr als das. Ich erwähnte Sue und daß es für Marcie nicht richtig wäre. Es klang hohl, und ich nehme an, das war es auch.«

»Wie hat Marcie reagiert?«

»Empört«, sagte Sam. »So hatte ich sie noch nie erlebt. Ich bin sicher, das lag daran, daß sie von dem Baby wußte.«

»Wie lange hat dieses Gespräch gedauert?«

»Nicht lange. Ich würde sagen, ein paar Minuten.«

»Ein paar Minuten?« Stella sah ihn ungläubig an. »Zwei Minuten, in denen Marcie Sie gefragt hat, ob Sie sie heiraten würden, worauf Sie von Ihrer Frau, Ihren fünfundzwanzig Ehejahren und all den Gründen gesprochen haben, warum Marcie ihr Leben nicht für Sie wegwerfen sollte?«

Sam legte den Finger auf die Lippen. »Vielleicht hat es auch ein wenig länger gedauert«, sagte er schließlich. »Vielleicht waren es vier oder fünf Minuten. Aber wir waren beide aus unterschiedlichen Gründen aufgewühlt. Ich meine, wenn Menschen sich streiten, werfen sie sich die Dinge einfach wahllos an den Kopf, ohne lange darüber nachzudenken.«

Saul beobachtete Sam mit wacher Aufmerksamkeit. »Was hast du mit ihm gemacht?« murmelte er. »Ihn unter Beruhigungsmittel gesetzt?« Auch Stella bedachte Sam mit einem musternden Blick und lächelte dann so dünn und skeptisch, daß von einem Lächeln kaum die Rede sein konnte. Doch Sam benahm sich, wie Tony es ihm befohlen hatte, und er konnte nur hoffen, daß sein Mandant es nicht übertrieb.

»Da sitzen Sie nun zu Tode erschreckt«, sagte Stella, »der stellvertretende Direktor der Lake City High School, in einem Auto mit einer Sechzehnjährigen, die Sie Ihren Job, Ihre Karriere, Ihre Ehe und Ihre Familie kosten könnte, und sie ist furchtbar erregt und wütend auf Sie, richtig?«

»Richtig.«

»Und Sie konnten nicht noch ein paar Augenblicke entbehren, um sie ein wenig zu beruhigen?«

Sam zuckte hilflos die Achseln. »Sie war so schnell aus meinem Wagen.«

»Sind Sie ihr nicht gefolgt, Mr. Robb? Um sich zu vergewissern, daß sie nichts Überstürztes tut?«

Sam blickte zu Boden. »Ich hatte Angst, gesehen zu werden.«

»Haben Sie sich gar keine Sorgen gemacht, daß sie es jemandem erzählen könnte?«

»Ich weiß nicht.«

»Sie wissen es nicht? Wie Sie selbst zugegeben haben, standen Sie am Rand einer Katastrophe, weswegen Sie, wie Sie sagen, alle belogen haben. Und trotzdem ist es Ihnen nie in den Sinn gekommen, daß Sie durch Ihre Zurückweisung von Marcie Calder, und so hat es sich doch Ihren Angaben zufolge abgespielt, eben jene Katastrophe erst heraufbeschwören könnten?«

Sam schwieg eine Weile. Angespannt beobachtete Tony, daß die Geschworenen Sam erwartungsvoll ansahen. »Ich dachte, daß sie mir das nicht antun würde«, murmelte er verlegen. »Wirklich.«

»Moment mal, Mr. Robb. Die Marcie Calder, die Sie beschreiben, war impulsiv genug, Sie in Ihrem Büro oral zu befriedigen, und Ihnen kam nie der Gedanke, daß dieses impulsive, aggressive, wütende Mädchen jemandem erzählen könnte, daß Sie mit ihr geschlafen haben?«

»Ich habe ihr vertraut.« Sam hielt inne und schloß kurz die Augen. »Und zu Recht. Ich höre Zeuge auf Zeuge in diesem Prozeß, und sie hat es keiner Menschenseele erzählt.« Sams Stimme brach, und zu Tonys Überraschung schimmerten Tränen in den Augen seines Mandanten, als wäre er spontan gerührt von Marcies Loyalität.

Stella starrte ihn an. »Sie sind ihr also nicht nachgelaufen?«

»Nein.« Sam fuhr sich mit der Hand über die Augen. »Ich wollte. Aber ich hatte, wie gesagt, Angst, gesehen zu werden.«

»Wenn Sie solche Angst hatten, gesehen zu werden, Mr. Robb, warum waren Sie dann überhaupt auf dem Parkplatz?«

Sam blinzelte. »Wir wollten bloß reden.«

»Nun, Sie haben aber nicht bloß geredet, oder?«

»Nein.«

»Sie haben einen Analverkehr vollzogen, der, wenn Ihre Geschichte stimmt, jeden Moment von jemandem, der neben Ihnen parkte, hätte gestört werden können?«

Sam zögerte. »Ich habe, wie gesagt, den Kopf verloren.«

»So sehr, daß Sie Analverkehr mit einem Teenager an einem halböffentlichen Ort hatten? Obwohl Ihr Geschlechtsverkehr vorher noch vor Blicken geschützt in einem Schlafsack stattgefunden hat?«

Sam griff nach dem Wasserglas und wandte den Blick ab. »Ja.«

»Nein«, fauchte Stella. »Weil Sie nämlich gar nicht auf dem Parkplatz waren, oder? Sie haben in einem ganz anderen Teil des Taylor-Parks unter irgendwelchen Bäumen geparkt, wo Sie niemand sehen konnte.«

Sam stellte das Wasserglas langsam wieder ab und starrte Stella Marz an. »Nein«, sagte er. »Wir waren auf dem Parkplatz.«

»Unsinn. Niemand hat Sie an jenem Abend auf dem Parkplatz gesehen, und Sie haben auch keine Scheinwerfer gesehen. Es war niemand da, der Sie daran gehindert hätte, aus dem Wagen zu steigen, nicht wahr?«

Verblüfft sahen die Geschworenen Sam erröten. »Doch.«

Stellas Stimme schwoll vor Zorn an. »Also sind Sie aus dem Wagen gestiegen und Marcie Calder nachgelaufen. Und als Sie sie eingeholt hatten, haben Sie sie mit einem Stein erschlagen und dann den Stein und Marcies Leiche über die Klippe geworfen.«

Sam packte die Lehnen des Zeugenstuhls. Tony wartete angespannt. »Nein, das habe ich nicht.« Sam bemühte sich, seine Stimme ruhig zu halten. »Deswegen bin ich ja auch zur Polizei gegangen.«

»Sind Sie nicht vielmehr deswegen zur Polizei gegangen, weil

Sie – nachdem Sie Marcie ermordet hatten und gerade wegfahren wollten – tatsächlich einen Wagen gesehen haben? Und hat der Sie nicht so erschreckt, daß Sie versucht haben, sich eine Geschichte zurechtzulegen?«

»Nein.«

»Und jedesmal, wenn sich die Fakten änderten, wie etwa nach Bekanntwerden von Marcies Schwangerschaft, änderte sich auch Ihre Geschichte. Ist es nicht so gewesen, Mr. Robb?«

»Nein«, erwiderte Sam gepreßt. »So ist es nicht gewesen.«

Stella hielt inne und schaute Sam zutiefst ungläubig an. »Also gut«, sagte sie. »Dann lassen Sie uns noch eine Weile bei Ihrer Version bleiben. Nachdem Sie den Wagen gesehen haben, hatten Sie solche Angst, daß Sie nur noch weg wollten?«

Sam atmete tief durch. »Ja. Das ist richtig.«

»Warum sind Sie nicht einfach nach Hause gefahren?«

Sam biß sich auf die Lippe. »Ich war aufgewühlt.«

»Weswegen? Haben Sie sich gefragt, wie Sie die blutigen Kleidungsstücke und Schuhe loswerden konnten, bevor jemand Sie sah?«

»Nein.«

»Sind Sie nicht deswegen zur High-School gefahren? Weil Sie noch einen Satz Sportkleidung in Ihrem Spind hatten?«

»Einspruch!« sagte Tony, und seine Anspannung machte sich in Wut Luft. »Wir haben Miss Marz einen gewissen Spielraum konzediert. Aber diese Fragen sind durch keinerlei Indizien begründet. Miss Marz bietet uns ohne einen Fetzen Beweismaterial ihre eigene Geschichte an. Alles ausschließlich, um die Geschworenen zu beeinflussen.«

Karoly nickte und wandte sich an Stella: »Ich werde diesem Einspruch stattgeben. Sie haben Ihren Punkt gemacht.«

Tony nahm rasch wieder Platz. »Aber eine ziemlich gute Geschichte«, murmelte Saul.

Stella setzte ihr Kreuzverhör fort. »Sagen Sie, Mr. Robb, können Sie sich noch an die Tennisschuhe erinnern, die Sie der Polizei gegeben haben?«

Sam zögerte. »Ja.«

»Sie waren brandneu, nicht wahr? Nie getragen.«

»Nur an diesem Abend, Miss Marz«, erwiderte Sam kühl. »Die Schule hat für ihre Sportlehrer einen Vertrag mit Reebok. Sie schicken uns regelmäßig neue Modelle, damit wir nicht in alten Schuhen rumlaufen.«

Stella trat näher an den Zeugenstand. »Auf eins können wir uns aber doch einigen, oder nicht? Sie sind zur High-School gefahren, um Beweismaterial zu vernichten.«

»Nein.«

»Aber Sie haben doch das Kondom weggeworfen, oder? Weil es ein Beweis Ihrer Affäre war?«

»Ja.«

Stella stemmte die Hände in die Hüften. »War Marcie Calders Baby nicht auch ein Beweis Ihrer Affäre?«

Sam sah zu ihr hoch und sagte leise: »Ich wußte nichts von dem Baby, Miss Marz. Warum hätte ich sonst zur Polizei gehen sollen?«

Stella sah ihn schräg von der Seite an. »Was wußten Sie vor diesem Prozeß über DNA-Analysen?«

»Ich weiß nicht…« Sam hielt scheinbar verwundert inne. »Ein bißchen was aus dem Simpson-Fall, nehme ich an. Daß man Blut identifizieren kann.«

»Wußten Sie, daß man mittels Analyse von fötalem Gewebe auch eine Vaterschaft feststellen kann?«

Die Ernährungswissenschaftlerin auf der Geschworenenbank runzelte ebenso die Stirn wie Sam im Zeugenstand. »Vermutlich schon. Aber ich bin mir nicht ganz sicher.«

»Waren Sie nicht überrascht, als die Tests ergaben, daß das Baby von Ihnen war?«

Sam blickte zu Boden. »Daß sie überhaupt schwanger war, hat mich überrascht, die Tests an sich nicht. Ich meine, ich wußte, daß es meins sein mußte.«

Tony schaute ihn schweigend an.

»Und sie glauben, es ist von mir?« hatte Sam ihn gefragt.

»Sie sind sich sogar sicher. Das läßt sich heutzutage auch mit DNA-Tests nachweisen. Ich nehme an, das wußtest du nicht ...«

Stella betrachtete Sam abschätzend. »Sagen Sie, Mr. Robb, glauben Sie, daß ein Fötus ein Leben ist?«

»Ja, das glaube ich.«

»Marcie auch?«

Sams Augen wurden schmal. »Ich weiß es wirklich nicht.«

»Sie wußten nicht, daß Marcie eine praktizierende Katholikin war, die glaubte, daß Abtreibung eine Todsünde ist?«

»Ich meine, ich wußte, daß sie katholisch war. Wir haben bloß nie über Abtreibung gesprochen.«

»Sie wußten, daß Marcie Calder katholisch war, Sie haben mit ihr geschlafen, und Sie haben nie darüber geredet, was passieren würde, wenn Marcie schwanger werden würde?«

»Nein, das haben wir nicht.«

»Nicht einmal, nachdem das Kondom geplatzt war?«

Sam rutschte verlegen auf seinem Stuhl hin und her. »Ich meine, wir haben darüber geredet, was zu tun war. Sie hat sich ein Diaphragma besorgt.«

»Weil es für Sie eine Katastrophe gewesen wäre, wenn Marcie schwanger geworden wäre, richtig?«

»Ja, das wäre es.« Sam blickte auf und fügte leise hinzu: »Das war es. Zusätzlich zu allem anderen.«

Stella beobachtete ihn, es hatte ihr zum erstenmal die Sprache verschlagen. Daß er geholfen hatte, Sam zu einem besseren Zeugen zu machen, erfüllte Tony mit einem Unbehagen, das von Minute zu Minute wuchs.

»Nun gut«, sagte Stella. »Sie haben ausgesagt, Sie wünschten, Marcie Calder hätte Ihnen gesagt, daß sie schwanger war.«

»Ja.«

»Was hätten Sie denn getan, Mr. Robb? Eine Abtreibung vorgeschlagen?«

»Vielleicht.«

»Und wenn sie sich geweigert hätte?«

Sam schüttelte langsam den Kopf. »Ich weiß es nicht«, antwortete er schließlich. »Ihr mit dem Baby geholfen, nehme ich an ...«

»Aber das hätte Sie ruiniert, oder? Es hätte Ihre Karriere, Ihren Ruf und wahrscheinlich auch Ihre Ehe zerstört.«

Sam wischte sich über die Stirn. »Vermutlich schon, Miss Marz.«

»Aber das ist nicht die Wahl, die Sie getroffen haben, oder?« Stellas Stimme war jetzt ganz leise. »Das Baby mußte sterben, und deshalb mußte auch Marcie Calder sterben. Weil das die einzige Wahl war, die Sie ihr gelassen haben.«

Wieder standen Tränen in Sams Augen. Scheinbar ohne etwas erkennen zu können, suchten seine Blicke Sue. »Nein«, sagte er leise, wie an sie gewandt. »Trotz allem anderen, was ich getan habe, so bin ich nicht.«

Stella betrachtete ihn und schüttelte langsam den Kopf. Zu Karoly sagte sie schlicht: »Ich glaube, ich habe genug gehört von Mr. Robb.«

Tony stand auf und sah Sam wieder an. Konzentriere dich einfach, sagte er sich, wie ein Anwalt. Doch er empfand eine tiefe innere Leere.

»Wir haben in diesem Verfahren von mehreren Zeugen gehört, daß das menschliche Leben für Marcie Calder etwas Kostbares war«, begann Tony. »Ist es Ihnen auch kostbar?«

Sam nickte langsam. »Ja, das ist es.«

»Auch Marcie Calders Leben?«

»Vor allem Marcie Calders Leben.«

»Warum?«

»Weil ich stolz auf sie war, als Trainer. Und weil ich ihr nähergekommen bin. Weil sie eine schöne junge Frau war, die noch so viel Gutes vor sich hatte – eine Ehe, eine Familie. All die Dinge, die ich gehabt und vielleicht verloren habe.« Sam schluckte. »Denn auch wenn ich alles verraten habe, wofür ich stand, habe ich doch mein ganzes Berufsleben der Arbeit mit Jugendlichen wie Marcie gewidmet.«

Trag bloß nicht zu dick auf, dachte Tony. Er steckte die Hände in die Hosentaschen. »Und als Sie zur Polizei gegangen sind, Mr. Robb, haben Sie da wirklich geglaubt, Sie würden keinen Ärger bekommen?«

»Nein. Es war eine Entscheidung des Gewissens. Entweder würde ich wieder der Mensch werden, der ich einmal war, oder das Schlechte würde mein Leben bestimmen. Von all meinen Taten war der Gang zur Polizei die einzige, die mir eine gewisse Selbstachtung läßt.« Er hielt inne und fügte noch leiser hinzu. »Ich würde es noch einmal tun, wenn man sie lebend finden könnte.«

Sams Stimme brach, und er verlor mit einemmal unvermittelt die Fassung. Er blickte in den Gerichtssaal, und Tränen strömten über sein Gesicht.

»Wir sind jetzt fertig«, sagte Tony leise und setzte sich.

Als er zu Sue blickte, war deren Gesicht starr und ausdruckslos, während Stella Sam mit schmalen Augen beobachtete.

Schließlich erhob Sam sich unsicher und blickte zögernd zu Sue. Dann ging er quer durch den Gerichtssaal auf Tony zu, legte seinen Arm um dessen Schulter, während ihm erneut Tränen in die Augen schossen, wie an jenem Frühlingstag vor siebenundzwanzig Jahren, als er eine Trophäe in der Hand gehalten und Beifall sie beide umrauscht hatte.

»Wir sind noch immer ein Team«, flüsterte Sam heiser. »Noch immer ein Team.«

VIERUNDZWANZIG

Wenige Minuten, nachdem Tony das Ende seines Beweisvortrags erklärt hatte, verzichtete auch Stella Marz auf weitere Gegenzeugen.

»Nun gut«, sagte Karoly. »Dann hören wir morgen die Schlußplädoyers. Neun Uhr.«

Als sich der Gerichtssaal leerte, bemerkte Saul zu Tony: »Kein Ernie.«

Tony nickte. »Das bedeutet, daß er für die Zeit zwischen zwanzig Uhr dreißig und zweiundzwanzig Uhr achtzehn noch immer kein Alibi hat. Und Stella hat sich bestimmt überlegt, daß es ohne diesen Beweis nur unserer Verteidigung nützen würde, wenn sie ihn noch einmal erklären läßt, daß er Marcie nicht getötet hat.«

Saul blickte zu Sam. »Mag sein«, sagte er, und Tony verstand sofort. Sauls Ansicht nach hatte Stella beschlossen, ein letztes Mal vor die Geschworenen zu treten, solange sie Sams Zeugenaussage noch frisch im Gedächtnis hatten. Als er den Geschworenen nachsah, wie sie den Gerichtssaal verließen, wußte er nicht, was Sam mit seiner Aussage gewonnen oder verloren hatte.

Sam selbst saß benommen und leeren Blicks da, als stünde er unter Schock. Vielleicht ist es die Erschöpfung, dachte Tony, oder der vollkommene Verlust seiner Würde, der die Person, die ihn erlitten hat, von all denen trennte, die dabei zugesehen hatten. Vielleicht war es auch Sams endgültige, niederschmetternde Einsicht in das, was aus seinem Leben geworden war. Doch der Gedanke, der Tony am meisten beunruhigte, war die Möglichkeit, daß diese Benommenheit eine weitere berechnende Maske war, mit der Sam ein perverses Triumphgefühl verschleierte.

Sanft tippte er Sam auf die Schulter. »Laß uns gehen.«

Sam blickte auf und lächelte matt: »Danke für deine Hilfe«, sagte er. »Egal, wie schlimm es war, ich mußte es tun.«

Tonys Schweigen war wie ein Echo seines Unbehagens. Gemeinsam wandten sie sich Sue zu. Sie sah nicht Sam, sondern Tony an. Bevor er ihren Blick deuten konnte, zuckte sie zusammen, und Tony nahm aus dem Augenwinkel eine hektische Bewegung wahr.

Frank Calder kam quer durch den Gerichtssaal auf Sam zu, sein hochrotes Gesicht war haßverzerrt. Sam sah ihn mit dumpfem Erstaunen an, ohne irgendwelche Anstalten zu machen, sich zu wehren.

»Sie Abschaum«, zischte Calder. Als er die Faust hob, rührte Sam sich nicht.

Tony trat zwischen sie, packte Calders Arm und riß ihn zur Seite. Ihre Gesichter waren nur Zentimeter voneinander entfernt, Tony konnte den Schmerz in Frank Calders Gesicht sehen und seinen Atem spüren. Hinter ihm kam ein Hilfssheriff hinzugeeilt.

»Sie«, brach es aus Frank Calder hervor, »Sie sind genauso schlimm wie er.«

Tony ließ Calders Arm los. Der Haß erschien ihm uralt und von einer reptilienartigen Intensität, die schon immer dagewesen sein mußte. Doch Tony empfand vor allem Mitleid mit dem Mann für das, was er hatte mitanhören müssen und nie verstehen würde.

»Es tut mir leid«, sagte Tony, bevor der Hilfssheriff Calders Arm packte und Marcies Vater zurück zu seiner Frau führte. Nancy Calder stand da, ihr Gesicht voller Trauer und Entfremdung von ihrem Mann. Sie konnte ihn kaum ansehen.

»Mein Gott«, flüsterte Sam beinahe ehrfürchtig vor der verheerenden Zerrüttung dieses Menschen.

»Sie werden es nie schaffen«, murmelte Tony. »Ihnen ist ebenfalls der Prozeß gemacht worden.«

Dann bemerkte er Sue. Sie berührte seine Hand, bevor sie tonlos zu Sam sagte: »Wir sollten besser gehen.«

Sue nahm Sams Arm und ging zur Tür, wo zwei Hilfssheriffs darauf warteten, sie nach draußen zu führen. Als Sam sich ihr zuwandte und leise auf sie einredete, sah sie ihn nicht an.

An jenem Abend versuchte Tony, alle anderen Gedanken zu verdrängen und sich auf sein Schlußplädoyer zu konzentrieren. Er hatte es bereits vor dem Prozeß skizziert. Kaum etwas mußte geändert werden, weil ihn kaum etwas überrascht hatte, ein Zeichen seiner professionellen Routine.

Tony lag auf dem Bett und legte seinen Notizblock aus der Hand. Er war seit zwanzig Jahren ein guter und engagierter Strafverteidiger, doch heute abend beneidete er Stella Marz darum, daß sie ihren öffentlichen Auftrag mit ihren privaten Überzeugungen in Einklang bringen konnte.

Tony nahm seinen Block wieder zur Hand und begann, sich Notizen zu machen, als es an der Tür klopfte.

Wenn er überhaupt irgend jemanden erwartet hatte, dann Sue. Er öffnete die Tür und schwankte zwischen Sorge und Neugier, als Ernie Nixon vor ihm stand.

»Willst du mich nicht hereinbitten?« fragte Ernie.

Tony nickte und trat zur Seite.

Ernie durchquerte das Zimmer und setzte sich auf den Stuhl, auf dem vor einer Woche Sue gesessen und in Reisezeitschriften geblättert hatte. Ernies schmale Gestalt wirkte angespannt.

Tony steckte die Hände in die Hosentaschen und beobachtete ihn: »Was kann ich für dich tun?«

Obwohl Ernies Blick ruhig wirkte, spürte Tony, daß sein Besucher um Selbstbeherrschung rang. »Jetzt nicht mehr viel, Tony. Nicht viel, nachdem die Hälfte der Eltern, die früher ihre Kinder zu mir geschickt haben, sie nicht mehr kommen lassen. Du kannst nur noch meine Neugier befriedigen.« Ernie machte eine Pause, sein schmallippiges Lächeln war eine Grimasse unterdrückter Wut. »Glaubst du wirklich, daß ich dieses Mädchen getötet habe, Tony? Oder hast du nur die Rassenkarte gespielt, wie man so sagt?«

Tony zwang sich, ruhig zu erscheinen. »Welchen Unterschied würde das machen?«

»Ich wüßte nur gern, warum ich all das durchmachen muß. Und du bist der einzige, der es weiß.«

»Nein«, gab Tony zurück. »Du bist es. Ich weiß nur, daß du dich nicht immer von deinem gesunden Menschenverstand hast leiten lassen und kein Alibi aufweisen kannst.«

Das bittere Lächeln verblaßte ganz. »Aber was glaubst du, Tony? Hast du feuchte Hände, weil du mit einem Mörder in einem Hotelzimmer sitzt, der allen Grund hat, dich zu hassen? Vielleicht denkst du auch bloß, daß ich mit ihr geschlafen habe oder in der Gegend rumrenne und Frauen schlage? Oder war das alles nur ein weiterer Witz zwischen dir und deinem Kumpel Sam?«

Einen Moment lang fragte Tony sich, ob das Ganze ein Trick war, entweder auf Ernies eigene Initiative hin oder in Absprache mit Stella. Doch dann sah er den Ernie, den er mit siebzehn gekannt hatte, verletzlich, aber beherrscht, und wieder empfand er seine eigene Schuld. Ihm blieb nur eine ehrliche Antwort.

»Also gut«, sagte Tony schließlich. »Glaube ich, daß du Marcie getötet hast? Nein. Glaube ich, daß du mit ihr geschlafen hast? Wahrscheinlich nicht, obwohl genug Spielraum für Spekulationen bleibt. Hattest du eine emotionale Beziehung zu ihr? Und ob. Und wenn du glaubst, daß mir irgendwas von all dem Spaß macht, mußt du verrückt sein.

Ich weiß nur, daß Sam Robb eines Mordes angeklagt ist, den auch du hättest begehen können, aus Eifersucht oder Wut, und ich weiß, daß du die Wahrheit darüber, wann und wie du dich mit Marcie Calder getroffen hast, verschleiern wolltest. Wahrscheinlich hast du dich keines anderen Vergehens schuldig gemacht als menschlicher Schwäche. Aber ich weiß nicht mit Sicherheit, ob das alles war, und deshalb darf ich Vermutungen anstellen.

Aber da du mich ohnehin schon haßt, werde ich dir noch etwas mit auf den Heimweg geben. Ja, ich war mir jederzeit vollkommen bewußt darüber, daß einige der Geschworenen eher bereit sind, einen Schwarzen als Verdächtigen zu akzeptieren. Und als ich wiederholt habe, was deine Frau zu dir gesagt hat, habe ich versucht, diese Gefühle zu mobilisieren. Vielleicht verhilft es Sam Robb sogar zu einem Freispruch. Aber Dee *hat* es gesagt, und du *hast* sie geschlagen.«

Ernie starrte ihn an. »Weißt du, was das Schlimmste an dir ist?« meinte er schließlich. »Du glaubst an gar nichts. Du glaubst nicht, daß dein Mandant unschuldig ist, und du glaubst nicht, daß ich schuldig bin. Du bist nicht mal ein verbohrter Rassist. Du bist nur jemand, den man kauft, damit er die Drecksarbeit erledigt. Und du hast dich an Alison Taylor erinnert und an das, was damals für dich funktioniert hat.«

Tony wußte, daß das nur die halbe Wahrheit war, doch er hatte keine Lust, sich weiter zu rechtfertigen. »Nachdem du mich jetzt durchschaut hast, kannst du ja nach Hause gehen«, sagte er.

Ernie rührte sich nicht. »Welches Zuhause, Tony? Welches Zuhause?«

Tony erwiderte nichts. In dem Maß, in dem der Widerstand seines Gegenübers nachließ, schien auch Ernies Wut abzuebben. Was blieb, war ein verletzter, einsamer Mann, dessen Anblick Tony einen Stich versetzte. Er selbst hatte Ernie um Sams willen vielleicht ein genauso großes Unrecht angetan wie die Polizei von Lake City damals ihm selbst.

Ernie erhob sich langsam und blieb zwei Schritte vor Tony noch einmal stehen. »Weißt du, was für mich bei all dem das Schlimmste ist?« fragte Ernie leise. »Marcie Calder gekannt zu haben und zu wissen, daß Sam Robb sie getötet hat.« Er machte eine Pause und schloß dann: »Das wünsche ich dir, Tony, daß du das auch erkennst. Obwohl du vielleicht ganz prima damit leben kannst. Für dich geht es immer nur ums Gewissen, nicht wahr?«

Als Tony schwieg, schüttelte Ernie langsam den Kopf und ging.

FÜNFUNDZWANZIG

Stella sah jeden der Geschworenen einzeln an und begann mit leiser Verachtung in der Stimme: »Dies ist der Prozeß eines geübten, wenn nicht versierten Lügners, der ein sechzehnjähriges Mädchen ermordet hat, weil Lügen ihn nicht mehr schützen konnte. Und jetzt verlangt er von Ihnen, seine Lügen zu glauben.«

Stella machte eine Pause, die Geschworenen hingen an ihren Lippen. Zwei Wochen lang hatte man ihnen Zeugen und Indizien präsentiert, jetzt würde Stella zusammenfassen, was sie gehört hatten. Die Kosmetikerin saß reglos da, die Fingerspitzen wie zum Gebet zusammengelegt. Sam Robb saß neben Tony und hörte mit ausdrucksloser Miene zu, wie Tony es ihm aufgetragen hatte.

»Dies ist kein einfacher Mord«, fuhr Stella fort, »sondern ein Doppelmord. Der Mord an einem ungeborenen Kind für das ›Verbrechen‹ seiner Empfängnis und an einem jungen Mädchen, das seine Mutter ist, für das jahrhundertealte ›Verbrechen‹ jeder werdenden Mutter, die das in sich wachsende Leben spürt und liebt.

Daß es sich um einen Mord handelt, steht außer Frage. Die Fußspuren auf der Klippe, wo man Marcie gefunden hat, die Schleifspuren, die ihre Zehen hinterlassen haben, die dreifache Fraktur ihres Schädels, der einzelne mit Blut und Haaren bedeckte Stein, die bei dem Sturz erlittenen postmortalen Verletzungen – jedes dieser Indizien spricht für sich für Mord, und in ihrer Gesamtheit ist die Beweislast erdrückend.

Welche positiven Indizien gibt es hingegen für einen Unfall oder Selbstmord? Gar keine. Weder am Tatort noch in Marcie Calders Leben. Denn es war die Verantwortung für das Leben ihres Kindes, die Marcie Calder an jenem Abend überhaupt in den Taylor-Park geführt hatte, um dort den Vater des Kindes zu treffen.

Und wer war das?« Stella drehte sich um und sah Sam direkt an. »Sam Robb. Auf seinem Weg bis zu diesem Moment und zu diesem Verbrechen hat er eine breite Spur von Lügen hinterlassen, gegenüber seiner Frau, Marcies Eltern, seinem Direktor und der Polizei.

Genauso wie sein Bericht über jenen tödlichen Abend jetzt von seltsamen Zufällen strotzt.

Es ist nur ein Zufall, daß sie allein an dem Ort waren, wo Marcie gestorben ist.

Es ist nur ein Zufall, daß sie von ihm schwanger war.

Es ist nur ein Zufall, daß ihr Blut in seinem Wagen und sein Fingerabdruck auf Marcies Uhr war.

Und so wie jede Lüge, bei der man ihn ertappt, sofort eine neue gebiert, so soll jetzt Sam Robbs Analverkehr mit Marcie Calder – so unglaublich es klingt – sein Alibi sein.« Stella richtete sich gerader auf und fuhr vernichtend fort: »Es war die Gerichtsmedizinerin und nicht Mr. Robb, die den Analverkehr enthüllte. Aber Mr. Robb hat praktisch wie immer aus der Notwendigkeit eine Tugend gemacht. Jetzt sind der Fingerabdruck und der Blutfleck auf einmal nicht mehr Indizien für einen Mord, sondern die Überbleibsel dessen, was nach Mr. Robbs Erzählungen der finale Liebesakt zwischen einer Minderjährigen und dem fünfundvierzigjährigen stellvertretenden Direktor ihrer Schule war, dessen Obhut sie anvertraut war.

Das erzählt Sam Robb Ihnen jetzt, jetzt, wo er gezwungen wurde, die beschämenden Dinge zuzugeben, die er Marcie Calder angetan hat. Ein Mädchen, das bis dahin eine gute Schülerin, treue Schwester, liebevolle Tochter und in jeder Beziehung unschuldig war.

›Ich mag ein Lügner sein‹, sagt Sam Robb jetzt. ›Aber glauben Sie mir, ich bin kein Mörder.‹

Sam Robb glauben? Dem Mann, der seine Frau belogen hat, mit der er seit fünfundzwanzig Jahren zusammenlebt und die er jeden Tag seiner Affäre mit Marcie Calder getäuscht hat?

Jeden Tag hat er Sue Robb in die Augen gesehen und gelogen, und er ist damit durchgekommen. Wenn er diese Frau, die ihn so gut kennt, täuschen kann, muß Sam Robb davon überzeugt sein, auch Sie täuschen zu können.« Stellas Stimme bebte vor Wut. »Und während er sich in Tränen, selbstgerechter Empörung und bodenlosem Selbstmitleid ergeht, fordert er Sie auf, auch noch Mitleid mit ihm zu haben.«

Tony warf einen verstohlenen Blick zu Sue. Sie schien so

stoisch wie die Geschworenen und hörte Stella Marz mit einem Gesichtsausdruck zu, der weniger leidend als vielmehr distanziert, ja beinahe neutral wirkte. Sam selbst hatte den Blick gesenkt und sah niemanden an.

»Fallen Sie nicht darauf herein«, forderte Stella mit unvermittelter Leidenschaft. »Dieser Mann ist ein Kriecher, Lügner und Betrüger, ein, wie er jetzt gezwungen wurde zuzugeben, Abgrund an moralischer Verworfenheit. Er hat das Gesetz gebrochen und Vertrauen mißbraucht, indem er ein minderjähriges Mädchen verführt und darüber gelogen hat, bis die Wahrheit ihn eingeholt hatte.

Er hat gelogen, um seinen Beruf, seine Stellung, seine Ehe und seinen Ruf zu retten. Und als Marcie Calder ihm erklärte, daß sie schwanger war, so daß Lügen nicht mehr weiterhelfen konnten, hat er sie ermordet. Ermordet aus denselben Gründen, aus denen er vorher gelogen hatte – um seine Stellung, seinen Beruf, seine Ehe und seinen Ruf zu retten.

Und jetzt hat er Sie natürlich auch darüber belogen.

Sam Robb hat zugegeben, im Laufe des Prozesses eine Menge über Kriminalistik und Pathologie gelernt zu haben.« Stella sah Sam erneut an, ihre Stimme war jetzt beißend vor Spott. »Er hat sogar gelernt, daß man mittels eines Thunfisch-Sandwiches feststellen kann, daß Marcie Calder um zehn Uhr wahrscheinlich schon tot war.

Deswegen behauptet Sam Robb jetzt, daß er den Park nicht erst, wie zunächst der Polizei gegenüber angegeben, um zehn, sondern schon um halb zehn verlassen hat. Nachdem er Marcie Calders Heiratsantrag nicht in dreißig, sondern angeblich in fünf Minuten zurückgewiesen hat – wodurch Marcies Tod zu einem weiteren traurigen Zufall wird.

Warum? Sam Robb schwört, daß Marcie, die immerhin drei Menschen, nämlich Dr. Nora Cox, Janice D'Abruzzi und Ernie Nixon, erzählt hat, an jenem Abend ihren Liebhaber treffen zu wollen, um ihn zu warnen, daß sie schwanger war, daß Marcie zu dieser Mitteilung einfach nicht gekommen ist.

Wie bequem für Mr. Robb! Denn wenn Sie das glauben, würde das Gespräch zwischen ihm und Marcie sehr viel weniger Zeit in Anspruch genommen haben, und Sam Robb wäre sein zwingendstes Tatmotiv los.

›Glauben Sie mir‹, fordert er Sie allen Ernstes auf, ›das Baby war bloß ein Vorwand, den sie gegenüber den anderen genannt hat. Was sie wirklich von mir wollte, war ein bißchen Analverkehr und vielleicht ein Verlobungsring.‹

Wenn Sie das glauben«, Stella machte eine Pause und wiederholte leise: »Wenn Sie das glauben, so Sam Robbs Kalkül, dann kann er Sie auch auffordern zu glauben, daß Marcie Calder von einem anderen getötet wurde.

Aber wenn nicht von Sam Robb, von wem dann?

Nun, von Ernie Nixon natürlich. Das ist doch ganz logisch. Mr. Nixon hat zwar kein glaubwürdiges Motiv. Niemand hat ihn im Park gesehen, und es gibt keinen Beweis dafür, daß er dort war. Er sagt, daß er nicht dort, sondern den ganzen Abend zu Hause war, und er kann beweisen, daß er um zweiundzwanzig Uhr achtzehn zu Hause war.

Ernie Nixon hat Ihnen keine Lügen erzählt. Wir wissen, wer er ist.« Stella drehte sich kurz zu Tony um. »Und wir wissen, was diese Verteidigung ist. Sie ist der abgefeimte Versuch, einen unschuldigen Mann mit Dreck zu bewerfen, um einen Lügner und Mörder zu retten.

Mr. Lord meint, die Polizei hätte Mr. Nixons Kleidung überprüfen müssen, weil Mr. Robb, dieser Ausbund an vollkommener Offenheit und umfassender Kooperationsbereitschaft, der Polizei die Kleidungsstücke gegeben hat, die er angeblich am Abend von Marcie Calders Tod getragen hat.

Nur fand sich an ihnen keine Spur von Marcie Calder«, fuhr Stella unvermittelt leise fort. »Kein Parfüm, keine Schminke, kein Haar – obwohl wir umgekehrt an Marcie Calders Sweatshirt Haare von Sam Robb gefunden haben. Und auch kein Blut – obwohl wir am Steuer von Sam Robbs Wagen welches festgestellt haben.« Stella machte eine Pause. »Nicht einmal

Blut an Mr. Robbs Unterhose, die ein vermeintlich blutiges Kondom bedeckt hat. Nichts, denn diese Kleidung, die er an jenem Abend nicht getragen hat, ist eine weitere von Sam Robbs Lügen.«

Stella trat näher an die Geschworenenbank. »Was an jenem Abend geschah, ist offensichtlich.

Sam Robb erfuhr, daß Marcie Calder schwanger war.

Marcie Calder weigerte sich, das Baby abtreiben zu lassen.

Deswegen nahm Sam Robb einen fünf Kilo schweren Stein und beendete mit drei Schlägen Marcie Calders Leben.

Er nahm das Leben des Kindes, das er verführt hatte, und das des Kindes, das er gezeugt hatte. Und dann log er zu allem, was mit Marcie Calder zusammenhing.

Vielleicht kam sein Plan, wenn man es so nennen will, ins Rollen, als Sam Robb erkannte, daß er die Kontrolle verloren hatte. Daß er Marcie Calder dieses eine Mal nicht nach Belieben verbiegen und benutzen konnte.

Aber das ist Plan genug. Denn man kann nicht einen Stein zur Hand nehmen und den Schädel eines Mädchens an drei verschiedenen Stellen zertrümmern, ohne zu wissen, daß sie sterben wird, obwohl sie nicht sterben will.

Das, meine Damen und Herren, ist der Mann, der sich hinter all diesen Lügen verstecken will – ein Mörder. Und als Mord allein nicht ausreichte, trat Sam Robb vor Sie hin, um das einzige zu beschmutzen, was er Marcies Eltern noch gelassen hatte: ihr Andenken.«

Tony sah, daß die Calders beide weinten. Sie berührten sich nicht.

»Ich fordere Sie auf, sorgen Sie für Gerechtigkeit«, schloß Stella schlicht. »Für Frank und Nancy Calder und für ihre Tochter Marcie, die nicht mehr selbst darum bitten kann.

Ich fordere Sie auf, befinden Sie Sam Robb des Mordes an Marcie Calder für schuldig.«

Mit gesenktem Blick ging Stella wie gedankenverloren an ihren Tisch zurück. Sam war blaß und stumm.

»Wird schon«, murmelte Tony Sam und sich selbst aufmunternd zu.

Als er sich erhob, warf sein Freund ihm ein flüchtiges, vertrauens- und erwartungsvolles Lächeln zu, dann wandte Tony sich an die Geschworenen und begann in ruhigen und gemessenen Sätzen zu sprechen.

»Miss Marz hat Sie aufgefordert, wider besseres Wissen etwas zu glauben«, begann er, »um anschließend einen Akt der Rache zu vollführen.

Sie sollen glauben, daß die Indizien jenseits jeden begründeten Zweifels beweisen, daß Sam Robb Marcie Calder ermordet hat, obwohl sie das nicht tun.

Und dann sollen Sie Rache nehmen an Sam Robb, indem Sie ihn des Mordes für schuldig befinden, nicht weil Sie wissen, daß er ein Mörder ist, sondern weil er eine Affäre mit einem minderjährigen Mädchen hatte, die er verheimlichen wollte.«

Die Kosmetikerin beobachtete Tony aufmerksam. »Für diese Sünde«, fuhr Tony fort, »hat Sam Robb bereits gebüßt und wird für den Rest seines Lebens weiter büßen – mit Schuld und Demütigung, mit dem Schaden, den seine Familie genommen hat, mit dem Verlust seines Berufs und seines Ansehens, mit dem Verlust des gesamten Lebens, das er bisher geführt hat. Sein Fehler – das Ausnutzen seiner Beziehung zu einer Schülerin – war in der Tat schrecklich. Und er wird einen schrecklichen Preis dafür bezahlen: lebenslänglich im wahrsten Sinne des Wortes.« Tony wußte, daß dieses Argument auf der Grenze zum Unstatthaften war. Als Stella sich nervös rührte, brachte er es rasch zum Abschluß. »Diese Strafe muß Sam Robb verbüßen, egal, wohin er geht. Doch die Macht, ihn zusätzlich zu einem Leben hinter Gittern zu verurteilen, liegt allein in Ihren Händen, und Sie müssen gerecht handeln.

Betrachten Sie, wie es Ihre Pflicht ist, die Beweise der Anklage.«

Tony hielt inne und sah einen Moment lang das Bild des verletzten und wütenden Ernie Nixons vor sich. Dann zwang er sich weiterzusprechen. »Es gibt viele Männer mit der Schuhgröße elf, darunter auch Ernie Nixon.

Zwei Männer, die vor Sie getreten sind, konnten für die Zeit von Marcies Tod kein lückenloses Alibi vorweisen, und einer von ihnen ist Ernie Nixon.

Zwei Männer haben Fingerabdrücke auf Marcie Calders Uhr hinterlassen, und einer von ihnen ist wieder Ernie Nixon.

Es gibt zwei Erklärungen für den Blutfleck am Steuer von Sam Robbs Wagen: Eine ist unheilvoll, die andere – und viel wahrscheinlichere – ist es nicht.« Tony ließ seinen Blick über die Reihen der Geschworenen wandern, und seine Stimme wurde lauter und fester. »Aber dieser eine Blutfleck hat ausgereicht, um uns hier zu versammeln. Denn die Polizei hat Ernie Nixons Haus oder Wagen nie untersucht. Sie hat auch seine Geschichte nie überprüft. Sie dachte, sie hätte ihren Mann, obwohl es, wie wir erfahren haben, Mr. Nixons und nicht Mr. Robbs Vergangenheit ist, die eine gewalttätige Neigung gegenüber Frauen erkennen läßt.

Die Polizei hatte ihren Mann nicht und hat ihn bis heute nicht. Weder Mr. Nixon noch irgendwelche Durchreisende oder mögliche Wiederholungstäter wurden überprüft. Und so sorgfältig Detective Gregg und Dr. Micelli auch gearbeitet haben, sie können uns keinen Mörder präsentieren, nicht mit moralischer Gewißheit.

Jedes Indiz im Zusammenhang mit Marcie Calders Tod läßt sich auf verschiedenste Weise deuten. Auf der Grundlage dieser Beweise kann man ebenso vermuten, daß Sam Robb ein Mörder ist, wie auch, daß er vollkommen unschuldig ist. Die einzige Gewißheit ist die, daß Sie sich nie sicher sein können. Weil der Mörder – wenn es überhaupt einen Mörder gibt – auch ein anderer sein könnte.«

Tony streckte seine offene Hand aus und wies auf Sam. »Der einzige Mensch, der es weiß«, fuhr er leise fort, »ist Sam Robb. Sam Robb bestreitet nicht, Marcie Calder und ihrer Familie Unrecht getan zu haben. Die Schilderung, die er vor diesem Gericht gegeben hat, war keine angenehme, und es war ganz bestimmt auch für ihn nicht angenehm, sie zu geben. Sie endete mit einem weiteren Versagen – Marcie Calder rannte aufgewühlt vor dem Mann davon, der sie ihrer Ansicht nach benutzt und dann zurückgewiesen hatte. Doch Sam Robb hat Ihnen offen erklärt, daß er bezüglich des Verbrechens, das man ihm vorwirft, unschuldig ist. Er ist das unschuldige Opfer seiner eigenen verspäteten Gewissenstat, ohne die er jenseits allen begründeten Zweifels nicht hier sitzen und die Trümmer seines Lebens betrachten müßte.

Schauen Sie sich den Preis an, den er gezahlt hat«, sagte Tony und fügte ironisch hinzu. »Und dann schauen Sie sich an, was er gewonnen hat.

Um Sam Robb zu verurteilen, müßten Sie nicht nur entscheiden, daß Sie ihm kein Wort glauben, sondern auch, daß Marcie Calder nur so gestorben sein kann, wie sie in Miss Marz' Vorstellung gestorben ist. Sie müssen beispielsweise ihrer Alice-im-Wunderland-Logik folgen, nach der gerade die Tatsache, daß Sam Robbs Kleidung kein Indiz aufweist, seine Schuld beweist. Denn so sieht die Beweisführung der Anklage aus.

Wenn Sie sie akzeptieren, verurteilen Sie möglicherweise einen Mann, der bereits viel erleiden mußte, jedoch nichts im Vergleich zu dem, was er noch zu ertragen haben wird für ein Verbrechen, das er nicht begangen hat.«

Tony machte eine Pause und fuhr eindringlich fort: »Marcie Calders Tod ist eine Tragödie. Nichts kann diese Tragödie ungeschehen machen. Nichts kann uns Marcie wiederbringen, nichts diesen schrecklichen Verlust ausgleichen. Einen unschuldigen Mann dafür zu bestrafen, ist keine Wiedergutmachung.«

Tony hielt inne und spürte die Blicke der Geschworenen auf sich: »Das«, schloß er, »wäre vielmehr eine weitere Tragödie.«

Vierter Teil

SUE ROBB

Die Gegenwart

EINS

Tony wartete drei Tage darauf, daß die Geschworenen mit ihren Beratungen zum Ende kamen.

Am Ende jeden Tages rief er Sam an, um ihm zu berichten, daß es nichts Neues gab. Sam versuchte, Tony zunehmend nervös und ängstlich Spekulationen darüber zu entlocken, was das Verstreichen der Zeit zu bedeuten hatte, doch Tony konnte ihm nur sagen, daß der Fall den Geschworenen offenbar einiges Kopfzerbrechen bereitete. Im stillen vermutete er eine unentschiedene Jury und fragte sich besorgt, zu was das führen mochte.

Wenn Sue seine Anrufe entgegennahm, wirkte sie freundlich distanziert und ziemlich desinteressiert, sobald klar war, daß es nichts Neues gab. Tony unterdrückte seinen Impuls, sie in längere Gespräche zu verwickeln.

Statt dessen schlug er die Zeit tot, telefonierte mit Stacey und redigierte per Fax Christophers Bewerbungsschreiben für Harvard. San Francisco schien sehr weit weg, Lake City hingegen schrecklich real, als ob seine Vergangenheit gegenwärtig geworden wäre.

Am Ende des zweiten Tages rief er Stella Marz an. »Darf ich Sie auf einen Drink einladen?« fragte er. »Ich leide unter Trennungsangst.«

Stella lachte verhalten und willigte ein, ihn in der Hotelbar zu treffen.

Die Bar war in einem plüschigen, pseudoviktorianischen Dekor gehalten und zur Hälfte von der üblichen Belegschaft deprimiert aussehender Geschäftsreisender gefüllt. Der Kellner stellte sich mit Namen vor, doch als er den Martini in einem Cognacschwenker servierte, verdrehte Tony die Augen.

»Sie sind wirklich ein Snob«, meinte Stella. »Dafür kosten die Drinks wenigstens nicht zehn Dollar.«

Tony lächelte. »Dann gehen sie auf mich«, sagte er und stieß mit seinem Schwenker an Stellas Weinglas. »Gute Arbeit. Das wollte ich Ihnen noch sagen.«

Stella sah ihn amüsiert und leicht skeptisch an. »Danke, gleichfalls. Und wo wir jetzt wieder so gute Freunde sind, hoffen Sie, daß ich Ihrem anderen guten Freund Sam Robb nicht noch einmal den Prozeß machen werde, falls die Geschworenen zufälligerweise nicht zu einem einmütigen Urteil kommen sollten. Was für mich leichter zu schlucken ist, wenn sein Anwalt ein so höflicher, bescheidener Mann ist wie Sie.«

Tony lachte ertappt auf und fügte ernst hinzu: »Sie haben sich diesem Fall wirklich mit Herz und Seele verschrieben, was?«

»O ja.« Stella blickte nachdenklich auf den Tisch. »Er ist ein wirklich übler Typ, Ihr Freund. Ihn im Zeugenstand zu beobachten, hat mich in meiner Gewißheit nur noch bestärkt.« Sie sah Tony an. »Es ist ein schwerer Fall für die Anklage, das wußte ich von Anfang an. Aber ich glaube, als Sie ihn in den Zeugenstand gerufen haben, haben Sie mich wieder ins Spiel gebracht.«

Tony nippte an seinem Drink. »Es war nicht meine Idee«, bekannte er schließlich.

Stella nickte langsam, ohne den Blick von ihm zu wenden. »Das dachte ich mir.«

Tony stellte seinen Martini ab und sah sie direkt an. »Wenn Ihnen das irgendwie weiterhilft, Stella, ich weiß nichts, was definitiv für seine Schuld spricht. Was er vor zwei Tagen vor Gericht gesagt hat, könnte durchaus die Wahrheit sein.«

»Ja«, erwiderte sie ruhig. »Aber glauben Sie das?«

Sie erwartete keine Antwort. »Mir haben schon viele Leute gesagt«, entgegnete er schließlich, »daß ich an gar nichts glaube.«

Stella schüttelte den Kopf. »Nein, Sie glauben an etwas. Sie und ich glauben zum Teil an dieselben Sachen. Als ich mich durch mein Jurastudium geackert habe, habe ich mir immer gesagt, daß ich es nicht nur tue, um ein besseres Leben zu haben, sondern auch, um diese Stadt besser zu machen. Aber das war meine eigene Wahl. Als ich Sie angegriffen habe, weil Sie hier weggegangen sind, hatte ich die vielen Gründe vergessen, die Sie möglicherweise dafür hatten, angefangen mit dem, was Ihre Eltern sich für Sie erhofft haben. Meine Eltern haben sich nie etwas von mir erhofft, außer daß ich so werde wie sie. Sankt Stella, die Selbstgerechte, ist also meine eigene Erfindung.« Sie nahm ihr Weinglas und sah Tony über den Rand hinweg an. »Sie sind fair, Tony, und ich habe etwas gelernt. Ich habe Sie beobachtet, und der Prozeß ist genauso gelaufen, wie Sie es vorherberechnet hatten.«

Tony lächelte geschmeichelt. »Bis auf das Ende. Ich habe keine Ahnung, wie es aussehen wird.«

Stella leerte ihr Glas. »Vielleicht verliere ich diesen Fall«, sagte sie. »Vielleicht sollte ich ihn sogar verlieren. Aber, Gott weiß, ich will ihn nicht verlieren.«

Wenig später ging sie. Tony beobachtete, wie sie an der Tür der Bar stehenblieb, mit den Fingern ihr Haar zurückstrich und entschlossenen Schrittes durch die Drehtür verschwand. Tony dachte an seinen Mandanten und hoffte, daß Stella nicht gezwungen sein würde, ihn für einen Sieg zu bewundern.

Am nächsten Tag um halb elf erklärten die Geschworenen Richter Karoly, daß sie zu keinem einmütigen Urteil kommen konnten.

Die Kosmetikerin war zur Sprecherin gewählt worden. Die Ernährungswissenschaftlerin, mit der sie sich im Laufe des Verfahrens angefreundet zu haben schien, mied ihren Blick.

Saul stand neben Tony und flüsterte: »Unsere Sprecherin stimmt für die Verteidigung.«

»Das glaube ich auch«, flüsterte Tony zurück. Auch Stella musterte die Gesichter der Geschworenen, während Sam mit hängenden Schultern zu Boden starrte.

»Frau Sprecherin«, sagte Karoly, »können Sie uns das Stimmenverhältnis nennen, ohne zu verraten, zu wessen Gunsten die Geschworenen mehrheitlich entschieden haben?«

Die Kosmetikerin blickte verstohlen zu ihren Mitgeschworenen. »Neun zu drei.«

»Wie viele Abstimmungen haben Sie vorgenommen?«

»Vier, Euer Ehren. Das Ergebnis blieb unverändert.«

Karoly runzelte die Stirn. »Glauben Sie, daß Sie mit weiteren Beratungen zu einem einstimmigen Urteil kommen könnten?«

Die Kosmetikerin schüttelte den Kopf. »Die drei wollen nicht nachgeben.«

Tony blickte zu Stella, beide mußten im Bruchteil einer Sekunde eine Entscheidung treffen. Als Stella zögerte, traf Tony seine Wahl. »Darf ich zur Richterbank kommen, Euer Ehren?«

Als Karoly nickte, folgte Stella Tony, um sich außer Hörweite der Geschworenen gemeinsam mit Tony mit dem Richter zu beraten. »Dreitägige Beratungen sind für einen derart komplexen Fall nicht lang, Euer Ehren«, erklärte Tony. »Ich frage mich, ob es, um allen Seiten gerecht zu werden, nicht eine Möglichkeit gäbe, wie das Gericht den Geschworenen bei der Urteilsfindung behilflich sein könnte.«

Stella schüttelte den Kopf. »Ich finde, wir sollten die Geschworenen beim Wort nehmen. Sie kennen ihre Situation. So unbefriedigend es auch sein mag, daß es zu keinem Urteil kommt, so sehr bestünde doch, sollte man die Geschworenen zu weiteren Beratungen zwingen, die Gefahr, daß Druck auf einzelne Mitglieder der Jury ausgeübt wird und es zu einem ungerechten Urteil kommt.« Stella sah Tony an und fügte hinzu: »Wenn nötig, ist die Staatsanwaltschaft darauf vorbereitet, den Fall erneut zur Anklage zu bringen.«

Karoly zögerte einen Moment, bevor er sich den Geschworenen zuwandte. »Das Gericht möchte Ihnen für Ihre Dienste danken«, sagte er.

Das Ergebnis lautete neun zu drei für Freispruch. Als Tony beobachtete, wie die Geschworenen stumm und unzufrieden den Gerichtssaal verließen, klopfte er Sam auf die Schulter. Dann ging er auf die andere Seite des Gerichtssaals und gab Stella die Hand.

»Gut geraten«, sagte er.

Ihr flüchtiges, blasses Lächeln wirkte leicht verbittert und verbarg ihre Enttäuschung nicht. »Das haben Sie doch auch vermutet.« Sie hielt inne, blickte zu Sam Robb und sah dann wieder Tony an. »Kommen Sie morgen mittag in mein Büro. Nachdem ich ein bißchen Zeit gehabt habe, damit zu leben.«

Ohne eine Antwort abzuwarten, begann sie ihre Unterlagen einzupacken.

Als Tony an den Tisch der Verteidigung zurückkehrte, sprachen Sue und Saul leise mit Sam. »Ich werde versuchen, ein paar Geschworene zu erwischen«, erklärte Saul Tony. »Bevor Stella es tut. Herausfinden, was da drinnen los war.«

Tony nickte. »Danke.«

Er bemerkte, daß Stella schon verschwunden war.

Sam und Sue schwiegen, Sam hatte Sues Hand ergriffen, Sue wirkte steif, blaß und besorgt. Auf einmal spürte Tony, wie müde er war.

»Tut mir leid«, murmelte er. »Ich wollte gewinnen.«

Sam nickte langsam. »Das hätten wir auch fast, Alter. Wenigstens bin ich nicht im Gefängnis. Du hast getan, was du konntest.«

»Das hast du«, bestätigte Sue leidenschaftlich. »Alles.«

Hinter ihnen versammelten sich Reporter, die auf eine Erklärung von Tony oder auf die Gelegenheit warteten, an Sam und Sue heranzukommen. »Ich werde mit Stella reden«, sagte Tony. »Morgen.«

Er wandte sich um und blickte zu den Calders. Sie saßen wie erstarrt auf ihren Stühlen. Frank Calders Blick war leer und erschöpft, über Nancy Calders Gesicht rannen Tränen. Hinter ihnen lauerte ein Reporter, während ein Assistent aus Stellas Büro versuchte, das Ehepaar abzuschirmen.

Sue folgte Tonys Blick. Keiner sagte etwas.

Am Abend rief Saul an. Er hatte mit den meisten Geschworenen gesprochen.

»Weißt du, was meiner Ansicht nach passiert ist?« fragte er Tony. »Unser Mandant hat die Jury gespalten.«

»Wie das?«

»Ich habe das Gefühl, daß du sie hattest, bevor Sam den Zeugenstand betreten hat – zwölf Leute, einmütig in ihrem Unbehagen darüber, daß begründeter Zweifel sie davon abhielt, unseren Mann wegzusperren. Sam hat sie polarisiert: für neun Geschworene, darunter auch die Kosmetikerin, hat sein Auftritt entweder keinen Unterschied gemacht oder vielleicht sogar dazu beigetragen, daß sie sich mit ihrem Urteil ein wenig besser fühlten.«

»Und die drei anderen?«

»Haben ihn aus tiefstem Herzen gehaßt und ihm kein Wort geglaubt. Ihre Reaktion auf seine Aussage war vollkommen emotional, vor allem die der Ernährungswissenschaftlerin und die der Mutter. Nachdem diese Frauen ihn gesehen hatten, wollten sie einfach nicht, daß er weiter frei herumläuft. Punkt.«

Tony lag auf dem Bett und spürte ein dumpfes Pochen in seinen Schläfen und im Nacken. »Sie wollen sagen«, erwiderte er müde, »Sam hat Stella einen zweiten Versuch ermöglicht.«

»Wenn sie will.« Saul schwieg und versuchte es dann mit tröstendem Fatalismus. »Man kann es nie wirklich wissen, Tony. Die Dynamik unter Geschworenen ist eine seltsame Sache. Vielleicht wäre ohne Sam dasselbe dabei herausgekommen.«

Tony grübelte der Frage eine Weile schweigend nach, doch

es hatte keinen Sinn. »Morgen werden wir sehen«, antwortete er schließlich, »was Stella denkt.«

Am nächsten Tag fand sich Tony in Stellas Büro ein. Zu seiner Überraschung empfing Stella ihn in Freizeitkleidung. Ihr Haar hatte sie mit einem Stirnband nach hinten gebunden. »Sobald wir fertig sind«, entschuldigte sie sich, »bin ich hier weg. Ich nehme mir heute frei.«

Tony nickte. Auch er spürte die typischen Symptome nach einem schweren Fall: der plötzliche Druckabfall, die Erschöpfung, die eigenartige Ziellosigkeit. »Für mich heißt es: zurück nach San Francisco«, erklärte er ihr. »Morgen.«

Stella sah ihn über ihren Schreibtisch hinweg an. Auf dem Tisch stapelten sich zahllose Akten, die wegzuräumen sie sich nicht die Mühe gemacht hatte. »Nun«, meinte sie schließlich, »Sie werden wahrscheinlich nicht zurückkommen müssen.«

»Wieso nicht?«

Ihre Miene war ruhig und ausdruckslos. »Sie haben sie neun zu drei für sich eingenommen. Ich nehme an, beim nächstenmal würden Sie Sam Robb eher erschießen, als ihn noch einmal in den Zeugenstand zu lassen.« Sie hielt inne, als würde sie nur widerwillig schließen, tat es dann aber doch. »Ich habe meinem Chef abgeraten, den Fall erneut zur Anklage zu bringen. Es sei denn, das Beweismaterial wird besser – man findet blutige Kleidungsstücke oder so. Obwohl ich mir sicher bin, daß Sam Robb die schon längst vernichtet hat.«

Es blieb nur noch wenig zu sagen. »Ich nehme an, Ihr Boß ist Ihrer Meinung«, erkundigte Tony sich vorsichtig.

»Ja. Sie können es Ihrem Mandanten also sagen.«

Sie hatte es schnell und so würdig wie möglich hinter sich gebracht. »Danke«, sagte er.

Stella verzog die Mundwinkel zu einem angedeuteten Lächeln. »Danken Sie mir nicht, bitte.«

Sie entschuldigte sich, und Tony ging, um Sam zu benachrichtigen. Und Sue.

ZWEI

Am Abend bestand Sam darauf, Sue und Tony in den Country Club auszuführen.

»Ich bin frei«, erklärte er entschieden. »Und wenn ich weiter hier leben will, muß ich damit anfangen, mich wieder wie ein freier Mann zu benehmen. Beim erstenmal wird es leichter für uns sein, wenn du uns begleitest.«

Tony fand dieses »uns« optimistisch. Sie saßen an einem Tisch in der Ecke, an demselben, an dem Tony mit Sue gegessen hatte. Sue beobachtete Sam und Tony wie eine unbeteiligte Zuschauerin. Als wolle er ihre Schweigsamkeit ausgleichen, wirkte Sam um so fröhlicher. Vielleicht sei dies gar keine Feier, meinte er, sondern eine Art Coming-out. Sie hatten erst die Hälfte des Essens hinter sich, als Sam sich von der jungen, ein wenig verschreckt aussehenden Kellnerin, die angestrengt vorgab, nicht zu wissen, wen sie bediente, bereits den vierten Bourbon bringen ließ. Tony hielt sich an seinen Chardonnay und beschränkte sich aufs Zuhören. Er spürte Sues stillen, prüfenden Blick und ahnte, daß sie nur seinetwegen mitgekommen war. Die Minuten krochen dahin.

Sam nahm einen großen Schluck von seinem Drink, lehnte sich in seinem Stuhl zurück und sah sich mit einer Sattheit und Selbstzufriedenheit in dem Lokal um, die im krassen Widerspruch zu seiner Lebensrealität standen. »Erinnerst du dich noch an unseren Abschlußball?« fragte er. »Die Tanzfläche war genau hier.«

Natürlich, dachte Tony zynisch. Damals hast du auch zuviel getrunken. Ich mußte dich niederschlagen und Sue helfen, dich nach Hause zu bringen. Und dann habe ich sie geliebt, und die Erinnerung daran ist so schön, daß ich sogar jetzt in diesem Moment spüren kann, daß sie dasselbe denkt wie ich. Als er antwortete, vermied Tony es sorgfältig, Sue anzusehen.

»Natürlich erinnere ich mich. Aber was ist damit?«

Sam reagierte mit einem schiefen Lächeln auf diese unter ihrer Leichtigkeit spitze Bemerkung. Er weiß, was er tut, dachte Tony, und fragte sich, ob Sam jemals aufhören würde, Tony und Sue zu verdächtigen. »Ich erinnere mich an weniger als du«, antwortete Sam. »Ihr habt mir nie genau erzählt, wie der letzte Teil des Abends verlaufen ist.«

Tony hörte Sue Luft holen. »Oh«, warf sie leise ein. »Der Teil, wo Tony und ich ins Ahornwäldchen gefahren sind, miteinander geschlafen haben und ich zum erstenmal in meinem Leben gekommen bin. Mehr war wirklich nicht. Außer, daß ich mich in ihn verliebt habe, natürlich.«

Ihre Stimme klang so nüchtern, daß die Bemerkung auch ein trockener Witz hätte sein können oder mehr noch Ausdruck abgrundtiefer Erschöpfung. Sam errötete, sein Lächeln wirkte unsicher, wie das eines Mannes, der die Pointe verpaßt hatte, aber ahnte, daß über ihn gelacht wurde. Er wandte sich an Tony, sein Tonfall balancierte zwischen Scherz und Anklage. »Erinnerst du dich an dasselbe, Tony?«

Tony musterte ihn angespannt und fragte sich, was er tun sollte. Dann lächelte er Sue an und sagte fast beiläufig zu Sam: »So ziemlich. Vielleicht sollte ich noch hinzufügen, daß Sue der einzige Grund ist, warum ich hierher zurückgekommen bin.« Er tätschelte Sams Arm. »Weißt du, ich bin richtig froh, daß wir endlich mal drüber geredet haben. Und ich bin sicher, daß es Sue genauso geht.«

Tony beobachtete, wie Sam überlegte, ob er ihnen glauben oder das Ganze als Witz abtun sollte. »Du trinkst wieder«, sagte Tony versöhnlich. »Das solltest du lassen. Es macht etwas mit dir.«

Sams Augen weiteten sich, und für einen Moment war unklar, was als nächstes passieren würde. Doch dann sagte Sam, als hätten die Stromkreise seines Verstandes sich wieder geschlossen: »Ich weiß. Nur noch diesen hier, dann reicht's. Ich hatte einfach solche Angst, daß ich nicht mehr wußte, wie man sich benimmt.« Er stürzte seinen Drink in einem Schluck hinunter und schüttelte sich. Dann wandte er sich an Sue und murmelte: »Tut mir leid, Schatz.«

Sue antwortete nicht. Um es zu überspielen, fragte Tony: »Und was hast du jetzt vor?«

Sam strich über den Rand seines Glases, als wolle er den Whiskey mit seinem Finger schmecken; Tony vermutete, daß er sich nach einem weiteren Drink sehnte. »Ich weiß nicht«, sagte Sam. »Ich nehme an, zuerst müssen wir entscheiden, ob wir hierbleiben wollen.«

Er verstummte. Zu allererst, dachte Tony, mußte Sue entscheiden, ob sie überhaupt mit Sam zusammenbleiben wollte. Sie starrte mit abwesendem Blick ins Leere, ein Mensch, der viel Leid mit sich allein abgemacht und vielleicht auch mehr Wein als üblich getrunken hatte. Er mußte einen Weg finden, sie allein zu sprechen, entschied Tony.

»Mich würde es von hier fortziehen«, sagte Tony zu Sam. »Als es um mich ging, bin ich ja auch abgehauen. Diese Stadt ist einfach zu klein.«

Sam zuckte hilflos die Achseln. »Wohin sollte ich gehen, Tony? Diese Stadt ist alles, was ich kenne.«

Wo immer Sue hin möchte, dachte Tony, wenn es denn noch etwas bedeutet. Er versuchte zu lächeln. »Vielleicht in die Nähe der Kinder, wenn sie nichts dagegen haben. Wenn ich mir Christopher mit fünfundzwanzig vorstelle, bin ich mir allerdings nicht so sicher, ob ihm das recht wäre.«

Sam lächelte nicht zurück. »Ich weiß nicht, warum es meinen recht sein sollte. Ich weiß es wirklich nicht.« Er blickte zögernd von Tony zu Sue. »Was dagegen, wenn ich noch einen nehme? Dann können wir aufbrechen.«

»Ich halte mit«, verkündete Tony.

Sie tranken ihren Whiskey in relativer Schweigsamkeit, die Tony mit harmlosen Anekdoten über Stacey und Christopher zu überbrücken suchte. »Erstaunlich«, sagte er. »Der Junge geht vielleicht tatsächlich nach Harvard. Er hätte schließlich einen Vater, der es sich leisten kann, hat er mir erklärt.

Ich glaube, er lebt wirklich in einer vollkommen anderen Welt.«

Tony wurde bewußt, daß diese Bemerkung nicht besonders taktvoll gewesen war. Doch Sam stieß mit ihm an: »Auf deinen Erfolg, Alter. Und auf alle unsere Kinder. Wenn sie es nicht packen, ist der Rest auch egal, oder?« Er unterbrach sich und sah Sue versuchsweise zärtlich an. »Und wenn sie's packen, hat vielleicht irgend jemand irgendwas richtig gemacht.«

Sue erwiderte Sams Blick nicht.

»Wir sollten jetzt gehen«, meinte Tony schließlich. »Ich muß morgen früh ein Flugzeug erreichen.« Er lächelte erneut. »Und für dich ist morgen der erste Tag vom Rest deines Lebens, wie man so sagt.«

Sue fuhr sie nach Hause. Sam hing müde in seinem Sitz, erledigt vom Whiskey und den langen schlaflosen Wochen. Er wirkte weniger betrunken als erschöpft.

Im Wohnzimmer brannte Licht. Sie gingen hinein und standen einen Moment unschlüssig herum. »Ich bin völlig erschlagen«, sagte Sam mit einem Lächeln, das nur noch entfernt an sein altes Strahlen erinnerte. »Aber morgen geht's mir bestimmt großartig. Bist du sicher, daß du keine Lust hast, noch einen Tag dranzuhängen, um unser Spiel zu Ende zu spielen? Es steht unentschieden, schon vergessen?«

Lächelnd schüttelte Tony den Kopf. »Unentschieden ist mir gut genug, Sam. Besonders gegen dich.«

Sam sah Tony einen Moment lang an und umarmte ihn dann tief bewegt. »Danke«, murmelte er. »Danke für alles. Es bedeutet mir soviel mehr, als ich sagen kann. Und du auch.«

»Ich weiß«, antwortete Tony. »Ich weiß.«

Sam trat mit glänzenden Augen einen Schritt zurück, wandte sich ab und ging die Treppe hinauf. Auf halbem Weg drehte er sich noch einmal um, wie um Sue zu bitten, ihm bald zu folgen. »Mach's gut, Alter«, sagte er noch, winkte Tony beiläufig zu und war verschwunden.

Sue wandte sich an Tony. »Noch ein Glas Wein?«

Sie wirkte müde und niedergeschlagen. Doch Tony wollte mit ihr reden, und sich als Vormund aufspielen, wäre nicht die richtige Eröffnung gewesen. »Gern«, sagte er deshalb und setzte sich auf das Sofa. Sie kam mit zwei Gläsern zurück. »Laß uns nach draußen gehen«, bat sie. »Es ist noch warm, und hier drinnen fühle ich mich eingesperrt.«

Schweigend folgte er ihr durch die Küche in den Garten, wo er und Sam mit vierzehn trainiert hatten und fast ohne es zu merken Freunde geworden waren.

Jetzt saß Tony neben Sue in der Hängematte. Er blickte einen Moment zu den Sternen auf und dachte daran, wie sie Sam in die Hängematte gelegt und die Nacht anschließend alleine verbracht hatten. »Ich habe über dich nachgedacht«, sagte er.

»Ich auch«, antwortete sie, doch sie schien sehr weit weg zu sein.

»Du hast mich gebeten, dir einen unschuldigen Mann zurückzugeben, Sue. Ich wünschte, ich hätte das gekonnt.«

»Es ist nicht dein Fehler.« Sie sprach ein wenig schleppend und schwieg kurz, bevor sie fortfuhr: »Du hast mehr getan, als du ahnst, glaube ich. Für dich gibt es nichts mehr zu tun.«

Leise sagte er: »Ich wünschte nur, ich könnte noch irgend etwas für dich tun.«

Sue schwieg lange, und Tony spürte plötzlich, daß sie zitterte. »Das kannst du, Tony. Komm nie wieder hierher zurück. Niemals. Nicht einmal, wenn es doch noch einen Prozeß geben sollte.«

Tony drehte sich bestürzt zu ihr um. »Wenn ich dich verletzt habe ...«

»Mein Gott, nein, das ist es nicht.« Sue sah ihm in die Augen. »Verstehst du denn nicht?«

Er berührte ihre Hand. »Erklär's mir.«

Sue schluckte, in ihrem Gesicht spiegelte sich ihre Seelenqual. »Er lügt, Tony. Er hat vor Gericht gelogen, und ich glaube, er hat auch dich angelogen.«

Tony richtete sich auf. Obwohl er diesen Moment die ganze Zeit gefürchtet hatte, war er nicht darauf vorbereitet. »Worüber?« fragte er leise.

»Die Kleider.« Sie zerrte an Tonys Jackenärmel, ihre Stimme klang gepreßt und ein wenig gehetzt. »Es fehlt ein grauer Jogginganzug. Sam hatte immer einen zum Wechseln in der Schule. Nach seiner Aussage ist mir aufgefallen, daß der Jogginganzug nicht hier ist. Und in der Schule kann er auch nicht mehr sein. Sonst hätte die Polizei ihn doch gefunden.«

Ihre Worte erschütterten Tony, doch er zwang sich zur Ruhe. »Erinnerungen sind eine komische Sache, Sue. Manchmal ›erinnert‹ man sich an etwas, was man fürchtet ...«

»Mir kommt es eher so vor, als hätte ich Angst gehabt, mich zu erinnern.« Sue blickte zum Schlafzimmerfenster hinauf. »Sam hatte ein Paar alte Laufschuhe, die ebenfalls verschwunden sind.«

Tony schlug das Herz bis zum Hals. »Wenn Sam lügt, hätte er dann nicht Angst vor dem, was du weißt?« Sue senkte den Blick. »Wenn er Angst vor dem hätte, was ich weiß«, sagte sie ruhig, »hätte er nicht behauptet, daß er noch nie Analverkehr hatte. Das kannst du mir glauben. Schließlich weiß ich besser als irgend jemand sonst, was Sam mag. Und er weiß, daß ich es weiß.«

Tony zog sie sanft an sich.

Zuerst verharrte sie steif, doch dann klammerte sie sich in stiller Verzweiflung an ihn. »Ich weiß nicht, ob wir über diese Dinge reden dürfen«, murmelte Tony. »Oder überhaupt über Sam.«

»Wir müssen.« Sie zog sich von ihm zurück und legte ihre Hand um Verzeihung bittend auf seine Wange. Ihre Stimme bebte. »Ich glaube, da ist noch mehr.«

»Viel mehr«, unterbrach Tony sie. Ihm war plötzlich übel. »Du bist seine Frau, Sue. Ich bin sein Anwalt.«

»Du bist nicht bloß sein Anwalt.« Sie schlug die Augen nieder, als würde sein Anblick ihr weh tun. »Darf ich dir eine Frage stellen, Tony?«

Tony zögerte. In seinem Kopf herrschte das reinste Chaos, eine Mischung aus Angst, Zärtlichkeit und Pflichtgefühl. Liebe zu Sue, Loyalität gegenüber Sam, Angst vor dem Wissen, daß sein Freund und Mandant, der Lebensgefährte der Frau in seinem Arm, Marcie Calder ermordet hatte. »Was denn?«

Sie schwieg, und Tränen strömten über ihre Wangen. »Wieviel Uhr war es«, fragte sie schließlich, »als du Alisons Leiche gefunden hast?«

Auf einmal begriff Tony, worauf sie hinauswollte. Ihm stockte der Atem. »Du hast immer gesagt, Sam wäre mit dir zusammen gewesen ...«

»Das war er auch.« Sie schloß die Augen. »Aber niemand hat mich je gefragt, wie lange, und ich habe damals nicht darüber nachdenken wollen.«

Tony starrte sie an. Mit einer Stimme, die nicht ihm zu gehören schien, flüsterte er: »Erzähl mir, was passiert ist, Sue. Alles.«

Es ist eigenartig, dachte Sue, wieviel es Sam bedeutet zu gewinnen. Es gab Zeiten, da schien er vor Stolz beinahe zu platzen; heute nach seiner Heldentat in seinem letzten Spiel für die Lake City High School war er in dieser aufgekratzten Stimmung, mit der Sue viel Gelächter und die Lust auf Sex zu verbinden gelernt hatte. Doch nachdem sie sich von Tony und Alison verabschiedet hatten, schien Sams Laune abrupt umgeschlagen zu sein. Als sie beim Ahornwäldchen geparkt hatten, machte Sam keine Anstalten, Sue zu berühren. Statt dessen trank er und starrte schweigend aus dem Fenster.

»Das bedeutet ihm alles nichts«, sagte Sam endlich. »Ich bedeute ihm eigentlich nichts.«

Sie drehte sich verwirrt zu ihm um. »Tony?«

Sam antwortete nicht. »Die Leute tanzen nach seiner Pfeife«, sagte er. »Und alles kommt immer so heraus, wie er es sich ausgerechnet hat. ›Hübsch gefangen, Sam, aber jetzt muß ich zusehen, daß ich Alison flachlege.‹«

Alison, dachte Sue. Sie beobachtete Sam in dem dunklen Wagen, sein Profil war nur ein Schatten mit einer Whiskeyflasche an den Lippen. Betont unbeteiligt sagte sie: »Woher weißt du, ob Tony das wirklich tut? Hat er irgendwas gesagt?«

»Nein. Der würde doch nie was sagen.«

Sue erkannte, daß Sam schon betrunken sein mußte, denn dann brachen sich seine verdrängten Konflikte und seine Verwirrung Bahn. Sue glaubte, ihn zu verstehen: Dies war der größte Moment in seinem Leben, ein Moment, dem er und Tony entgegengefiebert hatten, und jetzt fühlte Sam sich ausgeschlossen. Der Moment war gekommen und vorbei, und in Sams Augen hatte Tony ihn kaum zur Kenntnis genommen. Und daß Tony mit Alison schlief, machte die ganze Sache noch schlimmer, auch wenn Tony anders als Alison nichts für die Gefühle konnte, die das in Sam auslöste.

»Sind wir denn anders?« fragte sie. »Redest du mit Tony über uns?«

Sam nahm einen weiteren Schluck. »Nein«, sagte er mit flacher Stimme.

Plötzlich war Sue wütend. »Bist du vielleicht deshalb so sauer auf ihn, weil er dich nicht fragt, was du mit mir machst? Oder bist du sauer, weil Tony nichts von mir will? Ich meine, dann wäre er doch mehr wie du, oder? Aber vielleicht ist es ja auch Alison –«

Sue bremste sich, verblüfft über ihre eigenen Worte und die Tatsache, daß sie ihren Mund überhaupt aufgemacht hatte. Sam war erstarrt. Minutenlang, so schien es ihr, blieb er stumm und reglos sitzen.

Ängstlich versuchte Sue, das Ganze zu einem Witz herunterzuspielen. »Also gut«, sagte sie. »Warum bleiben wir nicht einfach hier sitzen und stellen uns vor, was Alison und Tony im Taylor-Park treiben? Ich hoffe wirklich, daß es für beide toll ist. Wenigstens wird es für klare Verhältnisse sorgen.«

Sam rührte sich noch immer nicht. »Es gibt nichts zu klären«, sagte er mit bedrohlich ruhiger Stimme.

»Und warum haben wir dann so einen lausigen Abend?« fragte sie. »Ich habe mich so für dich gefreut, Sam. Ich will doch nur, daß du dich mit mir freust.«

Sam trank wieder einen Schluck. »Tut mir leid«, sagte er schließlich. »Irgend jemand hat mir mit dem Ellbogen eins über den Schädel gezogen. Meine Ohren klingeln immer noch.« Sue vermutete, daß das eine Ausrede war.

Angespannt strich sie die Falten ihres Cheerleaderkostüms glatt. »Vielleicht solltest du dich erst mal zu Hause ausschlafen«, riet sie ihm.

Sam ließ sich tiefer in seinen Sitz sinken, nahm noch einen Schluck und brütete vor sich hin. Sue wartete darauf, daß er etwas sagte, doch er trank schweigend weiter.

»Sam?«

»Ja.« Seine Stimme klang belegt. »Morgen bin ich besser drauf. Versprochen.«

Sue zog die Schultern zusammen. Sie fühlte sich klein und einsam. Ohne ein weiteres Wort fuhren sie nach Hause. Sie berührte zärtlich sein Handgelenk, doch Sam schien es gar nicht zu bemerken. Als sie an der Einfahrt zu Sues Elternhaus ankamen, schreckte er wie aus einer Trance hoch.

»Morgen bin ich wieder okay«, sagte er noch einmal.

»Ich auch.« Sie küßte ihn flüchtig. »Herzlichen Glückwunsch. Immerhin hast du heute gewonnen, weißt du.«

»Genau«, sagte er. »Ich habe gewonnen.«

Sue stieg aus. Noch bevor sie die Haustür erreicht hatte, setzte Sam schon rückwärts aus der Einfahrt.

Sue ging in ihr Zimmer, zog sich aus und legte sich ins Bett. Auf ihrem Nachttisch glühten die roten Ziffern ihres Weckers: Es war Viertel vor zwölf. Sie mußte an Sams Rücklichter denken und daran, daß er nicht den direkten Weg nach Hause genommen hatte, sondern in der entgegengesetzten Richtung verschwunden war, und dachte sogar daran, ihn anzurufen, um sicherzugehen, daß er gut angekommen war. Aber sie befürchtete, seine Eltern aufzuwecken, und schob ihre Ängste beiseite.

Sue versuchte sich Alison und Tony nackt vorzustellen. Doch zu ihrer Überraschung gelang ihr nur eine Phantasie von Tony allein. Vielleicht war sie Sam doch ähnlicher, als sie sich eingestehen wollte.

Unruhig und verwirrt schlief sie schließlich ein.

Die erste kühle Feuchtigkeit der Dämmerung lag in der Luft. Als Tony Sue ansah, spürte er die Kälte bis ins Mark.

»Alison?« drängte er. »Du glaubst, daß zwischen ihr und Sam etwas war?«

Sue nahm seine Hand. »Ich weiß nicht, ob wirklich etwas passiert ist. Aber eine Zeitlang war Sam regelrecht besessen von ihr, als ob er der erste bei ihr sein wollte und es nur nicht sagen konnte.« Ihre Stimme klang leise und beschämt. »In der Woche vor ihrem Tod ist ein Zettel mit einer Telefonnummer aus seiner Mappe gefallen. Ich kannte die Nummer. Es war Alisons Geheimnummer – die, die ihre Eltern nicht ins Telefonbuch eintragen lassen wollten. Als ich ihn fragte, woher er sie hatte, sagte Sam, du hättest sie ihm gegeben, damit Alison mit ihm Spanisch üben könnte.«

»Nein.« Tonys Stimme war flach. »Von mir hatte er sie nicht.«

Sue wandte den Blick ab. »Bist du sicher?«

»O ja.« Tony sprang auf und starrte mit mühsam gezügelter Wut zu dem dunklen Fenster hinauf. »Wenn ich gewußt hätte, daß Sam nicht mit dir zusammen war, wäre ich vielleicht damals schon ein bißchen ins Grübeln gekommen. Und was glaubst du, wie viele Sekunden ich noch hätte grübeln müssen, nachdem ich von Marcie Calder gehört habe? Mir ist nie in den Sinn gekommen, daß Sam in der Nacht, als Alison starb, im Taylor-Park gewesen sein könnte. Nur aus diesem Grund bin ich nicht früher darauf gekommen. Alles nur, weil du mir immer gesagt hast, Sam wäre bei dir gewesen.« Plötzlich drehte er sich zu ihr um. »Warum in Gottes Namen hast du mich gebeten, ihn zu verteidigen? Wolltest du bloß nicht mehr allein damit bleiben? Oder hast du geglaubt, ich könnte all deine Zweifel irgendwie zerstreuen?«

Sue hielt seinem Blick stand. »Ich wußte gar nichts sicher. Aber nach Marcie Calders Tod habe ich angefangen, einfach alles in Frage zu stellen.«

»Ich hätte mehr als das getan. Wenn du dir nur die Mühe gemacht hättest, mir das alles zu erzählen, bevor ich Sams Verteidigung übernommen habe! Und auch die Polizei von Lake City hätte mehr getan, wenn auch nur ein einziger Beamter von 1967 noch im Dienst gewesen wäre.« Sein Tonfall war grimmig und verbittert. »Aber Sam ist ein Glückskind, Sue. Das habe ich schon immer gedacht. Und jetzt sieht man erst, wieviel Glück er mit dir gehabt hat.«

In ihren Augen standen erneut Tränen. Sie stellte sich vor ihn, umklammerte seine Schultern und sah ihm in die Augen. »Seine Zeugenaussage hat alles ins Rollen gebracht. Seither habe ich nicht mehr geschlafen, nur noch gegrübelt und gehofft, daß ich verrückt bin. Nicht nur, weil ich mich zu Tode erschrocken habe oder wegen der Kinder.« Sie senkte die Stimme. »Es hat mich fast zerrissen, daß ich dich möglicherweise gebeten habe, Alisons Mörder zu verteidigen. Den Mann, der dein ganzes Leben verändert hat.«

Er hatte sich wieder im Griff. »Oh, es ist leider noch ein bißchen schlimmer als das. Kein Gericht würde mich in einem weiteren Marcie-Calder-Prozeß gegen ihn aussagen lassen. Ich könnte genausogut stumm und gelähmt sein. Und selbst wenn Karoly Sams Frau – oder auch Exfrau – in den Zeugenstand lassen würde, was er mit ziemlicher Sicherheit nicht tun wird, bleibt immer noch die Frage, wie die Kinder damit umgehen würden. Und was Alison angeht, beweist das, was du mir erzählt hast, gar nichts.« Tony hielt inne und nahm trotz all seiner Wut Sue wieder wahr. »Wir können nur hoffen, daß du dich irrst, Sue. Das kann immer noch sein. Aber wenn nicht, hat Sam zweimal gemordet.«

Sue schüttelte den Kopf. »Es gibt nichts, was du tun könntest«, sagte sie dumpf. »Ich habe dir das in den Kopf gesetzt, und jetzt mußt du damit leben.« Sie wandte sich von ihm ab. »Ach Tony, ich bin schon so weit jenseits von Reue ...«

Sie krümmte sich zusammen und schlug die Hände vor den Mund. Ihr unterdrücktes Schluchzen voll Schuld und Scham, der stumme Schrei ihrer Seelenqual, blieb in der kühlen Nachtluft hängen.

DREI

Stella saß an ihrem Schreibtisch, einen Aktenordner vor sich. »Ich hatte nicht erwartet, Sie so bald wiederzusehen«, begrüßte sie ihn.

Tony blieb stehen. Es war zwei Uhr nachmittags. Seit er Sue am Abend zuvor verlassen hatte, hatte er nicht geschlafen. »Das hätte ich auch nicht erwartet. Aber diese Sache wollte mir einfach nicht aus dem Kopf gehen.«

Stella musterte ihn mit kühler Neugier und einem Hauch von Mitgefühl. »Wir mußten die Akte aus dem Keller kommen lassen«, erklärte sie. »Aber bevor Sie gekommen sind, habe ich mir die Bilder angesehen. Sie sind nicht gerade angenehm. Und dabei kannte ich selbst das Mädchen nicht einmal.«

»Sie wollten uns damals den Autopsiebericht nicht zeigen, Stella. Ich war derjenige, der sie gefunden hat. Ich habe gesehen, was man später auf den Bildern sah.«

Stella zögerte. »Nicht das, was man auf den Fotos aus dem Leichenschauhaus sieht.«

Tony schwieg einen Moment. »Nun«, meinte er schließlich, »ich bin auch keine siebzehn mehr.«

Stella betrachtete ihn eine Weile, bevor sie aufstand und den Ordner nahm. »Am Ende des Flurs ist ein leeres Büro. Ich werde dafür sorgen, daß Sie nicht gestört werden.«

Tony folgte ihr den grün gefliesten Flur hinunter zu einem leeren Zimmer von bürokratischer Kargheit, die von keinerlei

Anzeichen menschlicher Benutzung gemildert wurde. Stella wies auf den Metallschreibtisch. »Lassen Sie sich Zeit«, sagte sie. »Melden Sie sich einfach wieder bei mir, wenn Sie fertig sind.«

Tony drehte sich zu ihr um. »Vielen Dank für Ihre Hilfe, Stella. Wirklich.«

Mit noch immer fragendem Blick nickte sie ihm kurz zu und schloß die Tür hinter sich.

Tony setzte sich auf den Holzstuhl und legte den Ordner vor sich auf den Tisch, ohne ihn zu öffnen. Als er es schließlich doch tat, waren seine Finger ungelenk, und er hatte ein flaues Gefühl im Magen.

Er wußte, daß der Umschlag die Fotos enthielt. Er atmete durch und griff hinein. Die Bilder fühlten sich klebrig an. Tony breitete sie vor sich aus. »Alison«, sagte er leise, ohne es zu wollen.

Sie sah genauso aus, wie er sich an sie erinnerte. Der Alptraum hatte nicht gelogen.

Die Tränen, die in Tonys Augen standen, waren die des Siebzehnjährigen, der Alison geliebt hatte, aber auch die des Mannes, Vaters und Strafverteidigers, der mehr als der Junge es gekonnt hatte, begriff, was für ein schrecklicher Tod es gewesen war. Schließlich schob er die Bilder zur Seite.

Der Bericht des Gerichtsmediziners war mehrere Seiten lang. »Die Verstorbene«, las Tony, »war eine weiße Frau von ungefähr siebzehn Jahren, ein Meter fünfundsechzig groß, zweiundfünfzig Kilo schwer ...«

»Ich will dich«, flüsterte sie.

»Die Untersuchung erbrachte den Nachweis von Sperma in der Scheide der Verstorbenen ...«

Alison begann, sich seinem Rhythmus anzupassen. Sie war jetzt überall: in dem sauberen Duft ihrer Haut, in der Weichheit ihres vollen Haars, in der Hitze ihrer Hüften und Schenkel.

»Einrisse der Schleimhaut mit Blutunterlaufungen sowie

Schwellung und Rötung der Wundränder deuten auf eine Defloration hin …«

»Habe ich dir weh getan?« fragte er.

»Von dem Sperma in der Scheide wurde eine Probe genommen …«

Sie hob ihren Kopf, um ihn zu küssen, und sagte leise: »Ich bin froh, daß du es warst.«

Tony schluckte und blätterte die Seite um.

»Die Untersuchung ergab weiter, daß die Verstorbene auch anal penetriert wurde …«

Tony erstarrte.

»Im Anus der Verstorbenen wurde Sperma festgestellt und eine Probe genommen …«

»So bin ich nicht …«

»Läsionen im Analgewebe sowie starke Blutungen lassen darauf schließen, daß die Verstorbene anal vergewaltigt wurde …«

»Schließlich weiß ich besser als irgend jemand sonst, was Sam mag …«

Tony lehnte sich auf seinem Stuhl zurück.

»Todesursache«, las er weiter, »war eine Asphyxie. Bei der Verstorbenen wurden starke Hämatome und Würgemale am Hals sowie geplatzte Blutgefäße in Gesicht und Augen festgestellt. Die medizinischen Indizien deuten darauf hin, daß der Tod während eines erzwungenen Analverkehrs eingetreten ist, in dessen Verlauf das Opfer am Hals festgehalten wurde.«

Tony stand auf und zwang sich, eiskalt zu denken.

Er stemmte die Hände auf den Tisch und starrte auf den Bericht. »Die Spermaproben«, las er, »wurden auf Objektträgern konserviert …«

Tony legte den Ordner auf Stellas Tisch. »Danke«, sagte er.

Sie sah ihn an und fragte leise: »Haben Sie gefunden, was Sie gesucht haben?«

Er zwang sich, Platz zu nehmen. »Man hat Alisons Leiche Spermaproben entnommen, Stella. Bei einem ungelösten Mordfall müßten die doch aufbewahrt worden sein. Ist das auch hier das übliche Verfahren?«

Stella faltete die Hände auf dem Tisch. »Ja, das ist es.«

VIER

Sue öffnete die Tür. Die Hand noch auf der Klinke, starrte sie ihn an. »Wo ist er?« fragte Tony.

Ihr Kopf deutete Richtung Treppe. »Im Schlafzimmer.«

Tony blieb auf der Schwelle stehen und strich ihr über die Wange. »Verlaß das Haus«, sagte er. »Sofort.«

»Was ist denn los?«

»Alison.« Tony schob sich an Sue vorbei und drehte sich am Fuß der Treppe noch einmal um. »Ich möchte nicht, daß du hier bleibst, Sue.«

Sue war blaß geworden. »Denk dran, er hat eine Pistole.«

Tony wandte sich ab und stieg langsam die Treppe hoch. Er zwang sich, sich Zeit zu nehmen und ruhig zu atmen. Die drei Meter bis zum Schlafzimmer schienen endlos.

Als Tony die Tür erreicht hatte, betrachtete er seine ausgestreckte Hand, um sich zu vergewissern, daß sie nicht zitterte. Dann stieß er die Tür auf.

Sam stand vor der Kommode und starrte in Sues Spiegel. Als er Tony im Spiegel sah, wirkte er überrascht.

»Tony!« Er klang verlegen, erfreut und verunsichert. Tony beobachtete, wie sich all diese Gefühle in einem Lächeln auflösten, ohne daß Sam seinen wachsamen Blick von ihm wandte. »Ich dachte, du wärst schon weg?«

Leise schloß Tony die Tür hinter sich. »Ich habe beschlossen, noch einen Tag zu bleiben. Um Alisons Autopsiebericht zu lesen.«

Sam blinzelte. »Alisons?«

»Ja.«

Sam machte drei Schritte auf ihn zu, stützte sich mit den

Händen auf dem Doppelbett zwischen ihnen ab und ließ nachdenklich den Kopf sinken. »Und hast du?«

»Ihn gelesen?« Tony hielt inne und fragte sich, wie er es schaffte, so normal zu klingen. »Das wollte ich dir noch erzählen, Sam. Ich glaube, ich kann jetzt beweisen, daß ich sie nicht getötet habe.«

Sam blickte auf. Wie oft, dachte Tony, hatte er in diese Augen geblickt und alles gesehen, nur nicht das, was er hätte sehen sollen. Röte kroch über Sams Wangen wie ein größer werdender Fleck. »Wie das?« fragte er leise.

»Alison wurde vergewaltigt«, erwiderte Tony genauso leise. »Die Strangulation passierte, als der Täter sie am Schreien zu hindern versuchte, während er ihren Anus penetrierte.«

Sams Lippen formten ein stummes »Oh«.

»Man hat Spermaproben genommen, Sam. Und bei einem Mordfall werden die Beweismittel unbegrenzt aufbewahrt.«

Sam verschränkte die Arme. Sein Gesichtsausdruck war gelassen und normal, so daß Tony sich trotz der geröteten Wangen einen Moment lang fragte, ob er sich irrte. »DNA«, murmelte Sam. »Man kann die Proben analysieren.«

»Das wäre ein Gedanke.« Tony machte eine Pause und sah Sam durchdringend an. »Meinst du, Stella würde mir helfen?«

Sams Blick wurde hart. »Stella?«

Tonys Mund fühlte sich trocken an. Es war jetzt vollkommen still. Keiner von beiden bewegte sich. Schließlich richtete Sam sich auf. »Das kannst du nicht machen, Tony. Aber ich nehme an, das weißt du selbst.«

Tony spürte einen Kloß im Hals. »Du hast ja immer große Stücke auf Treue und Loyalität gehalten, nicht wahr? Wahrlich ein leuchtendes Vorbild für mich.«

Sam wurde blaß.

Tony fragte sich, wo die Waffe war. »Hast du deine Zunge verschluckt?« fragte er.

In Sams Augen standen jetzt Tränen. Er hob beschwörend die Hand. »Das kannst du nicht machen, Tony. Ich war es nicht.«

»Oh, ich weiß. So bist du nicht, stimmt's?«

Sam wurde noch röter. »*Sie* war es ...«

Tonys Schläfen pochten. »Sue?« fragte er. »Oder Alison?«

Sam packte Tonys Schultern und starrte ihn verzweifelt an. »Hör mir zu ...«

Alison saß auf der Hollywoodschaukel im Garten. Wenn ihre Eltern nicht da waren, erklärte sie ihm, dürften Jungen das Haus nicht betreten.

Sam betrachtete ihr Gesicht. Im Licht des Nachmittags wirkte es stark und gleichzeitig zart, die dunklen Augen nachdenklich und voller Geheimnisse. Sie hatte ein Bein über das andere geschlagen, und nur das Wippen ihres Fußes deutete auf die Anspannung hin, die sie offensichtlich in seiner Gegenwart empfand, weil er ihr unterdrücktes Verlangen auf eine Art ansprechen konnte, die Tony abging.

Sie strich sich mit ihren blassen, schlanken Fingern das dunkle Haar zurück. »Wir sollten das nicht tun«, erklärte sie.

»Was tun?«

»So miteinander reden.« Sie sah ihn festen Blickes an. »Du bist Tonys Freund und ich Sues Freundin.«

»Na und?« Sams Hände waren feucht. »Wir haben doch nur geredet. Wenn ich dir mit Tony irgendwie helfen kann, vielleicht mit ihm rede ... ich meine, es ist doch für alle doof, wenn ihr beide so seid.«

Alison wandte den Blick nicht ab. Ihre Haltung hatte etwas Provozierendes, so wie oft auch Tonys. Manchmal hatte Sam fast das Gefühl, sie wären ein und dieselbe Person. »Da gibt es nicht viel zu reden«, antwortete sie. »Er will mich, und ich selbst bin mir nicht sicher. Und wenn ich sehe, wie sehr ihn das verletzt, tut es auch mir weh.« Sie hielt inne; Sam sah, daß ihr schlanker Fuß bei aller gespielten Gelassenheit noch immer nervös auf und ab wippte. »Weißt du«, meinte sie überrascht, »ich hätte gedacht, daß du wirklich der letzte Mensch wärst, mit dem ich darüber reden würde. Meine Mutter eingeschlossen.«

Ein tiefes Glücksgefühl durchströmte Sam. Die für ihn ungewohnte wochenlange Geduld trug Früchte – das Warten bei Alisons Spind, die kleinen Aufmunterungen, freundlichen Gesten, Hilfsangebote. Er lernte endlich, so zu sein wie Tony, jemand, zu dem die Leute kamen. »Deine Mutter mag Tony nicht«, erklärte er ihr. »Aber du liebst ihn und ich auch. So wie ein Typ einen Typ lieben kann, meine ich.«

Plötzlich lag ein Schimmer über Alisons Augen. »Ich liebe ihn wirklich«, sagte sie leise. »Ich habe bloß Angst …«

Sie hielt inne. Dieses Aufblitzen von Hilflosigkeit war für Sam wie ein eingefangener Atemhauch.

Er beugte sich näher zu ihr und sagte: »Ich weiß, Alison. Ich kann das verstehen.«

Sie blinzelte überrascht über seine Nähe und das Durcheinander ihrer Gefühle. »Sam?«

Rasch drängte er sich an sie.

Ihre schmalen, bebenden Lippen waren weder einladend noch abweisend. Sam spürte seine Erektion, das Pochen seines Herzens. Er stieß seine Zunge in Alison Taylors Mund.

Alison schlang instinktiv die Arme um ihn, und er küßte sie leidenschaftlich und hungrig, während er nach ihrer Brust tastete, die jetzt ihm gehörte. Als er sie klein in seiner offenen Hand spürte, stellte er sich vor, wie Alison ihren BH öffnete und ihn so ansah, wie sie Tony manchmal ansah …

»Nein!« Sie schauderte, riß den Kopf nach hinten, starrte ihn mit weit aufgerissenen Augen wütend an und entwand sich seiner Umarmung. »Nein, laß mich!«

Sie sprang auf. »Wie dumm von mir!« rief sie wütend. »Es war meine Schuld! Und jetzt geh!«

Sam packte ihre Handgelenke. »Ich will nicht gehen. Und du willst es auch nicht. Du weißt, was gerade passiert ist.«

»Mag sein.« Sie blickte auf seine Hände an ihren Handgelenken und sprach ruhig weiter: »Vielleicht habe ich dich provoziert. Vielleicht verdiene ich Tony gar nicht. Aber es hat mich nur daran erinnert, wie sehr ich ihn wirklich will.«

»Du wolltest mich.«

Sie sah ihm direkt in die Augen, ihr Blick war fest und kalt. »Keine Sorge, Sam. Ich werde es ihm nicht erzählen. Wenn du jetzt gehst.«

Sams Finger lösten sich, und Alison Taylor entzog sich langsam, aber entschieden seinem Griff, drehte sich schweigend um und verschwand hinter der Fliegengittertür der Veranda.

Sam blieb wütend und unentschlossen stehen. Hinter der Fliegentür drehte sich Alison noch einmal zu ihm um. Durch das feinmaschige Gitter sah sie schlank, schön und unerreichbar aus. »Ich weiß, daß du uns beide haßt«, sagte sie leise. »Aber wen von uns liebst du?«

Knarrend fiel die Tür hinter ihr zu und ließ Sam mit seiner Demütigung und seinem gärenden Verlangen allein.

Sam war betrunken. Das Bild von Alison hinter der Tür pulsierte durch seinen Kopf.

Er spürte die Hitze an seinen Schläfen, den Schweiß auf seiner Stirn. Auf dem Weg zum Taylor-Park spulte sich die weiße Linie der Fahrbahnbegrenzung endlos vor ihm ab. Im Auto hing noch Sues Parfüm.

Langsam ließ Sam den Wagen auf den Parkplatz rollen und blieb stehen. Er kurbelte das Fenster herunter und atmete die kühle Nachtluft ein. Nachdem er den Motor abgeschaltet hatte, wirkte der Park riesig und still, ein dunkler Ort vager Konturen und tiefer Sehnsüchte.

Irgendwo im Kokon dieses Dunkels vermutete er Tony Lord und Alison Taylor, die mit ihrem eigenen Begehren rangen.

Für eine scheinbar lange Zeit saß Sam reglos da. Das Bild der beiden, ganz in der Nähe und doch verborgen, verfolgte ihn. Er trank einen Schluck Whiskey.

Getrieben von seinen Phantasien stieg Sam mit der Flasche in der Hand aus dem Wagen. Die Aura des Parks umfing ihn – Bäume, Schatten, ein wolkenverhangener Mond, der nur hin und wieder einen Winkel des Parks erhellte. Seine feuchte Stirn fühlte sich fiebrig an, seine Schritte raschelten leise im feuchten Gras.

Er fragte sich, wo Tony parken würde. Sam und Sue hatten ihr Ahornwäldchen. Aber für Tony und Alison war der Taylor-Park besser, weil er so nahe bei Alisons Elternhaus lag, daß ihnen ein paar letzte kostbare Minuten vor Mitternacht blieben, ein letzter inniger Kuß, die letzte Berührung einer nackten Brust.

Wenn es heute nacht mehr gewesen sein sollte, würde Tony einen Unterstand brauchen.

Fast lautlos ging Sam über die offene Wiese. Man hörte nur das Rauschen des Sees in der Ferne und das Rascheln des Windes in den Blättern.

Blätter.

Wie Sam selbst würde sich auch Tony im Schutz einiger Bäume am sichersten fühlen. Sam spürte, wie seine Gedanken zu einer Landkarte der Erinnerung wurden, und er ging auf Bilder zu, die er im Dunkeln nicht sehen konnte.

Am Steilufer oberhalb des Sees war eine kleine Baumgruppe, auf die er zusteuerte, geleitet vom Rascheln der Blätter. Dann tauchten Baumstämme und knorrige Äste aus dem Dunkel auf. Er blieb stehen und hielt den Atem an. Zwischen den Bäumen zeichnete sich ein Schatten ab, Tonys Wagen.

Die Schultern gegen die Kälte zusammengezogen, schlich Sam weiter. Knapp zwei Meter vor dem Auto blieb er stehen.

Die Fenster waren beschlagen. Sam stand da wie ein Wächter vor der Welt der Liebenden und lauschte auf ihre Schreie. Er hörte nichts.

Der Whiskey brannte ihm rauh in der Kehle und betäubte sein Fremdheitsgefühl. Auf Zehenspitzen schlich er sich bis zum Wagen.

Ein Lichtstrahl fiel durch die Wolken und streifte die in krakeliger Kinderschrift geschriebenen Zeilen auf den beschlagenen Fenstern.

»Ich liebe dich«, stand da.

Sam beugte sich vor, und sein Atem verwischte das »I«, als er die Zeile darunter las: »Ich dich auch.« Als das Mondlicht erneut auf den Wagen fiel, konnte er sie durch Alisons Schrift hindurch sehen.

Sie waren zwei silberne Profile, die sich gemeinsam bewegten. Alisons Silhouette küßte Tonys. Zwischen ihren Beinen konnte Sam Tonys nacktes Gesäß erkennen.

Er erstarrte, allein mit seinem Begehren, dem Schmerz des Ausgeschlossenseins. Er sah, wie Alisons Lippen sich bewegten und Tony auf seine Armbanduhr sah. Dann verdeckte Sams sich niederschlagender Atem sie wieder.

Langsam zog er sich vom Wagen zurück. Die Leuchtanzeige seiner Armbanduhr zeigte dreiundzwanzig Uhr zweiundvierzig an.

Verwirrt und eifersüchtig versteckte Sam sich hinter einem Baum. Er lehnte sich an den Stamm und spürte die rauhe Rinde an seiner Wange, die feuchtkalte Luft in seiner Lunge. Nur der Whiskey hielt ihn warm.

Eine Wagentür ging auf. Sam schreckte hoch und sah zwei Gestalten. Mit bloßen Händen versuchten sie, die beschlagene Heckscheibe sauberzuwischen.

»Ach laß nur«, hörte Sam Alison sagen. »Ich kann auch zu Fuß nach Hause gehen.«

»Ich komme mit.«

Die Schatten kamen langsam auf Sam zu. Er wagte es nicht, sich zu rühren. Jeden Muskel seines Körpers angespannt, beobachtete er sie.

Noch fünf Schritte. Vier.

Plötzlich blieben sie stehen. Sam hielt den Atem an. Wenn sie sich umgedreht hätten, hätten sie ihn gesehen, und er hätte nur die Hand ausstrecken müssen, um sie zu berühren.

»Ganz schön dunkel«, flüsterte Tony.

Alison nahm seine Hand. »Tatsächlich.«

Sie setzten sich zögernd wieder in Bewegung. Sam trat aus dem Schutz der Bäume in ihrem Rücken.

Sie blieben stehen, als hätten sie seine Schritte gehört. Dann sahen sie sich an und liefen schließlich über die Wiese auf Alisons Haus zu. Ihre Schritte knirschten in der Dunkelheit.

Sam folgte ihnen lautlos wie eine Katze über die pechschwarze Wiese. Dann drang der Mond wieder durch die Wolken und beschien Tony und Alison. Sie sahen sich an. Zwischen den Bäumen um das Haus der Taylors waren sie kaum zu erkennen.

Sam blieb lautlos stehen.

Obwohl Alison leise sprach, trug ihre Stimme durch die Nacht. »Hier sollten wir uns trennen.«

Tony küßte sie auf die Stirn. »Ich warte hier auf dich.«

Alison schüttelte den Kopf. »Im Freien ist es zu kalt. Du kannst das Auto für uns warm halten.«

Ihre Stimme klang tief und fraulich, ihr Nachhall durchströmte Sam wie Whiskey.

Alison gab Tony einen innigen Kuß und drängte sich an ihn. Dann verschwand der Mond wieder hinter einer Wolke, und Sam konnte nur noch ihre gedämpfte Stimme hören.

»Wir haben gerade meine allerletzte Minute verbraucht«, hörte Sam sie sagen. »Wir sehen uns in ungefähr fünfzehn wieder.«

Sie setzte sich für Tony Lord über das Verbot ihrer Eltern hinweg, sie schlich sich aus dem Haus, um noch einmal die Beine für ihn breit zu machen! Der Whiskey in Sams Mund schmeckte jetzt bitter.

Er sah Alison unter dem Licht der Veranda stehen und winken und hatte das Gefühl, sie würde ihm zuwinken. Dann ging das Licht aus, und die Tür fiel leise zu.

Sam hörte erneut Schritte. Tonys Schritte. Sam stand im Dunkeln und wartete. Wenn Tony ihn sah, konnte Sam ihm wenigstens den Drink anbieten, den Tony vorher ausgeschlagen hatte.

Doch Sam konnte Tony nicht sehen. Tonys Schritte kamen näher und näher. Der kalte Schweiß stand in Sams Gesicht.

Dann verhallten die Schritte, und es herrschte wieder vollkommene Stille. Sam war allein. Er setzte die Flasche an.

In fünfzehn Minuten würde Alison wieder rauskommen. Sam wischte sich den Mund ab.

Lautlos näherte er sich dem Haus. Er stellte sich vor, sie in der Hollywoodschaukel zu erwarten, die mit leisem Quietschen hin und her wiegen würde, so daß Alison zusammenschrecken mußte, wenn sie das Haus wieder verließ. »Jetzt bin ich dran«, würde er flüstern.

Er blieb stehen und beobachtete die Veranda.

Vielleicht würde es auch reichen, ihr dabei zuzusehen, dachte er, um zu wissen, was er hätte tun können. Whiskeyphantasien tanzten in seinem Hirn: Sam beobachtete zwei Schatten im Dunkeln und wurde dann einer von ihnen.

Der letzte Schluck brannte in seiner Kehle.

Er ging bis zur Klippe vor und schleuderte die Flasche ins Wasser. Er stolperte, fing sich jedoch wieder.

Als er ihre kleine Brust in seiner offenen Hand spürte, stellte er sich vor, wie sie ihren BH öffnete und ihn so ansah, wie sie Tony manchmal ansah ...

Vielleicht sollte ich gehen, dachte Sam.

Er drehte sich um und erstarrte. Im Rahmen der Tür stand Alison Taylor.

Durch das feinmaschige Gitter sah sie schlank, schön und unerreichbar aus. »Ich weiß, daß du uns beide haßt«, sagte sie leise. »Aber wen von uns liebst du?«

Die Dielen der Veranda knarrten unter ihren Schritten.

Sam blieb vollkommen reglos stehen. Als sie von der Veranda auf die Wiese trat, konnte er sie nicht mehr sehen. Ihre Schritte machten kein Geräusch.

Sam wußte plötzlich, daß er das Schicksal entscheiden lassen würde. Wenn sie ihn nicht sah, wollte er sie gehen lassen, zu Tony gehen lassen. Aber wenn sie ihn in der Nacht fand, dann, weil es sein mußte.

Ihre Schritte kamen näher.

Als er sie wieder sehen konnte, war Alison eine schlanke Kontur im Dunkel, ihr Gesicht noch immer unsichtbar. Sie blieb nicht stehen und wandte sich nicht ab. Noch ein paar Schritte, und sie hatte ihn erreicht.

Noch vier oder fünf, schätzte er und spürte seine Erregung.

Der Himmel tat sich erneut auf, und Mondlicht fiel auf die Lichtung.

Sam hörte, wie sie den Atem anhielt, bevor das Licht auf ihr porzellanartiges Gesicht und ihre aufgerissenen Augen fiel.

»Hi«, sagte Sam.

Ihr Schrei blieb ihr im Hals stecken.

Er konnte es jetzt ganz deutlich erkennen, ihre Erleichterung und die neuerliche Angst. Die Art, wie sie genau wie Tony ruhig und unbeeindruckt erscheinen wollte. Ihr wissender Blick, als sie seine Whiskeyfahne roch. Sogar ihre Entscheidung, ihm keine Fragen zu stellen.

»Du solltest nicht hier sein«, sagte Alison.

Ihre Stimme klang dünn, aber ruhig. »Ich habe dir zugesehen im Wagen mit ihm«, erwiderte Sam leise.

Diese schlichten Worte ließen nackte Angst in ihren Augen aufflackern. Sam spürte das Rasen seines eigenen Herzens, und die Art, wie Alison den Kopf hob, um ihre Würde zu wahren, beleidigte und erregte ihn. »Dann weißt du ja, wie sehr ich ihn liebe«, entgegnete sie schlicht. Leise, damit ihre Eltern sie nicht hörten, aber jetzt doch mit zitternder Stimme.

»Stell dir einfach vor«, sagte er leise, »ich wäre Tony.« Ihr sich niederschlagender Atem vermischte sich in der Luft.

Er stieß seine Zunge in Alison Taylors Mund ...

»Nein«, sagte sie und drehte den Kopf weg. »Ich will dich nicht.«

Sie schauderte, riß den Kopf nach hinten, starrte ihn mit weit aufgerissenen Augen wütend an und entwand sich seiner Umarmung ...

Sam wußte nicht, was er tun sollte. Er war wie gelähmt vor Feigheit und Wut.

Alison machte den Mund auf, als wolle sie schreien.

Sam hielt ihr den Mund zu, während das Blut in seinem Kopf rauschte. Es war zu spät, zu spät. Das neue Entsetzen in ihren Augen steigerte seine Erregung und seine Wut über die eigene Demütigung. Sie versuchte, ihm in die Hand zu beißen. Sam spürte den Schmerz, sah ein Licht aufblitzen, und dann durchbrach seine Wut alle Dämme.

»Doch«, beharrte er wütend lallend. »Doch!«

Er drehte Alisons Arm auf den Rücken und stieß sie, eine Hand noch immer auf ihrem Mund, zu Boden.

Sie kniete jetzt mit dem Rücken zu ihm und wand sich vor Atemnot. Seine Handfläche war feucht von ihrem Speichel; die Luft, die sie gierig durch die Nase einsog, strich an seinen Fingern entlang. Als er versuchte, sie umzudrehen, machte sie einen Satz nach vorn und fiel kopfüber ins Gras. Seine Hand hielt ihren Mund zu.

Zwischen seinen Fingern stieß sie hervor: »Eher würde ich sterben ...«

Er drückte ihr den Mund zu, riß in plötzlich aufwallendem Haß mit der anderen Hand ihr Kleid nach oben und packte ihren Slip. Keine Strümpfe. Nur ein Fetzen Seide im Weg.

Er zerrte ihr den Slip herunter. Als sie ihr Becken auf den Boden preßte, spürte er die weiche Rundung unter seinen Fingern.

»Ich weiß, daß du uns beide haßt«, sagte sie. »Aber wen von uns liebst du?«

Seine Hand packte ihre Kehle. »Nicht bewegen«, flüsterte er. »Und keinen Mucks.«

Mit zitternden Fingern öffnete er mit einer Hand seine Hose. Er spürte Alisons Puls an ihrem Hals, hörte ihr leises Würgen.

Zwischen ihren Beinen konnte Sam kurz Tonys nacktes Gesäß erkennen ...

»Wir machen es auf diese Art«, erklärte er.

Als sie spürte, wie er sich gegen sie drängte, erstarrte Alison, ihr Schrei erstickte in seiner Hand.

Als er in sie eindrang, zitterte sie, und dann hielt er sie mit beiden Händen fest und stieß härter und tiefer zu. Ihre Kehle bebte unter stummen Schluchzern.

Sam schloß die Augen, und die Welt wurde schwarz.

Er klammerte sich an sie, wie um sein Leben zu retten. Ihr zuckendes Beben wurde seins; als er zum Höhepunkt kam, empfand er eine tiefe ursprüngliche Freude und schreckliche Angst, er biß die Zähne zusammen, um nicht laut aufzuschreien. Und ihre Tränen waren auch seine.

Sie bewegte sich nicht.

Sam starrte von Erstaunen überwältigt auf ihre verschlungenen Körper. Man hörte nur sein abgerissenes Keuchen.

Er löste sich von ihr und bedeckte sie mit ihrem Rock. »Alison«, flüsterte er.

Sie antwortete nicht. Da drehte er sie auf die Seite und sah, was er getan hatte.

Übelkeit erfaßte ihn. Er kniete neben ihr und wand sich in Pein und erdrückender Scham. Unsicher stand er schließlich auf und schloß seine Hose. Alison lag vor ihm.

»Alison ...«

Tonys Stimme drang an sein Ohr wie aus einem Traum. Sam hatte kein Gefühl für Raum und Entfernung. Die Nacht war ein einziger Morast.

Ein Zweig knackte unter seinen Füßen.

»Alison ...«

Sam rannte los.

Vor ihm tauchte ein Schatten aus dem Dunkel, dessen Konturen ihm so vertraut waren wie seine eigenen.

Sam spürte, wie seine Seele zerriß.

Er wechselte die Richtung und rannte orientierungslos durch die Dunkelheit, in der Hoffnung, daß der Schatten ihn nicht einholen würde. Schweißperlen strömten über sein Gesicht wie Tränen.

Vor ihm tauchte wie eine Fata Morgana sein Auto aus dem Dunkel. Er blieb stehen, suchte hastig den Schlüssel, stieg ein und ließ den Motor an. Die Heimfahrt erschien ihm wie eine zusammenhanglose Folge von Sinneseindrücken – Scheinwerfer, Schatten, in der Ferne ein Martinshorn und der Duft von Sues Parfüm.

Sein Elternhaus war dunkel und still. Er ging die Treppe hoch zu seinem Zimmer neben dem Schlafzimmer seiner Eltern und kroch vollständig bekleidet ins Bett. Die Nacht war unwirklich, ein Traum ...

Am Morgen wachte Sam mit dröhnendem Schädel und einem flauen Gefühl im Magen auf, seine Gedanken ein Wirrwarr aus Zweifeln und Entsetzen. Er taumelte ins Bad und übergab sich. Während sein Würgen von den kalten Kacheln widerhallte, gab es nur eine Gewißheit, an die Sam sich klammerte: Das war ich nicht.

FÜNF

Tony war sprachlos. Sam sah ihn an und wich zwei Schritte zurück. »Das war ich nicht ...«

Alisons Gesicht war gerötet, ihr Mund verzerrt. Ihre Augen, in denen eben noch so viel Liebe für ihn gestanden hatte, waren aufgerissen und leer, gesprenkelt mit roten Sternchen ...

»Irrtum, Sam«, erwiderte Tony sehr ruhig. »*Ich* war es nicht.«

Sam zuckte zusammen und schwieg.

Tony wurde übel, als er das kalte Metall an seinem Kopf spürte. »Du Schwein – was hast du mit ihr gemacht?«

Tony wurde bewußt, daß er Sam ohne zu zögern erschossen hätte, wenn er eine Waffe gehabt hätte.

»Alles ist egal«, wiederholte Sam leise. »Es wäre mir auch egal, wenn du sie umgebracht hättest.«

Sam war vor dem Bett zusammengesackt und hatte den Kopf auf den Nachttisch gelegt, die Schublade stand ein paar Zentimeter offen.

»Mir ist es noch immer nicht egal«, sagte Tony leise. »Weniger denn je. Weil du auch Marcie Calder ermordet hast.«

Sams Finger krümmten sich am Rand der Schublade.

Ruhig bleiben, ermahnte Tony sich. Er beobachtete Sams Bewegungen, das nervöse Zucken seiner Finger.

»War es wie bei Alison?« fragte Tony.

Einen Moment lang schloß Sam die Augen.

Sie war groß und schlank, mit blasser Haut und glatten schwarzen Haaren, die ihre Wangenknochen betonten ... Als er sie so über die Aschenbahn gebeugt sah, hatte Sam zum erstenmal die Muskeln ihrer Schenkel und ihren festen Hintern bewundert ...

»Nein«, erwiderte Sam. Er hielt inne, und der Blick aus seinen blauen Augen trübte sich. »Nicht bis zum Ende ...«

An ihrem letzten Abend fuhren sie wieder in den Park. Sam spürte den Glimmer des Bourbon, er war nervös und voller Erwartung. Marcie saß neben ihm und sagte nichts.

Heute abend würde sie seine geheimste Phantasie erfüllen. Als sie ihn mit angespannter Stimme um ein Treffen gebeten hatte, wußte Sam, daß sie sich an ihr Versprechen erinnerte. Er hatte getrunken, damit die Stunden schneller vergingen.

Sie parkten unter den Bäumen, wo Tony mit Alison geparkt hatte. Als sie sich ihm zuwandte und den Mund öffnete, küßte er sie gierig. Seine Whiskeyfahne schien sie allerdings abzustoßen. Sie wirkte unentschlossen und verwirrt.

»Alles wird gut«, sagte Sam leise. »Ich kann es gut für dich machen.«

Erst jetzt begriff sie, was er wollte, und ihre Augen schimmerten feucht. »Bedeutet es dir so viel?« fragte sie.

»Ja.«

Sie blickte zu Boden. »Alles verändert sich. Mein ganzes Leben.«

Sam legte beschwichtigend den Arm um sie. »Alles wird gut«, sagte er noch einmal.

Marcie nickte. Als sie sich schweigend auszog und auf den Bauch legte, war Sam besonders behutsam ...

Als er in sie eindrang, zitterte sie, und dann hielt er sie mit beiden Händen fest und stieß härter und tiefer zu. Ihre Kehle bebte unter stummen Schluchzern ...

Er war so behutsam, daß Marcie kaum einen Laut machte.

Ihr zuckendes Beben wurde seins; als er zum Höhepunkt kam, empfand er eine tiefe ursprüngliche Freude und schreckliche Angst, er biß die Zähne zusammen, um nicht laut aufzuschreien. Und ihre Tränen waren auch seine ...

An ihren Rücken gepreßt, zitterte Sam vor Erleichterung. Marcie rührte sich nicht und sagte kein Wort.

Langsam zog er sich zurück. »Marcie?« fragte er.

Sie antwortete nicht. Da drehte er sie auf die Seite und sah, was er getan hatte ...

»Ich möchte dein Gesicht sehen«, murmelte Sam. Als sie sich umdrehte und zu ihm aufsah, schossen Sam Robb Tränen in die Augen.

»Danke«, stammelte er. »Danke.«

Marcie zog sich eilig und scheinbar abwesend an. »Wir müssen reden«, erklärte sie deprimiert. »Deswegen wollte ich dich treffen. Nicht für das hier.«

Sam erstarrte und spürte den Stachel ihrer Zurückweisung. »Was ist denn?«

Marcie legte eine Hand auf seine Schulter und blickte zu Boden. »Ich bin schwanger.« Ihre Stimme klang traurig und verloren. »Ich bekomme ein Kind von dir.«

Sam war völlig gelähmt. Er sah eine Flut von Konsequenzen über sich hinwegrollen – er würde Sue verlieren, seinen Job, die Achtung, die er sich so hart erarbeitet hatte.

Marcie schien sein Entsetzen zu spüren. »Niemand weiß, daß es von dir ist.«

Sam fühlte sich hohl. »Noch nicht. Aber am Ende wird es dein Vater aus dir herausprügeln.«

»Ich habe es nicht mal Janice erzählt. Wieso glaubst du, ich würde es ihm erzählen?«

Wie von ihrer eigenen Wut entkräftet, legte Marcie den Kopf

auf seine Schulter. »Halt mich einfach fest. Ich habe solche Angst.«

Sam umarmte sie steif. »Wir kümmern uns um eine Abtreibung.«

Er spürte, wie Marcie den Kopf schüttelte. »Das kann ich nicht. Ich kann einfach nicht.«

»Du mußt.« Seine Stimme wurde lauter. »Was ist dir wichtiger – ich oder ein Baby, das unser beider Leben zerstören wird?«

Marcie löste sich von seiner Schulter und blickte ihn an. »Das Baby hat es sich nicht ausgesucht.«

»Ich auch nicht. Ich bin doch kein Samenspender, Marcie.«

Marcie verschränkte die Arme. »Du bist der Vater meines Kindes«, sagte sie. »Ich bin gekommen, um dir zu sagen, daß ich dich schützen will. Euch beide.«

Sam fand ihre Sturheit rücksichtslos, und sie fing an, ihn wütend zu machen. »Wenn du mich lieben würdest ...«

»Wenn du mich lieben würdest«, schoß sie zurück, »würdest du mich trösten.« Ihre Stimme zitterte vor Erregung. »Du würdest sagen: ›Ich liebe dich, Marcie.‹ Wie eben, als du in meinem Hintern gekommen bist.«

Sam spürte, wie ihm das Blut ins Gesicht schoß. »Du wolltest es ...«

»Ich habe es für dich getan.« Auf einmal schwang in jedem ihrer Worte Verachtung mit. »Weil ich dachte, daß es etwas Besonderes wäre und daß du ein Mann bist. Aber du benimmst dich wie ein egoistischer Teenager, und jetzt machst du dir bloß Sorgen, daß es rauskommen könnte.«

Da schlug er zu.

Das Klatschen seiner offenen Hand in ihrem Gesicht traf ihn wie ein Schock. Ihr Kopf schnellte zurück. Verdattert starrte Sam sie an.

Sam hörte, wie sie den Atem anhielt, bevor das Licht auf ihr porzellanartiges Gesicht und ihre aufgerissenen Augen fiel ...

Marcie starrte ihn an, als würde sie durch ihn hindurchsehen. Dann rutschte sie zur Tür und stieß sie auf. Mit bebender Stimme sagte sie: »Komm mir nicht zu nahe. Nie wieder …«

Und dann rannte sie in die Dunkelheit und war verschwunden.

Sam lief ihr nach.

Der Abend war kühl. Im blassen Licht des Mondes, der an einem wolkenlosen Himmel stand, sah Sam, daß Marcie Calder auf Alisons Haus zulief.

Sam wußte plötzlich, daß er das Schicksal entscheiden lassen würde …

Wenn sie das nicht getan hätte, hätte er sie vielleicht laufengelassen. Aber sie durften nicht wissen, wer es war.

Sam rannte schneller, Furcht und Whiskey pulsierten in seinem Hirn.

Seine Schritte raschelten im Gras. Er sah ihre länger werdenden Schritte, die er ihr antrainiert hatte. Seine Brust bebte.

Sie war jetzt näher, näher bei ihm und bei den Taylors …

»Marcie!« rief er.

Sie wandte sich um, stolperte und fiel. Sie rollte sich auf den Rücken und starrte nach oben, blaß und ängstlich, während er näher kam. Sam verlangsamte seine Schritte.

»Marcie«, sagte er leise.

»Leck mich am Arsch.« Ihre Stimme klang gepreßt, verängstigt und wütend. »Jetzt ist es mir egal, was mit dir passiert. Das Baby ist wichtiger.«

»Nein«, sagte sie und drehte den Kopf weg. »Ich will dich nicht …«

Vor ihren Füßen lag der Stein, über den sie gestolpert war. Sam riß sie hoch und packte den Stein mit einer Hand.

Seine Hand packte ihre Kehle. »Nicht bewegen«, flüsterte er. »Und keinen Mucks.«

Marcie wehrte sich gegen seine Umklammerung. »Du bist verrückt –«, setzte sie an, und dann hielt er ihr den Mund zu.

Er spürte den Puls an Alisons Hals, hörte ihr leises Würgen …

In einem Anfall von Panik und Wut hob Sam den Stein und schlug ihn hart auf ihren Kopf. Der Schlag durchfuhr seinen Unterarm. Ihre Augen traten hervor, und sie sank zuckend und zitternd in seinen Arm.

Er schlug noch zweimal zu, damit das Zucken aufhörte. Erst beim letzten Schlag spürte er das Blut auf seinem Gesicht wie feinen Nieselregen.

Sam stand auf der Wiese und blickte mit Marcies schlaffem Körper im Arm über den dunklen Taylor-Park, vor Schock und Entsetzen wie gelähmt.

Er wandte sich dem See zu, der im fahlen Mondlicht tiefschwarz dalag und am Horizont mit den trüben Wolken verschwamm.

Marcies Körper zuckte noch einmal.

Aufgewühlt trug Sam sie in Richtung See, den Stein noch immer in der Hand.

Der Park erstreckte sich endlos schwarz und schweigend. Jeden Augenblick konnte ein Wagen auf den Parkplatz kommen und ihn mit seinen Scheinwerfern erfassen. Sam war schweißnaß, sein keuchender Atem schien einem anderen zu gehören und von weit weg zu kommen.

Marcie zuckte noch einmal.

Ihr Körper war unhandlich und schwer. Ihre nach unten baumelnde Hand schien im Mondlicht zu glänzen.

Vor der Klippe endete die Wiese in einem lehmigen Stück. Die letzten paar Meter schleifte Sam Marcie neben sich her. Er starrte auf den dunklen Strand und spürte den Stein in seiner Hand und seine schmerzenden Sehnen.

Er warf den Stein, so weit er konnte. Beim Aufprall hörte man kein Geräusch.

Als Sam Marcie unter beiden Armen packte und sie über den Vorsprung hievte, mußte er in ihr im Schock erstarrtes Gesicht sehen. Er schloß die Augen und beugte sich über ihren Mund, um zu prüfen, ob sie noch atmete. Er spürte nichts, und ihre Haut fühlte sich kühl an.

Mit feuchten Augen blickte Sam erneut in ihr Gesicht, als wolle er sich vergewissern. Dann schleuderte er sie in die Dunkelheit. Während sie aus seinem Blickfeld verschwand, hörte er, wie ihr Körper den Hang hinunterrutschte. Jetzt war sie das Opfer eines Sturzes.

Wie in Trance ging Sam zu der kleinen Baumgruppe zurück. Er kniete sich neben seinen Wagen und wischte sich die Hände an dem feuchten Gras sauber. Dann schälte er sich aus seinem Trainingsanzug und zog ihn nach links gewendet wieder an. Als er in den Wagen stieg, war es seltsam, daß Marcie nicht neben ihm saß.

Sam wußte, daß er nicht nach Hause fahren konnte.

Mit abgeschalteten Scheinwerfern und nervös nach anderen Wagen oder einem möglichen Donald White die Augen offenhaltend, ließ er den Wagen über die Wiese rollen. Erst als er den Parkplatz erreichte, schaltete er das Licht an und fuhr zum Ausgang des Parks.

Plötzlich wurde er von Scheinwerferlicht geblendet. Blinzelnd bremste er ab; als der Wagen näher kam, erkannte er, daß es ein Streifenwagen der Polizei von Lake City war.

Sam stockte der Atem.

Er fuhr langsam, das Steuer fest gepackt. Der Streifenwagen bremste ebenfalls, vielleicht um sich den Wagen zu merken, die Autonummer, möglicherweise sogar sein Gesicht …

Der Streifenwagen fuhr keinen Meter entfernt an ihm vorbei. Sam stieß zitternd den Atem aus, als er die roten Lichter im Rückspiegel verschwinden sah. Er überlegte.

Bevor ihn jemand sah, mußte er wieder Sam Robb werden.

Der Parkplatz der Schule war leer. Sam blickte auf seine Digitaluhr. Zweiundzwanzig Uhr sechsundzwanzig. Marcies Eltern würden schon auf sie warten und Sue auf ihn.

Eilig stieg Sam aus dem Wagen und betrat die Turnhalle durch den Seiteneingang.

Die dunkle Halle wirkte riesig, das Parkett knarrte leise.

Die Basketballkörbe und Holztribünen waren drohende Schatten. Irgendwo über ihm waren auf einem Banner die Namen all derer verzeichnet, die zum Sportler des Jahres gewählt worden waren.

Sam steuerte die Umkleidekabine an. Es war ein eigenartiges Gefühl, alleine an diesem so ungewohnt stillen und dunklen Ort zu sein.

Die Umkleidekabine war wie die Sporthalle dunkel. Er tastete sich zu den Waschbecken und Spiegeln vor und schaltete das Licht ein. Im Spiegel sah ihn ein Mann mit hängenden Wangen und grauen Schläfen an. Er hatte Blut im Gesicht und an den Haaren.

Sam taumelte in den Duschraum und übergab sich in die Toilette. *Während sein Würgen von den kalten Kacheln widerhallte, gab es nur eine Gewißheit, an die Sam sich klammerte ...*

Blaß wusch er sich Blut und Erbrochenes aus dem Gesicht. Seine Hände zitterten: Dieser Mann, dieser Fremde, das konnte nicht er sein.

Wenn die Hausmeister noch arbeiteten, konnten sie ihn hören. Vielleicht mußte einer mal pinkeln und überraschte ihn.

Sam stürzte in die Duschkabine, zog sich aus und wusch sich das Blut aus den Haaren.

In seinem Spind bewahrte er einen zweiten Trainingsanzug und ein neues Paar Tennisschuhe auf. Sam setzte sich auf die Bank und zog sie mit steifen Fingern an.

Tony sprang von der Bank, bevor sie applaudieren konnten, und umarmte die Spieler, die ihm am nächsten standen. Als er bei Sam ankam, fragte er nur: »Wo verstecken sich unsere Mädels?«

Sam rubbelte sich hektisch mit einem Handtuch die Haare trocken, stopfte die blutigen Sachen in seine Sporttasche und schaltete das Licht aus. Mit der Sporttasche in der Hand stieß er vorsichtig die Tür zur Sporthalle auf.

Wieder blendete Licht seine Augen. Mike Griggs, einer der Hausmeister, wischte den Hallenboden mit einem Mop. Mit rasendem Herzen ließ Sam die Tür wieder zufallen. Sie klickte laut ins Schloß.

Panisch fuhr er in der Dunkelheit herum.

Halb lächelnd ließ Sam den Ball auf einer Fingerspitze kreisen und beobachtete ihn konzentriert. »Auf dem Parkplatz«, antwortete er und warf den Ball zu Tony zurück …

Sam rannte zur anderen Tür, stieß sie auf und spürte die Abendluft in seinem Gesicht.

Der Parkplatz war auf der anderen Seite des Footballfeldes. Es war dunkel, Sam konnte die Torpfosten kaum erkennen. Er begann, blindlings in Richtung Parkplatz zu laufen.

Dort angekommen, verlangsamte er seine Schritte und kramte in seiner Erinnerung. Ihm fiel ein, daß sich das Siel in einer Ecke des Parkplatzes befand; nachdem er damals mit Tony am Pier gesessen hatte, war er hierhergefahren, hatte an den Torpfosten gelehnt, getrunken und die leere Flasche anschließend in den Gully geworfen.

Sam bückte sich und zwängte alles zwischen den Metallstäben hindurch: Kleidung, Schuhe und zuletzt die Tasche selbst. Es fing an zu nieseln; Sam hörte das Wasser durch die Rohre rauschen.

Er war jetzt vollkommen nüchtern.

Es war zweiundzwanzig Uhr fünfundfünfzig, als er endlich in seinem Wagen saß und losfuhr.

Er sammelte sich und hielt an einer Telefonzelle, um Sue anzurufen. Daß sie nicht abnahm, beunruhigte und erleichterte ihn gleichermaßen. Die vier Minuten Fahrt bis zu seinem Haus kamen ihm endlos vor.

Sein Elternhaus war dunkel und still. Er ging die Treppe hoch zu seinem Zimmer neben dem Schlafzimmer seiner Eltern und kroch vollständig bekleidet ins Bett. Die Nacht war unwirklich, ein Traum …

Sam öffnete die Schlafzimmertür.

Sue saß im Bett, feilte ihre Nägel und hörte mit halbem Ohr den Elf-Uhr-Nachrichten zu.

»Ich habe versucht, dich anzurufen«, seufzte er erleichtert.

Sie blickte auf. »Da muß ich unter der Dusche gewesen sein«, erklärte sie und runzelte die Stirn. »Mir ist schon wieder ein Nagel abgebrochen. Ich hab Hände wie eine Waschfrau.«

Diese Bemerkung löste in Sam aus irgendeinem Grund den Wunsch aus, Sue zu küssen. Doch er hielt sich zurück. Er wollte nicht, daß sein Verhalten merkwürdig oder schuldbewußt wirkte. Er zog sich seine Boxershorts an und krabbelte ins Bett.

»Ich bin müde«, sagte er, zufrieden, endlich einmal die Wahrheit sagen zu können.

Sue hatte nichts gemerkt.

Jetzt schlief sie. Sam lag neben ihr in der Dunkelheit, hin- und hergerissen zwischen Unglaube und Entsetzen. Immer wieder sah er das Bild eines Mannes in einem Wagen vor sich, der vom Scheinwerfer eines anderen Wagens erfaßt wurde. Ein Mann, der nicht er sein konnte.

Sam schloß die Augen und lauschte dem Auf und Ab von Sues Atem, als wäre es sein eigener.

Morgen würde er wieder er selbst sein.

Dann sollte er vielleicht zur Polizei gehen. Wenn Sam er selbst war, hatten die Leute ihm immer geglaubt. Sogar Tony.

SECHS

Tony starrte quer durch das Schlafzimmer in das Gesicht des Mannes, der Alison Taylor vergewaltigt und erwürgt hatte, der den Lauf seines Lebens verändert und ihn dann so viele Jahre später dazu benutzt hatte, den Konsequenzen eines zweiten Mordes zu entgehen.

»Es ist egal, hast du gesagt.« Seine Stimme war leise. »Ich könnte es dir ruhig sagen, wenn ich Alison getötet hätte.«

Sams Finger strichen noch immer über die Schublade. »Das hättest du auch, Tony. Aber ich konnte es dir nie erzählen.«

»Dann hätte ich also Sue ermorden können? Und für dich wäre das okay gewesen?«

Sam richtete sich auf. »Du hast mit ihr geschlafen und mich dann angelogen, und ich habe dir vergeben. Meinst du, ich hätte nicht mitbekommen, was in jener Nacht passiert ist und wie anders sie hinterher war, wenn ich sie berührt habe? Es hat mich wahnsinnig gemacht, aber ich habe darüber hinweggesehen. Um unser beider willen.«

Tony spürte, wie ein träger, zäher Zorn ihn übermannte. »Dann sind wir wohl quitt, was? Damit war es wohl auch in Ordnung, daß ich dich vom Haken geholt habe, nachdem du ein weiteres Mädchen ermordet hattest? Vor allem, wenn ich noch einmal mit Sue geschlafen hätte.« Tonys Stimme bebte jetzt. »Was war das beste, Sam? Mich zu fragen, ob ich Sue ›vögle‹? Oder deinen schlauen Freund Tony zu manipulieren, der so geblendet war von der Erinnerung an den Vorwurf, Alison Taylor getötet zu haben, daß er zu deinen Gunsten alle Zweifel vergessen hat?«

Sam war jetzt blaß. »Bei dir klingt das Ganze wie ein Spiel.«

»Alison, Sue, dieser Prozeß – es war alles ein großes Spiel, das wir miteinander gespielt haben, nicht wahr? Nur daß du der einzige warst, der die Regeln kannte.« Tony hielt inne und trat einen Schritt vor. »Es muß spaßig gewesen sein, mich wieder hier zu haben. Für eine letzte Runde.«

Sam schüttelte langsam den Kopf. »Das war Sues Idee, nicht meine. Ich habe das alles nicht gewollt. Manchmal kommt es mir vor, als wäre es nie passiert.« Er ließ die Stimme sinken. »Sicher, ich habe mich mit dir gemessen. Aber du warst ein Teil von mir. Es gab bis heute Zeiten, in denen du mir wichtiger warst als irgend jemand sonst.« Sam verzog gequält das Gesicht. »Es ist mir nicht leichtgefallen, es dir zu erzählen, Alter. Solange es keiner wußte, war es nicht wirklich. Jetzt sehe ich dich an und weiß, daß es wirklich ist. Weil du es weißt.«

In der bedrückenden Stille vergaß Tony alles bis auf den Mann vor ihm und das, was der Alison Taylor angetan hatte.

»Wir werden es nicht mehr viel länger nur für uns behalten können, Sam. Wenn Stella den Bericht liest, wird sie erkennen, was ich erkannt habe.« Seine Stimme klang gepreßt vor gezügelter Wut. »Wenn ich Stella wäre, würde ich dich in einem einzigen Prozeß beider Morde anklagen. Dann würde es dir auch ziemlich schwerfallen, Ernie die Schuld in die Schuhe zu schieben.«

Sams Blick wurde trüb. Mit fast sadistischer Lust beobachtete Tony, wie Sam die Ausweglosigkeit seiner Lage dämmerte. Nachdenklich sagte er: »Du bist mein Anwalt, Tony.«

»Du meinst, daß es Regeln gibt?« unterbrach Tony ihn. »Daß ich dir das nicht antun kann? Daß es nicht gerecht ist? Dann laß mich dir erklären, wie die Regeln im Fall von Alison aussehen.

Ich habe sie erwürgt aufgefunden. Damit bin ich ein Zeuge, Sam. Und ein Verdächtiger.« Wütend machte Tony einen weiteren Schritt nach vorn. »Aber selbst wenn ich das nicht wäre, gibt es nichts, was mich davon abhalten könnte, Stella zu bitten, diese Tests durchzuführen. Und du weißt ja, was für eine kluge Frau sie ist.«

Sams Augen blitzten jetzt ebenfalls wütend auf. Mit einemmal glaubte Tony zu erkennen, wie eine Demütigung und das Gefühl, verraten worden zu sein, Sam Robb dazu treiben konnten zu morden. »Ich kann nicht zulassen, daß du mich fertigmachst, Tony.«

Tony rang um Selbstbeherrschung. »Du bist ein zweifacher Mörder«, sagte er leise, »und behauptest immer noch, daß du nicht so bist. Das muß aufhören.«

Sam griff in die Schublade. Tony spürte, wie sein Mund trocken wurde. »Es ist zu spät, Sam.«

Schweigend zog Sam den Revolver heraus.

Die Realität der auf ihn gerichteten Waffe traf Tony wie ein Schlag. Er dachte an Christopher und Stacey. Obwohl Sams Gesicht gerötet war, wirkte sein Blick kühl und überlegt, als hätte er sein inneres Gleichgewicht wiedergefunden. Tony blickte in den Spiegel.

»Schau uns an«, sagte er mit unsicherer Stimme und wies mit dem Kopf auf den Spiegel. »Kannst du das wirklich tun, Sam?«

Sam sah in den Spiegel: zwei Männer – einer mit einem Revolver in der Hand, der andere vielleicht im Begriff zu sterben. Seine Hand zitterte ein wenig. »Ich hätte nie gedacht, daß es so weit kommen würde, Tony. Du warst mein Freund.«

Tony beobachtete den Revolver. »Wenn du der ›Freund‹ wärst, den ich gleich zweimal benutzt hätte, würdest du es einfach auf sich beruhen lassen? Würdest du riskieren wollen, daß noch ein Mädchen stirbt und ein drittes trauerndes Elternpaar auf deinem Gewissen lastet?« Tony konnte die Bitterkeit in seiner Stimme nicht unterdrücken. »Du an meiner Stelle, meine ich.«

Sam sah ihm jetzt direkt ins Gesicht und fragte leise: »Aber was, wenn du an meiner Stelle wärst?«

Tony atmete tief ein. »Ich wüßte, daß das Spiel vorbei ist. Daß Sue, die ganze Stadt und jeder es wissen wird. Und wenn du mich kaltblütig ermordest, wirst auch du selbst es wissen. Du wirst wissen, daß du meine Frau und meinem Sohn Leid zugefügt hast wie den Taylors und den Calders.« Tony hielt inne und fügte leiser hinzu: »Bist du so ein Mensch, Sam? Willst du, daß ich mit diesem Wissen sterbe?«

Mit feuchten Augen machte Sam zwei Schritte nach vorn. »Ich kann nicht zulassen, daß du mich der Polizei übergibst, Tony.«

Sie standen jetzt nur noch drei Schritte voneinander entfernt. Tony spannte seine Muskeln an und bereitete sich darauf vor, Sam die Waffe mit einem Sprung aus der Hand zu schlagen. »Was ist mit Sue?« fragte Tony. »Willst du, daß sie das weiß?«

Sam sah ihn voller Pein an. »Sprich nicht von Sue«, sagte er. »Du hast sie oft genug gegen mich benutzt.«

Tony schluckte. »Dann liegt die Entscheidung bei dir.«

Als Sam den Revolver hob und den Lauf behutsam auf der Stirn seines Freundes aufsetzte, war Tony trotz allem überrascht. Er stand regungslos da. »Mein Gott, Sam!«

Sam nickte langsam, Tränen strömten über sein Gesicht. »Du oder ich, Tony.«

Tony spürte die Revolvermündung auf seiner Stirn und sah seinem Freund ins Gesicht; Sams Augen waren voller Emotionen, wie in jenen ersten Sekunden nach seinem Touchdown vor achtundzwanzig Jahren, dem Höhepunkt ihrer Freundschaft, vielleicht dem Höhepunkt von Sams Leben. Tony wagte es nicht, etwas zu sagen.

»Ich kann dich nicht gewinnen lassen«, sagte Sam leise. »Du weißt doch, wie das ist.«

Dann trat er, die Waffe noch immer auf Tony gerichtet, einen Schritt zurück, ohne die Augen von ihm zu wenden. »Tschüs, Alter«, sagte er.

Tonys Stimme zitterte. »Sam!«

Mit einem angedeuteten Lächeln drückte Sam die Pistole an seine eigene Schläfe. »Du hast verloren«, sagte er und drückte ab.

Blut und Hirnmasse spritzten gegen die Wand. Sam knickte ein und sank auf die Knie, den Blick noch immer auf Tony gerichtet. So blieb er eine Weile reglos hocken, sein Blick wurde stumpf, seine Arme hingen schlaff neben seinem Körper. Die Waffe fiel scheppernd zu Boden, Sam sank auf die Seite und blieb bewegungslos liegen.

In einer Art Dämmerzustand starrte Tony wie gelähmt auf seinen Freund, als könne er nicht fassen, was er mit eigenen Augen gesehen hatte.

Die Tür hinter ihm ging auf.

Sue hielt den Atem an. Das war es, was Tony schließlich aus seiner Trance riß. Gemeinsam starrten sie auf den am Boden liegenden Sam.

Der Tod hatte seinen Gesichtsausdruck kaum verändert. Noch immer umspielte ein Lächeln seine Mundwinkel, als wäre er nur kurz eingenickt. Tony mußte an den Abend des Abschlußballs denken, als Sam mit einem solchen leichten Lächeln in seiner Hängematte gelegen hatte.

»Guck ihn dir an«, meinte Tony leise. »Wahrscheinlich stirbt er als alter Mann im Schlaf…«

Als Sue sich ihm zuwandte, strömten Tränen über ihr Gesicht, und Tony fragte sich, ob auch sie daran gedacht hatte.

Er legte seinen Arm um sie, und sie weinten gemeinsam um Alison, Marcie Calder und die Erinnerungen, die für Tony und Sue nie wieder dieselben sein würden.

Schließlich nahm er ihre Hand und führte sie behutsam aus dem Schlafzimmer. Sue drehte sich noch einmal um und warf einen letzten Blick auf den Mann am Boden, ihren Ehemann, Tonys Freund und den Mörder zweier Mädchen.

SIEBEN

Tony blieb noch einige Tage, um Sue zur Seite zu stehen.

Am Tag vor Sams Beerdigung gab Tony in einem Raum voller Reporter, Fotografen und Kameras eine Erklärung ab.

Zunächst verlieh er im Namen von Sue Robb und ihren Kindern ihrer tiefen Erschütterung über das Erfahrene Ausdruck, sprach den Familien von Sams Opfern ihr Mitgefühl aus und bat darum, ihren Wunsch zu respektieren, selbst nur im engsten Familienkreis zu trauern. Dann schilderte Tony in knappen Worten Sams Tod: sein Geständnis der Morde an Alison Taylor und Marcie Calder und sein Gefühl der Schuld und Scham, das so sehr auf seinem Gewissen lastete, daß er sich das Leben genommen hatte. Tony erwähnte weder den Autopsiebericht noch seine eigene Rolle in den letzten Minuten vor Sams Tod.

Zuletzt sprach Tony im eigenen Namen. Die Geschworenen hätten recht gehabt, betonte er. Auf der Grundlage des präsentierten Beweismaterials hätten sie Sam nicht verurteilen dürfen; nur Sam Robb hätte die Wahrheit gekannt und zuletzt auch gesagt. Dann blieb Tony nur noch, sich bei Ernie Nixon zu entschuldigen.

»Ich habe einen unbescholtenen Mann beschuldigt«, sagte er, »ohne je wirklich an seine Schuld zu glauben. Mr. Nixon hat nichts Unrechtes getan. Ich dagegen habe ihm Unrecht getan. Marcie Calder war Sam Robbs Opfer, und Ernie Nixon war meines. Das sollte jeder in Lake City wissen.«

Ohne über seine eigene Beziehung zu Alison Taylor zu sprechen oder weitere Fragen zu beantworten, verließ Tony die Pressekonferenz.

Als Sue und ihre Kinder Sam in aller Stille beerdigten, war Tony nicht dabei.

Er flog unter falschem Namen nach San Francisco, um Reportern aus dem Weg zu gehen. Die Ankunft war angenehmer als erwartet, denn Stacey und sein Sohn erwarteten ihn.

Christopher blieb im Hintergrund, aber Stacey ignorierte die neugierigen Zuschauer, kam auf ihn zu und küßte ihn.

»Ich dachte, ich komme lieber persönlich«, sagte sie. »Falls du mich vergessen hast.«

Tony lächelte. »Das habe ich keinen Moment lang.«

Zu Hause erzählte Tony seinem Sohn die Geschichte seines eigenen siebzehnten Lebensjahres und merkte, daß sie zum erstenmal ein Ende hatte. Sie redeten stundenlang. Als Christopher schließlich ins Bett ging, trat Tony auf den Balkon und ließ seinen Blick über die Bucht, die Lichter und die Sterne schweifen.

Nach einer Weile stellte sich Stacey neben ihn. »Was wirst du jetzt machen?« fragte sie.

»Ich habe keine Ahnung.«

Sie strich über sein Handgelenk. »Nun«, sagte sie, »wir haben jede Menge Zeit, darüber zu reden. Jetzt, wo du wieder zu Hause bist.«

Er war zu Hause. In dieser Stadt. Bei dieser Frau. In dem Leben, das sie teilten, mit dem Jungen, den sie gemeinsam liebten. Er hatte das nie so umfassend gespürt wie in diesem Moment, und das war für den Augenblick genug. Der Rest würde sich mit der Zeit finden.

Tony Lord wandte sich um und sah seine Frau und Geliebte an. »Ja«, sagte er. »Ich bin zu Hause.«

DANKSAGUNG

Ohne die Hilfe anderer hätte dieses Buch so nicht geschrieben werden können. In San Francisco haben mich jene Experten beraten, die ich für mich inzwischen meinen kriminalistischen Aufsichtsrat nenne: Gerichtsmediziner Boyd Stephens, der Inspektor der Mordkommission Napoleon Hendrix, Detective Hal Lipset und die Strafverteidiger Hugh Levine und Jim Collins. Wie immer war der stellvertretende Bezirksstaatsanwalt Al Giannini mir bereits im Vorfeld ein kritischer Ratgeber und hat später auch das fertige Manuskript auf Atmosphäre und Authentizität überprüft.

Da die Städte Bay Village und Cleveland, wo ich mehr oder weniger kontinuierlich von meinem zehnten bis zu meinem vierundzwanzigsten Lebensjahr gelebt habe, mich zu den Orten Lake City und Steelton inspiriert haben, möchte ich noch einmal unterstreichen, was hoffentlich offenkundig ist: Bei diesem Werk handelt es sich um einen Roman, und alle Orte und Begebenheiten sind fiktiv. Fairerweise muß ich hinzufügen, daß Bay Village und Cleveland erheblich freundlicher sind als Lake City, das ich mir ländlicher und isolierter vorstelle, und Steelton, dessen rostig-rußige Trostlosigkeit noch viele andere Vorbilder hat. Doch diese beiden Orte wieder zu besuchen, hat mir geholfen, das Milieu zu erschaffen, das ich mir für diesen Roman vorgestellt hatte.

Darüber hinaus waren mir eine Reihe von anderen Menschen behilflich. Carmen Marino, Leiterin der Kriminalabteilung der Cuyahoga-Bezirksstaatsanwaltschaft, hat mir auf faszinierende Weise mögliche Strategien der Anklagevertretung dargelegt. Strafverteidiger Jerry Gold, weit über Sechzig und noch immer rüstig, war mir ein so wunderbarer Gesprächspartner, daß ich durch ihn Möglichkeiten in der Figur des Saul Ravin erkannte, die ich ursprünglich nicht bedacht hatte. Gerichtsmedizinerin Dr. Elizabeth Balraj, Rechtsexpertin Linda Luke, der ehemalige stellvertretende Bezirksstaatsanwalt Jack Hudson und mein Freund und Studienkollege Jerry Weiss haben mir bei meinen Recherchen geholfen. Am Rande sei hier folgendes bemerkt: Wer mit der Verfahrensweise im Cuyahoga County vertraut ist, wird wissen, daß die Gerichtsmedizin dort anders als in anderen Gerichtsbezirken relativ freien Zugang zu den gerichtsmedizinischen Berichten gewährt. Die Beschränkungen, die in meiner Geschichte behandelt werden, orientieren sich an den allgemein üblichen.

Eine Reihe von Leuten, die mit Bay Village vertraut sind, haben mir die verschiedensten Aspekte des Lebens in einer kleineren Kommune des Mittleren Westens wieder ins Gedächtnis gerufen. Darunter Fred Drenkhan, Jim Tomkins, Erik Eakin, Mary Slama, Joe Loomis und George Serb. Mein besonderer Dank gilt meinem ältesten Freund Dick Penton, der die Zeit, in die Tony Lords Jugend plaziert ist, mit mir wieder aufleben ließ.

Die Psychologie eines Menschen wie Sam Robb ist recht komplex. Die Psychiater Dr. Rodney Shapiro und Dr. Ken Gotlieb haben mit mir Sams mögliche Krankengeschichte entworfen und mir geholfen, sie in einen fiktionalen Kontext zu verarbeiten. Auch die Vita von Tony Lord war nicht unkompliziert: Mein Freund Mike Robe half mir, mich in die Rolle eines Kleinstadt-Sportstars zu versetzen, und Pater Tony Sauer war so freundlich, mir Erläuterungen zur katholischen Kirche in den sechziger Jahren und in der Gegenwart zu geben.

Viele wichtige Menschen haben mich während der Arbeit an diesem Buch unterstützt. Mein Freund und literarischer Agent Fred Hill und mein Agent für Film- und Fernsehrechte Richard

Green haben mich, wie immer, vorzüglich begleitet. Meine Frau Laurie, unsere liebe Freundin Anna Chavez und meine wunderbare Assistentin Alison Thomas, die mit jedem Buch besser wird, kommentierten jeden Abschnitt des Romans mit großer Sorgfalt. Meine Freunde Philip Rotner und Thelton Henderson äußerten sich freundlicherweise zu verschiedenen Aspekten des Manuskripts. Und meine Lektoren bei Knopf, vor allem Sonny Metha und Jane Friedman, haben mich wie immer ermutigt.

Und schließlich sind da noch Linda Grey und Clare Ferraro. Als Präsidentin der Ballantine-Verlagsgruppe hat Linda mich vor einiger Zeit geerbt. Während sie mir half, Millionen von Lesern zu erreichen, wurde sie mir eine Freundin und humorvolle Führerin durch die manchmal geheimnisvolle Welt des Taschenbuchs. Clare Ferraro, Lektorin bei Ballantine, ist – so platt das auch klingen mag – meine älteste Freundin im Verlagswesen. Ihre wunderbare Begleitung und stetige Unterstützung waren ein wahrer Segen für meine Karriere. Mit der Hilfe von George Fisher, Kim Hovey, Woody Tracey, Jean Fenton und vielen anderen, darunter auch die hingebungsvolle Vertriebsabteilung des Ballantine-Verlags, haben sie es geschafft, mir die ultimative Anerkennung als Schriftsteller zukommen zu lassen: Dank ihnen wissen sogar meine Kinder, wer ich bin.